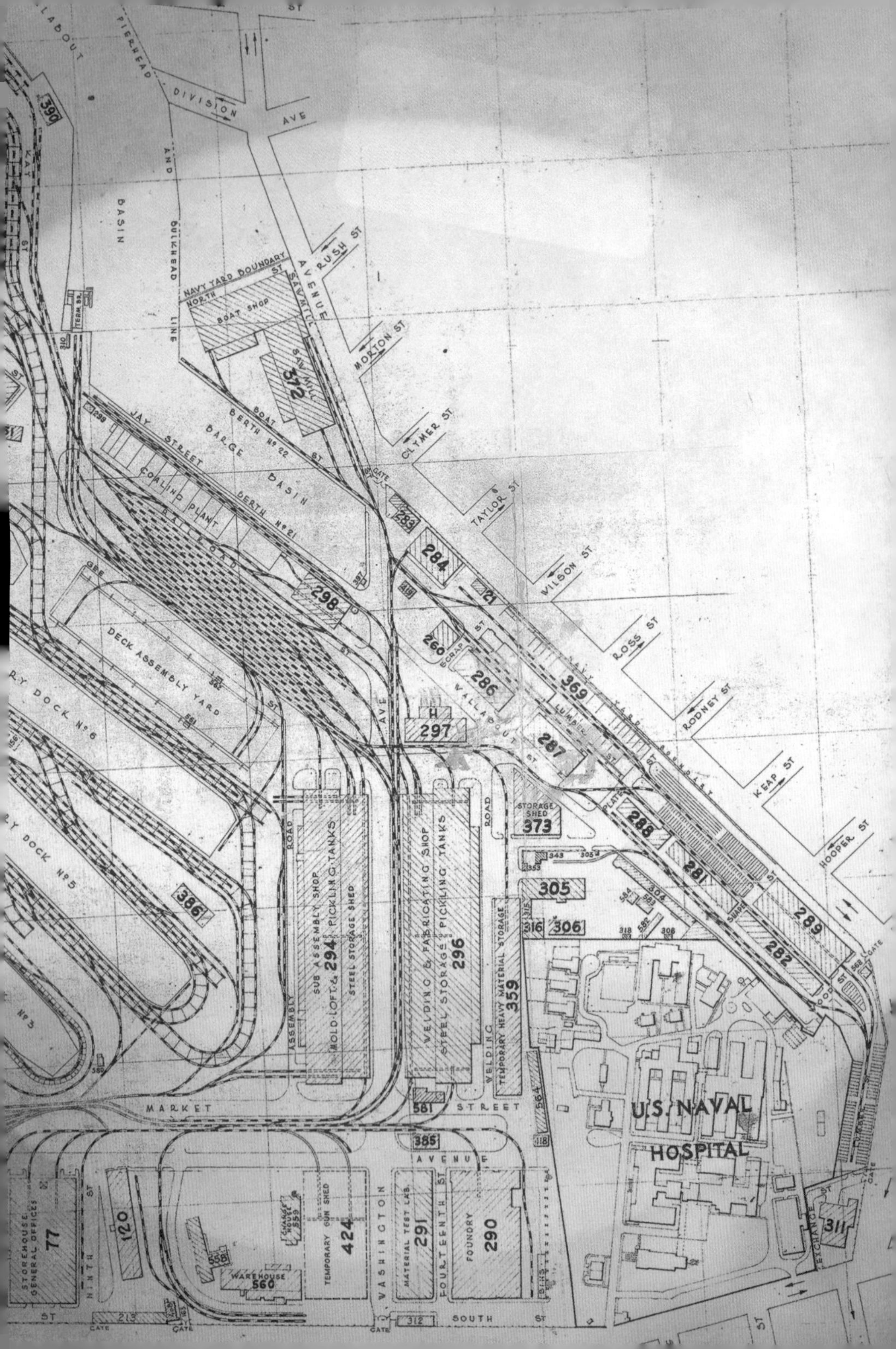
U.S. NAVAL HOSPITAL
WALLABOUT
PIERHEAD
DIVISION AVE
AND BULKHEAD LINE
BASIN
NAVY YARD BOUNDARY
NORTH ST
BOAT SHOP
SAWMILL 372
SAWMILL AVENUE
RUSH ST
MORTON ST
CLYMER ST
TAYLOR ST
WILSON ST
ROSS ST
RODNEY ST
KEAP ST
HOOPER ST
BOAT BERTH No 22 ST
JAY STREET BARGE BASIN
COALING PLANT
BERTH No 21
RAILROAD
DECK ASSEMBLY YARD
DRY DOCK No 6
DRY DOCK No 5
390
386
298
283
284
21
260
SCRAP ST
286
WALLABOUT ST
369
LUMBER ST
NAVY YARD BOUNDARY
297
287
SUB ASSEMBLY SHOP
MOLD LOFT & PICKLING TANKS 294
STEEL STORAGE SHED
WELDING & FABRICATING SHOP
STEEL STORAGE PICKLING TANKS 296
ASSEMBLY ROAD
WELDING ROAD
STORAGE SHED 373
TEMPORARY HEAVY MATERIAL STORAGE 359
305
306
316
PLATE ST
288
281
SHAPE ST
289
282
MARKET STREET
581
564
385
AVENUE
STOREHOUSE GENERAL OFFICES 77
NINTH ST
120
558
WAREHOUSE 560
TEMPORARY GUN SHED 424
WASHINGTON
MATERIAL TEST LAB. 291
FOURTEENTH ST
FOUNDRY 290
SOUTH ST
213
312
GATE
EXCHANGE
311

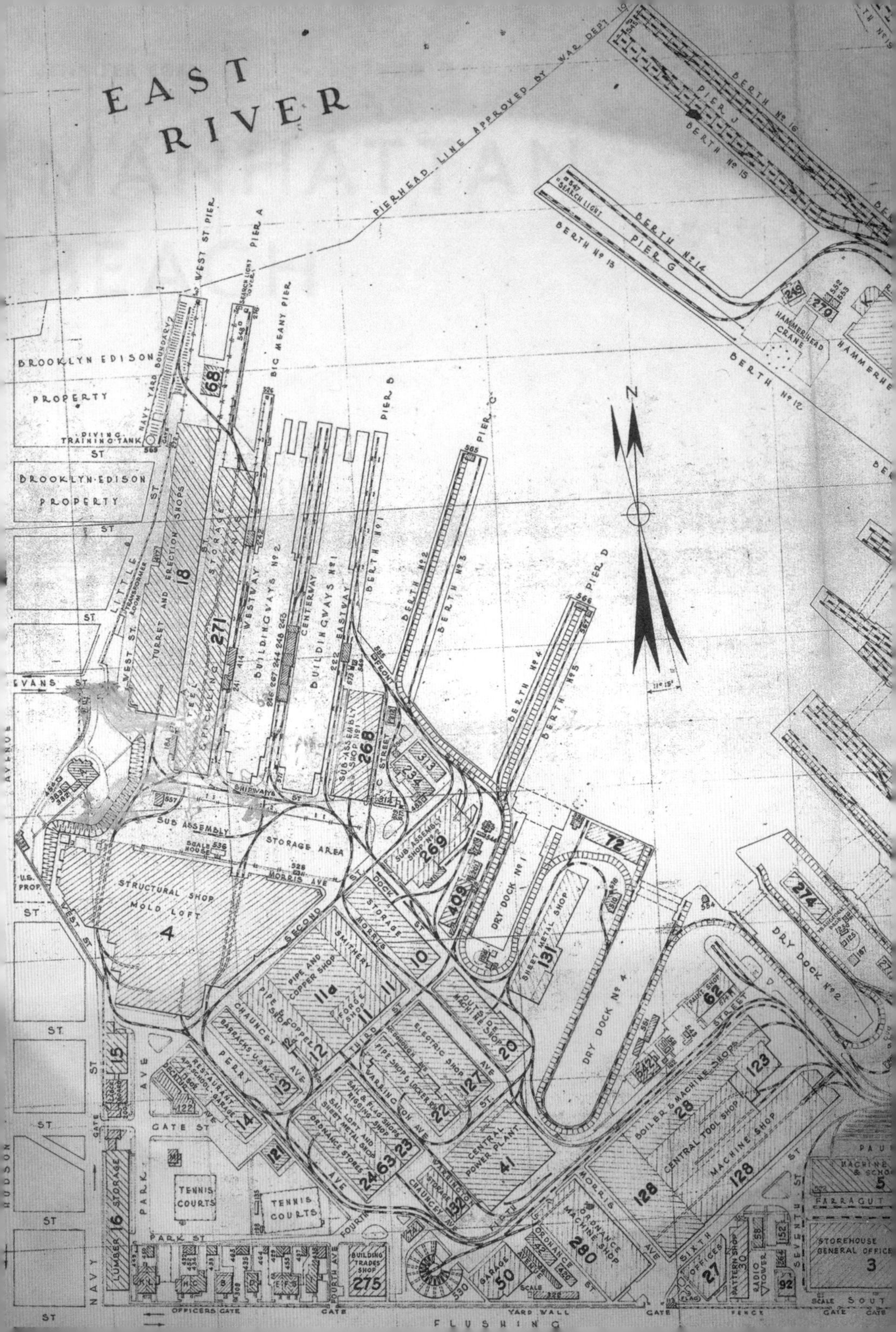
EAST RIVER
PIERHEAD LINE APPROVED BY WAR DEPT
BROOKLYN EDISON PROPERTY
DIVING TRAINING TANK
WEST ST PIER
PIER A
BIG MEANY PIER
PIER B
PIER C
PIER D
PIER G
PIER J
BERTH No 12
BERTH No 13
BERTH No 14
BERTH No 15
BERTH No 16
BERTH No 1
BERTH No 2
BERTH No 3
BERTH No 4
BERTH No 5
HAMMERHEAD CRANE
N
11° 15'
TURRET AND ERECTION SHOPS
18
STEEL STORAGE
271
WESTWAY
BUILDINGWAYS No 2
CENTERWAY
BUILDINGWAYS No 1
EASTWAY
SUB-ASSEMBLY SHOP No 1
268
SHIPWAYS ST
SUB ASSEMBLY
STORAGE AREA
SCALE HOUSE
MORRIS AVE
STRUCTURAL SHOP
MOLD LOFT
4
SUB-ASSEMBLY SHOP No 2
269
409
DRY DOCK No 1
72
SHEET METAL SHOP
131
DRY DOCK No 4
DRY DOCK No 2
274
PAINT SHOP
62
BOILER & MACHINE SHOPS
28
123
CENTRAL TOOL SHOP
MACHINE SHOP
128
PIPE AND COPPER SHOP
11a
SMITHERY
11
10
DOCK ST
STORAGE
OUTSIDE MACHINE SHOP
20
ELECTRIC SHOP
127
PIPE SHOP & LOCKER ROOM
22
SAIL & FLAG SHOPS
RIGGING SHOP
SAIL LOFT AND SHEET METAL SHOP
23
ORDNANCE STORES
24
63
CENTRAL POWER PLANT
41
BARRACKS U.S.M.C.
13
CHAUNCEY AVE
PERRY AVE
WARRINGTON AVE
RESTAURANT
APPR. SCHOOL
GARAGE
14
122
121
132
15
LUMBER STORAGE
16
TENNIS COURTS
PARK AVE
PARK ST
GATE ST
BUILDING TRADES SHOP
275
GARAGE
50
ORDNANCE MACHINE SHOP
280
ORDNANCE ST
OFFICES
27
PATTERN SHOP
30
RADIO TOWER
92
SIXTH ST
SEVENTH ST
MACHINE & SCHOOL
5
FARRAGUT
STOREHOUSE GENERAL OFFICE
3
EVANS ST
LITTLE ST
WEST ST
NAVY ST
HUDSON AVENUE
U.S. PROP.
OFFICERS GATE
YARD WALL
FLUSHING
FENCE
SCALE

# 國際好評

「珍妮佛．伊根極有可能是在世美國小說家當中最出色的。」

——《時代雜誌》

「句法巧妙，場景想像力豐富，孜孜不倦直探人性底蘊……這部小說值得名列『經典紐約故事』之林。」

——《紐約時報》

「天衣無縫的文筆，伊根略為改造歷史小說的傳統寫法，讓整個文類煥然一新，令人驚艷。我坐下來一口氣讀完，毫不費工夫，甚至連社交網站也拉不動我。」

——《金融時報》

「刻劃唯美……真摯感人，架構紮實。各個面相皆打動人心。」

——《獨立報》

「翻修十九世紀小說風格推陳出新，扣人心弦……令人沉浸於書中時空。」

——《倫敦標準晚報》

「這本小說能掀起瘋狗浪，捲人下水……身為弱勢的安娜憑意志克服困境，劇力萬鈞，故事完結後，餘韻能讓讀者繼續浮沉於情節當中，久久無法忘懷。」

——《衛報》

「內容暗潮洶湧，讀來令人沉醉。」

——《週日郵報》

「伊根的描述功力無人能出其右……創造了知性角色，探索各角色的內心世界，苦心挖掘到的史實也能經妙手靈巧運用。」

——《週日泰晤士報》

「一部輝煌的紐約故事……能找到一則敘事完善而動人的故事，而這故事更充滿了心思複雜的角色，行筆也璀璨到令人無法逼視，這才是閱讀文學最大的樂趣之一。」

——《愛爾蘭時報》

「安娜是個剛毅不屈的女主角：敢愛敢恨、堅忍不拔、身心皆具勇氣魄力，自幼罹殘疾的胞妹迫使母親放棄風光的歌舞生涯，母女對這位無助美少女呵護有加，字字展現溫情，至為感人。」

——《泰晤士報》

「伊根在各章節中曼妙揉合各色韻味，從宛如《慾望街車》坐守公寓愁城的絕望心，到《白鯨記》般怒海歷險的驚魂，無所不包……勇於以古典故事滿足讀者。」

——《華盛頓郵報》

「《霧中的曼哈頓灘》以情節推演故事，文筆能展現野心也不失美味。」

——國家廣播電臺

「伊根至今最出色的成就……《霧中的曼哈頓灘》既有黑白兩道交集的懸疑，也有寓意豐沛的文學織錦畫，更少不了詩意和情迷，令讀者宛如置身其間，堪稱一絕。」

——《波士頓環球報》

「豐美，精湛，廣闊無垠……作家能有的種種絕活，伊根皆有。感人肺腑，惆悵哀傷，隨處可見淵博。」

——《今日美國》

「文采盈滿，寬廣浩瀚，栩栩如生……充滿與水相關的隱喻，卻也有許多具體的狀況，人物刻劃真切到讀者幾乎伸手可及。安娜是當時的英豪，在我們這年代也是。今年出版的小說能相抗衡者不多見。」

——《君子》雜誌

「顯然伊根資料蒐集得鉅細靡遺，但故事裡有厚黑政客和幫派大哥，也有壞警察，讀來宛如一場節奏明快、劇情緊湊的好戲。」

——《美麗佳人》雜誌

「在歷史小說文類初試啼聲的伊根，令讀者渾然不覺本書是歷史小說。」

——《*ELLE*》雜誌

「伊根的文采透明而優雅。閱讀《霧中的曼哈頓灘》的一大樂趣在於潛入情節底層酣暢連連（多不勝數，讓人捨不得浮出水面換氣），徐徐沉入晦暗而未知的深處。最底下藏著深沉的真相。」

——Vox新聞網站

「《霧中的曼哈頓灘》敘事直線型，場景設定在二次大戰前後，風格較伊根前一部作品傳統，創新味也少一些，但許多讀者必定覺得更加過癮……儘管遣詞用字精妙，伊根從不讓字句形成故事的絆腳石。光彩、驚險、凶暴的狀況穿插其中，為行文增添一許影劇效果，同時凸顯安娜對現實社會倍感無奈……安娜膽大心細、不屈不撓的精神，勢必觸發今日讀者共鳴。」

——《時代雜誌》

「針對特定年代，伊根以無數懷舊場景構築故事——有戰時美國心，有夜總會風雲，有黑道、水手、工會成員競逐經濟大蕭條結束後的一小杯羹……《霧中的曼哈頓灘》是一個從想像世界蹦出來的故事，渾然天成，其中疑雲瀰漫，光影並陳，有渴望也有滿足，感覺尤其真切深刻。」

——《芝加哥論壇報》

「珍妮佛．伊根的劇情驚人，推進力強勁，銷魂蝕骨，啟發人心，隱然深刻，令人展閱無法釋手，更能將每一位讀者送到另一時空，脫胎換骨，將所有人融入故事成為潛水員，深探海底尋覓解答、希望、向上提升的動能。」

——《書單》（星級評論）

「自信十足，內容豐富，描寫的內容海納黑道暴力與深切柔情。本書的深情再次展現珍妮佛．伊根卓絕的文采。」

——《出版人週刊》（星級評論）

「在小說創作的筆法數度開疆拓土之後……珍妮佛・伊根以唯一能令讀者再度驚艷的方式寫出創舉，這次寫的是徹底傳統的小說。本書細節真實，詩意盎然，令人讚嘆，顯然珍妮佛・伊根無所不能。」

——《科克斯評論》（星級評論）

「猶如一份天降的奇蹟，令讀者對古往今來的世界另眼相看，萬物頓時重拾活力，人性盈注其中，鮮活，哀傷，充滿蘊意。透過伊根之眼看世界，必能從文字中對萬物滋生一番新敬意。仍有作品問世的當代作家無人能與之比美。伊根的文字隱含一份寬容，能使勁鼓動讀者的心，產生小說才有的那種美好效應：對現實世界多一份更踏實的憐愛。」

——喬治・桑德斯，《林肯在中陰》作者

獻給Christina、Matthew、Alexandra Egan、
以及Robert Egan——
我們的Uncle Bob

# 目錄

是的，如人人所知，靜思與水已共結連理，永世分不開。

——赫爾曼．梅爾維爾，《白鯨記》

# 第一部

# 海岸

# 第一章

一路驅車來到史岱爾斯先生家，安娜才發現父親很緊張。起先，車子在海洋大道上翩然奔馳，忙著看風景的她沒留意到父親的心情。她當作這一趟是去康尼島遊樂場，不過，耶誕節是四天前的事了，而且今天冷到極點，海邊根本不好玩。後來，看見豪宅：三層樓高的金磚宮殿，四面全是窗戶，黃綠條紋的遮雨棚被風颳得噗啪亂舞。這條路的盡頭是海，金樓是最後一棟。

父親把杜森博格J型車停靠路邊，熄火。「嘟嘟，」他說，「別一直瞇眼瞪著史岱爾斯先生家。」

「我才不會瞇眼瞪著他家咧。」

「妳現在就是。」

「哪有？」她說。「我只是讓眼睛變窄。」

「照妳這種說法，」他說，「就是瞇眼。」

「才不是。」

他倏然轉身面向女兒。「叫妳不要瞇就別瞇。」

她這才發現父親在緊張。她聽見父親乾嚥著，自己也隱隱擔憂起來。她不習慣看到父親緊張。父親不是不曾心不在焉。甚至經常若有所思。

「史岱爾斯先生為什麼不喜歡瞇瞇眼？」她問。

「沒人喜歡。」
「你又從來沒叫我別瞇眼。」
「妳想回家，是嗎？」
「並不想。」
「我可以帶妳回家。」
「如果我再瞇瞇眼？」
「如果妳讓我的小頭疼惡化成大頭疼的話。」
「如果你帶我回家的話，」安娜說，「你會嚴重遲到唷。」
她以為即將挨父親一耳光。以前有一次，她飆了一長串她在碼頭聽到的髒話，父親大手似皮鞭，來時無影，落在小臉頰上，陰影至今仍盤桓安娜心中，產生的弔詭效應有時讓她更斗膽頑抗。
父親揉揉額頭中間，然後抬頭。他的緊張被女兒治好了。
「安娜，」他說，「我要妳怎麼做，妳曉得吧？」
「當然。」
「乖乖陪史岱爾斯先生的小孩玩一會兒，讓我好好跟史岱爾斯先生商量事情。」
「不說我也懂啦，爸爸。」
「妳當然懂。」
她走出J型車，圓睜的眼睛被太陽照得水汪汪。這輛車本來是她家的，股市大崩盤後，車子歸工會所有，成了工會的公務車，讓父親借來開。上學以外的閒暇，安娜喜歡當父親的跟屁蟲，走遍賽馬場、聖餐禮早餐、教會活動，有時進辦公大樓搭電梯直通高層，有幾次甚至上館子。但是，到私人住家拜訪，這還是頭一遭。

應門的是史岱爾斯夫人，眉毛修整得秀麗如影星，闊嘴塗得紅嫣嫣。安娜總認為她遇見的女人沒有一個比母親美，一見夫人豔麗奪目的姿色就認輸了。

「我本來希望認識認識凱利根夫人呢。」史岱爾斯夫人以沙啞性感的嗓音說，雙手包住安娜父親的手。他回應夫人說，小女兒今早不巧病了，太太只得留在家照顧她。

見不到史岱爾斯先生的蹤影。

黑人女傭穿著淺藍色制服，端著銀色托盤過來，請安娜喝一杯檸檬水，安娜客氣地接受，（希望）沒顯露敬畏的神情。玄關的木質地板擦得亮晃晃，她瞥見自己在地板上的倒影。她身上穿著母親縫製的紅洋裝。從隔壁前廳的窗戶，可見淡薄冬陽下瀲灩的海面。

史岱爾斯先生的女兒泰波莎才八歲大，比安娜小三歲，但安娜任憑小手牽她下樓，進「育嬰室」，見到一間純供小孩遊戲的房間，玩具之繁多令人咋舌。安娜隨眼一瞟，發現一個媚眼娃娃（Flossie Flirt Doll）、幾隻大泰迪熊、一座搖搖馬。育嬰室裡有位「褓母」，是個嗓門刺耳的雀斑女，羊毛織的上衣把豐滿的上圍束得緊梆梆，宛如塞太多書的書架。看褓母的寬臉和流轉俐落的眼神，安娜猜她是愛爾蘭裔，赫然擔心被褓母看穿底細。安娜當下決心和褓母保持距離。

育嬰室裡有兩個小男孩，想必是雙胞胎，就算不是，兩個的長相可說是一模一樣。兩人想玩電動火車，軌道卻怎麼湊也湊不好，求褓母幫忙，被褓母一口回絕。安娜有意擺脫褓母，於是在斷軌旁蹲下，主動協助。她的指尖能領會機械零件的邏輯，天資過人而不自知，見別人做不來，總暗嫌他們沒盡力：在組裝東西時，他們老是「袖手旁觀」，如同憑觸覺看圖，湊得齊才怪。傷透男孩腦筋的一塊被安娜一湊就好，她接著從新開的盒子再取出幾塊。這款屬於萊諾（Lionel）火車，軌道接合得乾乾脆脆，質感摸得出來。安娜一邊忙著拼裝軌道，一邊不時游目望向塞在書架盡頭的媚眼娃娃。兩年前，她朝思暮想，苦盼不到這種洋娃娃，如今妄想雖已被時空瓦解，殘塊仍遺留心中。以前的渴望竟在這地方復出，感覺既奇怪又痛苦。

泰波莎摟著耶誕節收到的新洋娃娃——穿狐皮大衣的童星秀蘭．鄧波兒[1]，泰波莎見安娜為弟弟拼湊車軌，看得出神。「妳家在哪裡？」她問。

「不遠。」

「在海邊嗎？」

「在海邊附近。」

「我可以去妳家玩嗎？」

「當然。」安娜說。弟弟每遞給她一塊，她立刻裝好。「8」字形的鐵軌快完工了。

「妳有弟弟嗎？」泰波莎問。

「只有一個妹妹，」安娜說。「她今年八歲，和妳一樣大，不過她仗著自己長得漂亮，心腸不好。」

泰波莎心驚露於言表。「多漂亮？」

「天仙級的漂亮，」安娜鄭重說，隨即補上：「她長得像媽媽。我們媽媽以前在富利絲歌舞團當

---

1 秀蘭．鄧波兒（Shirley Temple），好萊塢著名童星，曼秀雷敦小護士商標的原型。

不要洩自己底。」

過舞孃。」不慎吹擂出這句話，她隨即後悔莫及。父親的告誡言猶在耳：「除非逼不得已，否則千萬

午餐在遊戲間裡上桌了，端菜的人是同一個黑人女傭。小孩全像大人，餐巾擺在大腿上，乖乖坐小椅子。安娜朝媚眼娃娃偷瞄幾眼，為了抱娃娃一下而苦思藉口，因為她不想承認喜歡媚眼娃娃。如果能抱一下，嘗到滋味，她就滿足了。

午餐後，褓母叫姊弟去穿大衣、戴帽子，開後門，放他們去海邊玩，以獎勵他們守規矩。後門有條步道，從史岱爾斯家後面通往一片私人海灘。長長一道弧形的沙灘輕覆薄雪，斜倚海面。安娜不是沒在冬天逛過碼頭，但她從未在寒冬踏海逐浪。迷你小浪在薄如皮的冰下襲來捲去，冰被她一踩就裂。海鷗在亂哄哄的風中吱嘎叫，不時俯衝而下，肚子白晃晃。雙胞胎帶著巴克羅傑斯死光槍出來玩，可惜槍響和垂死呻吟全被風聲掩蓋，兩人猶如在表演默劇。

安娜望著海，駐足水邊，內心洋溢著一種電流似的感受，嚮往和畏懼兼具。那麼多海水假如瞬間消失，會暴露出什麼東西來？想必是遍地的失物吧：沉船、寶藏、金銀珠寶，也有那條從她手腕掉進排水溝的吉祥手鍊。父親總笑著補充說：「死屍。」對他而言，海洋是一片荒原。

安娜看著在身旁發抖的泰比，想說出內心的感受。泰比是泰波莎的小名。對陌生人講事情通常比較容易。這次不然。她引用父親面對空曠的海平面時講的一句老話：「一艘輪船也見不到。」

在沙灘上，孿生兄弟倆拖著死光槍，走向浪花沖岸的地方，褓母氣喘吁吁跟進。「甭想接近水邊，菲利普、約翰馬丁，」她咻咻喘出的音量驚人。「聽清楚了沒？」她狠瞪安娜一眼，暗中責怪安娜不該帶小朋友玩水。褓母接著趕兩個小兄弟回房子。

「妳的鞋子快被打溼了。」泰波莎牙齒格格打顫說。

「不如我們乾脆脫了吧？」安娜問。「冷一下，看滋味怎樣？」

「我才不想嚐冷的滋味呢！」

「我就想。」

泰波莎看安娜解開鏡面黑皮鞋的束帶。這雙是安娜和樓下鄰居薩拉・克萊恩共用的皮鞋。她脫下羊毛襪，露出瘦骨嶙峋、比同齡小孩修長的白腳丫，踏進冰冷的海水，左右腳分別將苦痛的感覺傳進心裡，部分滋味是灼痛感，竟帶給她出其不意的欣快。

「什麼滋味啊？」泰波莎尖聲問。

「冷，」安娜說。「冷得不得了，不得了。」使盡渾身力氣，她才不至於流露出退縮的動作，而這番抗拒為她內心平添一許異樣的亢奮。她朝房子的方向望，看見兩個穿黑大衣的男人走在沙灘邊緣以石子鋪築的步道上，頂著風，手壓著帽子，恰似無聲電影裡的演員。「那兩個是我們的爸爸嗎？」

「我爸喜歡在戶外談生意，」泰波莎說。「說是想『遠離閒雜人等』。」

父親談生意不讓泰波莎在場，安娜聽她這麼說，由衷為她抱屈，因為父親准許安娜盡情旁聽他談正事。安娜聽到的全是她不太感興趣的東西。父親的工作是在工會成員和工會之友之間傳遞問候的心意或祝福。所謂的心意包括一個信封，有時候是一個包裹，由他若無其事地收送——不特別留意的人絕對看不到。幾年下來，他常不經意告訴安娜許多事，安娜也不經意聽見了。

安娜訝異的是，父親對著史岱爾斯先生講得眉飛色舞，好像彼此很熟，八成是朋友，不知他剛才窮緊張什麼。

兩人換個路線，踏上沙灘，改朝安娜和泰波莎的方向走來。安娜急忙走出海水，可惜鞋子擺太遠，她來不及穿好。史岱爾斯先生比她父親高大，個頭威武，帽沿下露出油亮的黑髮。「咦，這是你女兒嗎？」他問。「能忍受北極低溫，連襪子都不必穿？」

安娜意識到父親不悅。「是啊，」父親說。「安娜，快問候史岱爾斯先生。」

「非常榮幸認識你。」安娜說著，照父親教她的方式穩穩握對方的手，同時提防自己不能瞇眼看他。史岱爾斯先生外表比父親年輕，臉上不見細紋黑斑，態度多了一分警覺，一股若隱若現的緊繃，連隨風飄舞的大衣也掩不住。他似乎在等一件趣事出現，等著反應。而目前抓住他目光的正是安娜。

史岱爾斯先生在她身旁的沙灘上蹲下，直視她的臉，問她，「為什麼光著腳丫？妳不冷嗎？難道妳是想耍寶？」

安娜一時答不出來。她認為都不是，而是直覺地想讓泰波莎猜不透她，一直敬畏她。但她連這一點都講不明白。「耍寶做什麼？」她說。「我都快十二歲了。」

「好吧，那玩水的滋味怎樣？」他的口氣有薄荷和烈酒香，海風吹不散，安娜嗅得到。她忽然想起，爸爸聽不見他們的對話。

「只有一開始會痛而已，」她說。「一會兒後，什麼感覺都沒有了。」

史岱爾斯先生咧嘴笑笑，彷彿把她的回答當成他接住的球，樂得通體暢快。「人生哲理喔，」他說，然後挺直高大的身軀。「她很堅強。」他對安娜的父親說。

「沒錯。」父親迴避她的目光。

史岱爾斯先生拍掉褶紋褲上的沙，轉身離去。這一刻已經被他耗盡，他想另尋話題。「小孩比我們堅強，」她聽見他對父親說。「幸好他們不曉得，算我們走運。」安娜以為他會轉頭望她，但他似乎忘了她的存在。

拖著腳走回步道時，戴克斯特．史岱爾斯覺得海沙鑽進牛津皮鞋。起先他察覺到，艾迪．凱利根暗藏著一份韌性，結果不出所料，他的個性被黑眼珠的女兒曝露得淋漓盡致。他一向認定，子女常洩大人的底，這次又得到一明證。正因如此，戴克斯特．史岱爾斯在認識對方家人之前，鮮少跟對方做生意。他但願泰波莎也跟著打赤腳。

凱利根開的是一九二八年分的杜森博格J型車，尼加拉藍，顯示車主品味不俗，也意味他在股災之前賺了不少。他的裁縫師技術過人。然而，這人帶有一分晦暗的氣息，可能是陰影，可能是感傷，掩蓋了他的服裝和座車的光芒，甚至拖垮了他靈巧直率的談吐。話說回來，誰內心沒感傷？有些人的內心更是陰影幢幢。

他們踏上步道時，戴克斯特已不知不覺決定僱用凱利根，前提是雙方能談妥條件。

「對了，你有空嗎？想不想搭我的車，去認識我的一個老朋友？」他問。

「當然好。」凱利根說。

「老婆不等你回家嗎？」

「趕得上吃晚餐就行。」

「你女兒呢？她會不會煩惱？」

凱利根笑了。「安娜？煩我是她的本行。」

✷

安娜本以為，父親隨時會喊她上岸，最後出來催趕的人卻是褓母。褓母氣呼呼走來，不准小孩繼續受風寒。天色變了，遊戲間裡氣氛凝重而昏暗。這房間有專屬的柴爐，燒得暖烘烘。小孩吃著胡桃餅乾，看著電動火車在安娜湊齊的8字形軌道上兜圈跑，蒸汽從迷你煙囪飄搖而出。安娜沒見過這種玩具，無法想像售價多高。來這裡闖蕩這麼久，遠遠超過平常的噓寒問暖，她厭倦了。扮演角色給小朋友看，令安娜精疲力盡。爸爸不見人影，感覺過了好幾個鐘頭。最後，雙胞胎丟下奔馳中的火車，改去看圖畫書。搖椅上的褓母睡著了。泰波莎躺在辮結地毯上，拿著新的萬花筒，對著燈光看。

安娜隨口問，「妳的媚眼娃娃可以借我抱一下嗎？」

泰波莎若有似無地同意，安娜小心翼翼從架上拿下娃娃。媚眼娃娃共有大小四款，這款只比最小一款的新生兒大一號，藍眼有受驚的模樣。安娜把娃娃側放，果然如報紙廣告寫的一樣，瞳孔溜進眼角，直盯著安娜不放似的。她喜不自勝，差點呵呵笑了起來。娃娃的嘴巴被畫成完美的圓形，上唇下面露出兩顆塗得白白的門牙。

泰波莎似乎嗅到安娜的喜悅，一躍而起。「可以送妳，」她大聲說。「反正我已經不玩了。」

安娜思索著這份好意的衝擊力。去年耶誕，她極度想要媚眼娃娃卻不敢說，因為輪船不再進港了，家裡沒錢。如今，對娃娃的渴望在她體內劇烈澎湃，深知非拒絕不可的她差點收下。

「謝謝妳，我不要，」她終於說。「我家有個大一號的。我只想知道小號的長什麼樣子。」她強拗心中的渴求，硬把娃娃放回架上，一手逗留在橡皮小腿上，直到她覺得祼母在看她才鬆手。她佯裝沒興趣，轉頭就走。

太遲了。心意被祼母識破。泰波莎被母親叫走後，祼母抓起娃娃，作勢丟給安娜。「還不趕快收下，親愛的，」她凶巴巴低聲說。「她的玩具多到玩不完，她才不在乎。三個姊弟都一樣。」

安娜猶豫著，微微相信辦法是人想出來的，自己有可能偷偷收下娃娃，不讓別人知道。但她一想到父親的反應，馬上斷然拒絕。「謝謝妳，我不要，」她冷冷說。「再怎麼說，我長大了，不能再玩娃娃。」她頭也不回，走出遊戲間。然而，她的意志被祼母的同情軟化，爬樓梯時兩腿頻頻顫抖。

在前廳一見到父親，安娜差點忍不住奔向他，照以前的習慣抱他的腿。他已經穿好外套，史岱爾斯夫人正在道別。「下次一定要帶妳妹妹來。」夫人告訴安娜，親她臉頰，散發出一縷麝香。安娜向她保證會。J型車停在門外，被向晚的餘暉照出沉悶的光彩。工會的小弟擦車不夠起勁，這車歸他們家管的時候，車身擦得比較光滑。

駛離史岱爾斯先生家時，安娜思索著，什麼樣的俏皮話才能突破父親的心防。小時候，她能不經大腦冒出妙語，如果逗得父親赫然一笑，她才知道自己成了開心果。最近，她常發現自己努力想重拾往昔，彷彿某種新意或純真已從她身上流失了。

「我猜，史岱爾斯先生以前不玩股票吧。」她久久之後才說。

父親嘿嘿笑著，拉她過來。「史岱爾斯先生用不著玩股票。他開了幾間夜總會，也有其他事業。」

「他是工會的人嗎？」

「不是啦，他和工會八竿子打不著。」

安娜感到意外。一般而言，工會人戴大帽，碼頭工戴小帽。有些人，例如她父親，可能大小帽換著戴，視當天情況而定。爸爸打扮得體面時，像今天這樣，安娜無法想像他手持碼頭鉤的畫面。媽媽從事論件計酬的工作時，總不忘留幾支珍禽羽毛，來綴飾他的大帽子。她也為他修改西裝，順應整體的風格，烘托他精瘦的身材。輪船不再進港後，他體重下降，運動量也變少。

他現在以夾著香菸的一手握方向盤，另一手摟安娜。她依偎在父親身旁。每次到最後，最溫馨的一幕總是父女倆開著車，安娜在昏昏欲睡的滿足浪潮裡浮沉。車上不知多了什麼東西，一股土味瀰漫在菸氣中，氣味熟悉，但她一時想不出是什麼。

「剛才為什麼光腳丫，嘟嘟？」他問。不出她所料。

「想踩踩水。」

「那種事，小女生才會做吧。」

「泰波莎才八歲，她就不肯。」

「她比較懂事。」

「史岱爾斯先生稱讚我下水。」

「他的想法，妳哪知道？」

「我知道啊。是他告訴我的，你沒聽見而已。」

「我注意到了，」他瞟她一眼說。「他對妳說了什麼？」

安娜的思緒飄回沙灘上，憶起光腳被凍痛的滋味，想到那名蹲在她身邊面露好奇的男人。這些感受現在全和她當時對媚眼娃娃的渴望揉合成一團。「他說我很堅強。」她說，聲帶長出硬塊，視線模糊一陣。

「妳是啊，嘟嘟，」他說著親女兒頭頂。「隨便什麼人都看得出來。」

等綠燈之際，他從總督菸（Viceroy）盒裡再搖出一支菸。安娜拿起菸盒檢查，但裡面的兌換券早被她抽走。她但願父親多多抽菸，她已經收集了七十八張兌換券，但要收集到一百二十五張，才能兌換到誘人的獎品。如果收集到八百張，可以兌換六組鍍銀刀叉匙，裝在訂做盒子裡。七百張能兌換吐司烤完能自動跳出來的烤麵包機。可惜，條件太高，她可望而不可求。高級獎品的型錄裡玩具不多，只有法蘭克．巴克（Frank Buck）熊貓，以及附全套新生兒用品的貝琪尿尿娃（Betsy Wetsy doll），兩百五十張，但她似乎瞧不起這些獎品。她有興趣的是射飛鏢——「適合較大兒童與成人」，但他們住的公寓那麼小，她無法想像在家裡扔尖頭飛鏢。萬一射中莉迪亞，那還得了？

有人在展望公園裡露宿，煙從公園裊裊升起。快到家了。「我差點忘記，」父親說。「看我剛才收到什麼。」他從大衣裡取出紙袋給安娜，袋中有幾顆鮮紅欲滴的番茄。她剛嗅到的果酸和土味就是番茄。

「冬天哪來的番茄？」她訝異問。

「史岱爾斯先生有個朋友，蓋了一棟玻璃屋，在裡面種番茄。他帶我去參觀。給媽咪驚喜一下，好不好？」

「你剛溜走了？把我丟在史岱爾斯先生家？」她既錯愕又心痛。她陪爸爸出來辦事這麼多年，他從未扔下她開溜。他始終留在她視線範圍內。

「走開一下下而已嘛，嘟嘟。妳根本不會想我。」
「多遠？」
「不遠。」
「想你啊，怎麼不想？」現在得知爸爸剛才不告而別，她似乎感受到爸爸不在的空虛。
「鬼扯，」他說著再親她一下。「妳玩得樂翻天了。」

# 第二章

艾迪．凱利根將《紐約晚報》摺著，夾在腋下，上樓來到公寓門外稍停，喘著氣。他剛叫安娜先上樓，說他想買報紙，其實目的是延遲進門的時間。勤奮不休的暖氣爐散發熱氣，從門縫滲出走廊，強化了三樓費尼家煮洋蔥肝的氣味。他家的門牌寫的是五樓。投機取巧的建商把二樓詭稱為一樓，所以他的公寓其實在六樓。幸好，這棟樓房的一大優點是地下室有暖氣爐，能把蒸汽送進所有房廳的散熱器裡，彌補了樓高的缺點。

門擋不住姊姊布麗安豪邁的笑聲，他聽見了不禁反感。去古巴一遊的布麗安想必是提早回家了。艾迪推開門，被油漆封住的鉸鏈發出吱聲。妻子艾格妮絲坐在餐桌前，身穿短袖黃洋裝。六樓的季節是終年恆夏。果然，布麗安和艾格妮絲對桌而坐，皮膚多了一抹日曬，手握近乎全空的酒杯。布麗安的酒杯一向如此。

「嗨，愛人，」艾格妮絲起身說。她正忙著為一堆亮片無邊女帽加工。「你今天忙到這麼晚。」

她吻艾迪一下，艾迪握著她強健的腰臀，內心又如常悸動起來，白天的事暫被拋向九霄雲外。前廳的耶誕樹掛著幾顆丁香橙，他嗅到一絲香味，也意識到莉迪亞在前廳，在耶誕樹附近。他不轉身。他需要穩定心情。吻美女妻是一顆好用的定心丸。布麗安從古巴帶回高級蘭姆酒，艾迪看著妻子把氣泡水加進蘭姆酒杯中，定心酒更是妙用無窮。

艾格妮絲嫌晚上喝酒害她太累，所以入夜後不沾酒。艾迪為姊姊布麗安的高球杯添酒，再加一小塊碎冰，和她碰杯。「這一趟玩得怎樣？」

「本來棒得不能再棒，」布麗安笑著說，「後來慘得不能再慘。我改搭汽輪回來。」

「和遊艇沒得比。對了，這杯調得真爽口。」

「搭汽輪才是最棒的一段呢！我在船上交了一個新朋友，比原來那個更好相處。」

「他有工作嗎？」

「在樂隊裡吹小號，」布麗安說。「我知道，我知道，親愛的老弟，得了吧。他溫柔得不得了呢。」

老樣子。布麗安是同父異母的姊姊，大他三歲，童年聚少離多，現在的她猶如一輛高級車被魯莽的車主整到瀕臨崩潰。從前的她豔光四射，如今在光線不對的場合，三十九歲的她簡直像年過半百。

前廳傳來呻吟聲，聽在艾迪的耳朵裡，宛如肚子挨人踹一腳。快去啊，艾迪在心裡催自己，省得老婆忍不住提醒。他從桌前起身，走向莉迪亞躺的安樂椅。莉迪亞的力氣不足以自行坐著，所以家人把她身體撐起來，像貓狗一樣。見父親走來，她歪嘴微笑著，垂著頭，手腕像鳥翼一般彎曲。她以晶亮的藍眼探照父親，澄澈無瑕的明眸絲毫不顯病態。

「哈囉，莉，」艾迪的語調硬梆梆。「今天過得怎樣，小朋友？」

明知她不能回應卻如此問候，口氣聽起來不帶挖苦意味也難。莉迪亞並非啞巴，只是講話全是語無倫次的兒語——照醫師的說法是「仿說現象」。話說回來，不和她講話也不盡人情。面對一個不能自行坐著、更不會走路的八歲女童，又能怎麼辦？摸摸她的頭，打聲招呼，頂多只需十五秒，然後呢？老婆艾格妮絲必定會從旁觀察，渴望他對小女兒展現親情。艾迪在莉迪亞身旁跪下，吻她臉頰。

她的捲髮金柔，母親堅持花大錢買洗髮精給她，洗得香噴噴。莉迪亞的肌膚絲柔似嬰孩。隨著莉迪亞愈長愈大，大家更忍不住遐想，假如她沒有殘障，外表會變得如何。會變成小美女吧。可能勝過母親艾格妮絲——安娜絕對比不上。想這麼多有什麼用？

「妳今天過得怎樣啊，小朋友？」他沉聲再講一次。他把莉迪亞抱進懷裡，在椅子上坐下，讓女兒壓住胸膛。安娜挨過去。她受過母親訓練，懂得審視父女互動的言行。安娜對妹妹如此盡心盡力，令艾迪不解；妹妹的回饋少之又少，安娜盡再多心血又有什麼用？安娜脫掉妹妹的襪子，搔搔蜷曲的軟腳丫，逗得她在父親懷中扭身，發出她代表歡笑的聲響。艾迪討厭這一幕。他寧可假設莉迪亞無法思考、沒有感覺，頂多只有動物的本能，只懂得求生之道。然而，快感衍生的歡笑卻推翻了他堅信的這份假設，令他怒火中燒——先是氣莉迪亞，然後氣自己吝於施捨她片刻的歡樂。同樣令他勃然大怒的是她流口水的時候——她當然無法自制，艾迪卻氣得想打她，隨即內疚不已。一次又一次，艾迪和小女兒相處時，怒火和自我憎惡的暗潮交相攻心，打得他疲憊痲木。

但反過來說，父女相處也能如此溫馨。窗外的暮光轉靛藍，他的思緒欣然被布麗安的蘭姆酒迷霧蒙蔽，兩女兒像貓咪依偎著他。收音機播放著艾靈頓公爵的爵士樂，這個月的房租已如期繳清。他的家境固然不理想，至少情況勝過一九三四年殘垣斷壁裡的無數男人。幸福指日可待，這份希望如睡意在他心中滋長著，但叛逆心陡然拉扯他，逼他恢復理智：不行，我不能接受，我不願被此情此景搞得快樂。他倏然起身，嚇到莉迪亞。莉迪亞被放回椅子時嗚咽起來。情況不應該是這樣——離理想差太遠了。他是遵規守紀的人（艾迪常如此自我提醒，不無反諷的意味），而這裡有太多法則脫序。他抽身而退，脫離現場，在旋身背棄幸福快樂的同時，他也付出代價：心痛與孤寂的鞭笞。

他想買一種價格高昂的特製輪椅給莉迪亞。想養這樣的女兒，沒有戴克斯特．史岱爾斯家的那種財富怎麼養得起？可恨的是，那種人家怎麼會生出莉迪亞這種小孩？莉迪亞出生頭幾年，在艾迪夫婦仍自認是有錢人的時日，艾格妮絲每週帶莉迪亞去紐約大學診所，由一名婦人為莉迪亞泡礦泉浴，以皮帶和滑輪來強化她的肌肉。現在，他們已負擔不起那種醫療。但是，特製椅子能讓她坐直，她能挺直身子觀看世界，加入直立人的天下。艾格妮絲深信輪椅具有改頭換面的效力，艾迪深信的則是和妻子見解一致的表象。或許，他也認同妻子的想法，微微認同。衝著輪椅，他才主動想去結識戴克斯特．史岱爾斯。

艾格妮絲清走餐桌上的無邊女帽和亮片鍊，擺放晚餐用的四套餐具。她希望能讓莉迪亞同桌，也樂意抱她坐大腿一起用餐，無奈這樣做勢必倒盡艾迪的胃口。因此，艾格妮絲讓莉迪亞獨守前廳，照常為了內疚而凝神關注她。關照她的心意猶如一條繩，兩頭分別由艾格妮絲和安娜牽曳。透過這條繩，艾格妮絲能感應到莉迪亞的意識和好奇，得知莉迪亞相信自己沒落單。她希望莉迪亞能感受到媽媽熾熱的愛和關照。當然，握繩的艾格妮絲心神有半數缺席——艾迪常嫌她不專心。但愛心不足的人是他，艾格妮絲有理由不專心。

晚餐是焗豆香腸焙盤，布麗安邊吃邊講她和博特鬧翻的過程，以娛樂大家。她和博特的關係原本已發餿了，不料布麗安一閃神，竟然把他從自己的遊艇推下水，一把摜壞兩人的情緣，博特也掉進巴哈馬群島附近鯊魚猖獗的海域。布麗安說，「比他游得更快的人，保證你們沒看過。他簡直是奧運泳將喔，不蓋你。後來他爬上甲板，站不起來，我過去扶他，還想把他摟進懷裡呢——畢竟他好幾天沒做過這麼滑稽的事了。結果你猜他作何反應？居然想一拳捶爛我鼻子。」

「然後呢？」安娜樂得大喊，惹得艾迪有點反感。女兒恐怕會被姊姊帶壞，但他不知如何是好，不知如何反制。

「我當然閃得快囉，害他差點又落海。從小家裡有錢的男人哪懂得打架？只有窮人家的小孩會。就像你，老弟。」

「不過，我們家沒遊艇。」他指出。

「所以才更可惜啊，」布麗安說。「一頂遊艇帽戴在你頭上，你看起來更瀟灑。」

「妳忘了我不喜歡坐船。」

「家境好，男生長大會變得軟弱，」布麗安說。「最後呢，上下裡外都軟趴趴的，懂我意思吧？」見艾迪在瞪她，她補上一句：「思想不夠硬啦。」

「喇叭手呢？」他問。

「他呀，他是個正宗的情郎。頭髮捲捲的，偶像魯迪．瓦利的翻版。」

過沒多久，布麗安又會再伸手要錢。她的舞孃生涯是很久以前的事了，即使是在跳舞有薪水可領的日子裡，她的主要財源始終來自頻頻換的男友。如今，闊綽的男人少了，而且她眼袋明顯，腰圍多了一大圈，交男友的機率驟降。姊姊伸手，艾迪會設法湊錢給她，即使沒錢，也不惜向高利貸借。艾迪唯恐缺錢的她會踏上險路。

「我的喇叭手嘛，他其實日子過得不錯，」布麗安說。「他最近在戴克斯特．史岱爾斯的兩三家夜總會表演。」

這姓名讓艾迪不覺驚慌失措。他從未聽過布麗安或任何人提及這號人物，連想都沒想到自己應該預先做好心理建設才對。餐桌對面的安娜遲疑著，他意識到了。安娜會不會搶著說：史岱爾斯家就在曼哈頓灘，她和爸爸今天去過？艾迪不敢正視安娜。他以綿長的沉默暗示安娜也閉嘴。

久久之後，他才回應布麗安：「是啊，是很不錯。」

「艾迪的個性就是這麼好，」布麗安嘆氣。「一向樂觀。」

前廳的時鐘敲七下，表示七點將近十五分了。「爸，」安娜說，「你不是帶東西回家，想給她們一個驚喜嗎？」

由於剛才虛驚一場，艾迪的腦筋一時轉不過來，一會兒才想起紙袋裡的物品。他從桌位起身，走向掛鉤下的大衣。安娜精得很，他暗中讚嘆著，一面假裝摸摸大衣口袋找東西，藉機穩定呼吸。安娜豈止是精。他對著桌面，把紙袋倒過來，讓亮晶晶的番茄滾到桌上。妻子和姊姊果然驚喜。「哪來的？你怎麼有？」兩人急著問。「誰給的？」

艾迪思索著該如何解釋之際，安娜順勢代答，「工會有人有一棟玻璃屋，裡面能種東西。」

「工會的弟兄們日子過得挺好的嘛，」布麗安有感而發。「即使遇到經濟大蕭條也一樣。」

「尤其是在遇到大蕭條的時候。」艾格妮絲話裡帶刺，但她其實很高興。有福可享，意味著艾迪仍有頭路——這種運氣可遇而不可求。她找來鹽巴和水果刀，開始在砧板上切番茄，汁液和小種籽流到油布上。吃番茄切片時，布麗安和艾格妮絲樂得哼哼唉唉。

「先是耶誕節有火雞可吃，現在又有這個——敢情是快選舉了吧。」布麗安邊說邊吸吮手指上的番茄汁。

「敦奈倫想競選市議員。」艾格妮絲說。

「上帝保佑我們啊，那個吝嗇鬼。艾迪，來嘛，嚐嚐看。」

艾迪終於上桌去吃，揉合鹹酸甜的滋味如琴弦在嘴裡撥動。安娜的視線和父親相接，密謀成功的她連竊笑也不露。她靈機應變的能力，遠超出艾迪的期望，但艾迪發現自己有件心事擱不下——或者是，他正回想起白天煩惱的一件事？

安娜幫母親收桌子，洗餐具，布麗安則為自己添蘭姆酒。前窗外面有一道逃生梯，艾迪開窗戶，爬到外面抽菸，趕緊關窗，以免莉迪亞受風寒。黑街浸淫在黃黃的路燈中。那輛華麗的杜森博格車原本是他的。該去還車了，他想到不禁輕鬆起來。敦奈倫向來不准他隔天還車。

艾迪抽著菸，心思回到他對安娜的煩惱。這心事彷彿是他收進口袋裡的一顆石子，現在終於能取出來細看。他曾在康尼島教安娜游泳，帶她去看《人民公敵》、《小凱撒》、《疤面煞星》（無視於帶位員反對的眼光），買給她巧克力牛奶汽水與俄式夏樂蒂蛋糕，七歲大就讓她喝咖啡。她簡直是個小男生，襪子髒兮兮，平日穿的洋裝和七分褲沒兩樣。她是個小不點，是隨地欣欣向榮的小草，再惡劣的環境也不怕。安娜穩穩地對他傾注生命力，莉迪亞則戳孔讓他的生命力流失。

然而，他剛在餐桌上目睹的反應是一種欺瞞，有害女孩心靈，會讓她誤入歧途。今天安娜在海邊和史岱爾斯對話，他靠近後赫然發現，女兒縱使不盡然是美人胚子，多少也能引人側目。她快十二歲了，儘管在他心中仍是小孩，但已不再是幼童。體認這事實後，陰影在他心頭終日縈繞不去。

結論很明顯：以後不能再讓安娜跟班了。即使不是就此打住，也不能拖太久才喊停。這想法演變成逐漸擴大的空虛感，盤據心中。

艾迪爬回公寓裡，蘭姆酒味撲鼻的布麗安在他臉頰上留個不乾不淨的吻，然後去找她的喇叭手。

艾格妮絲拿一片木板，蓋在廚房洗濯臺上，用來為莉迪亞換尿布，艾迪從妻子背後摟抱她，下巴擱在她肩膀上，追憶小倆口動不動親熱的日子，假想著回到過去片刻。但艾格妮絲要他親莉迪亞一下，由他接手換尿布，為女兒鉤好別針，小心不要刺到她嬌嫩的皮膚。眼看著，艾迪就要接手了——他願意接，手就快向前伸了——終究還是沒接手。隨即，接手的意願來了又走。他放開艾格妮絲，對自己失望，艾格妮絲獨自把尿布換完。剛才她也有重溫往日的心意，多想轉身獻吻，給艾迪一個驚喜，暫且忘掉莉迪亞——總不會少一塊肉吧？她只敢想像，做不出來。往日的習性全被她摺好，收進盒子裡，和她的舞孃裝一起蒙塵。有朝一日，或許她會從彈簧床下抽出盒子，再打開來看。但現在不行。莉迪亞太需要她了。

艾迪去小孩的臥房找安娜。姊妹倆同睡的這間靠街，夫妻的房間則正對著通風井，不衛生的排氣充滿霉味和潮溼的灰燼味。安娜正在翻閱精品型錄。這本小冊子裡盡是不值錢的獎品，安娜為何如此沉迷，艾迪不懂，但他在窄床上坐下，坐安娜身旁，把他最新一包羅利（Raleigh）菸裡的兌換券給她。她正在研究的獎品是一張鑲花的橋牌桌，號稱「百用不壞」。

「你覺得好不好？」她問。

「七百五十張兌換券？想收集那麼多，連莉迪亞也非學會抽菸不可吧。」

安娜聽了笑出來。她喜歡爸爸提到莉迪亞。艾迪自知應多提莉迪亞，反正又不會多花他一毛錢。

安娜翻到下一頁：男士腕錶。「爸，我可以兌換這個送你，」她說。「因為菸全是你在抽。」

他很感動。「記得嗎，我有我的懷錶。收集的人是妳，不如換個獎品給妳自己吧。」他翻找著適合兒童的獎品。

「貝琪尿尿娃？」安娜語帶鄙夷。

被這語氣刺傷的他趕緊翻到另一頁，裡面有粉餅盒和絲襪。

「給媽咪的嗎？」她問。

「給妳的。因為妳長大了，不再想玩洋娃娃。」

她哇哈哈爆笑，令艾迪鬆一口氣。「那種東西，我永遠也用不著，」她說著翻看玻璃器皿、烤麵包機、電氣燈。「我們選個全家都能用的獎品吧。」她的口氣很大，彷彿自己的小家庭能媲美鄰居費尼家。費尼一家人有八個健康的小孩，擠在兩間公寓裡，所以三樓有一間浴廁由他們家獨占。

「妳晚餐時的反應是對的，嘟嘟，」他壓低嗓子說。「沒提起史岱爾斯先生。其實，最好也不要對任何人提起他的名字。」

「只能對你提？」

「連我也不行。我自己也不會提起。用腦袋去想，可以，但不能講出來。懂嗎？」他硬起頭皮，預期女兒一定會頂嘴。

規定她不准講，她卻似乎因此更起勁。「好！」

「對了，剛才我們提到誰來著？」

安娜愣一下。「某某先生。」她說。

「乖女孩。」

「老婆是某某夫人。」

「答對了。」

安娜覺得自己漸漸忘記了，滿足於握有一個只有父親和她知道的祕密，自己能以祕方討他歡心。和泰波莎、史岱爾斯先生認識的那天情景變得如夢似幻，再怎麼竭力收攏也漸漸脫皮融解。

「而且他們住在沒人知道的地方。」她想像著：一座海邊城堡被失憶雲霧籠罩消失。

「對啊，」父親說。「的確是。很美吧，對不對？」

# 第三章

以前艾迪回到家，總有一股鬆懈感，現在，那份感受只在步出家門時才有。最主要的原因是，他可以抽菸。下到一樓，他用火柴劃鞋底點菸，慶幸下樓時沒遇見鄰居。他討厭鄰居是因為他們看待莉迪亞的眼光。費尼家的態度熱誠而慈善：總之是憐憫。一聽上下樓腳步聲就貼門傾聽的巴克斯特太太，踩著拖鞋的小腳像蟑螂：惡靈似的好奇心。二樓有兩個老光棍，魯茲和波伊爾，隔牆而居，卻十年不交談：波伊爾的態度是嫌惡，魯茲是憤怒，因為有一次，魯茲居然開口問，「把她送進療養院比較好吧？」艾迪反駁他，「送你去才對吧？」

走出公寓，他在寒風中偵測到窸窸窣窣的細語，口哨聲在冒煙的菸頭之間傳遞。接著，他聽見有人喊「釋放所有人！」才瞭解一群男孩正分兩組玩著「陵格雷維歐」追捕遊戲[2]。這街廓的居民族裔混雜，他家公寓裡也有各色人種：義大利裔、波蘭裔、猶太裔，獨不見黑皮膚，但男童嬉戲的場面很像他待過的教養院裡的情景。他自幼在布朗克斯區天主教教養院長大。無論走到哪裡，到處是一群男孩子。

艾迪坐進杜森博格車，發動引擎。先前他聽見一種唧唧唧的震動聲，心覺不妙，現在他再仔細

---

2 Ringolevio，發源於紐約曼哈頓街頭的捉迷藏遊戲。（編按）

聽一聽。無論任何東西，只要被敦奈倫碰過，一定被操到報銷，這輛車也是——連艾迪也不例外。他踩著油門，側耳聽唧唧聲，抬頭望一眼自家前廳的窗戶。家人在裡面，亮著燈。有時候，艾迪進家門前，會在走廊稍作停留，隔著門聽見裡面喜洋洋的氣氛，總覺得詫異。是我剛才想像力太豐富嗎？事後他會問自己。或者是，他不在家時，家人的日子比較輕鬆——比較快樂？

安娜的父親出門後，總有一段時間覺得所有重要的事物都隨他遠去了。前廳時鐘的滴答聲令她抓狂。她忙著做家庭手工，把小珠子繡上華麗羽毛頭飾的同時，手腕和指頭會隱隱作痛，這種痛象徵無能為力，近乎怒火。母親正在為無邊帽貼亮片，一頂五十五片，但最難的裝飾工作由安娜擔當。擅長動針線的她並不引以為傲。靠雙手賺錢，意味著聽人指使——母親聽從鄰居珀爾．葛拉茲基的使喚。珀爾是她在舞團跳舞時認識的朋友，以裁縫戲服為業，主要為百老匯舞臺劇供應服飾，好萊塢的片子偶爾也用她的傑作。葛拉茲基先生足不出戶，因為他的腰在大戰期間中彈，十六年來一直無法癒合——這理由常被用來解釋葛拉茲基夫人為何會為了成品不盡理想而氣得跳腳。安娜的母親從未見過葛拉茲基先生。

莉迪亞睡醒時，安娜和母親會甩脫無精打采的態度，安娜會把妹妹抱上大腿，在妹妹胸前套上圍兜，母親則餵她吃粥。母親每早用軟蔬菜和攪碎的肉煮粥。莉迪亞散發出森森的警覺性；她能看、能聽、能理解。夜裡，安娜悄聲對妹妹訴說祕密。幾星期前，安娜送一包成品去葛拉茲基家，發現珀爾．葛拉茲基不在，心頭不知從哪裡湧出一股膽量，驅使她推開葛拉茲基先生的房門，見到身形高大的他有著一張英俊但殘破的臉，請求看他的腰傷。葛拉茲基先生撩起睡衣，掀開紗布，對她揭露一個像嬰兒嘴一樣水亮的粉紅色圓形小孔。這祕密只有莉迪亞知道。

莉迪亞吃完後，安娜打開收音機，調到馬泰爾交響樂隊演奏經典曲的頻道。她和母親輕手輕腳跳起舞來，等著四樓的普列戈先生拿掃帚柄敲天花板。幸好，他大概是去看拳擊賽了，因為他星期六晚上常去。母女倆沒聽見樓下抗議，才調高音量，母親旁若無人似地熱舞，不太像平日的她，勾起安娜童年時的模糊印象。安娜記得母親在舞臺上跳舞，遙遠的身影在彩燈下閃爍。沒有一種舞難得倒母親，她能跳巴爾的摩巴茲舞、探戈、黑臀舞、闊步舞。可惜，除非家裡只有安娜和莉迪亞，否則她一律不跳。

安娜抱著莉迪亞跳舞，跳到妹妹癱軟的手腳也融入舞步中，三人全舞得滿面潮紅，母親披頭散髮，上衣最上面的釦子敞開。她打開通往逃生梯的窗戶，凜冬的寒風凍得她們咳嗽。在她們的歡呼聲中，小公寓震動起來，吟吟迴響，這是父親在家時不曾有的現象，宛如一種他仔細聽就變成囈語的語言。

舞得渾身發燙時，安娜掀開浴缸蓋，放洗澡水，母女儘快幫莉迪亞脫衣服，輕輕放她進溫水，蜷縮佝僂的身形擺脫地心引力，明顯享受著解放感。母親勾住她的腋下抱著她，讓安娜用高級紫丁香洗髮精為她按摩頭皮。莉迪亞的清澈藍眼凝視著母姊，散發狂喜的光芒。泡泡聚集在她的太陽穴。把莉迪亞捧成地下公主來供奉，把最好的東西留給她用，她們感受到一股隱隱心酸的滿足。

在洗澡水冷卻之前，母女兩人合力才把莉迪亞抱出浴缸，泡沫在肢體異常扭曲的部位晶瑩著，展現一份異樣的美感，有如耳內的結構。她們用毛巾包裹莉迪亞，抱她上床，放她在床罩上，為她擦身，然後灑喀什米爾花束牌爽身粉。她的棉質睡衣以比利時蕾絲點綴，溼溼的捲髮有紫丁香的芬芳。

幫她蓋好被子後，安娜和母親在她左右躺下，伸手在她身體上交握，以免她睡著後滾下床。

每一次，安娜從父親的世界移向母親和莉迪亞的世界，她覺得自己彷彿被一個世界甩開，拋進一個較為深沉的世界。她重回父親的世界後，握著父親的手向市區挺進時，她甩開的是母親和莉迪亞，常把她們拋向九霄雲外。就這樣，她一次次往返，愈沉愈深，直到似乎再也無法深入為止。然而，更深的地方不是沒有，只是她始終無法鑽到底。

艾迪把車停在「桑尼西岸燒烤酒吧」外面，碼頭近在眼前。在除夕前三天的週六夜，外面一片死寂，是近兩星期沒有一艘輪船進港的鐵證。

酒保是白髮蒼蒼的馬蒂・弗林，艾迪向他打招呼，然後踏著鋸木屑走向左後方的角落。這裡的牆上有一張愛爾蘭裔拳擊手吉米・布萊達克全副武裝準備登場的海報，下面的桌子就是約翰・敦奈倫辦理業外事務的地方。他的體魄魁梧，鑾壯的雙手看似碼頭工人，但他已有十幾年不曾和輪船周旋。敦奈倫的服裝整潔，外表卻給人一種懶散、落魄的印象，宛如一艘靠港太久而生鏽的貨輪。他周圍常有一群逢迎拍馬、死纏不放、詐騙小錢的小人物，常向他進貢以換取好處。船不進港，這些人的騙錢事業蒸蒸日上——因為碼頭裝卸工窮到狗急跳牆了。

見艾迪坐進椅子，敦奈倫喃喃說，「艾迪。」

「老敦。」

敦奈倫向酒保招手，叫他為艾迪上一杯傑納西（Genesee），摻一份裸麥威士忌。然後他坐下，表面上若有所思，其實凝神聽著他隨身攜帶的手提式收音機（能摺疊成手提箱），音量不高。敦奈倫愛聽跑馬、拳擊、球賽，舉凡能下注的活動，他全關心，但他的摯愛是拳擊。他目前贊助兩個男孩進軍少年輕量級。

「有沒有代我問候新娘？」敦奈倫問艾迪，隆納根旁聽著。以組頭為業的隆納根最近才打進敦奈倫的圈子。

「太重了，」艾迪說。「我等到新年過後再去送。」

敦奈倫以哼聲表示許可。「平平順順送，急不得。」

這次送貨的對象是一名州級的參議員。原本的計畫是今天趁聖派崔克大教堂散會時遞送。新娘的父親是銀行業者戴爾．杜陵，是海茲樞機主教的親信。婚禮由樞機主教主持。

「我倒不覺得重，」隆納根持異議。「那地方是有法可管，沒錯，不過法律是**我們**制定的。」

「你在場嗎？」訝異的艾迪回嘴。他看不慣隆納根；隆納根的牙齒修長，不笑時也像在冷笑。

「我媽以前是新娘的褓母，」隆納根得意地說。「對了，我怎麼沒在婚禮上看見你，凱利根。」

「這就是艾迪的本事。」敦奈倫嘿嘿笑說。「他想讓人看見時，別人才看得見他。」他的眼珠轉向艾迪，勾起艾迪和一種老友之間的親近感，令他感受到比布麗安更深的親情。小時候，艾迪救過敦奈倫一命，同時也救起教養院另一個院童。他在洛克威海邊，不顧兩人哭喊、嘔吐，獨力將兩人從離岸流中拖離險境。這件事大家絕口不提卻常存心中。

「我下次會瞪大眼睛找你，」隆納根不甘心說。「請你喝一杯。」

「請個屁，」敦奈倫喝斥，陡然震怒引來附近兩人一閃即逝的關注。這兩人是敦奈倫的近身護衛。敦奈倫和這兩個朝天鼻巨漢保持距離，因為他想培養一種慈祥叔伯的形象。「一出這酒吧，你就**不認識**艾迪．凱利根了，懂嗎？他一面和高官貴人打交道，轉眼又跟你這種雜碎瞎攪和，成何體統？艾迪去哪，不干你屁事。你沒事別去找碴。」

「對不起，老大。」隆納根嘟噥說，臉頰通紅。艾迪能感受到他嫉妒心滿溢，差點笑出來。隆納根在嫉妒我！艾迪的穿著得體（艾格妮絲的功勞），而且敦奈倫願意聽他的意見，沒錯，但艾迪是無名小卒裡最小的一號。他是個名副其實的「送包人」，是個小癟三，負責為不該授受的雙方傳送一袋子的東西（當然是鈔票，但他沒必要知道是什麼）。理想的送包人和雙方無瓜葛，服裝平凡，儀態自然，能在交易過程中剔除偷雞摸狗的臭味。艾迪．凱利根就是這種人。他所到之處，無不顯得安詳自在——賽馬場、舞廳、劇院、聖名會（Holy Name Society）的聚會。他的臉形親和，美語不帶口音，熟門熟路遊走各階層。在艾迪的操作下，貨能送得不留痕跡。喔，對了，我差點忘記我們都認識的朋友交代過這東西。哇，謝謝。

為答謝艾迪的苦心，敦奈倫付他尚能糊口的薪資。幸運的話，艾迪能領二十美元的週薪，再加上艾格妮絲的家庭手工，勉強能過活，不至於典當家裡尚存的貴重物品，例如收音機、布麗安送的結婚禮物法國鐘、他死也不放手的懷錶。現在如果能找得到碼頭裝卸的工作該多好。

「有船在檢疫嗎？」艾迪問的是敦奈倫地盤裡的三碼頭有沒有船進港。

「也許再等一兩天吧，從哈瓦那來。」

「進你的碼頭嗎？」

「**我們的**，」敦奈倫說。「我們的，艾迪。怎麼著？你想借錢嗎？」

「不想向他借。」「他」指的是高利貸鯊魚奈特，一星期利息兩成五。奈特正在射飛鏢。

「艾迪啊，艾迪，」敦奈倫輕聲斥責他。「我這禮拜會付薪水給你。」

艾迪本想喝一杯就走，但被隆納根這麼一挑釁，他認為不能比隆納根早走。這表示，他必須陪敦奈倫喝酒，而敦奈倫的腰圍是艾迪的三倍，而且一腿是木頭義肢。艾迪朝門瞥一眼，但願敦奈倫的悍婦瑪姬進來揪他回家，把他當成揮霍薪水的裝卸工教訓，而他卻是有意問鼎市議會的工會頭目。奈何瑪姬遲遲不現身，最後，艾迪不知不覺中，和敦奈倫等幾個酒客一起哭喊著〈黑絲絨樂團〉的歌詞，無不頻頻拭淚。終於，隆納根走了。

他走後，敦奈倫說，「你不喜歡他。」艾迪不肯先走，等的正是這個可趁之機。

「他還好啦。」

「你覺得他正不正直？」

「我認為他沒有作假的習慣。」

「這方面的事，你嗅覺很靈敏，」敦奈倫說。「怎麼不去當警察？」

艾迪聳聳肩，手指夾著香菸轉呀轉。

「你的想法像警察。」

「想法像警察，不動歪腦筋可不行。警察動歪腦筋，那還得了？」

頂著光禿禿的頭皮，敦奈倫瞪艾迪一眼。「歪不歪，不全是見仁見智嗎？」

「是啊。」

「就算碰到大蕭條，警察也不會被資遣。」

「有道理。」

敦奈倫似乎醉了。心不在焉的表象常讓有些人不把他看在眼裡，有些人常因此在他眼前太放肆，這些人中計了。艾迪聽過，有一種毒魚懂得偽裝成岩石，能唬住獵物。艾迪正要起身離開，敦奈倫卻轉身盯住他，水汪汪的眼神帶有懇求的意味。「坦奎度，」他唉聲說。「那個義大利雜種愛搞拳擊賽。」

敦奈倫愛批判義大利裔，艾迪如果再對他火上加油，恐怕會在酒桌再耗至少三十分鐘。「你那兩個小子練得怎樣？」艾迪問，希望轉移話題。

一提起他的拳擊手，敦奈倫的臉皮鬆懈下來，如同冷凍烘肉被火舌舔熱。「打得漂亮啊，」他喃喃說。他招手再叫一杯，令艾迪心驚。「真是漂亮。他們的反應快，腦筋靈活，也聽話。艾迪，你該見識一下他們的身手。」

敦奈倫膝下猶虛，在這圈子是異數，因為普通人會生四到十個小孩。瑪姬太兇的事實究竟是因或是果，正反雙方的意見相持不下，但大家的共識是，假如敦奈倫有兒子，以他對待旗下（總是維持兩個）中輕量級的選手來驕縱兒子，他絕對會被當眾奚落。旗下的選手上陣時，每挨一拳，敦奈倫就皺臉縮脖子，活像老小姐見自家小愛犬和杜賓狗進行殊死戰。他戴綠色墨鏡去觀戰，遮不住殘酷的小眼噙淚。

「他們被坦奎度盯上了，」他以顫音說。「我的孩子們。他會搞鬼，害他們沒有打贏的機會。」

艾迪即使醉了，也能輕鬆解讀老敦的難題：艾迪不知道坦奎度是何方神聖，只推測坦奎度的義大利幫掌握某些場子的出賽權，正想向敦奈倫撈一點油水，才准敦奈倫的選手上場——或者讓他們有獲勝的機會。這種手段和敦奈倫如出一轍：在敦奈倫掌握裡的碼頭上，不繳錢的人無論幹的是哪一行，失業是最好受的下場。

「艾迪，我被義大利佬揑得死死的。煩惱到睡不著。」

敦奈倫堅信，他掛在嘴上的「義大利幫」表面上汲汲於營利與自保，其實別有居心：對愛爾蘭裔趕盡殺絕。這套理論源於幾件他如數家珍的大事：拉瓜迪亞市長瓦解坦慕尼協會（Tammany）勢力、芝加哥情人節血案（七名愛爾蘭裔喪生）、近來快腿戴蒙德、文森・寇爾（Legs Diamond, Vincent Coll）等黑幫陸續遭謀殺。死者生前全是殺人兇手的事實，敦奈倫一律忽視。義大利幫的成員未必是義大利佬，和他作對的同是愛爾蘭佬，他也不管。他的敵人包括搶他生意的碼頭老大、不按牌理出牌的雇主、拒絕與工會妥協的分子。這些人都有失蹤的可能，全看敦奈倫的隨扈下什麼毒手，只等來春冰雪融化，腫脹的屍首浮上水面，像遊行花車在哈德遜河上漂流。對敦奈倫而言，義大利幫的威脅性直逼聖經故事，大如宇宙星辰。平日，他這份執著無傷大雅，頂多只讓艾迪無聊到頭皮發麻，今天卻不能同日而語。艾迪今天去找的人正是義大利幫的大哥。

「你正在想一件事，」敦奈倫說，以侵犯的目光盯著艾迪。「快講出來。」

約翰・敦奈倫儘管半醉而心思渙散，卻仍具有一份超自然的機靈，彷彿知覺經由他的收音機傳遞、放大。敦奈倫能看透對方心意的這一面少有人見，見到時已經太遲了。想誆騙他的人後果自負。

「你說的對，老敦，」艾迪說。「如果能重新來過，我想當警察。」

敦奈倫瞅著他。看夠了之後，他偵測出此言不假，才鬆懈下來。「換成你，」他吐氣說，「你會怎樣對付坦奎度？」

「他要什麼，我就給他什麼。」

敦奈倫抽身向後，轟然反對。「老子我給他個屁。」

「有時候，對打也沒用，」艾迪說。「有時候，上策是爭取時間，等待契機。」

仍隱而不宣的怒海救生恩情偶爾幾次破水而出，攤開在檯面上。獲救的敦奈倫與巴特·敘恩比艾迪大幾歲；巴特的頭腦好，敦奈倫的口才佳。出事當天，艾迪見兩人在浪中掙扎，游不回岸邊，他急忙衝下海，游向他們，兩手臂各勾一人的頸子，對著驚恐的臉大喊，「別再掙扎了。順水漂，讓潮水帶我們出去。」

敦奈倫和巴特累到無法不遵從。三人順著潮水漂流，喘夠氣之後，艾迪帶著他們沿著海岸線游半公里。這幾個孩子都諳水性，幾乎從能走路開始，夏天常去市區的碼頭跳水祛暑熱。過了一公里，艾迪在碎浪之中看見缺口，連忙趕著巴特和敦奈倫回岸上。

「義大利佬想插花，我怎麼爭取時間？」敦奈倫按捺著怒火說。

「給他一點，意思意思，讓他安靜一陣子，」艾迪說。「討好他一下。然後想辦法脫身。」

他知道自己正在自言自語，如同敦奈倫自顧自的談敦奈倫自己。老敦靠得很近，艾迪被籠罩在醃洋蔥的酸氣中。老敦喜歡吸吮醃洋蔥。一陣反胃感在五臟六腑裡上下迴旋。

「艾迪，你的建議不錯。」敦奈倫粗魯地說。

「很高興能幫忙。」

「你好好照顧自己。」

敦奈倫把椅子轉開。艾迪醉到鬥雞眼，起初未察覺自己酬勞還沒拿到就被打發走——是敦奈倫不甘自曝弱點而懲罰他。救生那天，在海灘上，也發生過同樣的狀況：艾迪揪著敦奈倫的頭髮，拖他上沙灘，他躺著痛哭，猛嘔海水好一陣子，然後擦乾眼淚，信步離開。巴特・敘恩則感激萬分，高高抱起艾迪，左頰右頰接連吻。然而，艾迪並沒有上敦奈倫的當——以前和現在都一樣。他知道，愛欺負弱小的敦奈倫事後會保護他。果然沒錯。兩人的情誼愈深厚，敦奈倫的輕蔑態度就更明顯。他深深友愛艾迪。

敦奈倫的注意力驟然轉彎，改和幾個前來示忠誠的組頭交流，幾度從一捲鈔票裡抽幾張，往對方手裡塞，親近的態度熟練，揮手趕走喃喃致謝聲。頑固的艾迪不走。他明知這趟勢必空手而回，卻仍願意等等看。以兩人錯綜複雜的人情債演算法，久等卻一無所獲，將來八成能獲得敦奈倫的補償。

發現艾迪還不走，敦奈倫擺出臭臉。隨後，他壓抑不悅的神態，趁隙低聲問，「小女兒最近好嗎？」

「老樣子。以後也永遠一樣。」

「我天天為她禱告。」

艾迪知道。敦奈倫信教極為虔誠，清早六點半去守望天使教堂望彌撒，有時通宵沒睡也照去不誤，下午五點再去一次。他每個口袋裡有一串玫瑰珠。

「我自己應該更常為她禱告。」艾迪說。

「有時候，請上帝降福給自己比較難。」

這事實感動了艾迪。他能感受到他和敦奈倫的親近，既深沉又原始，彷彿兩人的血脈互通。「我想買一種椅子給她坐，」他說。「售價三百八。」

敦奈倫顯得震驚。「那家公司瘋了不成？」

「那家公司有椅子，」艾迪說，「她非要不可。」

原本他沒打算向老友籌這筆錢，但現在他忽然心生一線希望，認為敦奈倫可能主動掏錢給他。天知道敦奈倫有的是錢。口袋裡肥滿的那捲鈔票，說不定就夠看。在他身體的高溫薰陶下，鈔票一定和玫瑰珠一樣熱。

「奈特可以幫你，」敦奈倫停頓一下才說，語重心長。「我可以代你講句話，儘量為你多爭取一點時間。你願意的話，可以直接從酬勞裡扣。」

意識半迷茫的艾迪片刻才會過意。原來，敦奈倫想把他送去餵高利貸鯊魚。從敦奈倫柔和的眼神來判斷，敦奈倫認為此舉是善行。

艾迪努力不動聲色。「我考慮看看，」他語氣溫和說。如果他在酒吧裡再待一分鐘，他的不滿一定會被敦奈倫識破，一定會遭敦奈倫懲罰。「晚安，老敦，」他說著把杜森博格車的鑰匙放在桌上，滑給他。「謝謝。」

兩人握手後，艾迪離開酒吧，在門外駐足幾分鐘，等著讓哈德遜河的冰風醒醒腦。然而，在他不知不覺朝著區際捷運（IRT）的方向前進時，醉意超出自己的認知，不得不倚靠著酒吧的冷磚牆。碼頭的繩索吱吱嘎嘎呻吟著，傳進他耳裡，聽起來像磨牙聲。他嗅到鏈條的鏽臭、沾滿魚油的木板，這時想到，這正是腐敗的臭味。敦奈倫在工會裡發鈔票，備受推崇，但艾迪知道，敦奈倫控制著包括奈特在內的錢莊，針對利息抽成，欠繳利息者等著面對敦奈倫的隨扈。每天，敦奈倫和雇主從欠債者裡挑出一個來，派他去做事，酬勞折抵高利貸的利息。陷得愈深，欠債者就被他們套得更牢，變成他們的人，他們也更努力拖著債務人不放。

我們的，敦奈倫說過。我們的碼頭。

艾迪衝向路邊，對著街頭狂吐。吐完後，他擦擦嘴，四下張望，慶幸整條街不見人影。

他心知肚明這條路已走到盡頭。他閉眼回首今天的情景：海邊、寒風、豐盛午餐。白桌布。白蘭地。他想起莉迪亞的輪椅。但是，迫使他投奔戴克斯特．史岱爾斯的因素不只這一個：他內心另有一股蠢蠢欲動、豁出去的願望，直盼轉機到來。運勢怎麼變都行。即使變局引來危險也不怕。與其天天哀傷，他反倒寧願冒險。

# 第四章

每週兩次，一位善心女士造訪紐約天主教教養院，晚餐後朗讀《金銀島》、《一千零一夜》、《海底兩萬里》等等的異境歷險記，給院童欣賞。在她朗讀之際，艾迪試著揣摩她眼前的景象：排排坐的院童各個雙手交疊（飯後的規定）、難以分辨的幾十張臉孔大同小異。最高壯、最醜、最乖巧的幾個——迪索托、歐布萊恩、天使小臉的麥科莫——或能鶴立雞群，卻不會有人留意到艾迪．凱利根。他值得一提的特點只有幾個。他的專長之一是能鑽進只套著門鏈的門，另一個是他能學猴子一溜煙攀上路燈。他也會模仿幾種口音，可惜太害羞，不常表演。有一次在東徹斯特灣，他下水憋氣超過兩分鐘。

他四歲那年，母親因斑疹傷寒病死，父親帶他來教養院。當時，教養院仍隸屬西徹斯特的凡尼斯特鎮。到了艾迪大到在乎這種事時，凡尼斯特鎮併入東布朗克斯區。隔著聯港路，另有一間互不相連的女童教養院，房舍之間同樣有一座和男院雷同的池塘。池裡有鯉魚，無精打采游著，提高警戒著，怕被男院童撈上岸，艾迪始終不得而知的是，女院童抓魚的身手是否和男生一般敏捷。小布麗安的生母死在愛爾蘭，那段日子她被送去紐澤西州，投靠生母的親戚。艾迪剛進教養院時，父親曾來探視過幾次，帶艾迪去看賽馬，然後帶他去酒店。他和父親出遊的印象朦朧，只記得緊緊牽著父親的手，穿七分褲的小腳拚命跟上父親匆忙的步伐，在馬車和電車之間穿梭。

艾迪躺在龐大的寢室裡，聽見眾多院童熟睡的呼吸聲結合成一氣，自己的聲音也融入其中，愈聽愈為自己單薄的體形感到羞恥：腰臀瘦小、五官尖峭無特色、頭髮像髒兮兮的乾草。孤兒們每年能去看馬戲團一次，艾迪固然也期望，但他更渴望的是教養院每月一次的理髮日。他渴望理髮師的雙手摸他頭皮一下下，摸得漫不經心，卻能紓緩他的情緒，讓他差點打瞌睡。他的重要性和空菸盒不相上下。有些時候，非艾迪的萬物蠻橫壓境，艾迪覺得自己即將被壓成塵土，如同他把教養院窗臺上的乾蛾屍一掌壓碎一樣。有些時候，他想被壓碎。

到了九點或十點，下課後，院方叫院童出去賺零用錢。附近有不少商家掛著誠徵男孩的廣告，例如遞送郵件包裹。布朗克斯區有無數鋼琴工廠，院童可以去幫忙封箱。較有生意頭腦的院童去凡尼斯特火車站賣口香糖、紀念胸章、糖果，常三兩結夥，載歌載舞促銷。教養院附近人人皆知，玻璃罐中的焦糖或推車上的番薯少了幾個，小偷一定是院童，因此對他們盯得很緊。艾迪也免不了偷東西，因為得手的東西最後要集中分贓，空手回來豈不丟臉？儘管如此，身不由己犯法，他覺得人格被降一級，也覺得被隨之而來的嫌疑心玷污。他吊著西農場路電車的尾巴，渡過布朗克斯河，經過科羅托納公園，去岩造或磚造的住宅區找工作。艾迪一身孤兒院縫製的馬褲和鞋子，明顯是個窮小孩，話雖這麼說，他一脫離院童群聚的地方，就覺得自己能挺直腰桿，和任何人講話時都敢正視對方的眼睛。

在艾迪十一歲那一年，初秋某日下午，他穿越科列蒙公園，正要去他幫忙送貨的摩里斯街一家麵包店，這時聽見一位老紳士喚他。老人坐在有輪子的椅子上，請艾迪推他去曬曬太陽。他穿雙襟西裝，帽帶插著一支乾爽俐落的橙色羽毛。艾迪照他意思推輪椅，然後去貝爾蒙街的書報攤幫他買《鏡報》和一支雪茄。老人看報抽雪茄的時候，艾迪在附近徘徊，等著老人趕他走。最後，他猜老人可能忘了他的存在，於是模仿教養院那位朗讀女的氣勢，以嘹亮的嗓音高聲說：「可嘆矣，先生，太陽已棄你而去。您願再被移動乎？」

老人的視線和他相接，顯露不解的神色。「你會玩牌嗎？」他問。

「我身上連一副牌也沒有。」

「你會打什麼牌？」

「指關節，黑傑克，擲三骰，史度茲，撲克。」艾迪逐一講牌戲名稱，像在擲銅板，講到「撲克」時，才知道中獎了。老人伸手進覆蓋膝蓋的花格子毛毯下，摸索出一副嶄新的牌子，遞給艾迪。「七張撲克，」老人說。「牌給你發，老實點。」

老人姓狄維爾。兩人自我介紹後，艾迪推他去陽光照得到的長椅，讓自己能坐著打牌。他去撿小樹枝，折成長短一致，權充賭注，把狄維爾先生縮水膝蓋上的毛毯拉平，當成牌桌用。新牌張張像玻璃。艾迪嗅到新氣息，衝動想舔舔看，想貼臉感受一下。他每局皆輸，但他幾乎不在意——玩這副新牌、坐在陽光裡的種種感官享受，將他移轉到另一個時空。最後，老紳士從口袋掏出一個沉甸甸的銀錶，宣布說胞姊即將前來帶他走。他給艾迪五分錢。「咦，我不是玩輸了嗎？」艾迪說。狄維爾先生回答，這是答謝艾迪花時間陪伴的心意，請他明天下午再來公園。

那一夜，艾迪失眠了，躺在床上，全身酥麻，認定大好的新契機出現了。從某個角度來看，他沒料錯，因為今後發生的事件，多數的源頭可追溯到認識老人的這一天。第二次見面，狄維爾先生告訴他，「兩人玩撲克牌，玩不太起勁。」提議由艾迪代打，叫艾迪去找他認識的牌局加入。可惜，狄維爾先生的口頭許可效力不足。艾迪起先想加入的幾場牌局，全讓他碰了一鼻子灰，更有一次被滿頭捲髮夾的婦人拿掃帚趕人。後來，他來到貨運列車場對面的雪茄店，終於有人要了。這位恩人名叫席德，老金牌菸一支接一支抽個沒完，頭戴露頭帽，綠色帽舌下有一團懶懶的積雲。他見艾迪要求加入牌局，不情不願地眨眨眼認可。

接下來幾星期，只要天候許可，艾迪會加入席德的牌局，打一小時又十五分鐘。如果把賭注輸光了，牌局就提前結束。然後，他回去找狄維爾先生，重演每一局的每一手給他看。這要靠記性和追憶力，艾迪愈練愈精湛。狄維爾先生思索著艾迪的描述，艾迪每下錯一手，他就插嘴——「不對，波斯基唬不了人，打西裝牌制不了他。」後來，艾迪為了製造懸疑效果娛樂老闆，把牌局的結果留到最後才揭曉。有少數幾次，艾迪賭贏了錢，狄維爾先生和他五五對分。輸錢時，艾迪只需退還輸剩的錢即可。艾迪當然大可騙他，賭贏謊稱輸錢，賺到的錢全歸自己，但這種念頭全被他否定，因為這是其他院童才會做的事情。

狄維爾先生自稱「運動家」，顯然指的是他喜歡賭博，並且具有鑑賞駿馬的眼光。他以前去過坎菲爾酒吧和大都會大飯店，對手包括鐵路大亨古德、費斯克、范德比爾家族，後來全敵不過帕克斯特牧師之類的「良行派」抨擊，最高級的場所生意做不下去，布萊頓灘的賽馬場也被迫關門。「紳士賭徒」過時了，他語帶怨恨告訴艾迪。他說，有個猶太青年阿諾．羅斯坦，靠作弊贏牌，在這一種壞人和幫派分子的囂張氣燄下，紳士全退場了。他眨著銀睫毛，以昏花的眼睛看著艾迪，警告艾迪，「千萬別作弊，連一次都不行。」他還比喻說，「作弊就像女孩子的處女膜。她做過一次或一百次都一樣，橫豎都被毀了。」

這句話艾迪聽進去了。這和他早已體認到的一份真理同樣具有不可思議的分量。在教養院，作弊是尋常的生活方式，但艾迪不一樣，始終如一。狄維爾先生看得出他與眾不同。他教艾迪分辨假骰子、作弊牌的祕訣，教他看穿故作不認識的人串謀的跡象，不准任何人顛覆幸運女神的魔力。

狄維爾先生在南北戰爭期間受過傷，但直到兩年前才不良於行，主因是「心臟不認分」。他的姊姊是狄維爾小姐，至今仍小姑獨處，開始照顧他沒幾天，就禁止他再賭博，聲稱賭博有害健康。但他懷疑姊姊覬覦他的退伍年金。她其實是想壯大自己的瓷娃娃軍——她已經收集了幾百個瓷玩偶。冬天結束，老少又能見面了，才過幾天，有個下午，艾迪打牌拖了些許時間，狄維爾先生見遲到的他走來，嚴詞趕他走。艾迪的心淌著血，在公園另一邊遠遠觀察他，看到一位戴寬沿黑帽的胖壯婦人走向他，步伐剛毅果決。在她面前，老先生頭抬不起來，顯得羸弱，艾迪這才瞭解他怕姊姊。

「你沒錶嗎？」隔天下午他問艾迪。聽艾迪坦承沒錶，他解開懷錶鏈。「這給你用。」說著把銀錶塞進艾迪掌心。重重的，背面有刻字。

「我不能接受，老先生，」艾迪結巴推卻。「會被人以為是我——」

「借你而已，不是禮物。」狄維爾先生匆匆說。

五月下旬，狄維爾先生連續四天沒來公園。到了第四天星期五，艾迪等了一整個下午，每隔一分鐘就看銀懷錶。最後，他踏進那天狄維爾小姐走來的塔賓街，見到幾個女孩在沙土上畫著跳房子的線條，走過去問她們：「坐輪椅的那個老人，妳們最近有沒有看見他？」有個女孩個頭嬌小，綁著淺黃色辮子，尖聲回答，「他進了棺材，被送去天堂了。」

「也有可能下地獄。他的心是好是壞，我們哪曉得呀！」年齡較大、看似有心機的女孩接著說，逗得所有人不留情地嘲笑艾迪。他自己那群弟兄不也一樣？外來的小孩誤入他們圈子，也常被如此取笑。口袋裡的懷錶貼在大腿上，他明白非找到狄維爾小姐不可。他想退還懷錶。一想到這裡，他的內心立刻唱反調：那怎麼行？不能還給她。艾迪回想起她有瓷娃癖，掉頭走回公園，腳步從從容容，路過賣冰攤販才拔腿跑。已經十二歲的他長高了，如柴的瘦骨被皮帶似的肌肉束成一體。狂奔過科列蒙老賭場和高架鐵路之後，他發現，只要頭也不回，維持這速度一直跑，和狄維爾先生永別的這事實就追不上他。他衝刺穿越科羅托納公園，過布朗克斯河，嚇到橋上垂釣的幾個男孩。有幾座空曠的農場，上面被幾條虛無的未來市街分割，他狂奔而過，最後跑過鐵軌，來到曾是沒落小鎮凡尼斯特的地方。他累得差點腿軟，喘著氣走向聯港五分錢劇場，見教養院的同伴正在排隊，等著看牛仔片。很尋常的一天。他的朋友渾然不知世上有過狄維爾先生這號人物。艾迪垂頭喪氣跟著進場。火車強盜留著猙獰的小鬍子，有些院童看得咬牙切齒，有些痛哭，艾迪趁這機會准自己啜泣。院童們凝神看戲，喧嘩著，吸收了他的悲情哭聲，最後也沖淡了他的悲情。萬物如常，一個也沒消失。

之後，艾迪表面上繼續和教養院弟兄們親近，實際上和他們漸行漸遠。他來來去去，大家一直不太能看透他的心思，卻願意接受若即若離的他，艾迪因此更把他們放心上。長大後，孤兒們各奔東西，年紀較大的幾個去打大戰，派迪．凱西帝戰死於法國蘭斯。很多弟兄去西區碼頭幹活，有的成了搬運工，有的成了勞工（差別在於平常喝多少酒）。有的當上警察，有的成了酒店老闆、議員、工會幹部，有的淪為不折不扣的流氓。在濱海地區，扮演不只一種角色是有可能的，很多人身兼數職。和敦奈倫一起被救起的巴特，後來讀完高中，進入大學，然後攻讀法學院，登峰造極的成就令大家肅然起敬，大家的話題一轉向他，口氣就壓低，如同提及凱文．麥科莫一樣。小天使凱文在十一街上被脫節的火車廂碾成兩半。現在，巴特在州檢察署上班，只不過艾迪多年沒見過他了。敦奈倫放風箏得到消息，巴特正在調查義大利幫。艾迪懷疑這是老敦一廂情願的想法。所謂的風箏是謠傳和影射交織成的情報網，比《三葉草》雜誌還靈通。

令友人猜不透的是，艾迪走向歌舞雜耍界，在臺上跳舞，亂唱一通以製造笑果，學蝙蝠倒掛劇場椽，扭身表演大魔術師胡迪尼的逃脫術。有一季，他和富利絲歌舞團舞孃同臺表演，愛上一位甫從明尼蘇達州大麥農場逃脫（艾格妮絲的用語）的舞孃。婚後，他改當劇場經理，補習想報考股票交易員。他計劃在科布（Curb）交易所買座位，因為比紐約交易所便宜。錢並不是問題。艾迪找到心目中最完美的或然率遊戲，以融資玩股票，賣了再買更多——也收購了合乎新富水平的許多身外之物。他送艾格妮絲一件俄羅斯黑貂大衣和一串布思佛（Black, Starr & Frost）的珍珠項鍊。他們在第五大道租公寓，廚房洗濯臺滿是摩納哥王子（Prince de Monaco）香菸，全是小倆口飯吃到一半、急著進臥房、香菸捻進餐盤裡的結果。艾迪雇一位女傭，請她下午進公寓打掃。他從英國訂購西裝，也和一位裁縫師合作密切，並在艾格妮絲表演完後，在嗨呵酒吧和摩里茨大飯店買香檳犒賞她和另外十幾人。他對致富之道懵懵懂懂，乃至於誤認自己是富豪。夫婦倆帶長女安娜出席宴會，讓她睡在堆積成山的大衣中。莉迪亞不同，當然。他們聘一名愛爾蘭裔洗衣婆晚上來公寓，在洗全家衣服時順便照顧她。

然而，縱使在艾迪夜夜笙歌之際，在他幾乎沒注意到百老匯巷弄盡頭有船隻出沒的那段時間，他仍和弟兄們維繫淡如水的關係，例如和工會幹部出席守護天使教會的聖餐禮早餐會，也在哥倫布騎士會的聚會露臉。此外，他也花大錢買年度晚宴的門票，向登峰造極的同伴致敬。他的動機之一是想炫耀老婆多美，畢竟艾格妮絲的捲髮如小明星，更擁有舞者的婀娜身段。大家常笑說，愛爾蘭女孩一到婚禮退場式就變得老氣橫秋，因此艾迪喜歡旁觀弟兄們豔羨又害羞的錯愕神情。

謝天謝地的是，弟兄情誼維持得當——謝天謝地啊！股市大崩盤之後，艾迪發現票券上的數字全是空影，而搞派頭的奢侈品——黑貂皮大衣、珍珠項鍊、公寓、夫妻檔卡迪爾香菸盒——一個接一個不保，飯碗也砸了（劇院倒閉），那時幸虧有敦奈倫歡迎他回歸，買下他的杜森博格車，給他一張工會證。當時，失業民眾每天集合排隊，企盼著打零工的機會，等候雇主前來。艾迪每天去兩個地方排隊，左耳夾著一根牙籤，以保證他至少進得去船的貨艙，更高的機率是能爭取到待遇較好的裝卸工作，否則一家只有喊餓的份。到了一九三二年，船運無以為繼，敦奈倫留住他，讓他穿細紋西裝，在工會供人差遣，把杜森博格車借給他跑腿用。某日下午，艾迪開車行駛華爾街，發現轉角的蘋果販子有點眼熟，車子經過蘋果販之後，他才想到那人以前是他的股票交易員。

安娜聽見父親拿鑰匙開鎖。她睜開眼睛。由於窗外的幽靜濃得化不開，她知道時辰非常晚了，連街車的叮噹聲都沒有。在陰暗的前廳裡，有一面他們為布麗安姑姑保留的中國屏風，安娜踮腳尖繞過去，陡然站住。她看見父親打赤膊，站在廚房洗濯臺前，正在用肥皂洗上半身。安娜看得出神。廚房亮著燈，他看不見暗處的安娜，霎時之間，他儼然成了安娜不認識也叫不動的人，氣氛詭異。一個削瘦俊逸的陌生人，正為某事煩惱。

他進走廊廁所後，安娜在廚房等候，回廚房看見穿著睡袍的女兒，陡然一驚。隨即，所有煩惱似乎煙消雲散了。他變回原狀。安娜亦然。

「嘟嘟，」他輕聲說。「妳怎麼不睡？」

「等你呀。」

他抱她起來，蹣跚一下，差點站不穩。她嗅到父親口氣中的藥味，知道他喝多了。

「妳愈來愈大了。」他說，挨著門框以維持重心。

「是你愈來愈小了。」她說。

他抱著女兒，穿越前廳，來到她的臥房門口，步伐稍嫌不穩。前廳的窗簾沒放下，父親靠在窗框上，仍抱著她。父女倆凝望著窗外夜色。安娜覺得市區在他們周遭延展，縱橫的街道觸及河流和港口。

「那麼靜，妳聽見沒？」他講得審慎，彷彿躡手躡腳。「那是大蕭條期間港口的聲音。」

「沒船。」她說。

「沒船。」

「我聽見一隻小鳥在叫。」

「哪來的小鳥，拜託。太早了。」

然而，確實有一隻孤鳥開始啁啾，是力抗寒冬的最後一隻。就在這時候，東方的天邊泛起一抹光暈。

「你整晚在外面沒睡。」她語帶疑問。

「我們可以睡到上教堂之前。」但他再等片刻，繼續和懷裡的安娜倚靠窗框。還能再抱女兒幾次呢？即使是現在，她幾乎太高了。

「我想睡這裡。」她說，雙手環繞著父親的頸子。父親剛洗過的皮膚散發象牙雪花牌子的香皂味。她把臉頰貼在裸肩上，闔上眼瞼。

# 第二部

# 地下人生

# 第五章

一切全從安娜看見她的那一刻開始。那一天，在海軍造船廠上班的安娜不顧上司沃斯先生反對，出去買午餐。沃斯先生建議員工各自從家中帶午餐來，坐在自己的位子上吃。女工整天坐同一張高腳椅，測量零件。安娜意識到，他好像擔心如果這群女孩沒管好，在造船廠裡恐怕會像雞群一樣亂飛亂竄。她們的廠房位於二樓，環境乾淨，一整排的窗戶採光佳，適合午餐，沒錯，而且還有空調，嗡嗡發送的涼風能吹到各角落。安娜九月剛來這裡報到時，天氣熱，幸好有冷氣可吹。此刻，她多想開窗讓新鮮的十月空氣灌進來，可惜窗戶全被封死，以防灰塵和髒東西影響測量的精準度——或者是，她們測量的小零件需要一塵不染，否則會失靈？沒人知道答案，沃斯先生也不喜歡員工問東問西。報到之初，安娜對自己托盤裡的零件有疑問，問說，「我們測量的到底是什麼東西啊？用在哪一艘軍艦上呢？」

沃斯先生揚一揚淺金色的眉毛。「答案和妳分內的工作無關緊要，凱利根小姐。」

「知道的話，我可以做得更好。」

「抱歉，我聽不懂。」

「知道的話，我就能理解我做的是什麼東西。」

已婚的同事們忍著不笑。安娜自願或被迫扮演的角色是調皮搗蛋的么妹，她演得心曠神怡。她常不知不覺對沃斯先生找小碴，只要不涉及忤逆犯上就好。

「妳負責測量並檢查零件，以確保它們規格一致，」他耐著性子說，把安娜當低能兒。「規格不合的零件擺一邊。」

不久後，安娜得知，這些是「密蘇里號戰艦」的零件。將近一年前，在珍珠港事件之前，船的龍骨早已在四號乾船塢完工。後來，密蘇里號的船殼漂過瓦拉鮑特灣（Wallabout Bay），進入造船道。巨無霸的鐵殼裡是交錯的窄道，近似康尼島雲霄飛車。安娜得知，她檢測的零件即將被裝進史上最現代化的戰艦，工作起來的確多了一份動力，但她還是嫌不夠。

上午十一點三十分，午餐哨聲響起，她坐不住了，想出去外面透透氣。為了有藉口離開廠房，她故意不帶午餐來上班。她知道這詭計唬不過沃斯先生。但話說回來，他總不能叫部屬餓肚子吧？他只能以落寞的眼神看著安娜走向門口，已婚女工們這時打開包裹三明治的蠟紙，聊起新兵訓練營裡或奉調海外的丈夫，談著誰收到信。心愛的老公身在何方，誰掌握到線索，誰有第六感，誰夢到老公的駐地。她們的心多麼焦急害怕啊。說著說著，不止一個女孩哭訴著，多怕丈夫或未婚夫一去不回。安娜聽不進去。她愈聽愈氣這些女孩，氣到心裡不舒服，總覺得她們太脆弱。幸好，沃斯先生禁止上班期間談這話題，令安娜由衷感激。現在，大家邊工作邊唱大學時代的歌。她們讀的是杭特、聖約瑟、布魯克林等學院。安娜是布魯克林學院的學生，在校期間懶得學校歌，現在終於學會了。

牆上有個大時鐘，提醒大家準時，安娜臨走前調整腕錶對時間。封閉式的廠房裡靜悄悄，一出門，造船廠的嘈雜聲總令她震驚。起重機、卡車、火車引擎聲。在附近的結構廠房裡，鋼鐵被切割敲打得嘰呱亂叫。男人以吆喝聲引人注意。一陣陣巧克力熱氣從法拉盛街的工廠飄送而來，挾帶煤炭和油味。那間工廠已停止生產巧克力零嘴，現在改製造軍糧，以免軍人餓肚子。安娜聽說，這種巧克力軍糧的滋味像水煮馬鈴薯，可避免士兵忍不住提前偷吃。但聞起來還是香噴噴。

她匆匆沿著位於四號廠房的結構工坊前進。這一棟有上千個骯髒的窗戶。走著走著，安娜看見一個女孩跳上腳踏車。乍看之下，安娜沒注意到她是女生，因為她跟大家一樣都穿素藍色工作制服。從她的舉止，她坐上腳踏車的風采，安娜才明白。安娜看著她輕盈騎走，羨慕得打一陣哆嗦。

來到碼頭附近的福利社，她買四毛錢一盒的午餐——今天裡面有雞肉、馬鈴薯泥、罐頭豌豆、蘋果醬。她帶著餐盒，走向C和D碼頭，想去那裡站著吃，邊走邊吃也行，因為那裡和她的廠房夠近，她可以在十二點十五分之前趕回座位。昨天起，一艘大船停泊在C碼頭，突然多出一個高聳的船身，幾乎像冥界來的船。安娜每朝大船跨出一步，船似乎跟著節節長高，最後她必須仰頭九十度，才能順著船頭的曲線看至遠遠的甲板。士兵擠在甲板上，玩具兵似的制服和軍帽讓他們顯得千人一面，各個靠在欄杆上，張嘴向下，不知道直盯著什麼。就在同一瞬間，一陣調戲聲傳進安娜的耳朵。安娜愣住，抓緊午餐盒——隨即發現，士兵起鬨的對象另有別人——單車女郎。腳踏車上的她從碼頭下面沿著船身往回騎，漂成金色的一撮捲髮被風吹出圍巾外。安娜看著她騎過來，想判斷她喜不喜歡被注目的滋味。安娜還沒理解出答案，腳踏車壓到一片砂石，竟然打滑，女孩被摔到鋪著磚塊的碼頭上，引來士兵歡聲叫好。如果士兵在女孩身邊，保證會爭相衝過去英雄救美。奈何他們的位置太高，唯獨嘴皮子有一爭長短的機會，爆發出喧嘩的笑鬧聲。

「哎唷，可憐的寶貝摔車了。」

「沒穿裙子，多可惜啊。」

「喂，人長得美，連哭相都有看頭喲。」

但女孩沒哭。她氣呼呼站起來，受辱卻頑強不屈服，安娜當場被她迷住。跑去救她的念頭掠過腦海，幸好安娜按捺住衝動，沒衝過去，否則兩個女生奮戰一輛單車，絕對比一個女生更好笑。何況，這女孩用不著別人幫忙。她挺直肩膀，牽著單車，慢慢走上安娜所在的碼頭，假裝沒聽見士兵的喧鬧。安娜近看才知道她多漂亮：兩頰有酒渦，藍眼爍亮，捲髮像性感影星珍．哈露。也有點眼熟——或許是因為安娜想像妹妹如果生得健健康康，說不定也能出落得這麼標緻。正因這緣故，世上有很多陌生人能勾動安娜的姊妹心，例如影星貝蒂．葛萊寶。但女孩不理安娜，氣得從身旁走過去，安娜這才認出她的長相。今年九月，造船廠開始收女工的第一天，記者曾挑選幾個女生特別報導，她是其中一個。安娜在《布魯克林鷹報》看過她的相片。

女孩平安走過輪船後，跳上腳踏車，騎走了。安娜看腕錶，赫然發現遲到快十三分鐘了，趕快以百米速度衝回廠房，心知這麼一跑，難保不會再上演一小場好戲。廠房的一樓是檢驗員工作的地方，全是男人，踩著樓梯測量大零件。回到座位，時間是十二點三十七分，連身工作服裡的腋下汗涔涔。托盤裡放著今天等著她測量的小零件，她定睛看著，儘量讓喘息緩和。鄰桌的蘿絲已婚，和她友好，這時使眼色警告她。

千分尺的用法簡易無比，傻瓜也會：夾住、轉緊、看尺寸。安娜起初欣然接受這項任務，因為被分派去焊接、和卯釘為伍的女工需要受訓六星期，檢測工只需接受一星期的性向測驗。她們這一批是大學女生，沃斯先生在介紹時用到「菁英」一詞，她聽了好高興。最重要的是，她厭倦用雙手幹活。然而，先拿千分尺測量，然後在托盤附帶的一張紙上蓋章，以確認零件合乎規格，如此工作才兩天，安娜發現她愈做愈不屑。這工作呆板，不專心卻也做不來；平凡到令人頭皮發麻，卻又重要到非在

「無塵室」裡作業不可。瞇眼看千分尺，看得她頭痛。有時候，她只想用手捏算尺寸是否合乎規定。但她只能瞎猜，猜完再測量，看自己猜對或猜錯。無所不知的沃斯先生曾瞄見她閉著眼睛工作，問她，「凱利根小姐，容我請教，妳在做什麼？」為娛樂已婚同事，安娜調皮回答後，他又說，「我們有仗要打，哪有時間瞎攪和？」

換班時間到了，大家換回便服，安娜被沃斯先生叫去辦公室。從來沒有員工被叫進他的辦公室。大事不妙了。

「要不要我等妳？」蘿絲問。其他已婚女工祝她好運，匆匆下班。安娜知道蘿絲急著回家帶嬰兒，回絕她的好意。

上司辦公室布置簡樸，實用至上，符合造船廠的常態。沃斯先生見她進來，起立片刻，才坐回金屬桌後的座位。「午餐結束妳遲到二十分鐘，」他說。「嚴格說是二十二分鐘。」

安娜站在他面前，心臟簡直要跳上臉了。沃斯先生是造船廠的大人物，司令官來電找他不止一次。他一氣之下可以開除安娜。上班幾星期以來，安娜以帶刺的話尋他開心，從不太擔心受罰，這時才猛然驚醒。畢竟她已經向布魯克林學院辦休學，如果不能來上班，她只有回家幫母親照顧莉迪亞一途。

「對不起，」她說。「我保證以後不會再犯。」

「請坐，」沃斯先生說。安娜在椅子上坐下。「如果妳的職場經驗不多，必定覺得這些規則和限制很煩人。」

「我從小就開始工作。」她說，可惜這話聽起來沒說服力。她心中充滿羞愧，彷彿她路過商店櫥窗瞥見自己的模樣，覺得荒誕到極點。一個渴望為戰爭貢獻的大學女生。一個「菁英」。想必沃斯先生如此看待她。她腦海浮現《造船工人報》（*Shipworker*）的口號：後方每省下幾分鐘，前線就多幾條活命。不工作的人就是為敵工作。

「我國可能打不贏這場戰爭，妳該知道吧。」他說。

她眨眨眼。「哦，知道。當然。」報紙不准帶進造船廠，以免挫傷士氣，但安娜每晚在桑茲街的側門外買一份《紐約時報》。

「史達林格勒被納粹包圍了，妳瞭解吧。」

她點頭，慚愧得抬不起頭來。

「小日本也控制了菲律賓到新幾內亞的太平洋戰區。」

「我知道。」

「我們在這裡為盟軍修船造艦，海軍、飛機、炸彈和護航艦才有辦法前進戰場，妳瞭解嗎？」

一縷煩躁在她內心滋生。他想囉嗦幾遍才過癮？「瞭解。」

「戰爭開打至今，盟軍商船連番被魚雷擊中，已經有幾百人喪生，每天都有更多商船中彈，妳瞭解嗎？」

「我軍的艦艇現在損失不如以前慘重，而且我們的軍艦愈造愈多，」她低聲說。她近日在《紐約時報》上讀到。「上個月，凱撒造船廠才花十天，就建好一艘自由輪[3]。」

這話的口氣放肆，安娜等著挨罵，拖了半拍之後，沃斯先生只說，「我注意到妳沒帶午餐來。妳

3 二戰期間量產的美國商船。

不是住家裡嗎？」

「是的，我住家裡，」安娜說。「不過我母親和我為了照顧妹妹忙壞了。她是重度殘障。」

這話是真的，但不盡然是事實。母親每天為安娜準備早餐和晚餐，多煮一份午餐讓她帶去上班，並非難事，而母親確實也曾問她要不要。進沃斯先生的辦公室之後，安娜的態度變了。和陌生人或半陌生的人相處時，安娜常不知不覺擺出毫無防備的態度，就像現在。此話一出只見沃斯先生臉上一絲詫異。

「這……好遺憾，」他說。「令尊不能幫忙嗎？」

「他走了。」她幾乎絕口不提這事實，事先也沒打算提起。

「從軍去了？」他面露疑色，女兒已經十九歲的男人被徵召，未免太老了。

「他只是……走了。」

「他拋家棄子？」

「五年前。」

坦承此事如果會令安娜心湖掀起波瀾，她也掩飾得很好。但是她完全無感。五年前那一天，父親出門的情形和往常沒兩樣，她根本不記得當天的狀況。父親一走了之的事實漸漸降臨，像夜幕一般。每當她發現自己正在鵠候父親歸來，她才領悟到，她已經等了好幾天。幾星期過了，幾個月過了，他仍然下落不明。安娜十四歲，接著變十五歲。希望變成希望的過去式，形成麻木的、死氣沉沉的一片。她不再能清晰描摹父親的影像。

沃斯先生長長吸一口氣。「呃，辛苦妳了，」他說。「妳和令堂一定非常辛苦。」

「我妹妹也是。」她直覺說。

寂靜在兩人周遭延展開來，令人扭捏不安，但不至於難受。情勢逆轉了。從沃斯先生捲起的袖子，安娜注意到他手背上的金毛，見到長方形的強健手腕。安娜感應到他的同情心，奈何兩人所處的環境侷促，容不下情緒暢流的渠道。而且，安娜要的不是同情心。她盼的是能出去吃午餐。

換班的嘈雜聲平息了，夜班檢測員大概開始忙著測量托盤裡的零件。安娜不禁想起那位騎腳踏車的女孩。她忽然想起來。霓爾——報紙的圖文說明寫著。

「凱利根小姐，」沃斯先生總算說。「今後，只要妳願意留心時間，工作全力以赴，我可以准妳外出午餐。」

「謝謝你。」安娜跳起來驚呼。沃斯先生嚇一跳，接著站起來，微笑。安娜從未見過他的笑臉。如此一笑，他變了一個人，彷彿在廠房裡展現的凶煞臉是個藏身處，藏著這位和藹可親的男人。他現在等於是對安娜揮手說哈囉。唯獨嗓音不變。

「令堂一定急著妳回家幫忙吧，」他說。「再見。」

翌晨七點四十五分，桑茲街的側門外大排長龍，高帽小帽儼然一片帽海，霓爾的淡金色捲髮獨樹一幟，安娜一眼就看見她。快來不及打卡了。廠房規定在八點前打卡，不管遲到三十秒或三十分鐘，一律扣一小時的薪水。門外有幾十個水兵在排隊，穿著為放假訂做的緊身制服。安娜聽說，這種訂做長褲的褲管旁邊有拉鍊，方便快速穿脫。從他們動不動就反胃的白臉看來，多數水兵休假時通宵灌酒。有兩人脫隊衝向圍牆挨著，臉色鐵青。

大家排隊等陸戰隊員做安檢。霓爾排在中間那行，安檢員名叫哈帝。哈帝常打開熱水瓶嗅裡面有無酒精，有人見過他鼻水滴進瓶裡，所以他的隊伍總是最短。安檢員也打開包裹搜查，解開繩子，剝開一層層的紙，尋找炸彈。德國間諜和陰謀破壞者有意潛入造船廠。儘管安娜覺得這種假設有些牽強（一眼望去，安娜在這裡認得很多人），但是，德國間諜潛伏美國城市卻是不爭的事實。今年一月，德國間諜回報美籍商船羅賓摩爾號的航程，有三十三人因而入監服刑。該船在非洲外海遭魚雷擊沉。

霓爾通關之後，陸續有三人通過迴轉柵欄，然而在安娜跟進、出示通行證時，她的香水味仍繚繞不去。安娜打開荷包讓哈帝檢查。安娜猜霓爾未婚，線索之一是霓爾通關後駐足看腕錶，舉止造作。其他線索包括她的指甲修剪得弧形優美，而且她的髮型整齊，一看就知道她滿頭插滿髮針才上床，換言之，下班一定趕著去約會，因為廠房規定員工包頭，頭髮捲得再美也沒人欣賞。安娜不是喜歡打情罵俏的女孩，但她不像別人那麼討厭三八女孩。她挺喜歡看三八女孩把男人玩弄於股掌之間，可憐的男人還自以為掌舵。安娜也想打情罵俏，可惜她的技巧太差，都怪她是個直腸子。

「妳名叫霓爾，」她追上說。霓爾點點頭，看樣子是習慣被人認出長相。「我名叫安娜。」安娜伸出一手，兩人邊走邊匆匆一握。從霓爾的表情，安娜察覺到好氣又好笑的神態，意識到她的心煩。和多數三八女孩一樣，霓爾覺得沒必要和女生認識。女生若非競爭對手，就是跟班，安娜揣測著霓爾必定在想她究竟屬於哪一型。「我昨天看到妳騎腳踏車摔跤。」

「喔。昨天。」霓爾翻翻白眼。安娜抓到她的注意力了。

「車是妳的嗎？」

「不是，是羅傑的。他和我在同一個廠房上班。」
「妳認為他願不願意借我呢？」安娜問。
霓爾瞄她一眼。「他會借我，我可以借妳騎。」
話題演變成安娜對她有所求，她幫得上忙，她顯得比較自在了。兩人在第二街上急行的同時，安娜問，「妳的廠房裡有很多女工嗎？」
「我上班的模具樓裡有幾個，全是討厭鬼。」
「已婚嗎？」
「就是嘛。單身女孩多數是焊接工，不過焊接會弄得髒兮兮的，我抵死不做。」
「模具樓裡做的是什麼？」
「我們……我們做模子。」霓爾說。工作內容太複雜，她顯然沒興趣解釋。
「船的模子，對吧？」
「錯，冰淇淋車才對。少笨了。」
走到霓爾的廠房，安娜感到慶幸，因為她愈聊愈不喜歡這女孩。「我怎麼借腳踏車呢？」
「一聽到哨聲，趕快來四號廠房的入口找我，」霓爾說。「我會牽車過來。」
「妳的主管不介意妳外出嗎？」
「他喜歡我。」霓爾說。安娜猜，這解釋能套用在她日常生活裡的大半體驗。霓爾也自以為大概是這樣。
「我們的主管叫我們別亂跑，」安娜說，心知自己有點在演戲，因為她描述的是變臉前的沃斯先生。安娜應徵的似乎是跟班的角色，也許霓爾只容得下跟班。

「塗口紅試試看，」霓爾說。「很有效哦。」

「他不是那一種人。」

霓爾的臉充滿爽朗的弧線，一副隨時瀕臨歡笑的模樣。然而，她凝視時，藍眼埋伏著心機。「不然還有哪一種？」她說。

正午時分，兩人見面時都穿連身藍制服。霓爾的捲髮全被攏進鼓鼓的圍巾內，腳下是長官鼓勵大家買的鋼頭安全靴。《造船工人報》常刊載一些小新聞，宣導這種靴子能避免災難，但安娜遲遲不肯買。她工作時操作的東西全不比兩毛五硬幣大，買那種靴子能避什麼災？

「騎完了，擱在這裡就可以，」霓爾說，牽著一輛狀似身經百戰的黑色施文牌腳踏車給她。「我回頭再來牽走。康柏倫街側門邊有個女士賣雞蛋沙拉三明治，滋味很棒。店就開在她的公寓。從法拉盛街就看得到有人在排隊。」

「謝謝。」

「雞蛋沙拉三明治容易溼爛，不方便帶回去吃。」

「但願有兩輛單車就好了。」安娜說，心中湧出一股友情，感激這位愛慕虛榮的慷慨女孩。

「最好不要。我騎厭了，」霓爾說。她微笑補上一句：「何況，我們騎在一起，保證會引發暴動。」

安娜以前騎過腳踏車。在展望公園，一毛五就能租一輛。就讀布魯克林學院時，同學不分男女，週末都愛騎車進展望公園兜風。這輛不同。別的不說，這一輛是男車，有條橫槓，很不方便，安娜只好站著騎，以免橫桿礙事。也許差別在於站著騎。這些全是題外話。在安娜踩下踏板、車輪在磚道上蹦跳前進的一瞬間，她感覺像被閃電觸及。腳踏車動起來，周遭的事物隨之幻變，把參差不齊的景象揉合成一臺和諧的機器，她能像海鷗般飛過這臺機器的肚子而不被人看見。她騎得猛，半笑著，髒風灌滿嘴。頭一次有車可騎的當天，她興奮得忘記午餐，擔心回去上班遲到，所以不敢冒險去買雞蛋沙拉。十二點十分，她坐回座位，餓一整個下午，握著千分尺的雙手頻頻發抖，一股異樣的歡樂竄遍全身上下。

隔天早上，她卯足力氣工作，好讓時間走快一些，哨聲響起時，已經趕完托盤的四分之三。霓爾正牽著單車等她。這天，安娜騎向造船道，數度經過造船道的鐵架，在忽明忽暗之中瞥見直如史前巨獸的船體。密蘇里號戰艦。進入造船廠上班後，安娜屢次聽見大家喃喃唸著它的大名，終於見到廬山真面目時，她卻覺得毛骨悚然，幾乎害怕。

她現在的工作速度加快，分內的數量測量完之後，她開始幫忙動作較慢的同事。某天午後，沃斯先生交待一捲藍圖給她，請她送去七十七號大樓的造船廠指揮官辦公室。看見已婚同事目瞪口呆，講不出話，安娜更加振奮，急忙走摩里斯街往南，轉進第六街，來到這棟無門面的新樓房。整棟唯有最頂樓有窗戶。她搭電梯上十五樓，發現周遭整面牆全印著地圖。窗外只看得見天空，安娜衝動想湊近看風景，被身穿便服的祕書瞪一眼才作罷。隔日下午，沃斯先生派她去同一間辦公室領一份包裹。安娜遞來送去，跑了幾趟，內心悸動不停，懷抱著她猜不透的祕密，甚至是詭計。她覺得自己像特務。

幾度交接腳踏車，安娜和霓爾頂多寒暄兩三句，卻漸漸建立起某種交情。這種友誼不像安娜和鄰居的姊妹情。對於鄰居史黛拉・伊歐維諾和莉蓮・費尼這種朋友而言，大家一起玩紙娃娃、跳繩、幫忙照顧弟妹。霓爾也不像大學的朋友；大學的女同學很用功，家住皇冠崗和灣脊。霓爾不是乖乖牌。

她有祕密瞞著安娜，反而讓安娜在霓爾身邊覺得自在——安娜和其他女孩相處時，總戴著虛假的面具，遇見霓爾後，她才發現面具戴了那麼多年而不自知，終於能卸下了。

霓爾遲到時，安娜在四號廠房旁邊等她。四號廠房的門像穀倉門，起重機進進出出，安娜不時閃躲。起重機的鋸齒以繩索懸吊巨大的金屬板。她喜歡向裡面窺視焊接工。他們戴厚重的手套，拿著焊槍。有時候，焊接工摘下防護面罩，安娜才赫然發現焊接工是女生。這群女焊接工背靠牆，坐著吃午餐，鋼頭靴向內。看著她們，安娜自覺和某種迫切、基本的東西之間有隔閡，令她煩躁。即使在珍珠港事件之前，這份感覺就困擾著她。今年夏天，造船廠徵女工的消息一傳開，安娜就深受造船廠吸引。然而，即使進了造船廠工作，大戰依然抽象化，遙遠到摸不著，令她氣得想跺腳。安娜渴望能靠近摸摸看；她意識到別人也有同樣的渴望。有一次，蘿絲從托盤裡拿起一根銅管，偷偷用指甲銼在上面劃幾道，被她瞄見。下班時，她等蘿絲進更衣室換便服，問她剛才在做什麼。蘿絲紅著臉說，「妳的口氣好像沃斯先生。」

「我不是故意的，」安娜說，「只是好奇而已。」

剛生兒子的蘿絲坦承，她把兒子的姓名縮寫刻在銅管上，希望他的名字能跟隨盟軍的艦艇出航。

騎車時，安娜盡可能騎遠，只要能在四十五分鐘之內來回即可。無論安娜往哪個方向騎，總躲不過碼頭的吸引力：西邊是A碼頭，東邊隔著瓦拉鮑特灣有G、J、K碼頭，離她的廠房遙遠。她騎上碼頭，起初動作遲疑，戴小帽的她把頭髮藏好，決心不要像霓爾淪為笑柄。後來安娜發現，自己的頭髮是棕色，即使隨風飄，也不至於引人注目。她的皮膚近似義大利裔，而抱妹妹多年以來，肩膀鍛鍊得結實，具有男性的蒼勁。戴著小帽遮眼睛，她能騎上碼頭而不被人留意。

一股熟悉的氣息包圍她：魚、鹽、燃油，工業版的一種鹹鹹海味，既複雜又獨特，恰似某個人類的體味，勾起一段她已記不太清楚的往昔。父親的西裝仍掛在他的衣櫃裡，翻領鮮明，肩膀刷得清潔，彩色的領帶以鯨骨支撐，看似主人隨時可能回家穿上。他走時，留下一個裝滿鈔票的信封和一本存摺，母親從不知道他有這個帳戶。那一年，他開始出差，起初這筆錢令母女相信，他這趟的行程比較久，這只是有備無患。無音訊的頭幾月，他離家的事實仍在未定之天，好像他就在隔壁房間裡，或是在同一條街上。安娜曾繃緊神經等著他。她常坐在消防梯上，目不轉睛瞪著樓下的街道，自認看見他了——她自信腦筋動得夠勤，就能逼父親出現。她等得這麼苦，他怎能狠心不回家？

她一次也沒哭。在她仍相信父親就快回家的那些日子，沒有什麼好哭的，最後斷念時，想哭已經太晚。他的缺席已經鈣化成硬殼。每當她發現思緒又圍繞在父親的去處和所作所為上，她會逼自己停止想念。他不配。她最起碼還能如此報復。

她猜母親也走過類似的心路歷程，但她根本無從確定。父親的身體從她們的生活莫名其妙蒸發掉，父親的話題亦然。現在提起他，感覺一定很怪。而且也沒必要提。

有天午休期間，安娜向霓爾借車，說，「對了，有時候，車子妳可以留著自己騎。」

「全中國的茶葉送我，我也不要。」霓爾說。

「就因為妳摔過一次車？」

「妳摔過嗎？」

「那天妳摔車，表現得若無其事的樣子。」

「故意裝的啦。」

安娜推著單車，和霓爾並肩走向C碼頭，但她不確定是自己跟著霓爾走，或是霓爾跟著她。

「厲害喔，」霓爾露出狡猾的神色說，「妳沒塗口紅，主管就放妳出來。」

「條件是我不能晚歸。」

「妳要是塗一點口紅，能弄到什麼東西，可想而知喔。」

幾個男人信步走過時，講話聲壓低。和霓爾一起走的感覺非常不一樣——如果能變成霓爾，不知道是什麼滋味？C碼頭今天無船停泊。兩人走到盡頭時，霓爾從工作服口袋掏出銀色香菸盒，在陽光下閃耀。安娜猜這菸盒是男友送的。「這裡准抽菸嗎？」她問。

「男人常在碼頭上抽菸啊。我又沒看見『危險』標語。我的意思是——嗯，妳站對地方了，正好擋到風——拜託，妳看看，四面都是水啊！」

霓爾整體的形象是嬌柔細緻，卻用皮靴底劃火柴，動作粗魯而老練，和外型迥異。火柴點燃她叼著的一支白色細菸，她呼出的菸氣乳白悅目，彷彿她曾動過腦筋，想出一個吃巧克力風的好辦法。

「上級如果逼我們穿這種醜不拉嘰的制服，就應該准我們抽菸才對，」霓爾說。「要不要也來一支？」

在安娜住的那條街上，唯有男生抽菸——女生嫌香菸髒。「謝謝妳，」她說。「我想抽。」

霓爾另叼起一支沒抽過的菸，以剛點燃的菸頭相觸，吸到兩支的菸頭都啪啪閃橙光。霓爾秀麗的臉龐圈著燃燒的菸，景象突兀，安娜感到興奮。霓爾把她剛觸燃的菸遞給安娜，菸嘴溼潤，沾著口紅。「第一口先別吸進去，」霓爾說。「不然頭會暈。只不過，我喜歡頭暈的感覺。」

安娜吸一口，含在嘴裡，享受著熱氣，然後讓菸隨風飄散。確實是髒，不過卻是她喜歡的一種髒，類似女焊接工席地吃午餐。她陪霓爾默默吸菸。安娜遠眺對面的瓦拉鮑特灣，看著錘頭式起重機在天空下伸伸折折。幾天前，她見到起重機從地面吊起一輛水泥車，輕鬆如舉起模鑄的玩具。比起重機更遠處是威廉斯堡大橋，接著是曼哈頓岸邊的矮樓房，窗戶在灰濛的蒼天下猶如金屑。

「改天晚上，妳應該跟我一起出去玩。」霓爾說。

「妳都去哪裡？」

「看表演啦，看片子。餐廳。妳有沒有進鬧區吃過晚餐？」

安娜就讀布魯克林學院期間，男同學的兄弟會宿舍在第三街上，她曾去那附近和他們喝啤酒，但她意識到，霓爾指的絕非大學生進出的小酒吧。「我的日子過得封閉而守德。」她說。

霓爾翻翻白眼。「太可惜了。約妳出去，妳也不知道該怎麼穿才好。」

「我想辦法就是了。我向妳保證，不會害妳沒面子。」

霓爾的藍眼樂得瞇起來。「今晚可以嗎？」她說，把菸蒂扔進海灣。「再怎麼說，今天是禮拜五——誰管它明天還要上班。」

沿著C碼頭往回走的路上，安娜注意到，一號乾船塢尾附近有一艘平臺船，有異於普通的疏濬船，上面不見鉤子、索具和骯髒的棚子。這一艘平臺船空蕩蕩，兩個男人正在一端協助第三人穿上一套厚重的帆布裝，很像鄉紳為即將作戰的騎士著裝。附近另有兩名男人，轉動一個長方形大箱子上的曲柄。

「咦，他們在做什麼？」安娜問。

「穿大衣服的那個是潛水員吧，我想，」霓爾說。「他們下水面修船。說不定他還在學習——他們好像在平臺船上受訓。」

「潛水員！」這是安娜首次聽見這行業。她看得如癡如醉，見到助手捧著一個圓形的金屬頭罩，罩住潛水員的頭。不知為何，安娜本能般熟悉這套潛水裝，像是夢見過，或讀過這類神話。霓爾見安娜看得目不轉睛，也跟著看到底有什麼值得關注的事要發生。

「妳怎麼知道他是潛水員？」安娜問，視線不離開潛水員。

「聽羅傑說的。羅傑是我同事。海軍正在徵人，希望老百姓自願加入。羅傑也想去，貪圖這份工作的風險加給。」

潛水員站起來，笨重地走向平臺船邊緣，然後倒退走下一道通往水裡的梯子。整座海灣看似堅如岩石，他卻能直接走進去，後來只見頭盔露在水面上。最後，整個人不見了，徒留一顆顆閃耀的氣泡。

霓爾看到一半離開，從福利社帶回兩盒午餐，遞一盒給安娜。「妳最好快點吃。」

安娜嚼著肉丸義大利麵，定睛看著水面，等著潛水員浮上來，卻一直沒等到。潛水員能在水面下呼吸。她揣摩著潛水員在海底的模樣——用走的，或用游的？海底有什麼東西？嫉妒和渴望衝擊著她的心。「海軍肯讓我們潛水嗎？」她喃喃說。

「妳想嗎？」

「妳不想嗎？」

霓爾呵呵一笑，表示不敢置信。「海軍絕對**不會准**的。不過呢，照現在的情形看，男生整批整批走人，海軍倒是有可能**逼**我們潛水。」

安娜珍視這想法，當成幸運幣來愛惜。根據《造船工人報》，今年九月，造船廠工人有兩百七十名被徵召。接著，男人陸續離開工作崗位。

「男人走光的那天，我也永遠不回來。」霓爾說。她從工作服取出粉餅，補鼻子上的妝，然後塗口紅。

安娜回福利社歸還刀叉之際，感受到內心天搖地動。她恍然明瞭一件事：她從小就想當潛水員，盼能行走海底世界。篤定歸篤定，潛水單位會不會拒收女生令她憂心。

午休後，沃斯先生派她去七十七號廠房。這項外務已成常態，已婚同事也見怪不怪。上到十五樓，安娜問指揮官的祕書，可不可以讓她看看窗外的景色。安娜想看潛水用的平臺船。

「喔，當然可以，」祕書說。互動幾次後，她對安娜的態度轉為友善。「我看慣了，覺得沒啥稀罕，有時候一整個禮拜都忘了看。」

安娜走向窗前。十月底的艷陽高照，她眼前呈現的造船廠地面，精確如圖表：規模互異的艦艇在長叉形的碼頭停泊，每座停四艘。在乾船塢，船被數百條單纖維繩索固定，猶如格列佛被束縛在海灘上。東邊是錘式起重機的吊桿，西邊是造船道的廠房。鐵軌團團環繞這些設施的周遭，形成變形蟲的圖樣。潛水用的平臺船不見了。

「每次我從這裡向外望，」祕書走過來，站在安娜旁邊，「我總心想，**我們怎麼可能打不贏嘛？**」

安娜回到廠房時，沃斯先生在辦公室裡。她把包裹放在辦公桌上，轉身想走，沃斯先生這時說，「坐一下吧，凱利根小姐。門關上。」

上次交談之後，兩人將近一個月不曾私下談話。安娜在同一張硬椅子上坐下。

「想必妳喜歡天天外出吃午餐，是吧？」

「非常喜歡，」她說。「而且我沒有一天晚歸。」

「的確。妳也成了本單位績效最好的檢測員，包括男女在內。」

「謝謝長官。」

這時對話出現空白，安娜想起一件她猜不透的疑問。沃斯先生叫她進辦公室，為的只是閒聊談心嗎？「我見到密蘇里號了，」她打破沉默說。「在造船道裡面。」

「啊，」他說。「下水儀式會多麼盛大啊。妳錯過愛荷華號的下水儀式，對吧？」

「我晚了三個禮拜。」她愈想愈嘔。羅斯福夫人也到場觀禮。

「看著戰艦從造船道滑進水裡，場面很動人，現場沒有一顆眼睛是乾的。」

「連你也哭了？」她本想問的是你也哭了嗎？很難想像沃斯先生這種人為了一艘戰艦而淚漕漕。這話問出口時，多了一分調皮的意味，把他逗得笑哈哈——這是頭一次。

「就連我可能也掉了一兩滴眼淚，」他說。「信不信由妳。」

她對他笑了笑。「我敢打賭，你的眼淚是冷的。」

「冰的。我的淚一掉在磚地上，就像玻璃珠一樣碎掉。」

安娜回座位時臉上仍帶笑。她覺得自己離開太久，所以加快動作。趕工幾分鐘之後，她才留意到四周出奇安靜。周圍靜了多久？她前後左右看同事，沒有一位已婚同事正眼和她的視線相接。連蘿絲也一樣。但安娜覺得大家都知道她在看。

這時候她才恍然大悟：已婚同事已經開始風言風語了。

# 第六章

安娜和霓爾約在蘿克西戲院見面，等著看八點的《玻璃鑰匙》，亞倫．賴德主演。然而，安娜一見她的打扮即知，約在這裡的用意並非看電影。霓爾的大衣敞開，露出一件乳白色的低胸裝。

「我想到另一個點子，如果妳願意聽看看，」霓爾的語調異常輕盈愉悅。安娜回應說她無所謂，霓爾繼續說，「我有個朋友是『私釀』夜總會的常客，他包了一張桌子，邀請我們一起去。」

「我穿的衣服不合適吧。」

「我事先警告過他，妳的打扮很土。」

安娜笑了。事實上，她包在大衣裡面的衣服沒有那麼土。今天她告訴母親，造船廠有位女性朋友約她去看片子，嫌她衣服可能遜色，母親一聽，急急忙忙為她修改一件素藍色的洋裝，為她加墊肩和裙襬。這件是安娜去克萊恩（S. Klein）買的，好讓妹妹莉迪亞下次穿去看醫生。在母親改衣服的同時，安娜也忙著在衣領縫上一片青藍色的珠珠，母女倆像在對決。真正懂服飾的人一眼就能看破修改的部分，但這時縫紉的用意並非供人仔細挑毛病。套一句珀爾．葛拉茲基浮誇的口頭禪：「我們的作品以印象取勝。」

霓爾攔下計程車，請司機送她們到東五十三街。「過六條街就到了！」安娜抗議。「乾脆省下車資，走過去就好。」

一番話招來一陣虛假的吟吟笑聲。「別擔心，」霓爾說。「付了車錢之後，今晚我們一毛錢都不必花。」

在時代廣場以北的市區，即使路燈調低，招牌黯淡，照樣燈火通明。安娜鮮少在入夜後進出曼哈頓，這時見到四處是軍人，不禁詫異。軍官穿厚重的大衣，也有水兵、各軍種的軍人、她分不出是哪一軍的制服男士們，各個匆匆行走，彷彿趕赴一場盛會。

「提醒妳一件事，」霓爾轉向同在後座的安娜說，「妳不可以提起我們做的事。」

「我們做——」

「噓！」霓爾伸手指壓住她嘴唇。霓爾下班後把指甲塗成血紅色。

「妳指的是造船——」

「噓！」

「為什麼不能提？」

「唉，少來了，」霓爾以快樂的假音說，「別跟我裝傻。」

「誰跟誰裝傻？」

兩人一陣無言。「妳明白我的意思，」霓爾恢復正常嗓音說。她認真凝視安娜，車窗外的燈光照出酒渦影。「我想確定妳不會亂來。」

「別擔心啦，」安娜說。「我保證不會丟妳的臉。」

計程車在麥迪遜大道以東靠邊，停在一道閃亮的白色門前，守門人戴著高禮帽，熱忱歡迎她們，態度宛如這場面已經令他心滿意足、別無所求。她們一踏進去，鼓譟喧嘩的現場嚇到安娜，安娜在閉鎖式廠房裡安靜慣了，一出門就被造船廠的噪音震住。

她們脫下大衣和帽子去寄存，霓爾上下打量她，稱讚說，「比我想像中好，」接著說，「好太多了。」

「哇，我鬆了一口氣，」安娜說，但霓爾聽出她語帶調侃，於是注視安娜的眼睛，歪頭微笑。

「妳很風趣嘛。」她說。

「妳也是。」安娜說。霓爾牽起她的手，拉她走向音樂和人聲同場鼎沸的環境。安娜猜想，對霓爾而言，和任何女孩的相處，這種互動大抵是宣示友誼——相當於十歲的安娜和莉蓮．費尼情同親姊妹。能建立這種交情的關鍵在於，霓爾穿著乳白色綢緞裝，皺領間微露酥胸，銷魂的美貌令男士傾倒，光彩絕不可能被安娜搶走，一丁點也不可能。

夜總會在地下室，階梯低緩，愈往下走，愈覺得和真實世界截然不同——彷彿她被推過一道隱形牆，掉進一齣電影中。她需要預先做好心理準備，慢慢融入才行，可惜時間不允許；一口吞噬她的是一組大樂團、一座噴泉、一片黑白格子地板、嗡嗡如蜂窩的一千張小紅桌。霓爾翩翩穿梭桌子之間，不時稍事停留，和酒客尖聲熱情噓寒問暖一番。焦慮的安娜緊跟在後。

她們的桌子在橢圓形的舞池邊，舞客擁擠。安娜發現這桌有三位男士正在等她們，外表大致上差不多，胸前口袋全露出銀色手帕，領帶夾看似名貴。唯一不同的特徵是，其中一人相貌英俊，一位不帥的男士是全桌最老的。大家見面後，連珠炮似地喊著問候語，嘈雜聲中只聽得見片段。

「……慶祝……」

「……小日本做……」

「……坐那桌……」

「……香檳……」

「……行行好……」

安娜拚命仔細聽，唯恐被人笑太矜持。她向來沒有插科打諢的本事，感覺像玩花式跳繩時，韻律感不夠的她缺乏自信跳進去。在夜總會裡，儘管到處是穿制服的軍官，戰爭卻似乎不存在。霓爾較年輕的兩位男友，為什麼沒被徵召？

開胃菜上桌，烤海鮮蜆殼，香檳也跟著來。侍應是個男孩子，手明顯抖個不停（體檢4－F免役，安娜猜），吃力地斟滿五杯酒。安娜從未試過香檳。在男同學的兄弟會裡，她只喝過啤酒，在家的烈酒全是威士忌。她酒杯裡的淡金色香檳吱吱冒泡。她舉杯淺嚐，酒順著喉嚨汩汩滑下，甜中帶有些許苦味，宛如軟墊裡暗藏一根幾乎不刺人的小針。

「哇，真美味！」她驚呼。霓爾上氣不接下氣，轉頭回應她，「很棒，對不對？我喝整天也喝不膩。」安娜差點開玩笑說，應該用熱水瓶裝香檳帶去上班，問題是能不能通過安檢哨。幸好她及時想起霓爾的告誡。

安娜很快就喝光整杯，但侍應沒走，立刻為她添滿。如同轉動烤箱上的鈕，感覺一陣熱氣迎面撲來，安娜周圍的場景漸漸柔和，融合成一抹光暈——音樂、氣泡、歡笑——揉合成珀爾．葛拉茲基口中的印象，全是眼角瞄到的光影，不是真實世界。這份轉變融化了安娜格格不入的感覺。她被投擲進新的環境裡，心臟雀躍著，臉頰火熱。

樂團開始演奏一首舞曲。不帥的年輕男友再度自我介紹名叫路易，邀安娜共舞，以快活的言語克服她的婉拒。「騙鬼，每個女孩都會跳舞。快進舞池吧。」路易說著牽起小手，拉她踏上貼著黑白地磚的舞池。安娜注意到他有點跛。原來如此。安娜會跳的舞全是母親傳授的二〇年代復古舞，例如皮博迪、德州湯米、逍遙快舞，現場演奏的是班尼．古德曼式的搖擺舞曲，安娜恐怕跳得不協調，幸好她的憂慮一閃即逝。路易的身手靈巧，兜得她繞圈，表面上不費工夫，但她意識到他其實暗中努力著——可能想掩飾跛腳。他舞得毫無缺陷。

「妳玩得開心嗎？」他問。「確定嗎？」路易顯然以主人的身分自居，全桌快不快樂的責任由他承擔。「霓爾呢？她玩得開心嗎？她啊，怎麼都猜不透。」

「她也很開心，」安娜請他安心。「我們全都一樣。」

回座位後，所有人的酒杯又滿了。霓爾和帥哥跳完舞，也回到座位上。安娜猜帥哥一定是她的心上人。後來，霓爾和她擠著去上女廁時，霓爾悄悄說，「約我的人沒來，那頭豬玀。」

「喔，」安娜腦筋轉不過來。「他是——」

「他長得像克拉克．蓋博，大家都這麼說。我們去入口找找看。」

在門口沒找到人之後，霓爾火大了。「那壞蛋真該死！」

「他不太可靠嗎？」

「他啊——不太自由。他不是說出門就能出門的。」

「『不自由』的意思是……」

霓爾點頭。「不過啊，他老婆是個悍婦。」

「他們有小孩嗎？」

「四個。不過他在家差不多是個死人——只倒數著再過幾分鐘才能再和我見面。」

「聽妳的口氣，好像廣播愛情連續劇的女主角。」安娜說。

「妳不應該聽那種東西，」霓爾說。「聽多了，腦筋會爛掉。」

「是我母親常聽。」

「他怎麼沒來嘛？我們那桌坐了三個討厭鬼，目的就是讓我不至於等得發愣。」

「路易不是討厭鬼，」安娜說。「他是個溫柔的男人。」

「他們全是同一個模子刻出來的。」霓爾說。

安娜回座位，決心和帥哥共舞，因為她知道他和霓爾不是一對。但帶她回舞池的還是路易。不過她不無聊，路易指出名人給她看，有准將、州級參議員、著名黑人學者。她也認出萊爾德．克雷格，今年春天她看過他主演的《劊子手》。瓊．芳登也在場，她曾以《深閨疑雲》贏得金像獎，安娜看過。安娜最愛紐約市暗潮洶湧的故事，因為這種片子讓人走出戲院後，一聽背後有腳步聲就緊張。

「你認識所有人啊，路易！」她說。

「我想是吧，」他說。「可惜的是，他們不認識我。」

安娜打量他：矮瘦、小臉顯得牙齒過大。跛腳。「你在哪一行高就？」

「精算師，」他喃喃道，一語帶過這話題，不讓安娜請他解釋。「妳呢？」

幾度避談造船廠的安娜早有準備。「祕書。」語帶含糊。

「我猜，這種場所的目的就是讓人忘掉我們這種行業，」路易說。「『私釀』正有這種調皮的氣氛。」

「哪裡有?」安娜大喊。「哪來的調皮氣氛，我怎麼沒看到?」

「啊，重點就是妳看不到。這裡的樓上有賭場，只准大賭注。百家樂、凱納斯特、撲克啦，都有，朋友告訴我的。而且，這裡的人形形色色，連幫派分子也有。妳們女生最愛大哥囉，那還用說。」

「我從沒遇過大哥!」安娜說。「你能指出一個給我看看嗎?」

「這嘛……這家的老闆就是大哥，據說是。或者他在禁酒時期[4]混過幫派吧。他平常都坐那一桌。」路易瞇眼指向舞廳深處的角落。「戴克斯特·史岱爾斯。名下有幾個夜總會，所以他不是天天待在這間。」

「戴克斯特·史岱爾斯，」安娜說。她聽過這姓名。「他長什麼樣子?」

「像拳擊師。高大的壯漢，頭髮接近黑色。他現在可能就坐那邊，我看不清楚。」

帥哥馬可終於邀安娜跳一支舞。他長得像反派角色，頂著深色捲髮，眼神若有心事，嘴角下垂。他是義大利裔——沒被徵召的原因或許是這個。他隨口大罵一句墨索里尼是豬，彷彿在什麼表格上打個勾。然後他成了啞巴。他的視線在舞池上遊走，安娜不久發現，他緊盯著霓爾看，因為霓爾正和不是路易也不是帥哥的人跳舞。和馬可共舞，安娜跳得很差，馬可也是。被他踩到第三次，她失望透頂，索性告退。她不回座位陪路易，反而走向舞廳深處的角落，也就是路易剛才說老闆常坐的那桌。四個男人圍著桌子坐。安娜被香檳沖昏頭，誤以為自己成了半隱形人，放膽直朝那桌走去，低頭看著

4 美國在一九二〇至一九三三年期間施行全國性禁酒。(編按)

四人。四人在同一瞬間注意到她。她即刻認出哪一個是史岱爾斯先生，在認出長相的那一剎那，她立刻想起小時候見過他。

「化妝室在最前面。」其中一人說。

「不是，我——對不起。」安娜說著，作勢要走。戴克斯特．史岱爾斯就是多年前走在海邊的男人。悟出這關鍵後，一陣冷熱交替的感受直灌腦門，沖散了方向感，彷彿舞廳翻倒。失落的一段往事浮上腦海：坐在父親開的車上。和另一個女童玩耍。這男人，戴克斯特．史岱爾斯，在冰冷的海邊。這份巧合，感覺很神奇。安娜不加思索，馬上衝回去，想告訴他這件事。

男人們再度抬頭看她，冷淡的眼神傳達一致的訊息，別怪我們下逐客令。香檳醉意一掃而空，她覺得渾身不設防，史岱爾斯先生同伴的敵意正面侵襲過來，最年輕的一個有雙下巴，左右不對稱的頭髮蓬亂。「妳煩人煩成習慣了，是嗎，寶貝？」他說。「還不滾？」

戴克斯特．史岱爾斯立刻起身，站向安娜和桌子之間。「我能為妳效勞嗎，小姐？」他的口氣客套而疏遠，視線幾乎沒掃到安娜的臉。他當然不記得她。曼哈頓灘之旅的印象早已淡出，遁入遙遠的往年，宛如吃剩的蘋果核被扔出火車窗外。重提這段往事顯得荒謬。寂靜在兩人之間蔓延、滋長。

「我在造船廠上班，在布魯克林。」安娜終於脫口說出，講到一半就後悔莫及。

「是嗎？」戴克斯特．史岱爾斯說，游移的目光總算安分下來。「我在報紙上讀過，女孩子開始在那邊上班。妳負責什麼差事？」

「我拿千分尺檢測零件，」她說。「不過，也有女生負責焊接、打卯釘……」

「女生會**焊接**？」

「就和男人一樣。她們不脫下面罩，你絕對分辨不出男女。」

「男女一同工作，這樣自然嗎？」他直直凝視著她。

「我不知道，」她臉紅說。「我的同事大多數是女工。」

「很高興和妳聊天。怎麼稱呼妳？」

「敝姓費尼，」她不經大腦說，同時伸出一手和他握。「安娜．費尼。」

「戴克斯特．史岱爾斯。」

握手後，他伸手去碰一下侍應的手臂，說，「吉諾，麻煩你帶費尼小姐回她那桌，送一瓶香檳過去。祝妳好運，費尼小姐。」

她被打發掉。戴克斯特．史岱爾斯回自己桌，安娜穿過人群，耳際縈繞著剛才那件事的後遺症。重點並非她冒用莉蓮．費尼的姓——假名和這家夜總會似乎很搭調——而是假名模糊了兩人之間的關聯。史岱爾斯先生假如認得她的本姓，有可能追回什麼往事？

安娜回座位後，儘管路易努力逗她講話，她依然若有所思。從她坐的這桌，她看不見戴克斯特．史岱爾斯，今後也可能永遠不會再見到他。假如當時報本姓，她設想著，對話會如何發展下去？想到這裡，她才明白一時冒名背後的原因。令尊近來如何？他最近去哪裡了？正在忙什麼？據實表明身分必定引來這些問題。一想到該如何應付，安娜就心慌。

侍應送來一瓶新香檳。霓爾和馬可從舞池回來，馬可顯得很滿足。

「怎麼了？」霓爾在安娜身邊坐下，問她。「妳是不是放不開？」

「大概吧。」她覺得正好相反：香檳沒喝夠，澆不熄突然悶上心頭的傷感——其實是空虛。

「我想走了。」霓爾說。

對路易而言，今夜到此結束等於是危機當頭。「唉呀，別急嘛，小姐們，」他驚呼。「喝點香檳嘛——老闆剛請我們喝香檳呢！我等了一輩子，終於等到老闆請的香檳！」

「好善良的路易老哥。」霓爾說。

「我以取悅人為職志。傷心臉表示我待客不周嘛。」

他表現得開懷，但安娜意識到他掩不住內心的焦急慌張。「你待客很周到，路易。」安娜說著伸一手摟摟他的瘦肩，親吻他蒼白沁涼的臉頰。

「嗚—啦—啦。」路易大喊。

霓爾從另一邊擁抱他。馬可和年紀最大的一人同時笑了起來。教人不祝福路易也難。

「我快樂昏頭了，」路易說。「如果我昏倒，麻煩妳們兩位小姐扶住我，好嗎？」

夜總會裡的喧囂聲絲毫沒有滲漏至東五十三街上。這就像從一個世界踏進另一個世界一樣。安娜看錶，宛如被電到：凌晨一點多了。「我該回家了。」她說。

霓爾不應。霓爾神態萎靡，和今夜見面時強打起精神的模樣如出一轍。「妳明天見得到他嗎？」安娜問。

霓爾搖搖頭。「他週末出不來。所以今天他沒來，我才氣成這樣。可惡的老鼠。」

「妳身上這件是他送的嗎？」

「在棕櫚灘送的，」霓爾說。「那次他去邁阿密出差，帶我一起去。這下子，妳被我嚇到了，對不對？」她說，語帶放縱的憂鬱。

「有一點，」安娜承認。「感覺很……危險。」

「只有他危險——我不怕。何況他說，為了我，什麼風險都值得冒。」她微笑得有氣無力。「別告訴我，妳本來以為我是天使。」

「我沒有。想過。」

「反正天下沒那回事。」

安娜不語。

「在我看來，所謂的天使，全是騙術最高明的壞女孩，」霓爾落寞地說。片刻之後，她問，「妳是天使嗎，安娜？」

安娜聽到秋葉在人行道上的翻滾聲，嗅到霓爾搽的梔子花香水味。從來沒人這麼問她。大家直覺認定她是乖乖牌。

「不是，」她說。「我不是天使。」她的視線和霓爾相接，兩人彼此產生默契。

霓爾握著安娜的手臂，心情好轉了。兩人路過一棟棟像手工珠寶盒的民宅。「妳掩飾得非常好嘛。」她低聲說。

「我猜這樣也好吧。」

「妳適合當間諜或偵探喔。沒人摸得清妳的底細，也弄不清楚妳為誰效命。」

「我想當潛水員。」安娜說。

# 第七章

戴克斯特．史岱爾斯驅車行駛在布魯克林區八十六街上，見副駕駛座的百吉先看一下腕錶，然後伸出毛茸茸的手去調收音機，可能想聽凌晨五點半的新聞。戴克斯特打掉他的手。

「幹嘛打人？」百吉發牢騷。

「沒先徵求車主的允許，不准亂碰東西。難道你在芝加哥沒學到這常識嗎？」

「抱歉，老大，」百吉口氣乖順，但頑強、快活的眼神透露另一番態度。果不其然，他繼續說，「只不過啊……我坐進這輛車，不就算碰到車子了嗎？你懂我的意思吧。我往後靠，不也碰到座椅了？」

「想討打的話，為什麼不直接叫我打？」

「對了，你怎麼整晚對我心情鬱悶啊？」

戴克斯特瞥他一眼。百吉有多項討人厭的特點，一項是能相當準確判讀戴克斯特的心情。他確實是心情鬱悶——想不起原因何在。也許是，戴克斯特最愛的時刻即將降臨，百吉卻杵在車上。戴克斯特喜歡獨自享受黑夜與黎明之間的時刻——在四處無光的情景感受天色乍亮的可能性。

他想到了。「那女孩，」他說，「費尼小姐。她過來我這桌，你對她不禮貌。」

百吉錯愕得闔不攏嘴。

「如果是在『地獄鐘』，那另當別論，」戴克斯特說。「『地獄鐘』是他在布魯克林的弗萊蘭茲區經營的郊區夜總會。離開「私釀」後，他們去巡視「地獄鐘」。「即使在『松林』也是，只不過你不會聽見希利先生對顧客用那種口氣。在『私釀』就不行。」

「太高級嗎？」

「可以說是。」

百吉歎一口氣。「在芝加哥不是這樣。」

「我聽說過了。」

連續七夜，百吉稱讚芝加哥的琴酒店多棒，淑女舉世無雙，湖景多迷人，更對幫派和執法界之間若即若離的默契讚美連連，嘮叨到戴克斯特耳朵長繭。百吉愛芝加哥，可惜芝加哥不愛百吉。百吉在芝加哥不知闖出什麼大禍，若是別家運氣不好的小子，老早就沉到密西根湖底餵魚了。多虧百吉的母親是Q先生最疼愛的外甥女。幾經協商後，Q先生把這個孫字輩的親戚安然接來布魯克林，交給戴克斯特調教指導。照常理，百吉應該為他開車才對，但戴克斯特寧可聘這小子當律師，也不願讓他握方向盤。這輛是凱迪拉克六二系列新車，古挪威灰色，是底特律車廠傾力生產軍品之前的最後一批，戴克斯特豈肯讓別人開。戴克斯特熱愛開車。他猜，全紐約比他更常開車的不到十人，或者說，比他消耗更多黑市汽油的人沒幾個。

「呃，老大，你開錯方向了。」

「對或錯，要看我想去哪裡。」

「你不是想載我回家嗎？」百吉住班森赫斯特區，睡在Q先生年邁胞妹的客房。

剛才巡視過位於格雷夫森德的「松林」後，戴克斯特不經思考就駛進灣脊區。幾星期前，他去漢米爾頓堡後山上拜訪一位生意上的友人後，發現一個眺望紐約灣海峽的絕佳地點。當時，他正要回車上，恰巧見到黑漆漆的上灣，船隻和濱海所有建築全熄燈。黑暗中，他察覺到一列東西在動。忽然間，他的視線破解這列神祕的行進物，知道巨無霸船隻正悄悄從港口出航，一艘接一艘，兩船之間維持等距，宛如野獸或幽靈。艦隊出發了。靜靜航行的艦隊意義非凡，甚至不像地球上的事物。他等最後一艘通過海峽才走。他數到二十八艘，但在他到之前，隊伍究竟多長，沒有人知道。最後，小小的守門船駛來，拉上反潛艇網。經過這次經驗後，他習慣每隔幾夜來這裡，希望再看到另一支艦隊。

「你年輕又健康，百吉，」他在引擎怠速時說，「為什麼不從軍？」

「我又不是當兵的料子。」

「你是不折不扣的士兵。我也是。」

「不是你講的那種啦。」

「你舅公是我們的將軍。」

「不是齊步走的那種。」

戴克斯特轉向他，面色嚴厲。「如果Q先生叫我們走，我們就齊步走。如果他叫我們穿燕尾服，我們就乖乖穿上。你該不會是體檢沒過吧，百吉？」

「我？」百吉尖聲辯解。「怎麼可能？我的眼睛像波斯貓一樣精。從德雷克大飯店樓頂，我看得見密西根湖中間的閃光號誌。」

又提芝加哥。百吉滔滔不絕說話的當下，戴克斯特看著港口，反芻剛才在「地獄鐘」和「松林」

聽見的消息：營收減少。汽油不夠，車子開不到鬧區以外的夜總會。今晚和星期一，他會去長島和斷崖區巡視夜總會，情況很可能相同。

他在「松林」的部屬希爾斯向他報告另一件事：名叫休．麥基的發牌員被開除後不滿。麥基賭得太兇，借太多錢，侵吞的公款太龐大，結果被炒魷魚。他回頭脅迫希爾斯，如果不高薪請他回去上班，他揚言供出他上班八個月期間的所見所聞。他自稱能害所有人被關進興興監獄。戴克斯特試著想像休．麥基的長相。他總能把姓名和臉孔連在一起，但有時候單單只有姓名不夠。

「至於那個賴著不走的賤貨，」百吉懶散地問，「她後來到底要什麼？」

「留點口德。」

「她又聽不到。」

戴克斯特對他的傲慢感到不可思議。直到這一刻，他才領悟一件事：百吉自恃有靠山。Q先生對他伸出援手，他誤以為Q先生給他豁免權，顯然他不知道Q先生的胞兄在他高升的過程中失蹤，另外至少有兩個親戚也從此不見人影。這份誤解能說明百吉為何以過分恭敬、隱含嘲諷的態度對待戴克斯特。

「滾下車去。」戴克斯特說。

年輕的百吉面露困惑。

「等什麼？還不快滾。」

百吉嘴巴抗議幾聲，但他心裡必定知道，戴克斯特不是在開玩笑。他打開車門，踏進黑夜。戴克斯特漠然急駛而去，只看後照鏡一眼，依稀可見百吉凝望著揚長而去的車，身上穿著廉價西裝。西裝是戴克斯特上星期去克勞佛（Crawford's）買給他的。就算他記得住處的地址，也勢必要嚐點苦頭才回得了家。這下子，他那雙穿得吱嘎叫的新工作靴，很快就能合腳了。遇到這種臭小子，一定要給他一記迎頭棒喝，否則他學不乖。打得愈重，學得愈快。百吉在芝加哥究竟陷入什麼困境，得勞駕Q先生營救，不得而知，但在紐約，如果他不遵守從屬關係，下場一定水深火熱，絕對比芝加哥難熬。紐約豈有豁免權這種東西？有恃無恐，不啻為自殺。

戴克斯特大概能擺脫臭小子兩三天，讓他舔舔自己的傷口，這是好事。戴克斯特喜歡女性部屬，這是事實，因為女人比較容易相處。他但願能讓女人掌管旗下的所有事業，只可惜找不到強悍一些的女人，例如他幼年時代違法酒店女老闆的那一型：德州古南、貝兒·李文斯頓（Texas Guinan, Bell Livingstone）。這種女老闆為躲避緝私檢警，不惜攀越屋頂逃跑。反觀現代女孩，她們似乎不太喜歡槍械，而且持平而論，女裝裡也難以藏手槍。戴克斯特不佩戴肩槍套；花大錢去敦恩（F.L. Dunne）訂做西裝卻在裡面塞一把手槍，筆挺的線條豈不全被糟蹋？至於把槍藏進荷包，那種事只在電影裡看得到。槍械貼身才有應用的價值。

驅車接近曼哈頓灘之際，神奇時刻降臨了：天空高漲著新希望，戴克斯特的胸腔也跟著擴張。他喜歡等待東方天際投射第一道光輝。以前東邊盤據著豪華大飯店。戴克斯特小時候，老爸在東方大飯店的廚房工作，後來在他十一歲那年，飯店被拆了，時日他記得一清二楚——彷彿大飯店的幽魂仍面海，伸出雙臂，遮雨棚、尖塔、旗幟隨風撲撲飄拍。大飯店裡，縱橫數公里的紅毯走廊裡浸滿一種嗡嗡低吟聲，可能來自在飯店幕後工作的數百員工，老爸也在內。東方大飯店的海灘不准閒雜人等進出，戴克斯特一步也沒踏進過。

今年二月，在珍珠港事件爆發後不久，海岸防衛隊曾封鎖曼哈頓灘東端，在度假小屋之間興建訓練中心。天空露出第一道光的此刻，戴克斯特望著東方，閒晃過訓練中心大門。天色的轉變是漸次的，但感覺絕不是如此。在前一秒進入後一秒之際，黑夜轉變為白晝。

他家在曼哈頓灘的西端。他的前門從來不上鎖。女傭米爾達在廚房為他預留一壺咖啡，他放到爐子上增溫，然後為自己倒一杯，揭開面海窗戶的遮光窗簾。他對白天景象的認知，全來自於從這些窗戶向外望。黎明每過十五分鐘，船隻的密度愈形顯著，有駁船、平臺船、油輪，部分船隻下錨等待檢疫。木殼掃雷艇在安布羅斯海峽（Ambrose Channel）的兩岸來回移動。拖船猶如馬戲團小丑，穿梭在航向上灣的大船之間。

他端著咖啡，帶著雙眼望遠鏡來到後門廊，從這裡能看海。幾分鐘後，女兒泰波莎來了，披著鑲摺邊的粉紫色睡袍，睡眼惺忪。戴克斯特很高興，女兒在週六有賴床的習慣。她的赭紅色頭髮得自母親遺傳，仍有髮夾的痕跡，想必是怕被父親取笑而臨時摘掉。「泰比貓，」他說，親一下女兒獻上的臉頰。「不會吧？妳偷喝我的咖啡嗎？」

「裡面大部分是牛奶。」她縮進父親身旁的椅子，兩腿伸上來抱著。內衣單薄，不是海風的對手。

「昨晚沒睡衣派對嗎？」

近日來，泰波莎似乎常有朋友相伴（通常是他放不下心的娜塔莉），或者找兩三個女生一起來，以融蠟製作西裝領針，或拿裙子泡進一鍋子染料，用棍子纏一纏，然後風乾，製作「掃帚柄裙子」。成品只能用「醜」字形容。

「昨晚有沒有影星啊？」她問。

「唔，我想想看。有亞琳・麥瑪宏，也有溫蒂・巴里。金像獎演員瓊・芳登也出現。」只提女星是故意吊她胃口。

「沒其他人了嗎？」

「這嘛……我有瞄到蓋瑞・古柏。來得非常晚。」

她拍拍手。「他有什麼動作？」

「快快樂樂坐在妻子身邊，陪她喝馬丁尼。」

「你每次都講同樣的東西！」

「每次都是真的。」幾乎每次都是假的。夜總會二樓有個暗窗，戴克斯特從那裡看到的人事物都不告訴任何人。他把宣傳的任務交給溫徹爾先生。溫徹爾是朋友，也是常客，講話專精若有似無、語帶玄機之術。

「還有誰呢？」她期盼聽見的明星是維多・麥丘。去年《醒時驚叫》上映時，她和娜塔莉去看過，見他穿泳裝一幕之後轉大人。現在，她用玻璃紙保護他美美的相片，收藏在紀念冊裡。

「沒看見維多的影子。妳指的是他吧？」他說。

「才不是呢，」她謊稱。「他有比去逛夜總會還重要的事情。他已經加入海岸防衛隊了。」

從前在泰波莎還習慣早起的時候，多數早晨，她會捧著一杯牛奶，陪父親在後門廊上看海。泰波莎思想精明，對小事深思熟慮，深得他的心，他進而想像有朝一日和她在事業上合作——當然是合法的行業。無奈，過去這一年來，女兒開始模仿維若妮卡・蕾克的髮型，沉迷於通靈板，他對女兒的憧憬也漸漸黯淡。然而，每隔一兩週，彷彿遵守某種儀式，早晨仍來後門廊報到。

「今天有什麼規劃啊，泰比？」

「和娜塔莉有約。」

「做什麼？」

「看場電影。可能去逛街。」她刻意閃躲他的目光。由此可見，她們一定也約了男生。娜塔莉是花痴，而女兒變得太美，令他憂心。並非他寧願親生女兒是醜小鴨，而是他認為，外在美容易讓女人養成依賴性。他倒希望女兒能擁有內在美，近看才可辨認。她有個阿斯匹靈盒子，外面塗紅色指甲油，當作領針用，說是一個心願盒。顯然，盒子裡藏著一張紙條，上面寫著祕密心願。女兒私藏祕密，令他一想就微慍。

「想不想看一眼啊？」他舉著望遠鏡給她。她搖搖頭。她不知從哪裡找到指甲砂銼，正在銼指甲，想銼成完美的橢圓形。「用話回答，麻煩妳。」他說。

「不想看，謝謝你，爹地。」

「有很多大船喔。」

「我看得見。」

「妳一直盯著指甲看，看得見才怪。」

「我天天都看見。」

他舉起望遠鏡，掃視緊張的灰色海面，尋找潛水艇的瞭望塔。封鎖海峽的防雷網能保護上灣，但就戴克斯特所知，潛水艇可以轉彎繞過提爾頓堡所在的微風點（Breezy Point），潛行到他家底下的海水和岩岸交接處。擔心潛水艇入侵而監看海面，有時感覺像預期潛水艇會來，甚至希望潛水艇快來。

「來，」他說著，把望遠鏡推向女兒，以破解自戀的魔咒。「看緊德軍，別讓他們上岸。他們在阿瑪根塞特灘登陸過。」

「德軍幹嘛上岸，爹地？我們這裡又沒啥重要的東西。」

「妳的指甲好像很重要嘛，他們可以幫妳修指甲啊。」

一氣之下，她拎起睡袍的下襬，走回屋內。戴克斯特氣她虛榮，也氣自己衝動。這是弱點。咖啡涼了，被他灑向石堆。他進屋子裡。來到他的更衣室，他從腳踝的槍套取出手槍，鎖進專用櫃子。他把長褲和西裝外套掛進衣櫃，襯衫扔向角落待洗，只穿蘇卡牌平口內褲，站在洗手臺前，用冷水洗身體。洗完後，他下半樓，進入有異味的臥房。妻子哈麗葉的祖先是清教徒，臥房簡樸如軍營，他反其道而行，夫妻倆的床鋪寬敞奢華。他聽見妻子的呼吸聲，悄悄躺進她身旁。更衣室的燈照亮寬闊的頰骨與柔美的嘴唇。非常美，他的哈麗葉。美到令人出神。他怎麼會糊塗到以為女兒會少她一分姿色？即使在睡夢中，哈麗葉依然端莊；引她放蕩是戴克斯特的職責。她十六歲起，在他運送私酒時，他就求哈麗葉同行，中途在長島蹺班，在月光下的南瓜田裡操她，名門閨秀的洋裝被他掀起，蓋住她的頭，到處是葉子。今天一整夜下來，煩事不斷，在他心中蓄積，令他如同在起跑柵裡蠢蠢欲動的賽馬。這能消消火，每次都靈。哈麗葉還沒醒，他已經壓在她身上了。

「早安，寶貝，」她以磁性的嗓音說。少女時期，她的嗓音就如此，令人不安，幸好長大有美貌襯托。「好粗魯喔。」

「今晚比較煩。」戴克斯特說。

✷

翌晨彌撒前，新任教會副主祭拉戴克斯特到一旁，商討大鐘的事。副主祭說，教堂鐘出現「細得看不見的裂痕」，不僅影響鐘聲，更有可能破裂墜落，壓到信徒。教堂需要修繕時，神職人員總認定找戴克斯特好商量，畢竟戴克斯特的事業免不了沾染罪惡。戴克斯特已經聽過祭壇石板缺了一角、唱詩班男童想換新袍，這次的狀況換成鐘，戴克斯特倒覺得鐘聲聽起來還好。老實說，戴克斯特巴不得教堂能少敲幾次鐘。

在聖瑪姬教堂外，副主祭拉他站在枝葉茂盛的角落。戴克斯特說，「副主祭，不會吧？這教堂還不到二十五歲。」

「在經濟大蕭條期間，我們一直沒修繕過。」副主祭喃喃說。

「不對吧。前任副主祭博托里才找我商量過新祭服和新聖杯，掛在後殿裡的十字架苦行圖想換新，想必也找我。」

「多虧您的慷慨，我們才有今天。」副主祭吟詠著，視線低垂。

藉助明朗的日光，戴克斯特仔細打量他：年紀輕輕有眼袋，臉紅得不合時令，八成是貪杯。酗酒在愛爾蘭裔神職人員裡較常見，義大利裔較少，但也絕對時有所聞，尤其是終身禁慾的教士。戴克斯特的事業靠飲食男女的欲望成就，見到教廷不顧情理堅持教士不能滿足最原始的欲求，他只能搖頭。博托里愛賭小馬，戴克斯特兩度在貝爾蒙撞見他，更曾在他的「信仰靜修」期間見到他出入薩拉托加跑馬場。前陣子，他被調到一座沒有賽馬場的城市。如今，接替的人是酒鬼，薪水不夠豐沃，買不起上等酒，老對信徒伸手，誰能怪他呢？

布道的內容是什麼，戴克斯特聽不進去。宗教，他才不鳥；他之所以皈依聖瑪姬教堂，是因為他不想被拉去親家習慣做禮拜的聖公會教會。跟那些清教徒在一起，他才不願意。如果非得進教堂待一小時，鮮血淋漓、焚香味濃郁的天主教會是唯一選擇。他發現，彌撒期間適合深思生意之道。今天，他考慮該如何對付負債累累的發牌員休．麥基。兔崽子居然敢威脅希爾斯。希爾斯是世上最和善的傢伙，但他一旦心煩，對手就有顏色看了。而希爾斯就快心煩了。

彌撒結束，鄰居在教堂外照例噓寒問暖之後，戴克斯特叫全家上車，準備開車遠行至薩頓巷的岳父家。車子才剛駛出停車位，雙胞胎就開始拿樹枝比劍。「爹地！」泰波莎尖叫。「叫他們別再打了啦！」

「兒子們。」戴克斯特喝斥，雙胞胎立刻不敢動，兄弟倆互使眼色，猶如電報，傳達好笑的意念。這兩兄弟經常這樣。

「昨天在狩獵俱樂部，」泰波莎說，「他們在柱廊旁邊玩壁球，被人罵，他們才停。」

「不要亂告狀。」哈麗葉說。

「我們玩得很安靜啊。」約翰馬丁忿恨地說。

兩個兒子為何喜歡參加有獎品的競賽活動，戴克斯特不懂。這種活動通常在戲院舉行。他們會跳踢踏舞，會翻跟斗，會倒掛金鉤，也會以齒縫吹口哨，獲勝後捧獎品回家。獎品不外乎號角、口琴或溜冰鞋，全是家裡已有的物品，或是花小錢就買得到的東西。戴克斯特擔心他們生性不夠認真。

「狩獵俱樂部不認為壁球是運動，對吧？」他忍不住調侃妻子。「沒法子和障礙賽馬相提並論吧？」

「都好幾年沒障礙賽了，」她說。「你又不是不曉得。」

哈麗葉小時候曾被母親帶去參加障礙賽馬，因為母親期望她能遇到門當戶對的對象——最好是前來參加牛津—劍橋—洛克威競賽會的英國人。哈麗葉最初對洛克威狩獵俱樂部的描述是：「不過是一群老太婆喝得醉醺醺，色眼猛看馬球選手。」她和戴克斯特只去過狩獵俱樂部幾回，每次刻意至少在一個新地點履行夫妻義務。但近幾年來，不知何故，哈麗葉愛上狩獵俱樂部，常去和被她揶揄過的老太婆們共飲粉紅佳人，聽她們有氣無力追憶花樣年華時期晉見維多利亞女王的往事。哈麗葉也打起高爾夫球了。這些小事總和起來，讓戴克斯特莫名心煩。

「早知道，我們就別去，」約翰馬丁發牢騷說。「我們根本打不進去他們的圈圈。」

「打打馬球嘛，」戴克斯特說。「你們一定能融入。」

「我們又沒馬可騎。」菲利普提醒父親。

長島灣與東河在地獄門相接，哈麗葉的雙親從住處飯廳可俯瞰地獄門南邊的東河風光。哈麗葉的母親貝絲．貝林傑坐在長餐桌的一頭，有著一張典型的老太婆臉，狀似乾旱的三角洲，遍布龜裂紋，支流交錯，下面連接一張杜賓犬的嘴，從不主動張口。她的眼珠淡藍色，只需瞪一眼，便能指使丈夫。丈夫亞瑟坐餐桌另一頭。他們育有一子三女，聚餐時必定全員出席，也帶配偶和幾個小孩一起來。子女總共為他們生了十四個孫兒女，較年長的孫兒在外地上學，不便出席。貝絲偏愛的兩位羅馬尼亞裔傭人負責為大家切送烘肉。大家長亞瑟．貝林傑帶領全家禱告，接著是一陣肅穆的咀嚼聲，混雜著東河船隻往來的嘩嘩聲，隨後，小朋友們的言語才打破沉默。

點心是烤蘋果奶酥，淋上奶油，大家吃完後，女眷退席進廚房或書房，小孩進育嬰室或臥房，只剩男人圍坐餐桌，以亞瑟為軸心，習慣的坐法是獨子亞瑟二世（庫柏）坐父親右邊，戴克斯特坐岳父亞瑟左邊。亞瑟的大女婿喬治．波特是外科醫師，坐戴克斯特左邊，而庫柏的右邊是三女婿亨利．佛斯特校長。接下來一小時是戴克斯特期待了一整個星期的對話。

戴克斯特留意到，女兒泰波莎在飯廳門邊徘徊。飯廳門是從門框內滑出的隱藏門。戴克斯特見岳父首肯，才對女兒呼喚，「過來吧，泰比。陪我們坐一下。」

他搬一張椅子，擺在他和岳父後面的角落，讓女兒坐下。庫柏抽香菸，岳父抽菸斗，喬治抽雪茄，菸霧繚繞，嗆得泰波莎輕聲咳嗽。戴克斯特和亨利不吸菸，這是亞瑟兩女婿之間少有的共同點。身為校長的亨利穿著有補丁的粗呢西裝，座車是破爛不堪的福特T型車。

亞瑟為所有人倒一杯波特甜酒。一次大戰後，亞瑟以海軍少將退役，投身銀行業。他即使保持挺拔的軍人身段，也無法為平庸的身高增加多少吋。他的小手紅潤，白髮稀疏，服裝剪裁合身（布魯克斯兄弟牌），但如果穿薩佛街（Savile Row）名牌必定更有氣勢。他駕駛三九年分的土色普利茅斯車。儘管身外之物件件不起眼，他無形中卻別有一分風範，是戴克斯特在其他男人身上從未見過的氣魄。他毫無保留地仰慕岳父。

「兒子女婿們，」亞瑟略過泰波莎說，「最近聽到什麼風聲啊？」

他指的不是報紙上的消息。他在羅斯福擔任州長時就認識他，近來勤走華盛頓，因為他在華府操作發行戰爭債券，協助擬定盟國租借法案。他的海軍熟識正指揮著幾大艦隊。換言之，亞瑟・貝林傑知道的事物多不勝數，但他明白，他的人脈之高深超越多數人的畢生體驗。

先報告的人是么女婿亨利・佛斯特。他在西徹斯特鎮的亞爾敦預科中學擔任校長。亨利說，鎮上有一名婦人認定比鄰而居八年的家庭假冒美國人，一窩子全是德國間諜。「她認定鄰居隱藏德國口音，連小孩也是，」亨利說。「她自認**聽見呼之欲出的德國腔**。不得已，只好送她去精神病院。」

「你有何想法？」亞瑟問長女婿喬治醫師。

「心智脆弱，難以負荷大戰的高壓，」喬治說。「康復的機率很高。」

戴克斯特觀察著女兒的反應，只見她低頭剝著一片檸檬的皮。

「鄰居該不會真的是德國人吧。」庫柏暗示，導致父親亞瑟顰眉。

「我們寄宿學校今年感恩節不能放假，」亨利繼續說。「因為有些家長不在國內，有些母親在上班……學生放假沒地方可去。」

為了讓泰波莎有話可講，戴克斯特說，「我們夜總會裡來了幾個女孩，據說在海軍造船廠上班，地點就在布魯克林，做的是焊接、水電的……聽說有好幾百個。」

岳父面露狐疑。「好幾百個？」

「聽起來很危險。」庫柏瞄父親一眼說，但大家不清楚他指的是「對女孩子危險」或「有危害世界之虞」。很可能庫柏自己也不清楚。和父親相形之下，庫柏顯得軟弱，遠不及父親聰明，象徵直系傳承的局限性。亞瑟心知肚明這一點；庫柏就在同一家銀行上班，他不可能不知道。在父親對兒子失望的時刻，戴克斯特難免自鳴得意，因為他認為和岳父培養情誼是得心應手的事，岳父和半子的交情也穩固。從庫柏嘴裡出來的消息，亞瑟．貝林傑不可能沒聽過，但戴克斯特親眼見過、知道的一些事，是亞瑟在不犧牲個人原則的情況下不可能獲悉的情資。戴克斯特比較接近泥土，習於和鹽巴、礦物質打滾，這是近幾代貝林傑家族無法體驗到的經歷。此外，戴克斯特是唯一不向岳父伸手的女婿。

「唉，庫柏，」亞瑟對兒子輕聲說。「怎麼會危險呢？」

「女孩子對造船術不熟練。」

泰波莎觀望著外公，但外公的視線不曾逗留在她臉上。這是亞瑟那一代的弱點：他們不明瞭女人的價值。

「那些女孩子男性化嗎？」喬治問戴克斯特，嘿嘿一笑。他常帶妻子芮金納去「私釀」夜總會。芮金納是哈麗葉的胞姊，個性凶悍。他們開的是二三年分的二手杜森博格，漆成雪紡綢黃。躲在暗窗裡的戴克斯特得知，這位瀟灑醫師也曾帶野花上夜總會。喬治知道戴克斯特心裡有數，因此兩人之間培養出一份溫馨的默契。

「不過是很普通的女孩子罷了，」戴克斯特說。「常在自動販賣機餐廳看見的那一型。」

「我不去那種餐廳，」亞瑟說。「描述給我聽聽看。」

把費尼小姐描寫成複數是一項艱鉅的工程。假如他描寫的是別人，他能直覺上把一個女人講成兩三個——長久以來，他憑這伎倆來化解岳父對於他是否花心的疑慮。喬治出身世家，父親是牧師，偷偷外遇是一回事，戴克斯特卻沒有通融的餘地。當初亞瑟把二女兒許配給戴克斯特的條件之一就是規定他從一而終，而戴克斯特當時也欣然同意。如同在許多方面一樣，岳父在這方面算是幫了他一個大忙。拈花惹草和酗酒吸毒沒兩樣，對男人的危害之慘重，戴克斯特見多了。

「二十出頭吧……頭髮深色，愛爾蘭裔的姓，」戴克斯特說。「身心健全的好女孩。不崇尚時髦。」

「時髦到去泡夜總會。」亨利說。他不認同夜總會。

「她們看起來的確有點突兀，」戴克斯特回想著說。「我猜是被人帶去的吧。」

「長相聽起來很接近，」岳父亞瑟哈哈一笑說。「你確定她們不是雙胞胎嗎？」

戴克斯特臉紅了。「大概是我看得不夠仔細。」

「對了，不如我打電話給造船廠司令官，」亞瑟說。「我和他一起待過菲律賓。等葛雷迪從安拿坡里斯的海軍學院回家，我請司令官安排帶我們參觀造船廠。」

「好！」泰波莎驚呼，嚇大家一跳。「拜託拜託，外公！我想參觀造船廠。」

戴克斯特既驚訝又驕傲，差點頭暈。

「葛雷迪什麼時候回家過感恩節？」亞瑟問庫柏。

一聽「葛雷迪」，所有人全側耳傾聽。葛雷迪是庫柏的愛子，是平淡人生中的一顆星。其他人為何如此關注呢？葛雷迪是貝林傑家族的長孫，格外出眾，彷彿亞瑟的機智、狡黠、親和力全略過庫柏這一代男丁，隔代遺傳給庫柏的長子，令人驚艷。大家常說，葛雷迪注定做大事，戴克斯特難免羨慕庫柏有這麼出色的兒子。

「感恩節前兩天回家，」庫柏說，稍微挺起胸膛，這是話題轉到葛雷迪時的習慣。「不過，他為了提前畢業，最近忙得不得了——我要先問一問瑪莎。」

「那就約在感恩節前一天好了，」亞瑟說，不理會兒子的猶疑不決。「我明早打電話給司令官。妳也會去吧，泰波莎？」亞瑟喊她名字的口氣出奇正式。

「我會，外公，」她說，比剛才驚呼的神情收斂許多。「我想去。」

「對不起，我恐怕會待在學校，」亨利說。「不過，我相信碧琪會想去，如果有人能去車站接她的話。」

「當然。」戴克斯特說，亨利聽了明顯如釋重負。碧琪是哈麗葉的胞妹，原本一直是完美的校長夫人，沒想到八個月前生下第四個小孩後，竟變得「精神不勝負荷」——亨利的說法。碧琪找家教，開始學俄文，朗誦普希金的作品，不時嚷嚷她想去環遊世界，想住一住蒙古包。可憐的亨利束手無策。喬治的兩個女兒相貌平平，名叫艾蒂絲和奧麗芙，在門口打毛線，兩捲土色的羊毛線從鉤針下垂。打給士兵穿的。「害我們等好久。」奧麗芙罵泰波莎。泰波莎只好站起來，跟她們走，戴克斯特則為了她剛才表現不俗而沾沾自喜。

女孩走後，戴克斯特問岳父，「你呢，亞瑟，聽到什麼消息嗎？」

「嗯。我和各位不同的是，我實際上什麼也不做，只在門外聽，」亞瑟說。「不過，我倒聽說，有事情即將發生了。和我軍前線有關。」

所有人愣了一會兒才聽出玄機。連庫柏也瞭解，父親指的是參戰。「在歐洲或亞洲，老爸？」他問。

「懂格調的指揮官絕不會洩露這種事，」亞瑟粗暴地說。「當然，可能的地方不止這兩地。」

戴克斯特當下猜到他指的是北非，因為在北非，英軍終於鼓起士氣反抗德軍隆美爾元帥。「我們需要那種戰鬥經驗。」他邊說邊動腦筋。

亞瑟的視線掠過他眼睛。「沒錯。」

若亞瑟所言屬實，能搶先取得這份情報非同小可。到目前為止，亞瑟．貝林傑告訴他們的大小事後來皆有事實可證明。戴克斯特以前常困惑，為何岳父願意向他們透露機密，畢竟庫柏不夠聰明、欠缺判斷力，而戴克斯特的事業遊走法律邊緣。戴克斯特曾這麼想，岳父可能提供假情報，若非想試探兒子和半子，就是想利用他們散播他想宣傳的謠言。但戴克斯特從未對外透露亞瑟說的一個字；岳父的勢力實在太大了。關鍵就在這裡。亞瑟．貝林傑對兒子和半子暢談無忌，理由和前門不鎖的戴克斯特相同：他的權勢大到他們非讓自己值得他信賴不可。不同的是，戴克斯特的權勢來自蠻力，亞瑟的權勢則早已昇華為空氣。在貝林傑家族戴禮帽赴歌劇院的年代，戴克斯特的家族仍躲在祖國老家的乾草堆後面交媾。戴克斯特期許有朝一日，自己的權勢也能淬煉成無色無味無臭的氣體，把血土的往事摒除在外。

「盟軍一定能打贏這場大戰。」亞瑟說。

「這話……太早斷定了吧？」喬治問。

「嗯，我並非逢人講這話，」亞瑟說。「不過，事實就是事實。」

庫柏說，「海軍會認同這看法嗎？我懷疑。」

「兒子，海軍的任務不是認同。陸軍也一樣。海岸防衛隊也是。軍隊的任務是打勝仗。洞燭機先的任務應該交給**銀行業**。這是銀行業的第二大任務。第一要務應該是資助這場戰爭。」

對於亞瑟．貝林傑而言，舉凡人類史上的所有成就，遠自羅馬帝國的霸權地位，近至美國獨立成功，全是銀行業者謀略機制下的副產物（羅馬靠稅務制度茁壯，美國藉路易西安那購地案萌芽）。動不動炫耀本行的論調難免引來家人無奈的嘆息，亞瑟的這番見解亦然。戴克斯特卻百聽不厭。對戴克斯特來說，潛藏在明顯事實底下不可告人的真相以隱喻的方式浮上水面，這才令人著迷。在他十五歲那年，他首度嚐到這種滋味。那時候，父親在康尼島開餐廳，每三星期的週一，總有兩個男人來找父親。另外有個男人比較少來，但每次來總穿著全新的鞋套，胸前口袋必定露出紅手帕。戴克斯特的父親不叫酒保倒白蘭地給這人，而是親自端酒奉上。

每次這些人走後，老爸變得面無表情，難掩屈辱和憤怒的神色，小戴克斯特知道最好別問他為何心情不好。然而，小戴克斯特卻想接近這些人。他們的眼裡蘊含若有似無的神情，拍打他的時候，大手也有一分沉重的寓意。他急著討好他們，勤勞為他們添酒，在父親不注意時在他們桌子旁徘徊不去。漸漸地，他們默默憑動物的直覺，注意到少年戴克斯特的存在。他們是Q先生的手下。後來，參與一次大戰的士兵回國，戴克斯特見到退伍軍人殘破的眼神和睏倦的舉止，從中體會到他最初仰慕Q先生部屬的那份特質。長大後的戴克斯特知道，那特質趨近暴力血腥。

「當然，」亞瑟呵呵一笑接著說，「自從經濟大蕭條以來，我們銀行業者閒暇日子多的是，過得可以說是……孤寂，所以有機會思考未來的局勢。南北戰爭的產物是一個聯邦政府。一次大戰讓我們成為債權國。身為金融業者，我們必須預期二次大戰將為美國帶來什麼樣的衝擊。」

「你預測會發生什麼事？」亨利問。亨利信不過羅斯福。

亞瑟上身向前傾，深吸一口氣。「我預見美國的地位扶搖直上，升到古今沒有一國能爬升到的層次，」亞瑟輕聲說。「高過羅馬帝國。高過加洛林王朝。勝過成吉思汗、韃靼、拿破崙時代的法國。

哈！你們幹嘛這樣看我？我前腳踏進瘋人院不成？你們問，美國怎麼可能？因為，美國的優勢並不來自於宰制其他民族。美軍一定能全身而退，凱旋歸國，美國一定會演變成全球銀行業樞紐。美國將輸出我們的夢想、語言、文化、生活型態，全世界勢必難以阻擋。」

戴克斯特聽著，一支憂慮的黑傘在心中緩緩開展。二十多年來，戴克斯特奉行層級指揮制度，以確保他效命的團體能蓬勃興盛，蔚為影子政府、影子國家。最起碼也是一個部族，一個派系。如今，倏然之間，人人都是美國人。為了對抗單一敵人，性質南轅北轍的族群也同床共枕。有風聲指出，大人物盧西安諾[5]已和ＦＢＩ在獄中談妥條件，願根除濱海地區的墨索里尼同路人。如此二次大戰結束時，戴克斯特的家將何去何從？

亞瑟．貝林傑說，「到時候，我的角色必定重不到哪裡去了，一定活不到開花結果的那一天。」他揮手擋掉眾人的否定。「到時候的責任落在你們肩膀上，孩子們，全是你們的責任。絕對要預先做好準備啊。」

他的口氣隨性，彷彿提醒大家渡輪即將開航。隨即而來的空檔中，戴克斯特聽見一陣急促拍擊聲，像時鐘亂了分寸似的。他猜是自己的心跳聲。

亞瑟雙手拍桌一下，起身。午餐到此結束。飯廳裡菸霧朦朧。大家握手道別，各自融入自家的婦孺喧鬧聲中。

和岳父的對話結束後，戴克斯特心情七上八下，只想把車開上空曠的道路奔馳回家，吃一頓簡便

---

5 盧西安諾（Charles Luciano, 1897-1962）綽號「幸運的盧西安諾」，紐約重要黑幫教父。（編按）

的晚餐，吐司配湯，然後全家一起收聽週日例行娛樂《刑案劇》。然後好好睡個飽，拋開一切，深入夢鄉，以彌補整個星期沒睡飽的遺憾。

他正想找哈麗葉，卻只見她的妹妹碧琪衝出書房並把門轟然關上，整個人險些和他撞個正著。碧琪衝過他身旁，幾秒後，大姊芮金納和二姊哈麗葉從書房開門出來，臉色難看。

「不好好管教她不行，」芮金納說。「可憐的亨利拿她沒輒。」

「她報名了，自願去當軍人的伴遊。」哈麗葉告訴戴克斯特。

「什麼？」

「哎唷，就是陪士兵逛紐約啦，」芮金納說。「某一型的女孩子二十歲才會做的事。生了四個小孩的西徹斯特主婦做那種事，成何體統！」

「我們非想辦法阻止她不可。」哈麗葉說。

見妻子這份態度，戴克斯特一時難以適應。長久以來，被姊姊管教的總是哈麗葉。芮金納喜歡嘮叨妹妹，這次哈麗葉居然和她聯合嘮叨碧琪。今天哈麗葉穿高領裝，外形近乎拘謹，戴克斯特不太習慣。

「上車去。」他說。

和奧麗芙、艾蒂絲打毛線打得有氣無力的泰波莎一聽，立刻跳起來，急著想上路。只剩雙胞胎不見人影。已有幾小時沒人見到兩兄弟。孫字輩的小孩加入搜尋任務，打開鏡子斑駁的壁櫥，趴下去檢查床鋪底下，翻遍整棟房子。「菲利普……約翰馬丁……」絕對有可能是他們躲著不出來。如果真是如此，戴克斯特可要揪他們出來打屁股。

上到頂樓，戴克斯特望向後窗外，見油輪從長島灣南下。又聽見緊湊的「啪啪啪」了，像恐慌時的心跳。不是他想像力太豐富，確實有這種聲音。戴克斯特循聲走向房子的前半部，從圓窗向下望約克街。

雙胞胎就在馬路上，凝神拍打著連結在拍子上的小紅球。

啪啪啪啪啪啪啪啪啪啪啪啪啪啪啪啪啪啪啪啪啪……

他們一直在練習壁球。

戴克斯特忍俊不住微笑。

# 第八章

戴克斯特．史岱爾斯家位於巷尾，是全巷子最大的一棟，巷子盡頭是海。接近自家之際，戴克斯特的車子經過一輛老舊的道奇雙門車。這輛車停靠路邊，車上只有一名男子，獨自坐在駕駛座上。戴克斯特不認得這輛車。

戴克斯特頭也不轉，甚至不看後照鏡，但他本能上霎然警覺，神經緊繃。外來的車子不會停在這一區。附近的兒童不會在路上玩耍。更不會有人不帶家人就來拜訪戴克斯特的家。

「怎麼了？」哈麗葉問。

「沒事。」

哈麗葉只挑眉回應。頭也不轉。

進屋後，戴克斯特直接進更衣室，打開槍櫃，取出手槍，收進踝套裡，把踝套固定在小腿上。然後他回樓上。不久後，前門鈴即將響起，他想預先擺好一幅居家和樂的景象，以暗示不速之客：無論想談什麼事，此時此地皆不宜。

雙胞胎正在大客廳地板上玩，搭建林肯木屋。戴克斯特急忙捧著《美國人新聞報》，坐進安樂椅。週日報紙裡有厚厚一疊四格漫畫。「兒子，過來，」他說。「爸爸讀笑話給你們聽。」

雙胞胎走近時面露疑惑，戴克斯特才想到，好久沒讀四格漫畫給兒子聽，可能有一年多了。現在，兒子長高了，特別是約翰馬丁。哼，只需表演到門鈴響就好。孿生子被戴克斯特抱過來，重重跌進懷裡，他一時呼吸困難。拿著報紙抱兩個孩子並不容易。抱好後，想看清楚漫畫根本不可能，但戴克斯特奮戰不懈，總算能從兩人脖子之間的空隙看到漫畫。他眯眼朗讀《英勇王子》。雙胞胎開始蠕動竊笑，再度沉浸在歡樂的兩人世界裡，令戴克斯特討厭。他命令兒子安靜，然後盡力把《向上流前進》朗讀得輕快活潑。雙胞胎悶悶不樂，不再煩他。戴克斯特瞄向前門，不速之客星期天來打擾他，還拖三拖四不敲門，更令他惱火。

終於，門鈴響了，哈麗葉去應門，時機和語調抓得恰到好處，把戴克斯特想營造的假象發揮得淋漓盡致，帶給他小小的滿足。可惜，表演得再逼真也無濟於事，因為來人踏進門檻後，專注的神情至為明顯，完全沒把慈父教子的景象看在眼裡。

戴克斯特放走小兄弟，他們鬆了一口氣，跑去迎接客人。這人的容貌削瘦，近乎皮包骨，五官有一種撐得緊緊的模樣，倒比較像小丑妝：嘴闊，眼睛呈新月形。戴克斯特一眼認出他是誰。

「多麼意想不到的驚喜啊，麥基先生，」戴克斯特說。認識戴克斯特的人一聽便知，這種語調是申斥兼警告。他握握休．麥基沉重的手。「什麼風，居然沒把夫人一起吹來？」

「她回娘家住幾天。」麥基說得有些勉強。

「我們馬上就要吃週日晚餐了，」戴克斯特冷冷說。「你該不會想和我們一起吃吧？」

麥基看他一眼，神色是憋著心事，有冤屈難申，一副走投無路、沒力氣跟你客套的表情。他仍戴著帽子。「不會不會，我不能久留，」他說。「我只想商量一件事。上禮拜我去曼哈頓的夜總會想見你，在門口被攔住了。」

戴克斯特只有一個想法：趕麥基走。讓這傢伙進來有辱家門——相當於他在大客廳地板上撒一泡尿。「對了，我答應女兒要陪她去海邊散步，」戴克斯特勉為其難說。「你一起過來吧？」

麥基滿面愁容看著他。戴克斯特以這種手法遊走黑白兩界是妙招，卻被麥基以苦瓜臉戳破，戴克斯特怒火中燒。維持表象有時比現真情更重要。內心的事如船過水無痕，破水而出的事則會烙印在大家心中。

他大可趕麥基出門，趕得他像被滾水燙到的狗溜走。從他愁眉苦臉的表情看來，戴克斯特預料他會落荒而逃。但話說回來，誰能料到麥基如何反將一軍呢？不行。上策是去海灘散散步；把他從家裡支走。太陽快西下了。

戴克斯特留他在前廳，由哈麗葉看守，自己上樓敲女兒泰波莎的臥房門。她正坐在愛美梳妝臺前打扮。愛美梳妝臺是她的十六歲生日禮物，鏡子周圍亮著一環燈泡，讓鏡中人誤以為自己是更衣室裡的好萊塢小明星。還有什麼商品名稱更能慫恿女性去強調一些不該重視的特質呢？

「泰比，」戴克斯特口氣莽撞說，「我們去散個步。」

「爹地，人家不想。」

他深呼吸，沉住氣，來到女兒椅子旁邊半蹲。生日禮物包括一瓶香水，氣味被鏡子周圍的燈泡烤得花香更濃郁。他沒記錯的話，品牌應該是里茨查爾斯（Charles of the Ritz）。

「爹地想求妳幫忙。」他說。

女兒心是一口深井，水面通常離井口遙遠，但「幫忙」兩字一出口，戴克斯特聽見撲通水聲。

「家裡來了一位紳士，是我生意上認識的人，他為了一件事不高興。如果妳能陪我們去海邊散步，他就不會提那件事。」
「就因為我在場啊？」
「對。」
她從梳妝臺前站起來，鑽進衣櫃——她美其言「更衣室」。幾分鐘後，她戴上水手帽走出來，穿著麻花針織毛衣以及色彩繽紛的拼花裙子。顯然，她以為這份任務的要件之一是嬌滴滴的扮相。
下樓後，父女見到哈麗葉和麥基沉默坐在大客廳裡。麥基凝望窗外的海景。「這位是我的女兒泰波莎。」戴克斯特互相介紹。麥基注視她的眼神滿是按捺不住的倦怠，彷彿在打量一份不得已扛上肩的包袱，無法——也不願——扮演自己該演的戲分。
三人離開家，踏上通往海邊的步道，戴克斯特有意讓女兒走在他和麥基之間。在漸漸暗的天色下，沙子白得出奇，近乎月色。通常，戴克斯特會待在步道上，但今天女兒走向海水，他只好跟著踏進沙地。
「爹地，你脫掉鞋子嘛，」她說。「又沒有那麼冷。」
她自己的鞋子不比拖鞋複雜到哪裡，已經被她脫掉了，戴克斯特這才理解，剛才女兒換衣服的目的之一就是脫掉羊毛襪，以便赤腳踩沙子。畢竟這是片沙灘嘛。在海沙上，小腳丫顯得比白更白皙，戴克斯特不禁動了脫掉牛津皮鞋的念頭。但他隨即想到小腿上的手槍。「沒關係，泰比，」他說。「我還是不脫比較好。」
泰波莎並沒有建議麥基也脫鞋，因為她難以相信一臉倦容如小丑的麥基也有腳。
海灘上沒有「靜」字。海風、海鷗、浪濤聲充斥著對話的空格。微風點的方向可見船隻，燈火已經熄滅。戴克斯特開始鬆懈心防。他意識到，麥基正想找時機開口，卻嫌女兒礙手礙腳。三人往東走，朝暮色前進。泰波莎稍微邊走邊跳，所以超前大人幾步。

麥基把握良機。「我的立場變得相當困難，史岱爾斯先生。」他以高亢倔強的嗓音說。「難為你了。」

泰波莎停下來等他們，戴克斯特加快步伐。他能感覺到，麥基正拚命想以言語傾吐一整座水庫的苦水，卻不願淹沒海灘散步的平靜。麥基最起碼盡了這份心意。

「我不認為狀況能繼續這樣下去，史岱爾斯先生。」他改以較和悅的口吻再起話頭，這次泰波莎聽得一清二楚。

「最好不要。」戴克斯特搭腔。

「我想告訴你的是，」麥基說，「現狀不能再繼續下去。」

戴克斯特被這句嗆到，一時無言以對。有女兒在場，他不得已只好呼應麥基的和悅語氣。「麥基先生，這事恐怕由不得我作主，」他說。「你應該找希利先生才對。」

「希利先生和我彼此不瞭解。」

他的語調包含著甜言蜜語、挫折感、威脅性，令戴克斯特反胃。「我認識希利先生二十年了，」他說，「他從來不在禮拜天登門找我，一次也沒有。」

「不然，我又能怎麼辦？」

這段對話有一種隨性的味道，彷彿兩人聊的是棒球賽比數。戴克斯特移向女兒和麥基之間，以強硬而清晰的口吻說話，意在結束這場對談。「我幫不上你，麥基先生。」

「你不妨幫幫看嘛，」麥基說，「說不定能省得日後煩惱。」

「煩惱？」戴克斯特輕聲說。女兒牽起他的手，觸感冰涼細緻如手鐲。

「有些事我知道，」麥基說，「不過，假如這些事被別人知道，他們做何感想，我就不知道了。」

麥基的眼皮半垂，目光帶有心虛的意味，定睛直視前方，看著夜幕逐漸降臨的東邊。戴克斯特的耳鼓膜開始吟吟作響。他突然想對沙地吐一口痰。在暮色之中，他看見夕陽餘暉在海岸防衛隊訓練營圍牆上閃耀。這時候他想到應變之道。

「我再研究看看好了。」他勉強說。

「哇，聽你這樣講，我好高興。我——鬆了一口氣，」麥基說。「謝謝你，史岱爾斯先生。」

「不客氣。」戴克斯特也鬆一口氣。當前唯一的難題是，他仍和麥基同處一片沙灘上。假如他能預料到這後果，他處理這事的手法會截然不同。他絕對不會叫女兒跟著來。

「快來看我撿到什麼東西。」泰波莎說著，拾起一片干貝的貝殼。淺橙色。她高舉貝殼向天，細細看著波浪狀的輪廓。

「不錯嘛，好美。」麥基說。

「我們回去吧。」戴克斯特說。

掉頭回家的路上，迎面而來的是張燈結綵的西邊天空，幾道俗麗的桃紅彩帶高掛，如同施放煙火結束後的餘暉。海沙也被染成桃紅色，彷彿沙子剛吸收了夕陽，現在正緩緩釋出光與色澤。

「他爺爺的，你看，不得了啊。」麥基對天說。聽到寬心的回答，重擔卸下了，現在的他似乎改頭換面。

「好棒喔，對不對？」泰波莎驚呼。

戴克斯特儘量走在他們之間。他不希望女兒再和麥基交談。不料，女兒見麥基心情好轉，竟然纏著麥基。

「你家有小孩嗎，麥基先生？」她問。

「我有一個女兒，名叫萊莎，年紀和妳差不多，」他說。「她喜歡泰隆．鮑華。他的新片《黑天鵝》就快上映了，我答應帶她去看。妳喜歡泰隆．鮑華嗎？」

「當然喜歡，」泰波莎說。「維多．麥丘這個月也有新片上演，《放假七天》，是他在加入海岸防衛隊之前拍的。」

戴克斯特望著異常的天空，女兒和麥基的對話彷彿遠在天邊。麥基提起自己也有個女兒，並未激發戴克斯特的同情心——適得其反。麥基是有家室的男人，居然悖離黑道裡人人奉行的金科玉律，錯上加錯。神通再廣大的人也不例外。有些人自以為厲害，等招惹到殺身之禍才後悔莫及。

麥基是個雜碎，不懂得保護家人。家裡少了他，妻小反而更省事。戴克斯特會交代希爾斯那批弟兄去處置他。處置完畢之後，他會和這事保持距離。現在他和此事之間的距離已拉長，顯得處置已經發生。在他決定的那一刻已經發生。

「我有個表哥叫葛雷迪，他是海軍軍校生。」泰波莎說著。

「嘩，大學生啊。我兒子是陸軍。」

「他本來明年六月畢業，不過現在提前到十二月。因為海軍需要更多軍官。」

「對啊，海軍當然要，被派去索羅門群島的軍人那麼多。」

戴克斯特想叫女兒走開，不要再跟這個喋喋不休的飯桶講話。回家的路仍遙遠，戴克斯特快急瘋了。家裡的遮光窗簾早被哈麗葉闔上，整棟屋子看上去像沒人住。

「對了，不如這樣吧，」麥基突然對泰波莎說。「乾脆我把鞋子也脫了吧。」

「好耶！」泰波莎拍手歡呼。

「我們該回家了，」戴克斯特嘟噥說，但女兒和麥基已經結盟，穩固到他無法破解。

麥基在沙地上坐下，捲起褲管，慢慢脫下襪子，有條不紊，彷彿在拖延時間。泰波莎對父親開懷地笑，想必是自認打了一場漂亮的勝仗，因為兩個大人沒吵架。

在麥基脫襪子的漫漫幾分鐘，粉紅的黃昏消失了，像被人從餐桌上抹掉，只剩下純淨似琉璃的滿天水藍色，看似拿湯匙一敲就會叮叮響。

「我不太常做這種事，」麥基嘆氣說。他抬頭，以倦怠的小丑臉望著戴克斯特。「你呢，史岱爾斯先生？」

麥基語意不明。他問的是鞋子或海邊？

「大概不常吧。」戴克斯特隨便回答。

麥基站起來，一手拎鞋，另一手按住頭上的帽子，白色大腳丫大剌剌踏在沙地上。戴克斯特看不下去。

「我們用跑的，麥基先生，」泰波莎說。「我們在沙灘上跑步吧。」

「不會吧，跑步？」麥基問，旋即輕輕笑起來，空邊的笑聲飄進戴克斯特的耳裡，宛如喪鐘。

「好吧，就依妳。我們就在沙灘上跑步。有什麼不行？」

就這樣，泰波莎和他一起跑，激起一陣陣白沙，叫囂著，消失在暮色中。

# 第三部

# 看海

# 第九章

安娜和母親兩人聯手，才有辦法幫莉迪亞穿上這件有小花圖樣的茶會洋裝。這件衣服有著彼得潘衣領，也有領巾，可遮掩佝僂的脊椎。為了看迪爾伍德醫師而盛裝打扮，這是公園大道仕女的傳統和驕傲——去伯道夫（Bergdorf's）訂做女裝，斥資一百二十五美元買利伯曼（Lieberman's）名鞋。可惜，莉迪亞排斥女裝，抗拒胸罩、套裙、絲襪、襪帶。對安娜來說，妹妹的抗拒能傳達母女三人的心情。

受霓爾的啟發，安娜趁妹妹熟睡，以髮夾固定她的捲髮。現在，她梳著妹妹的金髮，好讓頭髮從藍色貝雷帽下面忽隱忽現。「喔，安娜，打扮得好漂亮，」母親一面稱讚著，一面在莉迪亞耳後搽萬花香水。「把她打扮得真像維若妮卡．蕾克。」

安娜下樓，走路去第四街招計程車，鄰居兒童穿著上教堂穿的服裝，在人行道上謹慎玩耍。從第四街搭車回家的途中，她去穆賈隆尼先生的雜貨店接少年席維歐。他頭髮梳得整齊，袖子捲起來，正坐著等安娜。席維歐頭腦簡單，連在父親店裡的收銀檯找零都不會。來到安娜家的公寓，他一臉專注，畢恭畢敬，抱著莉迪亞下到一樓。他多數的神情透過二頭肌流露，肌肉在捲起的袖子外面起起伏伏，控制著呻吟亂踹的莉迪亞。莉迪亞討厭被席維歐抱。安娜懷疑問題出在他的體臭：每下一段樓梯，洋蔥、礦物質的臭味變得更顯著，這是十六歲大男孩常有的氣息。抱過莉迪亞的男孩只有他——極可能一輩子不會再有別的男孩抱。

他抱著莉迪亞走出公寓大樓，放她進計程車，鄰居小孩像鴿群似的，圍著席維歐的腿亂啄。在這之前，安娜搶先衝下樓，在計程車後座坐定，以免司機逃走。母親從另一邊架著莉迪亞，等司機把折疊好的椅子收進後車廂。十一月中旬的這一天天氣晴朗。計程車駛過布魯克林大橋，轉進東河大道，河面的一隅是瓦拉鮑特灣，有船，有煙囪，有錘式起重機。「媽媽，快看！」安娜大喊。「海軍造船廠在那邊！」

等母親轉頭看時，造船廠已被拋向車子後方。不重要，反正母親不太感興趣。儘管母親下廚時總不忘切下肥油留給肉店，也常幫忙縫製血壓計袖帶，但母親似乎不太關注大戰。安娜總覺得，母親喜歡成天和鄰居一起收聽廣播連續劇──《指路明燈》、《逆勢》、《青年醫師》。晚餐時，把頻道轉向《紐約時報新聞快報》的人是安娜，急著收聽美軍登陸法屬北非的消息。美軍登陸後，整個星期造船廠洋溢著新希望。安娜甚至聽見有人說，這是大戰的轉捩點，終於出現期待已久的第二戰線。

安娜也跟著既期待又緊張，但她的理由和同事不相同：戴克斯特．史岱爾斯。在夜總會認識老闆兩星期以來，她的想像力長了腿，已踮腳尖踩進種種危險刺激的情境。父親該不會不是離家出走吧？該不會是被黑道射成蜂窩吧？他該不會在臨死前說「玫瑰花蕾」，像電影《大國民》的場景吧？她讀了好多艾勒里．昆恩的推理小說。安娜百讀不厭的是步上邪路者逐步解除危機的故事。如今，她的世界好像也栽進推理小說的天地；拖得老長的十一月天陰影充滿暗喻，街燈照在造船廠磚頭上，反射幽光，她看得心頭陣陣緊。這一份新的預感，這一種麻癢的生機，充滿幹勁，宛如服藥後一覺甦醒的感受。

迪爾伍德醫師的診所位於公園大道上，設在公寓住家一樓，候診室的地板鋪東方地毯，沙發布上有織錦，採「維多利亞時代」風格──安娜母親的說法。窗簾有金流蘇，牆上掛著幾幅被厚重畫框關得喘不過氣的小型畫。有時候，候診室還有其他幾位病人，有的駝背，或在椅子上直不起腰，有的持拐杖行走，彷彿是和莉迪亞共患難的近親。今天是週日，候診室冷清，只有安娜一家。她和母親合坐一張雙人沙發，莉迪亞坐在自己的輪椅上。在每年兩次的行程裡，最令安娜期待的是等候迪爾伍德醫師、知道醫生即將出現的心情：醫生快來了！醫生快來了！

醫師的語音輕輕飄出，接著他開口說：「日安，日安。歡迎大家。」迪爾伍德醫師身材圓碩，白色小鬍子抹蠟，戴上禮帽比較相稱，穿灰色醫袍反而不搭配。他先問候莉迪亞，輕輕為她撩撥忽隱忽現的頭髮。「哈囉，凱利根小姐，」他說。「很高興又見到妳。還有妳，凱利根大小姐。」他和安娜握手。「當然還有凱利根夫人。」凱利根先生近年去向不明，他絕口不詢問。

診療室在隔壁房間，裝潢較樸素，但也溫暖舒適。診療室一角有一整套滑輪和皮製束帶，但莉迪亞從來用不著。醫師把她從輪椅抱起來，和她一同站上體重計，由安娜負責調整砝碼，直到橫桿懸空水平。小時候的安娜很喜歡這項任務。隨後，醫師把莉迪亞放進柔軟的檢查椅上，雙手抱住她的頭，輕輕左傾右擺。她靜靜躺著，幾乎快睡著，任醫師檢查口腔，嗅一嗅口氣，以聽診器檢查心肺。醫師也檢查她的頭髮和指甲。醫師扳弄她全身，包括手臂、大小腿、軀體、手腳。他也小心攤開莉迪亞各部位，測量長度。假如莉迪亞能站直，她的身高會比姊姊高大約五公分。

「她晚上是不是比較不安分？」醫師問。「我可以開幾份樟腦藥水給她，平靜她的心情。她吞嚥有困難嗎？進食可能會變得困難，我知道。她的體重居然沒有減輕，很好。許多病患到這階段都開始體重下降。她的外表如果開始變瘦是很自然的現象，妳們不用緊張。」

莉迪亞以前常笑呵呵。她以前常望窗外。她以前常模仿周遭人講話，唔唔講得語無倫次。她以前精神一來，能維持很長一段時間。但最近，這些歡樂時光和習慣一個接一個消失了。每次某個老習慣不見了，安娜和母親會調適心境，不再預期同一個現象再出現，當作是忘記了。

如今，在安娜清醒著的時刻，安娜不禁對妹妹產生另一種想法。成天收聽廣播連續劇，難道不會把腦筋聽成痴呆嗎？莉迪亞**何必**提起精神聽呢？

檢查完畢，迪爾伍德醫師拉一張椅子靠近莉迪亞，把她納入對話中。「兩位的努力，持續產生美好的成果，」他對安娜和母親說，「值得嘉獎。」

淚水從母親眼眶往下流，這是這階段常見的景象，只不過她從來沒有哭出聲音。「你認為她快樂嗎？」她問。

「當然，那還用說嗎？從小到大，莉迪亞受到關愛呵護。可嘆的是，有許多相同處境的病患都享受不到這份福氣。」

以前，安娜有時以為，自己可能愛上了迪爾伍德醫師，因為他總能把漫長苦路吹捧成康莊大道。但今天，也許是她注意到醫袍底下穿的是馬靴，不禁想著醫生該不會在中央公園養了一匹馬吧？想到這裡，她在心裡嘀咕：我們花大錢，又不是叫你往我們臉上貼金。緊接著，彷彿有另一個聲音插嘴：輕輕鬆鬆就能賺錢，好羨慕哦。

「她為什麼一天不如一天？」安娜問。母親聽了縮縮脖子，安娜察覺到了。

「莉迪亞的這種症狀無藥可醫，」德爾伍德醫師說。「妳是知道的。」

「對。」安娜承認。

「以她而言，她的進程很自然。我們心目中的『好轉』、『惡化』不太能適用在妳妹妹身上。」

「我們可以為她多做一點事嗎？」安娜問。「比如說，再多帶她出去透透氣？她連海都沒看過——從小到現在一次也沒有。」

「新奇刺激的事物對人人都有益處，對莉迪亞也是，」醫師說。「何況，海風富含礦物質。」

「該不會害她著涼吧？」母親繃著嗓子說。

「這嘛，冬天最好不要。不過，像今天這樣的天氣很適合，如果她穿得夠多的話。」

「我寧願等到春天。」

「為什麼？」安娜問母親。「何必等呢？」

「何必急呢？」

母女大眼瞪小眼。

「我傾向於認同凱利根小姐的意見，」迪爾伍德醫師柔聲說。「畢竟光陰似箭，一轉眼又是明年五月，看診的日子又到了。何必等呢？」

一般而言，看完醫生後，一股安樂感總像紗布般，裹著安娜和母親，維持數小時不減，是母女相處少有的歡樂時光。今天，母女推著莉迪亞回公園大道，視線避不接觸。來到診所外，安娜調整妹妹的頭髮，母親為她重新纏上領巾。

「好了。去逛公園吧？」母親問。

「為什麼不去海邊？」

「什麼海邊，安娜？」

安娜不敢相信自己的耳朵。醫生剛講的話，媽媽全當耳邊風嗎？「康尼島或布萊頓灘！我們可以叫計程車。」

「會耗掉一整天，而且會花一大筆錢，」母親說。「買尿布和食物都不夠用了。而且，妳怎麼突然急著帶莉迪亞去看海呢？她的眼睛幾乎看不到東西。」

「說不定是，值得她看的東西不夠多。」

在飽滿的秋光中，母親的面容顯得極為憔悴，光彩全被昨夜縫上帽子的鮮綠羽毛搶走。「妳吃錯什麼藥了，安娜？」她哀傷地問。「和平常一樣，好好享受今天，不行嗎？」

安娜讓步了。母親說的對，尿布和飲食比較重要；做這種事，事先必須進一步規劃。她們走進中央公園，裡面滿是帶小孩的母親，也有吃著德式香腸的士兵，吃得小心翼翼，以免芥末醬弄髒制服。安娜以嚼糖果的的方式小口啄著眼前的喜悅。馬的喘氣聲和哼聲。爆米花香。枯葉從樹上飄走。莉迪亞垂頭睡著了，亮麗的金髮遮臉，看似不良於行的女孩，沒有其他毛病。此景引來的同情心比較溫和，不像大家見到她罹患惡疾的反應。安娜幾乎聽得見軍人交頭接耳說，多可惜啊，這小女孩長得這麼漂亮。

但安娜的心思已固執地飛向海邊，然後飄向戴克斯特．史岱爾斯。向下看著通往畢士達（Bethesda）噴泉的階梯時，安娜問母親，「妳認為爸爸會回家嗎？」

母親至少有一年沒提起他了，但母親沒有露出錯愕的神色。也許母親也在想念他吧。「會，」她說。「我有預感，他會的。」

「妳有沒有找過他？去碼頭找，或去工會廳找過他嗎？」

「當然有。妳當時也知道。不過，愛爾蘭人絕對不會講真話。『好遺憾啊，親愛的艾格妮絲，真的很遺憾……』藍眼珠閃爍著，誰曉得他們腦袋裡想什麼。」

「說不定是發生意外了。在碼頭上。」

「唉，他們不會隱瞞這種事啦！他們擅長應付寡婦和孤兒。最令他們苦惱的是妻子。」

「該不會是——他被人打傷了？」安娜心跳加速。她見到母親的表情透露著訝異。

「安娜，」她說。「我認識他那麼多年，他從來沒有招惹過誰。」

「妳憑什麼確定？」

母親似乎思索不出答案，久久之後才說，「他臨走前把事情安排得妥妥當當。現金、存摺……全都有交代。像妳指的那樣失蹤的人根本不會有預警。」

安娜一時忘了這些證據。現在她回想起父親離家的跡象，內心悵然若失，空虛到不得不扶著欄杆。沉默半晌後，她才說，「妳覺得他逃到很遠的地方嗎？」

「如果他躲在附近，不可能不回來看我們。」

「躲著做什麼？」

「我哪知道。」

「妳**想想看**啊。」

母親瞥她一眼。「我已經不想他了，安娜。這是實話。」

「不然妳想什麼東西？」

母親臉頰上出現紅暈。她在生氣。安娜也是，怒火燒得她更堅強，彷彿她硬著脖子對抗怒火。

「妳明明知道我在想什麼。」母親說。

席維歐抱莉迪亞上樓回家（回程她總是比較乖順），不久後，有人多此一舉地敲敲門，推門進來的是安娜的姑姑布麗安。樓梯爬累的她重重坐進椅子喘氣，甩開外套，四周泛起玫瑰和茉莉花香，夾雜著些許藥味，類似金縷梅。湖女牌香水（Lady of the Lake）。就安娜記憶可及，姑姑一直搽這種香水。姑姑愛說，沒有一個男人能抗拒它，話中有自我挖苦的意味，儘管這話仍有幾分真實性。

喘夠氣了，布麗安站起來親安娜母女倆，算是打招呼，然後親暱地偏頭看莉迪亞。「做苦工的日子過得怎樣啊？」她問安娜。「還在為我們的好戰總統添機油嗎？」

「呃，我正希望推銷戰爭債券給妳呢。」

「可以啊。想得太美了吧。」

「我們的績效落後費城和查爾斯頓。媽媽不讓我加入百分之十社。」

「妳女兒講的是戰爭術語，」布麗安對安娜的母親感嘆。母親正在餵莉迪亞。「抱歉，我聽不懂啊。」

「她想把薪水的一成換成戰爭債券。」母親淡然說。母女話不投機已有幾小時了。

「我敢打賭，如果妳買的債券夠多，就可以領個什麼沒價值的獎品，對不對？」布麗安說。「從實招來。」

「有一個卷軸會跟著愛荷華號軍艦出海，我已經在上面簽名了。」儘管知道會挨姑姑訕笑，安娜仍說得滿臉光榮。

「聽聽妳女兒啊！被他們灌了迷湯啦，乖姪女。這場戰爭本來又不是我們的。是小日本故意引羅斯福上當——如果當初是我們黃鼠狼總統捧錢給小日本才打仗，我也不吃驚。」

「妳口氣真像考夫林神父。」安娜的母親說。

「他們不應該撤掉神父的電臺節目。林白當初也應該出來競選，和羅斯福打對臺，把該罵的羅斯福罵得狗血淋頭才對。」

「姑姑，林白現在改口支持參戰了。」

「哈！他敢講真心話，早被人趕出國了，他自己心裡有數。」

「考夫林神父是隻亂咬人的狂犬。」母親說。

「希特勒欠人好好打他一陣屁股就夠了，」布麗安說。「就因為他喜歡在遊戲場上大欺小，美國的男孩子就該上戰場捐軀嗎？我指的不只是士兵和水兵——商船的水手也包括在內。羊頭灣新開了一個海事訓練營，人山人海啊。糧食、武器、毛毯、帳篷那麼多，怎麼運到戰場去，妳認為呢？被魚雷暗算的商船一次就十幾艘，水手連自我防禦用的槍都沒有。」她激動到臉紅。

「所以才該踴躍購買戰爭債券啊，姑姑。打打希特勒的屁股。」

「好啦好啦。多少？」

「一元？兩元？」

「五元好了。妳打算什麼時候復學？」

「謝謝姑姑！」

布麗安從荷包取出一張五元鈔，也拿出一瓶夏翠絲香甜酒。這幾年來，她有個「特別的朋友」，是龍蝦大盤商，出手夠闊綽，能供她光顧艾布史卓百貨公司（Abraham & Straus），買得起十元一瓶的夏翠絲。但她怕丟臉，不敢讓安娜母女認識龍蝦商。

遲疑地，安娜和母親相視一笑。有布麗安在，母女倆才覺得兩人異少同多。布麗安四十七歲了，體格壯碩，嗓音沙啞，血紅色的唇膏已過時，宛如《愛麗絲夢遊仙境》柴郡貓有嘴無臉的奸笑。十七歲那年，布麗安改名「布麗安．貝萊爾」，多了一點法國味，加入富利絲歌舞團。八年後，安娜的母親才加入，但布麗安不久就因為和「Z先生」鬧翻而退出，轉戰情色味較重的歌舞團：喬治．懷特的「醜聞劇場」和厄爾．卡羅的「俗世劇場」。照布麗安自己的說法，她的一生像一場持久不退的高燒，期間歷經幾場熱戀、死裡逃生、失敗婚姻、在七部片子裡飾演小角、因酒醉或在舞臺上裸露而觸法。除了蘇格蘭威士忌外，以上沒有一個纏著她不放，言下之意是指控人間無情善變，唯有威士忌蘇打最能滿足她的心。男人是最大的敗類，全是大老鼠、小蝨子，各個一無是處。怎麼能怪他們呢？都怪造物者偷工減料。婚姻最佳的結局是富裕無子守寡。布麗安只撈到膝下猶虛的好處。

她調好兩杯酒，一杯遞給安娜的母親。「對了，妳夠大了，可以來一杯了吧？」她對安娜說。

「我還沒到十九歲就喝了。」

「妳十九歲就嫁了。」安娜的母親指出。

「就離了！」

「不用了，謝謝姑姑。」

布麗安嘆息。「美德沒話說。搞不好是受妳薰陶，艾格妮絲。」

「總之沒被妳帶壞。」

安娜有時禁不住誘惑，差點接下酒喝了，只為了看看姑姑和母親的反應。她在家裡的角色被穩定位為乖乖女，連她也不記得從何時開始。大家的觀念裡，周遭的惡習全沾不到她身上——她的骨子、內心、牙齒只有「乖」字。其實從十四歲那年起，她已經和她們心目中的「乖」絕緣，有兩位長者陪伴長大，她早該淡忘那年的事。只不過，安娜始終放不下。

母親一手放在她肩膀上，算是和解的舉動。安娜伸手去摸。「我們幫她換衣服，該上床睡覺了。」母親說。

「坐下嘛，喝完酒再說，艾，」布麗安命令。「莉迪亞又不會溜走。」

艾格妮絲坐下，態度異常溫馴，兩人舉杯暢飲。桌子另一邊的莉迪亞癱在輪椅上。布麗安從不動手照顧她——不符合她的作風。莉迪亞相當於成年人，還包尿布住家裡，姑姑認為不像話，這是安娜的臆測。然而，就算母親意識到布麗安不認同，她也不以為意。

「好悲哀啊，」布麗安悠悠啜飲幾口酒後說。「記得那個帶位員謬福．威肯斯嗎？戴假髮的那個。他不是立志唱歌劇嗎？」

「對，記得。」艾格妮絲說。

「我前幾天在阿波羅戲院看到他。他正在收門票。染上毒癮了。」

「不會吧！」

「看他眼神就知道。錯不了。」

「唉，好慘，」艾格妮絲說。「他的歌喉真棒。」

「他以前是邊唱歌邊帶位嗎？」安娜問。

「不是，不過，有時節目結束後，他會唱歌給我們聽。」艾格妮絲說。

布麗安搖搖頭，目光消沉，但安娜幾乎聽得見姑姑正絞盡腦汁，尋找下一個悲劇人物，找一個她們在富利絲歌舞團時期認識的舞者或其他人出來聊。新鮮的慘事講完後，布麗安總能翻出舊事來避免冷場，例如奧麗芙．湯瑪斯，有次她和飯桶老公吵架後，喝下氯化汞自盡。老公是傑克．畢克馥，美女影星瑪麗．畢克馥的胞弟。艾琳．金恩發福了，戲服穿不下，從五樓跳窗結束生命。莉蓮．羅蓮具有傳奇勾魂功，是Z先生長年的情婦，如今是無可救藥的酒鬼，仍在幾家酒吧出沒，被人當笑話。兒時的安娜把這些悲劇美女想像成天仙，層次和童謠〈小小姐〉、關妮薇王后、睡美人一樣如夢似幻。長大後，她比較懂事了，慢慢理解出另一層底蘊：這些奇女子當年都是大明星，姑姑和母親只是普通的歌舞團舞孃，只有在她們背後講閒話的份。

「兩個禮拜前，我去過一家夜總會，」安娜說。「造船廠的一個女同事帶我去的。」她講得漫不經心，其實渴望藉這機會和姑姑討論戴克斯特．史岱爾斯。「那家叫『私釀』。妳去過嗎？」

「法律禁止像我這樣子的人進夜總會，」布麗安說。「我在門口就會被銬走。」

「少來了啦，姑姑。」

「我只知道，那家的老闆是賺黑錢的大哥。最高級的夜總會通常是——記得歐尼．麥頓吧？他是『銀拖鞋』的老闆。記得『艾爾菲』嗎？」她問的對象是艾格妮絲。艾格妮絲在溫牛奶裡加醫師今天開的樟腦藥水，正在餵莉迪亞喝。

「表演是綽號德州的女明星古南主持的，記得嗎？」布麗安繼續說。「哈囉，各位傻子！」她歎一口氣。「可憐的古南。竟然被痢疾扳倒。」

安娜漸漸不耐煩。「哪一個大哥？」

「戴克斯特．史岱爾斯。妳遇過他嗎，艾？」布麗安問。「他比我們年輕。」

「我比妳年輕，」艾格妮絲提醒她。「小妳八歲。」

「對啦。他年紀跟妳差不多。幾年前，我有個男友在他的夜總會擔任喇叭手。」

「戴克斯特．史岱爾斯。」艾格妮絲說著搖搖頭。

「『賺黑錢』到底是什麼意思？」安娜問。

「這個嘛，以前是賣私酒，」布麗安說。「現在是和政府勾結發橫財。」

艾格妮絲起身，握著莉迪亞輪椅的把手。「我抱她上床，」她告訴安娜，「妳負責晚餐。」

昨夜母親已煮好肋排和德式酸菜，放在電冰櫥裡，用毛巾蓋著。安娜打開烤爐，把煮好的晚餐放進去，然後把兩罐四季豆罐頭倒進鍋子加熱。她不想讓母親聽見，所以壓低嗓門問，「我爸認識他嗎？」

「誰？史岱爾斯嗎？八成不認識。」

「他們生意上沒有往來嗎？跟工會相關的生意？」

「工會，絕對不可能。他們全是愛爾蘭裔，而史岱爾斯是義大利佬。」

「可是，他的姓名——又不是義大利文。」安娜覺得莫名其妙不願說出這事實。

布麗安笑說，「史岱爾斯是義大利佬沒錯啦，相信我。至少也有一點義大利血統。親愛的，姓名是人取的，想改就能改。姑姑我難道沒教妳這道理嗎？不過，我取藝名時做了件驢事。那時候，我不想要愛爾蘭味道的藝名，而本名『布麗安』比我的本姓『凱利根』的愛爾蘭味更濃。早知道，要改就改名才對！」

「改成什麼？」

「貝蒂。莎莉。佩姬。美國佬的名字就對了。『安娜』還不賴，不過『安』更好——好上加好的是『安妮』。」

「嗯。」

「對了，妳幹嘛問個不停？」

姑姑目露精光，天下所有事物她至少見過一次；問題只在於再見到時能否記得上次在哪裡見過。安娜轉身檢查烤爐裡的肋排，沒回頭地說，「我好像聽到有人提他的姓名。」

「名流專欄常提起他，」布麗安說。「史岱爾斯差不多是四百人當中的一個。不過呢，說實在話，名流和他拉關係，其實只是想叫老闆安排靠電影明星近一點的桌位。」

艾格妮絲回來，換了件連身洋裝，沒有束腹也不穿襪子。「妳們在聊誰？」

「當心一點喔，艾。妳女兒對黑道感興趣囉。」艾格妮絲笑一笑。布麗安說，「她呀，的確需要沾點壞習慣。」布麗安沉思後再說，「煽動戰爭不算的話。」

晚餐期間，安娜整理著腦中醞釀的思緒。父親認識戴克斯特．史岱爾斯，這是事實。然而，母親和姑姑都不知情，也不清楚兩人為何掛鉤。這足以顯示，兩人的交情必定是祕密。問題是，兩人當初是怎麼認識的？

布麗安又挖掘出一個她剛聽到的悲劇：巨星艾芙琳．奈斯比淪落到加州，以製作陶土器皿為生。

「一口氣降了好幾級吶。」她哀嘆著。

「說不定人家喜歡玩陶土吧。」艾格妮絲說。

「艾芙琳・奈斯比？」布麗安放下酒杯說。「她是傳奇美女耶。為了她，哈利・索歐不惜謀殺史丹福・懷特啊[6]。怎麼會落魄到捏陶弄土？」

「的確跌破人眼鏡。」艾格妮絲總敷衍幾句，只要能讓布麗安繼續講下去即可。她是布麗安的五朔節花柱，供布麗安在上面纏緞帶炫耀她的知識、風言風語、可怖的內幕。

「不可能沒人愈爬愈高吧？」安娜說。「妳們的舞孃同事那麼多。」

「愛黛兒・艾斯戴爾嫁給蘇格蘭貴族，升格成貴婦囉，」艾格妮絲說。「日子應該過得很有趣才是。」

「聽說蘇格蘭既冷又陰暗，」布麗安說，吸吮著排骨。「而且怪人滿街跑。」

「呃，別忘了佩姬・荷普金斯・喬伊斯。她不是每離一次婚，財產就愈多嗎？」

「變肥了，天天怕沒人要，」布麗安語氣愉悅。「快變成妓女了。」

「茹比・季勒嫁給艾爾・喬森。」

「離婚了。改嫁無名小卒，養別人家的油瓶。」

布麗安吃酸菜之際，艾格妮絲思索片刻。「對了，瑪麗恩・戴維斯和比爾・赫斯特還在一起嗎？」

「躲起來了。兩人醜聞罩頂。」布麗安悠然吟唱著。

布麗安把她的「特殊朋友」暱稱為龍蝦王。安娜母女曾多次透過布麗安接受他餽贈的現金。布麗安發誓保證說，男友知道也准許她送錢，安娜母女不太相信。無論龍蝦王是否知情，他的錢把安娜送進布魯克林學院，莉迪亞的輪椅坐不下了，也托他之福換新。布麗安主動提供的協助太多，艾格妮絲並非每次都接受。

「拜託妳，改天帶他來這裡吃晚餐嘛，」艾格妮絲懇求她。三人正在吃碎鳳梨罐頭當點心。「我會再煮肋排。很好吃，對吧？」

「他是個漁夫。」布麗安四兩撥千斤說。

「『大盤商』不必親手下海捕魚吧？」艾格妮絲問。

「他渾身魚臭呀。」布麗安藏男友的手法很狡猾。她常偷偷陪男友搭遊艇，或坐火車私人包廂，多年後才介紹他們是「老朋友」。「我拍胸脯擔保，我們的交往一切正常得不得了，」她說。「才不是妳家女兒想的那種亂七八糟。」

「我又沒有亂想。」

「只因妳根本不知從何想像起！」

6 艾芙琳・奈斯比（Evelyn Nesbit, 1884-1967）美國知名模特兒，哈利的妻子，昔日曾與懷特戀愛。史丹福・懷特（Stanford White, 1853-1906）紐約知名建築師。哈利・索歐（Harry Thaw, 1871-1947）富商，因嫉妒史丹福・懷特與妻子餘情未了，憤而槍殺對方。三人赫赫有名，此案轟動當時。（編按）

就寢前，安娜躺在莉迪亞床上陪睡。廚房隱隱傳來母親和姑姑再斟滿高球杯，談論著安．潘寧頓長在膝蓋上的知名酒渦。「……窮到一文不值，」她聽見姑姑喃喃說。「全在賽馬場輸光光啦，可憐的女人……」

「莉，」安娜細聲說，「我想帶妳去海邊。」

窗簾周圍滲漏著微光，她看得見妹妹的眼瞼開著，嘴唇動一動，好像想回應。

「我們一起去看海。」安娜低吟著。

看海看海看海看海

莉迪亞內心似乎傳出一陣反應，彷彿她成了收音機，接收到遠方的頻率。她知道安娜所有的祕密；有人喜歡對井裡拋銅板，安娜則喜歡把祕密丟進妹妹的耳朵。父親首度拒絕帶安娜去幫工會跑腿後，安娜就轉而向莉迪亞吐露心聲。安娜講破了嘴皮，以使壞作為要脅，想逼他屈從，但就寢時間一到，她會抱著妹妹，臉埋進妹妹的頭髮裡哭個夠。她討厭被困在家裡，不得不和鄰居小孩玩，不再能去特別的地方。十二歲的小孩不太容易找樂子。男生拿報紙包木塊當球，玩木棍球、街頭棒球或足球，女生則在一旁鼓噪。安娜覺得這種遊戲很無聊，以莉迪亞當藉口不參加，等著父親恢復理智——明白她是一個少不了的幫手。她裝得一副滿不在乎的模樣。過了幾個月，過了一年，她的確漸漸不在乎了。

「陵格雷維歐」是分組抓犯人的捉迷藏遊戲，仍然能讓鄰居兒童不分男女打成一片，升中學照玩不誤。在安娜就讀八年級的那年三月，安娜躲進某家的地窖，蹲在幾桶秋蘋果之間，這時聽見有人悄悄說：「妳躲那裡會被抓到喔。」

聲音來自儲藏用的圍欄裡，木板圍牆很高，門用大鎖扣住，但安娜設法爬上蘋果桶，翻牆而過，掉在她以為是原木堆的東西上。裡面黑漆漆，她看不清楚，摸了才知道是捲起來堆放的地毯。

「閉嘴，他們來抓人了。」

安娜這才聽出，躲在圍欄裡講話的是一個男孩。安娜從木板的縫隙向外窺視，看見來人是三個敵手，其中一人是莉蓮的哥哥薛穆斯，他對安娜有意思。薛穆斯先去她躲過的蘋果桶，然後來她現在躲的圍欄，摸索著木板，想找入口進來。安娜嗅到他衣服上的樟腦丸味，聞到他嘴裡的果香牌口香糖，唯恐也被他嗅到。安娜硬梆梆躺著，擔心被人發現和男生一同躲在密閉空間裡，最怕成了無情嘲弄的對象。她剛過十四歲生日。敵手去地窖其他地方抓人之後，安娜鬆了一口氣。一團濃密的寂靜籠罩下來。躲進圍欄是男孩想出的辦法，所以她等男孩策劃退場的方式。然而，她躺愈久，愈不急著離開。這裡溫暖漆黑，躺著很舒服，遠遠聽得見暖氣機的運作，身旁是男孩的呼吸聲。

最後，男孩握住她的手。安娜等著，不想反應過度，隨後，由於她沒有立刻縮手，現在才退縮未免尷尬。她怕不怕被握手？顯然不怕。男孩的手勁溫馨，像心臟在她的手指之間脈動著。我也有可能沒有躲在這裡，安娜心想，男孩這時把她的手拉向他的長褲，摸到褲襠鈕釦被撐起的部位。她當然可以縮手，但她等著，想著，這也可能不是我。蘋果酒香混合著地毯散發出來的灰塵加小麥味。男孩移動她的手的時候，安娜從原本好奇將發生什麼事，演變成知道發生什麼事，而且自己也想要。最後，他像觸電似的痙攣一陣，然後側躺向另一邊，似乎事情到此為止。他錯了。剛才兩人之間的不明因子也挑動安娜。她握住男孩的手，拉他按住百褶裙外面，移動他溫暖的手指，直到強烈的快感席捲她體內。

男孩名叫里昂，她這時才知道。或許知道這樣就夠了。「我先出去。」他說。

他們先後重回遊戲。他十六歲。事情應該到此結束了吧，安娜心想。並非如此。

里昂的父親是墓碑匠，他放學後幫父親雕刻墓碑，但各行各業景氣不佳，墓碑生意也清淡，他常常能蹺班。有幾次，安娜和鄰居玩捉迷藏的時候，發現他怎麼一溜煙不見了，去圍欄才發現他在等她。有時候，她會苦等不到人，或得知他沒等到她。一旦同時躲進圍欄裡，他們鬼祟的動作如貪婪的小偷，起初想重溫第一次接觸的激情，但不久後，衣物一件件脫，美妙的肌膚跟著展現。里昂從母親的寢具箱偷來一床羽絨毯，平鋪在地毯上。每次往前踏出一小步之後，安娜總向自己承諾，夠了，不能再進一步了，以後再發生只能到此為止。然而，他們屈從的大道理之中另含一份莫測高深的意念，驅使他們前進。安娜無法想像他們正在做的事，足以證明她天真無知。即使她天天企盼重溫黑暗中的美夢，她仍覺得，那件事其實發生在其他地方，而女主角不是她。在幽暗的圍欄裡，她的本尊像一支針，掉進地板縫去了。我不懂你在講什麼，我沒做過那種事，她想像自己說著，講的是真話，對方是有聲無影地指控者。我甚至不知道那種事是什麼。

有幾次，他們險些被逮個正著。有時候是房東不巧進地窖，有一次是洗衣婆，也有幾次是儲藏蘋果準備釀酒的義大利裔家人下來。由於安娜和里昂的行為極端，隱瞞起來相對輕鬆，因為沒人能想像他們做得出那種事。以鄰居小孩而言，亂摸、偷偷接吻、強索吻的事件不是沒發生過，有一次更爆發三男二女躲在麥克·法索家衣櫃的插曲，人人談論幾星期不休。也有兩小無猜被警覺的家長緊迫盯人，一分鐘也不准他們獨處。以安娜和里昂而言，他們有計畫幽會了好幾個月，在燠熱的夏天渾身赤裸躺著，這種事外人難以想像。假如安娜有意告訴莉蓮和史黛拉，她們一定以為安娜說謊或發神經。

她只對莉迪亞說過。

失去處子之身的那天，她帶一支木尺去赴約。史黛拉透過已婚的姊姊得知，做那件事會痛死人。她轉告過安娜。痛來的時候，她像狗似的猛咬木尺，讓臼齒深戳進尺裡。她從頭到尾不哼一聲。

他當然懂得及時抽出來。所有男生都知道。

有時候，這祕密在她內心澎湃激盪，她多想摀耳朵吶喊。假如被父親發現，他肯定會斷絕父女關係。安娜意識到父親有所警覺，留意著女兒的言行。她擔心被父親猜出底細。幸好，他不可能知道。父親工作太繁忙，常到外地過夜出差。偶爾，他試圖以昔日兩人熟悉的模式和安娜聊天，可惜她已戒掉和父親交談的習慣，也不再想和他聊天。她感受到父親的失望，卻也愛莫能助。先讓她失望的人是父親。

父親不告而別後，安娜反而只有如釋重負的感受。事隔一兩個星期，父親缺席的嚴重性開始陣陣襲上心頭，令她反胃，她會去地窖找里昂，以排解思念。

校內三不五時傳出某女生忽然休學去「親戚家住一陣子」的風聲。其中一個女生名叫蘿瑞塔・石東，因此落後一個年級。她生性內斂，獨來獨往，有關她墮落的流言是同學間啃得津津有味的大餐。幸好安娜運氣佳：朋友之中仍無月信的人只有她一個。

十一月，也就是在她初訪圍欄之後八個月，房東找來一群親戚，挖空地窖，準備改建成一間酒吧——他說，生財之道只剩這一條。他們用麻布袋裝石頭、泥土、破木桶、煤爐零件，扛到路上。安娜和幾個小朋友正好在外面看到。在不留情面的日光下，她眼見一堆被蛀爛的地毯，上面鋪著一床有血跡的髒床罩。她走進自家的公寓大樓，將自己鎖進一樓的公廁嘔吐。

表面上，她和里昂是陌生人，暗地裡卻親密得肉麻，彼此出現在對方的夢裡，兩人都因此感到困擾。她注意到里昂的指甲髒、齒縫大。在這階段，安娜的父親已經失蹤兩個月，但安娜甩不掉的憂慮是怕父親被里昂嚇到。從此，安娜不再和里昂接觸。嚴格說，兩人持續假裝互不相識。翌年，里昂全家搬去西部。

酒吧始終沒興建。

中學接下來的日子，乃至於就讀布魯克林學院一年級的那年，安娜儘量假冒成無知的女孩。這女孩假如被男孩逼到牆邊，被強行索吻，她會如何反應呢？男孩隔著毛衣摸她胸部，她會害怕嗎？她廣泛的經驗對她不利。她體驗過的一切假如被男孩知道，哪怕只隱約知道一點，她的遭遇絕對和蘿瑞塔．石東一樣，像石頭被扔得遠遠的。該謹慎的事情太多了，令安娜怎麼也放不開，引來男生笑她是冰山，甚至罵她冷感。「我看得出來妳在害怕，不過妳放心，我不會傷害妳，」有一次約會時男孩說。「我只想讓妳嚐嚐看真正初吻的滋味。」但安娜知道，真吻能釋放的真情太多了。這一類的約會結果通常是男孩氣呼呼走掉。父親一直沒回家，安娜等得心死，久久之後仍偶爾想起他是見證她貞潔的證人。她會說，「看吧？我根本不三八。」

然而，無論是過去或現在，她的見證者，唯有莉迪亞。而妹妹只聽不應。妹妹無法建議，無法回答最令安娜困擾的問題：要等到幾歲才不必裝蒜？什麼時候才能遺忘？

# 第十章

感恩節是星期四，前一天早晨在亞爾敦高中，戴克斯特和妹夫亨利站在秋葉凋零的樹下等人。男學生的交談聲在空氣中迴盪，但不見學生人影。「抱歉，讓你久等了，」亨利說，緊張向家裡瞄一眼。他家的房子是破敗的木框屋，草坪不起眼，周圍是宿舍。「今天碧琪盥洗的時間比往常久。」

和多數新教徒弟兄一樣，亨利本性不擅長表達心情。但戴克斯特從他哀怨的神態看得出來，家裡的情況並沒有改善。「別放在心上，」戴克斯特說著拍拍亨利的肩膀，同時偷瞄錶一眼。岳父大人的叮囑相當明確：不許讓海軍造船廠司令官久等。「小嬰兒情況還好吧？」

「漂亮的小東西一個，」亨利說。「她很愛哭。碧琪受不了。」戴克斯特注意到身為校長的亨利雙手頻頻顫抖。

「一陣子就好了。」他說。

「是嗎？」亨利的溫柔藍眼鎖定戴克斯特，專注力過於平常，彷彿很重視戴克斯特的回應。

「當然。」戴克斯特說。

終於，碧琪出來了。假如穿這身衣服的是泰波莎，戴克斯特絕對會叫她回去換。碧琪穿了低胸安哥拉毛衣和皺絲裙，打扮得像和主管有染、或有意勾搭上司的速記員。碧琪的頭髮黃褐色，眼睛像貓咪，都和二姊哈麗葉一樣，但碧琪的個性非常謹慎，總能避免打扮得和二姊太相似。這次，碧琪不用髮夾，只戴小帽，任長髮飄逸。戴克斯特對亨利使眼色——可憐的老古板亨利。戴克斯特的眼神訴說兩件事：一是承認碧琪的穿著不夠淑女，二是告訴亨利，他才不在乎碧琪怎麼穿。何必管那麼多呢？反正待會兒岳父在場，他想怎樣管教自己的女兒，由他去吧。

凱迪拉克車門關上，碧琪的香水味嗆鼻，差點薰得戴克斯特斷氣。他加速在林蔭大道上奔馳，想彌補等人的時間，碧琪竟點菸抽起來，愣得他語塞。假如她是男人，戴克斯特一定從嘴裡搶走香菸，直接丟出車窗外。未經車主同意不能抽菸，這是基本道理，何況這車的座椅是奶油色小羊皮，車子是六二系列的新車，抽菸更是大忌。碧琪拿著整包菸請他抽一支，他斷然甩頭拒絕。

「你戒了啊？」她語帶失望。

「幾年沒抽了。」

「你對我不滿。亨利跟你談過了。」

「一個字也沒談。」

「諒他不敢。」

「亨利很欣賞妳，妳知道吧。」

「我配不上他。」她說，嘆氣吐出一團白菸。

「那妳為什麼不對他好一點？」

碧琪不回答。戴克斯特望她一眼時，赫然見到淚水直流，雙頰被睫毛膏染成大花臉。「碧琪。」他說。

「一切都被我搞砸了。」

「別講傻話。」

「我是個糟糕的母親。我只想單獨靜一靜。我但願能逃家，改頭換面，重新開始。」

她開始啜泣。戴克斯特聽見哭聲裡夾雜尖銳的歇斯底里，想在林蔭大道上靠邊停車，儘量安撫她。可惜時間不允許。幾分鐘後，他見碧琪仍未止哭，訓誡她，「聽我說，碧琪。妳一定要振作起來，好好想一想。妳是個窈窕女孩，全世界都在妳的掌握之中。妳只不過是……」

她安靜下來，似乎在豎耳聆聽。戴克斯特覺得她和亨利一樣，等著聽他的診斷。問題在於，他絲毫不清楚碧琪哪裡不對勁。「……精神不勝負荷。」他失望地講完。

她「哈」一聲，語帶怨氣說，「亨利也這麼說我。戴克斯特啊，你怎麼愈來愈像他？我不可能在做夢吧。你和哈麗葉都是。看樣子，你只是外表狂野，內心根本不是這麼回事。」

「老了不中看。」他說，其實已被她的評語劃傷。他繼續開車，傷愈來愈嚴重，不知不覺在內心辯論起來（油門踩到極限）：校長夫人居然笑他不夠狂野？難道她忘了講話的對象是誰嗎？天啊！

接下來一路上，兩人交談沒幾句。碧琪抽的是好彩香菸，總共抽掉十四支。唉，誰管她抽幾支？她拿著小粉盒，費心補妝。等到戴克斯特把車停在造船廠門外，離約定時間只提前三分鐘，他覺得自己簡直抽了一整包。連小羊皮的色調也被燻黑一度，他確定。

四位陸戰隊士兵在門口迎接他們，分派大家坐幾輛車參觀。戴克斯特趕緊略施小技，安排碧琪坐另一輛，自己和岳父共乘。前座三人分別是駕駛、岳父和泰波莎。泰波莎多次提到她多麼期待參觀造船廠，讓戴克斯特重拾對女兒的信心，認為女兒夠莊重。拿自己的小孩和別人家比較是傻子才會做的事，但戴克斯特暗暗稱許泰波莎，讚賞她把頭髮盤成女人頭，神態認真而興致高昂，可圈可點的程度和表哥葛雷迪不相上下。後座的葛雷迪坐在戴克斯特右邊。

行程的起點在造船廠醫院，外面有一行男女正排隊等待捐血。船體裝配工組成的樂隊正在演奏〈追憶珍珠港〉。戴克斯特放眼望著隊伍裡的女孩，懷疑自己能否認出幾週前在夜總會認識的那一個，但她若非不在場，就是戴克斯特印象不夠明確，認不出她的長相。接著，大家下車，參觀一具鍾頭式起重機吊起一座大如街車的炮塔橫渡海面，裝設到港內戰艦的甲板上。碧琪握著姊夫喬治的手臂。喬治的妻子芮金納沒跟來，謝天謝地。讓喬治去負責看管碧琪一陣子吧。

大家觀看著起重機之際，戴克斯特問葛雷迪，「離畢業還有……三個禮拜，對吧？」

「是的，長官。還有三個半星期。」

「葛雷迪，你喊我長官，我還以為背後真有一個軍官呢。」

「我一直勸他改口。」庫柏喜孜孜說。

「習慣了，沒辦法，長——」葛雷迪及時打住，莞爾一笑。他身材高䠷英挺，眼距較寬，視線投射著頑皮的目光。

「什麼時候出海，你知道嗎？」戴克斯特問。

「愈早愈好，」葛雷迪說。「我們有自己的仗可打，卻窩在教室寫文章論述古羅馬布匿戰爭，真的受夠了。」

「我們不急著送你走，」庫柏拖長音說，一手伸向兒子的肩膀摟住。葛雷迪的肩膀明顯比父親雄壯。「以後你能打的仗多的是，不愁沒得打。」

被父親一摟，葛雷迪僵住了。「我受訓就是要上戰場，爸。」他說。

下一站是一二八號廠房。這裡是一大間機械工廠，裡面有眾多活塞、渦輪、滑輪，全在輸送帶上抖動著，宛如軟骨，用途不明。風從河面灌進廠房，捲起花花綠綠的枯葉。泰波莎冷得發抖。戴克斯特沒穿外套，大家長亞瑟居然不怕冷，外套由孫子葛雷迪拿著，帶過去披在她肩膀上禦寒。握著外套的手在泰波莎身上多逗留了幾秒，抱著她，她也側臉向上回望他，唇角露出紙包不住火的微笑。戴克斯特見狀呆住，兩眼直看著女兒和她表哥，機械聲重擊耳膜。我沒看錯吧？他暗忖。他想起女兒的心願盒領針，外面塗著琺瑯漆，裡面蜷縮著一個祕密。

回到車上，戴克斯特思考著疑問。葛雷迪將近二十一歲了，從七年前就讀康州寄宿學校喬特中學起，絕大多數時間住外面，現在無異於成年人，反觀泰波莎還是個未滿十六歲的小女孩。然而，表兄妹今年一起在新港過暑假，一同搭庫柏的遊艇玩，打完網球也一同在俱樂部休閒，兩小之間可能爆出什麼火花？葛雷迪很乖順，沒錯，但也偶爾愛作怪，這是他迷人的原因之一。戴克斯特愈想愈鑽牛角尖，差點爬不出來。表兄妹接吻又不是新聞，但前提是不能再進一步。

難道這一切全是想像力在作祟？

四號廠房是結構廠，有八百名女工。這裡是最後一站。一眼望去，很難辨別性別，尤其是焊接工戴厚手套和面罩，更難辨識男女。關鍵在於體型。一行人從一區參觀到另一區，戴克斯特漸漸能分辨出哪一個是女孩。握著噴火槍的女工、切割金屬板的女工、以木塊製作零件模的女工。即使是美女，工作起來也是有板有眼。正眼看，太輕佻，不看也太做作。頭髮用布裹著。戴克斯特常感嘆現代女孩太嬌嫩，但眼前的女子各個看來都有辦法耍左輪。哼，穿那種連身工作服，用肩帶藏槍，沒人看得出來。

「很厲害吧？」他對泰波莎有感而發。

女兒轉頭，紅著臉。「什麼？」

「這些女工。咦，妳不是吵著想來參觀嗎？」他語氣尖銳。「今天大家來造船廠，不正為了看女工嗎？」但他問了也是白問。他知道答案：女兒當時興奮是為了和葛雷迪重逢，而非參觀造船廠。全是衝著葛雷迪。

「我不記得了，爹地，」她說，心不在焉地摸摸自己的頭髮。「我還以為，想來參觀的人是你咧。」

終於快輪到安娜捐血時，她聽見隊伍最前面的同事黛博拉講話。黛博拉已婚，被蘿絲取笑是「水龍頭」。黛博拉問護士，能不能保證把她的血直接捐給自己的丈夫。

「對不起，這是不可能的，」護士說。「何況，妳和他的血型又不一定相同。」

「相同啊，」黛博拉以哭音說。「我相信是同一型。」

「水龞要垮囉。」蘿絲低聲說。

「妳敢確定嗎？」護士以安撫的口吻一面說，一面拿針戳進黛博拉手臂。「萬萬不能做的事就是輸錯血型。輸錯血是會要人命的。除非他是可以接受任何血型的AB型。妳該不會知道妳先生的血型吧？」

啜泣中的黛博拉回答時口齒不清。護士以靈巧的身手按住她手臂，讓鮮血從針頭流過彎曲的透明塑膠管。造船工人樂團正在演奏〈蘋果樹下坐不得〉。

「等她結婚超過五年再說吧，」蘿絲小聲告訴安娜。「她就不會哇哇哭成淚人兒了，保證。」二十八歲的蘿絲比多數已婚女工年長，猶太裔，烏黑的捲髮人見人羨。蘿絲每次提起丈夫，嘴巴就講損人的俏皮話，眼球翻白，還說老公不在家，她反而能睡得更飽。兩人的幼子名叫梅爾文，被她罵成「討厭鬼」，表情卻洋溢著母愛。安娜理解到，蘿絲是苦水無處吐，只得以揶揄的方式宣洩。

安娜看著自己的熱血順著管子蜿蜒而去，問護士說，「血這麼紅，正常嗎？」

護士笑了。「不然血是什麼顏色？」

「這顏色太……鮮豔了。」

「因為裡面含氧。色調不對就不妙了。」

安娜望向一字排開的捐血椅，見到相同的管子從胖瘦不等的手臂傳輸著鮮血。她在找好友霓爾。上星期起，霓爾就無聲無息消失了。午餐時間，安娜在四號廠房旁邊連續等她五天，最後只好進模具樓詢問。她不知道好友姓什麼，自覺丟臉，幸好大家都知道霓爾是哪一個。一提起霓爾，眾女工霎時噤聲，靜得她毛髮直豎。在自己的廠房裡，安娜見慣這種情形。主管說霓爾一個禮拜沒來上班了，以後大概不會再出現。

這事沒什麼好大驚小怪的，但安娜怎麼也無法釋懷。也許霓爾是被腳踏車寵壞了。現在，連安娜也有受困的感覺——屈居造船廠的磚巷內，即使在午餐時間，被切成塊狀的太陽光也幾乎照不過屋頂。如今已婚女工全看安娜不順眼，工作氣氛變得枯燥乏味。同事除了蘿絲外，全對她變得客套，敬而遠之，彷彿丈夫們全在睡夢中喊安娜。安娜自我安慰的方式是遐想逃離這棟廠房，跑去當潛水員。

每天下班後，她直奔C碼頭，想在天色變暗之前尋找平臺船。她想問主管沃斯先生自願潛水的事，卻又擔心顯得不知感恩。

捐完血，硬性休息片刻後，安娜和蘿絲搭交通車回桑茲街側門。她們已經換回便服；捐完血的女工可以自行回家。護士建議她們多喝果汁，蘿絲推論說，這表示她和安娜午餐後可以一起去喝杯葡萄酒。「本來就是果汁嘛，原汁原味。」她說。

安娜建議走桑茲街，因為她對水兵常去的店神往，但蘿絲抱存著一般人的見解：即使在大白天，好女孩走那條路難保自身安全。於是，她們搭街車到亨利街上的聖喬治大飯店，乘電梯上百慕達樓臺。這裡能將布魯克林區盡收眼底，晚上也能跳舞。她們點義大利麵——菜單上最便宜的午餐——也點一小壺紅酒。安娜在史黛拉・伊歐維諾家嚐過葡萄酒，不喜歡那種滋味，但她意識到，如果陪蘿絲把酒言歡，或許話題能帶到另一種層次。果然，侍應過來添酒後，蘿絲說，「女同事們都在講妳閒話，妳非知道不可。針對妳和沃斯先生。」

「我大概想像得到吧。」

「她們說，沃斯先生離婚了，原因是妳。」

「他又沒戴戒指。」

「起先有啊——那是她們講的。我從沒注意到。是真的嗎，安娜？」

「當然不是。」

「我就說嘛！我對她們說過：『她才不是那一種女孩。』」

「我在想，沃斯先生知不知道被傳這種謠言。」安娜說。

「那是他自作自受！」

「他會因為謠言而遭殃嘛？」

蘿絲瞪著安娜，令她自覺既無知又虛假。「最可能遭殃的是妳自己呀，安娜，」蘿絲說。「妳常被他叫進辦公室去，常被他派去特地跑公差，事情一定會沒完沒了。總有一天，他會指望妳有所回報——還沒演變到這種地步，我很驚訝。我以前在電話公司上班，同樣的事聽過十幾回：遲早他會要求妳報恩，到時候，妳就慘兮兮了。如果妳拒絕，他不甘心，說不定會炒妳魷魚，說不定會散布難聽的謠言。如果妳屈服了，哼。到時候，妳就成了另一種女孩。」

「謠言又不是真的，哪會傷到我？」

蘿絲面露震驚。「是真是假不重要啦，」她說。「女孩子家的名譽一掃地，好男孩就看不上。」

「只因為他們會以為她犯過錯？」

「對，大概就像妳說的吧，我猜。唉呀，安娜，談這種事好痛苦啊。」

「我會假裝不知道。」她轉向窗戶。從這高度，繁忙的東河顯得靜悄悄。她想告訴蘿絲一件事，不知如何啟齒，深怕凸顯自己經驗太老到，或腦筋遲鈍到無可救藥。沃斯先生並非對她有意思。安娜對他完全感受不到男女之情，這一點安娜十分確定。

安娜看著河景。蘿絲說，「一個女孩子家如果名聲掃地，大家會認為她會惹麻煩。」蘿絲柔聲說，「大家會看著那一對，暗罵，他有家室了，還惹麻煩。懂得自愛的男人沒有一個願意交這種女朋友。」

「可是，現在幾乎所有男人都從軍了，」安娜說。「等戰爭打完，有誰記得誰好誰壞嘛？」

「名譽有它自己的生命力，」蘿絲說，「惡名會跟著妳到處走，能在妳最冷不防的時刻殺出來攪局，而且怎麼洗也洗不清。戰爭結束以後，世界又會恢復成小世界，人人又會彼此認識，和以前一樣。」

兩人的目光又相接。安娜見到蘿絲的表情誠懇而用心，內心對蘿絲滋長出深厚的友誼。「妳用不著操心，」安娜說，「我已經交到一個好男孩。」

「喔！」

「他是鄰居，」安娜繼續說。「我們是小學同學。定情很久了。」

「哇，安娜。妳怎麼從來沒提？」

安娜已有多年不曾憑空捏造故事了。現在，她感覺像回到過去，回到常苦無藉口可用的那時期。此外，她看著蘿絲如釋重負、喜悅的臉，心想，人根本就是見鬼說鬼話。

「他一定是被派到海外去了吧。」蘿絲說，安娜點頭，差點補說「海軍」，不料喉嚨緊縮，眼珠不知為何瘦了起來。她把視線固定在桌上一朵紅色康乃馨上，看到花漸漸模糊。

「妳把他藏得很仔細，我看得出來，」蘿絲說，握住安娜一手。「我不會洩露給同事知道。」

安娜去化妝室，匆匆拿餐巾拭淚，想不通這股情緒從何而來。一定是葡萄酒。

她們等街車，想一起去蘿絲家看小梅爾文。在街車上，安娜思考著沃斯先生。他特地挑上她，但大家都想歪了。沃斯先生到底有何居心？安娜反覆思索這疑問，終於想通了，答案並不重要。他對她有所求，而她對他也有所求。

在司令官的家，午宴在橢圓形的飯廳展開。官邸是一棟殖民時代風格的黃色豪宅，附設溫室，位於青草蓊鬱的山丘上，以前能瞭望純淨無瑕的海岸線，如今視覺饗宴成了煙塵滾滾的煙囪林。帶把水瓶裡有切片檸檬，捲曲的牛油躺在冰枕上，各人有專屬的鹽巴罐，海軍高層深諳午宴之道。亞瑟．貝林傑坐在司令官右邊；這兩人在一九〇二年曾攜手在菲律賓服役，席間一言一語，全意在啟發在場二十餘名賓客——不乏銀行業者和州官，也包括少數幾位夫人。

「能把群島收復，那該有多好啊。」亞瑟嘿嘿笑著說。他指的是菲律賓。

「我相信我軍一定會的。」司令官說。健談而圓胖的他是退休少將，奉令重回軍旅。戴克斯特注意到，司令官身負的重責大任沒有影響到他享受閹雞大餐的胃口。

「麥克阿瑟將軍鮮少接受別人對他的拒絕，這倒是真的。」亞瑟回應。

戴克斯特和姊夫喬治互使眼色，兩人都知道岳父鄙視麥克阿瑟。今年三月，麥帥被日軍從菲律賓趕走，之後岳父損他是「防空洞小麥」。

泰波莎和葛雷迪坐在戴克斯特對面，冷落彼此的態度太明顯了，令戴克斯特懷疑表兄妹的腳是否在桌下交纏。他考慮效法喜劇諧星，故意讓餐巾落地，彎腰看個明白。

「十一月是盟軍至今最輝煌的一個月，要謝就謝他這一類的弟兄們，」司令官舉杯敬葛雷迪，說。「我們在史達林格勒包圍成功，搶灘北非也大勝。敵軍已經嚐到苦頭了：兩萬日軍死在新幾內亞的科科達小徑戰役（Kokoda Trail）上！瘧疾、叢林癬……皮肉發腫爛臭，連軍靴都穿不進去，只好赤腳在泥地行軍。」

「泥巴最容易孳生寄生蟲，」喬治說，提供外科醫師的觀點。「細菌能鑽進皮膚的小傷口，一轉眼就感染痢疾、條蟲……。」

幾名賓客放下餐叉，但亞瑟愈講愈起勁，「北非托布魯克的咬人蠅呢？德軍習慣打森林戰，從沒看過沙漠蠅，被咬得發炎，沒幾天就拖著滿是壞疽的手腳，在沙漠上慢慢走！」

「俄羅斯的冬天，」司令官以雄渾的口氣說，揮手再點一盤閹雞餐。「德軍被凍傷的手指一根一根掉，活像熟石膏！」

哈特夫人是少數在座的女性，她們聽了臉色慘白。戴克斯特意識到話題不改不行，於是說，「對了，將軍，我很高興見到海軍造船廠裡有這麼多女工。」

「啊，很高興你注意到了，」司令官說。「這批女工超越了我們原先最樂觀的期望。我很訝異，她們居然有不少長處——你聽了也會驚訝。她們比較瘦小，比較靈活，能鑽進男人進不去的空間。另外，她們手腳比較靈巧，因為家事做慣了，例如打毛線、縫紉、織襪子、切蔬菜……」

「我國對待女子的態度太溫柔了，這倒是事實，」桌尾一位看起來難以取悅的男士高聲說。「在紅軍裡，女子擔任醫務兵，負責揹傷兵離開戰場。」

「她們也會開飛機，」有人說。「轟炸機。」

「是真的嗎？」泰波莎問。

亞瑟嘿嘿笑說，「蘇聯女孩受到的教養和妳有點差別，泰波莎。」

「我們可別忘了，」司令官說，「紅軍有一整個師的任務是拿槍對準其他士官兵的背後，想叛逃的人一律槍斃。他們可不是溫柔的民族。」

「將軍，希望你別讓女工做所有男人能做的事。」庫柏說。

「當然不會，」司令官說。「費力或環境太極端的工作絕不讓女孩子碰。在工商業界，女孩子是我們所謂的『幫工』——任務是協助階級比她們高的男人。而且，我們也禁止女孩子上船。」

一直不開口的碧琪忽然有意見。「女生不能上船？」她問。「有這條規定嗎？」

「有啊。我們相當堅持。」

「在**造船廠**，女生也不能上船嗎？」

眾人轉頭看碧琪。她臉色紅暈，頭髮被風吹得瀟脫，看起來亮麗，宛如坐立難安的怨氣燒旺了心中一把火。戴克斯特看著岳父亞瑟，懷疑亞瑟會不會當場約束女兒，但亞瑟無動於衷看著她，繼續聽司令官口沫橫飛說著環境密閉、空間狹隘之類的道理。「你們應該能理解。」司令官不止說了一次，客人聽了點頭如搗蒜，唯獨碧琪例外。她憤恨不平瞪著司令官。

賓客吃完碗裝的蜜桃雪糕後，司令官夫人主動帶客人參觀司令官公館。一百年前，屋主是裴利准將。泰波莎和葛雷迪以及其他幾位客人跟隨她去參觀。戴克斯特本想跟著去，但一見庫柏起身跟進就改變主意，因為庫柏栽培兒子的苦心已讓戴克斯特看得眼睛發麻。司令官取出白蘭地與雪茄，話題轉回鎮壓菲律賓起義事件，幾位賓客聽得入迷。

食材紮實的午餐令戴克斯特肢體遲鈍，他想去洗把臉。一名老黑人侍應帶他去化妝間，發現裡面有人，於是帶他到廚房附近的另一間。這間門也鎖著，戴克斯特告訴侍應他願意等。這裡有一道雙扉玻璃門可通往外面的溫室，戴克斯特正要推開門出去，這時聽見背後傳來聲響。他往回走向浴室門，靠近聆聽。悄悄話、呻吟、嬌喘——裡面在搞什麼，毫無疑問。他當下的想法是女兒和葛雷迪，腦袋裡的血霎然流失殆盡。

「哦……哦……哦……」

有節奏的女子呻吟聲愈來愈高亢，愈來愈急促，從浴室裡傳出。戴克斯特抽身逃走，從玻璃門踉蹌出去，踏上枯黃的草地。因為暈眩的緣故，山下的造船廠成了哈哈鏡中的亂象，他癱向溫室，張口喘著氣，最後彎腰，以雙肘撐膝蓋，讓血流回頭腦。剛才他接近暈厥。

「爹地？」

他趕緊直起腰，兩眼猛眨幾下。泰波莎的喊話聲從樓上傳下來，他仰頭望，見女兒從頂樓窗口招手。倏然大鬆一口氣的同時，另一波暈眩感席捲而上，感覺膝蓋軟趴趴。他腦袋一定有毛病，不然不會胡思亂想出那麼荒唐的事。

「爹地，你怎麼了？」

「沒事，」他有氣無力喊。「好得很。」

「上來看風景嘛。從這裡，四面八方都看得見。」

「待會兒上去。」他大喊，跌跌撞撞進屋內，這時候浴室門正好打開，姊夫喬治走出來，半笑不笑，調整著西裝背心，剛洗過的雙手仍溼淋淋。他的表情和戴克斯特同樣錯愕。喬治急忙關緊浴室門，剛才的女伴應該仍在裡面。戴克斯特猛然覺醒，裡面的女人是碧琪——隔門傳出的呻吟聲和他在車上聽見的歇斯底里哭聲，兩者音色相近。他赫然震驚的神情遮不住，被喬治看到。喬治彆扭一笑，戴克斯特也微笑回敬，奮力裝得事不干己，正如他一貫的作風，假裝對姊夫不檢點的私生活視若無睹。兩人默默走回飯廳途中，戴克斯特覺得有必要講講話，以緩和剛才目睹到的驚濤駭浪，但他想不出該說什麼才好。

他和姊夫分開坐下。片刻後，碧琪回來了，一反早上和午餐時的模樣，顯得心平氣和。她坐父親旁邊，一手攬著他，臉頰貼上他肩膀。對泰波莎疑慮解消後，戴克斯特輕鬆得暈頭轉向，這份心情卻漸漸轉變為不祥的預感，因為他想到，姊夫以這種方式背叛岳父——背著長女偷腥，對象是么女，而且不忌諱岳父在同一屋簷下，地點更是將軍的家，而將軍以貴賓的規格款待他——這種斗膽的行徑恐將陷所有人於不義。被岳父亞瑟發現了，那還得了？早在盟軍登陸北非前幾星期，亞瑟．貝林傑就能洞燭機先。有什麼祕密能瞞得過他？接著戴克斯特想到，喬治．波特死定了。

話說回來，領域不同，戴克斯特無法相提並論。唯有在黑道，才有人為這種事賠上一條命，在岳父的領域裡不會發生——比喻的說法除外。然而，戴克斯特甩不開威脅近在眼前的危機感。他想起剛才在浴室門外聽見的嬌喘聲。令他既羞恥又困惑的是，那陣韻律女聲現在煽動胯下的慾火，他不由得一想再想，多盼望追求那份渾然忘我的火爆酣暢，冒粉身碎骨的風險也在所不惜。

戴克斯特知道追求禁果的危險。八年前在前往聖路易的火車上，有一女子教他初嚐禁果。當時他睡在頭等艙臥鋪，半夜過後，女子輕敲他的門。在那之前，戴克斯特和她在餐車廂看上對方，在走廊聊過幾句話。她戴著結婚戒指，他也是。她的項鍊墜子是個金質小十字架，但放蕩的情慾在表象之下澎湃，戴克斯特一眼看得出來，十字架和婚戒反而像避邪品。她夜訪臥鋪，激盪起一陣巫山雲雨，延續到白天，在戴克斯特的記憶中揉合了窗簾外飛掠而過的冰雪農地景色。即使至今，每逢一月，戴克斯特驅車穿越紐澤西州或長島途中，經常被車窗外冰霜遍野的掠影逗得心癢。

那天下午，他和女子在印第安納州安傑爾鎮下車，意圖——什麼？意圖再續前緣。他們在車站附近，冒名瓊斯夫妻，投宿一間豪華的老飯店。轉瞬間，戴克斯特覺得心情變了。現在，嚴冬酷寒的景象不再是浮光掠影，他置身其中，欣賞冬景的熱度於是銳減，其他心煩的事物也接踵而至：突然討厭她的香水，突然討厭她的笑聲，討厭床上空的吊燈有蜘蛛網，嫌他在飯店附設餐廳裡吃到的豬排太乾。做完愛，她倒頭呼呼昏睡，但戴克斯特睡不著，聽風搖著鬆動的窗玻璃，聽著狗吠，也許是狼嗥。他所知的一切似乎變得遙不可及，回不去了：哈麗葉、兒女、Q先生囑咐的交易——一去不復返。他覺得，相隔數千里的空間，從生命中蹺班是多麼容易的事。

破曉前的天色晦暗，他摸黑穿衣褲，釦好行李箱，走出房間，輕輕關上門。他步行到火車站，天上是癱軟的電話線，垂吊式號誌燈隨風搖。他買最近一班火車的車票。這班車的去向是辛辛那提，和聖路易的方向相反，但他照樣上車。臨走前，他在櫃子上留下一張二十美元的鈔票，但前腳一跨出飯店門就後悔了，現在想起來依然悔恨。她又不是妓女。她和他一樣都是人。

他抵達聖路易時，行程已耽擱將近兩天。他接到妻子哈麗葉的緊急電報：兒子菲利普因盲腸炎差點夭折。Q先生交待的人沒等到戴克斯特。此行是白跑一趟了。戴克斯特以突然發高燒為託辭，謊稱在火車上產生幻覺，不省人事，被送進醫院。這種藉口一生最多只能奏效一次，而且事情只能發生在遠方，沒人有理由懷疑。他後來回想，這藉口其實離事實不遠。

在司令官公館的環形車道上，參觀車隊的駕駛兵正等著送客回大門外，想趕在換班人潮湧現前達成任務。碼頭上的軍艦拋下單調的影子。碧琪決定在父親家過夜，換言之戴克斯特擺脫她了，謝天謝地。當然，喬治夫婦和岳父家之間只隔幾戶，對碧琪很方便。「你怎麼愈來愈像他？」碧琪曾在車上糗他。也許是吧。

泰波莎也想去外公家，幫忙煮明天的感恩節大餐。戴克斯特二話不說准了，和女兒吻別。現在回想，女兒和表哥葛雷迪的打情罵俏顯得好純真——和他在浴室門外見證到的醜事相比，更顯得純淨健康，他有點寬慰。

獨自站在桑茲街側門外，戴克斯特感受到心頭的重擔非卸下不可。他決定打電話給哈麗葉，然後才開車去夜總會。轉角有一家理查燒烤酒吧，裡面有投幣式電話。有位水兵正在投幣，央求著話筒另一端的對象出來玩。戴克斯特躁動著，望窗外。側門外突然湧現大批人潮，幾千名穿著工作服的男工，裡面有少數幾個穿女裝的女孩，正在桑茲街上簇擁，宛如球迷在散會後離開埃貝茨球場（Ebbets Field）。戴克斯特從窗內看著人群，羨慕他們的同袍情誼。他們正在為戰爭效命。從他們鬆散、隨性的步調可見他們知道身負這項任務。也許，他們意識到岳父亞瑟在午宴期間描述的光明前景，覺得自己也有功勞。

人群來得急，散得也快。水兵掛電話了，但戴克斯特想找妻子談心的意願已經流失。哈麗葉是個頭腦冷靜的女人——遠在他走私蘭姆酒的那幾年，車外子彈咻咻飛，她竟能在他的車內嘻嘻笑。但是，如果戴克斯特把碧琪和喬治私通的事告訴她，她不是被迫守著罪大惡極的祕密，就是散播祕密，毒死一票人。不行。萬萬不能告訴哈麗葉——天啊，腦筋有毛病嗎？不能告訴任何人。就讓這段婚外情順其自然發展，只盼早點收場，只盼不對雙方造成嚴重割傷或瘀傷。戴克斯特習於固守機密。

他走出燒烤酒吧時，已近入夜時分。他走向停車處，一名面熟的女孩在人行道上快步行走，和他反方向。「費尼小姐。」他對著她的背呼喚。造船廠有女工的事是他聽費尼小姐說的，他一直在找她。

她轉身，滿臉驚愕。

「我是戴克斯特．史岱爾斯，」他說。「妳急著去上班嗎？」

「不是，」安娜說，終於展露笑顏。「我捐完血，提早下班。」

「要不要我開車送妳回家？」他迫切找人陪伴。

安娜看著戴克斯特．史岱爾斯的臉。上次見面認識之後，安娜動不動想他，現在覺得他的臉孔異常熟悉，浸滿晦暗的涵義。他站在他的黑道車旁邊。

「不用了，謝謝你。我想去找我主管商量事情。」安娜說，慶幸有藉口可講，而且這藉口碰巧是真的。她想去找沃斯先生，表達自己想報名潛水隊的心願。她一直在等換班時間。

「不客氣。祝妳晚安，費尼小姐。」

在他行舉帽禮的一剎那，安娜忽然渴望能把他看緊一些。「你的好意，」她脫口而出，「我可不可以改天再接受？」

戴克斯特差點哼出聲音。擁有一輛他堅持自己開的好車，他最近的宿命是接二連三為人服務。鄰居兒子牙痛，拜託他開車送他去看牙醫。希爾斯的老母半夜需要降血壓藥，他送希爾斯去藥房買。別人開口向他請求，他當場難以婉拒，非預想藉口不行。「什麼話，當然可以。再遇見的話，我樂意之至。」他說完準備打開車門。

「我妹妹身體不好。我答應帶她去海邊。」

「如果她病了，最好等到春天再說。」

「不是生病。是腳瘸了。有個大男孩幫忙抱她下樓梯。」

瘸子。大男孩。樓梯。苦情的字眼一個個如石頭，墜落在戴克斯特四周。費尼小姐穿著素面羊毛外套，袖口脫線。意識到他人的貧苦是他的一項弱點。

「妳本來打算什麼時候帶她去？」他語氣沉重問。

「禮拜天。隨便哪星期都可以。我禮拜天不上班。」母親每星期日外出，留安娜看家照顧莉迪亞。

戴克斯特已經在盤算了：如果能帶瘸子去海邊，就有藉口不上教堂，能躲過需索無度的新副主祭（又找他捐款修理教堂長椅），也來得及回家吃午餐。何況，幫瘸子做善事是個好榜樣，能提醒自家被寵壞的子女自己多幸運。

「這禮拜天如何？」他說。「趕在冬天來臨之前。」

「太好了！」安娜說。「我們家沒電話，不過，只要你告訴我時間，我就能叫大男孩來我們家抱她下樓。」

「費尼小姐。」他以斥責的語氣說，等著。

她看著他的臉，但街燈照在他後腦勺上，表情不明。

「我這樣子，還需要找人抱她下樓嗎？」

# 第十一章

「妳有興趣啊。」艾克索上尉說。他抬頭看著站在辦公桌前的安娜。士兵帶她進辦公室至今，上尉不曾起立。

「是的，長官，」她說。「非常有興趣。」

「妳哪來的印象，怎麼以為潛水很好玩？」

她猶豫著，不太確定。「我看過平臺船上的潛水員，」她說。「從C碼頭。在午餐時間。在我下班後。」她每講一句頓一下，等著上尉露出理解的跡象。

「妳在午餐時間看過潛水員。」他終於說。

由於上尉的回應並非問句，也由於她講的話從上尉身上反彈回來有一種荒謬的味道，因此安娜保持沉默。在相視無言期間，她察覺到，她是以女高男低的姿勢看著上尉。也許上尉也察覺到了，他陡然站起來：矮小的海軍上尉穿著制服，凸胸，風霜滿面，卻也有一副古怪的童稚，沒有鬍碴的影子。

「不介意我問妳吧，凱利根小姐，這是誰出的主意？」

「是我自己，」她說。「完全是我的意願。」

「完全是妳的意願。可是，純粹是妳的意願的話，昨天怎麼能勞駕司令官打電話給我，要求我接見妳呢？」

「是我的主管，沃斯先生他──」

「啊。妳的主管。沃斯……先生。」他故意把稱謂拖長，彷彿正在啃骨頭，想咬掉最後幾絲肉。

「我猜他想取悅妳，而妳也急著取悅他，對吧。」

嘲諷來得突然，但侮辱的蠻橫稍候才發作，宛如燙傷。這番話讓上尉顯得精神失常──她注意到，這棟小建築變得鴉雀無聲，靜得不自然。她懷疑上尉是否正在表演給躲起來的觀眾欣賞。

她冷冷地說，「貴單位有沒有測試的方法，考考看誰能潛水？」

「沒有考試。只有服裝。我們先試穿看看尺寸。」

「要我試穿？」

「錯，叫那邊的那個愛斯基摩人穿穿看。」

沃斯先生曾勸她不要來。「他們不會收妳啦，」他致電司令官之後告訴安娜。「我擔心他們會給妳難堪。」安娜當時傻傻以為沃斯先生捨不得她走。

她跟隨上尉進一道走廊，兩旁幾道門斜敞，若有所指。接著，上尉帶她到外面。五六九廠房倚偎在造船道西面的圍牆邊。她騎車逛造船廠時，從沒逛過這一區。電力公司的廠房聳立在前方，五支煙囪吐著看似溼氣飽和的濃煙。

艾克索上尉帶她走上西街碼頭最上面，來到長椅前，這裡疊放著一套潛水裝，外觀笨重而僵硬，感覺像有生命，像一個直不起腰的人。安娜一見潛水裝就加快步伐。

「葛利爾先生和凱茲先生是你的照應員，」上尉說，指向附近兩個閒著沒事做的人。從他們故作冷淡的表情看來，他們極可能剛才偷聽完辦公室的對話，趕在上尉過來前衝回崗位。「兩位，凱利根小姐有興趣潛水。請幫她著裝。」

這道指令下得直截了當，但其中的用語——照應員、著裝——讓安娜懷疑，這些用語到底是真是假，用意該不會是讓她一頭霧水吧？艾克索上尉回辦公室，她的心情鬆弛下來。

「潛水裝套在妳這身衣服外面就好，親愛的，」姓葛利爾的男子說。他的體形瘦小，下巴單薄，有禿頭的跡象，戴著結婚戒指。「鞋子脫掉就可以。」

另一人姓凱茲，姿態大搖大擺。「是這一套嗎？」他問。他和葛利爾一同把潛水裝舉在安娜面前。現在的安娜已脫掉鞋子，只剩襪子。「怪事，葛利爾。她的潛水裝尺寸和你一樣。」

葛利爾翻一翻白眼。帆布潛水衣的表面以橡膠處理過，散發一股穀物的味道，另有一種土臭味，令安娜聯想起外公外婆在明尼蘇達州的農場。她踩進寬敞的黑領口，把腳伸進僵硬的褲管，而褲管的盡頭呈襪子形。著裝過程中，她不得不扶著凱茲和葛利爾，姿勢彆扭，但他們似乎不以為意。他們聯手抬起橡膠領口，向上拉到她的肩膀，讓她把雙手伸進袖子。袖子的末端是三指手套。兩手各有一條窄皮帶，他們為她套住手腕釦好。

「皮帶應該更緊一點，」凱茲說。「她的手腕這麼細，手套不繫緊，可能會脫落。只不過呢，葛利爾，你的小手那麼淑女，好像也沒事嘛。」

「凱茲先生很自豪自己的身高，」葛利爾以告密的語氣告訴安娜。「因為他自卑體檢被判不及格。」

安娜以為凱茲會生氣，沒想到凱茲一轉身就重整旗鼓。「葛利爾喜歡提這檔子事。他羨慕我下巴端正。」

「即使下巴有看頭，照樣娶不到老婆。」葛利爾反唇相譏。

「妳如果看到葛利爾多怕老婆，就知道我為什麼不急著結婚。」

兩人你來我往互相貶損，安娜儘量保持愉悅的神情，但他們幾乎沒注意到，因為他們站在她背後，正用力綁緊褲管後面的幾條繫帶。「對了，你為什麼體檢沒過關？」葛利爾問凱茲。

「耳鼓膜破了。小學二年級挨老師打耳光。」

「小二就愛嘰嘰呱呱了啊？」

「太過分了，」安娜說，但她立即意識到自己不該插嘴。凱茲首度露出丟臉的模樣。「對潛水來說，這毛病反倒是優勢，」他過一會兒說。「問題耳朵沒壓力。」

他們幫安娜穿「鞋子」。所謂的鞋子由木頭、金屬、皮革製成。他們務實的手法傳達一份親密感。凱茲甚至手腳著地，幫她束緊鞋帶外面的扣環。「這雙鞋重十六公斤，」他告訴安娜。「整套潛水裝重九十公斤。妳體重多少？」

「難怪你交不到女朋友。」葛利爾搖頭嘟噥說。

「大概四十五吧，我猜，」凱茲繼續說，不理會搭檔。「我體重一百一，穿這套衣服幾乎走不動。給妳參考一下。」

「因為你的平衡感太爛啦，」葛利爾說。「一定是耳鼓膜的關係。」

「我其實遠不止四十五公斤。」安娜說，但這話聽來像吹毛求疵，她再度後悔講錯話。她坐著。兩人捧著一片銅製的護胸板，從她的頭套進去，銳利的邊緣戳進肩膀和頸部之間的皮肉和軟骨。

「糟糕，」葛利爾說。「我們沒給她……」

凱茲臉上綻放邪惡的奸笑。「沒給她什麼？」

「你知道，就是……」葛利爾臉紅了，紅到前禿的頭皮。「少來了，葛利爾，正經一點。」

「喔，**貓咪軟墊**（pussy cushion），」凱茲終於說，以「貓咪」影射陰戶。「你說的對，我們忘記了。那是一種特製的枕頭，」他朝安娜的方向說，不正視她的眼睛「墊在領口，能保護領口部位的皮膚。等我們幫妳把帽子戴上，妳就用得著。兩個加起來重二十五公斤。」

安娜不想開口要求他們拿貓咪軟墊過來——死也不肯直呼這名詞。葛利爾的頭皮已紅得發亮。兩人開始奮力把帆布衣的橡皮領口拉下來，以遮蓋護胸板。橡皮表面附有一連串的小洞，他們將長型螺栓釦進去。每個橡皮孔裡都有螺栓後，他們把銅釦環扳向螺栓釦住，和蝶形螺帽固定在一起。用T型扳手鎖緊螺帽的時候，葛利爾在安娜前面，凱茲在後面，彼此喊話溝通，合力封緊領口周圍，確定銅和帆布之間的橡膠緊密不滲水。

「接下來是腰帶，」凱茲微笑說。「三十八公斤。」

腰帶上附著幾塊鉛。安娜坐著，他們拿腰帶圍住她的腰，在她背後釦緊，然後以兩條皮帶在她胸前交叉，繞到肩膀上。「站起來，彎腰，讓我們幫妳綁褲帶。」凱茲說。

有護胸板和鉛腰帶加重，站起來更加吃力。她彎腰，感覺到束帶從兩腿之間通過，向上頂著胯下。究竟這是正常的穿法，或者是這兩人刻意羞辱她，她無從得知。自從提起貓咪軟墊之後，葛利爾就不曾正眼看她。

「坐下，」凱茲說。「戴帽子的時刻到了。」

「帽子」是球狀的黃銅頭盔，近看比較像水電設備或機器零件，倒不像人類穿戴的物件。兩人各捧一邊，舉到安娜頭上，不敢相信的安娜由衷興奮起來。接著，她的頭被罩住，她嗅到潮溼金屬味，嘴裡的味蕾幾乎能感應到。兩人扭轉著頭盔底部，像裝電燈泡似的，把頭盔轉進護胸板。銳利的領口壓著安娜，重得她難受，她扭身適應著，想移開，想變換姿勢。有人敲頭盔兩下，圓形的前窗蹦開，涼風撲鼻而來。葛利爾在她面前。「感覺快暈倒的時候，一定要告訴我們。」他說。

「我感覺還好。」她說。

「起立。」凱茲說。

她想站起來，護胸板和頭盔，還有鉛塊腰帶卻把她固定在長椅上，唯一起立的方法是衝著領口擠壓肩膀的兩點往上升。這樣做，感覺像指甲掐進皮肉裡，痛得安娜眼冒金星，重得隨時可能腿軟，但她一鼓作氣站直，每一秒都逼她重新和自己交涉，跟自己對話能否再挺過一秒。可以。可以。可以再一秒。可以可以可以。

凱茲從護面板的開口望進去。她注意到凱茲上唇右邊有細細一道由上而下的白疤，多想恨凱茲串謀弄痛她的肩膀。凱茲倒樂得快活。「走。」他說。

「她會暈倒。」

「讓她走走看。」

「我不會暈倒，」安娜說。「我長這麼大，從來沒有暈倒過。」

兩邊肩膀痛得厲害，又要頂著沉重的頭盔，她踩穩重心，拖著鞋子在磚地上移動一步，感覺像被腳鐐銬住。接著，再移動一步。汗水從頭皮涔涔流。九十公斤。頭盔和領子重二十五公斤，鞋子十六，腰帶三十八。咦，鞋子該不會是一支十六公斤吧？一雙三十二公斤吧？

又向前一步。然後再一步。鞋子拖地往前走，不知目的地在哪裡，也不清楚為什麼。她已經痛得顧不了那麼多了。

有人在她的三指手套裡塞東西。「解開它。」

「邊走邊解嗎？」她大喊。

葛利爾出現在頭盔的前窗口。「妳不用再走了。」他輕聲說。他的神態憂慮，安娜猜她自己的臉必定扭曲難看。安娜舉起手裡的東西看：一條繩索，打成複雜的繩結。她調整三指手套裡的手，小指和無名指共穿一指，食指和中指穿第二指，拇指獨佔第三指。她以十指的指尖共同推弄著繩結。隔著燠熱、略為潮溼的手套，手指探索著繩結的輪廓，肩膀的痛楚突然被拋向天邊。再難的繩結都有一個推得動的地方，推得夠用力，推得夠久，就能破解。安娜閉眼，任雙手帶領她走進純然是觸覺的境界，恍然與世隔絕，宛如推破一堵牆，發現另一邊有一間密室。她摸到繩結的弱點，觸感像有輕微碰傷仍未爛的蘋果。她用手指鑽進去。解繩結一開始總像遇到天大的難題，到了某一階段必定出現不解開也難的情況。安娜從小解過不少糾纏似老鼠窩的繩線，玩慣了翻花繩，打結的鞋帶、跳繩、彈弓更難不倒她，鄰居小孩打不開，總是找她代勞。眼前的這條繩結正在做最後的困獸之鬥，不肯退讓的態度使它顯得幾乎有生命力。隨後，它投降了，繩索在她雙手中鬆綁。

她舉起繩索，被人拿走。凱茲來到前窗看她。安娜以為他會擺出敵意，幸好他開口時顯然語帶驚喜。「表現不錯。」比他的激賞更驚人的是安娜志得意滿的表情；顯然，她原來根本不想打敗凱茲，只想讓他佩服而已。

他們旋轉頭盔，從她頭上取下，接著解開腰帶和護胸板。重擔解除了，安娜覺得自己進入飄浮狀態，甚至飛了起來，輕快感傳染給照應員，彷彿她的成功也屬於他們，或者將她歸類於和他們相近的類別。兩人幫她脫鞋，解開腰帶，褪下潛水衣，心情和一開始一樣好，差別在於先前是消遣安娜，此刻則是視安娜為夥伴。不久，她換回工作服，站在碼頭上，恢復最初的模樣。他們沒留意到天色變暗了。

「你去向他報告吧？」葛利爾問凱茲。

「他該不會怪罪我們吧？」

「他一定會怪罪誰。」

「你去報告，」凱茲說。「他對你比較偏心。」

「多數人都偏心我。」葛利爾對安娜眨一眼說。

艾克索上尉蹙眉聽著葛利爾報告安娜的成就，然後以嚴厲的態度叫他退下。葛利爾對安娜行舉帽禮，把她納入同夥。

「坐下，凱利根小姐。」上尉說。

安娜渾身輕飄飄，臉上藏不住喜悅，但她克制微笑的衝動，決心不露出得意洋洋的模樣。上尉審視她半晌，手指在桌面咚咚敲。「妳穿過潛水裝了，」他說，求和的語調令她心驚。「不過，這不能和潛水相提並論。」

「你說那是測試。」

他耐著性子，深吸一口氣。「人體在水底活動需要耗費極大的心力，」他說。「我知道這可能難以相信。妳見過美美的海浪，白花花的海沫。妳喜歡游泳。但是，水面下的世界不是同一回事。水很重。水的壓力很蠻橫。我們不知道女人的身體如何應付水壓。」

「讓我試試看。」她說，口舌突然乾澀。

「妳是一個堅強的女孩，凱利根小姐，妳證明了自己的能耐。不過，我不會准許自己的女兒潛水，基於良心，更無法讓妳下去。」

他富有保護心與同情心，懷抱歉意，和語帶譏諷的他判若兩人。安娜比較喜歡先前的他。和眼前的他對抗，安娜似乎毫無勝算。

「讓我試試看，」她再說一遍。「不失敗，怎麼曉得會不會成功呢？」

「妳見過潛水症患者嗎？」上尉向前傾身問，宛如想拉近距離。「困在血液裡的氮氣泡非找地方散發不可，最後只好從軟組織鑽出來，導致眼睛、鼻子、耳朵出血。聽過擠壓症嗎？整個潛水員——全身被大海的壓力踩扁了，整個人縮成只剩妳戴的頭盔。所以說，在海底十五公尺和在陸地上失敗不是同一回事。」

「任何人只要失誤，下場都一樣，」安娜說。「不只有女生才會。」話雖這麼說，她已有預知敗陣的鬱悶感。

上尉微笑著，露出白牙，皮膚曬得健康，臉上無鬍鬚。「我欣賞妳，凱利根小姐，」他說。「妳充滿鬥志。我的建議是，回妳的廠房，發揮妳在造船廠的專長，在工作崗位上奉獻一切，協助我軍打贏這場戰爭，以免戰後的星期日晚餐吃德國和日本人吃的維也納炸肉排和章魚乾。」

他拍一下桌子，顯然相信對話到此為止。但安娜似乎無法動彈。眼看就要得手了。繩結解開了啊！時光似乎延長，多給她幾秒考慮所有可行之道，衡量結果。發脾氣只會倒盡他胃口；淚水攻勢能勾起同情心，卻也只會證明她個性軟弱；打情罵俏只會讓她退回原點。

上尉等著她離開辦公室。

「艾克索上尉，」她終於以平板調說話，不慍不火。「你要求我做的事，我全都完成了，你怎麼可以趕我走呢？沒有理由嘛。」

「既然我們攤牌講，凱利根小姐，我告訴妳好了。妳根本從來都沒有機會擔任潛水員。」他收起父執輩的哄勸語氣，現在改以不帶情緒、毫無掩飾的態度說話，如同安娜。「妳的沃斯先生一定是被愛沖昏頭了，怎麼以為我會准女孩子下水？司令官來電時，我就向司令官報告，絕對不可能。我說我可以准妳穿潛水裝，讓妳有機會親身體驗一下。」

「可是，我穿過潛水裝了，」安娜說。「也走過幾步路。而且解開繩結了。」

「妳超乎我意料之外，這一點我承認，」他說。「不過，准妳潛水是從來都不可能的事，現在也不可能准。很遺憾，我能想像妳多麼氣餒。但是，事實就是事實。」

兩人隔著辦公桌互看，確認雙方理解無誤。安娜從椅子站起來。

她自行離開五六九廠房，完全不記得何時穿上外套，也不記得出來時有沒有再見到凱茲和葛利爾。在黑夜中，她踏上走回桑茲街側門的長路。考試過關樂昏頭的滋味全被冷風颳走。她路過造船道，幾團人造光誇大了裡面的死船殼。

不准就是不准。

安娜一生從未遇過如此赤裸裸的歧視。「**事實就是事實**。」上尉說。只不過，哪來的事實？安娜走著，失望和苦悶凝結成一塊硬如石頭的反抗意志，揉合了她先前對凱茲的恨意。上尉擊不垮她；假以時日，她一定能擊垮上尉。上尉是她的仇敵。如今安娜覺得，她似乎從小就巴望能有個仇敵。

她想像剛才手裡的繩結，糾結成團，看似有生命力。一定有弱點，問題在於能不能找到。

事實就是事實。

根本沒有事實。問題只在他身上。一個人。連鬍子都沒有。

# 第十二章

戴克斯特同意接送費尼小姐的殘廢妹妹去海邊，約定週日上午見面，在這之間的四天當中，原本意願極低的戴克斯特已經毫無海灘之旅的興趣。這週日，子女不在家。在感恩節晚宴上，岳母貝絲．貝林傑宣布週日全家去約克大道上的聖莫尼卡教堂做禮拜，然後去「送暖會」（Bundles for Britain）當志工。送暖會是公園大道仕女的活動，被戴克斯特鄙夷是打著挺前線將士名義的名流交誼會。最近風行這一類的活動。

岳父亞瑟和戴克斯特一樣避之唯恐不及，所以邀請戴克斯特前去尼克酒吧吃午餐、打撞球。戴克斯特難以抗拒這場邀約，原因有二：一是酒吧的壁畫賞心悅目，二是見到清教徒認出他長相時一臉惶恐的模樣。假如費尼小姐家有電話，他早就去電延期，為取消海灘之行鋪路。無奈她家沒裝電話。此外，由於正值長假，寄信可能會被延誤。唯一的辦法是乾脆不現身，但戴克斯特再黑再壞，也不是臨陣脫逃的孬種。於是，他告訴岳父，他答應週日上午開車載員工的殘廢妹妹去海邊。他向岳父承諾，一結束就立刻趕去尼克酒吧。

因此，不帶女兒泰波莎，沒有雙胞胎，也沒有哈麗葉。週日到了，十一月底的這天出現秋老虎，他無法以天候惡劣為遁詞。費尼小姐家的街道如他所料，他的凱迪拉克車尚未停妥，就引來兒童圍觀。他們就算看過六二系列，也不可能常看到。戴克斯特下車，把帽子戴好，仰頭望著樓上窗戶，反光刺得他瞇眼。有人從樓上揮手，打散他最後一絲希望。他本來期盼費尼小姐忘記海灘之行的約定。他推開吱嘎響的前門，進入門廳，室內仍充斥著星期五的炸魚香味[7]。這棟公寓的一切都顯得熟悉，最熟悉的莫過於在樓梯間迴盪的腳步聲。天啊，總共幾樓？逼瘸子住這麼高，太野蠻了吧？

費尼家的公寓小而擁擠，陳設緊簇，裝潢充滿女人味，連低級護壁板都是。香水、女人頭髮、指甲、月事——把他團團包裹在一朵腥臭、親暱的雲裡，令他頭暈目眩。在這團婆娘瘴氣之中，費尼小姐出現，站在那裡，幾乎令他驚喜。她的眉毛拱曲有型，握手的手勁像男人。這團瘴氣似乎與她無關。

她帶他走過昏暗的廚房，進入前廳，挺過經濟大蕭條的每一項漂亮的裝飾品全展示在這裡。東西不多。一幅彩色玻璃聖像刻劃著聖派崔克驅蛇圖，一個羽毛扇釘在牆上，旁邊是迪昂五胞胎年曆。牆上另有幾個長方形的空白處，原本大概掛著相片，現在只剩鉤子。他差點過問，但答案不難從這房子的女性氣息推斷而出：家裡無男人。不是死了，就是走了。從相片被取下的跡象判斷，極可能是後者。人人都喜歡懷念死者。

街上兒童的叫囂夾雜在老時鐘的滴答聲中。時鐘底部有幾尊金天使像，慢了二十分鐘。老鐘想必是鎮家之寶，是火災時全家一致會搶救的東西。如同戴克斯特母親的鈴鐺。母親以前常以不標準的英文說，「鈴鐺為我拿來。」戴克斯特會跑去拿鈴鐺，按住裡面的響板。心愛的鈴鐺是母親從波蘭帶來的，流水般的清脆鈴聲能為她喚回童年景物：教堂、積雪、天黑在冰池塘上溜冰，從火燙的烤爐取出熱騰騰的麵包。他不習慣想起母親。公寓居家環境的熟悉感，加上樓梯間的腳步聲，激起他對母親的感懷。或者，殘障人士在場也有關係吧？

「妳妹妹在哪裡？」他問。

安娜帶他進去一個幾乎擠不下兩張窄床的房間，裡面只有一道窗戶，窗簾闔著。一位小美女躺在其中一張床上，手腳攤開，暈厥的姿勢隱含情色意味。在半暗不明的光線中，散落床上的金色捲髮猶如倒出錢筒的硬幣。這幅景象令戴克斯特忐忑不安。他靠近一些，抖一抖眼皮，想眨掉面前的景象，見到小美女的表情竟像驚恐萬分，也像正在鬼門關徘徊。她的手腳在他眼前抽動一下：長期缺乏控制力。她穿藍色絨毛洋裝和羊毛襪，看似熟睡。戴克斯特想像著，為她穿衣服多費事啊。他慶幸自己依約前來幫忙。

「她看起來……一切安好。」他說，因為他覺得對方期待他發言。

「就是說嘛。」她凝視畸形兒的眼神充滿愛心與驕傲，令戴克斯特懷疑自己是否不該誤闖這家子的苦海。但話說回來，這又由不得他作主。一手策劃的人是費尼小姐。

「好。接下來呢？」他問，急著想動作。

「我去拿我們的外套。」

他差點跟著她離開臥室，因為他極不願意被丟下來和瘸子獨處。他去窗前，拉開窗簾，向下查看凱迪拉克。接著，他向床瞥一眼，見女孩仍閉眼躺著，這才放下心。他為費尼家的父親設身處地，想像日復一日照顧殘廢兒的滋味。多麼痛苦。微微設想著，金髮小美女能出落成什麼樣的天仙？如果父親真的一走了之，離家的原因就是她嗎？戴克斯特喜歡愛爾蘭人，喜歡接近他們，只可惜一次又一次

---

7 當時美國東北部餐廳多數在週五供應炸魚餐。

發現愛爾蘭佬不值得信賴。原因並非愛佬生性狡詐，而是他們天生軟弱，可能是酗酒的緣故，也可能是因為酗酒導致軟弱。找愛佬幫忙構思詭計，可以，但到頭來，還是需要義大利佬或猶太人或波蘭佬來執行計畫。

費尼小姐回來了，彎腰為妹妹癱軟的雙手穿上剪裁時髦的海軍藍羊毛外套。她的手法嫻熟，可見她花了多少時日照顧她。戴克斯特猜，從小照顧到大吧。

他從床上撈起瘸子，抱在懷裡。唯有在她的氣息撲鼻而來之際，他才發現，他多麼怕嗅到病房裡不通風的病臭。幸好，她的氣味清新，甚至宜人。散發著女用乳霜、洗髮精才有的花香。她的氣味像今早才躺在浴缸裡，從泡泡裡伸腳刮腿毛。他當心不讓她的頭撞到門框，歪著身體抱她進入前廳，金髮撒在他袖子上。

「她叫什麼名字？」他問。

「對不起，沒介紹給你認識。她叫莉迪亞。莉迪亞，這位是史岱爾斯先生。他好意主動帶我們去海邊。」

不盡然吧，戴克斯特悶哼著，准許自己乾笑一下，抱著妹妹，跟著她步出前門。他低頭再看莉迪亞時，發現她睜眼了，正定睛看著他的臉。這份交流令他心頭震了一下，彷彿整個人被兩隻手攫住。她的藍眼珠灼亮，一眨也不眨，如同泰波莎小時候玩的洋娃娃眼睛。

下樓時，他看著污穢的牆壁，轉彎時以腳摸索下一階，抱得笨手笨腳。「她好平靜喔，」健全的姊姊從背後讚美。她抱著折疊好的輪椅，重量似乎大於莉迪亞。「席維歐抱她下樓的時候，她都哼哼唉唉哭鬧。」

「過獎了。」

來到公寓外面，她喊一兩個小孩的名字，和他們打招呼。他移動懷裡的女孩，正準備開後座車門，姊姊急忙說，「如果方便的話，我們想坐前面。」

「後座的位子比較大。」

「我想讓她欣賞風景。」

「隨妳吧。」她的急促感影響到他，他趕緊去開副駕駛座的門。姊姊先坐進去，然後戴克斯特把妹妹放進她懷裡。即使車子是六二系列，兩人坐前座依然很擠。直到車門關上，他才領悟到，他原本多麼指望能退入司機的角色，不必貼身陪伴這對姊妹。

善事無須藉口。老爸常叮嚀小戴克斯特。父親開餐廳，附近的巡迴遊藝團常有無業遊民和流浪漢逗留，父親叫他蓋住吃剩的肉丸，端去給他們吃，他總是抗拒，覺得丟臉。現在，戴克斯特把笨重的摺疊輪椅放進後車廂時，喃喃自語著父親的告誡。善事無須藉口。

他開車拖離圍觀的兒童，前往福萊布希區。照目前進度，午餐之前抵達尼克酒吧應該沒問題，他想著，心情輕鬆不少。他聽見前座傳來低語。「她會講話嗎？」他問。

「以前會。不是講話，只會模仿而已。」

「那不算會講話吧？她能聽懂多少？」

「我們不太知道。」

我們。想必家裡有母親，否則姊姊怎可能白天去造船廠上班，晚上泡夜總會？像這樣的殘廢小孩必定需要全天候照顧——正常而言，這種小孩應該送去住療養院吧，他懷疑。他回想費尼小姐在人行道上的腳步急促，本想問她母親是否知道今天的海灘之旅，但他按捺住衝動。不干我的事。對於這家人，他無意更深入認識。

車子駛過大軍團廣場，沿著展望公園駛向海洋大道。戴克斯特的母親在腦海裡盤桓，彷彿她剛被心愛的鈴鐺喚回，現在還不願告別。戴克斯特七歲那年，弟弟胎死腹中之前，母親的身體還健康。死產損害了母親的心臟，讓原本堅固的內心變得極度脆弱，宛如是砂糖做的時鐘。由於內心脆弱，戴克斯特的母親有別於別人家的媽媽。在別人家，媽媽無視喧鬧的子女，一氣之下常反手賞小孩耳光。戴克斯特的母親可能會提早離開人間：這是母子倆假裝不知道的祕密。她退出戴克斯特父親開的餐廳——終於是他專屬的餐廳了——把所有時間交給戴克斯特。大部分時間，她都在睡覺，睡到午餐，她聽見戴克斯特跑回四樓公寓才醒來。別人家小孩的午餐是牛奶、麵包、火腿，擱在桌上自己吃，戴克斯特卻能吃父親昨夜從餐廳帶回家的全餐，放進烤爐熱一熱，就能享用。戴克斯特回家午休，母親會以新問題關心他，問個沒完，對他又笑又親吻，直到該回校的時間，她才倒回床上，擁抱丈夫特別為她特製的枕頭，補充元氣，期待兒子放學回家。

戴克斯特敬愛母親的程度在鄰居男孩之間是絕無僅有。她是隨時可能消失的人，但她卻時時刻刻在家，是一瓶既喝不到又可盡情暢飲的飲料，好不快活。她怎麼辦得到？巫術嗎？撒仙女粉嗎？後來，他從父親得知，醫生說，死產後的母親心臟不好，拖不過一年。然而，六年過了，戴克斯特已經十三歲，母親依然健在。他開始憎恨她，放學不回家，去打棍球直到天黑。他去偷蘋果、薄荷、粉筆，做盡微小的叛逆之舉，擔心她以纖細的雙手捧他的臉時能識破他的罪過。後來，她的健康斷崖式下降，彷彿歲月找她討債似的，也像心理時鐘早已崩垮，肉體拖到現在才醒悟。

沉默半晌後，安娜說，「對了，我一直沒問，我們要去哪裡？」

「曼哈頓灘，」他告訴安娜。「在康尼島附近，不過比康尼島的海邊更乾淨，很隱密。我家就在海邊——妳其實可以帶她到後門廊上，完全不用走沙地。」

「聽起來好棒。」安娜儘量把語氣調得輕盈。重返曼哈頓灘令她內心掙扎。四天前，雙方一言為定後，安娜就一直苦惱著一個沉重難忍的問題：是否應該告訴戴克斯特．史岱爾斯多年前的一面之緣？在最後一刻，安娜決定隱瞞，她的目標是蒐集而非奉送資訊。在戴克斯特登門之前，安娜匆忙取下牆上的相片：身穿舞孃裝的母親和布麗安的留影，父母親結婚照。還有一幅是《任憑子彈飛》的劇照，布麗安縮頭躲在門口，一個男人的身影落在她身上。

然而，搭乘戴克斯特．史岱爾斯的汽車，回到她多年前認識他的地方，如此狡詐的居心太荒謬了，她無法長久隱瞞。她想告訴他，想把一切攤開在陽光下。但是，其實不然，她害怕告訴他事實。她想要的情境是，已經告訴過他事實。

她緊抱著莉迪亞瘦弱的身體，雙手摟住中腹部，心臟在胸腔碰撞著軟骨。莉迪亞睜著眼皮，似乎在看車窗外展望公園裡的灰色枯樹。安娜感覺到妹妹精神來了，一股期待的心情油然而生：她要帶妹妹去看海了！她們即將一同看海！她未經大腦思考向戴克斯特提出要求，為的只是隨便編個藉口不讓他溜走。如今，他正載著她們出發，母親和姑姑則一起逛街、去修瑞福餐廳享口福、看早場的時事諷刺音樂劇《明星與襪帶》，她感受到無心插柳的前景多麼豐富，一定不能危害這前景。換言之，必須拖到海灘之旅結束，她才可說出過去那一段。

「妳喜歡在海軍造船廠上班嗎？」戴克斯特．史岱爾斯先生突然問。「妳的工作究竟是什麼？」

「我負責測量大船裡的小零件。」安娜開始說，每講一個字，被壓抑的事實就急著出頭，幸好他似乎聽出興趣，或者只是厭倦了不講話的氣氛。她講得愈多，口氣就顯得愈自然。她說她多麼討厭測量零件，心願其實是潛水。最後，在他追問之下，安娜說出昨晚和艾克索上尉交手的過程。

「那個痞子，」他說，口氣是真心憤怒。「全是一群沒用的廢物。叫他們去跳河算了。」

「那樣的話，我就沒班可上了。」

「什麼鬼工作，不要也罷。來我這裡上班好了。」

安娜抱著莉迪亞，姿勢變得一動也不動，妹妹似乎也在聆聽。「辭掉造船廠的工作？」

「不行嗎？我加薪挖角妳。」

「我週薪四十二，不包括加班費。」

他似乎大開眼界。「呃，我可以比照。」

安娜忽然感覺冥冥之中爸爸近在身旁。父親的影像不盡然能浮現她腦海，因為她仍無法喚回他的模樣。這比較像駐足在一個她知道父親曾來過的火車站，想猜測他搭哪一班列車。父親縹緲的身影呼之欲出，空氣也活躍起來，這是多年來不曾有的現象。

「你的員工做的是什麼工作？」她問得謹慎。

「我做的生意很多。其中一個，妳見過了，就是夜總會，在紐約和其他城市也開了幾家。另外，有些事業……和夜總會有關聯。可以說是，透過它們流通。」

「瞭解。」安娜說，其實不然。

「從法律的角度嚴格說來，我做的事業不是每一種都合法。我的觀念是，人不能任憑法律為他們做決定，應該做自己高興做的事。妳也許有不同的看法，當然。並不是人人都能接受這種事。」

「我的接受度很高。」安娜說。她覺得自己成了夢遊仙境的愛麗絲，門愈鑽愈小，不知門裡是什麼世界。

「所以我才給妳一個跳槽的機會，」他說。「妳不必急著答覆。妳有興趣的話，我可以為妳安插職位。」

在安娜的印象裡，史岱爾斯先生的家是一座城堡，位於懸崖的凸岩上，四周盡是白雪和大海。他停車時，安娜見到的是市區的一角，有幾間獨棟民房，很豪華，沒錯，但氣勢難比她在布魯克林學院附近見到的豪宅。失望的情緒在她心中頓了一下。

「我去搬椅子。」他說。他從後車廂取出輪椅時，車子跟著動搖。

「我們到了，莉，」安娜細語著。「我們就快到海邊了。」

車門大開，史岱爾斯先生從安娜懷裡抱走莉迪亞。安娜下車。在遼闊的灰色蒼穹下，她意識到這條街的盡頭是海，像有人在熟睡中。她用來固定捲髮的夾子被海風颳走，掉在柏油路面上。她搬著輪椅，跟隨史岱爾斯先生進家裡。莉迪亞仍在懷裡，他扭動前門把，推開門。

莉迪亞靜靜靠在他身上，等姊姊在前廳攤開輪椅，為她做好準備。戴克斯特愈來愈習慣她扭曲的臉、不眨眼的凝視。輪椅準備好後，他把莉迪亞放進去，由安娜以束帶和腰帶固定。椅背有一個U形的架子，能扶著她的頭。她手腕畸形，雙手扭曲。他有一股強烈的衝動，想把她的手腕扳直。「她怎麼會變成這樣？」他問。

「出生時發生的。」

「我問的是怎麼發生的。」

「空氣不夠。」

「怎麼會呢？空氣怎麼會不夠她吸？」他難以壓抑不耐煩的態度。解不開的問題總令他滿腔怒火。

「沒人知道。」

「總會有人知道吧。一定有。她應該有醫生吧。」

「同一個，看好多年了。」她說，做著他剛想做的事：把彎曲的手腕扳正，以便把雙手固定在椅子上。她的動作快速而輕盈。

「醫生對她有幫助嗎？」

「這種病無藥可醫。」

「眼睜睜看著病情惡化嗎？哪門子的醫生？」

「我認為，醫生能讓我們心情舒坦一點。」

「輕輕鬆鬆就能賺錢，好羨慕。」他嘟囔著，見安娜陡然一驚。這種說法大概是老生常談。

「可以帶她去外面嗎？」她問。

「當然可以，」他壓抑情緒說。「門廊就在這裡。」

他帶安娜進前廳，走向通往門廊的門。窗外的海景是一片平坦灰色的螢光，顯得平靜，但門一開，一陣疾風迎面撲來。椅子上的莉迪亞像挨一巴掌，震了一下。

「太冷了，」安娜驚呼。「我幫她穿的衣服不夠暖和。」

「甭緊張。我們家毛毯多的是。」

戴克斯特不太確定女傭把毛毯放在哪裡。照慣例，女傭米爾達在週日回哈林區陪伴家人，週一清早才回來為史岱爾斯家準備早餐。他打開衣櫃，在抽屜翻找毛毯，這時暗暗慶幸家裡沒人。莉迪亞的狀況太淒慘了，家人恐怕看不下去。他不希望子女見到她。

他現在才知道二樓有個寢具櫃，在裡面翻出摺疊整齊的幾條毛毯。姊夫喬治去芬蘭的拉普蘭區狩獵，曾帶回特大號的蘭德瑞斯羊毛毯送他們。戴克斯特拿走這條羊毛毯，連同另外四條，直奔下樓。他和安娜用毛毯緊緊裹住莉迪亞。她的帽子單薄讓人看笑話，戴克斯特以較小的毛毯包住她的肩膀，以大羊毛毯裹頭，連帽子一併包進去。裹頭之前，他必須先用雙手捧她的頭脫離U形架。小女孩的頭有一份人頭才有的異樣重量，頭髮柔軟得不可思議，底下的頭殼粗糙，凹凸不平。握著頭之際，戴克斯特覺得原有的排斥心刷然流失，不再生悶氣，不再敷衍了事，打定主意要幫助她，讓這個小倒楣鬼能體驗一下海洋風光。他靜思這件事的重要性，這項使命的專一性。感覺上如釋重負。

莉迪亞被裹得密不透風後，安娜再次把她推上門廊。被海風一吹，莉迪亞的眼睛猛然睜開。安娜彎腰，讓自己的視線降到妹妹的高度，放眼望去，看著妹妹眼裡的景物。她只見水天。看不到海陸交界線；岩石水泥防波堤太低了。總之，沒有海灘。

「史岱爾斯先生，」安娜說，「我想推她到沙地上，可以嗎？我自己抱她去就好。」

「什麼鬼話。從階梯下去有一條步道，能通向一片我們家專用的海灘。」

兩人各抬著輪椅的一半，走下階梯。步道寬，鋪著密實的小石子，維護得夠周到，安娜能輕易推輪椅前進。妹妹的眼睛閉著，也許睡著了。安娜懷疑，費了這麼大的工夫，莉迪亞該不會無福享受到海灘的樂趣，該不會繼續沉浸在她平常的昏睡狀態中吧？安娜瀕臨氣餒邊緣：但願妹妹能多做一點事，能多一些面貌。

脫離步道，走幾步路就能抵達沙灘。戴克斯特獨力連同輪椅抬起莉迪亞，大口吸著海風。輪椅笨重，再加上莉迪亞的重量，他很樂意測試這身肌肉的能耐。沙子是枯骨的灰白色。輪椅一放下，海沙似乎上升，包圍輪子的底部。「我來幫你搬。」安娜說，但他懷疑她大概無法搬遠。海水還有一段距離。但她竟然搬得動。戴克斯特很佩服她的力氣。

安娜請他稍等一下。她脫掉高跟鞋，並排在沙子上。這頂帽子戴了也是白戴，乾脆摘下來，用鞋子壓住，然後迅速把頭髮紮成麻花辮，塞進外套的領子下面。和戴克斯特繼續抬莉迪亞前行時，她隔著襪子感受到冷沙的滋味。海風逗弄著他們，捶打著，彷彿在挑釁他們，不讓他們再挺進。

他們再停一下，這次是休息。戴克斯特把羊毛毯裹得更緊一些，只讓莉迪亞露出眼睛迎風。她的眼皮開著，但神情茫然，宛若空屋的窗戶。

終於走到水邊了，他們把輪椅放下。安娜喘著氣，低頭挨著妹妹的頭，觀看一道長浪出現，掀高到透明透光，然後才向前翻跟斗，崩裂成乳白色的泡沫，在沙地上寸步移過來，幾乎碰觸到莉迪亞的椅子。接著，又有一道浪凝聚而上，擴充，伸展，表面形成一條銀波，接受薄弱的日光輕撫。弔詭、兇猛、美麗的大海：這是她一直想帶莉迪亞來看的風景。大海能觸及全球任何地區，是一道波光瀲灩的布幕，遮掩著謎。安娜雙臂摟妹妹。「莉，」她隔著毛毯，對著耳朵的部位說話。「妳看得見海嗎？妳聽得見海嗎？海就在妳面前啊——要把握機會唷。看啊，莉，趁現在！」

看海看海海
就在念前啊。莉！莉！
寧得見海媽？
呼唰　呼唰　呼唰　海
「看那艘船，」史岱爾斯先生說，指向海面。「好大一艘。」
安娜望去，仍摟著妹妹。她看到常見的拖船和駁船，也見到幾艘看似靜止的貨輪和油輪。更遠的海上另有一艘巨無霸輪船，規模大到她的視覺起先無法辨識，淺灰色，正以不可思議的航速通過微風點。安娜確定，前一分鐘，輪船不在視線內。「什麼船啊？」她問。
「運兵船，」他說。「郵輪。我猜是瑪麗皇后號。精緻的木工全遮起來了，現在滿船都是軍人，能載一萬五千人，一整個師。」
他曾在婚禮後偕哈麗葉搭瑪麗皇后號橫渡大西洋，三天後航抵英國南安普敦，和岳父會合。岳父的姨媽嫁進修伊特貴族家，目前在肯特繁殖賽馬。戴克斯特的任務是贏得她的祝福，結果大功告成。
「她跑太快，所以沒有護航船跟著，」他繼續說，只不過在造船廠上班的安娜一定知道。他想趁大船還在的時候解釋，談論一下。「護航船的航速必須比照最慢一艘船，也就是十一海浬，如果艦隊裡有一艘自由輪的話。有燃煤船，速度會更慢。不過，瑪麗皇后號能飆到三十海浬，號稱『灰色幽靈』，潛艇抓不到她。」
一陣怪誕的熱望襲上他心頭，彷彿他但願能上船。但不是和士兵同行。是渴望重回戰前的日子嗎？也不是。也許還是想和士兵同行吧。

吐煙的大船脫離視線後，她問，「你有沒有做響應戰爭的生意？」

「如果娛樂長官、減輕配糧的痛苦也算，那麼，我們是加倍付出。」他說。

安娜哈哈笑。「你是個投機商。」她說，顯然不含批判的意味。但他不喜歡這字眼。

「我比較喜歡標榜自己是『鼓舞士氣者』，」他說。「我提振民心，讓大戰期間的人民高興。」

「你願意多貢獻一些嗎？」

聽來像是罕見的現象：真心好奇的問句，別無心機。她站直，兩手放在妹妹肩膀上，翹起眉毛看他。他的目光明亮清澈。

「當然，」他說。「我願意。」他發覺這是長久以來的心願。他急著想做卻仍未順遂心願。

安娜覺得雙手一震，好像抽屜被重重關上的感受。她赫然彎腰看著莉迪亞的臉，發現妹妹眼睛圓睜，看著此起彼落的海浪。「莉，」安娜驚呼。「妳知道這裡是哪裡嗎？」

看海。看海海海。

「她在講話，」安娜驚呼。「快聽！」

戴克斯特沉思著安娜的問題，一時忘了莉迪亞的存在。他視線轉回莉迪亞身上，見到只有藍眼露在羊毛毯外，幾縷金絲隨風飄，莉迪亞看起來像蒙面美女，謎樣的女人。他湊近聽見羊毛毯裡傳來呢喃聲。

「我剛感覺到她醒了，」安娜說。「她剛才嚇一跳，好像被人搖了幾下。」

戴克斯特望著銀色的波濤。海風呼呼拍打著他的大衣，海鷗在頭上哭叫。「這裡好美，」他說，「難怪她會提起精神注意看。所有人一生至少都應該欣賞一次。」

「我有同感。」她說。

我要妳看海。看海海海

她勾暖活嗎？

鳥唧唧呱呱妳知道什麼是鳥嗎，記得窗臺上的小小鳥嗎，記得嗎？

唧唧鳥叫

風轉強了。

看得出她在看

對耶，她看得見。她剛才還笑出聲音

她港柴曉出聲音。小雛鳥。鳥唧唧唧。

親

喔，莉！

親

親愛的妹妹妳好久沒親我了。看，我一拉開毛毯，她就親我。

她親親親。

真的親一下了。你看見了嗎？

是啊。可憐的孩子。

她的嘴唇好柔軟喔。

安娜

聽，她在講話。她想講話。出門走走，對她有好處。

安娜　爸爸　媽媽　莉

她在對你講話。她正在看你。

她哪曉得我是誰。八成是在猜這個陌生人是誰。

摸生人誰　我是誰　爸爸

「謝謝你帶我們來海邊，史岱爾斯先生，」安娜哭喊著，忽然情緒湧上。從來沒有人帶她們一起來海邊。「謝謝你帶我們來。我們感激不盡。」她握緊他的雙手，踮腳尖想吻他臉頰，可惜只吻得到腮幫子。

「沒什麼啦。」他喃喃說，其實心裡洋溢著一股異樣的感動。殘障女孩的轉變太大。最初見到她時，她還躺著，不省人事，彷彿剛從高處墜地，而現在，她能獨自坐直，頭不需由架子支撐。莉迪亞迎向海景，嘴唇嚅嚅動，羊毛毯從她臉上落下。她宛如神話動物，能唸咒召喚風雨和有翅膀的鬼神，狂野的藍眼定睛凝視萬世。

他忘了留意時間。十二點三十分。沒有比預期拖更久，但已經來不及去見岳父。唉，算了。他其實不太在意——慶幸不必趕場。他站在姊妹倆旁邊，看著海。仔細看的話，每一天的海景都不盡然相同。帶可憐的妹妹來看海是明智之舉。能呼吸海風，對任何人都有益處。

親安娜

鳥唧唧唧

看海浪　呼唰　呼唰　呼唰

看海海海海
親安娜
藍鳥咻
呼吸
嘩嘩　啦啊
看看看海海海
我不想……她什麼時候才能……
爸爸
我是誰　摸生人誰
親安娜
親莉
爸爸　摸生人誰
她可能怕離開
呼喇　呼喇　呼喇
不急。想待多久就待多久。

# 第四部

# 暗夜

# 第十三章

週日下午近傍晚時分，安娜的母親逛完街回家，打開前門，直撲莉迪亞。由母親明顯慌張的神情可知，她在爬上五樓的過程中，已得知公寓前的名車、陌生男子、許久才回家。莉迪亞坐在窗前，看著消防梯上的一隻鳥。她轉頭對母親微笑。

「我的老天爺啊，」母親驚呼著，振臂抱住莉迪亞。「妳帶她去什麼鬼地方啊？」

「是這樣的……」安娜說。

母親見莉迪亞變了，驚喜不已，安娜見狀輕鬆把謊言一個接一個搬出來，像從野餐籃裡取出器皿。在戴克斯特送她們回家的路上，安娜精心羅織著假事實：主管沃斯先生突然開車前來拜訪，載她們去逛展望公園，讓莉迪亞（當然是裹得緊緊的）坐在戶外透透氣。隨即，安娜靈光一閃，附帶說：沃斯先生有個妹妹也像莉迪亞一樣！所以他才過來關心她，安娜才信任他抱莉迪亞下樓。

「公園很冷吧，」母親說著摸摸莉迪亞的額頭。「不過，她的精神顯得很好。」

「說不定她喜歡吹冷風。」

莉迪亞的眼神充滿知覺——不只是聽懂了姊姊滿口胡言，也知道姊姊沒膽向史岱爾斯先生揭露雙方已認識的往事。從曼哈頓灘回姊妹家的車上，戴克斯特開收音機聽新聞。法國艦隊在土倫的自沉事件壓不過昨夜波士頓夜總會失火的消息。「椰林」夜總會裡的一棵人造棕櫚著火，引發驚天動地的火災。史岱爾斯先生似乎已經得知消息，但聽見細節仍不免心驚：三百人死亡，數百人送醫搶救中，全是歌手、舞孃和顧客驚慌推擠無門可出的後果。

「白痴一堆，」他喃喃說。「傷天害理。天啊，我們自己把民眾活活燒死，何必勞駕德軍攻占嘛？」

「是你開的夜總會嗎？」安娜在車上問。

他狠狠瞪一眼，回答說，「我開的夜總會那麼多家，從來沒有死過一個人。」他說。

他抱莉迪亞上樓後，似乎急著走，因此，安娜沒說出父親的事。安娜無怨無悔——實際上很得意自己沒有吐露任何事。儘管如此，莉迪亞盯著她。莉迪亞和普通人不一樣，不覺得尷尬，該轉開視線的人是安娜自己。安娜等待妹妹注意力轉移，等不下去了，自己改看其他地方。當她把視線轉回來時，她發現莉迪亞依然盯著她。

星期一和星期二，安娜上班期間，席維歐抱莉迪亞下樓，由母親推著她，一路散步到展望公園，然後走回來，全程總共數小時。母親說，風勢很強勁。入夜後，莉迪亞持續唸叨著鳥、親吻、安娜、媽媽。「她一直提起海，」母親說。「我想不透她指的是什麼。」安娜和莉迪亞相視一笑。

星期三，安娜下班回到家，發現母親和姑姑布麗安陪一位客人在前廳喝高杯酒，客人名叫渥特·利普，布麗安介紹是「老友」。他的臉色灰黃，一撇小鬍子細如鉛筆，令安娜聯想起霓爾在夜總會的朋友路易。據瞭解，渥特今天開他的福特轎車，載艾格妮絲、布麗安、莉迪亞去喬治·華盛頓大橋下野餐。莉迪亞坐在自己的輪椅上，被外套團團包住，看著繁忙的船隻往來。她歡笑著，絮叨著，吃掉向攤販買來的大半顆番薯。艾格妮絲描述著今天的事件，渥特凝神聽，偶爾點點頭，彷彿想佐證她的說法。他缺乏布麗安多數「老友」的歡樂氣息，一杯酒也喝不完。

「巴不得他早點走。」布麗安以旁人聽得見的悄悄話說。渥特的腳步聲才剛消失在樓梯間。

「我欣賞他，」艾格妮絲說。「他有氣定神閒的幽默感。」

「等於是說，**有趣得不得了的女孩子**。」

「那妳幹嘛找他？」安娜問。

相處最愉快的男人開車技術最差勁，姑姑解釋。「戰爭期間呢，男人買不到新的白壁車輪，只好補一補舊輪胎。」她信得過渥特這男人不會載著莉迪亞開車肇事。

莉迪亞坐在椅子裡，宛如一朵盛開的花。第二次去看海，果然也提振她的心情。四人全都半夜還不睡，開著窗戶，讓十二月的冷風進進出出，欣賞著班尼·古德曼悠揚如絲綢的單簧管，看著昏暗、冒煙的市區夜景。莉迪亞渴求刺激，這一點明顯易見，但如今的難題在於如何延續下去。布麗安有其他的老古板和討厭鬼可以徵召來接送她們。她們討論著，照這樣發展下去，莉迪亞會不會學步學講話？她說不定能結婚生小孩吧？安娜觀察著姑姑，懷疑布麗安是否真心以為莉迪亞前景無限好，隨即懷疑自己為何懷疑。她逐漸想通了：想像和加油添醋的人是她和母親，布麗安只不過從旁慫恿幾句，好讓母女盡興聊。布麗安成了五朔節的花柱。布麗安相信開心最重要，而母女倆正聊得開心。

隔天早上，莉迪亞的精神稍微退步，安娜和母親一致認為，是因為昨夜讓她太晚睡。不許再熬夜！同一天晚上，安娜下班回家，發現妹妹的狀況更加萎靡，提不起胃口。她不咳嗽、不發抖也沒打噴嚏。她沒有發燒。她只是靜止不動，態度疏離。

「我好害怕，」母親說。「她不太對勁。」

「妳明天再帶她出去好了。」

「恐怕是帶她出去，傷害到她了。」

「媽媽，她沒病。」雖然嘴上這麼說，安娜的心裡泛起一絲恐慌。

隔天，莉迪亞很難叫醒。安娜在造船廠上班，急著想在午餐時間出去；即使是和態度帶刺的同事共處，也總比在十二月的長影下獨自用餐來得好。下班後她快步回家的路上，她焦急默唸著禱告詞，盼望母親能以笑臉迎接她。然而，在她登上最後一樓轉彎處，門碰一聲打開，母親衝進走廊。「她惡化了，」母親握著欄杆向下以氣音說。「我不曉得該怎麼辦才好！」

安娜的心揪緊，但她盡力以鎮定的口吻，在公寓裡對母親說，「非打電話找迪爾伍德醫生不可。」

「布魯克林區不在他出診的範圍內啊。」母親尖叫。

安娜顫抖著，走進姊妹共用的臥房。母親在門口短暫躊躇一陣，旋即離開。安娜聽見她在啜泣。安娜在莉迪亞身旁躺下。從小，安娜如此躺在妹妹身邊不知道多少夜。「莉，」她低語著。「妳醒醒啊。」

莉迪亞的眼皮睜開一半，目光懶散，整個人似乎靜得很不自然，彷彿呼吸與心跳變慢了。

「莉，」安娜沉聲催促著。「媽媽需要妳，我也需要妳。」

字字附帶著她內心的恐懼：無論莉迪亞出了什麼差錯，全怪她一人。她怕得差點嘔吐。然而，莉迪亞還活著。她仍有呼吸，心臟仍在跳動。安娜在妹妹旁邊縮成一團，關注著在妹妹體內活動的生命，彷彿這樣做能留住一條命——吸收著莉迪亞，或被莉迪亞吸收。她的思緒飄浮在往事之間：外祖父母在明尼蘇達州開農場，有兩年夏天，她和母親曾帶莉迪亞下鄉探親，留父親看家。一群聒噪的表兄弟躲著她，把她當成稀奇的怪物。表兄弟在樹林裡追逐玩耍，學印第安人哇哇鬼叫，安娜有莉迪亞拖累，覺得自己像擱淺在孤島上。表兄弟似乎永遠是集體行動，大人對他們講話時，把他們當成一個人，挨罵也集體挨罵，有獎賞也集體領——打架爭著領賞。他們集體朝莉迪亞推擠而來，研究她的頭髮和安娜為她洋裝縫上的蕾絲領子。「她能做什麼事啊？」他們問。

「她什麼事也不能做。」安娜說著，語帶憎恨妹妹的意味。

但隨後幾星期，一個現象逐漸成形：表兄弟彷彿首度脫隊獨行，悄悄過來陪莉迪亞坐。他們求安娜多給一些時間，安娜漸漸覺得自己的地位提高，開始為表兄弟排班。他們自稱莉迪亞對他們吐露一些事：她喜歡吃派，害怕蜘蛛，最愛的動物是兔子。不對，是山羊。雞。馬。豬。她從來沒看過豬啊，呆瓜！

老么弗列迪握著莉迪亞的手十五分鐘後說，「她想家。」

「她想念誰？」安娜問，等著表弟說她爸爸。儘管表弟住的地方離湖八十公里，他仍說，「她想念海。」安娜這才明瞭妹妹從沒見過海。

那天夜裡，安娜的母親放洗澡水，讓安娜幫妹妹洗頭髮。她們希望溫水洗得莉迪亞舒暢，能刺激她恢復意識，未料效果適得其反：莉迪亞浮在浴缸裡，眼睛閉著，嘴角有淡得不能再淡的微笑。安娜產生一股異樣的印象，覺得這副扭曲的軀殼裡已經沒有妹妹的存在，即使有也殘缺不全。莉迪亞原本一直半身活在神祕世界裡，如今彷彿神祕世界的拉力太強，難以抗拒，莉迪亞正慢慢遁入那個世界。

隔天早晨，安娜睡過頭，一路衝到造船廠，趕在八點前報到。莉迪亞在床上無異於木偶的影像整天侵擾安娜。她測量零件，凝神沉浸其中，進入恍惚狀態，近似在祈禱。恐懼與希望交纏在心中，形成一朵雨雲，包圍著她的心。拜託，讓今天出現轉機吧。拜託，讓她今天好轉。

她回到家，發現公寓門內掛著一件沒看過的外套和帽子，一支手杖斜倚牆邊。安娜放下荷包，脫掉鞋子，襪子留著，靜靜走進臥房。迪爾伍德醫師坐在床邊的廚房椅上，母親坐在安娜的床上。莉迪亞躺在自己的床鋪上，身體直得不甚自然。在她緊閉的眼睛周圍，多了一種前所未有的空虛。她蓋著被子，胸部起伏著，宛如一個慢吞吞的鐘擺。

迪爾伍德從椅子站起來，和安娜握手。走出豪華診所的他看起來和任何一個出診醫生沒兩樣。他提來一個僵硬的黑色手提包，一直沒打開，言行也不特別像大夫，他卻能帶來一份秩序感與安全感。安娜剎那間恢復對他的信心。只要有醫生在，一切都不可能出狀況。

她跪在兩張床之間的狹窄空地，頭躺在莉迪亞的頭旁邊，嗅到昨夜洗髮精的花香。

「早知道，我就不應該帶她出去，」母親說。「吹太多風了。」

「什麼傻話。」迪爾伍德醫師說。

「害她的情況惡化了。」

「妳千萬不能自責，凱利根夫人，」他以沉靜的權威語調說。「自責不僅不好，更可能造成傷害。在莉迪亞圓滿的一生當中，妳再度給予她一個愉快的經驗。」

「你怎麼知道？」母親追問。「你從哪裡看得出來？」

「看看她。」醫師說，母女一同轉頭看。安娜抬頭看著妹妹晶瑩剔透的肌膚、纖細的臉骨、豐濃迤邐的秀髮，眼球似乎在修長的睫毛下面迅速流轉，彷彿能看穿眼瞼的絲簾，正靜觀大家。

安娜母親崩潰了。她彎腰下去，冒出野獸的嚎叫聲，安娜從未聽過她發出這種聲音，聽了好害怕，唯恐母親不是瀕臨發瘋，就是想跳窗自盡。恐慌在安娜的內心奔騰——全怪她不好！然而，她並沒有做錯事，醫師說過，而醫師確實在場，所以她敢確定。

迪爾伍德醫師握住母親的雙手。他的大手寬厚粗糙如勞工。安娜看著他的手，看得出神——怎麼從來沒注意到他的手如此之大？

「妳務必相信我，凱利根夫人，」他說，「妳已經竭盡全力了。」

「盡全力還不夠。」母親哭著說。

「豈止是夠。」

他的話在空氣中飄盪，宛如回音。醫師告辭，省略出診結束時喝咖啡的慣例，帶走外套、帽子、手杖，安娜瞅著他雜亂的銀白眉毛，他分別和母女握手，三人都領會到，以後不可能再見面了。他的腳步聲消失在樓梯間。安娜和母親回臥房，看著莉迪亞，醫生的話豈止是夠言猶在耳。

母親的表情茫然。「他連手提包都沒打開。」她說。

耶誕前的星期日天候冷冽，凱利根家辦喪事。在教堂裡，安娜坐前排，好友史黛拉．伊歐維諾和莉蓮．費尼坐在她左右，母親坐在布麗安姑姑和珀爾．葛拉茲基中間。自從兩年前葛拉茲基先生過世後，珀爾變得比較像朋友而非上司。祭壇上插著珀爾致贈的一盆白色百合花，香味瀰漫教堂，麥克布萊德神父把莉迪亞比喻為羔羊、天使等等善良純潔的事物。

妹妹死後，安娜有幸變得身心麻木，能履行許多辦喪事期間的例行任務：向造船廠請幾天假，安排葬禮和入土儀式以及隨後的午餐，購墳地買棺材。莉迪亞該葬在哪裡？這問題讓母女倆一時憂愁得無法動彈。娘家的人全部葬在明尼蘇達州，她們不忍心把莉迪亞埋葬在陌生人之間。最後不得已，她們選擇新加略山墓園，墳地由珀爾捐贈。葛拉茲基先生去世時，珀爾在丈夫旁另買一塊墳地給自己用，兩旁的面積夠大，足供安娜和艾格妮絲用。珀爾如此主動安排，內心陶陶然。「他們可以互相照應啊。」珀爾哭著說，如釋重負的口氣裡含有貪圖的意味，想必她自信能因此延長自己在世的時日。

即將離開教堂送葬時，安娜赫然發現，儀式進行期間，教堂裡的長椅上多了許多人。這些人是哪裡來的？她本以為，前來致哀的人數頂多五六個，不外乎穆賈隆尼家、伊歐維諾家、費尼家，但教堂裡卻額外多了數十人，眼熟卻不容易喊出名字。住在對面樓房裡的幾名老嫗也出席，她們平日倚在浴巾上，從窗口向下監視鄰居動態。另外來了幾位鄰居，安娜只對他們喊過早安。席維歐·穆賈隆尼在母親懷裡啜泣。藥局老闆懷特先生顧不了面子，以手帕掩臉痛哭。幾十位女人戴著教堂帽，不斷掀面紗拭淚。鄰居的男孩全被徵募走了，當然無法出席。許多男家長不是為了響應戰爭而到外地，就是因週日輪班而不克前來。與如此眾多女人站在灰色天空下，安娜逐漸體會到集體的哀慟：在數不清的變局當中，莉迪亞是最後的一個靜止點。

姑姑布麗安負責主持喪禮午餐會。她安排鄰居帶菜餚過來，自己帶來大批啤酒和威士忌，請客人盡情飲用。客人在公寓裡擠不下，只好站到走廊，甚至擠到樓梯間，以布麗安從酒吧偷來的雞尾酒紙巾端著家常菜。紙巾來自羊頭灣一家名為「情茫牧人」的酒吧，上面的卡通圖樣是一個牧羊人，眼睛呈心形，身邊有一群羊，手持勾拄，另一手端著調酒器。

安娜和莉蓮、史黛拉爬上消防梯，三人穿大衣戴帽子，瑟縮在冷冰冰的鐵梯之中。和老友相依偎的滋味多美好。回憶兒時，她們曾一起躲進碗櫥。晚上太熱時，家人到屋頂納涼，她們也曾共睡一張床墊。她們互相綁辮子，使用童妮家用捲髮器（Toni Home Permanent）做捲髮，拿伊歐維諾先生的刮鬍刀互相刮腋毛。莉蓮的圓臉蛋有雀斑，看起來像十四歲，目前擔任速記員，隨姨媽住在曼哈頓。美女史黛拉剛訂婚，不斷伸出修長的手指欣賞著淚珠形小鑽戒。未婚夫在離家前往新兵訓練營之前，為她單膝下跪，套上這戒指。

「我欠薛穆斯一封信。」安娜告訴莉蓮。

「我哥他認為，如果他能以英雄的身分回來，妳一定會嫁給他。」莉蓮說。

「我會的，」安娜說，「如果是英雄，一切好說。」

薛穆斯從軍後，費尼夫人曾號召鄰居寫信給他。如今，安娜常和她幾乎不認識的鄰居男孩通信。

「我媽叫我們在信裡不要提史黛拉訂婚的事，」莉蓮說。她們在一起時，常模仿電影對白的腔調，莉蓮這時用的正是這種調調。「給男孩們活下去的希望。」

「千萬不能剝奪士兵的美夢。」安娜以同樣的電影腔說，但不太提得起興致。

「老實說啊，姊妹們，愈聽妳們講，我的頭就愈大，大得快像大氣球囉。」史黛拉拉長語氣說，但氣氛愈來愈冷，大家聊不下去了，低頭看著街景。

「妳爸爸有沒有消息？」莉蓮問。

安娜搖搖頭。

「他不知道莉迪亞的事，滿慘的。」史黛拉喃喃說。

「我猜他八成死了。」安娜說。

兩人轉向她，一頭霧水。「妳聽到風聲了嗎？」莉蓮問。

安娜思索著該如何答話。自從她去海軍造船廠上班後，三位好友聚少離多——大戰讓所有人忙不過來。安娜想告訴她們戴克斯特・史岱爾斯的事，考慮說明自己為何改變想法，卻覺得難以解釋。有太多事情必須從頭講起。

「不然他為什麼不回家？」她終於反問。「他怎麼能……全部忘記？」

史黛拉牽起她的手。安娜覺得好友的手指溫暖，訂婚戒指如一小塊冰晶。

「妳的意思是，對妳來說，他算是死了。」史黛拉說。

夜闌人靜，安娜被母親搖醒。「我們又不認識葛拉茲基先生啊！」她以氣音對著安娜的耳朵說。「如果他是壞人，那怎麼辦？」

「他是好人。」安娜睡眼惺忪說。

「妳聽信的是珀爾的說法啊。我們又沒有見過他。他從來不下床啊！」

「我見過他一次。」安娜說。

母親嚇得目瞪口呆不可名狀。「妳見過葛拉茲基先生？」

「他露他的傷口給我看。」安娜說。

翌晨，星期一，安娜在節約能源的黑暗中強迫自己下床。廚房流理臺上散放著牧羊人紙巾。布麗安昨晚借住這裡，安娜聽得見母親臥房裡傳出喧囂的鼾聲。

搭上電車，她覺得手腳不穩，感覺怪異，幸好當她來到桑茲街側門外，混進人群中，她覺得體力恢復不少。初昇的冬陽從法拉盛街射進她的眼睛，陣陣鹹風也賦予她活力。莉迪亞從未來過海軍造船廠。除了主管沃斯先生和同事蘿絲之外，這裡無人知道她的存在。

當天晚間，她下班回到家時，發現鑰匙插不進鎖孔。母親開門讓她進來，給她新鑰匙，上面仍沾有金屬屑。「就算妳父親正好回家，」她說，「這個家再也不歡迎他進門。」

安娜不敢相信自己的耳朵。「妳一直在等他啊？」

「不等了。」

接下來兩天，母親清走了壁櫥和櫃子裡父親的所有衣物，包括安娜協助裁縫修改的高級西裝，以及上等皮鞋、外套、彩色領帶、絲手帕，全被胡亂摺疊進H－O麥片和波斯科巧克力風味糖漿的箱子裡。在母親闔上箱蓋綁緊之前，安娜從箱中取出一件西裝外套。這種西裝已經不合潮流了，肩膀不夠方正，也缺乏現在流行的軍裝款式。席維歐把箱子搬去教堂，託神父轉贈給窮人。

表面上，安娜的日子幾乎沒變。她如常摸黑上班（母親仍在睡），踏著暮色返家。耶誕節來了，走了，年分轉到一九四三。晚上，母女倆以縫紉打發時間，一件是繡花翻領的居家袍，送史黛拉慶祝她的婚禮，另外幾件送安娜最年長的幾位表哥，作為嬰兒施洗袍。幾個鄉下表兄弟原本渾身泥巴，如今全上戰場，有些人的妻子已經懷孕。母女收聽著《反間諜》、《午夜曼哈頓》、《超人醫生》。鄰居送餐過來，她們加熱之後當晚餐。母女倆的日常生活形成一道脆弱的應急橋，橫跨深淵。安娜的母親白天住在深淵裡，散發一種死氣沉沉的氣息，一種安娜唯恐自己也被傳染到的麻痺症。救她脫離深淵的是上班。她以噤聲自閉的態度測量零件。大家全知道她家剛辦過喪事，已婚同事對待她的態度也好轉。但是，安娜以前扮演的調皮小妹妹角色已經杳然無蹤。

奇怪的是，家裡少了莉迪亞，反而感覺更小。安娜和母親在家中，同時前去冰櫥、窗前、洗濯臺的時候，經常撞個正著。有些晚上，她下班回家發現母親仍在睡，毫無跡象顯示母親除了進走廊上洗手間外做過任何事。有一次，母親不在家，安娜找遍整個家，不斷深呼吸，發現家裡只有她自己時如釋重負，然後為了如釋重負而內疚。原來，母親去懷特藥局打公用電話給老家的姊妹們。現在她經常打回明尼蘇達州，以咖啡罐收集硬幣餵養貪求無厭的接線生。

有天晚間，安娜注意到幾件母親的舊舞孃裝，攤開在床上，有黃羽毛短裙，一件是綠翅膀緊身馬甲，還有一件以亮片裝飾的紅色馬甲。隔天晚上，床上的衣服全不見了。「珀爾想幫我賣掉，」母親說。她們正在吃穆賈隆尼夫人煮的焗烤蔬菜粗管麵，收聽《隨和夫妻》。「現在富利絲歌舞團收攤了，據說那些舞孃裝變得價值不凡，有人考慮把它們放進博物館。」母親不敢置信地哈哈一笑。

「妳有沒有再穿穿看？」

「太胖了。」

「妳再跳舞的話，一定會變瘦。」

「都四十一歲了，別人一眼就看得出我早過氣了。」

面對母親的苦惱，安娜自覺應該感受到一團貼心和憐憫的雲霧繚繞眼前，只可惜她抓不到。她反而退縮不前。母親的心靈脆弱，但安娜不然。每天早上，她趕著上班，通過桑茲街側門時感受到一股事不干己的氣氛籠罩在身上，她歡迎之至。她儘量忘卻家中的一切。

一月，在她重返工作崗位後三星期，沃斯先生把她叫進辦公室，問她是否仍有興趣學潛水。

「呃，我有興趣，」她慢慢說。「當然。」

艾克索上尉想找更多自願潛水員，因為有太多人在受訓過程半途而廢。「他記得妳，」沃斯先生說。「妳一定給他留下了深刻印象。」

「我記得他。」安娜說。

幾天後，有天她下班上樓回家，隔著門就嗅到居家烹飪的香味，這是十二月初到現在僅有的一次。她開門，直覺望向前窗，也就是莉迪亞原本的位置。空椅子已摺疊起來，靠在牆邊。安娜的胃緊縮，彷彿挨人踹一腳。

「哈囉，媽媽。」她呼喚著，喊出來的卻是哭嗓。母親摟她進懷裡，半晌不放手。

母親煮好了一份大餐：牛排加馬鈴薯泥，搭配紅蘿蔔、菜豆和葡萄柚汁。「鄰居煮菜給我們吃了這麼久，我們家的配糧券多到淹腳踝，」她說。「所以今天下午，我送幾張給費尼家和伊歐維諾家。」

「怎麼了，媽媽？」

「我們先用餐吧。」

在溫馨的廚房裡進食令安娜昏昏欲睡。母女倆吃完罐頭櫻桃加香草冰淇淋後，母親才放下調羹說，「我覺得我們該回老家了。」

「老家……？」

「明尼蘇達。和我父母和姊妹一起生活一段日子。當然還有妳的表兄弟。」

「回鄉下的農場？」

「安娜，妳的負擔一直很沉重，我非常感激妳。但現在，妳總算有機會放下重擔。讓老家的人照顧我們一段時間吧。農場工作很忙，希望他們撥得出空。」她壓低聲音補上最後一句。

「妳討厭農場啊！」

「那是好久以前的事了。何況，妳從小就喜歡農場。」

「只住幾天，當然可以啊，可是——我不能走，媽媽，」她說。飯後的瞌睡蟲被她趕走。「長官准我潛水了。」

「長官准什麼？」

安娜從未向母親提起潛水一事——以免被母親的冷淡態度掃興。「我不能離開紐約。」她再說一遍。

母親一見到障礙，即使是一個不明的橫阻，她仍立刻滿臉驚愕。「我跟家鄉所有人商量過了，」她以高亢而單薄的嗓音說。「大家都很樂意接我們過去住。」

「妳自己去。我想待在這裡。」

母親跳起來，椅子向後倒。「不可能。」她說。安娜霎時明瞭，牛排大餐加櫻桃點心是因為母親擔心她反對。或許，連久久不放的擁抱也別有居心。

在安娜認識的人當中，有誰是獨居的單身女郎？老小姐不算，例如二樓的狄維特小姐，被鄰居小孩認定是巫婆。她想不出其他人，因為未婚女孩子不會獨居——除非是另外那種女孩，而安娜不是。鄰居會做何感想？下班回家，有誰迎接她？誰來為她準備早晚餐？壞人從消防梯爬進來怎麼辦？她生病或受傷怎麼辦？安娜告訴母親，她可以住進女子旅社，學母親初抵紐約時的權宜之計。對是對，但時代不同了，如今德軍可能發動閃電攻勢，安娜能往哪裡逃呢？假設敵軍從海上入侵，那怎麼辦？去年十一月，港口不是才關閉，虛驚一場？去年夏天，德軍不是才在阿瑪根塞特灘上岸嗎？更何況，女子旅社裡的祕辛不足為外人道。

由於母親迫切想走，安娜打定心意想留下，兩人都不曾認真懷疑這場辯論會如何收場。安娜從一開始就知道結果，因此能平心靜氣安撫母親，各方面都無須她擔心：三樓有費尼家，伊歐維諾家和穆賈隆尼也住附近，珀爾．葛拉茲基家靠近區政廳，莉蓮．費尼住曼哈頓。她可以留言給住在羊頭灣公園住家裡的姑姑。主管沃斯先生對她是有求必應。潛水的工時很長，回家倒頭就睡。此外，布魯克林滿街都是丈夫在海外的女孩子，安娜獨居，和她們又有什麼差別？

因此，莉迪亞下葬五星期後，一月底某週日下午，安娜幫母親把兩個行李箱送上計程車。母親將搭乘百老匯列車，在車上過夜，到芝加哥轉搭四百號列車（感謝龍蝦王破費）至明尼亞波里市，抵達終點站已是隔天晚間。

賓州公司車站滿是提著同樣行軍袋的士兵，菸霧繞梁，人聲鼎沸，令安娜暗中感激。在大廳裡，安娜坐在母親旁邊，看著鴿子在蜂窩紋的天花板下面振翅。安娜覺得，母女之間應該講些話，但她想得出來的東西似乎不用多費唇舌。母女倆徘徊著，等候著，然後不得不匆忙趕至冷颼颼的中央大廳，下樓就是月臺。兩名軍人提著行李箱。安娜跟隨他們下樓，期待的心情漸次升高，宛如她也即將搭火車。難道她也想去明尼蘇達嗎？不想。她是巴望母親快走。

母親也渴望和女兒進行有意義的交流，所以昨晚才提早向布麗安和珀爾道別，讓安娜獨自到車站為她送行。「一想到妳寂寞，我就受不了。」她在月臺上手足無措。

「我不會的。」安娜說。安娜的個性如此獨立，難以想像她會寂寞。

「我會每天寫信給妳。明天一到芝加哥，我就寄第一封信。」

「知道了，媽媽。」

「電話想打就打，我留了一整罐的銅板。電話在妳外祖父家裡，我不在那裡的時候，他們會按鈴通知我。」

「我記得。」

這些話怎麼說都不對勁，但艾格妮絲似乎停不下來。「穆賈隆尼夫人非常樂意為妳做飯。我已經付了這星期的菜錢。妳明天下班回家的路上順便過去拿晚餐。」

「好啦，媽媽。」

「記得盤子早上還給人家。」

「知道。」

「妳的配糧券一定要給她。」

「當然。」

「妳會去看莉迪亞吧？」

「每個禮拜日去。」

火車鳴汽笛了。艾格妮絲覺得女兒急著送她走，更讓她想和女兒黏在一起，彷彿緊抱安娜能喚醒女兒需要被抱的本能。艾格妮絲死命摟住她，想用蠻力撬開安娜深藏心底的蚌殼。瞬間錯覺乍現，她誤以為肩膀筋肉發達的女兒是丈夫。艾格妮絲一生中擁別無數次：丈夫、女兒，以及她最疼愛的弱不禁風的小女兒。她搭上二等艙臥鋪，從窗口向安娜揮別。火車啟動，激起大批揮動的手臂。艾格妮絲發現，此處正是她十七歲時抵達紐約的車站，甚至可能連月臺也一樣。當年的她來紐約追尋前途。如今，在揮別的當兒，她心想，故事到此結束。

火車繞過彎道，月臺上的手不約而同降下，彷彿牽動眾手的一條繩子被斬斷了。大家迅速離開月臺，好讓下一波乘客進去等車，方便他們的親朋好友送行。安娜留在原地，看著空蕩的鐵軌。最後，她上樓回中央大廳，側身讓士兵與家人衝下月臺。一股新奇的意識逐漸盤據心中：她沒必要趕去任何地方。短短幾分鐘前，下樓時，她像每一個急來急往的人，現在的她卻沒有匆忙的理由，甚至連走路都是多餘。回到第七大道上，這份奇特的感受更強烈。她站在暮色中納悶著，不知該左轉或右轉。上城區或下城區？她的荷包裡有錢，想去哪裡都不成問題。她原本多麼渴望自由自在，無須為母親掛念！終於等到自由時刻來臨時，她卻感受到一種疲乏，宛如火車轉彎消失之際揮別的手同時落下。

她提腳往北走，踏向四十二街，決心去新阿姆斯特丹戲院看一場電影。她抵達時，《辣手摧花》才開演十分鐘。她可以坐在同一廳，或許同一張椅子上，宛如小時候看母親表演。但安娜已無心坐下來看恐怖片。她想效法四十二街上的所有人，隨心所欲做自己想做的事：幾群歡笑的士兵，幾個頭髮上有髮夾噴膠的女孩，幾對老夫妻，身穿皮草的女士，全在昏黃的天色中疾行。安娜看著他們，探索著他們的心。他們怎麼知道該往哪裡去？

她決定回家。她走向第六大道上的獨立捷運車站，路上經過跳蚤馬戲團、粵式炒麵店、解釋巨星范倫鐵諾病逝原因的廣告看板。逐漸地，她留意到另有孤單的身影在門口和遮雨棚下面躑躅，看似不知何去何從。透過第六大道轉角的格蘭特餐廳帷幕玻璃，她看見軍人和水兵獨自用餐，甚至也見到一兩個女孩。安娜從窗外看向窗裡，背後有賣報人咆哮晚報頭條新聞：「的黎波里攻下了！」「俄軍挺進羅斯托夫！」「納粹說德意志帝國不保！」對安娜而言，這些標題聽起來倒像眼前獨自用餐畫面的圖說。一場大戰打散了許多人。在餐廳獨食的全是被大戰打散的人。如今，她也被打散。她意識到，自己多麼容易被打進昏暗的紐約市區消失。這種可能性震撼她身體，如暗潮隱隱抽打她的腿，令她畏懼。她急忙走向地下鐵站的入口。

然而，當她走到捷運站時，對自身處境感到好奇的安娜在樓梯口裹足不前。她朝第五大道繼續走，微弱的路燈在昏暗如洞窟的街上發光。聳立的市立圖書館宛如停屍間。圖書館原址是水庫，父親小時候見過改建的過程。想起這件往事不久，緊隨而至的是父親的嗓音，嚅嚅細語，來得隨性，好像一直沒離開過：馬路上到處是高帽子……馬兒被寵壞了，餵牠們紅蘿蔔都不肯吃……廣場大飯店原本是一間獨棟豪宅，妳能想像嗎？父親的嗓音即興而貼心，疲憊而不帶感情，因抽菸而沙啞。即使她不聽，他的嗓音仍充斥車中。

失散多年後，父親的影子重回安娜身旁。她看不見父親，但她能感受到自己被父親抱起來時，腋下被他的指關節弄痛。她聽見父親長褲口袋裡有硬幣叮叮響。無論到哪裡，就算是去她不想去的地方，他的大手總是她的小手依偎的歸宿。安娜停下腳步，深受這股印象的震撼。她不加思考，舉起雙手撫臉，多少期待能嗅到他那溫暖的菸臭味。

# 第十四章

戴克斯特的父親開餐廳，被Q先生的走狗強索保護費，戴克斯特對他們感興趣，若從那時候算起，戴克斯特與Q先生的往來可以說長達將近三十年。在如此漫長的光陰裡，怪事之一是戴克斯特鮮少當面見Q先生。除非遇到難題，否則一年至多見面四次。然而，Q先生卻無所不在，是戴克斯特所有生意的沉默夥伴兼頭號投資人。雙方的資金流動恆常無休，動向巧妙，有些以合法的支票支付，有些是雙方之間神不知鬼不覺來去的包裹，而戴克斯特最終的任務是保護主子龐大的非法盈利，不許需索無度的國稅局覬覦。沒有人嚇得倒Q先生，但稅務與稽查機關的力量則另當別論。連強勢的黑道大哥卡彭[8]也對國稅局甘拜下風。沒有一個黑道集團能擊倒國稅局。

在不知情者的眼中，Q先生仍是十九世紀農業經濟體系的一分子。十九世紀中，年輕的他搭乘飛剪式帆船移民美國，發現布魯克林遍地是農場。他以班森赫斯特為家，生產葡萄酒、果醬、牛奶、乳酪，產品全未經加工，店面開在半公里外，交由四個兒子經營。

現在，戴克斯特按照每週一的慣例駕車前來，停靠店前。唯有星期一，他才和全世界一樣早起。他胸前口袋有一本支票簿，其他口袋裡分別裝著幾袋包裹整齊的鈔票。他推開店門時鈴鐺叮叮響，坐在櫃檯裡面的是Q先生的長子法蘭基，外表接近六旬（沒人確切知道他幾歲）。法蘭基的弟弟名叫朱利歐、強尼、喬伊。法蘭基的頭髮稀薄，塗著美髮油，臉上無表情。四兄弟身上全是丁香或胡椒味，總之是乾貨的氣息，但也可能是這間店本身的氣味。戴克斯特幾乎不曾在店外見到他們。

「早安，法蘭基。」

「你早。」

「週末愉快嗎？」

「是啊。」

「昨天好冷，對不對？」

「咦，是啊，你不講，我還沒注意到。」

「夫人好嗎？」

「好得很。」

「孫子呢？」

「喔，很好，他們很健康。」

「愈來愈大了吧，我猜。」

「沒錯。」

每逢週一上午戴克斯特來店內，無論是和Q先生的哪個兒子交談，對話內容總不外乎氣溫、季節、家人（老么喬伊尚未當上祖父）。四個兒子全是Q先生完美的代理人，令人很難不把他們視為工蜂，認為他們的一舉一動全受到父親遙控。然而，戴克斯特偶爾自認能從他們空虛的神態看出層層往

8 艾爾·卡彭（Al Capone, 1899-1947），別名「疤面」，美國惡名昭彰的黑幫老大。（編按）

事、知識、高見。

他開一張一萬八千美元的支票給Q先生，這是他上星期的合法進帳。他揮手煽乾筆墨，對法蘭基說，「打仗對夜總會有好處，這是事實。」

「老爸知道後會很高興。」

「汽油短缺，郊區夜總會的生意不太興隆，幸好市區的夜總會收入綽綽有餘。」

「厲害。」

「對了，今天我想見你爸，如果他下午有空的話。」

「你知道該去哪裡找他。」

「我下午三點過去吧。」

約定得如此隨便，嚴格說來幾乎不算有約定，但即使是在公司裡，即使由精通速記的祕書學校畢業生在主管行事曆上打字記下，也不見得比較可靠。

戴克斯特道再見前，塞給法蘭基三份飽滿的現金袋：上週末列入帳冊的盈利。最厚一份以鉛筆在信封外面注明「一號」，每次都是博弈的營收。

正要轉身走，戴克斯特說，「對了，你最近有沒有看見百吉？」

「他嘛，最近常來這裡。」法蘭基說。

「剛來紐約，混得還可以吧？」

「夠好了，我敢說，」法蘭基說著嘿嘿一笑，意思只可能是百吉正幫老大賺錢。錢從哪裡來？去賽馬場當扒手嗎？他似乎連扒竊也不會。去年十月，臭小子百吉被戴克斯特趕下車後，始終沒再出現，令戴克斯特意外。戴克斯特耳聞的風聲是，百吉投奔Q先生的小將之一阿多．洛瑪。洛瑪以老派的手法詐財，戴克斯特表面上和和氣氣，暗地裡卻慎防與他交手。

戴克斯特回到凱迪拉克車上，前往希爾斯家，在路上開始為下午拜訪Q先生預作準備。多數主子泡在社交俱樂部消磨光陰，或和手下大將聊閒事，Q先生則不然。戴克斯特記憶所及，很早就有人謠傳說Q先生玩不下去了，已淪為老瘋癲一個，終日與小黃瓜種籽為伍，穿臥室拖鞋駕馬車，載著玻璃罐裝的番茄果醬。然而，Q先生的權勢神掌能運籌天下，近自班森赫斯特，遠至紐約州府、尼加拉大瀑布、堪薩斯城、紐奧良、邁阿密，不靠神力難以協調運作如此廣泛的地盤。這麼大的地盤能自我運作嗎？Q先生少說也將近九十歲了吧，怎可能有空控管？難道他背後另有指使者？Q先生難道隱然成為某藏鏡王的替身？Q先生有錢哪裡花？據說他買下南美一小國，是真的嗎？

每隔幾年，戴克斯特能領悟一件令自己讚嘆的大事，所以他才受Q先生器重。這份頓悟發生在感恩節過後，在他帶殘廢女孩看海那天。隨後幾星期，他愈想愈有道理。這是做善事意想不到的收穫。

希爾斯從小到大都住在戴克崗（Dyker Heights），目前在家照顧病弱的老母，家裡有各式各樣的紀念品和人工水晶，蕾絲窗簾布滿蜘蛛網，難以分辨何者為蕾絲，何者為蜘蛛絲。聽人說，希爾斯決心終生不結婚。應門時，他穿著有絲絨翻領的緬甸晨衣，最後一簇黃白髮被美髮油塗成金銀細絲，覆蓋在雪亮如瓷器的頭皮上，香菸套在象牙長菸嘴上。「抱歉，老大，」他說。「老母今早要求很多，我甚至沒空換衣服。」

「這件是蘇卡牌嗎？」戴克斯特問，指他的睡褲。睡袍遮不住睡褲上的土耳其藍滾邊。希爾斯的品味不俗，這是戴克斯特重用他的眾多原因之一。他有幾件駱馬毛大衣。

「訂做的，」希爾斯說。「我覺得蘇卡有點太粗糙。」

「你是一朵嬌柔的花兒。」戴克斯特故作正經說。

「來杯咖啡吧，老大？」

希爾斯去煮咖啡時，戴克斯特在大客廳坐下。直立式鋼琴上攤著蕭邦樂譜。戴克斯特一向以為鋼琴是希爾斯母親在彈，但她最近已臥病在床數星期。見希爾斯端咖啡回來，戴克斯特說，「希爾斯，你該不會彈蕭邦吧？」

「只在神經繃太緊的時候。」

希爾斯主管的事業只有松林一間，但近兩三年來，他已躍居戴克斯特的左右手，戴克斯特在紐約旗下的夜總會全由希爾斯掌櫃。每天上午過半，他和戴克斯特都補眠幾小時後，兩人一起討論一長串的問題——戴克斯特漸漸把這種問題視為頭痛。今天，最先討論的議題是昨夜「地獄鐘」遭警方臨檢一事。三位發牌員和一位賭臺莊家被關進俗稱「墳墓」的拘留所，希爾斯將會去保他們出來。

「同一個副隊長？」戴克斯特問。

「同樣一個。」

「你和他講過話嗎？」

「對他開口了，不過他自稱不通我們的母語。」

「是拒不合作或玩花招？」

「花招吧，我敢說，因為他沒要求什麼。他也提到『掃蕩』、『道德淪喪』、『人間渣滓』。」

戴克斯特翻一翻白眼。「愛爾蘭佬？」

「姓費蘭（Phelan）。」希爾斯奸笑著。他本姓希利（Healey）。

「交給我處理。」戴克斯特說。

和執法人員搞好關係的道理是不言自明，也是戴克斯特最大的營運開銷，下至喜歡定期收一瓶酒、偶爾拿個紅包的基層員警，上至轄區分局長及更高階警官，每一層級都需要妥善打點。在這種互動的方式裡，警政高官才能與工會領導人、州政府政客相互往來，戴克斯特的事業和家庭才有機會產生交集。毫無疑問的是，岳父具有高官背景，更與總統關係密切，為暗中交付保護費的戴克斯特外加一層保護膜。以他從事的行業而言，無人能比他更接近「所向無敵」的境界。反過來說，世上總免不了一兩個滿腔理想的年輕警官，急著想打響自己的名號。只要用對甜言蜜語，這種人容易打發。至於潔身自愛如費蘭這一型的警官，會被長官調到其他轄區去。

下一個問題：休．麥基的太太。她帶警察來過松林兩次，高聲要求調查丈夫為何失蹤。

「天天都有人遠走高飛，」戴克斯特說。「就算他們不恐嚇前雇主也一樣。」

「她說她先生絕對不可能離家出走。說他是個盡心盡力的好丈夫，愛護子女的好父親。淚水攻勢。」

「她有什麼要求？」

「和他以前要求的一樣吧，我猜。」

「還不容易。用鈔票堵她的嘴。」

接下來另有幾個問題。一位領班涉嫌短報獲利數字，一位主管可能染上毒癮。在斷崖區的「輪盤」，有兩位賭桌女侍應大打出手。「尖叫、亂抓、扯對方頭髮，」希爾斯說。「給客人好戲看，我們應該加收一點錢才對。」

「為了什麼事打架？」

「互控對方搶賭客。其實，兩個女人爭的不外乎是個條件好的男人。」

「她們可以交給你處理吧？」戴克斯特快坐不住。

「我車上有巧克力和香檳，如果沒作用，那我只好兩手各抓一個頭，讓她們互撞。」

「不然又能怎樣。」

再過三十分鐘，戴克斯特才回凱迪拉克車上，缺乏耐性，定不下心。女侍應打架、便衣警察、出言恫嚇的麥基夫人，全是芝麻小事，和他剛萌芽的生意點子相比，顯得無足輕重。他渴求更上層樓，一步步脫胎換骨實現理想。似乎太久沒有這份衝勁了。

三點整，他在Q先生門外停車。Q先生的家是一棟不起眼的黃色木框屋，一邊有塌陷的跡象。Q先生已有多年不曾牽新娘嫁人，也多年不曾在施洗時親吻嚎啕大哭、溼淋淋的嬰兒。近日，他離家只為了去店面巡視。他家不設電鈴，沒有電話。他也喜歡自誇從來沒寄過或收到電報。想找Q先生商量的人只能來他家敲門，等愛犬蘇格蘭㹴蘿莉高聲宣布來客。

狗吠了三分鐘，Q先生才開門，以溫馨的擁抱迎接戴克斯特，渾身散發果香。他的體形既像高山又像山洞，膚色棕褐如桃花心木。歲月以有機物、礦物質生成的方式擴充他，宛如樹幹，或者宛如附生在洞窟中的鹽晶。他粗重費力的呼吸流露年邁的事實。

「坐吧，」他低聲說，與高采烈的蘿莉在兩人四腿之間穿梭，抖動狗頭上的白緞帶。「我去……

煮咖啡。」

將近十六歲時，戴克斯特在父親的餐廳判讀奧祕的訊號，從中得知Q先生住處，循線來到門口，狼狽似流浪犬。自從那次到現在，每次Q先生總以煮咖啡開始待客，用的煤爐是同一個。煮咖啡的手法相當細膩，而Q先生雙手像手套一樣鬆軟，看似難以勝任，但戴克斯特從未見他灑出一滴咖啡。

當Q先生在爐前低頭沉默煮咖啡時，戴克斯特（大概所有訪客亦然）凝望後窗外，整理思緒。岩造的鳥浴缸堆滿上週下的雪。穿冬衣的桃樹和西洋梨樹是果園殘留下的遺跡，像拳擊手揮拳停在半空中。更受Q先生溺愛的是他移民時帶來紐約的六株葡萄藤，根部包覆泥沙，外加一層黏土，再套一層麻布，外面再裹以義大利西西里島的報紙。這六株象徵年輕的他。唯有他視為家人的人，他才會要求幫忙採收葡萄。戴克斯特幫他採收過無數次。即使是現在，戴克斯特仍能想像切梗時那股酸澀的氣息，能感受到被太陽烘熱的絲絨葡萄在他掌中的重量。採收這六株葡萄徒具象徵意義，因為Q先生以松木桶混合釀造的酒多數來自他整箱買來的葡萄。

咖啡在爐子上嘶嘶作響後，Q先生倒了兩小杯，端到桌上。「你氣色不錯，」他輕聲說，拍拍戴克斯特的臉頰。「不過，這是……人長得帥的好處。你感覺怎樣？」

「很好，」戴克斯特說。「非常好。」

「健壯嗎？你看起來很健壯。」

「對。健壯。」

雖然Q先生的音量不比悄悄話高多少，他的嗓音卻有遠古地表噴發的隆隆勢力，泥漿滾滾。他的臉皮幾乎從來不笑，卻有辦法同時散發火山的炙熱。受他影響，與他共處一室的人也養成不笑的習慣。Q先生發表見解或認知某件事，一出口就算數。戴克斯特的確健壯。戴克斯特向來都知道，但他現在知道得特別清楚。

「你是我……最健壯的部下，」Q先生說，在句子中間歇口喘息。「我希望你不介意做……一些罐頭……」

「是我的榮幸，老大。」

他曾協助Q先生製作一次罐頭，素材來自於自家的桃樹。在Q先生家幫忙的幾種家事當中，製作罐頭屬於難度適中的一種：比進大溫室採收蔬菜來得辛苦，比從名為「蘋果」的馬車鏟糞肥來得輕鬆。Q先生左右鄰居後面的一整塊地全是他私人的農田，總面積約三畝，不知是租來或搶來的。最辛苦的一種家事是擠奶。Q先生有一頭名叫安潔莉納的母牛，橡皮似的乳頭被馬蠅縈繞，青筋暴跳。更倒霉的是擠羊奶。Q先生家的幾頭羊愛踢人，喜歡嚼領帶，擠奶的成果和辛勞不成正比。Q先生的手下大將難得共聚一堂，在他家見面時，總能被這些家事逗得一陣輕笑，笑得如此謹慎，是因為沒人想比別人笑得更大聲。

今天，Q先生想把溫室的黃菜豆製成罐頭。「嚐嚐看，」Q先生對他說，戴克斯特正切掉難嚼的兩頭，砧板是一塊身經百戰的大理石板。黃菜豆的滋味差不多像豆子，但他高聲讚美，整根吃掉。

「你可能聽說過了，」戴克斯特邊忙邊說，「幾個月前，我給百吉嚐了一點必要的苦頭。」

「百吉，」Q先生吐氣說，「他精力充沛。」

「後來再也沒見到他了。」

「套一個我猶太朋友的用語：厚顏。」

「可以說是。」

「聽說他搞了一點點……賭局。」

戴克斯特慶幸自己的視線能固定在菜豆上，因為這消息令他錯愕。百吉來紐約才三個月，就能自己出來當組頭？不可能，他一定是幫忙洛瑪照顧生意。Q先生賦予愛將的自治權和獨立性超乎常態。戴克斯特對Q先生的其他大將敬而遠之。以紅鉤碼頭為例，那些人的行為像野獸，戴克斯特完全不想和他們沾上邊。Q先生的帝國無遠弗屆，得以避人耳目，麾下大將間不太有機會好奇彼此的營運，更不會有講閒話的餘裕。基於此理，戴克斯特慶幸聽見老大說，「我想讓百吉……把他的賭局帶進……你的兩三家夜總會。」

「當然可以。哪幾家？」

「由你作主。」

戴克斯特點點頭，感到滿意。他想把百吉盯緊一些。

爐子上的大鍋子壓著文火，整個小廚房滿是蒸汽。Q先生抖著雙手，捧起切好的菜豆，放進鍋子裡。

「老大，我最近想到一個新點子，」戴克斯特說。「依我看，可以作為我們的下一步。」

Q先生的臉上出現一股活力，宛如雷聲，最後凝聚在他溼潤的褐色眼睛。「你知道我……一向重視你的點子。」他說。

早在一九三三年禁酒令結束之前，戴克斯特就算準了夜總會將變身為搖錢樹。當時，許多黑道人士活像被熱水燙到的狗，叫苦連天，戴克斯特不願坐困其中。依照戴克斯特的點子，如果多開幾家合法的夜總會，Q先生買賣酒的鉅額營收能獲得漂白，除了能藉此規避國稅局的稽查，還能從其他合法和非法的附屬事業賺錢——例如寄存衣物、賣菸、做媒，這是戴克斯特提議的幾項。最重要的是，戴克斯特自己擔任名義上的老闆，因為他不曾被逮捕過，妻子身世顯赫，而且他的姓名改得早，早在大家明白姓名的奧妙之前，饒舌難唸的姓名被他縮短，改得挺新潮。

結果，他的構想大獲全勝！計畫實施之後，雙方在合法的順水推舟之下，戴克斯特躋身電影明星、報業人士、州級與聯邦級的民選官員之林，Q先生的影響力也透過這些人的口袋潛移默化，從各個角度來看都完美極了。這套計畫只出過一次差錯：艾迪・凱利根，戴克斯特入行二十七年以來僅此一次誤判。行話是，有人因此受傷。幸好最後，這風波擊垮一位對手，Q先生能全身而退。想必是由於結局皆大歡喜，三年前Q先生才以遠古火山沉吟般的語調宣布，「事情忘了算了，我們今後不會再提起。」事後，戴克斯特坐進自己車上，四下無人，他才如釋重負哭一場。

菜豆煮得夠熟了（Q先生似乎憑本能知道），由戴克斯特負責舀出來，垂直立在廣口玻璃罐中。等所有玻璃罐裡擁擠如超載的電梯，Q先生教他以滾水淋菜豆，讓水位高至罐頸。

「現在，我們把蓋子扭上去……緊一點，但不能太緊……然後我們……把罐子放進高壓製罐鍋，」Q先生說，上氣不接下氣，而他做的動作並不多。「然後呢……你說說看……你的點子……給我聽聽。」

戴克斯特本想逐步切入正題，像華爾茲的舞步一樣，一直跳到無處可轉，才作出無可避免的結論。無奈的是，烹煮菜豆的過程繁雜，打亂他事先想好的舞步，也許因此正中Q先生下懷。在熱氣騰騰的氣氛下，事實掛帥，心理準備全是白費，最後只能直接說出內心話。他協助Q先生扭緊廣口罐蓋，小心把罐子放進一個塗過焦油的鍋子。這鍋子看似從海底撈上來的東西。Q先生蓋住鍋子，煽火加熱，然後坐進椅子，氣喘如牛。

戴克斯特拿手帕擦臉，在Q先生對面的椅子坐下，隔著小餐桌開始訴求。「我想去找山姆大叔商量，向他們提供服務，和他們做生意，為大戰盡心力。」

不見Q先生立即回應；他從來不會。這點子的深層奧祕必須由戴克斯特負責釋疑。

「盟軍獲勝是遲早的事，」戴克斯特說。「到時候，美國的權勢將膨脹到前所未有的規模，勝過古今全球任何國家。」

他刻意引用岳父亞瑟的說法；有幸貼近岳父和老大，戴克斯特很得意。戴克斯特結婚時，階級太低，請不動Q先生出席。就戴克斯特所知，岳父和Q先生從未見過面。但他從雙方旁敲側擊的好奇心可知，岳父和Q先生極可能瞞著他有過往來。這份推測令他愈想愈高興。

「到時候，史達林先生難道不會……討賞嗎？」Q先生問。

「他不會落得兩手空空。不過，他的國家會變得殘破。」

Q先生壓低下巴，這是他頷首同意的表示。

「歐洲國家，」戴克斯特繼續說，「破產了，意志力渙散。剩下的只有大叔。我希望我們——你——取得合法的角色，預先在勝仗當中插一腳。在慶功宴搶位子。」

Q先生鼓起氣力，講起哲理，有時候同樣一套哲理到下一次見面還在講。「只要我們……有錢在手，」他說，「我們就有……位子可坐。」

「在檯面上，」戴克斯特說，「不是檯面下。」

「好處是……？」

「權勢。合法的權勢。」

「好吧，合法。這樣一來，我們就能以現在行不通的方式擴大權力。」

戴克斯特想說出他的臆測。他懷疑，戰後當美國的國力遽增，可能想發揮法治力，讓黑道無以為繼。坦慕尼協會式微了，這是大家意想不到的事。儘管，Q先生不喜歡窮緊張。然而戴克斯特意識到，這點子已逐漸在老大心中紮根。

「盧西安諾和大叔談好條件，」Q先生說，「幫大叔封閉……港口。」

「他很可能因此離開康士達監獄。」

「是大叔主動找上他。」

「我們可以主動去找大叔。」

「拿……什麼去？」

該切入正題了。戴克斯特吸進長長一口氣，上身向桌面傾。「我們以優惠價買進一期戰爭債券，透過我們事業的每一個觸角賣出。用盡所有資源買進。賣掉我們不想要的東西，轉投資債券。我們的事業成了買賣戰爭債券的生意。」

「我們變成……銀行。」

「就某種方面而言是如此。暫時如此。等戰爭一結束，我們的黑錢就乾淨了，想轉移到哪裡都不成問題。」

高壓製罐鍋開始從鍋頂的小孔嘶嘶冒煙。Q先生從椅子搖搖晃晃起立，以厚重的夾子夾住，關閉通風口，把蓋子壓至定位。鍋子側面的指針開始跳動。他把柔和的棕眼珠轉向戴克斯特。戴克斯特意識到，打出王牌的時機到了。

「老大，如果你為大叔效勞，國稅局就不敢惹你。可能永遠都不敢。」蓋妥的高壓鍋在火爐上發抖，位於戴克斯特腦袋的正後方。「還要煮多久？」他語氣平和問。

「久到……熱死肉毒桿菌孢子，」Q先生說。「水滾了還不夠。罐子一定要……承受某種高壓。」他保持直立的站姿，拿著亡妻安納麗莎留下的防燙墊布，穩住製罐鍋。

「你是……愛國主義者。」Q先生說，以關愛的眼神審視戴克斯特。

「這是人民應該做的事，」戴克斯特說。「我們能講這種話的機會又有多少？」

「我們的利益和……大叔的利益……一致。」

Q先生如此輕易就心動，戴克斯特很訝異。難道Q先生原本就有類似的盤算嗎？製罐鍋在鑄鐵爐子上像籠中松鼠掙扎，作勢想掙脫Q先生抖手的壓制。戴克斯特起身，以防鍋子打翻被熱水淋頭。

「我們全都想贏。」Q先生在吵雜的廚房裡說。

戴克斯特忍不住笑起來。Q先生同樣在笑。他的笑容不太對勁，好像少了什麼東西——一般人產生的第一個念頭是他缺牙，但他的牙齒全在，只不過牙齒非常非常小，嘴巴無異於一個陰森森、不甚對稱的虛空，臉反倒比較近似一個破洞。戴克斯特一見他這麼笑，收起笑容。

「你有沒有……找大叔……商量過這個構想？」Q先生問。

「當然沒有。」戴克斯特驚呼，慶幸製罐鍋的尖叫聲掩飾他的訝異。Q先生難道以為他笨——或不老實，或發神經——笨到瞞著老大去找政府商量？

Q先生熄火，吵雜聲停息，一陣深沉的肅靜籠罩下來，靜得戴克斯特想張嘴平衡耳壓。

「問題是，」Q先生喘息說，「你打開一個管道……現在，管道有了。很難管制……進出這管道的東西……很難控制東西的……流向。」

戴克斯特不語。Q先生到底指的是什麼？

「這可能是你的……盲點。」

凱利根。Q先生曾說他不再計較凱利根事件，這次是他首度重提往事。顯然，Q先生並沒有忘掉凱利根事件。

現在，老大捧著戴克斯特的臉頰，雙手柔軟、笨拙、熱血飽滿。「將來我們會有很多計畫，」他說。「很多、很多計畫。」

戴克斯特僵住了。Q先生的話帶有玄機：重複詞意味著反義詞。「很多計畫」講兩次，相當於：這計畫不採用。

「很多計畫。」Q先生再次說，拖長每個字的音節，以和藹的目光凝視戴克斯特的眼睛。

零計畫。

神不知鬼不覺，接下來的過程變得效率十足，片刻之後，戴克斯特發現自己已經走出他家，駐足前門外。老大以歡迎他的態度擁抱他，熱情不減，甚至更盛情。他偏心戴克斯特，器重他。戴克斯特知道。

「啊！我忘了……一個東西，」Q先生說以老手敲額頭。「你這禮拜……吃過幾顆……熟番茄？」

「沒吃到幾顆。」戴克斯特嘴皮說著，內心卻極力分析剛才發生的事。他站在門廊上等，Q先生回屋內。微弱的日光在鏟成堆的雪上閃耀。鄰居的小孩在玩耍，遠離這一帶。除了Q先生家的牲口嘰嘰呱呱的聲音之外，附近鴉雀無聲，只有遠方港口傳來的聲響。Q先生的馬車停在路邊。他仍駕馬車運送蔬果至店裡。近年來，唯有送牛奶的業者仍用馬車，因為他們仍未找到像馬車一樣聽話的汽車。以馬車送奶時，送貨員提牛奶瓶下車去訂戶門口放，馬兒懂得自動走到下一戶去，汽車則不然。

最後，Q先生回到門廊，塞一個小紙袋進戴克斯特手中，裡面裝滿成熟的番茄，另有一罐無標籤的桃子醬。如果戴克斯特沒搞錯，這罐是他多年前幫Q先生舀進罐子裡的同一批果醬。天啊，肉毒桿菌消毒能維持多久？「謝謝你，老大。」他說。

「很高興見到你，孩子，」Q先生氣喘咻咻說。剛跑一趟的他倚著門框喘息中。戴克斯特認為，從上次到今天相隔幾個月見老大，老大的身體大幅惡化了。在赤裸的冬陽中，Q先生看起來近乎蒼白。「你應該……更常來。更常……來。不要……讓老頭子孤零零。」

言下之意是，這次會面後，隔幾個月再見面吧。戴克斯特收下果醬和番茄，對著老大的雙頰各吻一次，然後走向自己的車。

他開著車，不太清楚去向。他想好好思考，但他非動不可，非做點事不可，結果反而難以思考，除非是在開車的時候。提議被Q先生斷然回絕，他愣得不知所措。Q先生真的拒絕嗎？是明明白白拒絕嗎？他叫戴克斯特等幾個月——除非老大召喚，否則他連想都不敢想提前求見——意思等於是拒絕？Q先生真的完全能理解他的提案嗎？

不久，他發現車子來到康尼島，一切活動都因冬季而暫停，蛤蜊濃湯和熱狗攤全數封閉。小時候，戴克斯特最喜歡冬天來康尼島，因為這時候見不到一日遊的旅客，只有本地居民，只有光顧父親餐廳的各地饕客。

他把車停妥，登上荒涼的木板道。海岸防衛隊的哨兵正在巡邏海岸線，黃濁的海浪自下灣席捲而來，撲打著雪沙。他想起老爸：胸懷烹飪熱忱的他，全心想服務的他。戴克斯特原本尊崇父親，直到他十四歲那年母親去世才變節。當時，他對父親的敬愛忽然急轉彎，父親的嘴臉變得唯命是從，令他不忍卒睹。戴克斯特無法忘掉那副嘴臉。

戴克斯特首度找上Q先生的黃屋子後，隱瞞老爸，但這事情如蛇盤踞在戴克斯特心腹裡，蜷曲的蛇身轉換姿勢的模樣絢麗。事隔幾個月，老爸得知此事，氣得揪戴克斯特的耳朵進辦公室。當時的戴克斯特已經十六歲，個頭比老爸高。父親瞪著他，鼻孔擴張。「這是我活在上帝的世上最害怕的一件事。」父親說。

「比媽死還怕？」戴克斯特頂嘴。錢夠多的他換了新鞋罩，硬梆梆，他的腳丫在鞋子裡扭動著。

「更怕。」

「比破產還怕。」

「更怕。你一收下那人的錢，從此一輩子就得聽他的命令。」

「與其繳錢給他，我倒寧願收他的錢。」

對父親如此放肆，戴克斯特通常會挨一耳光，但心急的老爸傾上身過來。「你還沒成年，」他說，「你趁現在抽身的話，他會放過你的。」

「抽身！」

「趕快抽身，一刀兩斷。把錯推到我身上。」

戴克斯特發現父親是真心惶恐——為了他的前途。小戴克斯特想安慰他，不假思索說，「Q先生是個老頭子，爸。他不可能永生不死啦。」

父親賞他耳光，力道強到淚珠從戴克斯特眼眶飛灑，狀似馬嚼蘋果激射而出的汁液。

「我不禁止你用那種口氣講話，」父親輕聲說。「我禁止的是你有那樣的想法。不然你遲早會被他猜到你咒他早死。遲早會被他嗅出來。」

「你又不認識他，老爸。」小戴克斯特的嗓子發抖。

「Q先生已經混很久了，我見過有些人某天突然消失，像從來不曾在世上走過一遭似的。你以為我在開玩笑嗎？你以為他是個老頭子，常幫他老婆製作鮮果罐頭？哈！」

「你又沒親眼見過他。」

「突然人間蒸發啊。沒有人再提起過他們的名字。好像上帝從來沒有造過他們似的。」

「說不定，該小心一點的人是你。」

「我又不拿他的錢。」

「你的心思可能被他看穿喔。」

「我寧願當面告訴他。」

「說不定你會消失喔，老爸。你有沒有想過？」

他多想讓父親感受一下Q先生的勢力多龐大，相形之下父親的勢力多渺茫。然而，父親的恐懼已經流失，心中僅存嫌惡。「給我滾。」

戴克斯特走出餐廳，心一去不回，儘管日後仍然進進出出。為Q效命的那幾年過得豈止神奇，一筆功勞應記在明尼蘇達國會議員沃爾斯泰德（Andrew Volstead）等人的身上，因為他們相信美國會因酒亡國。立法通過時，戴克斯特還未滿十九歲，和禁酒令作對令他爽得語無倫次。他酷愛在鄉間道路上駕駛名車，飆車技巧一流。即使遇到最糟的情況，總有森林可以躲，而他狂奔的速度驚人，最後倒在溪澗邊，藉潺潺流水淹沒喘息聲，盡情嗅青苔、松香、梣樹，頭上有繁星——壯麗的景觀和亢奮的心情超出他的想像範圍。

在康尼島上的戴克斯特回到車上，往北行駛，經過幾條街，來到美人魚街和西十九街的交叉口。餐廳已在一九三四年倒閉。戴克斯特有意出資挽回，但父親不肯接受回籠的保護費。癌魔在他五十八歲奪走他的性命，只不過在銀行查封餐廳之前，戴克斯特從未聽過他狂咳。

他已有多年未曾駐足這街角了，這裡卻奇蹟似的沒有變化：歪斜的窗簾，布滿灰塵的吧檯，無法發音的家姓以金漆塗在窗戶內側，已見斑駁。單獨一張破桌子，腳朝天。戴克斯特必定曾端著父親的名菜海鮮義大利麵上過這桌子，一條熨燙整齊的白餐巾掛在他前臂上，為客人斟葡萄酒。當年的他因發現新大陸而振奮不已，在暗號與脈絡交錯而成的組織裡攀爬，日常世界頓時萎縮無形。有時候，他自以為真能聽見Q先生的權勢在日常生活中脈動，和狗哨子一樣無聲無息的權勢。天塌下來，也無法攔阻他去追尋聲音的源頭。

「戴克斯特，我對你有個期望，」Q先生第一次見面時告訴他，「你應該自立門戶。**你自己**就是老大。」他以熾熱厚重的雙手捧著戴克斯特細毛鬆軟如桃皮的臉頰，凝望著崇拜成痴的眼神：「你自己就是老大，懂嗎？」

戴克斯特當時聽懂了，也相信他的話。但一直到現在，他才明瞭重複暗示相反意思的奧祕，總算痛悟出Q先生的弦外之音。

他是個老頭子，戴克斯特思索著，回想下午在老大門廊上的情景，想起他吃力的喘息聲。他不可能永生不死。此時，他再度感受到父親那一掌的辣勁，當時和現在的眼眶多溼多痠痛。

# 第十五章

受訓第一天上午，安娜才明瞭艾克索上尉叫她回來的原因。上尉對著三十五名自願受潛水訓練的死老百姓喊話：「潛水衣重九十公斤，頭盔重二十五公斤，兩隻鞋子共重十六公斤。在你們心裡開始嘀咕這不算重之前，我要你們知道，站在那邊的那位**女孩**——她雖然不算矮，不過她也不是謝爾曼坦克車，不像這裡常見的女性——她呢，不僅穿上潛水衣不叫苦，穿著潛水衣走路不叫苦，更能戴著三指手套解開『雙稱人結』。各位，你們有幾位懂得怎麼綁雙稱人結？」

兩人舉起手，其他人用警覺的眼神瞥向安娜。她覺得自己臉紅了。一來是害臊，二來是心虛。那一天，她連她解開的繩結都喊不出名稱，更稱不上懂得怎麼綁。這些自願受訓者面對九十公斤的重擔，似乎不畏怯。從他們壯碩的外表看來，多數人來自工商業界。艾克索上尉喜歡讓人難堪。他的娃娃臉乾癟無鬍鬚，令人聯想到一個有虐待狂心理的兒童。在訓練第一天，他不斷提起受訓生的生理缺陷，例如嫌戴爾班科胖，嫌葛利爾瘦小，虧漢默斯坦有氣喘病，笑馬瓊恩是「四眼田雞」，糗卡勒茲基扁平足、凡坦諾微瘸、麥克布萊德欠缺平衡感、霍根脹氣，諸如此類。這批人多數超齡，無法從軍。以海軍高級潛水員的資歷退役的艾克索上尉認為，這些人八成是體檢不合格的4－F體位。對付這些人，最佳方式是找一個通過考驗的女生來動搖他們的心志，讓他們擔心過不了關。

除了安娜之外，所有人都必須試穿潛水衣。每人必須有兩名照應員，如同那天協助安娜著裝的凱茲和葛利爾。上尉站上長椅居高臨下，在雪花輕飄的五六九號廠房外吆喝命令。安娜被分配去照應的人姓歐姆斯岱，他是機械工，手腕太粗，穿三號尺寸的潛水衣時，袖子的束帶差點合不緊。負責他背後的安娜終於釦上一條束帶之後，歐姆斯岱誇張地長嘆一聲彷彿如釋重負，緊接著露出奸詐的表情。她繼續低頭，佯裝沒看見，慶幸負責前面的照應員似乎是真的沒看見。前面的照應員一頭金髮，面無表情，一副難以取悅的模樣。他和安娜合作，以腰帶環繞歐姆斯岱並釦上，然後叫他起立，準備「綁褲帶」。

「再緊一點，達令，」歐姆斯岱以溫柔的嗓音說，針對安娜。她正把束帶穿過他的胯下，給前面的照應員固定在腰帶正面。「再好好拉一下。喔……，對，就這樣拉，達令。沒錯，再用力一點……啊……」

「老兄，你如果敢再喊我『達令』，」前照應員語調平板，慢條斯理說，「你屁眼可要遭殃囉。」

「不是你啦！是她才對！」歐姆斯岱驚恐萬分。

「拉的人又不是她。」金髮照應員的眼睛狹長，散發金屬光芒，宛如魚鉤，看都不看安娜一眼。歐姆斯岱對著碼頭吐痰，不再多嘴。安娜和金髮照應員搬著大頭盔，罩在他頭上，這時他說，「等一下。」他轉向安娜問，「我被這東西罩住，還能呼吸嗎？」

「當然可以，」她冷冷說，強忍即將無力顫抖的手臂，和前照應員抬著頭盔。「裡面是有點臭，不過呼吸沒問題。」

「等一下。」歐姆斯岱又說。

「我們進度落後了，」前照應員說。「該戴頭盔了。」

頭盔罩下後，他們對準護胸板領口的螺紋，把頭盔扭至定位。前照應員拍一拍頭盔頂部，意指歐姆斯岱應該起立讓上尉審查。歐姆斯岱從長椅站起來，開始掙扎。潛水裝妨礙他的動作，而潛水鞋把他釘在碼頭上，整個人像一棵被強風颳得直不起腰的樹。直到前照應員設法掀開他的護面罩時，他的狂吼聲才響徹碼頭：「我沒法子呼吸。救我出去！我在這裡面沒法子呼吸！」

片刻之後，艾克索上尉帶葛利爾過來，以嫻熟的手法摘下頭盔，解開歐姆斯岱的腰帶、領口、鞋子和潛水衣。歐姆斯岱夾著尾巴離開碼頭。上尉以近乎欣喜的態度告訴全體，「各位紳士，剛才那反應正是所謂的密室恐懼症：害怕置身於密閉的空間。每一批受訓生裡面通常有幾個密室恐懼症患者，我喜歡儘早淘汰掉。這種人沒資格甄選潛水員。」

「多倒楣啊，」前照應員嘟噥著。安娜猜他是在自言自語，因為他似乎沒注意到她。「我們幫他著裝到十全十美，結果落得無功而返。」

第二項考驗是增壓艙，目的是模擬海底的壓力。以曾罹患耳疾或耳朵受過傷的人而言，耳咽管不幸受阻，難以平衡耳鼓壓力，下水後如果決定「逞強扮英雄」（上尉嘿嘿笑著警告），苦水往肚裡吞，耳朵必定劇痛，耳鼓膜甚至有受損之虞。肺臟有毛病的人進增壓艙可能呼吸困難。此外，有一些人的身體在增壓情況下無法適應純氧，會導致休克，原因不詳。

上尉見大家被嚇得差不多了，才命令大家分組輪流進增壓艙，一次六人。增壓艙大小如房間，呈圓筒狀，裡面分成幾區，最大一區有一張長椅，五人擠過去，像電線上的鴿子坐下，在安娜左右留下空間。面無表情的金髮照應員也在其中。大家自我介紹後，安娜得知他名叫保羅．巴斯康。

「這一項妳也高分過關嗎？」巴斯康大致朝安娜的方向瞥一眼，問。

「沒有，這是我的第一次，」她說，自己嫌語調太輕佻了。「而且，我穿潛水裝的表現也不怎麼樣，長官只是利用我來刺激你們。」

「我就知道。」

這話惹惱安娜。「不過我解開繩結了。」

溫度上升，感覺也緊縮，眾人不再講話。「吹口哨試試看。」巴斯康說。

包括安娜在內的所有人都試著吹口哨，但沒有人吹得出聲響。「搞什麼鬼嘛。」有人說。

「是因為壓力的關係。聽聽看我們的講話聲，」巴斯康說。「我向各位保證，我的嗓音平常沒有這麼尖。」

安娜輕聲測試自己的嗓子，其他人則大聲模仿崔弟和兔寶寶。大家愈忘記她的存在，態度就愈自然。

增壓艙這一關篩掉四人——上尉欣然報告，然後宣布今天到此為止，解散。摩爾勒和沙寇耳朵痛，漢默斯坦的呼吸出現雜音。麥克布萊德「感覺頭怪怪的」，立刻被踢出名單。

接下來四天，大家上室內課，由上尉闡述潛水物理學、標準配備與維修、空氣成分、水深圖。深達十公尺或更深時，每潛水一小時就必須上岸休息八小時，才算「無礙」，然後才可以再下水。「不准抄捷徑，弟兄們，」他告誡學員們。「逞強的人有活罪可受了，因為氮氣泡會從耳朵、眼睛、鼻孔鑽出來，最後全身的軟組織會因此出血。未經增壓，潛水十二公尺深，最久只能兩個鐘頭。潛水十五公尺深，七十八分鐘。這些數字必須不經思考就能琅琅上口，把它們當成自己的生日、紀念日或一九四一年十二月七日[9]。」

上尉也闡明潛在的危機。「潛水員時薪二點八五美元，」他說。「不過，我注意過，有些非軍職潛水員會忘記『危險加給』的意思是這工作有危險。」上尉嘖嘖講得開心，活像在閱讀點心菜單似的，描述著危機何在：輸氣管失靈、被航行中的小船勾到、被「炸」開、像軟木塞被射向水面、氮醉，另外當然還有「擠壓症」。已婚的立頓波格和馬龍尼家裡有幾個小孩，下課後一去不回。「回家跟老婆討論過了，」上尉得意洋洋說。「每次都有兩三個落跑。」

接著，他童稚的眉宇間明顯出現愁容。「對了，凱茲，」他壓低嗓門說，「學員剩幾個？」其中一個是黑人，姓馬爾，職業是焊接工，外表的年齡和安娜相仿，每一項測驗皆輕鬆過關。她深切知道馬爾的存在，但也積極迴避他——這種想法令她慚愧，只不過她意識到馬爾也有同感。兩人在教室各占一個角落，安娜怕同學盯著她看，所以坐最後面，馬爾坐前面，以左手抄筆記，字體娟秀，寫得鉅細靡遺。鮮少碰頭的兩人偶然遇見時，彼此的目光會流露認得對方的神態，旋即不約而同轉開視線。

每日下課時，已結訓的潛水員回到五六九廠房，有些白天在瓦拉鮑特灣執行潛水任務，有些人則負責淡水運輸管。這條管線從史丹頓島通往港口另一區的海軍監管中心。下課後，安娜和其他學員走進黃昏裡，有些人從潛水池附近的小門離開，有些人繞遠路，從桑茲街的側門出去。安娜總是繞這條遠路去找霓爾，但心態已經沒有之前的樂觀。

第五天，下課後，她瞧見蘿絲從檢測零件的廠房走出來，和她擁抱，互相挽著手，走出桑茲街的側門。「上班沒有妳，氣氛變了個樣，」蘿絲說。「所有女同事都這麼說。」

「閒話的題材飛了。」安娜說。

「她們還說，沃斯先生正在害相思病。他的臉色蒼白，也瘦了一點點。」

「照這麼說，愛上他的人是她們吧。」

蘿絲咯咯笑。安娜陪她走進法拉盛街，和她一同等車，希望好友能邀她共進晚餐。擁擠的街車進站，蘿絲跳上車，抓著頭上的吊帶，從車窗內揮別安娜。

安娜望著街車緩緩移向東邊的克林頓山。回家的車站在哈德遜街上，她轉身走過去，一波孤寂淹沒了她。白天，孤寂退潮，上課期間，她想回味孤寂的感受，甚至記不起滋味像什麼。然而，到了黃昏時分，孤寂再度找上她，以陰森的慰藉感包圍她。這份孤寂有脈搏，有心跳，魔爪能攫捕安娜，迫使她脫離平常人的世界。在那個世界裡，母親拉著小孩的手走著，男人腋下夾著晚報快步回家。她登上街車，手風琴式的車門在她背後關上。她看著夜色從車窗外掠過。夜景鼓脹著一份危機，她用孤獨作息形成的最後防線也難以抵擋。危機到底是什麼？

晚餐飯菜還未涼，在穆賈隆尼先生的雜貨店櫃檯上等著她。從席維歐手裡接過蓋住的餐盤時，安娜腦海閃現一件往事，像被貓纏繞小腿的感覺：莉迪亞在席維歐懷裡嗚咽。回到公寓樓下，她打開信箱，取出郵件。來信頻繁的母親今天又捎信來，另外有兩封凱旋郵件（V-mail）來自從軍的鄰居男孩。她上樓，一手拿信，另一手端著晚餐，經過費尼家的兩間公寓。兒時，費尼家猶如她家的延伸。孤寂的她伸不出手去敲門。不能敲門啊，她暗罵自己，人家又沒請妳上門。

她想去懷特藥局打公用電話給史黛拉、莉蓮或姑姑布麗安時，也有類似的想法。她和姑姑去看過

9 珍珠港事件。

《北非諜影》，和朋友去帝國溜冰場溜過冰，然而結束後，她們各自回家，安娜則回到自我封閉的世界。沒人能為她趕走封閉世界。

她關上公寓門的門閂，放下窗簾，開收音機，打開家中所有燈。她先收聽新聞，然後聽音樂。原本她最愛的爵士樂鋼琴手貝西伯爵、班尼·古德曼已被她棄如敝屣，都怪他們活躍的音符太容易勾起紐約市皺紋深沉的黑幕。現在的她扭轉收音機，尋找長號手湯米·多西、葛倫·米勒大樂團，甚至安德魯姊妹。以前，她聽到她們甜蜜婉轉的歌聲會想吐。現在，這些音樂有助於安撫她的心，作用近似走在黑街上吹口哨壯膽。她閱讀母親的來信。母親的信寫得簡短，多半只提事實：明尼蘇達州嚴厲的冬季、牛羊的健康、安娜的表兄弟受訓或在海外的消息。

在每封信中，母親寫到一半似乎會忘掉自我——忘掉安娜——寫進反躬自省的領域：

我一直盼望哪天一早醒來會知道路該怎麼走下去，就像我高中畢業時知道去紐約闖天下那樣。但是，我現在下定的決心頂多只延續二十四小時而已。

另有一封信寫著：

我小時候的男生現在不是變胖，就是禿頭，甚至有三人已經死了（一個因農機翻覆，一個摔馬，一個得喉癌）。我照鏡子看自己的臉，沒看到多大的變化，顯然我是在自欺！

有一封寫著：

這裡的月亮太亮了。

安娜吃完晚餐，把穆賈隆尼太太的餐盤洗好、擦乾，放一旁，等著明早歸還。她提筆寫信給母親，詳述母親在家沒興趣聽的東西，寫得心滿意足。今晚的主題是艾克索上尉樂於嚇唬學員，寫到累得能睡著才結尾，然後封好信封，關掉收音機和所有燈光，只留臥房裡的一盞燈。她躺在床上，抱著莉迪亞的枕頭。從她最古早的記憶裡，臥房裡晚上躺著另一人，輻射出熱度。她抓緊妹妹的枕頭，彷彿用來堵傷口止血，深吸著仍依附枕頭上的淡淡清香。

最後，她打開她的艾勒里．昆恩。懸疑小說的場景多樣化，充滿異國風情，但故事的背景似乎大同小異——安娜隱然熟悉的多年前景物。每讀完一本，她總覺得失望，彷彿故事寫得不太對勁，未能符合她的某種期望。她的不滿寫在她讀過的懸疑小說數量上，通常她每週歸還圖書館的小說多達好幾本。自從母親走後，這些小說成了一道道暗門，引安娜通向往昔：少女時期陪伴父親的歷歷往事。在電梯裡小手牽大手，看著頭髮蓬亂、想打瞌睡的老男人拉桿啟動。陪父親走進空蕩的走廊，兩旁的門上裝著泡泡玻璃窗，上面印有金字，父女的腳步聲在牆壁之間迴盪。從摩天樓的窗戶往下看，見蜜蜂似的黃包車在灰綠的雷雨雲下面穿梭。小安娜懂事，知道背對著父親的去向，等到她聽見紙張的唏嗦聲、包裹遞向辦公桌另一邊、抽屜沉沉關上為止。之後，一股自在的氣氛突然湧現，大家突然變得高高興興。

當年父親到底做的是什麼工作？危險嗎？現在的安娜每讀一本推理小說，無論作者是阿嘉莎．克莉絲蒂、雷克斯．史陶特、瑞蒙．錢德勒，往事裡的疑問似乎透過劇情，不停向安娜打暗號。理解到更深層的故事，令白紙黑字無法打進她腦子，最後她發現自己根本讀不下去，只是捧書空追憶。疑惑著。史岱爾斯先生是這份懸疑空氣中的一分子。然而，認識她父親的史岱爾斯先生，似乎和帶莉迪亞和她去曼哈頓灘的史岱爾斯先生判若兩人。他的善行是安娜此生最歡樂的回憶之一。如果把他回歸為夜總會老闆史岱爾斯先生——幫派分子，或者已退出黑道——感覺像是放棄奇蹟似的歡樂的一天。她拒絕這樣想。她捧起書繼續讀，讀到睡著。睡到半夜她醒來，熄燈。

隔天早上的教室裡，艾克索上尉正在講課，安娜聽見微弱的喃喃講話聲，嗓音有別於上尉。坐在她左邊的巴斯康直視前方，面無表情，但安娜無形中知道喃喃講話的人是他。他在自言自語嗎？今天的課程是潛水規範——強調潛水前二十四小時之內禁飲啤酒。

「別聽長官扯一大堆鬼話，」巴斯康繼續嘟噥著。「血液裡的氣泡根本和汽泡飲料無關。我沒差，反正我滴酒不沾。」

安娜直直瞪著前方，心想上尉八成會聽見，錯怪講話的人是她。

「別被他們用這種沒營養的東西塞滿腦袋。他們以為妳是女孩子，聽了一定會照單全收。順便告訴妳好了，長官完全沒有准妳潛水的意願。」

「什麼意思？」安娜忍不住以氣音搭腔。

「長官想在下禮拜我們下水時，等著看妳被刷掉，」巴斯康以平淡的語氣說。「是我偷聽到的。」

安娜的脈搏開始加速。她注視上尉，回憶起第一次見面的經過——試穿潛水裝成功後，對上尉百勸不聽。上尉仍打算阻止她嗎？

中午下課時，她因此心事重重，忘記在離開廠房前穿上外套，直接走向造船道自助餐廳吃午餐。巴斯康拿著她的外套跟上。「穿潛水裝爬梯子才是最艱難的部分，」他喃喃說著，彷彿還在課堂上，腳步和安娜一致。「尤其是輕量級的潛水員。」

「你潛過水嗎？」她問，視線維持向前。
「沒有。我在普吉特海灣做過照應員。」
「在加拿大嗎？」
「西岸。靠近西雅圖，在華盛頓州。那次的任務是收屍，上級派特約潛水員從兩艘航空母艦拉屍體出來，然後才把航空母艦送進乾船塢。一九四二年一月。妳想的沒錯，沒錯，兩艘都是從夏威夷一路拖過來的。」
她瞥向巴斯康，面露疑色。
「最高機密。我們當中沒有一個是海軍。」
「沒有另外一個照應員嗎？」
「對，小姐，只有我一個。潛水員教我怎麼做。他下水把屍首裝進屍袋，叫我一個個拉上岸。他吸的空氣直接從碼頭送下去。」
安娜喜歡這種對話方式：交換資訊的過程無需面對深邃的淚眼。「所以你才想潛水？」她問。
「大概是吧，」他說。「我一直想加入海軍。在西雅圖試過，去舊金山再試一次，然後去聖地牙哥，可恨的是我這雙該死的眼睛，老看不清楚圖表上螞蟻般的小字。聽他們說，非軍職潛水員如果本事夠強，可以轉到海軍去服役。」
安娜朝巴斯康的臉望一眼。她首度看出來，巴斯康不耐煩的臭臉和凝神專注，其實是力爭上游的神態。「你大老遠轉戰這裡啊。」她說。
「對啊，沒錯。想當非軍職潛水員，沒有一個地方比紐約市更理想。一年前，『諾曼第號』失火之後，一直在八十八號碼頭倒著放，形成三百米長的訓練場。長官還設立一個搶救隊，想把她扳正，最後如果她終於能立起來航行，會被送去哪裡整修，妳猜猜看？正是海軍造船廠這裡。另外呢，」他說著，兩人逐步接近八十一號廠房的入口。「視力好壞根本沒差別，反正下水以後什麼都看不見。」說完，巴斯康陡然離她而去，彷彿兩人從來沒講過話。

受訓進入第二週，較年輕的幾位學員開始結伴，下課後一同離開造船廠。安娜聽見他們在討論酒吧——里歐、羅曼內里、橢圓酒吧、方形酒吧——最後兩間在桑茲街斜對角打對臺，老闆是互別苗頭的兩兄弟。如今，德軍終於拱手讓出史達林格勒，士氣隨之高漲起來。每當同袍情誼在安娜身邊凝聚時，安娜總抽身而退，在他們不想邀請她、又怕不近人情的時候，她懂得即時迴避。說也奇怪，萬綠叢中的她想消失何其容易。黑人馬爾在這方面是爐火純青。他雖然相貌魁梧，卻有辦法自外於學員間的日常互動，能在一旁靜觀學員的言行。唯有安娜注意到他，但安娜刻意掩飾，因為黑人和女人如果結盟，各自與大團隊間維繫的藕絲也難保。因此，兩人共通的疏遠讓雙方加倍疏離。

多數日子下班後，一個金髮稀薄的女孩在桑茲街側門外等巴斯康。安娜從他與學員的聊天中得知，女孩是他的未婚妻茹比。去年夏天他搬來布魯克林後才認識她。身為布魯克林本地女孩，茹比居然不太懂禦寒之道，穿著薄外套哆嗦著，見到未婚夫就以瘦巴巴的手臂為套索，套住他脖子，額頭貼額頭。安娜欣賞巴斯康，可以說是喜歡和他相處的感覺。和他的交流可說是疏淡如水，缺乏凝聚力，是她最近似男人的一種感受。目睹巴斯康被貪婪的手臂纏住，那又是另一回事了，但安娜不嫉妒。她擁有她想要的巴斯康。

第一次潛水的那天上午，十二名潛水員在平臺船上集合，由艾克索上尉指揮，繞過造船道，緊挨著碼頭邊緣前行，推擠著蠟狀的浮冰，避免撞上小船。碼頭上有路人在看，以前的安娜也做過同樣的事。現在的她心情緊張，因為她明白上尉盼望她敗下陣來。但話說回來，上尉希望所有學員全過不了關。這不是祕密。

上尉把平臺船停泊在一號乾船塢盡頭，下錨固定。他解釋，一次兩人潛水，每個人有兩名照應員，其他人則負責轉動巨大的飛輪，為兩具空氣壓縮機提供電力，以利壓縮機分別輸送空氣給潛水員。大家輪流下水，更換崗位，直到所有學員全潛過水。

上尉故作隨機挑選的姿態，叫安娜和紐曼率先下水。安娜對上尉那張老娃娃臉研究夠深，能辨識陰險調皮的表情。上尉一定有花招。也許，和第一堂課一樣，上尉的用意是以她的表現來羞辱其他學員，安娜有點希望如此，因為這表示上尉期待她過關。上尉挑選巴斯康和馬爾擔任她的照應員。這時候，安娜才暗喊不妙：馬爾的專長是焊接，根本不應該出現在平臺船上。焊接工和灼燒工的第一次潛水地點在西街碼頭的新潛水池：長六公尺，寬五公尺，圓筒形，有幾個圓窗供凱茲和葛利爾觀察。她總算恍然大悟了。上尉的詭計是硬把她和馬爾湊在一起，逼迫這兩個盡全力不與同儕接觸的邊緣人合作，意圖動搖兩人的心智，以降低過關的機率。

安娜從馬爾的臉上看見自己的慌張。巴斯康無動於衷，但腮幫子的肌肉伸伸縮縮，猶如喘息中的魚鰓。失敗是巴斯康的敵人；他不想和失敗有任何瓜葛。三人被一股不安的苦惱吞噬之際，他和馬爾舉起潛水衣，安娜輕手輕腳踩進去，儘量不要碰觸到他們。照應員的任務是扶持引導潛水員，但在這一黑一白的兩人照應下，安娜心中的羞怯感被喚醒，態度顯得裹足不前，她相信他們察覺得出異狀。最初的幾個步驟，例如綁上手腕束帶、穿鞋、紮緊腿帶，三人加速完成。然而，當巴斯康與馬爾把橡膠領口拉向銅螺栓時，例行事項漸漸中和了扭捏不安。他們扭緊螺栓上的蝶形螺帽，一前一後隔著安娜的肩膀呼喚。最後，他們抬起頭盔，罩住安娜的頭，安娜瞬間被金屬臭味包圍。站起來時，九十公斤的重量向下壓制她。她記得這重量的數字，卻忘記受重壓的滋味多無情。撐得住嗎？可以。現在呢？可以。就像有人不斷敲門，等待不一樣的回應。現在呢？

巴斯康望進護面板。安娜在他臉上看到她見過最高興的表情——換言之，他沒有皺眉。「不到五分鐘，」他說。「紐曼的領口甚至還沒完全封好。」

安娜儘量穩住步伐，拖著大鞋子走向潛水梯。輸氣管與救生索交纏成一條臍帶，馬爾檢查著，她聽見空氣嘶嘶灌進頭盔。來到潛水梯，他們幫安娜轉身，讓她背對水面。馬爾從頭盔的開口看進來，視線與安娜相接，目光活躍而滑稽。「很榮幸認識妳，凱利根小姐。」

「我也是，馬爾先生。」

「祝妳在水中幸運。」

「謝謝你囉。」

馬爾關上護面板並封緊。兩人總算完成第一次對話。

安娜握著弧形潛水梯，開始謹慎後退下梯子，以金屬鞋尖摸索每一階，踩妥後才轉移重心。水簇擁著她的腿，充滿凜冽的能量，吸吮著緊貼皮膚的工作服皺褶。浮冰輕推著潛水衣。不久，水淹到她的胸口，接著在護面板最下面蕩漾。全身浸水前，安娜向上面看最後一眼，見巴斯康與馬爾從梯子最上面看著她。再下兩階，她全身進入水面以下，從四個窗戶看得見瓦拉鮑特灣綠褐色的水，只聽得見嘶嘶送氣聲。

潛水梯共十四階。安娜踏到最後一階時稍停，增加空氣供應量，潛水衣微微膨脹起來，紓緩兩腿的水壓。她摸索著下降索，左腿纏繞馬尼拉繩，讓它順著左手上升，身體被潛水裝的重量拖向水底。隨著水面漸遠，水中世界也變得昏暗。終於，鞋子踩到灣底了。安娜看不清楚，只見朦朧的腿影消失在黑暗中。一股舒暢感湧上心頭，原因何在，她一時想不透，片刻之後才明瞭：潛水裝產生的痛楚消失了。潛水裝內部的氣壓正好抵消外在的水壓，同時維持負浮力，她才不至於浮上水面。在陸地上折騰人的重量下水後，反而允許她在九公尺深的水裡能站能走。如果沒有這份重量，她一定會像一粒種籽被吐出水面。

有人拉臍帶一下，意思是：你還好吧？她拉一下回應，表示她理解問題，目前平安。一切順利。她發現自己在微笑。進出鼻孔的空氣鮮美。上尉曾描述，送氣聲嘶嘶，像「聽得見卻打不到的蚊子」，安娜卻覺得悅耳，求之不得。排氣閥設定在兩轉半，下水後無須調整，但安娜禁不住誘惑，微微扭轉星形的排氣嘴，把更多空氣留在潛水裝裡面。她開始微微上升，腳拖離灣底，泥巴黏著潛水鞋不放。她內心爆發一股樂浪。這簡直像魔術，像在翱翔，宛如置身夢境中。她打開排氣閥，放掉多餘的氣體，直到雙腳再觸及水底為止。

下降索纏著一條線，綁著有孔洞的工具袋。在陸地上，這工具袋顯得可笑。工具袋漂浮，裡面有槌子、鐵釘、五塊木頭。她的任務是把木塊釘成一個盒子。這項考驗的難處是防止木塊和盒子提前破水而出。當然，每位潛水員都會被計時。「在水裡，時鐘滴答聲更響亮，」上尉警告過。「木塊如果浮上水面，你想游上去撿，寶貴的水中時光就飛了。」

安娜稍微打開工具袋口，寬度只夠一手探入，木塊在她的手腕邊互撞，急著想逃脫，但她設法只抓兩塊出來，發現竟忘了拿鐵鎚和釘子，只好用左腋下夾住木塊，再伸手進工具袋拿鐵鎚。一塊木頭從袋子激射而出，安娜伸手去抓，不料腋下的兩塊跟著叛逃。在三個逃兵差點漂出她伸手可及的範圍之前，她趕緊抓回來。她的心臟亂了分寸，感覺頭重腳輕。潛水員如果恐慌，或從事費力的行為，會因此呼出更多二氧化碳，而二氧化碳再被吸入後，潛水員的體力會銳減。安娜把所有東西收進工具袋闔起來。她長長吸一口氣，閉目養神，指尖的反應力立即恢復，彷彿剛睡醒。當然。乾脆閉上眼睛算了。安娜鬆開袋口，讓僅剩的兩塊木頭兜進她右手，然後以左手抓出鐵鎚和一根釘子。她把工具袋掛在肩膀上，把木塊壓近腰帶上的鉛塊，形成直角。人在水中，動作遲緩睏倦，她慢慢敲擊鐵釘，敲到它鑽進木頭，把兩塊結合成一塊。一切由雙手做主，她幾乎沒睜開眼睛看。未久，她把最後一塊固定成盒底。她但願能多拖延一點時間，不要太早完成，因為她還不想浮上去。

她不向照應員打訊號，把盒子收進工具袋，稍微扭緊排氣閥以增加浮力，盡情讓自己玩幾步漂浮遊戲。她感覺鞋底踩到瓦拉鮑特灣的隱形河床垃圾。水底到底有什麼東西？她但願能跪下去，用手摸摸看。她牽著臍帶以免打結，三百六十度轉彎，感受著潮汐、河流沖刷力、外海。

臍帶被使勁拉三下，為她的遊戲劃下句點。準備上岸。八成是氣泡洩她的底。她想像著，巴斯康見氣泡遠離梯子浮出，一定心煩不已吧。他擔心的是計時成績和表現，希望本隊能趕在友隊之前完成考驗。她尋找下降索。下降索的馬尼拉繩有三吋粗，她剛才似乎在原地打轉，現在居然摸不到了。她伸直雙臂，前後左右撲空。剛才不知為何，一定是離原地太遠，所以下降索才脫離掌握。

照應員拉七次。他們瞭解潛水員遇到麻煩，改以搜尋訊號指引她。安娜也拉七下回應，收到的回答是三下，意思是右轉。問題是，照應員怎知道她面對那一方？她照他們的意思向右轉，開始一面行走，一面伸手亂摸，希望抓到下降索。心跳聲在她耳裡喳喳響，她想像自己被救生索拉上岸的恥辱。

接著她靈機一動；心想浮到水面，根本用不著下降索，只需調整控制閥與排氣閥即可。她讓潛水裝充氣到足以輕輕揚升，鞋底抽離泥巴而出。她的兩手持續放在閥上，一邊供氣，另一邊排氣，讓潛水裝裡的空氣只多到能提升她見到水光愈來愈亮，而不至於「爆破」的程度，不會四肢攤開衝上水面。

她以頭盔破水而出，日光從護面板外傾瀉進來。錘式起重機在她前方，也就是說，平臺船在她背後。她雙臂划水轉身，見平臺船只在六公尺外。由於穿潛水裝游不動，她只能以雙腳進行騎單車的動作，緩緩將自己往前推。穿著潛水靴騎車是件累人的事；乳房之間的汗水成河，護面板也起霧。她心知，她應該稍停一陣子，以排放二氧化碳，但她把最後一滴氣力用在儘量接近潛水梯。終於，戴手套的雙手握到梯子了。她讓全身沉回水面下，金屬鞋踏在最下階，努力喘息。

安娜戴著溫度飆高的頭盔喘息，明瞭到剛才出奇招的代價：氣力用罄。她拚命想爬梯子上去，沒想到頭盔一出水面，她又不得不停下，因為脊椎和肩膀感受到海面的大氣壓力。她鼓足力氣，再往上登一階，接著再上三階，腰部以下仍泡水，但再也無法向上走。

護面板被猛然打開，巴斯康從潛水梯上面往下看，臉色鬱悶如她預期。「往下蹲，讓水從潛水衣流走，」他告訴安娜。「這樣能減輕重量。」

從開啟的護面板，安娜大口大口呼吸冷冽的新鮮空氣。「我想……再下去。」她喘著氣說。

「我不想聽。蹲下。」

安娜蹲下去，感覺水被攆出潛水衣。然而，頭盔和領口仍過重。

「上來一階。」巴斯康說著後退，騰出空間給她。她勉強提起左靴，踩上一階，但當她試圖將全身再向上提兩公尺時，左膝卻投降了，她差點向後栽。巴斯康及時抓住她的前臂，使勁把她的雙手按在潛水梯的扶手。兩人同時在心中揣摩剛才幾乎發生的憾事：落水時護面板開著，保證整個人垂直葬身水底。

「妳想叫馬爾和我拉妳上來嗎？」巴斯康說。「可以，那我們就拉妳上來，妳等著那些豬腦袋幸災樂禍說，**少了她最好。趕她回家去找媽咪**。哼。」他狠狠瞪著安娜的眼睛。他的眼珠非常藍，冷硬如石英，安娜覺得好像從未真正見過。「拿出力氣來，凱利根，」他告訴她。「拿，出，力，氣。」

她看得出他心急如焚。「如果我沒過關，」她喘著氣說，「你不會被扣分。」

他發出不屑的聲響。「不干我的事，」他說。「紐曼爆破了，薩維諾的潛水裝褲管被釘子戳破，凡坦諾的木塊順著河水流走了。莫里西正要上來，不過我懷疑他的盒子有沒有釘好。照這種情況看來，最後能過關的人大概只有我和馬爾。」

「我的盒子釘好了。」安娜喘息說。

巴斯康露出詫異的目光。「幹得好，」他說，「還不趕快爬梯子上來邀功？抬起鞋子！很好。換另一腳。上來。上來。」他仍緊握扶手上的安娜的雙腕，趴在潛水梯上，像蝙蝠似地倒掛。「岸上見。」他說，闔上護面板。

他的恫嚇奏效了，安娜如同被嗅鹽嗆醒。也可能是休息夠了或呼吸到新鮮空氣。總之，她一步一

步登上潛水梯。她不知道自己如此堅強。

回平臺船後，馬爾揭開護面板，她看見艾克索上尉手握兩個完成的木盒。大家暫停動作，聽他講話，安娜和莫里西仍戴著頭盔。

「今早，我們遇到太多試煉了，」上尉欲語還休。「但我在此欣然向各位宣布，我們當中有兩位弟兄是真材實料的潛水員。」

「其中一個是凱利根，上尉。」馬爾在風聲中呼喊。

即使疲憊不堪，安娜知道上尉的表情將令她永生難忘。只見上尉的娃娃臉一時驚駭又迷惘。他搖搖頭，望向長椅。

「不會吧，」他說。「不可能，不可能。」隨即問，「哪一個盒子？」

# 第十六章

在瓦拉鮑特灣，三名學員未能通過潛水班的考驗，遭艾克索上尉嚴詞退訓。但由於平臺船四面環海，而且仍需有人擔任照應員並幫忙轉飛輪以驅動空氣壓縮機，因此暫時無處可去的三人繼續待在船上，聽從上尉指揮進行接下來的活動。上尉想招募的潛水工兵團缺額。他有兩個相互矛盾的心願，一是建立一個穩紮穩打的潛水隊，二是篩除所有不夠格的學員，後者始終是優先考量。

剩下的學員全數通過測驗之後，上尉不情願地給三學員再一次機會。這一次，三人如願把盒子釘好，自行爬回平臺船上。全班搭乘平臺船，興沖沖回西端碼頭，喜不自勝。他們把潛水箱、空氣壓縮機、沉重的溼潛水裝搬下船，抬回五六九廠房，歡樂的氣氛變得更激昂。

「幸好我們及早排除爛蘋果，」上尉對全班說，態度是含蓄讚賞。「碩果僅存的是最精實、最能幹的潛水員。今後，你們有些人仍有可能被剔除，」他說，語氣的興奮激增一度。「你們會遇到無可避免的意外、傷害、差錯。但現在，盡情慶祝吧，弟兄們。」

每回上尉講到「弟兄」，目光似乎掃向安娜，彷彿暗暗詛咒她趕快消失。在上尉眼裡，她是實驗失敗的遺毒，很礙事。安娜懂他的心理。五六九廠房連女廁都沒有。為了方便她上廁所，凱茲或葛利爾必須進男廁淨空，然後在外面站崗，姿態扭捏。月信來了怎麼辦？她很擔心。在她以前上班的地方，曾經有已婚女工發牢騷說，桑茲街側門的衛兵會對她們荷包裡的衛生棉多看一眼。要是衛兵見她上男廁，異樣的眼光可想而知！

她的臨時更衣室是掃帚間，正式更衣室在同一條走廊上。在她換回便衣時，她聽見更衣室裡的男潛水員嬉鬧的聲音，也聽到他們討論晚上在「鷹巢」酒吧見。今天是星期六，明天不上班。安娜繼續躲在掃帚間裡，等喧鬧的同學離開。

廠房安靜下來後，她從掃帚間向外窺視，見馬爾獨自走向出口。馬爾一定和她一樣，等其他學員先走。安娜一時衝動，想出去和他結伴離開。正當她的前腳即將踏出掃帚間之際，她聽見巴斯康從門外喊：「喂，馬爾，你還在裡面嗎？」

「還在這裡。」馬爾放慢腳步回應。

「弟兄們正要過去。我等你。」

馬爾猶豫起來，看一眼腕錶。安娜感覺自己有進入他腦袋的神通，感應到他的猶疑不決、顧忌參一腳覺得彆扭，卻也迫切想被接納。巴斯康正在等他，如果他在這關頭退出，難免顯得個性乖僻，以後可能沒人想再邀約。「好吧。」馬爾說，毅然決然朝門口前進。

安娜聽見他們的靴底踏上磚造碼頭，交談聲沉入工地與舟船的微弱音響。幽靜的氣氛在她四周飄盪，下一步是搭街車，端晚餐回冷清的公寓，眼前景象令她望之卻步。一整天下來，她照應過其他潛水員，也接受他們照應，互動模式令她聯想起童年和小朋友推擠，感受到他們的呼氣，摸到黏黏的手，嗅到頭皮散發近似麵包的氣味。經過一天密切交流的滋潤，她無法回歸孤寂的一人世界。

她快步走向以前上班的廠房找蘿絲，想約她一起吃晚餐。蘿絲家裡有小嬰兒等著媽媽回家，極可能婉拒邀約，但她至少可能邀安娜陪她回去。可惜，安娜錯過換班時間，上廠房二樓發現蘿絲和其他已婚同事全走了，她不認識座位上的晚班工人。

主管辦公室的門開著一道縫。安娜敲敲門，不確定裡面的人是沃斯先生或晚班主管。

「進來。」

「沃斯先生！」她驚呼。

沃斯先生已穿上外套，帽子在手上。「凱利根小姐，」他微笑說。「我太驚喜了。」

「我今天——我剛從——」她結巴著，想說明來意。「我今天早上在瓦拉鮑特灣潛水。」

「穿那種特大號的衣服嗎？」

「九十公斤重。」

「好極了。上尉高興嗎？」

「一點也不，」安娜說。「他巴不得我失敗，讓他失望是我的樂趣。」口氣不全然是真心誠意，比較像她過去的講話方式——小女工和上司之間的插科打諢。

「應該好好慶祝一下，」他說。「我可以請妳吃一頓晚餐嗎？」

「我非泡個澡不行。」安娜渾身布滿汗乾留下的鹽巴。沃斯先生穿著灰色高級西裝。

「不如這樣吧，我先送妳回家，然後在外面等妳梳洗打扮，好嗎？」

如今，沃斯先生不是她的長官，她不忌諱被人看見和沃斯先生同進同出。《造船工人》定期刊載造船廠員工步上紅毯的小喜訊。她和沃斯先生並肩走在桑茲街上，終於能滿足好奇心，看遍兩旁的制服商行和刺青店，也見到蒙塵窗戶掛著「現有空房」的小看板。然而，孤寂宛如窗內一條獒犬，正躲在熱鬧的街景後面，對著她虎視眈眈。在街車上，她定睛看著沃斯先生，避免和黑夜打照面。

回到公寓，她先放洗澡水。霓爾曾告訴她，百貨公司有地方供女孩下班梳洗，讓她們打扮得漂漂亮亮赴約。安娜也有心來個變身。她對自己感到厭倦。她翻找母親留下的女裝，找出一件海綠色露肩綢緞洋裝。浴缸水還沒滿，她就已經把尺寸調整好。接著，她泡進熱水浴缸，以香皂粉刷洗身體，刮除腋毛。擦乾全身後，她在胸部和頸子塗爽身粉，為嘴唇上色，用母親的化妝品抹紅顴骨。她戴上水珠形鑽石耳環，搭配珍珠項鍊——當然全是人造珠寶，幸好不近看無法辨識真偽。她找到仿綢緞的銀色長手套，高至手肘。她攏起頭髮，拿髮夾盡可能夾好——因為頭髮太重太亮，髮夾露出來不好看。然後，她戴上一頂小圓帽，以烘托衣服。她在廚房照鏡子，見到鏡中的小姐絢麗奪目，不禁哈哈笑一聲。偽裝成功！為什麼拖到現在才想到這一招？鏡中的美女成了她的共犯，安娜對著她調皮眨眼。

在涼颼颼的門廳，沃斯先生倚著牆壁，坐著等她，閱讀《論壇報》。安娜披著母親以珠珠綴飾的斗篷，步下樓梯，他說，「凱利根小姐，我講不出話了。」

「為什麼呢，沃斯先生？」

「請叫我查理。」

「條件是你叫我安娜。」一絲憂慮在安娜心中油然而生：他對她真的沒意思嗎？確定？

「我本來打算請妳去福萊布希街上的麥可餐廳，」他說，「這下子，非搭計程車進曼哈頓不可了。」

「我不明白這話是褒是貶呢。」她的語調轉成她和姊妹淘愛用的電影腔。

他們在第四街叫到計程車，不久便上曼哈頓大橋，底下是藍黑色的空洞，點點漁火暗示著船隻密集。安娜長長吸一口氣。在獨行的人生船上，她習慣於以寂寞壓艙，如今寂寞一掃而空，安娜這艘船反而頓失重心，害怕從橋上墜入黑河。

「我想問你一件事，查理，」她說，「你家裡有個女人正納悶你上哪裡去了嗎？」

沃斯先生轉向她，臉色嚴肅。「沒有女人在等我，」他說。「人格擔保。」

「女同事她們……」

「啊，她們是長舌婦。」

「她們講的事，會不會傷害到你呢？」

「是事實才會。」

她果然料中了，沃斯先生和她純粹是朋友，別無居心。「連個女兒也沒有嗎？」她問。「正在等爸爸回家？」

「目前為止，我膝下猶虛。」

「像你這麼英俊的男子，查理，」她嬌嗔著，舒舒服服躺回插科打諢製成的羽絨床。「怎麼可能嘛。」

「運氣太背了吧，我猜。直到今晚。上蒼終於對我微笑了。」

「同樣的臺詞，你一定講過一百遍了。一定是幸運籤餅給你的靈感。」

「頂多講過七八十次而已。」

兩人哈哈笑成一團，沉浸在機敏應答的氣氛中，愈講愈荒腔走板。安娜一向想跟男人打情罵俏，如今逮到機會，做起來絲毫不費工夫。

來到東四十六街的錢德勒餐廳，他們吃著漢堡排加燜洋蔥和炸馬鈴薯條，餐後點心是各來一塊蘋果餡餅。共飲香檳。查理・沃斯懂得發問的訣竅，能把話題限定在安娜心目中的安全範圍內，例如潛水測驗、艾克索上尉的怪癖、俄軍在烏克蘭對抗德軍的進展。兩人世界裡亮晃晃，周遭是一片黑暗，他們避而不談。安娜意識到，查理．沃斯也有相同的陰影，和她心心相映。有時候，她覺得自己瀕臨破解機密的邊緣，幾乎能看穿他的心事，但她總是落得一頭霧水。

晚餐結束後，兩人一同走向第五大道，安娜握住他的手臂，這時的心境猶如早上潛水不願浮出水面。查理．沃斯一定也有同感，因為他說，「我們不要這麼早散會吧。妳最喜歡的夜總會是哪一間？」

「我只去過一間。」她說。

✷

「私釀」夜總會有一道上釉的門，門外有大批客人等著進場，戴著大禮帽的守門人，在人群中精挑細選。安娜忽然想到，她可以拉關係，誆稱認識戴克斯特．史岱爾斯，其實這話不乏一絲真實性。幸好沒必要，因為守門人准許他們進門。安娜對裡面的第一印象是，這地方完全沒變，今夜宛如那一晚的延續。在閃亮的黑白格地板上，她尋找她和霓爾坐過的那一桌，現在坐著她不認識的人，也四處不見戴克斯特．史岱爾斯。黯然失望半秒，安娜慶幸沒找到他。帶莉迪亞去曼哈頓灘的往事可維持原封不動。

領班帶他們走向偏遠的桌位，查理點一瓶香檳。管弦樂團的銅管和響弦鼓聽來像暴雨欲來，也像大軍即將壓境。一位像流浪女的歌手以抖音開唱，全場安靜片刻。他們和幾十對男女衝向舞池。安娜很緊張。她想起去年十月與馬可共舞的糗態，幸好查理．沃斯帶舞的技巧一流。「謝天謝地，你的舞技不錯嘛。」她說。

「有賴妳的感召。」

「哈！撒謊的功夫也一流。」有人可抱的快感加上香檳助興，沖得她頭暈。陣陣暖氣吹襲她的鎖骨。

「安娜？該不會是妳吧？」

她轉身，看見穿著裸肩桃紅雪紡綢的霓爾正和男伴跳著舞，男伴比較年長，穿著無尾禮服。安娜脫離查理的懷抱，振臂擁抱好友。「真不敢相信，」她大喊。「我到處找妳找不到。」

「我差點認不出妳呢，」霓爾說。「怎麼了？妳變漂亮了！」

霓爾的外表妖媚如常，稍嫌做作，捲髮多了偏紅的色調，皮膚白皙到不能再白，好像她足不出戶似的。「我敢說，你們兩個被趕去坐西伯利亞了。我們這一桌還有空位，」霓爾說。「這位是韓蒙德，我的未婚夫。」

韓蒙德揪著臉微笑一下，綠眼珠充滿惰性，鷹鉤鼻的開口擴張。安娜猜，他算英俊吧。她介紹查理．沃斯給他們認識，四人遠離樂隊，在舞池上的男女之間穿梭而過。「我們其實沒訂婚，」霓爾悄悄說。「我只是想糗他。」

「他是不是……那一個？」

「同一個。他安排我住進格拉梅西公園南邊的一間小公寓，好漂亮喔。我有鑰匙，可以進公園哩！妳有空來找我嘛。地址是二十一號。說啊，這樣我才確定妳記住。二，十，一。」

「二十一，」安娜照她的意思複誦。霓爾顯得輕佻，可能喝多了。「妳找到更好的工作了嗎？」

「我現在完全不上班呀，」霓爾說。「除非打扮亮麗算是一種工作。我成天忙著打扮，以免被韓蒙德掃地出門。」

舞池附近有幾桌屬於同一群客人，霓爾的桌位就在這一區。馬可望過來，安娜看見不禁面紅耳赤。他的焦點其實是霓爾。

「韓蒙德真的會趕妳走嗎？」安娜低聲問。

「韓蒙德是一頭豬。」霓爾說，安娜聽了瞠目結舌，因為韓蒙德近在咫尺，一手摟著霓爾的香肩。安娜像自己行為不檢點似的，迴避她的目光。「既然這樣，妳為什麼還——」

「錢啦，」霓爾開朗說。「他的錢多多，什麼東西都是他幫我付錢。他在紐約州拉伊鎮有一棟豪宅，單是臥房就有八間，有一個老婆和四個小孩。他永遠不會離開他們。怪我腦袋不正常，本來以為他願意離婚呢。是不是啊，達令，」她對著韓蒙德喊。「安娜是我以前在造船廠的同事。韓蒙德不喜歡聽造船廠的事情。他認為女孩子根本不應該上班，應該成天想著能變什麼新把戲來討好他。」

霓爾在韓蒙德的白臉頰上親一口，留下一道傷口似的紫紅色唇膏。韓蒙德像看得見，伸手猛擦幾次才罷休。他的動作少得很不自然，看似為了掩飾酒醉而走路直挺挺的人。只不過他沒醉，他想排除的是醉意之外的惆悵。

「我們想去洗手間，」霓爾叫嚷著，揪住安娜的手，拉她站起來。「帶妳的荷包走，安娜，我們女生非補妝不可啊！」

霓爾表演得太過火了，安娜難以裝正經。表演給誰看？不可能是查理·沃斯，因為安娜才和他隔著桌面交換挖苦的眼神。所以觀眾只有韓蒙德一個。然而，韓蒙德大概是憤怒和恐慌交相攻心，不知所措，無心去揣測情婦為何演戲。

「我們才不是去化妝室，」霓爾拉她離桌後馬上說。「在女廁，人人都能偷聽，而且女孩子各個陰險，想釣韓蒙德的女人多著呢。」

來到一個柱子旁邊的人潮漩渦裡，她們停下來。安娜掩不住內心的恐懼，開始為好友擔憂。「妳住那間公寓，」她問。「日子過得快樂嗎？」

「有好有壞，」霓爾說。「韓蒙德的工作太忙，不太常來找我。」她竊笑一下。「常來找我的人是另外一個。」

「馬可？」

霓爾大驚失色，以發燙、顫抖的雙手緊握安娜的肩膀。「是誰告訴妳的？快說，指名道姓。我非知道是誰不可。」她說。

霓爾刷然變臉，被嚇一跳的安娜乾嚥一下。「瞎猜的啦，」她說。「那天，馬可不是和我們坐同一桌嗎，記得吧？去年十月那次。」

霓爾再久久看她一眼才鬆手。「對不起。我變得有點……講也講不清楚。」

「妳是怕被韓蒙德發現吧？」

「對。不過，我不應該怕才對。如果他敢停止養我，我就打電話給他老婆攤牌，他也會遭殃。問題是，到時候，韓蒙德能怎麼辦？耐人尋味哦。」

「妳好像不太喜歡韓蒙德。」

「我討厭他。他也討厭我。這就好比結錯婚，鬧得不愉快，只差沒生小孩而已……呃，本來是有可能生小孩啦，只是我們不想。」

安娜凝視霓爾甜美的臉蛋，感嘆事情演變到這種地步。「很遺憾。」她說。

「我無怨無悔。我才不想幫豬生小孩呢——生下來，我也不可能愛他。毀掉身材，又沒小孩可以愛，太不值得了。」

「唉，霓爾，」安娜說。恐懼臨頭了。安娜有預感，好友的後勢堪憂。從小，安娜聽多了悲劇——奧麗芙、羅蓮——這些原本空有姓名的人如今顯得有血有肉。姑姑講的那些下場淒慘的女人，本來也像霓爾這樣，全是清純的女孩。「乾脆全部不要算了，搬出公寓，放棄韓蒙德和馬可，不行嗎？回海軍造船廠上班嘛！我現在改當潛水員了。妳說不定也能潛水。穿那種特大號的衣服，記得吧？我們不是見過他們在平臺船上受訓嗎？」

霓爾爆笑一聲，但安娜不肯縮口，哪怕苦勸聽來像傻話。「霓爾，妳難道不能為戰爭著想嗎？」

「妳指的是我和韓蒙德的戰爭，或是大戰？」

安娜忍不住笑了。

「我又能怎麼辦？韓蒙德不准我上班。我下班回家，泡過兩次澡，從頭到腳噴灑絲柔香水，他還嫌我有造船廠的臭味。」

安娜無助地對好友微笑。霓爾忽然擁她入懷，兩人的裸肩和裸臂互碰，感覺更形突兀、親暱。安娜嗅到霓爾腋下的異香，感受到她肋骨腔內的野性波動。「妳變了，」霓爾對著她的耳朵呼氣。「變得好標緻。」

「好笑。我本來還想說妳變了。」

「這表示，現在我們可以交朋友了，」霓爾說，後退一步，凝視著安娜的眼睛。「真朋友，不像這地方的蟒蛇。妳喜歡辛苦上班，累垮了回家，不過我對那種生活過敏。我媽說，我太自認高貴了，不過不是她講的那樣。我只是想過一過不同的生活罷了。即使看起來沒意義也無所謂。」

「即使……很危險。」

「我喜歡的日子是不曉得以後會發生什麼事，不必定時起床，早上十點想喝香檳就喝。妳可別以為我會一直這樣走下去。我有遠大的計畫喔，別搞錯。」

好友有點亢奮，安娜不是沒注意到。安娜多麼想說，什麼計畫？但她比較急著回去查理．沃斯身旁。

「既然一切擺平了，我們可以去化妝室囉。」霓爾說著便與安娜十指交纏，拉她進人群。補妝室的長鏡子前擠滿人，大家看著自己的臉，狀似驚喜，彷彿從沒想到會在這種地方遇見自己。霓爾和幾人熱情打招呼。安娜對她眨眼揮手，退出。

安娜走回原桌的路上被一位老侍應攔截。「您是費尼小姐嗎？」這稱呼既熟悉又不熟，似乎穿越曲折漫長的空間而來。「是的……」她慢半拍說。

「史岱爾斯先生想請妳進他的辦公室。」

「呃，我——我現在不方便。我想去——」

侍應轉身，顯然是要她跟著去。她遠遠見到查理．沃斯，想對他揮手，但他一直不往這裡看。安娜感覺到無可避免的命運在敲心門。史岱爾斯先生當然在這裡。她當然會見到他。早在她走進夜總會門口時，就決定見他。

她跟隨侍應進入繁忙嘈雜的廚房，走上一道破舊無修飾的窄樓梯，樓上另有一道門，通往一條肅靜的走廊。這裡的氣氛截然兩樣：地毯軟而厚，每一幅油畫的畫框裝著專屬的小燈。走廊上有幾道關著的門，裡面有笑聲。空氣充滿雪茄和菸斗的菸臭味。

來到走廊盡頭，護送她前來的侍應敲門，推開入內。安娜走進一間木板裝潢的辦公室，發現史岱爾斯先生坐在看似名貴的辦公桌裡。「費尼小姐，」他起身以健朗有禮的口吻說，「妳大駕光臨是我的榮幸。」

安娜覺得他語帶不滿，好像遭他指控她刻意避而不見。「我剛找過你，」她說。「我以為你不在。」

「我天天都在啊，」他說。「如果我不在，整間夜總會保證鬧火警，對不對啊，小子？」

辦公室裡有四個流氓嘴臉的年輕人，態度不友善，在房間裡閒晃著，活像避邪用的屋簷妖怪。他們喃喃表示贊同，顯然知道自己只能扮應聲蟲。

「這樣的話，」安娜說，「你留下來，算我們走運囉。」

她心中的插科打諢管道依然暢通；她把對話的方向誘導進這管道，欣然聽著自己妙語如珠。

史岱爾斯先生以慎重的目光看她，與愉悅的語調截然兩樣。「小子們，」他說，「魅力出眾的費尼小姐光臨，還不跟她打聲招呼？」

他們以喃喃哈囉聲回應。帶她前來的老侍應告辭，把門帶上。安娜看著夜總會的黑道老闆一身剪裁氣派的西裝，模樣英俊。她同時感覺到，帶莉迪亞遊曼哈頓灘的往事融解了，宛如一粒阿斯匹林掉進一杯白開水。她渴望打退堂鼓，渴望保護那段回憶，無奈呼來喚去的權力似乎全握在史岱爾斯先生手上。她忽然一肚子火。

「小子們，走吧，」他說，四個年輕人戴上帽子。「我自己送費尼小姐就可以。」年輕人離開辦公室後，他起身，看看辦公桌上的一兩張文件，然後把頭轉回安娜，口氣一百八十度轉彎說，「能見到妳真好。妳妹妹最近好嗎？」

安娜愣住，注視著空空兩手，盡可能以輕快的口吻回答，「改天再談她吧。我想趕快回我男伴那桌。」

「管他去死。」他微笑著說。

「他未必贊同。」

「我想也是。」

安娜滿腦袋嗡嗡響。她氣戴克斯特．史岱爾斯，能感受他也同樣憤怒。她不懂為什麼。

「我開車送妳回家。」他說。

「謝謝你，但我暫時不打算離開，而且也不需要你送。更何況，」她揶揄說，「你一走，這地方難道不會鬧火警嗎？」

「更好，我求之不得！」他笑一聲說。

安娜推開他，走出辦公室，進入地毯厚軟的走廊。他沒有跟上的意思，甚至連音量也不提高便說，「我的車子停在外面。有人會在寄衣間旁邊帶妳去。」

她假裝沒聽見。然而，當她在肅靜的走廊左轉右轉之際，她發覺自己正在編藉口，想甩掉查理．沃斯。發現自己有這分盤算，她更加火大。史岱爾斯先生自以為了不起嗎？

安娜走過一道又一道走廊和樓梯，終於找到舞池，和剛才被帶走時進的門不是同一個。韓蒙德獨守一桌，瞪著舞池，眼珠散發白熱的怒燄。安娜順著他的視線望去，隱約可見霓爾和馬可正在擁舞。

查理．沃斯隔他幾桌坐著，安娜遠遠看見他，鬆了一口氣。他似乎和幾個認識的人坐同一桌。

「我剛遇見我母親的老朋友，」她告訴他。「他不贊成我出來玩，堅持開車載我回家。希望你不介意。」

查理不訝異，更沒有顯露受傷的神情，但即使他心存這兩種情緒，他也設法從語氣中排除。「只要妳向我保證他是好人。」

「謝謝你今晚的款待，查理。希望以後能再出來玩。」

「我迫不及待。」

等著領衣帽的客人大排長龍，幸好剛才帶路的老侍應已經在等安娜。他接下安娜的存根，幾分鐘後捧著她的外套和帽子回來，然後帶她從側門離開，和大門相隔幾戶。史岱爾斯先生的凱迪拉克引擎運轉靜候。

侍應為她開副駕駛座的車門時，有人走向駕駛座，駕駛史岱爾斯先生搖下車窗，對來人說，「哈囉，喬治。」他伸手出車窗握手，安娜這時坐進他身邊的前座。

「這麼早就走嗎？」喬治問。

「只開車送費尼小姐回家。費尼小姐，這位是我姊夫波特醫師。費尼小姐是我的部屬。」

醫師望進黑暗的車裡，看著安娜。她瞧見喬治的小鬍子油光閃閃，目光帶笑。風流男子。

「點一瓶香檳，老闆請客，」史岱爾斯先生告訴他。「我待會兒去找你。如果沒遇到，我們明天在岳父家見。」

他搖高車窗，踩油門離去。大車往上城區前進，車頭燈照亮霧濛濛的冰風，他說，「後來怎麼了，告訴我。」

安娜娓娓道出曼哈頓灘之行的後果。她從未敘述過那一段往事，講得字斟句酌。皮座椅的氣息有助於時光倒流至那一天：抱著莉迪亞溫暖的身子，感受著胸腔深處的心跳。她大受失落感的打擊，彷彿妹妹剛被人硬從她懷裡奪走。她記得，即使莉迪亞不動，她照樣能感受到妹妹皮膚底下奔放的生命力。她奢求那份生命力，渴望到自己虛脫。

她敘述完畢，史岱爾斯先生繃緊嗓子說，「我聽了好難過。」

車子的方向先是上城區，隨後掉頭，轉回下城區。來到第五大道，車子掠過市立圖書館。安娜送母親上火車後，曾走過這裡。就是在這裡，當時她首度領會到暗夜的吸吮力，感受到它的危險。自從那一刻起，她一次次擊退它。另一型的女孩。身邊沒別的女孩，又怎麼知道自己是什麼樣的女孩呢？或許，那種女孩只不過是普通女孩，差別在於沒有人告訴她們，她們不是那種女孩。

暗夜無處不在，魔爪四處伸，黑壓壓一片，灌滿車內，團團包圍安娜。但她對黑暗的懼怕已然消失。在莫名其妙的情況下，不知從何時起，她已委身於黑暗——鑽進暗夜的一道裂縫，消失無蹤。天下沒有人知道該去哪裡找她。連戴克斯特．史岱爾斯也找不到。

他開著車，直視前方路況，但安娜意識到身旁的他滿腔狂熱，如坐針氈。他嚥口水時，喉骨的動作如指關節。他不可能渾然不覺安娜正盯著他看，但他拖了半晌才轉頭看她。兩人之間建立起新的默契。

「一身綠，」他輕聲說。「妳變了一個樣。」

「所以我才這樣穿。」她說。

# 第十七章

戴克斯特將車窗開一道縫，讓冬風吹拂他的臉。身旁坐著一位有學識的人，一個腦筋不笨的女孩，能明瞭他要她明瞭的事物，兼具外在美和強韌的性格，深得他心，但其實最吸引他的莫過於後者，因為他日常生活見慣了外在美，對他起不了太大的作用。反過來說，他卻對車上的鄰座女孩有意見。這名摩登女孩聰明伶俐，價值觀純正，響應戰時活動，而且被苦日子和家庭悲劇催熟。他對這女孩的意見是，她害他滿腦子只想做一件事，具體而言是，他想上她。其餘的想法飄盪在不近不遠的地方，例如隱約認為她可能願意為他效勞，或許能善用她的強悍性格，衣服遮不住的精瘦手臂顯示她是神槍手的料子，但這些想法拗不過占有她的慾望。縱使慾火燒得他難以專心開車，他同時也思考著：事業上，他憧憬的和諧之所以難如願，癥結就在男女之情。男人主掌世界，而男人也想上女人。男人說「女孩子個性軟弱」，其實，女孩反過來讓男人軟弱。在此同時，另一條思緒開展：為什麼想這個？為什麼是現在？為什麼是她？剛被姊夫撞見，何必冒這個險？但這些疑問屬於理論性問題，稍後再辯論也不遲。自從兩週前戴克斯特拜訪Q先生後，戴克斯特內心潛藏著不安分的情緒，蓄勢待發，如今終於逮到發洩的對象。他同時也在想：可以帶她去哪裡？隱私一點的地方，最好是室內。被慾火燙一下，人人都變成白痴——戴克斯特覺得愚昧罩頭而下，覺得像戴上了傻瓜戴的尖頂高帽。去哪裡？去哪裡？去哪裡才好？

詭譎的是，感恩節之後載費尼家姊妹遊曼哈頓灘那天之後，他幾乎沒有再想過費尼小姐。殘廢女孩確實令他有些心神不寧，令他幾度想起圍著羊毛毯的妹妹大眼炯亮，但這種想法只維持大約一星期。至於她的姊姊，他從來沒想過。然而，今夜見她身穿一襲綠洋裝，見一眼便覺心頭緊縮。在夜總會的暗窗裡，他監看她，等候緊縮感消退。但他一想到她身旁的友人，緊縮感是有增無減。他對她的友伴看不順眼：一個是毒癮妹，是已婚男子的情婦，男伴則有斷袖癖，他敢拿錢打賭。看著一身綠的她，他不禁想起小姨子碧琪在廁所門內的嬌喘。

車子駛過布魯克林大橋之際，她告訴他說，她已經當上潛水員。她的口氣鬆懈，為的是打破沉默吧，他猜想，他心存感激。這話題有趣，和同一個女孩在同一輛車上聊天也有意思，但這次的目標和上次截然不同。他過問潛水器材，關心她如何在水裡呼吸，好奇她是否在海底踢到死屍。話題並不重要。

車子沿著弧形的海岸線前進灣脊，戴克斯特伸手過去握她，十指緊扣，感覺到小手的指頭纖細而溫暖。她以拇指按他的掌心，帶來一種閃電劈心的感受，簡直像她伸手進他的褲襠。車裡的空氣鈴鈴作響，動搖起來。只有一帖良方治得好這種現象，就是把空氣耗盡。

戴克斯特在海邊有一間船庫，用來存放航行器材，也是戴克斯特近幾年處理幾項公事的地點，並非每一件公事都有善終。以這船庫暗通款曲似乎不恰當。但這裡地段偏僻，環境隱密，門外鎖著大鎖，因此公事和私通兩相宜。此外，這裡離他家東邊不到一公里，目前為止尚未被海岸防衛隊徵用。每次接近這船庫，戴克斯特總擔心見到房子被軍方夷為平地。

他在冷清的路旁停下，車子喀嚓幾聲，嘆一口氣，歸於平靜。暗夜無邊無際。他倚向安娜，第一次親嘴，嚐到芬芳的口氣。看樣子，她是全紐約唯一不抽菸的女孩。他意識到，飢渴在她體內悸動著，宛若另一顆心臟，比心臟更大更軟。他按捺不住衝動——無疑是青少年才有的衝動——真想在此時此地動手。但是，這樣做太危險了。他打開車門，繞過去為她開門。

「我們看一下。」她說。他明白她想看的是海，這才發現浪濤聲多響亮。他們走向盡頭，瞭望一排幽靈似的浪花列隊行進，像幾行頭戴白帽的人手牽手縱身躍入深海。戴克斯特做出他原本發誓不做的動作：在戶外親吻她。假使氣溫高一些，他必定想拉她就地躺下。以前年輕時，在康尼島的木板道下面，他和不止一個女孩做過同樣的事，弄潮的遊客在上面走來走去，海沙從木板的縫隙掉下來。但現在不急。離開夜總會時還不到凌晨一點。戰時的日出在八點以後，有充分的時間做該做的事。

船庫在下一條街上，旁邊有座短碼頭。戴克斯特以鑰匙開鎖，使勁推開卡住的門，立即查覺有人來過。他上一次進來這裡是幾個月前的事。颶風燈永遠放在門邊，他拿火柴劃鞋起火，點燃燈芯，晃晃的火光證實他的第六感：一個威士忌空瓶，幾個菸屁股。他暫時管不著這些異狀。他想為屋內增溫。這裡無電可用，只有一座矮爐，生火後能產生夠用的暖氣。他將柴薪塞進爐子。火種用完了，幸好他找到一張報紙，點燃後才後悔沒看日期，無法瞭解究竟是誰未經他允許，瞞著他進入船庫。

爐火燒旺後，他轉頭看，本以為女孩早在他埋首處理雜事時溜走了。幸好她還在，正在摘除黑頭髮裡的髮夾。抱住她時，濃密的黑髮散落在他手上。另有一些務實的考量，他暫時擱一旁不管：該不該鋪外套，席地躺下？或者取下懸掛在牆架上的小船，爬進去躺？他伸手至芳臀下面交握，抱她到火爐後面靠牆的桌上，讓她坐在桌緣。這屋裡幾乎無光。他吻她的嘴頸，然後解開她的外套，剝除上衣和套裙，暴露吊帶襪。他脫下自己的長褲踹掉，平趴在她的裸腹上，柴火在背後的爐裡劈啪吵。

「妳要嗎？」他低聲問。

「要。」她說。他一聽，盲目愚蠢的想法驅使他上前，如同獵狐會上的獵犬。他撥開她的內褲，徐徐進入她體內，聽見自己如釋重負倒抽一口氣的聲音彷彿從房子另一角傳來。片刻之後，他中彈似的，哆嗦一陣，腿軟，死命抱緊她貼身繳械。他的急促呼吸聲充盈全屋子。恢復行走能力後，他把兩人的外套拋向爐子前。爐子的熱度轉強了。他幫她脫上衣和長手套，解開胸罩和襪子的吊帶，緩緩捲下絲襪。在爐火照耀下，她顯得稚嫩。她壓著外套躺下，閉上眼皮。現在可以正式開始了，不需言語。他以口周遊她全身，直到她似乎無法喘息。當他撐開她的腿時，她的滋味似海。即使到現在，他仍聽得見牆外浪濤撲岸。她高潮如惡疾發作似的，他在退潮之前再次進入她的體內。

兩人時睡時醒，戴克斯特幾度起身去添柴。睡到一半，在淡淡的橙紅光中，他被她的雙手弄醒，魔力強勁，令他誤以為她能在愛撫的同時鑽進他皮膚，進駐他體內。不然，她怎可能知道每個動作能對他引起什麼樣的反應？她闔著眼皮，他也閉上眼睛，漂流在甜蜜的苦悶中，感覺維持數小時不歇。等到她終於允許他結束時，他覺得自己的魂魄全飄走了，恢復意識後才呵呵笑起來：活了四十一年，感覺從來比不上這一次。在此同時，他的頭腦隱然掐算著黎明何時來，急著在天亮前完事。能再玩多久？她爬到他身上，在他的撫觸下宛如弓弦震顫著，他覺得自己又硬起來。他心想，這事不會結束——只可能反覆這樣下去，沒完沒了。但他沒有傻到相信。

「安娜。」

呢喃聲戳破層層睡霧，刺進她耳朵。她睜開眼睛。沉悶的天光隔著窗簾照進來。爐子裡僅剩餘燼殘火。她覺得冷，尿急。睡前，他為她蓋上一條粗毛毯，她感受兩人的皮膚在毯子下接觸。「安娜，」他再低語，湊近她耳朵。「我該送妳回家了。」

她僵成木頭人，眼皮只開一條細縫。她怕移動。她想起昨夜霓爾的男伴，沒有動作的姿勢很不自然。她現在也有同感，想以惰性躲避災難。

「妳沒事吧？」他問。

「沒事，」她說。「對，我還好。」其實不然。平日破曉時分，她總有脫離暗夜苦海的感覺，今天卻有大難臨頭的憂慮。她的心狂亂跳著，耳鳴不止。

他起身走開。這是她今生第一次見到的裸男：一個虎背熊腰的陌生人，黑森森的捲毛從胸部延伸至下腹，叢聚在私處。這器官勾起的印象是以鞋帶纏著掛在電線桿上的一雙靴子。安娜從未經歷激情過後的場景，因為和里昂玩禁忌遊戲時，兩人總是偷偷進地下室藏身處，結束時也是各別離開，從未在日光下撿拾衣物，更沒有槍。椅背上垂掛一個槍套，裡面有一把。她和這號黑道人物做的齷齪事令她倒盡胃口。昨晚喝醉了嗎？神智失常了嗎？她儘量以理性撫平恐慌：母親不可能發現，因為造船廠今天休假，她既沒曠職也沒遲到。然而，她穿著昨晚的服裝回公寓，難保不被左鄰右舍看見。她急著趁天色半亮的這時候離開，去解決內急、洗澡、在自己的床上補眠，然後才好好展開新的一天。昨夜的足跡已經一個個被抹乾淨，目前只剩幾步，她急著走完，然後徹底抹除。

她等到他穿好褲子，才搖搖晃晃起身。她背對著他，穿上內褲，釦好胸罩，扭身擺臂穿上套裙。首飾仍戴著。她的一支尼龍絲襪被爐火烘歪，只好光著腳，穿上洋裝，以撤退的姿勢傳達不需協助的意思。他其實並沒有想主動幫忙。他和她各忙各的，瞇眼研究空酒瓶上的標籤，從地板撿起兩個菸蒂細看後丟掉。安娜套上斗篷，釦在頸子上，戴上帽子。她的光腳布滿雞皮疙瘩。

她在門邊等他檢查自己的口袋。兩人穿著外套，戴著帽子後，她覺得鎮定多了。他來到門邊時，她微笑以對，情緒鬆懈。他以手指端起她的下巴，給她敷衍的一吻——吻別——然後才打開門閂。接著，他再吻她一次，這次較深，令安娜覺得心中一扇窗不顧一切打開了——不管日出在即，只願再來一次。被他喚醒的飢渴掃除了她內心的大小顧慮——以後再操心吧。重溫美夢也融化了幾分鐘前的羞愧。

他關好門閂，摘掉她的帽子，開始為她的外套解釦。安娜心想，不費吹灰之力就能繼續玩下去。一直玩一直玩。她多麼想繼續！

「我們以前見過，」她說。六個字溜出嘴唇，她才感覺到這句話的威力。「你可能不記得吧。」

「在夜總會裡？」他喃喃說。

「不對。在你家。」

她抓住他的注意力了。他的手停在她外套鈕釦上。即使安娜的心願是繼續，她明白這句話多煞風景。

「在我家。」

「幾年前。我那時還小。」

他緩緩搖頭，定睛注視她。「怎麼可能？」

「我父親帶我去的，」她說。「他名叫艾迪．凱利根。我認為他可能幫你辦過事。」

這姓名傳遍整棟船庫，彷彿是歌詠而來，也像是出自第三者之口，因為安娜一聽見父親姓名，宛如瞬間跳脫意亂情迷的環境。父親是艾迪．凱利根。自始至終，她和戴克斯特．史岱爾斯的一切糾葛似乎全引領她走向這一刻。

安娜看不見他對這姓名的反應，彷彿他沒聽見或不認識。他扭轉著手指上的金戒指，把外套翻領拉正，但安娜從他僵直的體態看得出她當初領悟兩人認識時的同一種恐懼和戒心。「妳為什麼不早點告訴我？」他輕聲問。

「我說不出口。」

「妳說妳姓費尼。」他的口氣是困惑多於指責，彷彿正在拍壓口袋尋找生物。

「他失蹤了，」安娜說。「五年半了。」

戴克斯特．史岱爾斯把自己的帽子戴回頭上，看錶，掀開窗簾一小道縫向外面望。「我們該走了。」他說。

出門後，兩人走向停車處，保持距離。黎明是清冷晶瑩的藍。他打開副駕駛座的門，讓安娜坐進芳香的車內。他用力甩上自己的門，開車離去。沉默上路幾分鐘後，他說，「現在才知道這件事，讓我處境很尷尬。」

「這麼說，你確實認識他，」安娜說。「他確實為你做過事。」她這才明瞭，自己從未真正相信這事實。那段往事的夢幻意味太濃，也像一廂情願。

「妳早問的話，我一定會告訴妳。」

「你記得他帶我去你家的事嗎？」

「不記得。」

「那時候是冬天，像現在。那天我脫掉鞋子。」

「假如我記得一丁點那天的事，」他說，「我敢向妳保證，我們絕不會一同坐在這車上。」

「你知道艾迪．凱利根發生什麼事嗎？」她問。

「我完全沒概念。」

安娜看著他，等他轉過來看她，但他目不轉睛直視前方路況。「我不相信你。」她說。

煞車來得緊急，車胎發出一小陣唧聲，在幽靜的住宅區街道靠邊停下。他轉向安娜，臉色發白。

「妳不相信**我**？」

「對不起。」她結巴說。

「睜眼說瞎話的人是妳啊。我根本不清楚妳是誰——不知道妳在打什麼主意。妳是妓女嗎？是不是有人拿錢給妳，叫妳來操我，講這些話來整我？」

她的手使勁摑掌他的臉，頭腦拖半秒才跟上。紅手印在他的臉頰泛起。「我沒有向你表明身分嗎？」她以顫音說。「我名叫安娜．凱利根，是艾迪．凱利根的女兒。我一直都是同一個人。」

她以為他會回擊。緊握方向盤的雙手有疤痕，像拳擊師的手。他深吸一口氣，然後才轉向她。

「妳想要什麼？錢嗎？」

她差點再打人。幸好怒火一閃即逝，她鎮定下來，思路之清晰，近幾星期以來絕無僅有。

「我想知道他到哪裡去了，」她說。「想知道他是不是還活著。」

「這兩個問題，我全幫不上忙。」

「假如你失蹤，你難道不要女兒找你嗎？」她問。「你難道不期望她找你？」

「我最不希望的事就是她來找我。」

她陡然心驚。「為什麼？」

「我會希望她離我愈遠愈好，」他說。「以免連累到她。」

他瞪著正前方。安娜看著他緊握方向盤的手，吸收著他的話。她推開門，跳車出去，渾然不知置身何地。她開始走上車子前方的路，以為他大概會開車跟進，以為大概會聽見他喊話，但戴克斯特・史岱爾斯駕車從她身旁駛過，頭也不轉。

# 第五部

# 航海記

# 第十八章

五週前

一九四三年元旦，在舊金山，艾迪．凱利根登上電報丘，來到科伊特塔附近，在哨兵允許的限度瞭望內河碼頭（Embarcadero Piers），看見三艘自由輪正在進貨。這三艘當然式樣如出一轍，但他明白中間那一艘是「伊莉莎白海員號」（Elizabeth Seaman）。不到一小時之內，他必須登上那一艘輪船就職。艾迪心生畏懼。爬上電報丘的本意是登高望遠，看扁大貨輪，也壓扁抗拒心。

上星期，他前來舊金山應試三副升等考。在廊柱魁偉的海關大樓內的考場，接受連續五天的測驗。拾階而上之際，他彷彿即將面對圖書館或市政府，感覺自己矮了一截。他受過的教育貧乏，投身海運工作之前只讀過報紙。所幸，船員人人皆有閱讀的習慣——在海上，不打牌、不玩克里比奇的人不太找得到消遣，因此，艾迪抱著遲疑的心，開始讀書，發現很合胃口。他翻頁的速度仍遲緩，但書讀得愈多，頭腦愈活躍，好比一條狗等著人對牠扔棍子，等候喘息、翻滾、咬回棍子的機會。他捧起《商船高級海員手冊》，熟記其中幾部分，結果三副考試的成績幾乎滿分。

在沒有望遠鏡的情況下，他盡可能以肉眼檢視伊莉莎白海員號。起重臂正吊著大箱子，放進二號貨艙，他猜箱內裝的是飛機。他看著進貨的過程，內心升起一股陌生的警覺，好像等著瞧進貨出差錯，抓住機會發火，彷彿離船半公里之遙、仍未上船報到的他已身負軍官的監督任務。他為此感到心煩。他責罵自己：沒搞錯吧，商船隊又不是海軍。商船上高級船員的稱謂也是軍官[10]，只是沒軍服可穿。然而，如今艾迪升官了，即使不是軍官，他仍意識到，被動沉潛五年半的平靜恐將不保。

這並不表示他在船上偷懶成性。他從基層幹起，活像苦勞，以肉體的苦弭平內心的波瀾。他最初的幾份工作俗稱「黑臉幫」，曾在輪機艙裡鏟煤、照料鍋爐、滅火，也曾在五十二度的高溫中，清潔並潤滑輪船內部的機組，所到之處不是火燙就是有水蒸氣凝結，忍受轟隆隆的引擎聲，下場是長年耳鳴。肉體的疲憊掏空了他的心靈。賣命八個月後，他從輪機艙升級到甲板，加入水手的行列，起初被眩目的陽光打得討饒。後來，眼睛適應了強光，他放眼一看，見到海，竟發現眼前是前所未見的新景象：瀚邈的汪洋，具催眠作用，看似魚鱗、蠟、鎚擊紋的銀器，有時也像皺紋遍布的肌膚。大海具有從陸地上看不到的結構與層面。艾迪面對這片他不熟悉的海面，練就了漂浮在半意識狀態的工夫，有意識卻又不見得全然清醒。眼球裡爆發金星。空虛感嗡嗡盈灌腦門。不思考，不感受——純粹**盡其在我**，無苦無痛。他記得前半生，但往事全被堆進腦海裡的一個房間，而且往事之外另有往事——比艾迪印象裡的往事還多。他學會迴避那一間。過了一陣子，他遺忘那間在哪裡。

最初幾次，他擔任非工會船員，曾和多達二十人擠一間大通鋪，後來發生大罷工事件，在西岸求職無門，才結束非工會的日子。艾迪的同事中，有些是罪犯，有些是毒癮纏身、船員行軍包暗藏針筒的淪落人，有些是記憶零零落落的業餘拳擊手，所有人全睡同一間，縮在布袋裡，有人咳嗽、放屁、

---

10 皆是 officer。（編按）

呻吟時，艾迪竟以為聲音出自自己。有一次，他在鍋爐艙撞見兩男人相擁，汗水淋漓，喉音深厚，令他反胃之餘火冒三丈。他決心採取行動——先抗議，然後找海事律師，申訴，但等到他輪班一結束，他已經懶得管了。男歡男愛事件成了過往雲煙，被擱在事件發生的海上經緯度，難以拾回。時值一九三七年，船員各個都有難言之隱。口舌最勤奮的人莫過於行船人，但從他們嘴裡吐出來的故事唯有一個用意，就是遮掩不足為外人道的祕辛。

珍珠港事件爆發，打斷艾迪的浪跡四海。軍方迫切徵募老手登船運送戰爭物資，艾迪無須爭取，便從普通水手晉級為一等水手。長官強力鼓勵一等水手再上一層樓，期許他用功應試升三副。艾迪拗了幾個月不從，只盼能繼續保持心靈淨空，而淨空的要素是被動。莫可奈何的是，他雖看不見方酣的大戰，在戰爭期間態度不夠積極，令他覺得自己像在遊手好閒。他變得無聊，坐不住。五年多來，他從未下船連續休息兩星期，船進舊金山港，他決定領薪水辭職，搭火車至阿拉米達，接受為期兩個月的高級船員訓練。

時辰不早了，艾迪逐步走下電報丘。灣裡戰艦雲集，周遭的山坡地點綴著白白的民房，猶如鳥蛋。他黯然發現，此景未能平息焦慮的新戒心。但戒心並不是新的，而是上半生殘留下來的古物。艾迪已忘記那份滋味。

三十分鐘後，他踏上傾斜的步橋，從二十一號碼頭走上伊海號。在他抵達甲板之前，一陣陣熟悉的嗓音吹擊他耳朵：聲如洪鐘，言語不留情，英國腔咬字清晰。在步橋上的艾迪愣住了。他儘量把這嗓音的主人想像成別人，隨便是誰都行，只要不是恨他入骨的水手長就好。可惜他無法想像。全世界講話像這樣的人僅此一個。

踏上主甲板，艾迪瞥向繁忙的起重臂、貨物、手忙腳亂的陸軍搬運工，尋找著水手長的黑身影。他是奈及利亞人。艾迪遍尋不著，也不再聽見他的吆喝聲。艾迪憑空想像水手長並非頭一遭。

在艄部甲板室裡，艾迪向二副自我介紹。二副姓伐明戴爾，外形氣宇軒昂，鬍鬚雪白，姿態高貴如硬幣上的偉人側面像，但艾迪一眼就把他歸類為酒鬼。二副露出的馬腳不只是步伐過度謹慎——今天畢竟是元旦，步步當心的人比比皆是。洩他底的其實是毛細孔散發出的異味，近似土壤混合著爛橙皮。艾迪油然反感。

在起居室裡，艾迪向船長出示嶄新的三副證照，上面的筆墨仍未乾。青年船長凱志吉一頭金髮，相貌出眾，像飾演船長的電影明星，反而比較不像真船長。在他身旁，艾迪覺得自己好老；以三副而言，他確實超齡。船長顯然也有相同的想法，所以才問，「你是退休後復出嗎？」

「不是的，船長，我一直都在航海。」

船長點頭，無疑將艾迪列入戰前商船上常見的浪人族。凱志吉船長具有美國樂觀主義的霸氣，習慣把目標定在最高最遠，自許最終能達成目標，否則部屬有苦等著吃。船長告訴艾迪，這一趟是伊海號第三次出航，前兩趟平淡無奇，航行中陸續在小島靠港，往返太平洋。

「伊莉莎白夫人是個異於常人的女孩，」他眨一邊眼睛說。「我們的航速一直維持在十二海浬。」

「十二！」艾迪驚呼。自由輪的龜速遠近馳名，十二海浬視同全速前進。或許在無形中，船長的美國樂觀霸氣推進船動力。

前牆開著三個艙窗，海風徐徐。窗外，艾迪記得舊金山的色彩繽紛，藍、黃、粉紅，是一座光之城。在工會廳和海員教堂裡，大家訴說著東岸的慘事，例如油輪遭魚雷擊中後如煙火筒迸發火花，例如恐怖的北海航程前進北極圈內的莫曼斯克，發生船難，救生艇上的船員被活活凍死。那種情境令置身西岸的船員難以想像。珍珠港事件後的這一年，艾迪的航程和船長描述的差不多：靠港卸貨，雖然無法自由行動，卻也沒有明顯的危機，因為颱風季節已結束。

三副的房艙和救生艇同一層，在右舷後方，旁邊是醫務室。艾迪的房間小而實用：一張附帶抽屜的床、一座小衣櫃、一張書桌、一個洗手臺。然而，由於艾迪住慣了人擠人的房間，家當全放置物櫃，如今三副房艙的空間如此空寂，反而是令他望而生畏的奢華。

打開行囊，他發現一個封口黏住的信封，正面寫著稍後展閱，字跡端正如中小學教師。想必是英格麗留的。三星期前，他在舊金山認識年輕寡婦英格麗。他心頭生起一陣莫名煩躁，把信封放進書桌抽屜，然後去操舵室開始履行三副的義務。他翻看輪機員記錄簿，檢查信號旗。自由貨輪是量產輪船，每一艘的配置完全雷同，連油布面的置物櫃都毫無二致，而艾迪已在兩艘自由貨輪上擔任過水手，因此熟悉伊海號的構造。從操舵室的窗戶，他觀察二號貨艙仍在進貨，和他從電報丘上瞭望到的箱子一樣。正如他所料，箱子裡裝的是飛機：道格拉斯A—20戰機。箱外印著斯拉夫語系的西里爾字母。

他離開舯部甲板室，回到主甲板上。在船的後半，三號貨艙正在進一般貨物：袋裝水泥、牛肉罐頭、粉狀雞蛋、成箱的靴子。艾迪爬上後砲臺甲板，問候值班砲手。這名砲手青澀得不像話，頂著制式的平頭，招風耳，和所有新兵一樣。沒有一個水兵的志願是保護商船，但每一艘貨輪依規定必須有海軍砲手的編制，以便遭攻擊時有人懂得操作大砲和機槍。

艾迪從砲臺甲板下來，注意到樓下的舵機艙門沒關緊。唯有高級船員才准下去，但甲板水手有辦法取得鑰匙。艾迪很清楚，因為他自己也做過這種事。舵機艙是烘乾衣服的絕佳場所。

艾迪好奇是誰違規進舵機艙，正要爬梯子進入瀰漫熟悉的油味和熱氣的底層時，差點踩到爬梯子上來的奈及利亞籍水手長。

「什麼？……你……」水手長口吃說，既錯愕又不滿，居然語塞，有違他的本性。「難不成你精神失常，試圖加入我的甲板水手隊？」

艾迪占上風，因為他事先聽到水手長在同一艘船上。「完全不是，水手長。我拿到三副證照了。」他說。這是他第一次真心為了升級而高興。

如同多數水手長，這一位也蔑視長官。他更恨一等水手**升任的**長官。這類型的高級船員和軍官俗稱「錨鏈筒官」[11]。從水手長表情豐富的黑臉上，艾迪看得出他心存鄙夷。「一個錨鏈筒官！」水手長再以假甜蜜真奚落的語氣說。「恭喜啊，**長官**！此行是您以三副身分進行的處女航嗎？」

「沒錯，是的，」艾迪說。他心跳加速。每次和水手長鬥智，都是如此。水手長的言語總讓艾迪聽了微惱。他的英國腔有專橫的味道，出於黑人嘴巴，艾迪聽得分外刺耳。「對了，水手長，你不必喊我**長官**。我想你應該明白。」

「喔，此事實我已然心領神會，三**副**，」水手長快活地咆哮。「我的『長官』僅為敬語，純為表達我已有所悉，為你以火速直登海事天梯而肅然起敬。」

「你有理由進舵機艙嗎？」艾迪問。

---

11 Hawsepiper，行話，指那些非經過軍事學校出身獲得高階職位的人。（編按）

「當然有，否則我可不願浪費寶貴時間在那地方。」

「我想下去巡視，麻煩你讓開，」艾迪說。「希望你的理由不是晾衣服。」

水手長的鼻孔擴張，偏胖的身形加上黑得發紫的膚色，即使艾迪從上向下看他，也覺得他的體形比自己大。站在梯子上的水手長不讓步。「或許，藉此良機，容我提醒您，」水手長說，字字狠如抽鞭。「以三副而言，而且是新上任的三副，您的職權不及我，換成白話文，意思是，你無權對我發號施令。」

水手長說的當然對。三副無法指揮任何人，反觀水手長，下屬總共十三人：六名一等水手、三名普通水手、三名甲板水手，還有一名俗稱木頭（chips）的木匠。此外，三副的直屬上司是大副。艾迪曾經是這位水手長的手下，知道他是傳統型的暴君——這一型最受船運公司厚愛，因為能藉此從水手身上榨出最多油水，把加班費壓至最低。和多數獨裁者一樣，這位水手長獨來獨往，嗜書如命，埋首讀書時專心不二，簡直像從頭到腳投入。多數船員用餐時討論自己讀到的內容，和別人交換書，以擴增微薄的藏書，水手長則不然。他以油布遮書皮，見人靠近就放下書，頁面朝下。有人提出理論說，他讀的是髒書。也有人臆測，他讀來讀去只有同一本：《聖經》或《可蘭經》或《摩西五書》，或者以上皆是。他神祕兮兮的態度曾惹惱艾迪。艾迪自視對黑人態度親善，但他習慣的黑人是低他一等的黑人。商船上的人種形形色色，艾迪初次見到難以適應。在商船上，白人聽命於黑鬼、南美人、甚至中國佬，大家見怪不怪。然而，這位水手長不但口才比艾迪好，教育程度也超越艾迪好幾級。他看待艾迪的態度也令他聯想起「蠢愛佬」的損人話。

從前有一天，在其他一等水手的慫恿下，艾迪大膽接近水手長，壓抑不住冷笑，問他在讀什麼。

水手長立刻闔書走開，不吭一聲。從此兩人變得針鋒相對。水手長沒事找事給艾迪做，防鏽魚油薰得艾迪兩眼昏花，下一個任務是為全船重新上漆，先塗紅色鉛漆，接著再塗成戰艦灰色，連桅杆都不准省略。通常這是甲板工的任務。在強風中，艾迪盪來盪去，虛擬著復仇大計。

如今在伊海號重逢，艾迪對他說，「水手長，我有一種感覺。」梯子仍被水手長占據，艾迪的怒火累積中。「你認為我應該聽你的命令。」

「此事我連夢想都不敢，」水手長反駁，「只不過我心明瞭，上一趟確實如此無誤。」

「是啊，情況不一樣了，以後也不可能再發生，除非你埋頭苦讀的書裡面，有一本是三副考試的教材。」

水手長縱聲狂笑，音質介於鐘鼓之間。「恕我斗膽，三副，」他高聲笑著說，「倘使本人志在升任三副，如今必定早已忝為船長。」

艾迪嗅到占上風的良機。水手長再怎麼大搖大擺，再怎麼辯才無礙，艾迪在美國商船上從未見過黑人船長，而這位水手長八成也沒看過。兩人似乎立即同時感應到這事實。「好吧，」艾迪語重心長，「我想我們雙方已經達成共識。」

「我們永遠不可能達成共識。」水手長臭罵著。他繼續爬梯，強迫艾迪後退。艾迪認為，水手長以卑鄙手法戰勝他，這比戰敗還可恥。艾迪撤退到甲板上，水手長以肩膀擦過他身旁離開。

最後，艾迪下去舵機艙巡視，絲毫不見晾曬衣服的跡象。

後來，他從伙房後面的門爬下機艙。每下一階，愈深入船腹，氣溫便逐步上升。下面盡是交纏的管線、走道、木箱、排氣閥，但推動螺旋槳的三大活塞沒有動作。

在機艙裡，階級相當於艾迪的二管輪也有口音，但不是愛爾蘭腔。艾迪聽他報姓是「歐西斯基」，以為是以O開頭的愛爾蘭大姓，於是問他，「愛爾蘭人嗎？」

二管輪笑著回答，「波蘭人。O—C—H—Y—L—S—K—I。」他是菸斗客，在熱呼呼的輪機艙很少見。「你聽到謠言了沒？」歐西斯基說。「這趟去俄國。」

艾迪想起飛機箱外面印著斯拉夫語。「從地緣來看，沒道理吧。」

二管輪叼著菸斗嘿嘿笑，艾迪嗅到他逐漸懂得欣賞的歐洲冷幽默。「機器不會思考，」歐西斯基說，「而戰爭貨運署正是一部機器。」

「去莫曼斯基？」艾迪問，嘴唇不太適應這地名。

「先決條件是，上級要發北極裝備給我們。你能打聽看看嗎？」

「我去查一查。」艾迪說。

隨後八天，伊海號在舊金山海岸轉靠各碼頭，繼續進貨。四號貨艙滿載鋁土礦，一號貨艙滿載C口糧和箱裝小型武器。最後一站是四十五號碼頭，坦克車與吉普車上船，以不壓到板條式艙口為原則，放在甲板上，以鏈條拴緊，固定在板眼上。負責監督進貨的人是大副，丹麥人，年約六十歲，知識豐富，幫手是水手長和水手隊。艾迪在港口的責任模糊不明，儘量避免和水手長正面衝突。幸運的是，儘管伙食相同，高級船員的用餐場所有別於工作人員。高級船員在餐廳吃三餐，桌上鋪著白桌巾。夜闌人靜，艾迪獨自在房艙裡，靠閱讀來防止心思擅闖記憶幽谷。讀書時，他最有興趣的題材是海洋。珍珠港事件之前，他跑船的重心在熱帶，當時《死船》在船上人人傳閱，如今終於傳進他手裡。

伊海號出航前一晚，艾迪站在駕駛橋樓上，身旁是甲板見習員羅傑。羅傑態度積極，神態緊張，和機艙見習員史丹利是同梯，曾一起在加州聖馬刁的商船學院受過三個月的高級船員訓練，結訓後照規定出海實習六個月，這是他們的第一天。見習員在艦橋層同住一間，接近報務員。報務員在船上的綽號通常叫「火花」，名稱起源於早期無線電設備的傳輸方式。

「我們船上的火花是怎樣的人？」艾迪問羅傑。報務員通常若非守在無線電室裡，就是在隔壁的艙房睡覺，鮮少露臉。萬一有緊急事件，警報能喚醒報務員。

「他滿口髒話。」見習員羅傑說。

「過沒多久，你也會一樣。」

羅傑呵呵一笑。他瘦骨嶙峋，鼻子像鳥喙，差幾步才成年。「我母親不喜歡髒話。」

「沒人把母親帶上船。」

沉默片刻後，羅傑說，「我今天看見一個怪事。」

他敘述他打開儲藏室的門，發現二副伐明戴爾在裡面忙，靠近一看，才知道伐明戴爾正把一罐灰色油漆對準廣口玻璃罐倒，玻璃罐口塞著一團麵包，油漆從麵包滲漏進玻璃罐，黏稠的色劑被過濾掉，流進玻璃罐的是一種混濁的液體。在羅傑的注視下，二副舉起玻璃罐就口，神態自若地喝下。

「他看起來很生氣，」羅傑說，「不過照喝不誤。」

「鐵胃才受得了吧。」

「他適合航海嗎？」

「照他那種喝法，他應該習慣了。」艾迪說。

「如果二副醉了，誰來負責導航？」

「我接手，」艾迪說，只不過艾迪的導航技巧仍屬初級。二副行為不檢，竟放任見習員旁觀，艾迪對他產生反感。「你也是，小子。快去關心你的方位吧。」

暮色鬱鬱寡歡地罩下舊金山，點點的晶鑽燈火在電報丘上閃爍。霧仍未飄進來。

「我一定會想念三藩市的。」羅傑說。

「我也會，」艾迪說。「不過，只有船員講三藩市。」

「舊金山，」羅傑改口說，嗓音仍稚氣未脫。「她是一座了不起的城市。」

翌晨，一月十日六時，伊海號解纜離港，由當地引水人帶至消磁區，為船體去除磁性，以免觸動水雷。艾迪身為三副，明確任務之一是執行安全規範，所以他在出海前主持消防救生艇演習。但這次是白演習一場，因為連吊架都沒轉出去，救生艇根本無法下水。兩大因素是凱志吉船長趕著出海，水手長也漠不關心——或許是想挫一挫艾迪的威信。

船通過金門大橋時，船長宣布此行的終點是巴拿馬運河，換言之，幾乎篤定是波斯灣，因為貨物可從波斯灣由陸路轉運至俄羅斯，以供數大無窮的紅軍繼續擊退德軍。假如此行必須橫渡北海，而現在是一月隆冬，上級必定會分發極地裝備給伊海號船員，幸好沒有，所有船員大大鬆一口氣，走道和餐桌上整夜反覆聽見「總比莫曼斯克好」的說法。但艾迪並未鬆懈下來。加勒比海也夠危險了，何況他仍因救生艇演習不力而耿耿於懷。

翌晨八時，他過來輪班時，勸大副再進行一次演習。這天下午，輪機轉至待命狀態，艾迪宣布舉行棄船演習，警報聲是六短一長。船員朝救生艇甲板移動之際，水手長直奔梯子而上，衝著艾迪走來。

「三副，」他以誇張的唇形說艾迪的頭銜，「已有一年多，小日本不曾在加州近海擊沉商船，你可知曉？」

「我知道，水手長。」

「那麼，你能否解釋，本船甫出海短短兩日，為何進行二度救生艇演習？」

「第一次演習太草率。如果今天再隨便演習一通，我明天會下令再演習一次。」

「我不難想像，你必定樂在心中，」水手長說，嘴上掛著狡猾的微笑，表演給愈聚愈多的觀眾看。警報聲已將全員集合在救生艇甲板上。「畢竟，新官上任的你，正愁表現的機會鮮少，希望藉安全演習來戲耍一陣！」

「戲耍？你認為演習是這麼一回事嗎？」

「各人有各人的戲耍之道。」水手長說。

艾迪瞄見觀眾在竊笑，自己也感覺即將笑場。大副和船長在場旁觀。假如他們這時介入，艾迪永遠休想重振權威。

「你拒絕參與這次演習嗎，水手長？」他斥喝，他心知已抓到水手長演習遲到的小辮子。

「拒絕？小人豈敢拒絕！」水手長說。「三副，你言過其實了，我是你手中的黏土，我們全是。恭請你領導我們進行必要的步驟吧！」

艾迪用盡了渾身的自制力，才無視於帶刺的嘲諷，展開演習步驟。水手長的挑釁令艾迪難以忍受。幸虧這一次四艘救生艇悉數下海，全員逃生成功。依照規定，救生艇演習每週舉行一次，艾迪下定決心，即使可能和水手長發生衝突，他仍定期演習。他期待和水手長對壘。

出航十天，離巴拿馬仍有一天的航程，伊海號的代碼出現在無線電訊息中，這是極為不尋常的現象。報務員火花查密碼簿，解讀訊息，將結果呈報給船長。根據無線電，本船不通過巴拿馬運河，繼續往南航行，繞過好望角，橫越南大西洋，在南非開普敦進港，航程共計約四十日。船長自信有辦法縮短日數。

巴拿馬去不成，船員無法向運河兩端密集的小販舟購買巴拿馬蘭姆酒，懊喪之情橫掃船上，但不久後，氣氛轉為枯燥。這是遠洋航行的特點。起初，大家抗拒這種心情，感覺無聊，處處碰壁，心浮氣躁。但只過幾天，一陣祥和的氣氛會籠罩全船，宛如歎一口氣，心知隨後數週的氣氛將一直如此，不會起變化，只好認分。船員各自沉迷於嗜好，有些人削木頭製作口笛，有些人以方形繩結編製腰帶。離開舊金山十八天之後，二副伐明戴爾按捺著抖手，以麻繩編出兩個玩偶。那一夜，艾迪從八點值班到半夜，由他來接班時，艾迪稱讚他的玩偶，向他請教是從哪裡學到的本事。

「一個老水手教的，」伐明戴爾說。「他做過五百六十個，你能想像的話。全放在林空郵局（Rincon Annex）的儲藏櫃裡。」

老水手是年輕時乘坐木船航行的船員，靠風力「航行」。「他還在嗎？」艾迪問。

「照你這麼一說，我兩三年沒見到他了。」二副伐明戴爾說。

「老水手快絕種了。」艾迪說。

五年前，多數輪船上仍有一兩位老水手，他們的口袋裡常有棕櫚蠟、針、細繩。艾迪懷疑，他們正逐漸被戰爭貨運署淘汰。

「我們船上也有一個，」伐明戴爾說。「皮優，三廚。」

「喂，這是好兆頭啊！」

伐明戴爾傾頭，不置可否。即使在神智清醒時，他仍態度冷漠，旁人難以判讀他的心。但是，伊海號有老水手鎮守，令人加倍心安。常言道，老水手是「木船上的鐵人」，這一代則變成鐵船上的木頭人，例如凱志吉船長、伐明戴爾和艾迪。老水手貼近航海史，對任何事物的根源都略知一二，而英文裡許多習慣用語中的動詞名詞源於海上世界，艾迪跑船以後才注意到，例如keeled over（翹辮子）、learning the ropes（學習技巧）、catching the drift（明瞭含義）、freeloader（白吃白喝的人）、gripe（發牢騷）、brace up（打起精神）、taken aback（吃驚）、leeway（餘裕）、low profile（低調）、the bitter end（最後一口氣）——這片語源於船隻扣鏈的最後一環。上船實際使用這些用語令艾迪覺得貼近某種根基，能深入真理。即使在陸地上，他自信也曾心領真理的輪廓。出海能讓艾迪更加貼近真理。而老水手，他們和真理之間的隔閡更小。

他離開艦橋上的二副，將值班的觀察結果記錄在航海日誌：航向一七〇，微風清新，順流適中。他進起居室吃「夜午餐」：薄切冷肉三明治配咖啡。飯後，他帶一杯牛奶給報務員。火花的腿穿鐵鞋（艾迪猜是小兒麻痺症），上下梯子不方便。艾迪養成下班後拜訪火花的習慣，以拖延回房艙獨處的時刻。

「對我太他媽的好了吧，三副。」火花接下牛奶說。

艾迪先確定遮光窗簾是否緊閉，然後才點菸。火花年近五十，身材小巧瘦弱，眼皮下垂，眉毛幾乎看不見。「我是半人半蠑螈，尾巴掉了能再長回來，」他以若有似無的愛爾蘭腔告訴艾迪。火花是同性戀者——是怎麼知道的，艾迪自己也不清楚。火花兒時住紐奧良，二十幾歲出海。他滴酒不沾，在愛爾蘭裔當中是異數。「啊，不過，我作夢都會夢到牛奶，」他說著凝視杯中物，然後咕嚕咕嚕一飲而盡。「為了喝杯牛奶，哪怕滿地碎玻璃，我爬也要爬去搶，活像有鴉片癮的人爭著要菸斗。」

「你可能會比較喜歡鴉片。」

火花哼一聲說，「老子拖著這條欠幹的爛腿，吃睡抽菸都困難，哪有培養癮頭的閒工夫。」

「我在鴉片館裡見過瘸子。」

「那種人，少不了的。他們是想忘掉自己是瘸子的事實啦！哼，那種人全部沒腦袋。欠幹的爛腿被鐵鞋扣住，心智還被癮魔當牛馬騎，自以為雲茫茫的，什麼鳥問題全飛了，其實只是學鴕鳥鑽沙子逃避現實，頭都鑽進自己的屁眼去了。」

火花搖一搖杯子，凝集最後幾滴牛奶，艾迪則深深為他感到同情。身為變態，而且還是瘸子，外表不中看，沒財產更沒體力，火花怎能忍受這種人生？然而，他確實是忍著過日子，活到現在，笑口常開。

「你小時候，母親一定很疼你吧，火花。」艾迪說。

「媽的，你想到哪裡去啦？幹嘛講這種話？」

「只是憑感覺而已。」

「哼，建議你把你的感覺攏成一堆，塞進你耳朵去算了。我媽是頭號大酒鬼。有一次，她在我睡前想親我一口，沒想到竟然吐進我被子裡！我他媽的厲害啊，我媽她是一頭豬，徹徹底底的一頭豬。」

「這樣罵自己的母親，當心觸霉頭。」艾迪說。

「我有這種母親，才是倒大楣吧，」火花說。「和她一起生活，日子根本過不下去。老爸不得已，送她進療養院住。我倒是有個不錯的姊姊。莉莉。她以前常說我是她的小蒲公英——你敢笑，欠揍是嗎？再笑，別怪我把你釘到牆上，媽的。」但火花自己也笑哈哈——他老是在笑。唯有在盟軍商船廣播（BAMS）時，他才安靜。每天在固定的格林威治標準時間，報務員會收到盟軍商船廣播。火花的無線電鐘秒針指的是格林威治時間。由於盟軍商船維持無線電靜音狀態，火花的所有任務是仔細聽伊海號的代碼。每到洞三洞洞，火花把收報機從五百千周調高，戴耳機聆聽。他變得紋風不動，上身向發報機傾斜，彷彿他本人或鐵鞋成了收訊器。

艾迪告辭，端著空杯回伙房。他仍不願就寢，於是從房艙旁邊的門出去。今晚的夜色平靜，雲遮月亮，漫漶的月光在海面漂移，宛如成千上萬的飛蛾。船身隨波輕輕搖，能令人擱下陸地上的塵囂，鬆弛身心。幾年下來的熱帶航程中，從舊金山到中國、印尼、緬甸，途經檀香山和馬尼拉，幫助艾迪挺過難關的是一分放空心靈的意識，如今這份意識再度接近他。在上海港的山坡地上，在陰暗的街上，他曾聽見庭院圍牆外的日常作息聲：嬰兒哭鬧著，鍋盆敲打著。偶爾，他從敞開的門瞧見屋裡有纏腳女子在走動，身段僵硬，走走停停，狀似紅鶴。

世界充滿奧祕。以前的他從不相信世上真有這種事，一直認定這種事只出現在書中，全是善心貴婦朗讀給孤兒聽的東西。

最後，他還是回自己的房艙。缺乏室友壓艙，他覺得自己像浮萍。漫無目的他拉開書桌抽屜，赫然發現第一天報到時放進抽屜的一封信。居然忘記了。居然忘掉英格麗——幾乎再也無法揣摩她的長相。海角天涯的事物先變得抽象化，然後變成想像中的東西，後來變得難以想像。最終，蕩然無存。

就著布袋旁的一小盞燈，艾迪拆信封——行船五年來的第一封信。

英格麗的字跡行筆剛毅，不帶情緒。

> 親愛的艾迪，近來天氣好，但濃霧數日不消，我們都企盼陽光再現。我的學生正在他們的春季凱旋花園裡播種，但我擔心他們將氣餒。大戰已經改變許多事物，但我相信，植物仍需要陽光才能成長！兩個兒子和我常提起你，語氣溫馨。我想帶他們回去遊戲國兒童樂園，但他們拒絕去。他們想等你回來。

筆調四平八穩，甚至淡然無味，卻在艾迪心中激起電流。頓時，在福斯特自助餐和英格麗邂逅的情景盈灌腦海。她圍著藍圍巾，買一塊餡餅給兩個兒子合吃，小孩吃得起勁但不爭不吵。艾迪向她請教時間。原來她是德國裔——為了保住教職，她在委員會面前痛斥希特勒，和祖國斷絕關係。兒子原本有個妹妹，不幸夭折。大兒子福里茲八歲，小兒子史蒂芬七歲，提起妹妹時，口氣總像她上星期才失蹤，稱呼她為「海倫寶寶」，用餐前必定為她禱告。妹妹夭折之後，父親也在工廠意外身亡，但母子鮮少提起他。他們最懷念的是海倫寶寶。

在兒童樂園，艾迪陪兩小坐著馬鈴薯布袋，滑下長長的木頭溜滑梯，膝蓋手肘被磨傷。哈哈鏡屋的地板到處有孔，不時噴出強風（某個自作聰明的人搞的鬼），意在掀女孩的裙子。英格麗被噴風嚇死了，緊抓著艾迪大笑。

搭乘街車回家的路上，艾迪左右手各摟一個小孩的胸部，穩住他們，竟然感覺到心臟像小老鼠，在他的指尖下面亂撞。

母子三人仍在家裡。他們想念他，等候他。這份事實在艾迪心中宛如一層土，翻轉著。他留下的一切事物仍在那裡，不曾消失。「消失」是自欺的魔術。

# 第十九章

艾迪躺在布袋裡，半睡半醒。伊海號已進入咆哮西風帶，在智利外海，船身搖晃厲害。也許，搖晃的動作喚醒了艾迪內心熟悉的老節奏：趕不走的細小音符，像一顆蹦蹦跳的球。

「世上真的有黑道弟兄嗎？」

「不是電影瞎掰的，嘟嘟。」

「他們長得像大明星吉米．卡格尼嗎？」

「吉米．卡格尼長得不像吉米．卡格尼。他比妳媽媽還矮。」

「他是你的朋友嗎？」

「我跟他握過手。」

「他長得像黑道弟兄嗎？」

「他長得像電影明星。」

「你怎麼知道誰是黑道弟兄？」

「通常，黑道弟兄一走進來，全場會稍微安靜下來。」

「大家都怕他囉？」

「大家不怕的話，他就不算太黑。」

「我不喜歡害怕。」
「那就好，妳不會被嚇得磕頭。」
「你會磕頭嗎？」
「妳有注意到我對誰磕過頭嗎？」
「你會跟他們講話嗎？」
「我會喊哈囉。他們當中有些人是我很久以前就認識的。」
「你以後有沒有可能跟他們站同一邊？」
「逼不得已才會。」
溫暖的小手鑽進大手裡。那支小手總愛往他手裡鑽，如同小魚苗找縫隙蝸居。
「你以後會帶我去見敦奈倫先生嗎？」
「妳怎麼會提起他呢，嘟嘟？」
「他給過我焦糖。」
「敦奈倫先生愛吃甜食。和妳一樣。」
「他是你的兄弟。」
「可以說是。」
「你從海浪裡救過他一命。」
「沒錯。」
「他有沒有謝謝你？」

「沒有講，不過他心裡頭很感激。」
「所以他才送我焦糖囉？」
「很有可能是，嘟嘟。」
「他有沒有請你吃焦糖？」
「沒有，不過，我不像妳那麼愛吃糖果。」
時隔多年，安娜的影像返回艾迪腦海，艾迪聽到她那喋喋不休的語音，感受到大手裹小手的溫馨。小手牽著他，穿梭在他記憶殿堂裡的走廊，來到前半生被悉心堆存的一廳。在這裡，艾迪找到他遺留的所有東西。
週日彌撒。莉迪亞哭了起來，哽咽的哭聲出奇大，超出嬰兒的音量，也比哇哇哭的嬰兒更令人困擾。她不是嬰兒；她已經三歲大了，但身形嬌小的她仍睡得進嬰兒車，病狀多少能躲避外人的眼光。艾格妮絲抱她起來哄一哄，在座無虛席的教堂裡，將女兒蜷縮的體態暴露無遺，艾迪頓時羞恥不已，簡直像腦殼挨了一記悶棍，抓緊前座的長椅背才穩定心情。莉迪亞繼續哽咽哭號，壓過神父的聲音。教堂裡的男教友蹙緊眉頭，佯裝無異狀，兩位妻子則協助艾格妮絲離開教堂，一個推嬰兒車，另一個按住莉迪亞亂踢的腿。安娜想跟著走，但被父親握住手。艾迪覺得，自己的靈魂彷彿突然出竅，感覺像神智裡斷了一根筋。他把雙眼固定在神父身上，卻只聽見嗡嗡聲。
彌撒過後，一群男教友結伴去某人的公寓，想去嚐嚐歐尼．麥頓的啤酒。歐尼在西二十六街的製餅廠裡釀啤酒供民眾參觀，滋味是難喝得要命。艾迪也淺嚐幾口，本想逗留片刻就走。莉迪亞鬧教堂仍讓他心存餘悸，他想在回家見艾格妮絲之前平復心情。品嚐麥頓的「第一名」啤酒，怎可能衝著美味而來？不是。大家是想嚐出裡面含有什麼樣的味道：鋸木屑？溼報紙？麥頓是出名的養鴿戶，啤酒裡難道有鴿肉？兒童在屋外打雪仗，見車子來時讓路。艾迪望窗外，看見才六歲大的安娜從雪堆裡冒出來嚇男生。看著她，艾迪心情舒坦不少。他心想，我有一個健康的小孩，感謝上帝。感謝上帝啊。

回家時，初冬的暮色滲入雪堆中，艾迪帶著安娜，快步穿越地獄廚房區。艾迪有酒意，步履略顯蹣跚，時辰拖得有點晚，恐怕艾格妮絲急著去上班。股市崩盤後，富利絲歌舞團處於休業狀態，但透過Z先生的安排，艾格妮絲仍有表演的機會。

「我想再玩一下子。」小安娜的牙齒格格打顫說。

「妳的身體溼了也冷了，牽爸爸的手。」

「不要。」但她還是伸出手，隔著潮溼的無指手套握父親。在伸手之前，她換手拿手中的物體。

「什麼東西，我可以知道嗎？」

他打開安娜的手，看見她握著一個紮實的雪球，表面沾滿乾草屑和糞肥。「我想保存起來。」她說。

「雪在室內會融化，妳又不是不懂。」

「可以放進冰櫥。」

「妳會害全家得傷寒。留在外面，放在門階上。」

「會被人撿走啊！」

「不太可能，嘟嘟。」

他打開家門，硬起脖子迎戰艾格妮絲的怒火和莉迪亞的哭聲，但家中卻是一派祥和的景象：莉迪亞躺在沙發上，頭髮溼潤。安娜奔向她。廚房水盆裡裝滿水。

「她只是吵著要洗澡而已，沒什麼。」艾格妮絲說，筋疲力竭，面如土色。艾迪懷疑莉迪亞哭了多久。

「逼得妳獨自幫她洗澡，」他說。「對不起。」

艾格妮絲用水盆裡的洗澡水匆匆盥洗。艾迪在沙發邊彎腰，親吻莉迪亞粉嫩的臉頰。在教堂裡斷的那根筋似乎暫時接合了。

等兩個女兒都睡著後，他不顧寒風，坐在前門階上抽菸。他們這時已遷居地獄廚房區，住在一樓公寓。他聽說過青蛙腿兒、蒙古兒、低能兒、跛子，也聽說過誰家的小孩從窗口摔落地，被馬踩死，從哈德遜河碼頭跳水時誤撞水面下的木樁而腦漿迸裂。為什麼他家比那些人更倒楣？他無法解釋。姿色傲人的莉迪亞生得肢體扭曲，暗示著他個人曾鑄下滔天大罪。她絲毫無法發揮潛能，而潛在的希望宛如影子，像孿生手足死守著她，對她責備不休。獨處時，艾迪常重返醫師從產房走出來的光景：醫師臉色凝重，對他敬一支菸，艾迪不禁驚恐，擔心嬰兒——他希望是兒子——死了。如今在他想像中，醫師傳達的消息是他當天最怕聽見的噩耗：非常遺憾，您的小孩是死產兒。想到這一刻，艾迪瞬間飛出天邊，掉進另一次元：舉家移居萬事更美好的加州！艾格妮絲會搖身變回他當年娶回家的那位慵懶散妖精，搖著羽毛扇逗弄他，對著馬鈴薯泥捻菸。然而，沉痛的現實掉在他頭上時，艾迪也為了悠遊幻夢付出天大的代價。不可能搬去加州，不會有變化，現世的苦海無邊。

他進門查看兩個女兒的睡相，為爐子添柴。廚房裡最暖和，所以莉迪亞睡在廚房內的搖籃裡。她即使呼吸也吃力。吸氣……呼氣。吸氣……呼氣。呼與吸之間的間隔似乎拖得比平常人久，彷彿在努力吐氣之後，她必須鼓足力氣，才有辦法繼續走下去。教堂裡那份匪夷所思的事不關己重回艾迪心裡，原本走投無路的他變得麻木疏離。他成了一個純粹袖手旁觀的人，看著某男人拿起枕頭，輕輕壓向沉睡中的女兒臉上。為了應付突然增加的重量，她的呼吸變慢。艾迪看著男人對枕頭施壓。她幼小的胸骨擴張，起伏，暴露在睡衣領子外。她想轉開臉，頭動了起來。那男人壓得更用力。她慌忙找空氣吸的模樣令艾迪驚訝。她一輩子不可能走路，不可能言語，但她卻緊抓著生命不放手——奮力搏鬥。她的求生本能之強烈，迫使艾迪的靈魂縮回臭皮囊中，力道之猛猶如門被摔上門框。他鬆開枕頭，從搖籃裡抱莉迪亞起來。他想縱聲嚎叫，卻怕驚嚇到她，於是只好親吻小臉，以淚滋潤它，直到她的眼皮顫動、睜開，見她對著他微笑。艾迪抱著她，輕聲哭泣著，搖著她，哄她再睡。他幻想自己從屋頂跳樓，或慘死街車輪下——全是他應受的懲罰，甚至可說是他求之不得的毒懲。自殺是懦夫之道，與殺人同罪，但自殺的幻夢卻令他欣喜若狂，他無法停止想像。

當天深夜，艾格妮絲回家，看艾迪一眼就心覺不對勁，拔腿衝向搖籃，彷彿死亡天使的羽翼與她擦身而過。他平心靜氣告知，他今後無法在家和莉迪亞獨處。艾格妮絲從此告別舞孃生涯。Z先生再怎麼要求她跳完這星期，她也不肯。一夕之間，她放棄深愛的工作，拋開十一年前十七歲的她離鄉遠赴紐約的美夢。而艾迪，在缺乏存款又無工作機會的狀況下，只好步上西區碼頭，尋覓童年時期的同夥。

上午選工，早有定見的雇主挑完人選之後，數十名運氣欠佳的混混捻熄雪茄，垂頭喪氣離開，落入酒店、高利貸、毒販、賭局的魔掌。拜敦奈倫之賜，艾迪如果上午選工失利，下午保證有零工可做。在上下午選工的空檔，他通常在落魄人之間遊走，例如波蘭人、義大利人、黑人，甚至美國人或誕生於美國的白種人。等待工作機會的人種繁多，模糊了共同目標：從苦無賺錢機會的人身上榨取錢財。艾迪訝異的是，黑人居然願意來這些碼頭找工作。畢竟在這裡，黑人有希望找到的全是沒人要的苦差事，例如深入貨艙扛香蕉下船。有些香蕉一碰就爛，而且暗藏動不動螫人的蜘蛛。

艾迪不久便領悟到，敦奈倫的碼頭附近的賭盤各個是騙局，有的是牌中有詐，有的是骰子裡暗藏玄機，甚至有人表面上是輸家，暗地裡和另兩三個「輸家」串通，共同詐取其他賭客的錢——這種現象在俗稱非洲高爾夫的雙骰遊戲裡最常見。艾迪悟出賭局的詐術後感到震驚，顯示他尚有高尚情操。向高利貸借錢的人知道後果如何，吸毒或酗酒無度的人是自作孽活該，但是選擇試試手氣的人希望贏錢帶回家給老婆，這種人應當有贏錢的機會。唯一能翻轉現實的一項因素是運氣，能為處處碰壁的人敞開一道門路。詐賭比黑心更下流，簡直是和天理背道而馳。

艾迪開始警告黑人不要誤入敦奈倫的賭局，語帶保留說，「別的地方的賭局比較公平，」或「陌生人進那裡必輸無疑。」警告他人的風險大得令他暈頭轉向。敦奈倫幫他找工作，他竟然忘恩負義。敦奈倫的老大是誰，他不清楚，這舉動也等於是對老大造反。艾迪態度煩躁，心情反覆無常，所以善意警告常引來譏嘲，例如「我愛進哪裡賭，你管不著。」，也聽過「我能照顧自己吧。」但少數幾次，聽他警告的賭客轉身離開，艾迪見狀喜不自勝，好比救了一條人命似的。

一九三二年，船運業無以為繼，他全天候供敦奈倫差遣。安娜放學後或每逢週末，總喜歡當艾迪的跟班，艾迪會在幫敦奈倫「跑腿」時開小差，帶她去競技場劇院、中央公園動物園、城堡園水族館。唯有在安娜陪伴下，他才真正安心自在。她是他的祕密寶藏，是精純無污染的一座喜樂泉源。

「我們在這裡停一下子，幫人做一件事。妳要乖喔。」

「你會乖嗎？」

「我儘量就是了，嘟嘟。」

「假如我們**不乖**，誰會生氣？」

「只要我們不要引人注目就好。」

「幫人做什麼事？」

「代替一個人向另一個人說聲哈囉。不過，這是一個祕密哈囉。」

這概念令她神往。「我也想說個祕密哈囉！」

「可以啊。妳現在親我一下，我回家代妳親媽媽。」

安娜考慮著。「我也想送給莉迪亞一個祕密吻。」

「莉迪亞不會懂啦，嘟嘟。」

「她會懂啊。」

車子被紅燈攔下時，安娜以星形的小手抱住他的頭，吻臉的側面，態度溫柔至極。艾迪感覺淚水呼之欲出。

「**那一個**吻，」安娜說，「是給莉迪亞的。」

回家後，她看著他代為傳遞。艾迪吻得輕柔，完全照她的意思。他畢竟是個送包人。

艾迪傳遞一捆捆的賄款，代為輸送利益給市議員、州級參議員、警政首長、搶生意的碼頭老大，反之亦然，時間互異。然而，做這種事的時候，他維持一種袖手旁觀者的態度——實地行事者不是他，他僅僅是觀察員。這兩者的區別很重要，因為他能藉此平息內心的失敗感和絕望——以規避躺在街車輪下尋短的念頭。漸漸地，他跑腿的路線擴展到敦奈倫的地盤外，轉戰敦奈倫心有餘而力不足的賭場。這些賭局也有玄機，但大哥級人物在場時絕不使詐。這表示，高層不容許詐賭，但發牌員和組頭私下串連，為的是從中抽取油水，而不至於冒生命危險侵占東家利益。如果艾迪弄清楚高層是誰，前去告密，或許能阻止騙局。

敦奈倫沒工作給他時，他有時候假扮常客，去賭局研究詐術，探究其中的奧祕。他幻想自己是警探，是正牌的警察，而非他認識的黑心便衣。他不寫下所見所聞，把日期、人物、詐術、輸贏數字全記在心裡。在此期間，他也逐漸摸清賭局外的架構——如果能弄清楚誰給誰錢，就某種層面而言，等於是無所不知。艾迪查到的是，在一九三四年末，紐約市的賭局多數由一個人掌控。利潤流向這人的路徑曲折迂迴，唯有負責收送款項的嘍囉才可循線追查。某人的背後一定另有他人，而他人的背後更有高人，愈通愈高，最高大概能直通上帝吧，艾迪猜想。

耶誕節過兩天，艾迪擦亮皮鞋，刷一刷帽子，插上老婆代工存下的閃亮綠羽毛，前往「夜光」夜總會。「夜光」位於西四十幾街，原本是地下酒店，他去求見素昧平生的大人物。艾迪一走進去，立即被懷舊的氣氛圍攻。他以前必定曾和艾格妮絲、姊姊布麗安，和其他舞孃一起來過。那年代在他心中被套上「從前」兩字。

守門人說，老闆不在。艾迪說他願意等，然後點一杯裸麥威士忌加蘇打，在吧檯上打開銀懷錶。他知道自己的弱點是念舊，這間夜總會刻意營造不入流的風格，若非刻意，多少也有自知之明。艾迪深受吸引。他意識到店內另設賭局，查看片刻才發現另有一道門，見到進出的女人佩戴人造珍珠，男人戴著去年款式的帽子，猜測著下注的多寡。「夜光」詐財的把戲並非賭局，這一點很明顯。這裡搞的是另一種花招——以表面上賠錢的方式大賺其錢。

等了二十四分鐘後，艾迪等到另一個人，他問艾迪是否要見老闆。艾迪跟隨他進入內部的一個房間，裡面有個黑道大哥，有著漫畫人物狄克．崔西[12]型的腮幫子，左右有義大利裔打手護衛著。艾迪暗暗吃驚。敦奈倫不但護著碼頭的地盤，觸角竟伸到外面，和「集團」打交道。這意味著，他別無選擇。

史岱爾斯支開身旁的走狗。艾迪在他辦公桌對面坐下後，他問，「你是警察嗎？」

艾迪搖搖頭。「只是一個憂心的市民。」

史岱爾斯笑著說，「凱利根先生，找我有什麼事？」

艾迪以每一場賭局為例，細部拆解他所目擊的詐賭：地點、詐術、估計盈利。史岱爾斯聽著，不講話，偶然一兩次插嘴說，「那跟我們沒關係，」但多數時候他只靜靜聽。艾迪講完後，他問，「為什麼告訴我這些事？」

---

12 Dick Tracy，由漫畫家切斯特．古德（Chester Gould）畫的連環漫畫，一九九〇年改編為電影。主人翁狄克．崔西是具有正義感的警察，一心打擊黑幫。（編按）

「假如我是你，我會想知道。」

「我當然想知道。你要的是什麼？」

艾迪沒料到事情發展如此迅速，一時不知如何回應，不清楚到底對史岱爾斯所求何物。

「儘管說，我現在就能給你，」史岱爾斯說。「其實，什麼東西都行。」

他冷眼看著凱利根，搜尋弱點。他的目標不是錢，否則他告密前必定先談數字。既然不要錢，他究竟要什麼？如果是愛爾蘭佬，通常討的是酒，但凱利根看起來不像酒鬼。以他肌肉不甚發達的四肢來看，也沒有多少動粗的可能性，只不過自衛時倒有可能奮力一搏。他要的是女色嗎？愛爾蘭佬的矜持人盡皆知，對糟糠妻忠貞不二——愛的或許是在兒女成群之前的那位俏佳人吧。或者怕酒醉凶巴巴的牧師。

「要小姐嗎？」他觀察著凱利根的臉問，等著髮絲牽動的細微表情告訴他，正中下懷了。「我們這裡小姐如雲。」

「我家裡已經有個漂亮的老婆了，史岱爾斯先生。」

「我也有，」戴克斯特說。「算我們運氣好。」

照這樣看，他是衝著錢來。他對凱利根感到失望；要錢，應該在告密前談價碼才對。他能討到的賞金只少不多。「你給我的情報值多少錢才公道，你說來聽聽看。」

艾迪整理思緒，不盡滿意。「依我看來，」他說，「你如果換個方式做生意，善待試手氣的客人，一方面能改善營收，另一方面也能把生意做得更乾淨——呃，更公道。」這話聽起來不夠誠懇，甚至像傻話一句。他意識到史岱爾斯愈聽愈糊塗，但也心知史岱爾斯喜歡被搞得一頭霧水。

「凱利根先生，難道你對我的印象是，做慈善事業？」他問。

艾迪忍不住微笑。

「你的想法像警察，」史岱爾斯說，「為什麼不去當警察？」

「如果當警察，我服務的對象同樣是你。」

這句話一出口，艾迪才領悟此人本意何在。他想要一份工作。

「有些人認為，在我旗下工作像服一帖苦藥，」史岱爾斯說。「他們不喜歡時代的變遷。」

艾迪認為，言下之意是，山窮水盡才找上門來的愛爾蘭裔碼頭工不獨他一人。「不一定吧，」艾迪說，「這得看他們的老東家是誰而定。」

史岱爾斯壓向椅背坐，上下打量他。艾迪也以同樣的姿態，檢視辦公桌內比他小幾歲的對方，以假名矇住義大利裔出身的真面目，內心是蠢蠢欲動的不滿，表面上卻裝得好奇而精力充沛。而在面具下，一股感傷沉澱在心湖底。艾迪見到他熟悉的面貌，暗中欣賞他，覺得和戴克斯特．史岱爾斯有一份無形的情誼，覺得史岱爾斯的權勢並非拜家族之賜，而是得自於背叛家族，效忠的對象純屬自願。

「不巧被你說中了，」史岱爾斯說。「我是想掃蕩一下你提到的那些賭局。我也想知道另外有哪些破洞待補。每當我派部下去看，那些破洞常瞬間消失。」

「你需要聘請一位督察。」艾迪說。多年前他閱報學到這辭彙，珍藏到現在才有機會獻寶。

史岱爾斯微笑，面帶困惑。「好吧，督察。不過，我們不能在這裡見面。也不能被別人看到我們聚在一起。」

「那當然。」

「帶你家人來我家，我們可以深入談。你有小孩嗎？」

「兩個女兒。」

「我也有一個女兒。她們可以一起玩。禮拜六行嗎？」

艾迪離開「夜光」時，細雨霏霏，但心境輕盈的他幾乎沒留意到。他在第五大道上闊步走，街上冷清，只見在水溝撿拾菸蒂抽的窮人。不久後，他路過在麥迪遜廣場露宿的貧民窟。在溼氣中，火吱吱響，煙霧繚繞。他嗅到咖啡混合煉乳在鐵罐裡沸騰的氣息，一種帶金屬臭的甜味，總嗆得他牙齒格格顫。平常，他一嗅到這種臭氣立刻畏怯，因為他知道，唯有靠約翰．敦奈倫隻手保護他，他才不至於淪落街頭煮咖啡止飢。

艾迪找到門路了，終於能解脫。莉迪亞有輪椅可坐了。艾迪看著樹上晶瑩的小雨珠，心裡想著，也許踏上這條路之後，他能發現鬱悶中見不到的方式以幫助莉迪亞。也許，莉迪亞終究有辦法站起來。

這一趟黑路溼淋淋，艾迪走得暢快，原本的目的是求大哥放賭客一條生路，現在他絲毫不放在心上。目前他的感受是心頭的重擔全拋開了，因為他拯救了自己。

# 第六部

# 潛水

# 第二十章

對Q先生獻計大失所望之後，這一個月來，戴克斯特在週日午餐會上，屢次想找岳父亞瑟密商未果。密商難，反而對他有好處，因為每過一星期，戴克斯特對自己的提案更加有把握。最後，在狩獵俱樂部的一場晚宴舞會上，他與岳父同席。桌上散置著幾盤吃了幾口的熱烤阿拉斯加，對面的岳父突然看著他的雙眼，向他說，「我想出去透透氣。你呢？」

戴克斯特在菸霧繚繞的燭光中起身。時序已進入二月中，樂隊仍演奏著〈銀色耶誕〉，嫌冷飯炒不熱，他巴不得棄守監視舞池的崗位。狐步飛揚的死忠舞客當中，有一對是女兒泰波莎和她表哥葛雷迪，戴克斯特一方面監看著，無奈視線卻不斷瞟向另一對：妻子哈麗葉與布斯．金博爾。布斯的綽號是「哺哺」，妻子正依偎在他懷中。哈麗葉少女時期曾愛慕金牌馬球選手的他，但在戴克斯特娶哈麗葉不久後，布斯高攀英國某名門閨秀，婚後移民倫敦。暌違十多年，如今戴克斯特幾乎認不出他的長相，因為他已經滿頭白髮。酒會期間，戴克斯特低聲糗哈麗葉，「老婆，妳沒嫁給他，算妳走運，」邊說邊以下巴指向布斯。哈麗葉聽了之後幽幽說，「他老婆碧琵得癌症，去年死了。」

岳父帶著戴克斯特鑽過絨布遮光簾，外面的極地寒風凜冽。「空氣新鮮，」岳父爽朗說，音量壓過刺骨的強風。「精神百倍。」岳父圍著一條單薄的絲巾，不比領帶暖多少，頭戴著禮帽，但眾所周知他不怕冷，耐寒能力妙不可言。即使正值盛夏，身穿晚禮服，戴克斯特也未曾見過他流汗。他的步履快如刀鋒，高他幾吋的戴克斯特認真邁大步才跟得上。

月光下的殘雪表面凍成殼，覆蓋著球道，但桿弟踏過的小徑多半無雪，他們循著走向岸邊，在風勢稍歇時談軍服加身的葛雷迪氣質多麼颯爽，送兒子上戰場的母親心裡多惶恐。這週末是他出航前的最後一次休假。本地另有三名子弟也即將遠征——一位是海岸防衛隊，兩位是陸軍——這場晚宴舞會成了送別會。庫柏為兒子憂心如焚，但戴克斯特深信，即使是世界大戰也打不垮葛雷迪的光明前途。

岳父和戴克斯特走到彎溪——一條凍結、偏綠色、被長灘周圍止水拖累的海溝，然後穿越海峽群島，踏過幾叢溼地草。戴克斯特想繼續散步——他喜歡邊走邊談事情——但岳父停下腳步。

「我喜歡盡可能接近水，你呢？」岳父望穿夜色。「赫爾曼·梅爾維爾闡述得最精闢：『唯有最偏遠的疆土，方能滿足人心——』不對，我不記得確切的說法了。人的本性是追逐最邊緣的地帶。即使在高爾夫球場也是。」

「尤其是在高爾夫球場上。」戴克斯特說，兩人大笑起來。兩人不隨俗的習性之一是鄙視小白球——戴克斯特認為，高爾夫高手全是自幼耳濡目染養成的，他才沒閒工夫去學習；岳父亞瑟則認為，高爾夫是假運動之名、行偷懶之實的一種活動。

戴克斯特認得這地點：多年前，他要求岳父准婚，場景就是在這裡。不同的是，當時是夏天，樹木因滿載綠葉而直不起腰，剛割過草的球道散發的氣息總令他聯想到新出爐的鈔票。現在，戴克斯特望向黝暗的地平線，不禁遙想當時的對話片段。

當年，在吱吱喳喳的蟬聲中，準岳父說，「我認為，憑良心說，你的朋友和我的朋友如果共聚一堂，雙方必定互看不順眼。」

此言過度輕描淡寫，幾近俏皮邊緣，但戴克斯特照字面上的意思去解讀。「我想也是，雙方彼此的交集不多，貝林傑先生。」他說。

「其實多著呢，他們之間的交集，只是他們可能不願意承認而已。或者只缺共同語言來交流。」語出驚人，令戴克斯特詞窮。

「史岱爾斯先生，說來你可能見怪，我其實對你的朋友並不介意。」

「我……很高興知道，貝林傑先生。」

「哈麗葉很迷戀你，這才是我關心的重點。現在，你應該慎重考慮，你對哈麗葉有多麼迷戀。她將是你今生的唯一。史岱爾斯先生，這才是關鍵。關鍵不在於你的朋友，不在於你從事的行業、你的名譽、你的過往。你對我的承諾應該是忠誠。」

「我保證。」戴克斯特以審慎與誠懇度的態度宣示自己僅熱中於與銀行老闆千金之間的婚姻關係。

「我希望女兒過著幸福的日子，」貝林傑先生說，以鎮定的目光審視他。「我將會全力看顧著她，確定她日子過得美滿。」

「我瞭解，貝林傑先生。」

「你才不瞭解，」他語氣和悅。「你無法瞭解。但我希望你仍然能信守承諾，這是為了你自己好。承諾的意思是不許例外。瞭解嗎？」

他當時當然不瞭解。日後，當戴克斯特開始理解時，他只能讚嘆岳父的手法多麼精湛。當年求婚時，哈麗葉已有身孕而且拒絕墮胎，貝林傑先生無異於身遭五花大綁，急於解套之餘，能借力使力的籌碼不多，竟能迫使戴克斯特發誓忠心不二，可見他深諳魔術宗師門道，想必魔術家胡迪尼也自嘆弗如。假使貝林傑先生不許女兒下嫁，她必定會和戴克斯特私奔，有辱貝林傑家的門風。在綁手綁腳的情況下，貝林傑先生談判的態度卻宛如掌握全盤優勢。他的直覺出奇敏銳，能預知戴克斯特雖從事不法勾當，卻是言出必行的好漢。在戴克斯特這一行，從一而終的婚姻簡直是稀世珍寶，但婚後，每當舞孃伸玉手勾搭他，他立刻警覺起來：這一失足，會釀成千古恨嗎？這一小錯，會鑄成大錯嗎？捫心自問的效果更勝沖冷水澡。誘惑一過，他總如釋重負，甚至心懷感激。毒品能陷男人於泥淖中，美女的毒性也一樣強。何況，哈麗葉的姿色不輸全天下的美女。

火車豔遇事件跳脫時間和空間，算是絕無僅有的失足事件，他以此為鑑強化個人意志力，決心不再犯錯。

在兩星期前的今夜二度毀約的他，如今被迫思考著，岳父帶他重返舊地，用意是否在對質。然而，岳父怎可能知道？姊夫喬治什麼也沒看見。即使是喬治起疑心，戴克斯特的過錯和他算是小巫見大巫。那一夜之後，喬治對待他的態度變回坦率而友善，恢復了男人之間的低調默契。

戴克斯特從悶悶思索的情緒抬頭，發現岳父正端詳他。「近幾個星期，你好像有心事，」岳父說。「我納悶你在想什麼。」

戴克斯特乾噈一下。真正出軌的男人在這種情形之下會如何應對？反過來說，他當然是真有心事想一吐為快。一個月來，他苦思如何對岳父傾吐。他如釋重負，開始說，「我覺得有改變的必要，岳父大人。」

「大人？」

戴克斯特臉紅了。「亞瑟。」

「什麼樣的改變？」

「專業上。」

「你的事業，不是相當多元化了嗎？」

「的確是。不過，我站錯邊了。」

陣陣冰風送來遠方留聲機的斷續音符。此處宛如地球盡頭：四面八方盡是冰與水，一片灰黑。

「以你從事的行業而言，對和錯，不是依程度多寡而論嗎？」

「我一向這麼說。」

亞瑟吹一聲口哨。「到了這地步才談理想主義，太遲了吧。」

戴克斯特聽出他的譏諷。「理想主義最近好像釀成疫情了。」他說。

「是戰爭的效應。是附帶的益處之一。」

「我想在戰後的世界作個誠實的角色，」戴克斯特說。「而不是一隻吸人血的水蛭。」

岳父長吸長呼一口氣，聽起來像嘆息。「你我太年輕時被迫選擇的路卻能影響終生，可惜啊。」

「如果年輕時選錯路，以後應該能重新選擇，」戴克斯特說。「太遲也不算遲。」

一陣強風颳得戴克斯特眼眶出油，但岳父連帽子也不壓。風勢減弱後，岳父說，「我對你的同業和他們的商業行為所知有限，但依我判斷，你換邊站是知易行難。」

「已經自然而然在進行了，」戴克斯特說。「我在紐約，在芝加哥，在佛羅里達，都有合法的事業。我在各地都有交情。」

「我不懷疑。你是個容易親近的傢伙。不過，你的雇主是否知道你想踏上……岔路？」

戴克斯特記憶所及，這是岳父頭一次正面指涉Q先生。戴克斯特感到錯愕，腦筋一時轉不過來，隨即意識到兩個相互制肘的世界之間突然架起一座橋。而戴克斯特最缺的正是一座橋梁。

「我確定他知道，」戴克斯特說。「不過，踏出決定性的一步的人是我。」

生性狡詐的岳父不可能不明白這條路的走向。也許，他聽見戴克斯特說「專業」時，就心裡有數。甚至早在他喊「大人」時就知道。戴克斯特闊一闊胸，吸一口氣。「前一陣子我想到，」他再嚥下喉嚨裡呼之欲出的「岳父大人」，然後接著說，「我或許能把我光明正大的資產和事業傳給你。透過貴銀行。」

「讓我們的銀行買下你。」岳父說。

「正是。」

岳父的沉默似乎是好兆頭——顯示他認真思考中。戴克斯特看著腳邊碎冰迴游的凍海。人生之路在此地已轉過一次彎，不能再轉一次嗎？

「你的想法不夠周詳，兒子，」岳父終於說，語氣溫和如他一貫的口吻。「這令我憂心忡忡。我擔心的是你的安危，也擔心在你羽翼下的至親。」

戴克斯特內心深處的某物彷彿被燙到而畏縮，但他儘量以隨性的口氣說，「何以見得？」

「戴克斯特，你現在過著好日子，家庭美滿，知名度高，備受尊重——炙手可熱。大名經常見報。這是多數人畢生成就的兩三倍。但是，這種成就無法轉移。你擁有的貨幣只在本國通用，一出國界就吃癟。」

「我倒不認為。」

「那你最好醒醒腦，兒子。醒醒腦啊。」兒子是暱稱，是岳父對平庸兒庫柏的稱呼。

「我的腦袋清醒得很。」戴克斯特說。

「你知道嗎，」岳父和藹可親說，「上一次大戰過後，銀行業組成集團，承保債券發行以興建鐵路和工廠，當時合作連一紙合同都用不著。最接近我們的管理集團，賣債券給民眾的購買集團也不必簽約。那時候的交易不靠法律監督。當時我們只需要信用和名譽。我們當年僅有這兩種東西啊！直到今日，我的事業整體全憑信用行事。」

「可是，你總信得過我吧，」戴克斯特說。「你一次又一次以行動證明。」

「我完全信任你。戴克斯特，你是卓越銀行家的料子。最低限度也能當上合夥人。」這話直指庫柏。庫柏在銀行是低階合夥人，儘管是少東，他升官的機會也不大。「我對你的遠見絕對有信心。所以我才疑惑你為何鑽牛角尖，為何不知道你的名譽——你的過往——令人卻步。」

戴克斯特努力重振旗鼓。我怎麼沒預料到他會反對？然而，他的確預料到了——早在考慮報告岳父時，他預見的第一個結果就是反對。但他當時只以為，以岳父的權勢、聲望、獨立自主，反對的機率不大。

「我從沒想到，你會在意別人的看法。」戴克斯特說。

「我個人不在意，」岳父說。「但在商場上，我別無選擇。我能走多遠，我有自知之明。我倒不是說，全紐約沒有銀行肯和你合作。當然有。有些銀行對名譽不是那麼重視。話說回來，我想問你為什麼。你難道甘願被貶為平庸的銀行業者，在平庸的銀行上班，一輩子急著證明自己改邪歸正？」

「我想要的不是這個。」

「如果你往這條路走下去，頂多只能這樣。假如我是你，我會選擇待在原位。建議你，體認目前定位的優勢豐富，盡情享受吧。半途想換跑道，極可能賠了夫人又折兵，錯失利益又換不到新的好處。」

岳父的論點精湛，不言自明，顛撲不破，但戴克斯特早已有聽不進去的自知。他的心態有所移轉。「我付出太多代價，才有今天的優勢。」戴克斯特說，訝異於自己吐露這句話。他指的是沾染雙手的血。

岳父以輕柔的手勁握住他肩膀。他的權威似乎源於短小精幹的身形，而戴克斯特的魁梧則是年少輕狂的象徵。「我們全為自己的優勢付出過代價，」岳父語重心長說。「世上沒有一個人不是如此，連神職人員亦然。人人都有祕密，都有闖蕩事業的代價，我這一行也沒兩樣。別被銀行的大理石棟梁騙了。古羅馬也有大理石棟梁，而古羅馬人卻習慣把階下囚扔去餵獅子。像我的銀行之類的機構，背後隱藏不少粗暴行徑，偽善的成分同樣大。」

戴克斯特的眼珠子感到刺痛，並非冷風影響。亞瑟．貝林傑相信我和他沒兩樣！戴克斯特心裡多麼高興。岳父口中的「粗暴行徑」無論是什麼，絕對和戴克斯特不同。儘管如此，岳父這句話隱含的熱度令他想看看岳父的表情，可惜交談過程中，四處除了黑暗還是黑暗。

無言中，兩人達成共識，開始朝樂隊的演奏聲走回去。最後映入眼簾的是一座天上才有的柱廊，喜樂的氣息溢散到冰封的月世界。

「世人對中年危機的現象著墨不夠多，」岳父沉思著說，語音乘風傳遞。「但了為了躲避中年危機勇闖地獄，我見過很多人做過同樣的事，這是一種比喻。戴克斯特，你可要沉得住氣。戰爭有能力改變成你我難以預見的布局。當前並非大膽行事的時機。」

戴克斯特喜歡「布局」一詞。一場大戰打下來，局勢已見逆轉，無庸置疑，岳父去年秋天的預言已逐漸成形。但數星期——乃至於數月——以來，靜極思動的意念不斷在戴克斯特的身上醞釀，他非採取行動不可。即使是走錯一步，也總勝過全無作為。

喬治在遮光簾裡面徘徊，焦急地抹著小鬍子。「我才在納悶你們去哪兒了。」他以搜尋的目光迎接兩人。戴克斯特的情緒繁雜，無心回應他。

除了住校的男丁之外，今晚貝林傑家族悉數到齊，在擁擠的飯廳席開四桌。戴克斯特被安排坐在碧琪旁邊，可憐的夫婿亨利坐對面看著他們，眼神愁苦。晚餐期間，戴克斯特關心她近況。是的，嬰兒最近比較少哭了。對，她不如以前那麼鬱悶了。她回答得心平氣和，令戴克斯特懷疑，剛才酒會期間，她和喬治是否找到好地方胡搞過。狩獵俱樂部裡不愁找不到合適的地點，戴克斯特最明白，因為當年哈麗葉常帶他來這裡重燃慾火。一個人只要魅力與財力兼具，大致能在世界上多數地方無往不利，但洛克威狩獵俱樂部不然。往年，戴克斯特來此，總要面對老富婆和嬌貴子弟冷眼相待，他覺得好笑，他怎麼會在意？這俱樂部可以瞧不起他，可以拒絕提供婚宴場地（這事令岳父震怒），但如今他捕獲了世家的一分子，夜半手牽手，走過泳池畔，尋找適合翻雲覆雨的地方。在眾會員集體蔑視的煽動之下，門不當戶不對的小倆口慾火旺盛如刀鑿水晶，叮叮聲響徹樹梢，在月光中飄搖，直到兩人腦袋裡只想一件事。魚水之歡曾在球場沙坑裡發生，在園藝工具室後面，在裝滿知名騎馬障礙賽相片和獎盃的箱子下。草地網球賽頒獎典禮中，懷胎八月的哈麗葉躲在桌布下，為戴克斯特服務。

然而，如今，「布局」轉變了。泰波莎和攣生兩兄弟從一出生就獲得接受，哈麗葉是迷途知返的老會員——因為她繞了一大圈路回來，所以歡迎她的熱情有增無減。唯獨戴克斯特依舊被攔阻在圈外。和他同一代的會員對他尚屬友善；相聚時，身為人妻者熱情和他打情罵俏。但俱樂部的老會員如今看待他的態度是「罵累了，不想再罵」，主因是厭倦。他對這種態度熟悉得不能再熟悉了，不再意外，但他們照樣仇視他。

葛雷迪和其他即將出海的子弟開始與光榮又害怕的母親共舞。制服英挺的軍人容光煥發，已經是英雄了。戴克斯特決定去找伙房邦納文杜拉先生。即使是清教徒也知道，在飲食方面，非找巴西人掌廚不可。戴克斯特想和伙房討論黑市牛肉的來源。戴克斯特嫌牛肉烘得太硬了。戴克斯特有把握自己辨得更好，於是趁清教徒們跳舞之際，想向伙房交換這方面的心得。然而，在戴克斯特步行走向廚房的鉸鏈軟門時，內心卻又稍微退縮。再怎麼溝通也一樣，都一樣。一眨眼的光景，和伙房爭論牛肉煮法的念頭從隱然振奮轉為壞到極點。他和老富婆一樣厭倦自己。

在交際舞廳中間立定的戴克斯特領悟到個人的困境：他有力採取的任何行動，勢必將他推往他想遠離的方向。他真的束手無策。

然而，悟出道理後，他感受到一絲可能性。繫鈴的想法，該不會有錯吧？也許，有什麼事是他能解鈴的。

他瞧見妻子正想離開仕女室，過去牽住她的手。妻子被牽上擁擠的舞池之際，面露驚喜狀。自從他和凱利根的女兒過夜後，夫妻互動變得彆扭。那一夜的插曲難以釋懷：最大的因素是得知她身分後的震撼，但她的氣息、觸感、滋味也難以忘懷。事隔兩天，他重回船庫現場，目的是調查空酒瓶，以判定入侵的閒人是誰。然而，他一進船庫，立刻被那一夜的景物包圍——桌子、爐子、棄置在地板上的皺曲絲襪，不知不覺間背靠牆，一手伸進褲襠。從此他不再去船庫，也不再和哈麗葉做愛——丈夫的習性跳脫常軌，她竟能心平氣和接受。現在，戴克斯特見過她在新鰥夫布斯懷裡擁舞，決心恢復夫妻正常關係。他緊抱著哈麗葉，嗅著髮香，撫觸著她結實的腰臀，想起童年常騎馬的她早已不再回馬背上。

「記得以前來這裡，我們常幹什麼好事嗎？」他問。

「當然記得囉。」

「希望泰比和葛雷迪不像我們那樣。」

他意在博她一笑，可惜她在懷中怔一下。「她才十六歲。」

「妳當年幾歲？」

兩人認識時，她已不是處女。當年，戴克斯特沒想到細問失身時間和對象。對方不無可能是大她十歲的布斯。假如馬球金牌選手布斯求婚，她八成願意，但她當時太年輕，性情也太狂野了。有亞瑟這樣的父親也無法平衡。大家全有亞瑟這樣的父親。

「雙胞胎兒子今天很乖。」他以這話緩頰。

「他們是乖孩子，」哈麗葉說。「你對他們的稱讚不夠多。」

「我以後多稱讚他們就是了。」

「你會嗎？」他覺得妻子對他耳朵吹熱氣，知道今晚會行房。船庫事件隕落在他腦海的地平線下，但不至於完全消逝無蹤。

「能讓妳高興的話。」

「非常高興。」

樂隊以〈橘子〉一曲結束。這首歌出自桃樂絲．拉摩主演的那齣不叫好的片子。各家人手忙腳亂，摸黑進舞池。岳父、庫柏、瑪莎、葛雷迪的妹妹們（在兄長的光芒下遜色的平凡女孩），明天將去賓州公司車站送葛雷迪。對其他人而言，道別趁現在。

戴克斯特和醫師姊夫喬治並肩離開俱樂部，一手摟著他的肩膀，以消除喬治顯而易見的擔憂。喬治擔心他和岳父散步聊天時洩漏什麼祕密。喬治和他夠熟，不應該擔心才對。

才幾星期不見，葛雷迪似乎長得更高了，視線幾乎和戴克斯特平行。月光打在他制服的銅釦上。戴克斯特和姪兒握手時，感覺一陣鼻酸。儘管他深信葛雷迪能活著回國，他仍隱隱覺得，這輩子將永遠見不到面。

泰波莎振臂摟抱葛雷迪的頸子，久久不放手，啜泣著。戴克斯特在一旁流連，唯恐女兒失態，但岳母僅以緊繃的嗓音說，「他們從小就很親近。」

趁著月光，戴克斯特想看清岳母的神情。這有可能嗎？在夜色的掩護下，幾滴不聽話的淚珠從她眼眶滾下，錯綜複雜的皺紋裡的彩妝糊開一片暈濁。

「該讓葛雷迪跟其他人說再見了，親愛的。」哈麗葉輕聲訓誡，從表哥懷裡剝離泰波莎。泰波莎投奔父親的懷抱。「噓……泰比貓，」他抱著她說。「好了啦，不會有事的。」

「不可能恢復成現在的樣子了，」她說。「永遠不會。」

「葛雷迪會活蹦亂跳回來的，像馬一樣，我保證。」

她抽身離開，想正面看父親。「這種事怎麼能保證，爹地。」

她說的有道理；他的確是在講傻話。「我能保證，因為我相信是真的。對於葛雷迪．貝林傑，我絲毫不擔心，零掛念。」

此話是最缺乏根據的一派胡言，但戴克斯特自認他的話起作用了，彷彿女兒的心在他自己的胸腔內卸下防備，感受到父女之間血肉相連，兩人的氣息和動作亦步亦趨。她是他的骨肉。而他屬於她。

哈麗葉超前走向凱迪拉克車，兩手各攬著一個兒子。戴克斯特摟著泰比跟上。沒有人開口，當下只聽見鞋踩砂石的聲響。月光下，就在他抱著女兒行走的同時，他知道他應該採取什麼樣的行動。

# 第二十一章

安娜常回想考試當天的情景，想著自己成功登上潛水梯的心情。假如這是電影，全劇一定就此落幕，劇末的暗示是她排除萬難，終於贏得老頑固上尉的尊重。事實上，艾克索上尉重視她的程度只是有減無增。上尉稱呼潛水員時喜歡說「小子」、「弟兄們」、「紳士」。每當安娜經過時，上尉總閉上尊口，視她為一隻不吉利的黑貓。她明瞭到，想討上尉歡心的方式唯有一種，就是辭職不幹。上尉讓她沒有理由留下。

測驗通過至今已兩個多星期，安娜一次也不曾下水。其他弟兄時常潛水，例如巴斯康和馬爾一同下水修補盟軍驅逐艦的船殼。名義上，安娜是索具操縱員，專長是打撈沉落水底的物件。八十八號碼頭裡的諾曼第號正進行打撈行動，蘇格蘭的斯卡帕灣被擊沉的德軍艦隊也是。然而，瓦拉鮑特灣一艘沉船也沒有，只有幾千支鐵路的枕木。十年前，這些枕木從平底貨運船落水，目前影響到吃水較深的某些船隻通行。除了安娜外，獲選移除枕木的人全是潛水隊最粗壯、最笨拙的幾個，例如薩維諾——測驗那天，敲鐵釘戳破自己潛水裝的人正是他，而負責縫補破洞的人是安娜。目前，薩維諾獲選進入潛水池，接受焊接工訓練，失誤連連。兩天前，在焊接鋼板時，他的護面板被鋼板的一角敲破，大家急忙把他拉上岸——馬爾是他的照應員之一。薩維諾出水後，起初大致正常，只有耳鼻因壓力失衡流點血。但在進入增壓室之後，他陷入昏迷狀態。艾克索上尉懷疑他有空氣栓塞的現象，意思是，他在被拉上岸之前憋氣，他上岸後，四周的壓力減少，憋在胸腔的那一口氣膨脹，對肺臟施壓，導致小氣泡在血管裡生成，順著血液循環流過動脈和靜脈，最後氣泡卡在細小的血管，造成血管阻塞——以薩維諾的情況而言，有一條腦血管被氣泡塞住了。空氣栓塞症的死亡率高，幸好薩維諾逃過一劫。他至今仍未復工。

潛水隊共有十臺空氣壓縮機。今天，安娜的任務是清理所有壓縮機隔油器裡的絲瓜瓤過濾器。分配給安娜的任務全有家務事的性質：以橡膠膠水修補潛水裝、在頭盔的密封皮墊上塗抹牛腳油、解開纏繞太久的管線。在檢測零件的廠房裡，她期望再貼近大戰一些，如今卻離大戰更加遙遠。在零件廠房，至少她能幫忙跑腿，到造船廠其他地區收送物品。下班了，安娜在更衣間裡換回便服，陷入一種她熟悉的狀態：夢絕心死，認定自己確實是弱者。她感覺好虛弱。鐵路支架太重，她搬不動，上尉不讓她搬是正確的決定。往這方面想，能平息安娜心中一份憤恨不平的感受，畢竟，不知為何，覺得自己不夠格總勝過自覺待遇不公。她對自己產生一種新奇的印象，彷彿自己像已婚女同事優柔寡斷而不堪一擊。然而，一股怒氣如火燒假人，轟掉這印象。她對艾克索上尉恨之入骨，但願上尉能消失。痛恨他為安娜灌輸力量。但她不得不隱藏心中的怒火，隱忍下來，儘管隱忍的感覺猶如一口灌下漂白水。再輕微的過失也足以構成被開除的理由，她豈能讓上尉因此不戰而勝呢？

最令她開心的時刻是在高級長官巡視五六九號廠房時。在海軍高官面前，艾克索上尉顯得靦腆，畢恭畢敬，而上尉的左右手凱茲也似乎被巨星震懾到，幾乎渾身無法動彈。這兩人哈腰的此刻，暫時遺忘對安娜的輕蔑。這是安娜唯一能喘息的時刻。

今天下班後，安娜和其他潛水員離開造船廠，前往橢圓酒吧。同事每晚結伴去喝酒，原本獨漏安娜，但在曾策動馬爾同行的巴斯康巧妙安排下，安娜如今也跟著他們一起去，原因是在測驗過後沒幾天，巴斯康的未婚妻在桑茲街側門外向安娜搭訕，感冒的她啞著嗓子對安娜說，「巴斯康叫我跟他一起去陪弟兄喝酒，妳跟著去，好嗎？只有我一個女生，我才不要。」

今晚，大家都想聽馬爾敘述薩維諾如何逃過空氣栓塞症的劫數。薩維諾在增壓室時，馬爾也在場。馬爾說，薩維諾陷入昏迷之後，艾克索上尉增壓到五十五公斤，相當於近九十公尺的水深，希望堵塞血管的氣泡能再被薩維諾的血液吸收掉。上尉的筆無法承受高壓而迸裂，藍墨水濺到兩人身上。馬爾擡高薩維諾雙腿，上尉按摩著薩維諾的雙手和雙腳，竭力增加血液循環到腦部。

「在急救過程中，上尉一直喊話，」馬爾敘述。「他一直講，『孩子，你會平安沒事的。我為什麼知道呢？因為，你會死的話早就翹辮子了。』」大家邊聽邊喝著B&H啤酒，吃著吧檯零食。食品免費，以吸引水兵光顧。

「是艾克索沒錯，老講這種話。」巴斯康嘟噥著，啜飲可口可樂。

「薩維諾早就不省人事了，對他喊話，簡直像在哄一匹笨馬嘛。『等你們小孩長大後，你告訴他們，你當年是怎麼冒生命危險，他們禮拜天晚餐才不必忍受日本海苔和德國酸菜。』」

「講那樣是有點太誇張了，我覺得。」

「結果，上尉把他救醒了。我看著他起死回生。這個憤世嫉俗的傢伙才不信咧。」馬爾的眼神瞟向巴斯康。

急救四十五分鐘後，薩維諾恢復意識，然後躺在原地減壓五小時。終於，在午夜過後，薩維諾才走進在一旁等候的救護車。

「艾克索的狗嘴沒掛著奸笑，我倒很意外，」巴斯康說。「打從第一天起，他就想逞英雄。」

「那只是做做樣子罷了，」馬爾說。「假如潛水員死了一個，他整個潛水隊會被上級解散掉。」

「我會哭才怪。」

馬爾搖搖頭。他和巴斯康經常意見相左，但兩人還是形影不離。未婚妻茹比的家人不歡迎巴斯康進門，因為茹比的父親輕視他是流浪漢，拒絕和他握手。因此，每逢週日，巴斯康總是去哈林區馬爾家，和馬爾父母同桌。

安娜搭上街車，和茹比與巴斯康回家。巴斯康護送茹比一路走到位於夕陽公園旁的家。茹比父母開雜貨店，住家在樓上。見茹比進門後，巴斯康才獨自回造船廠旁的廉價分租屋，全程達一個半小時。訂婚的事瞞著茹比雙親，等巴斯康打動準岳父的心再公布。巴斯康三度視力測驗不及格仍有心加入海軍，注定沒結果，在外人眼裡看來，他想和茹比成親的心願也一樣希望渺茫。然而，由於巴斯康的野心澎湃激昂，安娜有點相信他有如願以償的一天。進海軍和結婚兩件事其實緊密結合：假使巴斯康如願進入海軍，他深信茹比的父親絕對會對他另眼相看。

安娜在大西洋街下車。從上午上班至今，這是她首度落單，但幾星期前孤立無助的心情已不再盤據她心中。她的心思現在沒有空位。她坐在餐桌前，桌上放著晚報和待閱的郵件，心裡想著戴克斯特·史岱爾斯。上班時，他鮮少浮現在安娜腦海，彷彿他被哨兵攔住，進不來海軍造船廠。但她一回到家中，便再度恢復信心，認定戴克斯特·史岱爾斯知道她父親的下落。戴克斯特·史岱爾斯曾提示她不要追問——口氣甚至可說是警告。

她推開通往消防梯的窗戶，爬上消防梯，迎接酷寒的冬風。她盡力把父親喚回腦海——為的是見一見他，把他視為沒有親戚關係的一般人。夜復一夜，她坐在消防梯上，抽著菸，低頭凝望街頭，想著——想什麼東西？儘管父女相處過許多年，安娜卻想不出東西來，彷彿身為他女兒的她反而瞎了眼，大家都看得到他的面貌，唯獨她看不見、不認識。

她和戴克斯特·史岱爾斯的糾葛仍未完結，兩人之間仍有後續發展。想到這份必然性，一股亢奮在安娜心中滋長，令她忘卻父親。她思慕的戴克斯特·史岱爾斯不是黑道大哥，而是情人。那一夜醒來見到的殘景模糊淡去了，僅留感官知覺。有些時候，她甚至後悔向他吐露身分——她不想放他走。她爬進窗戶，洗澡，然後上床，母親的來信仍未拆封。在黑暗中，她忘情回憶著戴克斯特·史岱爾斯。

那天他對她語帶威脅嗎？或只多了一份警告意味？

兩天後，上級叫安娜穿上潛水衣，在平臺船上照應馬瓊恩。在這之前，她進入這階段卻仍無緣下水。儘管如此，幾天下來，在室內工作或被擱在西街碼頭上的她有機會出來水面透透氣，她仍心存感激。陽光照耀瓦拉鮑特灣，宛如焊接槍的火焰。她觀看著馬瓊恩呼出的氣泡。

「凱利根。醒醒吧！」

是凱茲，駕駛著馬達橡皮艇，暫停在平臺船的一角。她有任務了。前照應員協助她抬潛水裝備箱上橡皮艇，沉重的箱子一上船，橡皮艇發出哈欠聲。凱茲駕船穿越冰水間，解釋說，最近有一艘戰艦從六號乾船塢拖曳至J碼頭，其中的一個推進器被卡住了。盟軍的艦艇名稱是機密，但安娜從她數度跑腿造船廠指揮官辦公室的經驗得知，這一艘是南達科達號戰艦。報紙以「X戰艦」代稱。這艘戰艦曾在聖塔克魯茲戰役擊沉二十六架日軍戰機。

戰艦的身影壯觀，周遭的景物相形見絀，連錘式起重機也被比下去。薩維諾和格洛里爾已在J碼頭邊緣操作空氣壓縮機的飛輪。自從空氣栓塞症事件後，薩維諾仍未下水，格洛里爾今早已下過水，潛水衣尚未褪盡。安娜的任務是下水檢查戰艦的四個推進器，找出問題癥結，回岸上報告哪些地方待修。接著負責修理的是剛受過灼燒工訓的格洛里爾。

「如果我能修，直接交給我修理，可以嗎？」安娜問，攔不住口吻裡的迫切意味。

「讓妳潛水的唯一原因是，我們找不到其他人下水。」凱茲說。

她急得臉紅。「你答非所問嘛。」

「照命令做就是了，少囉嗦。」

一座以繩索吊著的平臺，準備載她入水。水從四周湧上來時，安娜再度感受到無重力的滋味。東河的流速之狠眾所周知，她在船身下游處照樣感覺得到。她繼續在柔和的日光中下沉，一旁是龐大的船身。偌大的規模暗示著殺傷力強大。安娜想摸摸看。平臺持續下降中，她握著平臺的繩索，把身體盪向船身，隔著手套撫摸船殼，渾身頓時起雞皮疙瘩。戰艦摸起來有活力，精神飽滿，一陣嗡嗡響的觸感從指尖傳導至手臂，傳遞著船上數千芸芸眾生的動力。像一幢側翻的摩天樓。

最後，她辨識出右後方推進器的螺旋槳，打訊號通知凱茲，她已到達定位。下沉之前，平臺上掛著下降索，以協助她操作，她利用這些繩索來飄向推進器。這具推進器高五公尺，五片螺旋槳彎曲如海螺內部。安娜隔著手套摸索每一瓣的邊緣，一直摸到五槳會合的螺心。找不到差錯。她提防弄亂自己的繩索，攀過推進器，爬上推進器和引擎之間的連接桿。她循著連接桿，來到右前方的推進器。這一具少一瓣，只有四瓣，同樣沒問題。現在，她握住舵的前緣——如同銀行金庫的鋼鐵門——反推自己盪向船身的左邊。這裡正對著河的流向，河水衝擊著她，往來舟船的波浪也推波助瀾。來到左前方的推進器，她發現問題所在：螺旋槳咬到一條粗如她手臂的繩索，而繩索的盡頭纏著一支人人痛罵的枕木，懸掛在幾公尺下方。

凱茲拉一下繩子。安娜扯一下回應。這表示她該回岸上了，好讓格洛里爾接手，以氫氧吹管燒斷礙事的繩索。何必上去呢？工具袋裡有弓鋸，大可拿出來鋸斷繩索。安娜明明知道這種行為是抗命，卻仍執意做下去。反正，照規矩行事的她處處碰壁。通過考驗的她照樣無法潛水。在無計可施的情況下，她已放棄遠大的理想，再怎麼聽話，再如何取悅長官也起不了作用，何不趁這良機為所欲為？

她在故障的螺旋槳旁邊移動，拉一拉被卡進去的繩索。絞最緊的部位接近螺心，呈8字形，纏在最垂直的兩葉。安娜解開弓鋸上的馬尼拉繩，開始鋸繩索的這一段，進展緩慢。凱茲再打一次訊號，接著再一次。安娜每接到訊號就拉一下報平安，繼續鋸繩索。

凱茲以訊號表示他將送寫字板下去。安娜回應了，並沒有繞向船身右方去寫字，因為岸上的人讀到她的報告後，一定會催她上岸，有苦頭等著教訓她，不如留在原地，把任務完成再說。安娜有如趕在警報鈴響前撬開保險箱的竊賊，在光線不足的水中著魔似地鋸著，懷抱一份野生動物的決心。她知道這樣做純粹是自私之舉，一定沒有好下場。她不在乎。她愈鋸愈深，一絲接一絲斷裂的部分將拉力轉移到仍連接的繩絲，剩餘的部分緊繃，變成宛如小提琴弦震顫。再鋸，繩索終於全斷，她在嘶嘶響的空氣聲中聽得見斷裂聲。繩索的兩個斷頭在濁水裡飄搖，線頭宛如觸角般遊走。安娜攀向推進器另一邊，拉扯繩索其他部分，想重新分配鬆懈的部位。施力過度的她覺得頭暈。繩索開始滑動，鐵路支柱的重量向下拉，被鋸斷的繩索輕輕脫離螺旋槳，最後完全剝落，斷鬚搖曳著，遁入黑暗。

回到平臺，向上升，安娜心中產生第一絲悔恨。這一點小事如果交給格洛里爾，用噴火槍兩三下就能解決，跟她犯的過錯絲毫不成正比。即使在平臺抵達碼頭之前，她已見到凱茲氣得上唇疤痕火紅。「完成了，」她趕緊在凱茲揭開護面板時說。「推進器沒事了。」

安娜還沒走下平臺，他就大吼，「妳竟敢藐視我的命令。」

「修好了，」她嚥一下說，「任務達成了。」

「媽的，妳自以為了不起嗎？我送寫字板下去，妳竟敢假裝沒看見。」

一股牲畜的臭味，類似阿摩尼亞，從安娜的潛水衣裡冒出。她怕了。「幫我卸裝。」她說。但凱茲似乎氣得失去理智。「等我向上尉報告吧，賤貨，」他伸長脖子對著她臭罵，近到她看得見他口中金牙的填料，嗅得到口氣裡有義式香腸的味道。「他一定會把妳掃出門，飆得妳眼冒金星。」

她覺得他想宰了她，正打算要她的命。她上身往後傾斜，連忙抓住平臺的繩索。

「她快倒了，」有人驚叫。「抓住她，快抓住她！」

失去平衡的潛水裝太重，傾斜之後難以止跌，安娜帶著手套的左手沒抓穩繩索，如樹一樣傾倒，心知地心引力正想扳倒她，但她無能為力恢復直立。她看見天空歪斜，可能驚叫失聲。也許驚叫失聲的人是凱茲。

就在這時候，倒到一半的她靜止了。凱茲在千鈞一髮之際揪住她的救生索，在潛水靴跟脫離平臺之前挽回跌勢。安娜保持全身僵硬的姿態，儘量以靴子為重心。如果潛水靴從邊緣滑落，整套潛水裝的重量勢必將她垂直扯向灣底，凱茲若不鬆手也一定會被拖下水。救生索綁在頭盔後面的鵝頸鉤上，線頭繞到護胸板正面的眼孔固定住。唯恐傾倒的安娜小心翼翼，伸手想閉上護面板。

「不行。不行，」凱茲從她上方沙啞說。「不許動。」

凱茲左右手接力，以顫抖的手臂拉救生索過來，斜角拉繩費力，使勁將僵硬笨重的一百四十五公斤拉成垂直狀態。他的臉上布滿汗珠，視線鎖定安娜的眼睛，彷彿施力點在臉上。她專心保持直挺挺的姿勢，導致背肌肉痠痛難耐。她深怕嘔吐在頭盔裡。她多想閉眼，但又覺得非注視凱茲的眼睛不可。慢慢地，地心引力開始將潛水衣的重心移回靴子，最後她屈膝往前盪，差點一頭栽在平臺上，幸好凱茲即時拉住她，謹慎帶領她走上碼頭。

薩維諾和格洛里爾牽引她坐上長椅，為她旋開頭盔。安娜手壓著膝蓋彎腰，仍擔心嘔吐。一陣肅穆環繞全場。假如剛才護面板開著的她掉進冰水，在弟兄救她上岸之前，她可能早已溺斃。在她潛水期間，溼沉沉的灰雲已遮蔽天空，她這時看著雲。現在可以說感覺沒什麼大不了，反正她好端端坐在這裡，一切平安。但她知道當時有可能傾倒。

凱茲遠遠站著，雙手抹頭髮，搖搖頭，走向步橋，對站衛兵的水兵講話。格洛里爾和薩維諾卸下安娜的腰帶、護胸板、潛水靴。安娜吸收著熟悉的造船廠作息聲——馬達、機械、吆喝——彷彿這些聲響能為她止跌。

最後，凱茲走回來，大家開始搬裝備上軍卡。安娜正在拆解空氣壓縮機的飛輪時，三名海軍長官從戰艦步橋下來，身穿藍色雙襟大衣，鍍金飾釦和金肩章。最高級的一位軍官身材高瘦，在金辮綴飾的乾淨藍帽襯托下，連灰白的頭髮都顯得精實。「我想親自感謝各位紳士——小姐，」他說著和所有人員握手，見到女潛水員也不顯詫異。「辦得好，凱茲先生。處置優秀而效率十足。」

凱茲以瑟縮的神態接受，宛如被長官的讚美千刀萬剮。溼雪開始紛落，但安娜在長官面前幾乎感受不到。這些軍官來自那艘摩天樓戰艦，日後將出港前進戰場。安娜摸過船殼，第一次直接觸摸到戰爭——也感受過船身脈動的激情。

軍官走後，灰沉沉的天色再度包圍碼頭。安娜心情穩定了，但凱茲面色凝重，心不在焉，目光轉向她，她無意間對他展露笑顏。凱茲也遲疑一笑回敬。兩人分擡壓縮機左右，合力擡上軍卡。

安娜和茹比挽著手，正要過海軍街，竟發現戴克斯特・史岱爾斯的凱迪拉克車停在理查燒烤酒吧外面，未熄火。她每晚都在找這輛車。

「對不起，」她告訴友人們。她不願讓這群朋友認識戴克斯特・史岱爾斯，甚至不願讓朋友見到他。「我有事想跟人商量一下。」

她過桑茲街，友人眼中的問號尾隨而來。戴克斯特・史岱爾斯下車，打開副駕駛座的門。熟悉的皮革味圍繞她。

戴克斯特・史岱爾斯一坐進她身旁，她立即查覺他神態有異。他變得出奇寡言，皮膚上的鬍碴顯得灰白。他把車駛離路邊，鑽過路旁的一群造船廠工人和水兵。安娜隔著車窗，以渴望的眼神望著他們。一分鐘前，她還與他們同在，陪朋友有說有笑。如今，她感覺像掉進一口井，墜落到深幽的大洞裡。

車子駛過一條街，兩人無言。「他死了，」她開口說，「對吧。」

「對。」

她乾嚥一口。「在哪裡？」

「我可以查。」

她凝視著擋風玻璃上的雨刷，見號誌燈被刷成染過色的糖漿，在玻璃上刷得黏糊。對戴克斯特．史岱爾斯的飢渴仍在她心中活躍，是一片熱烘烘的能量場，但與身邊的男人毫不相關，因為現在的他改頭換面，變得冷漠內斂。然而，變的人其實是安娜。繞回原點了。這才是她真正的感覺。彷彿漫長而斷斷續續的改道終於帶她回到眼前熟悉的景物。「那，你怎麼不快去查！」她提高嗓門。「**快去查啊！拖什麼拖！**」

來到海軍街，車子靠向空曠的路旁。造船廠的磚牆正對著安娜車窗外。他望安娜一眼，說，「妳用得著妳的潛水裝。」

「我——什麼？」安娜沒聽懂。字義強行映入安娜腦海之後，她伸手突襲他的臉。

戴克斯特．史岱爾斯抓住她的手，手法敏捷，可見他熟稔於化解敵方暴力。「不許胡鬧，」他以氣音說。「否則休想找我幫忙。」

她逼迫他退向駕駛座的車窗，剛才的一擊只刮傷他的太陽穴，血滴正從傷口滲漏而出。安娜嗅聞到她熟悉的氣味，內心情慾膨脹。隔著他的大衣，她感受到他的心跳。兩人的臉幾乎碰觸；他正要吻她。她迫不及待要他吻。但她知道她想咬他——對他亂踢亂抓，罵得他腦漿四溢。

他一定也知道，因為他慢慢推開安娜，扣住她的雙手。「要不要隨妳。」他說。

她抽抖著，吸一口氣。「潛水沒那麼容易，」她終於喃喃回應。「潛水的裝備一籮筐。」

他傾頭點向圍牆，仍扣住她的手。「妳能從裡面帶多少出來？」

「不知道。一些吧。」

「妳帶不出來的東西，我全幫妳張羅。」

這份自信勾起她反感。「是嗎？我要一條船、一個空氣壓縮機、幾條管子。一座潛水梯。」

「船很簡單。至於其他東西，我可以叫人去湊。」

「再難的事，你都能叫人去做，是吧？」

「差不多是。」

「我們還需要再加一個潛水員，」安娜說。「通常要兩個幫手，不過一個也能應付。」

他帶著警告的神態，放鬆她雙手。「妳有人選嗎？」

她推敲著巴斯康會不會接受。「他不喜歡惹事。」

「沒人喜歡。」

兩人的視線務實地接觸。再怎麼說，現在是相互配合的時刻。

「有多危險？我指的是在陌生的環境潛水？」他問。

「我不知道。我不在乎。」她記得向後傾倒到一半被抓住，眼前是歪斜的天空，認定自己即將沉入灣底。現在她覺得，她確實是落水後得救了。

「我在乎。」戴克斯特．史岱爾斯說。

# 第二十二章

二月二十五日，凱志吉船長將伊海號駛入南非開普敦港，超前行程整整八天，誇口維持十二海浬的均速果然說到做到。在艦橋上發號施令，船長英姿煥發，一頭金髮，一雙貴族般的玉手，艾迪見了有時幻想伊海號是他童年看到的豪華遊艇。在教養院時，他夏天和院童去布朗克斯碼頭戲水，曾觀看各家遊艇在長島灣南面的賽船會聚集。他也曾見到富家少年走出中央公園，帶著網球拍和短馬鞭，嬉鬧著。凱志吉就像長大成人的富家少年。艾迪告訴自己，船長的運氣暢旺——希望船長的運氣多到能分給船上五十六人。

瞭望到陸地的前幾天，船員想上岸的心情沸騰，消磨航海時光的嗜好全被拋開，大家漫無邊際地期待，心無定所。伐明戴爾把大麻娃娃收起來，勤轉錶發條，艾迪認定發條遲早會被他轉壞。終於，停泊繩從儲藏室拉出來，卸貨架升起。

檢疫後，伊海號停進桌港，卸下鋁土礦，進幾批新鮮食品和飲水。開普敦是人見人愛的港市，未排班的船員一到傍晚就飛也似的下船。商船隊的人員和海軍砲手去逛馬來區，港務員曾特別警告他們別碰那裡的妓女。伐明戴爾之流的酒鬼朝最低級的酒店前進。海軍軍官在港口占有不同的席位。羅森上尉是武裝衛兵的司令，他的部屬是威寇夫少尉，兩人下船有車迎接，直接赴民宅參加晚宴。

商船見習員羅傑和史丹利穿著熨過的軍校制服，神情落寞看著軍官搭車離去。這兩人太青澀，進不去妓女院，不確定自己能去哪裡。艾迪承諾他們，出港前一定帶他們上夜總會。

進港後，無線電操作員的任務不多，通常躲得不見人影，但火花選擇留在船上。「操，老子進開普敦能幹嘛？」他問艾迪。入港第一夜，艾迪待在船上陪伴他。「難道要老子拖著這條廢腿進酒吧說，『非常感謝你，我想點一杯牛奶，好嗎？』從我的艙窗，媽的，我就能看見他們大名鼎鼎的桌山。你看，不就在那邊嗎？老子連腿都不必擡，就能觀光。現在我能用這架無線電，做上帝要它做的事。」

由於正值無線電靜音期，本船已有數星期無法聽新聞。現在，BBC播報員沉聲報導的多半是好消息：德軍隆美爾的威猛坦克部隊在突尼西亞兵敗潰散，俄軍湧入哈爾科夫，盟軍重擊義大利墨西拿。

「媽的，我們快打勝仗了，三副，」火花說。「你高興吧？」

「誰聽得懂英國播報員的口音呢，」艾迪說。「假如他們報導說我死定了，我還以為是好消息咧。」

火花往後縮身，表示不屑。「三副啊，」他說。「沒想到你遇到英國口音就孬種了。」

艾迪想起水手長的言語鞭笞人的清脆聲。「我也沒想到。」他說。

艾迪爬梯子下去，一路冷清，進廚房替火花歸還杯子。水手長正在廚房裡，喝咖啡讀書，一見艾迪進來，倏然起立，闔上書，以兩指當書籤。艾迪也嚇一跳。

「你竟然沒上岸，水手長。」他說。

「有啥理由好驚訝的，三副？」水手長語帶挖苦說。顯然，他也沒料到船上有人，顯得手足無措。

「我們在同一條船上工作過，」艾迪提醒他。「那時候，你一逮到機會就上岸。」

「若我記憶無誤，你也一樣，」水手長反駁。「或許新官上任的你被衝昏頭腦，所以才改變作風。然而，你一定注意到了，我僅止於臆測。你的所作所為是你的自由，皆無關我家事，同理，你也無權對我的自由置喙。」

「沒啥好生氣吧，」艾迪說。「我只不過是閒聊罷了。」

水手長以狐疑的目光審視他，手指繼續插在書中。在散發藍黑光澤的手背皮膚下，水手長的手掌竟是粉紅色，令艾迪驚訝。艾迪聽命於水手長時，一閃而逝的粉紅宛如羽翼輕擺，令艾迪看得出神。

「**閒聊**確實有其效用，我同意，」水手長說。「然而，以當前的情況而言，此一說辭顯得不盡真誠，原因至為簡單，你的說法未考慮到你我之間持久不散的嫌隙。你我已跳脫**閒聊**的境界。依此事證，我斷然無法聽信你的說法。」

「你跟任何人講話，都這樣咬文嚼字嗎？」

「此問之用意何在，三副？」水手長怒罵，氣得抽出書裡的手指，舉雙手起來。「是明言或暗喻？」

「明言。」艾迪說，其實不太確定兩者的差別。

「可。你是明言之人，三副。那麼，且讓我明言答覆。恕我不敬，我將以尖刻坦白的言語回應。」水手長向前一步，壓嗓子說，「我**並非**逢人皆如此言語。與我才智落差太大之白丁，通常不像你如此渴望深刻、反覆的交流。我坦承，你堅持如此互動，令我不解。我當然能猜想，但如此做是白忙一場，原因之一是此舉勢必暗示我倆的內心世界有微乎其微的交集——我懷疑是沒有。另一原因是，此舉必然暗示我對你的行動與動機有稍許的關心——三副，我絲毫沒有。」

聽沒兩句，艾迪就聽得一頭霧水，但他知道水手長意在羞辱他。血衝腦門，艾迪說，「那就算了，」他說。「祝你晚安。」

他轉身離開廚房，見水手長明顯錯愕而暗喜。艾迪覺得自己像挨了一頓鞭子的狗，但也明瞭，他只能怪自己。究竟想從水手長身上得到什麼？他不知道。

翌日午後，他帶兩名見習員下船逛開普敦。在土色的桌山凝視下，開普敦是一座真正的城市，比艾迪預期來得大。見習員買巧克力和小蜜橘。艾迪買普萊爾海軍牌香菸，邊逛艾德利街邊抽。梁柱高聳的建築夾道而立。逛不到二十分鐘，艾迪便知水手長不願下船的原因。無論是在公車、商店、劇院、電影院，黑人全被隔絕在白人圈之外。黑人受盡冤屈，艾迪見慣了。在西區碼頭上，義大利佬被當成黑人對待，而黑人的待遇更差。話雖這麼說，在開普敦街頭，當艾迪目睹一名黑人老嫗提著購物袋，在長椅坐下休息，竟被警察趕走，艾迪仍覺得震憾。傲慢的水手長絕對不可能踏進這種地方。在汪洋航行四十七天，終於有機會上岸，水手長卻純粹因原則問題而拒絕下船，自制力夠強，令艾迪由衷欽佩。

入夜後，艾迪帶見習員去他今天早餐聽羅森上尉介紹的夜總會。正如艾迪所願，羅森上尉也在，身旁是威寇夫少尉，兩人邀請艾迪和見習員同桌。羅森是猶太人，預備役，相貌堂堂，從事廣告業。威寇夫外表至少比他年輕十歲，是興沖沖、有雀斑的白胖小伙子。今天下午，他和羅森在南非東道主的陪同下，參觀葡萄酒莊，觀看葡萄收成，威寇夫當場購買兩箱。

「**葡萄酒？**」艾迪說。「你在尋我開心吧？」

少尉的表情認真。他說他希望在戰後成為葡萄酒經銷商。

「我一直不欣賞葡萄酒。」艾迪坦承，但他其實喜歡混合健力士啤酒和香檳的調酒，號稱黑絲絨。

「我保證能改變你的看法。」少尉說，已經扮演起推銷員的角色。

一組大樂團正在演奏〈銀色耶誕〉，在熟柑橘的香味伴隨之下顯得格格不入。黑白混血女孩陪盟軍軍官坐，與軍官共舞。這些女孩並非娼妓，甚至不是和酒吧勾結、慫恿水兵買酒請客的促銷女郎。她們多數是小職員或店員。在此交手的錢財是禮物，而非費用。多年來，艾迪參與過無數次類似的交易，這時卻不由自主地蔑視這種舉動。他一時想不透為什麼。他終於想通了：原來，他正透過水手長的目光看待眼前的景象。

出港前一天，二副伐明戴爾逾假未歸，四處不見人影。缺乏二副，伊海號無法啟程，因此望著漸漸遠去的船隊興嘆。伊海號預定隨船隊穿越莫三比克海峽，右邊是馬達加斯加島，左邊是非洲大陸，無數盟軍艦艇曾在此地遭納粹潛艇狼群吞噬。三天後，伐明戴爾被抓進陸軍監獄，罪行嚴重到陸軍拒絕釋放他，直到伊海號準備解纜出港才放他走。

三月九日，憲兵將伐明戴爾押解到上船的步道，他立刻被叫進船長室。凱志吉船長雖然俊俏如奶油小生，罵起伐明戴爾來絲毫不留情面。船長最無法容忍的一件事是落後。如今落單的伊海號被迫隻身出海，採取閃躲航線，偏右二十度航行十分鐘，然後偏左二十度，接著恢復既有航線再前進十分鐘，以下類推。敵軍U型潛艇在夜晚最活躍，伊海號不僅晚上閃躲，全天二十四小時亦然。航向莫三比克海峽之際，船上的吊架轉向船外懸空，隨時準備在遇襲時儘速放下救生艇。

伐明戴爾淪為賤民。最初兩天，開飯時他姍姍來遲，和見習員同坐一張小餐桌，面帶傻大俠的笑臉，好像被孤立是求之不得的特權。到了第三天，伐明戴爾過來和艾迪交接早班時，艾迪試著對他發放寬恕訊號。艾迪刻意熱情歡迎他，甚至在傳達航向與方位時拍他肩膀一下，以示求和。沒想到伐明戴爾不領情，對艾迪明顯的好意不耐煩嘆氣一聲，瞭望遠方，撫弄著雪白的鬍子，彷彿鬍子是他暗藏實力的寶庫。

同一天的下午，火花收到第二則直接通報給伊海號的訊息，航線因而變更。午夜前幾分，彷彿天意干涉，在德爾班東北八十公里的會合點，共有七十七艘船出現在他們周圍。由於大小船艦全熄燈，僅在船尾留一盞微弱的燈火。伊海號煞費苦心，左閃右躲才安然駛入定位，不至於撞船。艾迪和船長站在駕駛橋樓，透過輪機室電報向甲板底下的輪機員指示航速和方向。他忍不住以為船長具有超乎常人的能力。船長的美國運救了全船一命。艾迪終生渴求這種運氣，一有機會就伸手撈。或許，有好運相隨的人不需伸手。

船隊的航線藉由摩斯密碼傳送，以近似百葉窗的燈光忽明忽暗打訊號。准將的船位於第一排中間，訊號往後逐船遞送，總計近三十分鐘才傳遞完成。之後，全船隊設定四十三度航線，無影無蹤朝莫三比克海峽前進。

日出時分，在全船戰備部署期間，艾迪站在大副身旁，眺望著承載將近八十艘船的海面，陣仗宛如貴氣輝煌的西洋棋盤。「我一輩子沒見過這麼壯觀的場面。」他說。

「位置在中間更美。」大副嘿嘿笑著說，因為本船逼近所謂的「棺材角」——最容易遭潛艇偷襲。無所謂。船隊集合的場面如此浩浩蕩蕩，規模與範圍如此盛大，有幸參與其中的艾迪覺得所向無敵。他見到各國旗幟：葡萄牙、自由法國、巴西、巴拿馬、南非。右邊有一艘荷蘭籍貨輪，兩名兒童在床單飄舞的曬衣繩下奔跑，顯然船長是為了躲避納粹而舉家逃離荷蘭。

十五艘較小較快的護航船——驅逐艦與輕型護衛艦——在船隊之間穿梭，宛如遊行隊伍中的騎警。船隻如果故障拋錨，船隊會繼續前進，由護航船協助營救故障船的人員。比起其他任何事實，這一點特別令艾迪寬心。

全船唯有一人對現狀不滿——船長。船隊行進間，航速不能超出最慢的一艘船，而這船隊裡有一艘巴拿馬籍燃煤輪船，拖累全隊，速度驟降到八海浬。「原本我們蛇行，還不至於這麼龜速。」船長用餐時對坐他右邊的輪機長說。

午夜後，仍面帶傻笑的二副伐明戴爾過來接班，艾迪回房，發現威寇夫少尉端著一瓶葡萄酒，在艙房外等他。「今晚夜色完美，」他說，「我們就在外面喝吧。品酒的地點和美酒的滋味一樣重要。」

他們坐在二號艙口蓋上。夜空無雲，清風沁涼，眉月下依稀可見起伏的海面。艾迪看不見周遭的船隻，但能意識到船隻的密度，前後一百五十公尺，左右三百公尺，全湊在一起破浪前進，宛如一群幽靈獸。艾迪聽見少尉開酒聲，嗅到葡萄酒的酸味和木桶香。少尉在兩個琺瑯咖啡杯裡各倒一點酒。他見艾迪舉杯，對他說，「暫時不要喝，先讓酒透氣一陣子。」

南十字星座低懸海平面附近。艾迪比較欣賞南半球的夜空，比北半球燦爛，行星也較密集。

「可以喝了，」少尉幾分鐘後說。「喝一小口，在嘴裡涮一涮再吞下。」

聽起來沒道理，但艾迪照做。最初的口感只是艾迪一向討厭的煙燻苦澀味，但隨後而來的是迷人的熟透香，甚至微微暗示著腐臭。「好多了。」他訝然說。

兩人喝著酒，觀星。少尉說，戰後他想去舊金山以北的山谷找種植葡萄的工作。那裡原本有葡萄園，但在禁酒時期遭政府派員焚毀。

「你呢，三副？」他問。「你戰後有什麼志向？」

艾迪知道自己想說什麼，但拖延幾分鐘才確定。「我想回老家紐約，」他說。「我有個女兒住那裡。」

「她叫什麼名字？」

「安娜。」

艾迪已有多年未曾說出這兩字，如今脫口而出，聲響宛如一對鐃鈸互撞，餘音嚶嚶。害臊的他岔開視線。幾秒過後，艾迪沒聽見少尉回應，才理解他這份心願多麼平凡。近年來，出海的男人多數拋家棄子。大戰把他打成平常人。

「她今年幾歲？」少尉問。「你的安娜。」

艾迪心算一陣子。「二十歲，」他赫然說。「她上禮拜才過二十歲生日。」

「成年囉！」

「二十歲大概算成年吧。」

「我二十一歲。」少尉說。

# 第二十三章

有幾夜，在莫三比克海峽，護航船投擲深水炸彈，震得空氣劈啪，皮毛麻癢。全船戰備部署的警鐘響了再響，把所有人員召來甲板上，整個船隊蛇行了好一大段距離。艾迪站在駕駛橋樓上，眼珠乾澀，盡可能在轉來轉去的黑船行列之中維持本船的位置。下班後，他躺進布袋，睡得不安穩，因為安娜像個不安分的鬼神匍匐在他心思中。

「我想跟你去。」

「那地方不准兒童進入，嘟嘟。」

「我以前就去過。」

「現在地方不同了。」

「我最近常去啊。」

「對不起。」

「我變了嗎？」

「是啊，妳長大了。」

「突然長大嗎？」

「長大不是突然的事，是漸漸發生的事。」

「你突然**注意到**我長大了嗎？」

「可能。」

「你注意到**什麼**？」

「好了啦，安娜。」

「你**什麼時**候注意到的？」

「好了啦。」

停頓半晌之後，安娜改以較冷淡的口吻說，「別怪我反過來懲罰你。」

「我可不建議妳這麼做。」

「別怪我變懶惰。」

「那等於是懲罰妳自己。」

「別怪我吃太多糖果。」

「妳最後會變成阿黛爾太太那樣，牙齒掉光光喔。」

「別怪我把衣服弄得髒兮兮。」

「那等於是懲罰媽媽。」

「別怪我變騷包。」

「什麼？」

「別怪我變騷包。像布麗安姑姑那樣。」

艾迪摑她一巴掌。「不准妳再講這個。永遠不准。」

安娜摀住挨打的臉頰，乾著眼眶。「那就讓我陪你去嘛。」

七天後，船隊脫離莫三比克海峽，無一船隻落難。船隻開始一波波脫隊遠去，有些西行至蒙巴薩，有些東行遠赴錫蘭和印尼。伊海號維持航線，同行的船隊縮小到十八艘，另含四艘護航船。巴拿馬燃煤輪船仍在船隊中拖累大家，目前位置在伊海號正前方，每天清理排氣管時，細小的煤渣紛飛，覆蓋伊海號全船表面。凱志吉船長撢掉袖子上的煤渣，為冰河般的航速怒不可遏。深邃藍的印度洋海面平靜，行進中，艾迪觀察到船長的耐性與日遞減，自己的好奇心則是與日俱增。船長不習慣事與願違，這下子被燃煤輪船拖累長達幾星期，船長如何嚥下這口氣？

艾迪沒機會滿足好奇心。在抵達塞席爾群島之前，旗號來了，通知船隊儘速解散。所有船隻開始彼此遠離，動作懶散，猶如夢境中眾鳥驚飛的慢動作景象，起初怎麼看都不像其他船隻會航出視野之外。然而，不消三小時，連燃煤船的身影都逐漸淡去。

身為戴克斯特．史岱爾斯新聘任的督察，艾迪造訪郊區夜總會、賭場、餐廳、牌局，佯裝口袋有錢的外地人。在一九三五年初，沒有人會趕走這種來客。艾迪如果不料撞見熟人，會熱情問候幾聲，請對方喝一杯，然後儘快離開，隔天再來。同一個地方，他必須連續觀察幾次才能看破表象。幸好史岱爾斯給他的公費夠多。艾迪仍隨身攜帶的袋子裡只有這種錢。

一開始，他每隔兩三星期，跟史岱爾斯在曼哈頓灘的一間船庫見一次面，詳述觀察報告。他的主要任務是稽查騙局，但他猜中其他史岱爾斯有興趣知道的內幕，一併向他報告，例如主廚兼差為賣菸女拉皮條、染上毒癮的發牌員收賄造假、疑似遭恐嚇勒索的同性戀者。

「你扯太遠了，凱利根先生。」

「不在我任務範圍之內嗎？」

「犯不著編故事來轉移我的焦點。」

「我哪會？」

每次見面最後，史岱爾斯再給他兩三個地址。「你不寫下來，記得住嗎？」

「沒必要。」

「你腦筋這麼強啊？」

「你該不會暗示我是哈佛人吧。」

史岱爾斯笑著說，「你是的話，我就炒你魷魚。」

「俗話說的好，」艾迪說，「能講就別寫，能點頭就別講。」

史岱爾斯聽出興趣了。「一個愛爾蘭佬講過。」

艾迪眨眨一邊眼睛。

艾迪向敦奈倫辭職，推託他在劇院找到工作。艾迪在經濟大蕭條時期之前在劇院工作。敦奈倫離影劇圈太遙遠，無從判別這藉口是否過於虛假。他似乎慶幸艾迪不再領他的薪水，因為兩人複雜的交情妨礙到敦奈倫的行事風格，讓習慣不擇手段的敦奈倫施展不開。他把艾迪的送包工作轉贈給下一個走投無路的人歐班農，然後唉嘆歐班農搞砸差事。

「你的手法比較細膩，艾迪，他差得太遠了，」敦奈倫在桑尼酒吧抱怨說。艾迪仍儘量每隔一段時間前來露臉。「小班他每進一個地方，全場的眼睛全瞪著他看。有一次，他在丁提・摩爾餐廳，信封居然掉到地上，媽的，信不信由你。綠油油的鈔票撒一地……聽說大家一見他靠近，趕緊後退走開，活像見到痲瘋病人似的。侍應發財了。我告訴他說，『小班，你如果再犯一次，別怪我親手把你推下碼頭，你去向小魚兒訴苦吧。』」敦奈倫聳聳肩，表達活受罪已久的態度，癡肥的身形跟著抖動。「話說回來，他太太的眼睛快瞎了，家裡又有五個小孩……我狠不下心丟下他不管。」敦奈倫說完，無情的小眼珠朝天，然後查看守在門口的走狗。

「你太善良了，老敦，」艾迪說，只差沒笑出來。「實在太善良了。不過，你可要當心一點，這世界看你心軟，遲早會占你便宜。」

「對了，艾迪，」敦奈倫壓低嗓音說。「我照你的勸告，去找那個義大利佬了。」

艾迪不確定他指的義大利佬是哪一個，畢竟冒犯過敦奈倫的人太多了。「……結果呢？」

「我談好條件了。和坦奎度。」

艾迪這才想起，敦奈倫旗下有兩名中輕量級拳擊手，受制於坦奎度，苦無出場的機會。

「我放低自己的身段，跪著求那義大利佬，媽的，讓他把我的臉踩進爛泥裡去。」

艾迪聽著，心懷憂慮。在艾迪看來，敦奈倫卑躬屈膝的戲碼最後只會以腥風血雨收場。這時候，敦奈倫的嘴角泛起淡淡的微笑。「是我聽過最好的勸告。」

「那就好。」艾迪吐氣說。

「我的兩個孩子贏定了，艾迪，」敦奈倫說，臉紅氣喘的模樣看似正在分享祕密。「他們活力充沛啊。在這之前，他們最缺的是一個機會，公平登場的機會。」

「我聽了很欣慰，老敦。」

「我們為了小孩，再苦的事也辦得到，對不對啊，艾迪？任人踐踏，任人吐口水、拉屎、打個稀爛。如果小孩開心，再大的犧牲都值得。」

苦肉計不符合敦奈倫作風，艾迪希望他儘早喊停。「是啊，老敦，」艾迪說。「不過，你可別玩得過火。建議你見好就收，趕快脫身。」

敦奈倫點點頭，面色凝重看著艾迪，剎那間，兩人沉入往昔。離岸流、恐慌、營救、順著海岸線平行游、伺機游上岸，那段往事總像埋在兩人之間的寶藏。在此同時，艾迪也想通自己為何背叛敦奈倫。艾迪目前的主子是誰，假如被敦奈倫發現，敦奈倫必定痛罵艾迪惡整他。這幾個領域一字排開時，艾迪感覺自己能一次眼觀四面，無所不知。

「不必讓坦奎度知道，」艾迪提示。「絕對不能讓他知道。你自己要當心。」

敦奈倫點頭聽著。

艾迪借來杜森博格車，載家人去紐澤西州帕拉姆斯的醫療用品店，為莉迪亞選購輪椅。有輪椅可坐，莉迪亞的生活大為改觀。九歲的她終於融入正常人的世界，三餐能和家人同桌，艾格妮絲也能推她外出散步。安娜陪妹妹靠在窗口，看著麻雀啄食她放在窗檯上的麵包屑。從她們背後，艾迪看不出這兩個女兒的差異。

有一天，艾格妮絲在更換莉迪亞的尿布時，冰販來了又走，不等人。艾迪去電器行付現，當場為她買回家一臺電冰櫥。他厭倦了撒謊，不想再吹噓家裡其實沒有的東西。電冰櫥進廚房的頭幾天，參觀的鄰居絡繹不絕，前來欣賞這項奢侈品，坐在新椅子裡的莉迪亞則對他們傻笑。

冰櫥嗡嗡發出悶響，吵得艾迪睡不著，最後他睡著了，卻夢見自己伸手拔插頭。

「你一定要代我謝謝敦奈倫先生。」艾格妮絲說。

她也說，「假如工會沒了，我們日子會多苦？」

她又說，「哇，我們真幸運啊，艾迪。你看看其他人過的日子。」

她常把這些話掛嘴上，艾迪聽了微笑，喃喃贊同著，但他從妻子的欣喜中偵測到虛假，如同她心底暗藏一個隔間，裡面積壓一堆憋著不講的話。艾格妮絲不是搞不清楚狀況的人，不可能沒注意到丈夫工時拖長，最近鮮少借杜森博格車來代步，再也不帶安娜同行。但艾格妮絲只以讚嘆好運的言語安慰他，絕口不提異狀。艾迪觀察到妻子在裝傻，心中產生一股變態的喜悅。但夜深人靜時，他抱著妻子，探尋著她憂心忡忡的臉孔，卻也找不到變心的跡象。

史岱爾斯派他去奧爾巴尼、薩拉托加、大西洋城，因為史岱爾斯喜歡摸清每一個場子的底細，把艾迪視為電影攝影機來遙控。兩人溝通時，從不指名道姓；艾迪的任務是記住某人最顯著的特徵。疤痕是一大特點，簡單易認，另外還有髮油過濃的頭髮、造型特殊的戒指、過長的褲管堆積在腳踝、步態如熊。女人比較難記。艾迪頂多只能以「金髮」、「棕髮」、「漂亮」形容。重點是她們伴隨的男人。

艾迪描述觀察對象，態度是極度的漠不關心，史岱爾斯竟能準確判斷出他的態度，令他暗暗稱奇。「你是我的耳目。」史岱爾斯常說，而艾迪中意這個形容詞。他充其量是個傳遞事實的管道而已。他轉達全部對話，渾然不知講話者的身分。在隨後兩年期間，即使他得知講話者是誰，他也毫無觀點。他常告訴自己：這和我沒關係。不管我是不是在場，同一件事照樣會發生。後果不在他的任務範圍內。

「凱利根，你是一臺機器。一臺骨肉做的機器。」史岱爾斯驚喜說。這句話是讚美。以艾迪為耳目，史岱爾斯能無所不在。他只需要常保好奇心即可。

逐漸地，史岱爾斯的好奇心蔓延到他旗下的事業，擴展到集團裡面的對手，甚至也對共事者產生好奇。一九三七年一月，艾迪來到范德堡街，提著最怕雨天的厚紙板行李箱，向東方航空櫃檯買機票，然後隨同幾人搭上禮車，前往紐瓦克航空站。史岱爾斯派他去邁阿密觀察某人。這是他第一次搭乘飛機。

登機時，艾迪摘下帽子，低頭鑽進銀色飛機的艙門，心情七上八下。所有乘客就座後，窗外的螺旋槳啟動，搖搖晃晃的機身在兩旁積雪的跑道上前進，速度增加，加速到令人屏息的程度時，機輪離開地面，整架飛機騰空而起，猶如被上升氣流帶動的灰燼。艾迪透過圓窗向外望，見到玩具模型似的紐約市：小車在綿細街道上爬行，白雪鑲嵌在房舍、樹木、球場之間。接著登場的是海，整片是有鎚擊紋的白鑞器皿，即使從高空俯瞰依然一望無垠。引擎聲在耳際縈繞。鄰座的婦人雙手合十祈禱，哭泣著。艾迪俯瞰著滿不在乎的地表，感覺自己瀕臨重大發現。

飛機停留在華盛頓特區、羅利、查爾斯頓、傑克森維爾、棕櫚灘，最後一站才是邁阿密。與視線等高的一輪明月在黑絲絨海面灑滿銀光。空氣飄送著蜂蜜般的甜味。即使在機場，棕櫚灘風格歷歷在目：白色男士晚禮服、粉色系絲裙。不到九點，艾迪已觀察到史岱爾斯交代的目標。那人坐在賭場深處，臉色鐵青，眼皮沉重，看起來像會計，反而不像拳擊賽主辦人。艾迪在賭輪盤，一面努力把賭輸的錢贏回來，一面死背那人接見的訪客順序。無暇他顧的艾迪好一陣子才留意到，挨著他身旁的女孩並非無意撞上他。他請侍應把女孩的酒帳算在他身上，算是回報她至今對他的好意。至少他是如此告訴自己。等到艾迪觀察的人離開賭場時，艾迪早已決定把女孩帶回飯店房間。

日出醒來，他嗅到床上一股不熟悉的香水味。嫌惡與寂寥從四周對他步步進逼。小事一樁，他安慰自己。這是男人的家常便飯，不會有人知道。以這些陳腔濫調自欺，他覺得像被白痴安撫。他離開飯店，在水泥色的沙灘上踱步，把菸蒂擲進海浪。唯一能紓解情緒的是，他告訴自己，帶妓女上床的人其實不是他。他只不過是戴克斯特・史岱爾斯的耳目。艾迪反覆說出聲：「我現在不在這裡。」這句話每次都能爆發一陣麻醉作用。

當天晚上，艾迪改賭撲克牌，換個角度觀察那人，發現自己的目光被一種熟悉的走路姿勢扣住：腳底有雞眼、提太多雜貨的婦女。但磕磕絆絆走在賭場裡的人竟然是約翰・敦奈倫。艾迪從未見過敦奈倫跛腳。但話說回來，艾迪最近很少見到他。見他現身邁阿密賭場，艾迪掩不住訝異的神情，忘了任務，忍不住多看幾眼。假如敦奈倫處在他熟悉的環境，必定會注意到逗留過久的目光，幸好現在的敦奈倫對環境不熟。他跛足來到艾迪一直觀察的那桌——那人是坦奎度，艾迪理解到，也許心裡早就有數。敦奈倫癱進椅子，垂著肥頭，滿臉卑微，艾迪幾乎看不下去，連偷偷看也不忍卒睹。老友怎麼會被欺壓到這種地步？他和坦奎度見面的時刻短到損人尊嚴，坦奎度對敦奈倫無禮點個頭，就把敦奈倫打發掉，失敬的舉動令艾迪看得蹙起眉頭。敦奈倫踉踉蹌蹌站起來，蹣跚而去，重心不穩，在賭桌之間跛行，差點跌倒，艾迪以為他可能會一頭栽在賭桌上，打散籌碼和椅子。艾迪知道，果真演變到摔跤，他也只能袖手旁觀。

敦奈倫走向遠方的出口時，跛腳的情形減輕，艾迪隱約瞥見他臉上有一抹得意的笑容，這才霎然醒悟，自己居然看走眼，沒看出老友其實在演戲。想到這裡，艾迪的內心泛起喜悅的漣漪，他樂得頭暈。原來，跛腳是假的。哈巴狗的態度是假的。敦奈倫表演得誇張，幾乎是太誇張了，連艾迪也上當。願上帝保佑老敦，心狠無情的他並沒有躺下來任義大利佬踐踏，全是騙局一場，以演技爭取成果。原來，他接受了艾迪先前的建議，找到良機。敦奈倫的演戲固然令艾迪驚訝，艾迪更訝異的是，見他表演如此成功，艾迪內心洋溢著喜悅。他對老敦是多麼敬愛啊，多希望老敦能戰勝敵手！他但願能奔向老友老敦，親吻他肥肉下垂的臉頰。

向史岱爾斯報告時，艾迪故意漏掉敦奈倫不提。

艾迪去他從未去過的教堂告解，以免被神父認出身分。神父叫他念玫瑰經贖罪。太簡單了。絕望之情如黑斗篷包圍他，自殺街車的輪子再度在他腦海裡翻滾。截至目前，如果他奮鬥的收場只是和妓女共度春宵，那麼，奮鬥的意義究竟何在？奮鬥為的是一個目標——目標是什麼？

本能上，基於習慣，他求助於安娜。「嘟嘟，我嘴饞，想吃俄式夏樂蒂蛋糕，」他對安娜說。「妳呢？」這天是星期六，艾格妮絲帶莉迪亞出去散步。

「我不想吃，爸爸。」

「什麼？妳以前不是好愛吃嗎？」

「太甜了。」

他震驚之餘，仔細注視著正在餐桌上做功課的安娜。感覺上，有段時間沒好好仔細看女兒了。安娜已經十四歲，長腿的她亭亭玉立，卻少了一分她曾經有的特色。十四歲的她比較像他絞盡腦汁對戴克斯特．史岱爾斯描述的女人。

「不管了，還是陪我一起去吧，」他說。「妳點別的東西。」

安娜起身，穿上外套。父女下樓梯的當兒，艾迪偵測到她的態度有一絲不耐，好像她另有想做的事情。他想不透為什麼。安娜總喜歡賴著爸爸啊！工作不再帶她同行的那些日子，她爭取得好努力。那是之前的情況，當然——現在掐指計算他多久前開始效勞史岱爾斯，發現已經是兩年前的事了，他陡然心驚。艾迪原以為，想讓女兒再跟班是輕而易舉的事，這時才首度明瞭時不我與。

他帶安娜進懷特藥局，坐在櫃檯，安娜點一瓶巧克力汽水，艾迪堅守夏樂蒂蛋糕。老闆去窗盒拿一盤給他。在等候飲料的空檔，他點菸，把香菸盒裡的集點兌獎券交給安娜。她以怪異的眼神看兌獎券，然後呵呵一笑，表示不敢置信。「爸，我早就不收集這些了。」

「不收集了？妳不是收集一大疊嗎？」

「怎麼收集都不夠兌換我要的東西。」

「現在可能夠了吧。」

她以異樣的眼神看他。「你幹嘛這麼在意？」

他才不在意。他要的是她在意。「感覺很浪費。」

「反正我收不收集，你都抽菸啊，」她說。「不然該不會是，你會為了我，多抽幾包？」她拋媚眼微笑，笑得像女人。

一股隱然不安的感受衝擊艾迪。「妳什麼時候開始停止收集？」

她聳聳肩，是他討厭的動作。

「最近嗎？」他語氣尖銳。

她的表情變得冷漠。「不是。好久以前了。」

艾迪身旁忽然冒出一個小精靈，活蹦亂跳的小安娜。鄰座的女孩態度冷淡慵懶，約束自己儘量不看窗外，從前那個喋喋不休的小鬼哪裡去了？留意這些事物是艾迪的專長。她到底在找誰？

老闆把巧克力汽水從櫃檯另一邊推過去，父女默默吃著。艾迪想不出該說什麼，心思只肯往回走，追溯到小手裡的髒雪球，祕密之吻。他想問安娜記不記得，卻擔心聽她說不記得了。更怕聽她說，那些往事對她毫無意義。

父女相處的那麼多日子哪裡去了？好幾百個日子，為什麼他想不起來？

「妳說的對，」他久久之後說，「這蛋糕太甜了。」

事後，父女站在懷特藥局外。安娜說，她想去史黛拉家玩，但艾迪意識到欺騙，開始在寒風中冒汗。安娜變了，徹底改變，永遠變不回來，他敢確定。拿史岱爾斯的錢，他奉命緊迫盯人，視線一岔開，女兒就走丟了。

小精靈的幽魂牽著艾迪的手，蹦蹦跳跳，抬頭看他，嘰嘰喳喳講不停，連續幾小時絮叨不休，不經大腦思考，話題忽左忽右，忽左忽右，像狗在搖尾巴。

艾迪凝視安娜濃密睫毛下的黑色大眼珠，想尋覓以前的小精靈。可惜他岔開視線過久，小精靈早已蒸發，取而代之的是一個幾乎不記得他、只想擺脫他的女孩。

一九三七年四月，亦即艾迪在邁阿密見到敦奈倫之後三個月，敦奈倫身中十五槍被緊急送醫，時間是半夜十二點零幾分，地點在桑尼酒吧，凶手從行進中的車輛裡開槍後逃逸。敦奈倫除了小便之外，身邊幾乎總有人跟著，命案現場當然不乏目擊證人，但沒有人願意作證。敦奈倫的死對頭多的是，為了僱用工人、掌控碼頭，樹敵無數，但這些冤仇潛藏多年，從不至於釀成巨禍。這是義大利佬慣用的行刑手段。

敦奈倫在聖文森醫院加護病房與死神搏鬥三天不治。幾位便衣警察先後探望過，但他們全不指望能從他嘴裡問出什麼。重度昏迷又插管的他能講話才怪。

教養院的老友三兩成群，聚在醫院大廳，歲數全在四十歲上下，齒危髮禿。艾迪在他們懷裡啜泣。「你對他認識最深，」他們安慰他。「你是他最親近的人。這也難怪，畢竟你救過他一命，一輩子不可能忘記。」艾迪渴求這一類的好評，但這些話的安慰效果稍縱即逝。他覺得對敦奈倫下毒手的人簡直是他自己。

雖然睽違二十年，他一見巴特．敘恩就認出人。巴特的頭髮尚在，灰白了一些，是該進理髮院了，看起來像穿不慣西裝的人。「當年你救了我們兩條命，艾迪，」他哭訴著，黑髮愛爾蘭人的褐臉滿載著哀慟。「從浪裡救回我們兩個。要不是你，我今天不會站在這裡，上帝為證。」

即使在陰間，敦奈倫仍能隔空主持為期兩天的守靈，從特大號的棺材以金礦似的身影控制全場。儘管遺容塗濃妝，太陽穴、額頭、頸子上的彈孔仍清晰可見。遺孀瑪姬哭天搶地哀號，可惜勾不起眾人同情。如同她動不動去酒吧揪老敦回家的舉動，痛哭流涕的表現也被眾人斥之為她不願「讓老敦開心一下」。

在守靈期間，艾迪心情平復不少，能和老友巴特閒談。巴特的妻子早逝，留下三個孩子，一家四口仍在布朗克斯區和未婚的妹妹同住。

「聽說你是律師。」艾迪說。

「在紐約州檢察署上班。你呢，艾迪？」

「東做一點，西做一點。」

「景氣不好，」巴特說。他誤將艾迪模稜兩可的說法視為失業。「能在州政府找到工作，算我運氣好。」

「你上班做的是什麼？工作像條子嗎？」

「比較乾淨。」巴特說，兩人相視一笑。

週日上午，喪禮在守護天使教堂舉行，致哀的人潮絡繹不絕，很多人仍有醉意，其他人則鬧宿醉。艾迪聽見有人在耳語：喬．萊恩也來了。敦奈倫生前夠力的見證莫過於請得動最貪腐的大頭目了。萊恩是國際碼頭工人工會的會長。

艾格妮絲握著艾迪的手臂。教堂階上有一位風笛手演奏著哀歌，艾迪又有淚水欲來的心情。「老公，這對我們家有什麼影響？」她問的表情焦慮至極，令艾迪恍然領悟到，他高估了妻子的洞察力。也許妻子對內情一無所悉。

「不會影響到我們的。」他喃喃說。

巴特來到艾迪另一邊，手挽手，踏上教堂階梯。進門後，艾迪湊近老友的耳際。「有風聲傳說，前不久，你調查過集團。」他悄聲說。

巴特縮身震驚。他語帶保留，沉聲回應，「是有幾分真實性。」

「我也許能……貢獻一點。」

巴特改以狐疑的目光面對艾迪。「你對集團知道多少？」

「我知道一切。」艾迪說。

# 第二十四章

會合點在紅鉤船塢，駁船往南航行二十分鐘後，綽號「船長」的老漢開始發出近似言語的怪聲音。他倚著小操舵室的外牆，滄桑的老臉仰天，彷彿被人往後扯，嘴巴對著繁星嗚咽哀鳴。即使在熄燈令盛行的岸上，安娜也從未見過如此燦爛的星空。

「呃囉哩……斯莫……天控呢……」

每次船長一苦嘆，立刻驚動安娜轉頭看。其他人似乎不以為意，唯獨身材高䠷的舵手。一聽到船長鬼叫，面無表情的舵手便微微撥動轉盤，與其說他是人，更像是跟著船長腦袋轉動的槓桿。

晚間十一點，夜空無雲，氣溫七度，以三月上旬而言算是溫暖，一彎明月低垂。探照燈對著夜空尋找飛行器。港口裡停滿看不見的舟船。偶爾，一個高聳的身影靠近這艘駁船，船長向舵手吆喝，舵手趕緊帶駁船脫離險境，身手靈巧如蝴蝶，船身只因大船激起的浪花而劇烈擺盪。自由女神像只能看見陰暗的輪廓，火炬的尖頭上亮著一盞燈。

航近海峽時，連船長也噤聲。從海峽可通往下灣，東邊有漢米爾頓堡的士兵巡邏，西邊是史丹頓島上的瓦茲沃斯堡。戴克斯特・史岱爾斯說，他已經同海岸防衛隊的某人「商量過」，萬一駁船被攔檢，保證能平安過關。但沒人希望船被攔下。大約十分鐘過去，唯一的聲響是駁船上的馬達。安娜擔心駁船的吃水是否夠淺，希望不要勾到反潛艇網才好。接著她才想到，水底下的門一定已經敞開，因為剛才駁船跟著其他船隻——可能是船隊——航進下灣。汽笛和警笛聲漸行漸遠，她覺得風勢轉強，浪也變高。戴克斯特．史岱爾斯帶來的五個「打手」（巴斯康的調侃語）倚在舷緣上，按著頭上的帽子。他們的任務是轉動空氣壓縮機的飛輪，但他們使駁船氣氛顯得陰森森。

唯有馬爾和巴斯康忙個不停，檢查戴克斯特．史岱爾斯借來的空氣壓縮機，為潛水預作準備。這具壓縮機是摩斯一號空氣幫浦（Morse Air Pump No. 1），和海軍造船廠裡的壓縮機同款。壓縮機被固定在船頭。現在，兩人合力清理空氣儲藏庫，潤滑活塞桿，也用石墨加油的混合液溼潤泵軸頭。原本的一大難題是從造船廠偷渡兩箱潛水裝備出來，每箱各有一套重達九十公斤的潛水衣，另外有六條十五公尺長的空氣管、一個飽滿的工具袋、兩把潛水刀、一個裝零件的鐵罐。剛才安娜在紅鉤船塢外與他們會合時，他們直呼，根本小菜一碟。由於在淡水運輪管上下班的人潮如過江之鯽，他倆從馬歇爾街側門搬箱子出去時，衛兵根本懶得盤查。馬爾向伯父借一輛無邊板的小卡車，載走潛水器材。

駁船出海峽後向東轉，未久，降落傘垂降遊戲機的輪廓在左邊浮現，摩天輪和旋風雲霄飛車的骨架也隱約可見。駁船往南轉，然後向西航行，轉得安娜迷失方向。她認為，船也許正駛離紐約港，進入大西洋。待會兒要潛多深？

戴克斯特．史岱爾斯站在駁船後端，一手按著軟氈帽，陰鬱的態度加深安娜的恐懼。前往紅鉤的車上，兩人話沒半句多；和潛水同事碰頭後，她一直守在同事身旁。巴斯康與馬爾的愉悅沖淡她的憂心。為了商量這件事，安娜抱著忐忑不安的心找他們，唯恐被他們當面嘲笑，也怕他們報警，然而，生活缺少刺激的他們，似乎認為在紐約港海床潛水尋屍是最合他們胃口的瘋狂之舉。安娜不得不提醒兩人，這件事不乏風險和危機，但躍躍欲試的他們聽不進去——或許風險和危機正是重點所在。

駁船終於減速時，安娜脫掉外套和鞋子，在工作服外面套上呢絨衣，頭戴一頂暖和的夜哨帽，自行鑽進帆布潛水衣，巴斯康和馬爾在一旁測試頭盔和空氣管連接器。斜月朝著駁船拋投出一道淡如羽絨的小徑。舵手接連調整修正方向幾次，最後船長嘶吼一聲，嚇得安娜頭皮如針戳，馬達才止息。駁船上有兩名水手，原本在甲板下面鏟煤進火爐，煤渣布滿粗布裝，這時候船上的第一副雙錨放下去了。駁船頭尾各有一副，以維持船身固定。

「這裡是哪裡，你們有概念嗎？」安娜問兩名同事。

「被考倒了。」巴斯康說。

「史丹頓島，」馬爾說。「西南岸。」

「我早就知道了，」巴斯康說。「故意不說，是想考你。」

笑聲隱約背叛了他們，維持樂觀的心情看似愈來愈勉強。他們為安娜著裝，先穿潛水靴，綁鞋帶，扣上扣環，然後安裝頭盔墊。這些步驟熟能生巧，忙碌能熟悉陌生的環境。護胸板、旋塞、螺栓、領口、墊圈。一切穿好，只缺頭盔，馬爾叫打手去轉壓縮機的飛輪。五人開始動手轉，彼此推擠，想展現自己不怕累的雄風。戴克斯特．史岱爾斯遠遠看著一切，表情反映著安娜的焦慮。安娜迴避他的目光。

頭尾的錨繩拉緊之後，駁船停妥，馬爾測水深。依照水繩上的繩結來看，這裡的深度十二公尺，海床是柔軟的泥沙。隨後，巴斯康和馬爾抬起重達四十五公斤的下降索，從潛水梯旁的右舷放入海裡。安娜和馬爾協助巴斯康穿上第二套潛水衣——只穿上帆布料的部分，笨重的部分暫時不穿。兩名同事的好心情變淡了，現在以做工的態度操作每一步驟。安娜坐在潛水椅上，除了頭盔之外一切就緒。「我想跟史岱爾斯先生講幾句話。」她說。

幾秒後，他來到身旁跪下，讓視線與她等高。他的神態深不可測。

「我該找的是什麼？」她問。

「妳知道該找什麼。」

「我問的是，另外該注意什麼。」

拖幾秒後，史岱爾斯才說，「繩索吧，我想。另外有個助沉的東西。可能是鏈條。」

安娜揚聲呼喚馬爾和巴斯康。「我準備好了。」

她從潛水椅上起身，砰砰砰走向潛水梯，讓同事為她旋上頭盔，接合空氣管和救生索，纏在鵝頸鉤上，測試空氣是否流通。馬爾拉救生索至她右腋下，空氣管拉至左腋下，穿進護胸板正面的金屬眼孔眼固定。她正要踩梯子下去，這時巴斯康從敞開的護面板瞇眼看她，以不太尋常的直率口吻說，「我不喜歡。」他說。

「對不起。」

他哼一聲，說，「見鬼了，下水的又不是我。」

「能出什麼差錯？」她說，引來訕笑一聲。

巴斯康為她闔上護面板，化學涼風嘶嘶灌滿安娜的口鼻。她倒退步下潛水梯，然後握緊下降索，任憑海灣吞噬全身。水流湍急，一股拉力有大海在後面撐腰。安娜記得艾克索上尉教過對付水流的訣竅，讓水流沖刷背部，身體緊靠下降索，不讓水沖走繩子。一階一階向下降。瓦拉鮑特灣的能見度低，潛水時什麼也看不清楚，因此她以為深夜潛水的情況沒兩樣。然而，現在她才發現，差別在於，在泥水混濁的瓦拉鮑特灣，她還見得到混濁的泥水，深夜潛水卻是睜眼不如閉眼，完全看不見任何東西，一股古怪的置身異地感油然而生，彷彿全身正溜向虛無的時空，或漂浮在真空狀態。終於踩到海床時，她抓著下降索，對著漆黑的前方猛眨眼，懷疑自己下降的速度會不會太快了。船上有人拉救生索一下，她穩住重心，回拉一下。海床的流速較緩和。安娜閉眼，心情立即稍稍平靜。她能忍受這一種盲。

她從工具袋取出一條三十公尺長的半徑索，繫在秤砣上方的下降索，然後以艾克索上尉教過的妙招（說也奇怪，上課有巴斯康在她耳邊嘮叨，她仍學得到東西），她將戴著手套的手指伸進秤砣下，把秤砣翻過來，將搜尋用的半徑索壓在秤砣下，更貼近海床。半徑索的另一頭纏住她的右手腕，她背對秤砣向外走到半徑索繃緊為止。接著，她放下工具袋，以標示繞圈爬行的起點。她趴下去，以狗爬式依順時鐘方向摸索海床，以右手腕上的繩子為半徑。一轉眼，半徑索就觸及海床上的障礙物。頭幾次，安娜忍不住想去查看障礙物是什麼，但她漸漸壓抑下來，好辨別障礙物究竟是地形或地物。她保持閉眼狀態，儘量忘記四周的汪洋，遺忘置身其中的渺小與孤寂。在史丹頓島維修淡水運輸管的潛水員常提到，港口的海床有沉船，有滋生百年的蠔殼基地，巨殼密布，更有十五公尺長的巨鰻。這些鬼影似乎在安娜差點能觸及的範圍之外若隱若現。她想著馬爾握住她的救生索和空氣管，於是穩定心情，一面移動，一面收放著繩子。一有狀況，他們隨時能拉她上船。只需猛扯四下發出訊號。

戴克斯特看著部下運轉空氣壓縮機，活像時鐘上的數字。打從開車出發至今，他一直拚命做著他最不拿手的一件事：遊手好閒。正因他無所事事，在他看來，眼前的事物輕則令他微慍，重則讓他不免憤恨，例如安娜的同事提著她腳踝，幫她套上粗大的潛水鞋；例如黑人一手抬她下巴，為她綁上一條東西——誰曉得是啥鬼東西。三人自成一個世界，令他羨慕。他羨慕的不只是那兩個同事，而是全部三人。兩男一女合作無間，氣氛明顯和諧。即使在安娜穿上潛水裝，不再像女孩之後，他仍憎恨只有那三人知道的知識、專有名詞、專業思想。看著他們扶她倒退入水，戒菸五年的戴克斯特破戒了，嘴唇叼著一支香菸。恩佐從黑影裡衝出來，及時為老大點菸。

太久沒抽，菸勁衝腦門，戴克斯特趕緊從船長身旁拉來一張椅子坐下，和頸神經失常的船長同樣仰頭。想必船長曾中風。即使在冷風中，船長臉上仍汗光淋漓。戴克斯特和他近到能嗅到他幾乎不離口的番茄汁（滴到衣服上）。船長說，是為了治潰瘍。但戴克斯特倒覺得，猛灌番茄汁可能是潰瘍的起因。果然，船長旁邊有個錫桶子。眾星在天上爭輝。

「誰曉得呢，船長，」戴克斯特說，「紐約市的天空居然有這麼多星星。」

船長咳一聲，覺得沒啥了不起。他是紐約人，習慣以地標和岸上的燈火導航，繁星反而令他迷失方向。但以港口的狀況而言，船長摸透了風勢、流速、棘手的狹道，認識海床的每一個起伏，也熟知水流在何地激盪成漩渦——落水的東西在這裡只沉不浮，不會被沖刷上岸。此外，他也自誇能回頭再找對地方。

「你看一下星空嘛，船長。你會習慣的。」

船長吼一聲，表示不贊同，戴克斯特研判他的意思是大戰一結束，岸上大放光明，紐約的夜空終將恢復原狀。

「你當然對，」戴克斯特說。接著，他改以輕得不能再輕的語氣說，「喂，你確定是這裡嗎？」

船長再吼一聲，這次傳達的是不悅。

「天這麼黑，景物完全變了樣子，你怎麼知道？」

船長在船上總是白帽不離頭，帽子漿熨得白淨，和番茄汁污染出的邋遢形成怪異的對比。他點一點帽子沒遮住的太陽穴，說，「在這地方，沒有東西會移動。」船長開口說話了，咬字之清晰令戴克斯特震驚。

「原來如此。」

不久後，坐立難安的情緒再度侵擾戴克斯特。他考慮找舵手內斯特聊天。內斯特原本很健談，幾年前受到一頓驚嚇，成了啞巴，所以戴克斯特找他聊天也碰壁，只好走向船頭。他的手下在船頭揮汗運轉空氣機。安娜在海軍造船廠的一個同事也在那裡。這人一頭亞麻色亂髮，不願苟同的臭臉令人不敢恭維，兩眼固定在空氣機正面的兩個儀錶。

「那些輪子，他們轉得夠快吧？」戴克斯特問他。

「目前為止還好。」

「別怕，他們不敢停手。」

「他們最好別停。」

挑釁。這句話如一股電流，既辛辣又引他歡心，令他差點當場教訓臭臉男，誰才是老大。戴克斯特悻悻然走向另一個同事。這名黑人，站在船尾的潛水梯旁邊。接在安娜身上的繩子穿過他的手，在腳邊匯聚成繩圈。他的眼睛盯著水面。

「你究竟在觀察什麼？」戴克斯特問。

「她的氣泡，」黑人說，視線不離水面。「見到氣泡爆開的地方沒有？是順水漂到的地方，未必是她目前的位置。」他顯得友善、中立，難以判讀他的心思。黑人通常難判讀——大概只有同族才知道吧，戴克斯特猜。

「你怎麼知道她在哪裡？」

黑人舉起手上的繩子。「我在她移動的時候收繩放繩，所以繩子始終不會變得太鬆，這樣一來，她如果扯繩子打訊號，我就能感覺到。」

「她這樣潛水，危險嗎？」

「大家照規定做就不危險。」

兩人默默看著氣泡在黝黑的海面爆破，顏色比周圍淺。戴克斯特問，「你的同事為什麼穿著潛水裝？」

「怕繩子出差錯，或怕發生其他狀況，所以隨時要有另一個潛水員待命。」

「如果他也下水，誰負責看管空氣機的指針？」

「你想自願嗎，先生？」

戴克斯特笑一笑，暗中佩服他。短短一句話，黑人不但拉近雙方的隔閡，也讓戴克斯特認識誰才是船上的老大。外交家。

「一臺機器夠兩個潛水員呼吸嗎？」戴克斯特問。

「照理說沒問題。在造船廠，我們每個潛水員單獨用一臺，不過我測試過這一臺，效率不錯。有那幾位紳士負責轉飛輪，這臺能發揮最高功率。」

戴克斯特微笑，終於聽到他一直想釣的讚美。「萬一，機器掛了，那怎麼辦？」他說。

「沒理由會故障，」黑人語氣平和說，但戴克斯特察覺他萌生一股憂慮。「即使故障，潛水裝裡剩餘的空氣大概夠她呼吸八分鐘，救她上船綽綽有餘。」

他握的繩索可能感應到訊號，只見他猛扯幾下，靜候一會兒，再扯幾下。隨後，他沿著舷緣，往回走向船頭的同時，邊走邊放繩子，視線仍停留在氣泡上。對話兩三句後，臭臉男離開空氣機，抬起沉重的繩子，快步走向船頭，來到空氣機附近。戴克斯特挨向黑人，聽他解釋說，「潛水員」──也就是安娜──已繞行一整圈，沒找到東西。現在，她換一區，再找另一圈。

「這樣找，可能永遠找不到，」戴克斯特說。「她能在海底潛多久？」

「兩個鐘頭沒問題。更久也行，不過她浮上來的過程需要減壓。我們只有一張垂吊椅可以應急。」黑人看手腕一眼，戴克斯特見到他手腕束著三支錶。「她下水三十八分鐘了。」

「我也想下去，」戴克斯特說。「幫她找看看。」

這項建議純屬衝動，與其說是提案，倒不如說是表達不安分的心境。然而，此話一從戴克斯特嘴裡吐出，儼然成為他腦裡甩不掉的想法。「我是認真的。」

黑人歪著頭，態度客氣。「先生，你潛過水嗎？」

「我一教就會。」

「恕我不敬，從安全的角度看，這件事行不通。」

「天下哪有行不通的事？」戴克斯特和顏悅色地說。「路是人走出來的。」

黑人觀看著氣泡。戴克斯特等著他回應，心知這黑人客氣成性，不可能裝聾太久。果然，黑人改以溫和理性的語調說，「我們整整受訓兩個星期才下水。」

「凡事總有第一次嘛，」戴克斯特說。「你本來沒潛過，下過一次水，不就潛過了嗎？」

黑人歪著頭想理解他。

「今晚就是我下水的日子。」

白人潛水員觀察著空氣機的儀錶，即使旁聽到這段對話也毫無反應。戴克斯特走向他，清一清嗓子，低聲開口，避免被忙著轉飛輪的手下聽見。「我想穿你身上的潛水裝，自己下水去。」

潛水員連一眼也不瞥。

「潛水的作法不是這樣。」臭臉潛水員喃喃說，眼睛注視指針。

「和很多事情一樣，作法是活的，」戴克斯特說，「方式多得很。」

「我只不過想幫幫忙而已，可以節省她的時間。更何況，你在船上有任務，走不開。」

「你完全幫不上忙。」

「哇，你這麼一講，傷到我的心了。」

「你只會增加風險，讓大家分心。」

「你擔心的是空氣嗎？擔心一臺不夠兩人共用？」

「還有其他顧慮。」

「好，假如遇到麻煩，就切掉我的管子，」戴克斯特說。「我自己浮上來。反正我有八分鐘可活，對吧？」

這下子，他抓住兩位黑白潛水員的耳朵了。「以你的體形，」黑人說，「不到八分鐘。」

「不管，照切不誤。」

白人發出反對的聲音。「萬一你淹死，屍體落在我們手上，我們可有罪受了。」

「不會有屍體。」

黑白兩人互看一眼。「何以見得？」黑人說。

「船長，」戴克斯特咆哮。老船長像被一盆水潑到臉，驚醒過來。「麻煩你過來一下。」

船長跛著走來，動作痛苦，宛如一隻被踩到的昆蟲。

「請你向這兩位紳士保證一件事，」戴克斯特說。「萬一我在這海港潛水淹死，你能保證他們無事一身輕嗎？保證他們不會吃上官司，不會遇到驗屍官或接到傳票，可以嗎？」

船長點頭，呼吸沉重。戴克斯特不完全確定他是真懂假懂。

「恕我不敬，」黑人說，「屍體不會平白消失吧。」

「會啊，怎麼不會，」戴克斯特說。「屍體消失是常有的事。朋友，你現在混的圈子不一樣了。雖然看起來和你熟悉的圈子很像，氣味相同，聲音也差不多，不過這艘船上發生的事絕不會傳出去。你明早醒來會發現，船上的事根本沒發生過。」

大家瞪著他，以為他腦筋失常。該怎麼向這些人勸說，他們才能理解黑道世界的運作？當然，戴克斯特用不著勸，但他向來喜歡講道理，比較不喜歡打蠻力牌。「我指的是，我們這圈子的規則不一樣，」他說。「作法也不相同。在你們圈子不會發生的事情，在我們的圈子裡很常見。屍體消失就是其中之一。」

「我們的潛水員呢？」黑人問。「如果出事的是她，我們該怎麼辦？」

「她不會出事，」戴克斯特說。「這是我們所有人的共識。至於我嘛，我比較像……鏡中人。一個影子。」他扯到他自己未曾明言過、瞭解不夠透徹的事物。

「話說得很中聽，」白人潛水員說，首度正面看著戴克斯特。冷硬的臉，下巴往內縮。「在我的觀念裡，世界只有一個，如果缺氧，沒人能撐太久。想逞英雄的業餘人士很討人厭，沒錯，不過，一旦玩出問題了，遭殃的是讓他們下水的倒楣鬼。大哥，我坦白告訴你，不行就是不行。我不願意讓你穿潛水裝下水。」

戴克斯特深吸一口氣。「我已經很理性地跟你講道理了，」他說，「好像怎麼講也講不通。」

「我連一個理性的字眼也沒聽到。」

「那我對你下命令：脫掉潛水裝。」

「我聽命於美國海軍，不受你指揮。」

一陣怒火燒得戴克斯特的神經吱吱作響。「美國海軍管不到這船上，」他輕聲說，「起碼我在船上沒看見他們。」

「有啊，海軍的確在。這港口歸海軍管。四面八方都是海軍管轄區。」

戴克斯特轉向黑人。「你朋友的腦袋是少一條筋嗎？」這句話的音量大到臭臉白人恰好聽得見。

「他難道不懂，我的弟兄能一槍射穿他的頭，丟他下海餵魚，把他當成蟑螂踩爛嗎？」

雖然戴克斯特的音量持平，這話的衝擊力仍橫掃全船，在風聲之中字字清晰。恩佐大搖大擺走過來，態度積極。「出狀況了嗎，老大？」

「我還不知道，」戴克斯特看著黑人說。「有嗎？」

被修理得矮人一截的狀況，有誰比黑人更能體會？他鎮定走向同事身旁，對著耳朵講話。戴克斯特只聽見片段。

「……如果他……沒那麼難。」

「……連薩維諾都能……」

「……在海軍很常見……」

戴克斯特知道他贏了；掌權者是黑人。果不其然，黑人回到戴克斯特身旁說，「我們不想惹事，大哥，完全不想。」

「我也一樣，」戴克斯特說。「所以我才想給你同事最後一個機會，以免事情惡化到他被嚇得屁滾尿流。我敢保證，到時候場面很難看。」

血色霎然從臭臉上流失。基於反射動作，他瞥向空氣機上的指針。戴克斯特想像自己潛進他腦殼，感受腦袋受重壓的滋味。戴克斯特不喜歡體會他人的感受。

「耶穌基督啊。」白人潛水員對同事說，嗓音乾澀，恐懼滿盈。

「我也沒看到祂在船上。」戴克斯特說。

安娜接到訊號，得知二號潛水員即將下來。她懷疑自己剛才是不是打錯訊號。隨即她理解，一定是船上出狀況了——最明顯的事實是下降索已經移動三次（最近一次被牽到駁船的另一邊）。截至目前為止，她只摸到一個破木桶和一個樹樁。在二號潛水員下水的過程中，她繼續爬行。接著，她感覺到對方抬起半徑索，循線走向她，強迫她站起來。她本能上睜眼，但當然什麼也看不見。

她回想起，上尉教過，在水裡如果兩潛水員的頭盔接觸，彼此可以聽見對方的言語。巴斯康的身高出乎她意料之外，她不得不拉一下他手臂，他才彎腰。她把頭盔壓向對方的頭盔說，「你為什麼下來？」

對方的回應纖細飄忽，宛如被棉被蒙住的收音機。「戴克斯特。」她聽見。

「戴克斯特怎麼了？」

「是我。我是戴克斯特。」

她一時以為是巴斯康在整她，卻無法想像他挑這場合開玩笑。「不可能。」

「顯然不是不可能。」

「太——危險了。」她支支吾吾說。

「船上的紳士們也這麼說。」

潛水衣爭奪戰有多醜陋，她能假想其中的片段。她轉移心思，因為心情非平靜不可。「壓縮機送的風夠我們兩個用嗎？」

「妳現在呼吸有沒有問題？」他問。

她深吸一口氣，情緒隨之穩定下來。她聽說過，海軍的潛水隊開班第一堂課，有時直接叫學員潛水，作為摒除劣幣的第一關。進頭盔的空氣乾涼，她覺得頭腦清晰。「沒問題，」她說。「我的空氣夠。你呢？」

「好得不得了。」

這話有幾分真實性。戴克斯特剛才照黑人指示，調整空氣閥，提高肩膀上的束帶後，雖然身體被沉重的靴子拖進濃得化不開的黑暗中，心卻感覺到一陣莫名振奮，彷彿在半意識狀態中做出的天大努力終將如願以償。他能呼吸。他能呼吸，能在海底行走。

「恐怕我們找不到任何東西，」他聽見安娜說。「怎麼曉得有沒有找對地方？」

安娜的嗓音微弱，猶如從長途電話的另一端傳送過來，產生獨特的效果，揉合親暱和距離，令電話中的戴克斯特常有對方直接對他心思講悄悄話的錯覺。「我們一定找得到他，」他說，自己的聲音相形之下如雷貫耳。「船長知道地方。他就在這裡沒錯。」

安娜聽糊塗了；船長也下水了？透過頭盔傳遞的言語不僅音量被擋掉大半，情緒也被吸得不留痕跡。假使機器能講話，聲音大概就像這樣。最後這句話徘徊不去。他就在這裡沒錯。父親的容顏忽然在腦海中清晰浮現：晨泳完的他從康尼島海邊出水，渾身溼漉漉而閃亮。救生員在他下水之後才上班，見他揮手眨眼，不禁一愣。他拿起留在安娜身邊的土耳其浴巾擦身，沙灘上也放著衣服和錢包。晨泳後的他洋溢著幸福的光芒，彷彿擺脫掉糾纏不休的悲傷。

「我在這裡，」她輕聲說。「我也在這裡。」

戴克斯特．史岱爾斯貼向她的頭盔。「如果妳另外有一條繩子，我們可以各握一頭，分頭找比較快。」他的言語以機械聲呈現。

「我有。」

她牽著他帶著手套的手，走向幾分鐘前的起點，因為她剛把工具袋留在那裡。工具袋裡有一條九公尺長的繩子，兩端各有一條繫環。她把其中一環套進空著的左手腕，另一環套上他右手腕的腕帶以下，然後互貼頭盔，對他說，「背對著我走，走到繩子拉直為止，然後憑感覺，照我爬行的方向跟著爬。你的頭盔應該時時比身體高，不能低於身體。」

「好。」

他照指示做，彆扭地下跪，直到繩子繃緊為止。透過塗著橡膠的潛水裝布料，他能感受海床的柔軟。他伸手觸底，當心抬頭。剛才忘了問低頭有何危險，覺得爬行難看又不自然。天啊，上次在地上爬是多久前的事了？手腕上的繩子動一動，他還是照著爬，起初動作遲疑，害怕把頭低下去。每次繩子遇到輕微的阻力，他便以為找到東西了，後來才發現只是海床上的凸起物體和水生植物。漸漸地，野生動物的這種動作掃除他所有雜念。他在黑暗中爬行。在黑暗中爬行。他爬。爬。爬了一陣子之後，他已經想不起來為何而爬。

阻力來的時候，來自連接兩人的外繩。她解開半徑索的鉤子——固定在秤砣上的那個——以便爬向他。就在這一刻，她才發現計畫有漏洞：她即將放手的繩子是上船的唯一一條生路。她記得第一次潛水那天，她在水面下搞不清楚東西南北，胡亂走一通。即使在較明亮、較淺的瓦拉鮑特灣，三吋粗的馬尼拉繩也摸不到。但如今，在最緊急的關頭，馬爾和巴斯康可以拉救生索救她，但戴克斯特·史岱爾斯怎麼上去？

想不出對策，她放掉手腕上的半徑索，順著外繩，爬向障礙物，摸索到厚重的鏈條纏在水泥塊上。她覺得戴克斯特．史岱爾斯從對面爬過來，來到她身旁。她打開手電筒，灰黃光芒喚醒大約六十公分以內的濁水。鏈條的環節有三吋粗，觸感滑溜，有水生植物附著，可能很久沒有移動過。安娜熄燈，因為她怕看到其他東西。她和戴克斯特．史岱爾斯互碰頭盔，說，「你認為呢？」

「看起來是。」回應的音量薄弱。

整晚盤旋心底的不祥預感浮上檯面了。「我害怕。」她說，語氣揣摩他透過頭盔傳遞的平板調。這語調具有一種怪誕的效果，能把她內心的七情六慾全收起來。只剩言語。

「他們為什麼要殺他？」她問。

「因為他們被騙。」

「他犯法嗎？」

「沒有。」

「他為什麼騙他們？」

「只有他自己清楚。」

「我想關燈找。」

她覺得他站起來，也許是想給她一點隱私，或者忌諱知道她發現什麼。鏈條盤捲著，一圈圈纏繞著水泥塊，形成一團紮實的個體。安娜猶豫著，伸手開始解開鏈條，在裡面摳挖。有幾段鏈環被一個大鎖扣住，固定在水泥塊上的一個板眼。安娜伸手指進環節裡，摸索著有機物，例如布料、皮革、骨骸。父親一去不回的那天穿什麼，她毫無印象，只確定必然有西裝、領帶、帽子。皮鞋。有個像黑蛋的東西壓迫她胸骨，裡面包著恐怖和噁心的東西。安娜感覺心頭畏怯，但卻渴望發現到的事物能釋放它，以證明父親並非離家出走。父親從未拋下她不管。急於確定的安娜伸手在泥沙裡摸索著黏滑的鏈環。但是，她摸不到皮鞋，摸不到布料，摸不到骨骸。這麼多東西，怎可能全被沖走？

意志動搖之餘，她提醒自己離目標多麼近。能潛到這裡簡直是奇蹟；這是她唯一的機會。有了這個認知之後，她一頭熱再繼續挖。她暗罵造船廠男同事才敢講的髒話：我幹！操它的！她一直挖到眼皮冒金星才罷休。她睜開眼睛，想趕走金星，卻發現眼睛一直沒閉上。火光其實在頭盔外面，在水裡。在她挖掘的期間，亮度也隨之增加：金屬橙、紫、綠，不盡然是色彩的色彩，如同她見過的底片上的色調。它們從被挖開的海床漂上來，在她四周的海水閃閃發光。

安娜拉扯戴克斯特潛水衣上的繫帶，他彎腰過來互碰頭盔。「什麼鬼東西？」

「磷光生物，一種水生動物。」她在潛水班學過。

戴克斯特也動手挖。磷光生物在兩人四周匯聚成雲彩，微微照亮她身旁的戴克斯特．史岱爾斯。手指末稍散發著溫暖，在沙地下面。她摸到一個圓形小物體，緊緊卡在一個埋進沙地裡的環節，於是開始用戴著三指手套的手去摳，儘量不要扯斷固定這東西的小鏈條。終於，碟狀物體被摳出來了，她放在手上，轉過來看。又是金屬製品，她好失望。這東西的邊緣圓滑，只凸出一個地方。接著，這物體變得可以辨識了，心頭像被冰塊砸到：懷錶。安娜驚呼一聲，在頭盔裡被自己的叫聲震傻。她舉錶至護面板外。戴克斯特．史岱爾斯仍在挖掘。激動中，她隱約看出熟悉的姓名縮寫。陌生人的姓名。

父親的懷錶。

她哭了起來。即使隔著手套，她能摸到凹凸的刻字ＪＤＶ：雅各．狄維爾。父親童年時的恩人。安娜握著錶，哭到頭盔裡的溼氣令她暈眩。她轉動氣閥，打開通風口，沖淡頭盔和潛水衣裡的溼氣。哭不停的她和戴克斯特互碰頭盔，知道他只聽得見機械式的回音，聽不成調。

「找到他了，」她說。「他在這裡。」

等到海床上的兩人再次開始摸找下降索時，戴克斯特早已覺得空氣不夠用。狗爬式比走路吃力，他累得頭重腳輕，兩腿不聽使喚。緊拉著維繫雙方的繩子，兩人緩緩走向安娜認為是下降索垂降的地方。幸好，他們找到了。

戴克斯特在海底等著她先上升。他一手摸著繩子，知道她中途暫停幾分鐘解壓，然後被猛拉一下，換手拉潛水梯上去。接著一切無動靜。下降索仍握在他手裡。戴克斯特只覺得水流推擠著他。朝順時鐘方向，他照黑人的指示，謹慎扭轉頭盔上的氣閥一小度，大口大口盡情呼吸著嘶嘶吹的空氣，快感近似以冷水澆熄奇渴無比的嘴。頭重腳輕感消退了，感官變得鋒利。他隻身在海底，沒有旁人。這極端的處境令戴克斯特著迷。他一向喜歡黑暗，但至今他只體驗過深夜版的漆黑。海底世界具有噩夢式的亙古黑暗，掩蓋住令人齒冷的祕密，邪惡到不見天日：溺死的兒童、沉船。他放開下降索，走開幾步，想像自己被棄置在荒涼的海底，孤零零。有個細長而滑溜的東西和潛水裝的外皮擦身而過。是鰻或是魚？他感受著恐慌的可能性。

然而，獨自佇立在這片憋死人的黑暗裡，襲上戴克斯特心頭的並非恐慌，而是多年來首次明確回憶起艾迪．凱利根的模樣。帽簷下似笑非笑的歪嘴。總是戴著品味出眾的帽子，插著亮麗的羽飾。艾迪．凱利根懂得打扮。在曼哈頓灘散步，他壓著帽子迎風走。戴克斯特多麼欣賞他啊！凱利根隨和的態度，明快而不起眼的行事風格，從不表露代價多高。愛爾蘭佬。兩人之間心照不宣，戴克斯特曾有這份直覺。事後，他曾納悶：心照不宣的東西是什麼？

凱利根具有讓人猜不透的特質，是這份工作的基本要素。哪裡都能去，大小事情全都能查。透過他，戴克斯特嘗到掙脫時空桎梏的自由。原本戴克斯特不該去的地方，都能派他前往，聽取戴克斯特不能知道的祕密。凱利根賜予他的是無所不在。無所不知。來無影去無蹤。戴克斯特被寵壞了，養成依賴心，日子過得太舒適，機密貪求無厭，卻忽略了神通廣大的本事和天下所有事物一樣，也需要付出代價。

在戴克斯特從事的這一行，套一句行話說，罪行重大者會被載出去兜風。兜風後發生什麼事，人人皆知，但事後鮮少有人再提起。凱利根絕對懂這道理。

既然如此，凱利根何苦呢？因告密而付出代價的凱利根，究竟為的是什麼？這疑問困擾戴克斯特多年。為了錢嗎？他的待遇優沃——假使凱利根要求加薪，待遇絕對更好。

後來，進過凱利根的寒舍，見到殘廢女兒之後，戴克斯特的疑問有增無減。家人迫切需要他，他為何仍願意冒生命危險告密？出事後，難免家人會調查，也許安娜會。

無解。只知道凱利根歪嘴微笑望著海面。「一艘船也看不見。」他曾說。惜話如金的他語帶保留，戴克斯特不知道他傳來的消息是好是壞。他望著大海，說的是真話：海上一艘輪船也沒有。

戴克斯特抓住下降索，照黑人的建議纏住右手臂，以一腿勾著，打開氣閥，為潛水裝充氣。果然，變魔術似的，整個人開始上升。一時之間，樂陶陶的戴克斯特覺得自己多了一份神力，能飛，能漂浮，能在水裡呼吸，全是人類辦不到的事。豁然知曉的感覺衝昏他頭腦。對，他想到，然後高喊一聲，「**對！**」一件重要的道理，潛藏於其他所有事物底下的道理總算明朗化。他順著繩子加速扶搖直上，潛水裝膨脹到無法控制，迫使雙臂動彈不得，因此摸不到頭盔上的轉鈕，甚至再也握不住繩子。他滿不在乎，亢奮都來不及了。當然，他心想。一心想記住終於明瞭的關鍵道理的他忘記自己正火速上升中。

鼓脹不堪的他被激射至海面，離駁船有十五公尺之遙。馬爾對著打手高呼，其中兩人衝向舷緣，猛拉救生索。巴斯康注視著壓縮機上的儀錶，劈哩啪啦咒罵著。恐慌專注的情緒強迫這群烏合之眾同心協力，合為一體。安娜穿著潛水衣，不穿潛水靴下梯子，等著打手把戴克斯特．史岱爾斯拉過來。戴克斯特面朝下，手腳攤開成大字形。看起來無生命跡象。拉到安娜身邊時，她想為他翻身，打算揭開護面板，但被馬爾高聲制止。

「先拉他上船，」馬爾說，「如果失壓，他會立刻下沉。」

沒錯——慌張的她想法不夠周到。她鼓足氣力，把浮腫的他推上舷緣，讓他躺到甲板上，由兩個打手勾著他腋下，另有兩人也過來幫忙拉。安娜從潛水梯躍上船，蹲在他身邊，讓弟兄為他翻身。水從潛水椅嘩啦流瀉，淹到她腳丫。她抖著手，為他掀開護面板。他睜著眼皮，雙目無神。

「聽得見我嗎？」她說。

他眨眨眼，然後咧嘴笑。一股如釋重負的狂潮撲向所有人。

「你浮上來的時候……有沒有憋氣？」她問，惦記著空氣栓塞症。

「當然沒有，」他說。「妳的黑人朋友警告過。」

# 第七部

# 看海看海

# 第二十五章

戴克斯特直到回到停在紅鉤船塢的車上時，他才有閒暇獨自回味潛水時的領悟。凱迪拉克車的皮革座椅散發芳香，宛如振臂歡迎疲憊的他坐進懷裡。潛水衣膨脹衝出水面，他被救上駁船後，不僅造船廠的潛水員和凱利根的女兒和他作對，連自己的手下和船長也造反。這群胡亂湊成一軍的人團結起來，堅持要他重返海底再緩緩浮上來，中途應該多停幾次，以防潛水症。戴克斯特甩手拒絕。他覺得一切正常，全身零病痛——說實在話，儘管他潛水結尾出差錯，還像碎布娃娃般被他威嚇過的人打撈上船，他心情卻棒透了。他幾乎不在乎。在你爭我吵的這段期間，從深海得到領悟在心中撲通撲通地跳。回程中，從拆解裝備的每一步驟，一直到最後和潛水員握手，大家視他為平起平坐的弟兄，他也無怨言，水中的領悟始終盤桓不去。

現在碰巧是他最心愛的時刻：黎明即將來臨，天方未亮。他發動引擎，暖暖車，終於讓心思轉向浮升過程中的那份領悟。可惜，他記得的只有理解和啟示噴發的剎那。

戴克斯特錯愕到啞言，回首頓悟的一瞬間：從漆黑的海床上升，速度加快，愈升愈快，繩子在手套中間摩擦出一道熾熱。如今，黎明從布魯克林天空邊緣滲漏而出，港口安靜下來，在微光乍現的當下，駁船、拖船、載運火車廂的平臺船嘎然停擺，恰似共乘電梯的陌生人。

領悟出什麼，真的忘了嗎？

趕得上在日出前回家。想讓今天過得平凡的願望凝聚成迫不及待的心。他駛離路邊，加速穿越夕陽公園和灣脊，和旭日賽跑。駕車行進間，能否及時回家的得失心愈來愈重，最後他相信，如果能照常在老地方開始一天的作息，就能修復某事物。成功與否，端賴節奏與時機，如同對著行駛中的街車下面側投硬幣的老把戲，非得抓對關鍵釋出銅板，否則無法投到街車另一邊。

在他駛抵曼哈頓灘時，一頂光明已經在弗萊蘭茲區上空集結。他跑贏太陽了。步入寂靜的家中時，他呼吸急促，不知道為何如釋重負。女傭煮好的咖啡涼了，他加熱，為自己倒一杯，端到門廊上喝，海風撲臉，一切符合他的憧憬。旭日謙遜地爬升，在海面灑下薄光。清晨的掃雷員令他聯想起為大廳地板打蠟的工友。一列輪船摩肩擦踵，航向微風點外。海鷗懸空不動如風箏。一切都顯得健康，彷彿人在海邊能抹掉一切——潛水、凱利根的女兒、甚至潛水時的領悟——全部變得微不足道。

他懷疑女兒泰波莎願不願意一起看海。葛雷迪上船近三星期以來，她幾乎整天愁眉苦臉，活像一個十六歲新寡的小女人。若不是戴克斯特送走葛雷迪時鬆了一口氣，他也會想念葛雷迪。

他倒第三杯咖啡，喝到日光暴露出他睡眠不足的事實。他下半樓，進臥房，想像著妻子在床上做夢。他渴望抱老婆，這是幾星期以來缺少的慾望。

他以為房間裡會是一片柔和的昏暗，結果臥室的遮光窗簾敞開，一派艷陽令他無法招架。他聽見浴室門內傳來自來水聲。今天是禮拜六，她一大早起床幹什麼？

他正要敲浴室門，卻想起一件該先做完的事。他走向更衣室，卸除手槍鎖好，解開襪帶，脫掉襪子，解開袖口鏈。穿潛水衣時，袖口鏈陪他下水。浴室水龍頭關掉後，他隔著門呼喊，「妳這麼早起啊，老婆。」

「我跟人約在俱樂部打橋牌，」她高聲回應。「女兒也想跟。」

他輕轉門把卻發現上鎖。雙胞胎兒子有亂開門闖進闖出的壞習慣。「她醒了沒？」戴克斯特問。

「她昨晚跟幾個朋友去露西家過夜。卡門．米蘭達辦派對。」他聽得見洗澡聲。「她們用水果作成頭飾，拿浴簾環當耳環，隨〈南美風格〉的音符起舞。我聽說的。」

一連串鮮明的細節和陽光一樣具有倒胃口的作用。「她竟然提得起精神，我很驚訝，」他停頓幾秒才對著浴室門說。「不是一直為了葛雷迪傷心嗎？」

「唉，我猜她快忘掉了。」

戴克斯特聽見她從浴缸起身。片刻之後，她打開浴室門，穿著珊瑚色的綢緞浴衣，身後飄灑著一縷懶散的名貴香水味。《阿根廷之戀》首映會上，戴克斯特曾和打扮稀奇古怪的卡門．米蘭達見過面，覺得大明星的姿色遠比不上妻子。他走向哈麗葉，深受秀髮和額頭交界上的水珠蠱惑。她擦身而過，進自己的更衣室，門關上一半，把浴衣扔到門上。戴克斯特再度對著一片木板講話。「女兒也打橋牌？什麼時候開始的事？」他問。

「被菲莉西蒂傳染的。」

「菲莉西蒂？」

「布斯的女兒。」

「啊。」他在床上坐下，依舊穿著長褲和襯衫。日光刺痛他眼珠。「妳怎麼沒提到哺哺？」

「前幾天就告訴過你了。我們相約打三戰兩勝制的橋牌，然後吃午餐，然後我載一群小女孩去施貴寶大樓，幫『送暖會』包裝大衣。」

計畫行程交代太仔細，聽來反而像密不透風的不在場證明。戴克斯特仰躺床上，等著哈麗葉穿著俱樂部運動裝出現。不料，她穿上新買的「卡波提」連帽圍巾大衣現身，貂皮圈住臉蛋，大概是為了照鏡子用——她還沒有動身的意思。

「哺哺讓我們家有機會善用汽油，我很高興。」他說。

「布斯。」

「妳都叫他哺哺。」

「我和他比較熟。」

「而且是愈混愈熟。燒的是我的汽油。」

「你倒是講得振振有詞。」

戴克斯特改採坐姿。她正在開窗戶透風，也讓陽光照進來。戴克斯特下床，靠近妻子，拉起她雙手，打斷她匆忙的步伐。「哈麗葉，」他說。「妳這話的意思到底是什麼？」

她避不願正眼看。「我該去接女兒了。」

「妳在想什麼？」他握著妻子的雙手，等她正眼看他。*攤牌吧*，他心想著，誰知道她發現什麼事。講明白，攤平。

「我在**想**，我想抽根菸。」

「另外呢？」

「車子該加油。」

「另外呢？」

「你今天很奇怪耶，戴克斯特。害我好緊張。」她總算從環形貂皮中以目光回報。

「另外呢？」他輕聲問。

「你心浮氣躁。不開心。好幾個月了。」

「另外呢？」

「還不夠嗎？」她不耐煩問。但她定睛瞪著他。

「除非另外還有。」

「你狀況失常，老爸也這麼說。」她掙脫開來，從梳妝臺取出銀盒，從中抽出一支菸，叼在線條豔麗的朱唇間。

「他這麼說嗎？」戴克斯特說著，用她的縞瑪瑙打火機為她點菸。

「我不該告訴你的，」她吐菸說。「都怪你逼我講。」

「妳父親真的這麼說？」

「跟我保證你不會告訴他。」

「我不會。」他坐回床上，試圖控制極度煩躁的心情。老丈人對他有這種意見，算不了什麼。戴克斯特自己也對他承認過。問題是，老丈人當著哈麗葉的面議論他，這又另當別論，暗示著戴克斯特成為家族會議的話題。

他吞吐著哈麗葉的二手菸，渴望自己也來一根。「什麼時候的事？」

「隨口講一講罷了。」

「最近嗎？」

「不記得了。算了啦。」

「妳不記得？騙鬼。」

打從多年前第一次在狩獵俱樂部和岳父見面，兩人之間的溝通始終直來直往，開誠布公。在什麼樣的情境下，我的名字才會被提出來議論？他心頭淌血，不願被妻子看見。

「乾脆你陪大家一起玩吧，」她提議，在他身旁的床上坐下。

他輕蔑一笑。「陪布斯打橋牌？」

「女兒會玩。我用不著摻一腳。」她牽起他一手。她的眼神飄忽，不願正視他。

「妳在緊張。」他說。

「你以前一直都喜歡去。」

「妳在緊張什麼？」

「我討厭看見你心靈受傷啦，就這麼簡單。」

「我只是累了。」

夫妻之間到底發生什麼事，他不確定，不知道是否重要，或者根本不必擔心。睡飽再說。

他站起來，伸手闔上窗簾。哈麗葉捻熄香菸。「我也躺一下吧。」她說著挨近他，在他胸膛上攤開修長的手指。纖細手指的涼意穿透襯衫而下。她摘掉帽子，赭紅色頭髮自然下垂。

「妳不是急著出門？」

「我遲到，女兒又不會介意。」

她的微笑嘴角向下彎，狀似挑逗。他以前多麼喜歡啊！戴克斯特嗅著髮香，吸進一縷假意。她是一個陌生美女，站得太近，心神不定地努力想色誘他。他心想：我再也不碰這女人。

「妳走吧，寶貝。」他勉強熱情說。突然對妻子反感，他心覺危險。這種毒藥能潛伏到有天她察覺不對勁，毒性才發作。

他閉眼躺著，聆聽前門聲響，知道她走後，他才昏睡，時睡時醒，沒睡飽。他如常在中午醒來，盥洗更衣，準備前往希爾斯家。雖然頭痛，他仍覺得神智清醒多了。哈麗葉到底斷了哪根筋？現在回想，他覺得沒什麼大不了。

去前衣櫃取外套之際，他察覺到——或聽到——屋裡另有其他人。「哈囉。」他呼喚。

微弱的應答聲：雙胞胎兒子。今天是週六。戴克斯特上樓到兒子的房間，出於習慣不敲門就直接開，想偷襲兒子。他們訝異的表情令他羞愧。菲利普正在穿上衣。戴克斯特瞥見他盲腸手術的刀疤，心碎之情深沉到他忍不住衝向兒子，為了擁抱他，兒子卻以警覺的眼神瞪著他。「我們做錯事了嗎？」

「沒有，」戴克斯特說。「沒事，還好。」

他看不慣兒子參加瑣碎的比賽，贏回沒用的獎品，堆積在臥房裡，所以幾星期以來避開不進他們的房間。上次見到的溜冰鞋、號角、手風琴、彈弓全收起來了，臥房改頭換面。「咦，你們的戰利品哪裡去了？」

「被我們送去聖瑪姬教堂了。」約翰馬丁說。

「捐給軍眷小孩。」菲利普說。

戴克斯特發現自己再次和往事賽跑。飄過腦際的影像是糾纏不清、伸手討捐獻的副主祭。「什麼時候？」

兒子們互看一眼。「近日。」約翰馬丁說。

「你指的是最近？」

「最近。」兩人齊聲說。

兩張小床之間多了一張窄桌，床鋪被他們充當工作檯。約翰馬丁坐在上面，面對一堆輕木、幾管橡膠膠水、蠟紙、美國海軍軍官手冊。

「做飛機嗎？」戴克斯特問。

「為什麼大家都以為是飛機嘛？」約翰馬丁氣呼呼。

「軍艦啦，」菲利普解釋。「我們才剛開始做。」拖半拍之後，他才補充說，「最近。」

戴克斯特首次留意到，約翰馬丁的口氣比較衝，挑釁意味濃厚，正好被菲利普的柔情歉意抵銷。

最近才開始嗎？「為什麼不做飛機？」他問。

兩個孩子盯著他看；爸爸又漏掉明顯的線索。「葛雷迪表哥。」他們說。

「等我們十六歲，我們也要出海。」約翰馬丁口無遮攔說。

「如果你准的話，」菲利普說，「如果戰爭還沒打完的話。」

兒子以機靈的棕眼珠估量他的反應。戴克斯特顯然低估全家族一致崇拜葛雷迪的效應，連兒子也拜倒在他軍服下。「十六歲太小了吧。」他說。

「到時候我們就準備好了。」

「如果我們不再調皮搗蛋的話。」

「我們上禮拜就停了！」
「今天早上例外。」
房間的窗戶面海，戴克斯特照慣例觀望通過微風點的船隊。「看，」他說，「一艘油輪來了。」
「到門廊上看比較清楚。」約翰馬丁說。
「你們都去門廊上看船嗎？」戴克斯特感到意外。他從來沒看過兒子在門廊上看船。
「沒人在家的時候。」約翰馬丁說。
「家裡常常沒人。」菲利普接口說。
「我們去看船吧。」戴克斯特說。「我也喜歡去門廊上看船。」
下樓到一半，電話鈴響，戴克斯特去前廳的分機接聽。希爾斯。「一切正常吧？」戴克斯特問。
「法蘭基．Q今天一大早打電話到『松林』，」希爾斯說。「他提到船庫裡面有異常動態，建議你順路去看一看。」
Q先生的兒子來電是不尋常的事。「幾個禮拜前，有人進過船庫。」戴克斯特沉思說。
「我說我不曉得去哪裡找你，法蘭基聽了好像……很驚訝，」希爾斯說。「我對他說，我倆的婚姻建築在互信的基礎上。」
戴克斯特呵呵一笑。「他怎麼說？」
「一片死寂。」
「好吧，我現在就出門。」
兒子並肩靠著門廊欄杆上。約翰馬丁將雙眼望遠鏡遞給他。「爸，你看一下，」他說。幾秒後，他又說，「坐下。」

「這樣手比較穩。」菲利普解釋。

「我的手不穩嗎？」

「你的手在抖。」

戴克斯特從來沒有抖手的毛病。他一時懷疑自己是否真的該照所有人的苦勸，再下一次海床，慢慢浮升到水面。

「我的手也會抖。」菲利普以這話安慰他的心。

戴克斯特的雙肘倚靠欄杆，拿望遠鏡看。兒子隨意把手臂搭在他肩膀上，他的身體感應到對他們的愛，感應到兒子骨骼裡的親緣。哈麗葉如果在場目睹一定很欣慰；他實現了對妻子的承諾。望遠鏡遮住淚光模糊的眼睛，他拖延著告別兒子的時刻。

腳還沒踏進船庫，戴克斯特就嗅到背叛的氣味。有人設局——他莫名知道，暗喜自己的知覺仍靈敏，戰勝抖手和眼窩裡的辣痛。平常而言，他會找來幾個手下，一起赴會，但這一次線報來自Q先生的兒子，相當於Q先生本人。這表示，這局異於常態，說穿了是一場戲。叫戴克斯特來，為的是讓他扮演某個角色，而Q先生知道沒必要為他預習。戴克斯特喜歡即興表演。

他把車子停在一條街之外，撣掉新牛津鞋上的灰塵，拉直領帶，走向船庫。一輛黑轎車停在門外，裡面一片死寂。整件事比驚喜慶生會更虛假。

門一推開，他頓然掃興。他看見百吉正在和兩個嘍囉打牌。百吉這小子以前是他的跟班，把賭局引進兩家較小的夜總會之後，戴克斯特對他仍不太重視。戴克斯特見到他身上的彩色領帶、珍珠領帶別針、波沙里諾帽。百吉轉戰紐約後飛黃騰達，但看樣子，他該學的東西還多的是。

百吉這群人儀容整潔，剛洗過澡，刮過鬍子，上午喝過咖啡。這就怪了。如果這些人昨晚不在這裡，Q先生的兒子在船庫裡見到誰？

「百吉，」戴克斯特說。「幸會。」

「坐。」百吉這話說得俐落而寬宏，口氣像他自信能掌控全局。戴克斯特不想跟他計較。百吉是Q先生的小毛頭親戚。他冷眼看著百吉，等著百吉的過錯愈積愈多。百吉的嘍囉退下，靠牆站，戴克斯特坐他們的位子。

「來一杯？」百吉問。一瓶海格與海格蘇格蘭威士忌擺在桌上。

「不用，謝了。」

「喂，讓對方自己一個人喝酒，未免不友善吧。」

「那你別喝。」

戴克斯特往後靠向椅背，翹起二郎腿，兩個動作表示放鬆，也方便伸向腳踝的槍套抽槍。正當他翹腳的時候，他體驗到所謂的既視感：多年前，他也曾和凱利根面對面坐在同一間船庫裡，見到傀儡凱利根翹起二郎腿。他現在坐的正是凱利根當年的位子。不同的是，凱利根喝了桌上的酒。

「我洗耳恭聽，百吉，」戴克斯特說。「你想說什麼，儘管說吧。」

「我改名了，現在叫吉米。」

「真的還假的？」

「在芝加哥是百吉，在紐約是吉米。」他舉雙手比手勢，把左右兩座城市當成葡萄柚捧著。當年，儘管凱利根必定有幾分預感，他仍然面無懼色。戴克斯特隔牆就能嗅到恐慌的氣味：近似野獸的臭味，融合臭鼬和生殖器。有些男人嗅到這種臭味會勃起，見受害人哭著哀求，褲襠的釦子差點撐破。但是在當年，手不會抖的凱利根舉杯，歪嘴微笑著，戴克斯特反而只有鬆一口氣的感受。凱利根說，「祝明天更好。」這句話在當時是流行語。乾杯時，戴克斯特的視線無法和桌子對面的朋友相接。

「你不是很迷芝加哥嗎？」他對百吉說。

「是啊，芝加哥確實是菜鳥的天堂。」

臭小子穿燈籠褲，想模仿電影裡的嘍囉，無藥可救。活體槍靶一個。「你長大了，」戴克斯特說，擠出嚴肅的表情。「吉米。」

被人這麼稱讚，百吉的姿態高了起來。「幾個月前，你把我趕下車，應該記得吧。」

「不太記得了。」

「為我上了最重要的一堂課。」

戴克斯特變得警覺。奉承話是麻醉劑，緊接而來的幾乎一定是難受的滋味。

「你教我不要講太多話。」百吉說。

「你是想藉這機會道謝嗎？」

「也算是吧。」

「好吧，我心領了。可惜光陰似箭，我還有約。」

「不急。」

戴克斯特定睛看他。「你沒資格規定我什麼時候才能走，百吉，」他緩緩說。「該走的時候，我會告訴你。」

「叫我吉米。」

戴克斯特站起來，神情不耐。一如所料，百吉的手下擋住門口，舉槍看著他，臉上有暈船的表情。

多年來，在類似的場合中，戴克斯特總能設法教育後進，如何在不必出手致人於死的情況下重建秩序和權威——叱責、挫銳氣、懲治。找一根手指開刀，可以。打斷腳踝也行。更嚴重的傷害就行不通。

戴克斯特對百吉微笑。「我剛問過你對我有什麼要求，」他說。「你難道不能不亮武器，直接回答我嗎？」

「我也想教你一點東西，」百吉說。「可以說是報答你的好意。」

當年，凱利根一喝就中毒，大概是體質太瘦弱吧。他先是一臉錯愕，隨後搞不清楚狀況，接著呆呆坐著，以朦朧沉默的眼神直盯戴克斯特。戴克斯特連假震驚都省了。兩人憑眼神交流便足以心領神會：不需自責，不需解釋。大家都明瞭遊戲規則。乾杯不到五分鐘，凱利根一頭趴在桌上。從他肩膀的姿勢看來，戴克斯特以為他仍有力氣再坐直，所以等著，觀察凱利根遲緩的呼吸，聽著爐子裡的柴薪劈啪作響。戴克斯特伸手搖一搖凱利根的肩膀，發現他差點癱到地上，渾身軟趴趴，像有毒癮的人睡死了一樣，戴克斯特這才起立，敲窗戶叫老船長帶水手進來。他們一直在船上待命。

「你自以為高高在上。」百吉說。

「除了上帝之外，一山還有一山高，」戴克斯特說。「這不表示你是上帝，百吉。」

「叫我吉米！」百吉咆哮，雙手用力拍桌。「媽的，要教幾次你才懂？跟電影明星稱兄道弟的，腦袋就變漿糊了嗎？」

「百吉比較適合你。」

在槍林彈雨中開槍逃脫的事他做多了，上帝知道。但已經有好一些日子沒體驗過了。從前的他比較年輕，手腳比較輕快，少幾公斤肥肉，提早見閻王也沒多大遺憾。但現在，生存不是重點，教育才是。在不殺生的情況下樹立榜樣才是重點。

「你以為我不敢動你汗毛，」百吉說。「我從你的表情看得出來。」

「我在想什麼，你完全沒概念。」這是真話，百吉確實沒概念。

想不透的一個環節重回戴克斯特腦海：Q先生兒子大清早打電話給希爾斯，當時百吉想必還在睡美容覺。Q先生怎麼知道戴克斯特不會即刻趕來船庫？難道Q先生聽到風聲，得知戴克斯特在忙其他事嗎？

果真如此，戴克斯特推論整件事的順序顛倒了。受教訓的人是自己，Q先生找他來船庫，並非要他教育百吉，而是向百吉道歉。這場不夠專業的會面為的是自保，不願家醜外揚，避免受外界指責。戴克斯特覺得沒從這個角度切入推理是一時失察——可能是頭痛欲裂的關係。腦筋被潛水弄鈍了嗎？他終於明瞭這場合的理想過程是：他變成哈巴狗，向百吉求饒，搖尾巴求饒的事情會在天氣轉暖時、在葡萄藤脫掉保暖布的時候，向Q先生轉告。事後，戴克斯特會照常作息，被管得比較緊而已。百吉會成為吉米，和他平起平坐。

朝這方向展望未來，他見到如同日出一樣可預測的未來。若是朝反方向看，前途叵測：發展不可預期，昏暗中閃爍不定，布滿光塵。一團謎雲。

Q先生是老翁。現在年齡非常大了。

戴克斯特厭倦搖尾巴求饒。他已經當了一輩子哈巴狗。事實是，他沒必要搖尾巴。他明白這一點，Q先生也明白。

以他不知道自己仍有的敏捷身手，他左右各攫住一個嘍囉的咽喉，掐斷軟骨，子彈亂飛。其中一顆想必射中百吉，因為有人在喊叫，整個船庫充滿痛苦。這時候，戴克斯特抱肚子倒地，想起黑人潛水員警告過腹部劇痛的症狀。

但這不是潛水症。是百吉從背後射他一槍。

臭小子低頭看他，表情如同盯著火燒垃圾、既懼又喜的神態。戴克斯特當下明白，有人對百吉批准他的奪魂令。怎麼會呢？這圈子發生過什麼大地震，有誰可能批准手下要他的命？無情的答案四平八穩擺在眼前：他被岳父放棄了。老丈人和他一刀兩斷了。

百吉高高在上站著，舉槍做好預備動作。長舌凶手的習慣是，下毒手之前逼受害人聽他們長篇大論，百吉也是。戴克斯特佯裝在聽，就有活命的機會。他定睛注視歹徒的臉，整件事的原委逐漸明朗化，如同霧裡的建築物漸次顯露：姊夫喬治唯恐他告密，先發制人，對岳父洩漏他偷腥的祕密。戴克斯特一直期望在岳父和Q先生之間建立管道，但也許管道早已成型，並且暢通多年。雙方根本不需要透過他牽線。

百吉講得起勁，顯然對戴克斯特專心聽講的態度感到受寵若驚。戴克斯特一個字也沒聽進去。他跳脫頭顱的桎梏，宛如繫繩解開、船隻滑離碼頭。轉眼間，他置身開闊的水面上，眼前是雨夜。船長在他身旁，姿態挺拔，威風凜凜，仍未被中風折腰。凱利根蜷曲在海底。

「你會記得我們的方位嗎？」戴克斯特問船長。

「永遠記得住。」

「如果他們叫你別記住呢？」

船長舉起粗糙凹凸如初生之犢的雙手。「這雙手聽他們使喚，」他說，然後拍拍頭，「這顆不聽。」

戴克斯特的手下用鐵鏈纏繞凱利根，固定在水泥塊上。四月融冰時，沒人想見到浮屍。潛水見到同一條鐵鏈，戴克斯特發現凱利根的遺體蕩然無存，不見一針一線，不見帽子、鞋皮、骨骸，這異象令他心生希望。昨夜在水裡的領悟，如今毫不費力，清晰返回腦海。在黑水裡上升之際，他覺得渾身的稜角融化消失，一股激流從內心迸發，衝向預期中的光明未來。他做牛做馬想達成的目標其實已經達成了！他是美國人！血脈裡蒸騰的慾求和渴望早已攜手規劃出未來。

「你還笑得出來，」百吉說。「你有事情瞞我？」

戴克斯特雙眼盯住百吉，他的思緒進入停頓，切開停頓，再對半切，然後他決定留在原處。他一臉平靜，黑暗如港口的海水包圍他，只見他幫著船上的手下，抬起凱利根，連同鏈條和水泥塊，扔到舷緣外的水裡。

落水的艾迪繼續裝死，好讓船上的人看見他消失在海面，然後才開始動作。從他假裝不省人事起，他不斷在腦海演練逃生的訣竅。他起先假裝失去意識，以防史岱爾斯可能會跳起來問他怎麼了。赴會之前艾迪早有預感，所以有備而來。以前做過歌舞雜耍的他懂得在長褲內襯裡夾帶刮鬍刀片，在牙齦和腮幫子之間藏撬鎖釘。假裝喝毒酒時，他恐怕不慎吞下撬鎖釘，幸好史岱爾斯一時轉移視線，艾迪趕緊從肩膀上方往後灑酒。

艾迪離家前把後事處理好，在抽屜櫃上方留下第二本存摺，攤開給不知情的艾格妮絲看。他向巴特提出的唯一條件就是，即使發生最壞情況，也千萬不能告訴妻子。尤其是在遇害時。知情者必定採取行動。無奈的艾迪只願妻子記得他是最差勁的負心漢，不想讓妻子鑽牛角尖，一心想揪出始作俑者。太危險了。拋家棄子的男人天天都有，他老是說，這種人應該坐苦牢才對。然而，萬一艾迪遇害，家人會永遠記得他是這種人。他時常提醒自己，有時候他訝異於自己居然還活著，居然還在家。在家裡，有沒有他已經無所謂。他曾經是安娜最在乎的人，此情已不再。少了他，安娜的心理反而可能輕鬆。

落水後，連帶水泥塊的鏈條拉著他急速下降，水壓暴增，他深怕腦殼會像靴踩核桃似的爆裂。掙扎之下，他抽出一條腿，接著抽出一條手臂，鏈條和水泥塊總算才卸下，繼續垂直衝向海床。以鏈條綁神智清楚的人必須認真纏繞，對昏迷的人則無需費心。

他穿著襪子的腳丫開始狂踹，用力划水，游向他祈禱是空氣的方向，奈何再怎麼游還是水，游到他以為八成是搞錯方向了。心跳減緩，雙腿變得沉重，無意識狀態對他伸出毛茸茸的、粗魯的魔掌，上下其手。終於，他破水而出，氣若游絲地喘息。到這個階段，由於他氣力已經耗盡，逼近溺水邊緣。他改以仰式，在偏黃色的夜空下划水，以雙手為魚鰭幫助漂浮。他呼吸再呼吸，鹽水的浮力救了他一命。

漂浮許久，他才有足夠力氣尋找海邊。這裡不是布魯克林區。他開始游，水裡仍有夏季的餘溫。體內氣力早已耗盡，他照樣拿著勺子往空桶裡舀，希望裡面還剩一滴，再一滴就好，再一滴就好，再一滴就好。奇蹟似地，每次他總能再找到氣力，多划一下。

他被沖上史丹頓島南岸，附近有一座小碼頭，一名漁夫為了追一群鱸魚，比平常晚收工，視覺適應黑暗環境，所以仍看得見淺灘上有人被潮汐沖上岸。漁夫以為是屍體。如果報警，最靠近這裡的電話路途遙遠，他畏懼不前。等到他綁好漁船，再望一眼時，他發現淺灘上的人正在發抖。

漁夫的妻子去放洗澡水，添加些許滾水，讓浴缸裡的水增溫到半暖不冷，然後和漁夫合力抱他泡水。漁夫拉著他腋下，讓妻子拿著熱水壺，不停加熱洗澡水，同樣的步驟重複數小時，直到水溫接近燙人的程度。艾迪總算不再顫抖了，臉頰也重現血色，夫妻倆才扶他出浴缸，為他擦身，塗上綿羊油，以羽絨毯包裹他，讓他躺在火爐前的小床上。漁夫以耳朵貼艾迪的胸部聽心跳，發現節奏比先前更穩健也更規律。

艾迪醒來發高燒，眼珠尋找著熟悉的面孔，卻只見一位陌生的婦人，頭髮分邊之處髮根灰白。有時候，一名男子伸出有魚腥味的手，摸摸他的額頭和胸部。艾迪對這兩人發怒——懷錶被他們偷了！他們想送他去醫院。不行，他喃喃說。不行！他強迫自己不再提懷錶的事。

退燒後，他下床，在廚房椅上坐，裹著羽絨毯。漁夫名叫哈倫，倒幾杯透明酒給大家喝，滋味像裸麥麵包。哈倫的孫子在火爐邊的桌子做功課。哈倫是在美國出生的挪威裔，從小陪父親出海捕龍蝦，供應瑞克特、馬丁、軒利等豪華餐館。漁夫們常交換明星軼事，笑談鑽石富翁吉姆．布雷迪和女星莉蓮．羅素的超大食量：有一晚兩人連吞十四隻龍蝦，莉蓮甚至還脫掉緊身褡。艾迪聽著，準備以自己的故事回敬——我從船上落海——但從來沒人問他為何掉進港口。他能瞭解。知道對方的辛酸事，難免把辛酸往自己肚子裡吞。哈倫家的生活困苦，捕魚只夠糊口，漁獲多的時候用來和鄰居交換雞蛋、蘋果、牛奶。

每過一日，艾迪愈能感受自己家的壓力高漲。家太近了。他腦力虛弱，無法構思下一步該怎麼走。非帶全家逃離紐約不可。能去哪裡呢？去明尼蘇達投靠親家嗎？親家瞧不起他。親家位在內陸，離海幾百公里，和哇哇叫的牲口在爛泥裡打滾，他絕對活不下去。帶全家逃去舉目無親的他鄉嗎？艾迪隱瞞康復的跡象，閉眼裝睡。

眼尖的哈倫發現了。「你康復了，」他說。「你想要我帶你去哪裡，明天告訴我。」

破曉時分，他駕船送艾迪前往西區碼頭。一艘巴西籍貨輪甫通過檢疫，幾百個男人正在碼頭上熱切等候上午選工，搔著癢，抽著菸，在河邊談笑。由於敦奈倫死了，艾迪不認識這碼頭的雇主。此時是一九三七年九月。

他在隊尾徘徊，手插褲子口袋。哈倫送給他的這件長褲鬆垮垮。他戴著小帽，帽簷壓得很低。海牛號貨輪的船殼布滿鏽斑，和碼頭邊緣相互摩擦，像一頭病牛挨著樹幹磨身上的瘡。這艘流浪輪船不預設航線，不情願地卸貨，對著碼頭排泄甜瓜、橡膠、椰子。這船有一種慵懶自得的態度，宛如自認地盤行情穩固的老妓女。上午卸貨完畢後，艾迪走上船。多年來，他見過無數歹徒、酒鬼、毒癮纏身者踏上同樣的路，總暗暗稱奇：這些人置身什麼樣的絕境，怎麼會踏出這一步。非法受雇的他上船不必簽約，負責鏟煤，是全輪機室最低賤的職位。然而，艾迪踩著溼滑的梯子，深入燠熱的船腹，卻暗自慶幸不已。他有多麼害怕回家可想而知。

# 第二十六章

船隊解散後，三天以來日日晴朗無雲，風平浪靜，為避免遭潛水艇襲擊，不得不日夜蛇行前進，航程遲緩，令人氣得跳腳，凱志吉船長的挫折感傳遍全船。幸好到了第三天，氣壓節節下降。火花以打字機報告今日氣象，託人送至船長室。氣象預報說，一場暴風雨即將來襲。連遠在操舵室的艾迪也聽見船長的歡呼聲。

到了全船戰備部署的時刻，天空烏雲密布，風勢轉強。船長不顧暴風雨明晨才到，指示大副提前結束蛇行。

「海面還平靜就結束嗎，船長？」大副問。

「原因正是海面平靜，」船長說。「惡劣的天候會再度拖慢我們的行程。唯有趁現在加速，才能彌補耽擱的時間。」

艾迪負責看守晚間八時到午夜的時段，伊海號恢復平常的神速，以十二海浬航行。氣壓持續降低，艙門關緊並鉤住，以防海浪打進艑部甲板室。二副伐明戴爾在午夜過來換班，和甲板見習員羅傑一同輪值。逾假未歸事件後，艾迪和大副不再信任二副，於是研商出老少搭檔的安排。

艾迪準備就寢時，浪已漸漸高漲，船也跟著動搖。他登上艦橋，再去找羅傑，想再探最後一次班。在航經咆哮西風帶時，羅傑曾經暈船恐慌。「我曉得你不喜歡大浪，」他告訴見習員。「不過你要記得，潛艇也不喜歡。」

「我變了，」羅傑以羞怯的傲氣說。「就像你預測的，我已經習慣大浪。」

艾迪看得出羅傑的蛻變。羅傑已經擺脫平衡感欠佳、手腳笨拙的毛病，顯得比以前高，或許他在航程中的確長高了。艾迪陪他站著，瞭望遠方。漸強的海風颳走層雲，吹來高聳的積雲。弦月忽隱忽現，彷彿在打摩斯密碼。艾迪走向二副在左舷艦橋的崗位，察覺二副愣一下。二副明顯不安，再加上月亮和烏雲糾纏不清，令艾迪心情毛躁。二副望著海，旁人難以知道他究竟在看什麼。望遠鏡掛在他胸前。

「可以借我望遠鏡嗎，二副？」

二副遞給他。艾迪登上駕駛橋樓，繞行煙囪一圈，望遠鏡不離眼。月亮躲進雲裡，翻騰的海面幾乎無月光。左梁向船尾兩度，他看見一條黑色直線。艾迪眨眨眼，放下望遠鏡，舉起來再看。異物仍在海面上，一條大自然裡不存在的直線。潛艇瞭望塔，肯定是。艾迪對著梯子下面的羅傑喊，「通知船長。我敲鐘通知全船戰備部署。」即使這樣喊，艾迪仍不敢置信真的拉警報了。

船長立時登上艦橋，推開二副，舉起望遠鏡看一眼，然後對著掌舵的幹練水手咆哮，「緊急右轉。」這位幹練水手名叫紅髮。船長對正在操作輪機室電報機的艾迪下令，「全速前進。火力全開。」

艾迪傳令給輪機室，腳下頓時傳來震動。輪機人員火力全開。幹練水手猛轉舵。戰備警報驚動全船，全體人員在甲板上集合，穿上以巨星梅．蕙絲為暱稱的救生衣[13]，火速在砲臺就定位。羅森上尉使用駕駛橋樓上的聲力電話，下令以五吋艦尾砲轟擊潛艇瞭望塔。砲彈穿破強風和黑夜飛出，瞭望塔及時潛入水裡，毫髮無傷。儘管如此，潛艇在海面下的航速僅止於七海浬，追不上十二海浬的伊海號。

艾迪待命中，準備再操作電報機。忽然間，見習員羅傑對著他的臉大叫，伸手指向海面，艾迪看見又有一艘潛艇的瞭望塔整根出水，方位在前右舷三度。剛才緊急右轉後，船頭如今對準這一艘潛艇。說時遲那時快，轟然一聲撼動全船，艙口全被震開，高掛的起重臂也跌落甲板，船身猛顫一下，煙囪吐出一團火，橙焰照亮甲板上所有人。火球在海面上方飄浮，劈啪聲猶如太陽正在融化。油料燃燒的臭味撲鼻，隨之而來的是深沉的靜謐——輪機停擺了。

艾迪從幽暗的舯部甲板室急忙下梯子進輪機室。他轉動艙壁上的緊急燈四分之一圈，燈亮起來，往前走，他重複幾次同樣的動作，油塵在他嘴裡累積。濃煙從輪機室的門內冒出。二管輪歐西斯基從裡面蹣跚而出，血跡斑斑，渾身是油。「鍋爐爆炸了。」他喘氣說。

艾迪推開他，扶著欄杆飛也似地向下衝刺，鞋底幾乎不碰階梯，但他無法下到輪機室的那一層，火勢太猛烈了。在輪機室輪班的人不可能還活著。他奔向自己的艙房，套上救生衣，帶走手電筒和棄船用品。他聽見船艏三吋砲的射擊聲，也聽見船尾五吋砲，想像潛艇驚惶躲進海裡。浪如此大，潛艇無法再開砲。艾迪來到救生艇甲板，把整袋棄船用品綁在他隸屬的四號救生艇上。袋子裡有衣物、六分儀、香菸、白蘭地、《棄船須知》手冊。救生艇吊架已經高懸在海面上，但風勢太強，船長也尚未下棄船令，艾迪遲疑要不要放救生艇下水。只要樓下的火勢控制住，而船身也能穩定下來，留在大船上躲避風雨總勝過在救生艇上飄搖。

第二顆魚雷似乎炸到艾迪的胸骨，極可能來自最初那艘潛艇，也可能來自至今不見蹤影的第三艘，因為魚雷擊中左舷水線以下、舯部甲板室後方、四號和五號貨艙之間。緊接著，船腹深處傳來隆隆聲，全船顫抖起來。沒聽過這種聲響的艾迪知道，海水湧進貨艙了。幾乎在同一瞬間，船尾開始往海裡鑽。船長下令棄船，全船氣氛頓時陷入夢境。在暗夜怒海的助長下，大家更加不知所措。狂浪側擊死船，宛如貓戲弄著精疲力竭的小老鼠。年邁的三廚皮優仍守在駕駛橋樓上，鎮守二十毫米砲。艾迪勾住他的手臂，催他上二號救生艇。艾迪熟記全船每個人應上哪一艘救生艇。在艦樓上，他探頭進去找火花，見他正忙著把密碼簿塞進透氣的金屬箱，準備讓密碼葬身海底。

「還不快去搭你的救生艇，」艾迪說。「一號。」

「媽的，急什麼急，老弟？」火花笑著問。「老子發了那麼多求救訊號，那些混帳還沒回應。啐，老子想再發個最後一次。」無線電現在改用輔助電源，在大停電的船上更顯活躍。艾迪主動幫火花把緊急無線電扛上船長的救生艇。「操，願上帝保佑你的心，三副。」他說。

艾迪從操舵室搶救笨重的緊急無線電。感覺上，時空宛如向兩旁延展開來，讓他能在前進的同時也橫向移動，即使在愈來愈傾斜的甲板上，任何活動也難不倒他。來到人擠人的救生艇甲板，他把無線電放到船長的一號艇上。在船的另一邊，左舷，大副的救生艇已經下水，兩人負責划船，其他人匍匐在船底，以便穩住巨浪裡的船身。大浪不斷把救生艇打向輪船。水手長跪在舵柄前。即使在狂風中，艾迪仍能聽見他吆喝命令，知道二號艇能成功下水。

艾迪來到他指揮的四號艇時，只見歐西斯基站在吊艇滑索一側往下看。四號艇在無人登船的情況下提前下水了，在背風處載浮載沉，成了廢物一艘。

---

13 梅・蕙絲（Mae West, 1893-1980），知名演員、性感偶像，二戰期間士兵將充氣式救生衣和她豐滿的身材聯想在一起。（編按）

「怎麼一回事？」艾迪在強風中怒罵他。歐西斯基的職位是二管輪，棄船時成為四號救生艇的副手，聽命於艾迪。

「她就這樣……掉下去了。」歐西斯基說。蒙著一層燃油的臉顯得一片慘白，少了菸斗的他顯得空虛。艾迪心想，他驚嚇過度了，也許是一時不察，提前把救生艇放下海。

「算了。」艾迪說。他努力壓抑揪出罪魁禍首的習慣。頭尾相同的救生艇很寬敞，剩下兩艘載所有人綽綽有餘。在船的另一邊，左舷，二副指揮的救生艇正要下水，一群嘈雜的船員正手忙腳亂，準備在救生艇下水後，順著吊索滑進去。船長指揮的一號艇正要下水。艾迪站在斜著下的雨中。一股異樣的心情浮現，他不願離開伊海號。海水灌進走廊，衝擊滾燙的鍋爐，發出轟轟巨響，震動他的鞋底。煙囪偶爾冒出火灰，照亮甲板上大家白費心血吊上船固定的貨物櫃：謝爾曼坦克、吉普車。心血、憂慮、費用全付諸流水。只保住性命似乎不夠。

他忽然想到火花。照配置，報務員火花應該搭乘船長指揮的一號艇。艾迪望向正等著從吊索滑下救生艇的人群，沒見到火花。他趕回嚴重傾斜的舯部甲板室，爬上艦樓，發現火花坐在椅子上，和他的無線電一樣無動靜。艾迪扯他離開椅子。

「媽的，少煩老子好嗎。」火花無力地說。

「少講屁話，你這個孬種小癟子。」盛怒中的艾迪揹起他，緩步下梯子，來到救生艇甲板。

「愛管閒事的狗雜種。」火花嘟噥說。

四艘救生艇全數下水了，救生艇甲板變得空蕩蕩。在暴雨中，艾迪見到伊海號船尾淹到後桅杆，在後砲臺激盪出浪花。在背風處，一艘箱筏已自行從滑架上脫落，在甲板旁邊漂浮。艾迪繼續揹著火花，鐵鞋步步撞擊他的腳跟，倉皇下梯子，來到主甲板，以螃蟹走路的方式，走下可媲美舊金山的陡坡，謹慎預防在溼滑的鐵甲板上摔跤。他把火花揹到箱筏漂浮的位置，抓住筏子頭的纜繩，把筏子拉過來，以連滾帶甩的方式，將火花丟向舷緣。火花摔在箱筏的板條上。艾迪翻越欄杆，跳上筏子，聽見頭上傳來轟隆隆的騷動聲：船尾甲板和海面近乎垂直，貨物紛紛脫落，固定坦克和吉普車的鏈條崩解，宛如巨岩滾落，壓垮起重桿和桅杆，滾過舯部甲板室的屋頂，轟然撞上後甲板的金屬，最後墜海。艾迪深怕被落水的貨物砸死，急著想切斷船和筏之間的纜繩，無奈纜繩以金屬絲製成，以他的鮑伊獵刀砍不動。大船吱嘎響，打著哆嗦，鋼鐵不耐折磨而叫苦。每一艘筏皆配備一把斧頭，艾迪急忙找出來，但他還來不及砍纜繩，落難的大船發出哀嚎，冒出打飽嗝的聲響和遠古的沉吟，沒入海面下，同時牽著箱筏陪葬。艾迪和火花無船可搭。他抱住火花的胸部，預料沉船會激起漩渦，身體忽然回憶起在紐約救孤兒的往事。「儘量憋氣。」他對火花喊。幸好沒有漩渦。沉船的位置冒著氣泡，吐著白沫，把艾迪和火花推走。

心急的艾迪四下張望，尋找救生艇，但雨嘩嘩下，夜深浪高，他一艘也見不到。他隱約辨識到一簇紅光：救生衣。可能另有一艘箱筏上擠滿船員。他抱住火花胸部，仰泳向箱筏的方位。火花的一身骨肉輕盈如鳥，沒穿外套，更沒有救生衣。沉船在深海垂死掙扎，艾迪感受得到。海面遍布油污——艾迪嚐到滋味，眼睛和鼻孔也被污染。他踢水划水，偶爾查看游向是否正確。終於，有人撈他們上筏，他仍抱著火花。艾迪躺在筏子上，不確定火花是否存活。艾迪總算睜開眼睛後，見到海軍砲手波格斯在他身旁。「你的泳技不得了啊。」波格斯說。

艾迪開始對著原木板條乾嘔。火花也在乾嘔，表示他可能挺過難關了。即使在艾迪對著油臭的海面吐出穢物之際，他仍絞盡腦汁拚命思考：波格斯原本在二副的三號艇上，怎麼會落到這艘箱筏？難道三號艇也沉了？這艘箱筏的規格和先前那艘一模一樣，長四公尺，寬三公尺，以原木的板條組成筏面和筏身，下面以幾個鋼桶增加浮力。艾迪勾住木頭，以免被大浪打下水。浪雖然高，油污卻能壓住浪頭，不讓浪頭開散，筏子因此能順浪起伏。艾迪屢次抬頭找伊海號，沉船處絲毫不見船影。七千噸的鋼鐵焊接成巨輪，承載九千噸貨物，三十分鐘前仍浮在海面上，如今消失得不著痕跡，甚至連水沫也找不到，再也見不到載著他們環繞地球半圈的女神。

從躺在身旁的波格斯，艾迪得知三號艇被波浪推向船身而瓦解，所有人游上這艘箱筏，受傷的二管輪例外，消失在浪裡。「歐西斯基沉下去了？」艾迪驚呼。但砲手波格斯不知道他的姓名，艾迪拒絕相信那人是歐西斯基。他想像二管輪握著箱筏周圍的救生繩環，以挖苦的笑容嘲弄眼前的困境。包括艾迪和火花，箱筏上共計二十九員，波格斯說，超載四人。

目前，暴風雨肆虐，試圖把筏上的人抖下水，把人當成齒縫的菜餚。趁閃電的時候，艾迪計算筏上的人數，像連續贏幾手的賭徒懷抱畏怯的希望。四乘七。沒錯，包括自己在內，總共二十九。筏子被浪推到如山高，他唯恐整艘筏子翻覆，讓所有人落水，怕火花因此被淹死。他用皮帶把火花固定在木頭上。每次筏子被推高，筏子總有辦法翻越波頂，順著斜坡下山，溜到山溝，然後再開始爬升。一陣子之後，艾迪不再數人頭，伸腳觸摸火花的鐵鞋。纏在木板上的手臂已僵硬如死屍，他再也無法辨認上下。有幾次，一股強烈而破碎的睡意淹沒他的意識。水裡散發微光：浮游生物。艾迪曾在太平洋遇過。現在，牠們似乎從海床散發光輝，象徵幾世紀以來數百艘沉船正在打訊號，伊海號也在其中。

天亮了，濁光打在紛亂的怒海上。最強的風雨過了。筏上有六人失蹤：紅髮幹練水手、大廚、砲手一名、下手一名、伙房工一名，以及普通水手培勒蒙德。他個性懵懵懂懂，在甲板水手之間頗有人緣。波格斯還在，另外有二副、兩見習員、幾位海軍衛兵、普通水手、鍋爐工。多虧艾迪以皮帶束住，火花才不至於落海。老水手皮優也挺過風雨了。木船上的鐵人。有很長一段時間，大家幾乎不講話，默默哀悼著殉難船友。艾迪哀悼的對象包括歐西斯基，因為他也不見人影。

在這艘筏子上，二副伐明戴爾的位階最高，大家聽他指揮，艾迪是他的副手。艾迪雖然對二副有意見，現在卻慶幸他在筏子上，畢竟他的專業是導航。更幸運的是，火花報告，棄船前發出的求救訊號終於有回音了，表示等風雨一平息，大家獲救的機率很高。

正午時分，雨仍時落時停，有人在兩浪之間瞧見遠方有一艘救生艇，吃水很深，可能超載。大家找出槳，艾迪用救生索的繩結為每支槳製作U形槳架——從手冊現學現賣。砲手和鍋爐工各一個挺身而出，負責划槳，槳手前後分別有人固定他們。划到夠近的時候，他們發現救生艇上沒人，而且裡面淹水。一定是艾迪所屬的四號救生艇，也就是太早落水的那一艘。能找回這艘救生艇，運氣太好了。和箱筏相形之下，救生艇簡直是皇宮：不僅有兩百九十七平方呎的空間、器具、用品，更有一面帆和一支舵柄。艾迪的棄船用品也綁在救生艇上，裡面有一座六分儀、幾床毯子、額外的防水口糧。香菸可能泡水了，但那瓶南非蘭姆酒簡直如獲至寶。

箱筏綁在救生艇旁邊後，大家輪流上救生艇，舀走海水。令艾迪不解的是，這艘救生艇注明為二號，是大副指揮的那艘，但他留在四號艇上的那袋棄船用品卻綁在同一個地方。他滿頭霧水，打開這一袋，發現裡面是一堆被海水泡爛的書。他陡然心驚明瞭到，快沉船時只搶救一袋書的人世上唯有一個。而他最後一次看見水手長時，水手長在大副二號艇上的舵柄位置。最先下水的是二號艇。

他向二副伐明戴爾說明他的發現。「那艘救生艇上本來有十七人，穿著救生衣，」艾迪說。「我們一定要發動搜救。」

二副態度存疑，但艾迪堅持，另外也有船員同聲附和。二副聳聳肩，待在箱筏上，模樣固執，其他人則準備划槳去搜救。老水手皮優高聲說，風勢仍太強，無法起帆。救生艇上失去一組槳和幾個槳架，幸好艇上存有備用品。搜救時，他們以正方形的路線划水，每划一千下轉彎再划，每划五次拿起救生衣上的哨子吹一聲。除了二副之外，所有人登上救生艇，但箱筏仍被救生艇拖著走，不確定能救回多少人。艾迪謹慎打開緊急口糧鋼桶，發給每人一份乾肉餅、兩顆麥芽牛奶錠、六盎司飲水。四天前，水罐裡的飲水才更新。大家共用一支琺瑯質測量匙喝水。

槳手一開划，艾迪馬上幻聽。每次划槳一停頓，四周似乎縈繞人類哭喊聲，但是，划完方格的東邊後，仍舊不見待救援的船員。轉南換手繼續划，划到三百下，有幾人聽見微弱的吹哨聲，羅傑從船頭大叫。在船的中左側，艾迪見到若隱若現的東西，看似漂浮物。救生艇在大浪間緩緩前進時，他發現漂浮物是綁在一起的兩個人，是水手長和威寇夫。槳手對他們伸出槳，拉他們上救生艇。獲救的兩人躺在船底，劇烈顫抖著，隨即喪失意識。火花脫掉鐵鞋，趴在溼淋淋的兩人身上為他們增溫。

日落之際，天空像艙口般打開，露出橙色和粉紅色的異國貨。繼續划水搜救，到天黑前沒有救到其他人。浪開始緩和。艾迪再發給大家口糧。威寇夫和水手長能吃喝，但威寇夫話不多，水手長則是一言不發。辯才無礙的死對頭變得沉默，艾迪很不習慣，感覺艇上這人像是水手長的鬼魂。

夜幕低垂，海象緩和下來，船員的士氣隨之升高。發現這艘救生艇，幾乎保證他們仍在伊海號沉沒地點附近，明天一定有救兵趕來。目前的上策是盯緊動態，隨海潮漂流，因為搜救人員決定搜救範圍時，會將海潮列入考量。救生艇從船頭放下海錨——一個錐形帆布袋——好讓救生艇追逐海潮漂流。他們讓救生艇拖著箱筏走，讓飛機更容易看見。接著，大家排班站哨，在船底鋪救生衣，輪班睡成一堆，或坐在橫坐板上，對著舷緣垂頭打瞌睡。艾迪用摺疊刀在他睡的地方劃一痕，以表示沉船至今超過二十四小時。

醒來時，衣褲被露水溼透，冷得大家哆嗦。艾迪發放配糧和飲水。太陽升起時，威寇夫告訴大家，昨天他們在二號艇上，突然遇到一陣強風，船被打翻，十七人全部落水，全抓住舷緣上的救生索，等候把船翻正的機會，不料二廚被鯊魚攻擊。大家聽見他慘叫，有幾人嚇得游走，另外幾人，包括威寇夫和受傷的二廚在內，急忙爬到翻船上面。沒想到，又一陣大浪襲來，把救生艇翻正，大家又被拋下海餵鯊魚。亂咬一陣之後，威寇夫死裡逃生。他幾乎沒力氣游泳，幸好有救生衣助浮。天亮後，他發現水手長游過來，兩人一直合力游向淹水的救生艇。

威寇夫敘述過程中，艾迪注視著水手長，納悶水手長究竟歷經什麼樣的驚魂，居然被嚇成啞巴。

太陽高掛後，他們在救生艇上豎起桅杆，從緊急用品中找出黃旗子，讓艾迪升旗。過正午不久，有一架飛機低飛而來，大家從艇上和筏上又叫又跳，揮舞著上衣，唯獨水手長例外。他坐在船底不吭聲。飛機來了又走，顯然沒看見他們，令所有人大受打擊，精神萎靡。儘管失望，大家一致相信，那架飛機的確是來營救伊海號倖存者，而白天還長。輪班時四上四下，東南西北各由一人負責監看。艾迪的視線鎖定在地平線，總覺得隨時可能冒出一艘輪船。氣溫高，天空晴朗，是最佳的搜救氣象，無奈大家苦等到黃昏，依舊盼不到一個影子。

日落時，大家感到困惑，餓著肚子嘟噥不休。媽的，飛機怎麼不來？飛行員難道全瞎了嗎？艾迪不語。他但願凱志吉船長也在艇上。假如幸運船長和大家同在，就不用擔心搜救飛機略過他們。

水手長茫然坐在船底。「根本不幫忙嗎？懶蟲一條，」二副說著嘿嘿笑，視線瞥向旁人。艾迪知道他想逼水手長開口，好像水手長講話就能扭轉頹勢。艾迪懷疑當中的可能性。「我們知道你口才好得很，」二副刺激他。「三副比大家更清楚。」他以狡黠的眼神瞟向艾迪，邀他聯手。艾迪以微笑不置可否。

第三天黎明，風勢減弱成微風，二副認為大家應繼續隨潮水漂流一天，明天再起帆找陸地。有人看到遠方有一艘大船，大家跳起來高喊仍無效。近黃昏時，大家為明天起帆做準備，目標是非洲漫長的沙漠海岸線。伊海號沉船地點位於索馬利蘭正東方一千六百公里外海。二副估計，救生艇已隨海潮往北漂，因此離陸地絕對少於一千公里。如果風往西吹，風勢夠強，救生艇可能在十五天之內登陸成功。救生艇和箱筏的口糧加起來，如果能如願釣到魚，如果天賜甘霖，飲食應該能撐到登陸日。何況，在航行上岸之前，他們仍有獲救的機會。

天黑後，感覺酷寒。船員在艇筏上點燃幾支火把，繼續監看四方，盼能看到燈火通明的中立國輪船。艾迪坐在橫坐板上，睡不著覺。在他腦海裡，海面如海圖，上面畫滿等深線條、航線、弧形的潮流，和眼前的一片空白似乎完全不搭調。頭上掛著滿天繁星。他第一次出海望夜空時，曾讚嘆不已，以為走進阿里巴巴的山洞。從輪船甲板上看璀璨的星空，感覺自己變成有福獨享的少數特權階級。如今，同樣的星空顯得無章法、意外——宛如海洋。夢裡，安娜不再來訪；他已航出女兒能觸及的範疇。艾迪明瞭，他已經又跳脫另一層次，落入一個更深、更冷、更加無情的世界。

他在橫坐板上畫第三條刻痕。

# 第二十七章

潛水找到懷錶後，安娜回家，把莉迪亞的床側翻靠牆，關上父母臥房門，把餐桌搬到前廳，也把收音機拖過去。她想賦予公寓一番新氣象，以彰顯她的心境，紀念大事。

接連幾天，父親的懷錶不停滲出海水，總算乾燥之後，指針指著九點十分。安娜捧著菱形的懷錶，心生一股力量，感覺受到庇蔭。她冒著九死一生的風險下海，純粹為了尋回這懷錶。她把懷錶壓在枕頭下睡覺。

潛水之後，才過幾天，她知道自己想搬家。巴斯康住的廉價分租屋不收女生。公寓附近有基督教女青年會所，但床位已滿，她不願等候。何況，她希望住處能靠近造船廠。她路過桑茲街的一間酒吧，或制服店時，偶而見到窗戶掛著一張手寫的雅房招租牌子。她心想，有沒有可能租這種房間而不被人發現？但她隨即顧忌，不檢點的女孩才會做這種事，被發現的代價太高了。

有天晚上，她下班時撞見蘿絲，兩人挽著手走出桑茲街側門，安娜告知目前的處境，以稍微修改過的說法告訴蘿絲，在中西部老家的阿姨生病，母親搬回去照料她，未婚的安娜當然不適合獨居。蘿絲聽了拍一下手：蘿絲母親的房客剛結婚，決定搬去夫婿所屬的加州戴爾馬海軍基地，克林頓街公寓裡即將空出一個房間。安娜當場同意承租。

安娜的收入夠多，能在租用蘿絲家的房間之外保留原有的公寓，因此決定不向母親或姑姑提搬家的事。解釋起來太麻煩了。反正她和布麗安姑姑也不太常見面，而且見面時經常在電影院。只要安娜每兩三天去收郵件，即使是老鄰居也不太可能發現她已經搬家。

她買一個厚紙板做的大行李箱——父親曾戲稱這種行李箱最怕下雨天。她整理衣物、盥洗用品、昆恩小說，放進行李箱中，喝掉鮮奶瓶裡剩餘的牛奶，拿抹布包裹塊狀牛油，最後一次坐在餐桌前。她的前半生幾乎全在這張桌子前度過，吃喝、縫紉、用包生肉的紙剪紙娃娃。消防梯把日光斬成幾大塊，每塊飛舞著細塵，宛如瓦拉鮑特灣水裡晶瑩的雲母屑。整棟公寓顯得沉重而寂靜。安娜伸出雙手撫摸錫面的洗濯臺，想起母女在這裡合力為年幼的莉迪亞洗澡。安娜看著父親刮鬍子用的鏡子。然後，她離開公寓，鎖門。

她走下六層樓梯，本以為大概會被好奇的鄰居盤查，幸好沒有遇到鄰居，甚至也沒聽見門內有人拖著腳步走向窺視孔觀察。也許大家都還在睡吧。現在是三月下旬，她步入漸暖的空氣裡，注意到附近的陌生人。有一位男士提著行李箱，匆匆抬頭查看刻在門上方號碼。新來的。

安娜的新房間位於蘿絲家後面，窗外有一株看似正在舉槓鈴的樹。一名老人駕著馬車送牛油和牛奶。從前，克林頓街上住著富裕人家，大房子附設馬廄，如今有些馬廄閒置，有些用來停私家車。蘿絲有兩位兄弟正在陸軍服役，么弟西倫仍住家中，以甘草味的油布覆蓋教科書。安娜童年也用同樣的油布。她好喜歡這個新家。

有些日子，下班後，她會去以前的廠房和蘿絲碰頭，一起搭乘法拉盛街車，共讀一份晚報。短短幾星期前，安娜曾從這班街車外望蘿絲，深怕被孤寂淹沒。她伸手摸一摸懷錶。

如果下午潛水，安娜比較晚下班，蘿絲不會等她，她會陪潛水同事去逛桑茲街。搭街車回蘿絲家的路上，謹慎的安娜會吸吮薄荷糖，以免向蘿絲父母道晚安時吐出一嘴啤酒臭。

和蘿絲同住一個屋簷下，安娜如果繼續和查理・沃斯來往，感覺很彆扭，畢竟沃斯仍是蘿絲的長官。有天晚上，安娜等已婚女工下班回家，才去向沃斯解釋。

「我能諒解，當然，」他說。「很可惜啊。」

「我會想念你的，查理。」

「沒旁人的時候，妳偶爾會過來坐一坐吧？」他問。

「我保證會。」

下班離開造船廠時，她仍放眼桑茲街，尋找戴克斯特・史岱爾斯的汽車，找不到時總難掩失望之情，隨即是一陣慶幸。

潛水尋父之後兩星期，她和同事來到橢圓酒吧，等著晚餐上桌之際，她打開《前鋒論壇報》，瞄一下不出她所料的振奮人心標題：德軍隆美爾在突尼西亞難挽頹勢、俄軍逼德軍退回斯摩棱斯克（Smolensk）。她翻頁再看，左下角的一則新聞抓住她的眼光：

失蹤夜總會老闆遭槍擊身亡，

彈痕累累，棄屍於廢棄賽馬場

安娜凝視相片。儘管眼睛讀不下去，內文卻融入腦海：經過兩週的搜尋，十歲兒童安德魯・麥特辰和桑蒂・庫帕奇終於在週日尋獲失蹤夜總會負責人戴克斯特・史岱爾斯，地點位於賽馬場遺址附近……

她推開報紙，喝一口啤酒，看著身旁同事大啖油黑殼菜蛤和豬包毯，感覺頭漲成氣球，飄浮在身體上空幾公尺。接著，她聽見玻璃碎裂聲，才發現自己摔倒了。

同事拿嗅鹽激醒她。她側躺著，臉頰壓著地板上的鋸木屑。茹比的臉在她正上方近處徘徊，糊掉的眼影湊得太近，甜甜的花香嗆得安娜反胃。嘔吐一陣後，安娜想站起來，最後由巴斯康和馬爾各拉一邊手臂勾在脖子上，架她起身，帶她離開酒吧，身旁的水兵竊笑著，以為她不勝酒力。

街上的冷風令她一陣輕鬆。安娜閉眼走著，多數重量任由旁人承擔，感覺近似夢遊。剛才在酒吧好像發生什麼難堪的事，幸好她逃離現場了。經過無數轉彎之後，他們帶她進門，她嗅到潛水衣的橡膠燒焦的鹹臭味。她被攙扶進增壓室。

馬爾陪她坐。「哪裡痛嗎？」他關心著，一面調整轉鈕。「暈倒之前呢？」

「不是潛水症，」她告訴馬爾，隨即想起暈倒的原因，雙手開始發抖。

「妳的照應員是誰？」

「凱茲，」她格格打顫說。「不過我今天下水不算太久。」

「戴錶的人是他。」

她再度嘔吐。

增壓結束後，馬爾開門，帶安娜出去。巴斯康和茹比在等他們。巴斯康瞇著銀色的眼睛，久久看安娜一眼，令安娜擔心他是否看見標題。未經上級同意潛水過後，三人除了交代器材平安歸還，對這事隻字未提。安娜原本擔心事後好友將避不見面，幸好情況正相反：三人之間感覺變得像一家人，交情更加親密。

馬爾同意不在潛水紀錄簿上記下安娜的症狀和增壓，條件是要她答應立刻去看醫生，檢查身體。一位衛兵以摩托車載她上坡。她向值班護士描述經過，護士請她稍候。不真實的報紙標題在安娜腦海浮沉。不可能是真的，但一直拒絕接受反而讓她精疲力盡。

她坐在椅子上，頭靠牆睡著，叫醒她的人是一名海軍護士。腕錶上的指針顯示九點已過。護士的金髮以髮髻固定在護士帽後面，年齡看起來不比安娜大幾歲。她量安娜的體溫和血壓，神情專注，安娜不禁讚賞。護士拿著小小的強光照射她的眼睛和耳朵，用冰冷的聽診器聽她心跳，在夾紙板上記下所有結果。

「看來一切正常，」護士說。「妳感覺如何？」

「還好，」安娜說。「只是累了。」

「醫生剛叫我問妳是不是已婚。」

「我未婚，」安娜詫異說。「為什麼問？」

「如果妳已婚的話，他建議妳驗孕。有些孕婦初期會暈倒。」

「啊。」

「他猜妳可能為了潛水才拔掉戒指。」

「那妳……有沒有幫我驗孕？」

「沒有，當然沒有。驗孕得先抽血。」

「不用了。」安娜說。

她離開醫院，走在白色方形柱之間，步下低矮的幾階，對面有個青草操場，去年秋天蘿絲曾和她一起在那裡捐血。她逗留在陰影裡，注視著那天她記得自己看見的柱狀白雕像，頂端有一隻鷹。加入潛水隊至今兩個月，月事一直沒來，她以為潛水有礙生理期，暗自慶幸這樣也好，省得麻煩。如今看來不是可能性而是可以篤定。

安娜回到公寓，見蘿絲的父親在前廳，開著綠玻璃檯燈閱讀《前進》雜誌。動作遲緩、儀容不整的她好像見到批判的目光——或許只是為她操心吧。進自己房間後，她躺在床上，雙手放在腹部，凝視窗外的樹。她提醒自己，目前還不能確定。但她心裡有數。麻煩找上門了。

隔天她大清早出門，早餐省略。懷錶放在皮包裡。她有一種不祥的預感，認為它的護身神力到極限了。搭乘街車到法拉盛街時，又起了一陣反胃感，同時飢腸轆轆。來到法拉盛街和克林頓街路口，她走進一家自助餐廳，和一群造船廠員工排隊等炒蛋、煎馬鈴薯絲、咖啡、乾吐司——牛油之類的「可食用油脂」暫停供應。早餐下肚後，她覺得重心穩定不少，徒步去上班。途中，她去艾克索上尉辦公室道早安。上尉天天比其他人早到。

「凱利根，」他喊著。「我正希望妳今天能進來。過來一會兒。」安娜在辦公桌前站定後，上尉說，「今天會有五個人來受訓，完全不懂狀況。妳今天排什麼班？」

「上午照應，下午潛水。」

「方便我叫菜鳥過去見習嗎？希望他們能學到一兩招。」

「當然可以，長官。」

上尉對安娜的態度大約在三週前逆轉。突然有一天，他似乎習慣了安娜的存在，彷彿積習不耐耗損，偏見的鷹架終於選在這天崩垮，態度丕變之劇烈近似奇蹟出現。雖然這現象發生在安娜尋獲懷錶之前，她仍認定這是懷錶的保佑。如今，她發現自己的角色居然變成最得師長寵愛的人，彷彿上尉對她的敵意直接轉成親密關係。他以術語和她商量事情，她全聽得懂。他對女孩的批判，安娜聽來覺得是對她個人的讚美，因為她不像其他女孩子。「幫我一個忙吧，凱利根，」他上星期告訴她，「上平臺船的時候，妳把頭髮藏好，不然，整個造船廠的呆頭女祕書都想來這裡敲門啊。」

「她們可能不想潛水吧，長官。」

「可能吧。和妳一樣瘋的人不多見。不過，我警告妳，如果她們成群結隊殺過來，妳可要負責趕她們走。」

「能幹的幾個例外。」她說。但上尉只哼一聲，不出安娜所料。安娜事後覺得，上尉這種態度跟她很合拍，言不由衷的態度反而令她自慚。

「今天這批新人，由妳來幫我試探看看，」上尉告訴她。「看其中有沒有哪一個比較傑出。」他壓低嗓門，瞄門口一下，「對了，凱利根，記得稍微嚇唬他們幾聲。妳懂我意思吧。把還沒長大的男孩刷掉。」

受到上尉過獎，走出辦公室的她心情輕飄飄，但也為了喜不自勝而內疚。她穿上工作服，走上碼頭，日光從造船道射過來，她閉眼睛，讓陽光暖和臉龐。麻煩帶給她的壓力逐漸紓解，宛如剛挨打的部位總算不再疼痛。解決之道很明顯：多潛幾次水，就能化解危機。她身上的這種危機和潛水工作不符，月事總有一天會來。這天下午，她下水檢查一艘遭魚雷襲擊的驅逐艦的船殼，肚子突然絞痛。平臺船上有五個受訓生正在見習。她擔心潛水衣會被月事弄髒——放縱自己窮擔心，令她在隱密的頭盔裡笑個夠。最後上岸時，她請葛利爾在洗手間外面站崗，不敢相信自己剛才猜錯了。

每天一早醒來，她總深信危機將在今天終結。到了晚上，她累到不再擔心這件事。天氣放暖，她和蘿絲搭法拉盛街車下車後，直接走克林頓街回家，不再轉車。星期五是猶太人的安息日，蘿絲全家晚餐後點燃兩支蠟燭，聚集在餐桌，桌上有一條麵包，禱告時另外祝福在陸軍的席格和凱勒博，安娜暗自狂熱祈禱著：拜託，終結我的麻煩吧。除非危機趕緊解除，否則眼前的一切不久將化為烏有：燭光、麵包、蘿絲全家。麻煩纏身的女孩勢必要另找特定地方住。

在安娜內心的另一個房間裡，一座時鐘開始滴答響。如果潛水解決不了危機，另外還有一條路可走，但不能拖太久。酒吧暈倒事件後兩星期，安娜有天早上醒來，睜眼心想，我非採取行動不可。她不知從何做起，答案卻不請自來，彷彿心中始終有這份盤算似的：去找霓爾。霓爾知道對策。霓爾有親身經驗。

下班後，她搭地鐵到聯合廣場。打過一次大戰的老人穿著冬衣，下著西洋棋，帽子上掛著勳章和紀念章，手提式留聲機播放著〈我曾聽過那首歌〉，青少年穿著外套相擁共舞。看著他們，安娜渴望不已。在布魯克林學院就讀期間，她也曾和男孩如此共舞，但這些青少年的外表純真無邪，她自己從來沒有這份感覺。她總是隱瞞著祕密。現在的她也孕育著祕密。

格拉梅西公園南街二十一號。說也奇怪，霓爾當時在夜總會裡竟然逼她覆誦。

來到門口，安娜依然不知霓爾姓什麼。門房穿類似軍裝的灰色制服，聽到霓爾的名字，走向牆上的交換機，插一條電線。安娜摸一摸口袋裡的懷錶。出門前，她希望霓爾在家，正為今晚的娛樂打扮。果然沒錯。電梯操作員送安娜上八樓，開門讓她走進一個小套間，裡面有兩戶隔著一大盆紅玫瑰門對門。牆上的鏡子將玫瑰烘托得更加綻放。鏡中人憔悴的模樣令安娜心驚。她捏捏臉頰增色之際，霓爾從左門出來，穿著綢緞浴衣，翻領上的白色小羽毛宛如肥皂泡沫。她愣一下才想起安娜是誰，旋即振臂擁抱她，伸開拿香菸的手，以免燙到安娜。「妳最近怎樣，親愛的？」她高喊。「好久沒見到妳了，妳這個調皮鬼。妳躲到哪裡去了？」對霓爾的尖嗓問句，安娜一概以不置可否的方式喃喃回應。就在妳來我往的過程中，霓爾察覺不對勁。她抽身後退，瞇眼看安娜。「進來，告訴我發生了什麼事。」霓爾說。

週日一大早，安娜回到霓爾家，在霓爾陪同下，步行到公園大道。霓爾的尖鞋跟走在人行道上宛如用鐵鎚擊釘子，染成金色的頭髮被晨曦漂白，眼睛下面有青色的眼袋。霓爾已成為一個適合在人造光下露臉的女人。

兩人坐進計程車後，安娜小聲重提價格的話題，避免被司機聽見。安娜不知手術多麼昂貴，希望能分期慢慢繳清。

「錢由韓蒙德繳啦，」霓爾低聲說。「我騙他說是我。」

「被發現，不就糟糕了？」

「相信我，」霓爾說，「是他欠我的。」

「謝謝妳，」安娜喘息，但這話似乎難以聊表心意。「也謝謝妳陪我來。我沒指望妳也來。」

霓爾聳聳肩。霓爾的關照似乎有一種異樣的冷淡，令安娜確信，麻煩纏身的任何女孩找上霓爾，霓爾會有同樣的舉動。

「戴克斯特．史岱爾斯的事，妳聽說了吧？」霓爾說。

安娜注視車窗外一棟灰色高樓，影像模糊。「我看報紙知道了，」她說。「好可怕。」

「大家除了這件事之外一概不談呢。」

「凶手抓到了沒？原因是什麼？」

「謠言有一千多個呢。有人說，是芝加哥集團幹的。和紐約幫派比較起來，聽說他們更加心狠手辣喔。」

「為什麼殺他？」安娜問。

「警方調查中，不過，沒人願意告密。除非他們也想遇到同樣的下場。」

「說不定是因為戴克斯特．史岱爾斯告密。」

霓爾考慮著。「有什麼好告密的？」她說。「聽人家說，他的生意已經漂白四分之三了。搞不好都八分之七了！何必冒險告密？」

「他有小孩嗎？」安娜明知故問，企圖延續話題。談論戴克斯特．史岱爾斯有助於放鬆她的心情。

「一對雙胞胎兒子，一個女兒。老婆是大美女喔——一個世家名媛。大家都以為，全世界都對他磕頭呢。」

「實在令人沉痛。」安娜說，一股悲楚湧上心頭。她雙目凝視窗外，唯恐霓爾識破。

「夜總會的每個人都在哭。」霓爾說。

齊聲哀慟的人很多，安娜認為少說有幾百人。她覺得自己也融入這些人的行列中。和這些人比較之下，她對戴克斯特·史岱爾斯的所知僅止於皮毛，對他幾乎是不認識。然而，瑣碎的片段回憶刺穿她冷硬的表殼，她感受到置身他懷中的溫馨，聽到他沙啞的低語。想到自己即將做的事。

計程車駛來東七十四街的轉角，離迪爾伍德醫師的診所才幾條街，巧合之處令安娜腦筋一時轉不過來。時序甫進入四月，假使妹妹莉迪亞仍在世，再過幾星期就是帶莉迪亞回診的日子。她懷疑霓爾的醫師是否和迪爾伍德醫師同一棟，兩人的醫師該不會是同一人吧？冷冷的陽光灑在路口，鴿子擠滿天空。霓爾戴上墨鏡，模樣像電影明星，近白色的羊毛大衣上有金鬚肩章。教堂鐘聲噹噹響起。

「診所在哪裡？」安娜問。

「就在這條街上。他不喜歡週末有計程車停在外面。怕引人注意。」

她們往麥迪遜大道的方向走去。鐘聲敲得安娜頭疼，她但願鐘聲能停止。這條街走到一半，霓爾轉彎走向一棟排屋，外面有條紋遮雨棚和修剪整齊有型的樹叢。她帶安娜走下半樓，見到長方形的銅牌標注：產科索菲特醫師。霓爾按門鈴，門鎖解除，她們開門進候診室。這裡和迪爾伍德醫師的候診室同樣氣派，不過裝潢不同。這間診所以銀色地毯鋪蓋所有地面，新月形沙發覆蓋著灰絲絨。安娜開始冒冷汗。教堂鐘聲似乎在腦殼裡迴盪。「希望它能停止。」她低聲說。

霓爾嚇一跳。「誰？」

空氣裡飄著一股微弱的化學物質氣味，彷彿在地毯和絲絨以外的地方有一間病房。絕對有。在新月形的沙發上怎麼動手術？

「我的第一次也好緊張。」霓爾說。她現在的語氣也緊張。

「幾次了？」

「三次。呃，兩次才對。這一次是第三次。」

「然後呢？」

「妳會昏沉沉的，」霓爾說。「肚子會痛。不過其實還好啦。隔天，妳就煥然一新。」

安娜問的不盡然是這方面的事，但其實不太重要。混雜在恐懼裡的是蓄積而成的希望，帶莉迪亞看醫生多年的安娜對這份感覺很熟悉。醫生會來的。醫生會來！各家雜誌以扇形攤在亮光漆咖啡桌上：《克利爾》、《麥克魯》雜誌、《週六晚郵報》。霓爾打開一本《銀光幕》雜誌，安娜從旁瞄到金髮明星貝蒂．葛萊寶、維若妮卡．蕾克、拉娜．透納，全是莉迪亞可望長成的美女。安娜定睛看著候診室通往別處的門。這扇門外層以布面裝飾，很美。她不知不覺握緊霓爾的手。

「不會痛的啦，」霓爾說。「他會給妳哥羅芳，妳會呼呼大睡。」她翻到一篇以電影明星髮型為主題的報導，扁波浪、立體捲、圓心捲，但視線不在頁面上遊走。安娜意識到，霓爾想速戰速決。醫生很快就來。恐懼與期望在安娜的心腹翻攪。

在她凝視門的時候，門終於開了。索菲特醫師比她預期來得年輕——只能說沒有迪爾伍德那麼老，身材高，頭髮沙色，戴著結婚戒指。他熱情招呼霓爾，與安娜握手的手勁溫柔誠懇，直視她的眼睛。醫師帶她們走進布面門，進入一個房間。這裡不太像安娜剛才擔心見到的醫院，牆上的裝飾板條上懸掛水果畫。一張高床覆蓋著白床單。安娜進隔壁脫掉裙子，套上柔軟的棉質罩衫，遮住胸罩和底褲。肌肉健美而平坦的腹部似乎在嘲諷這項手術。假如沒有這回事怎麼辦？假如她根本沒懷孕呢？沒驗孕怎麼知道？

她真的驗孕過嗎？

霓爾坐在旁邊的椅子上，讓安娜轉頭一看就能看見。「柯諾普卡小姐看不到，」索菲特醫師說。

「不過她會陪伴在妳身邊，在妳沉睡時握著妳的手。是不是啊，柯諾普卡小姐？」

「當然會。」霓爾說。醫生終於來了，她似乎如釋重負。

柯諾普卡。波蘭佬，安娜聽見父親的嗓音，哼哼哭了起來。她躺在手術臺上，雙腳伸直，隔著被單握住髖骨。霓爾抬起安娜一手握緊。安娜在發抖。「過三十分鐘就結束了，」她說，但此刻的嚴重性燒穿霓爾表面一層層的假象，將她曝露在急如星火的境地。「他正在準備哥羅芳。然後妳就能好好睡一覺。」

「儘量放輕鬆，凱利根小姐。」索菲特醫師說。

他站在安娜後方，安娜看不見，嗓音無異於迪爾伍德醫師。安娜陡然坐起身子，轉身想看他，心臟在胸腔裡亂蹦。

「放輕鬆。」索菲特醫師柔聲說。他在安娜身旁坐下，雙手拿著某種物體。醫生會來的。醫生來了！他來這裡治好百病。

但在此時此刻，前來安娜心中的不是索菲特醫師，而是妹妹。自從和戴克斯特．史岱爾斯度過的那一夜之後，安娜不再感受過這種親密，回想著莉迪亞乳脂似的、小圓餅似的芬芳，肌膚和頭髮的纖柔。蜷縮、未完成的狀態。堅持不懈怠的心跳。安娜也回想到，如一縷薄紗始終環繞妹妹的是她出脫為美女的夢想。

美夢：一個能跑能跳的小美女，膝蓋在豔陽下閃耀，一個能以眼角看人的女孩。安娜這時候想到，我能把這樣的女孩帶到這世界上。

醫師以一個圓錐形器具罩住安娜的嘴，甜甜的氣味從中飄來，比安娜在候診室嗅到的氣息加倍濃郁。「不要。」她說。

霓爾湊過來，安娜看見自己的恐懼映照在她眼中。麻醉藥觸及安娜的頭腦，一陣睡意如雲飄來，愈聚愈濃，瀕臨下雨。她想像獨自一人離開診所，一無所有。原本有東西的部位變為一片空虛。能跑能跳的女孩。那份夢想。

「不要，」她再說一遍，這次針對霓爾。「叫他停。」可惜安娜的聲音被圓錐器具罩住，她聽不見自己。

冥冥之中，霓爾豁然理解——或許是在安娜的眼球翻白之際，從安娜的眼神解讀成功。

「等一等。」霓爾尖聲說，掀開圓錐器具。

# 第二十八章

如果活動範圍只侷限在救生艇上，缺乏箱筏，艾迪擔心大家會覺得擠到透不過氣。他也擔憂，二副伐明戴爾會抗拒讓老水手皮優指揮航行。此外，艾迪也擔心，追風恐怕讓航道偏移太遠，靠風力能否以四海浬的速度行進。最令艾迪憂心忡忡的莫過於飲食，是否應該每天繼續喝六盎司，或縮減為五盎司，火花是否釣得到有肉可嚼的魚，航向是否應該對準外海的小島。一九二三年，特拉維薩號的船長與大副曾指揮兩艘救生艇，橫渡印度洋兩千七百公里，不同的是他們當時有儀器還有海圖，而艾迪只有一具羅盤。

在他們起帆航行的前一夜，他失眠坐著，渴望抽一根菸，最好有五十根可抽，沒有考慮到一件事：風勢。

第四日破曉時分，空氣熾熱而靜止，整片海面有如一層汗。砲手為了找事做，提議乾脆輪流划船，二副贊成，艾迪迫不得已指出，語調盡可能客氣說，划船只會白費力氣和資源。此處離非洲海岸至少一千六百公里，不是划得到的距離。其他人支持艾迪的勸說，軟化二副的堅持。二副滑稽扮鬼臉回應，艾迪漸漸瞭解這是他找臺階下的舉動。

這天算是徒勞無功，用來休息，準備明天起帆。沒有輪到班的人避免曬太陽，用救生艇的防沫簾蓋著。在筏子上，他們攤開船蓋，當作防水布來遮太陽。晚上，他們施放最後幾支信號彈，繼續瞭望。艾迪屢次被凍醒。他以為風來了，以為浪花飄過來，可惜全是夢。

隔天情況相同，接下來的日子也一樣。唯一能忍受的時刻是清晨，陽光吸乾船上的露水，暖意灑在冷卻的肢體上。入夜時分還好，最初的一分涼意宛如護士為曬傷的肢體塗膏藥，夜深時，大家才冷得簇擁成堆，蓋著六張毯子發抖。在氣溫較適中的這些時刻，艾迪分發口糧，全體享受短暫的滿足。他們顯然漂流到了赤道區，無法指望貿易風吹動船隻。皮優向大家保證，無風期從來不會延續太久，頂多一兩天，但每個無風日感覺像十天。偶爾一陣溫和的西風襲來，大家充滿希望，趕緊揚帆，風卻在二十分鐘之後停息，令所有人加倍灰心。糧食只夠他們航向陸地，卻被原地打轉的他們白白耗掉。目前大家最大的心願是被大船救起。現在他們的處境猶如被釘在絲布上的標本。遠方曾前後出現三艘船，每次大家跳來跳去，咆哮著，尖著嗓子叫，最後全癱軟無力如死屍。不再有飛機劃過天空，因為這裡離陸地太遠。最初的救援飛機必定是從輪船上起飛。

連續無風第三天，亦即船難後第六天，大家同意飲食減半。艾迪瘦到粗布長褲穿不住，屁股露半截，扣環已經縮三格。大家談論食物時，繪聲繪影地描述細節，與孤兒院院童談論性事的原因相同：無法起而行，只能逞逞口舌之快。

中午無口糧可吃，大家更懶散。幹練水手歐斯特賈德曬太陽，一睡好幾鐘頭，旁人為他遮陽，一概被他推開。入夜，中暑的他發高燒。羅傑取出救生艇上的急救箱，以溼繃帶和卡拉明藥膏為他治療。歐斯特賈德苦苦哀求想喝水，羅傑和艾迪心不忍，各捐一半自己的分量給他。隔天早上，原本躺在救生艇上的他不見了。艾迪和幾位弟兄睡在筏上，難以相信艇上十三人竟然沒看見、沒聽見他落水。艾迪以疑心面對這些人——特別懷疑二副伐明戴爾。分發早餐時，艾迪覺得自己被大家默默評判著，像是在懷疑他偏心或多吃一點。滄海求生的關鍵在於士氣，艾迪明瞭，而大家缺乏最能鼓舞人心的菸酒。然而，士氣低迷都怪階級最高的二副不好。二副不僅不維持和諧氣氛，還四處找碴，看水手長尤其不順眼。這天早上，二副阻止艾迪分發煉乳給水手長。

「不講話就沒得吃，」二副命令，同時四下張望，找人一起來強欺弱。「看看他還能裝啞巴多久。」

艾迪再試著給水手長口糧，被二副抓住手腕。「三副，你的心太軟了。他以前從來不對你心軟。」

「維持所有人的元氣，對我們有好無壞，」艾迪說。

「他連一根指頭都懶得舉，有力氣沒力氣都一樣沒用。船上有沒有他都不重要。」

二副讓艾迪在挑釁的場面有角色可扮演，以滿足全船弟兄找代罪羔羊的需求。在伊海號上，所有人都目睹水手長羞辱艾迪。如今，水手長成了落水狗，最後一絲傲氣只表現在無視眾人議論的冷漠態度上。艾迪一直想挫一挫水手長的威風，但在這種情況下和二副聯手，艾迪只覺得反感。

「少惹他，二副。」艾迪嚴厲說，把煉乳遞給水手長。

二副的視線從艾迪轉向水手長，再轉回艾迪，嘴角露出詭異的微笑。「原來如此啊。」他說。

從那一刻起，二副開始跟蹤艾迪，在豆大的範圍內如影隨形。無論艾迪到哪裡，白髮尊貴的二副總是跟在身旁，抱著敵意緊追不捨，相當於跟監，令艾迪意識到，二副唯恐他造反，怕他慫恿其他人一同海上喋血。艾迪原本沒有叛變的念頭，如今一想到卻愈想愈心動。

同日下午，艾迪割掉過長的皮帶給火花，被火花用來釣魚。火花本來以破布為餌，用救生艇上的魚鉤和釣線垂釣，如今有皮帶，火花在日落前釣上一小條鮪魚。艾迪協助他，在救生艇的一側和鮪魚纏鬥，波格斯以獵刀戳進魚心，艾迪跳下水，以繩索綁住魚尾巴，讓同伴把鮪魚拖上舷緣，拉進救生艇。二副負責切割，然後叫一位弟兄背對著一塊塊魚肉，由這位弟兄分配給所有人。大家各分到兩大塊療飢，生魚裡的水分也能止渴。吃完後，船員之間的嫌隙似乎融解消失。煤油燈點燃，大家聊天至深夜，暢談個人戰後的志向。等所有人昏昏欲睡，安靜下來，水手長伸手碰艾迪，指著擱在橫坐板上的魚骨頭，以細得旁人聽不到的音量說話。連艾迪事後都懷疑有沒有這事。

「好。」水手長說。

再連續三天無風，只見微弱的西風過來狠心耍弄，大家的飢渴變本加厲，只好拔掉衣物上的鈕釦吸吮，想喚醒唾液腺。艾迪的舌頭躺在嘴裡，宛如鞋皮，多想一刀切掉。連續第六天無風，杭莫爾和埃帝森盡情喝海水，快樂似神仙，艾迪深怕其他人有樣學樣，破口喝斥全船弟兄。到了晚上，喝海水的兩人出現幻覺，隔天早上杭莫爾斷氣，腹部膨脹。海葬他後，埃帝森告訴艾迪，杭莫爾口頭立遺囑，將配糧全留給自己。艾迪說，杭莫爾無權做這種事，埃帝森聽了舉拳頭想揍艾迪，二副仍在艾迪身邊，卻毫無勸阻埃帝森的意思，出手制止的反而是砲手。到了晚上，埃帝森也死了。艾迪去筏子上睡覺前，在橫坐板上再刻一痕，另外為每位亡魂添一筆。二副也跟他上筏子，在他耳朵旁邊打鼾。

連續第七天無風——船難第十天——日落時，艾迪躺在筏子上，品嘗著冷熱交替期間的輕鬆，一陣風輕拂臉頰幾秒鐘，他才意識到風來了，卻仍以為又在做夢。幾天以來，大家沒力氣動作，即使起身也只為了替膝蓋除鏽。如今起風，大家的反應快不起來。但這陣風是無庸置疑的暴風，來得突然，連怠惰的哨兵都未能察覺。全體爆發熱烈的歡呼聲。在救生艇上，皮優和同伴把海錨拉進來，準備揚帆。海面已經變得顛簸。波格斯從筏上跳回救生艇，開始拉筏上的船員回艇上。筏子會拖累救生艇的航速，因此不得不棄筏。見習員羅傑想從筏子跳上救生艇之際，連結筏艇的艇首纜斷了，羅傑落海前，一頭栽在舷緣上。波格斯拿槳去搆他，但羅傑心慌，反而游回筏子。艾迪跳下水，推他上筏子。羅傑的臉色慘白，一道長長的傷口沿著頰骨綻開。

由於筏子已脫離起帆的救生艇，而且筏子吃水甚淺，兩者之間的距離瞬間加大。波格斯使勁朝著筏子上的艾迪拋繩索但總是不夠遠，暴雨來時才放棄。二副也在筏子上，變得一動也不動。艾迪命令筏上弟兄以兩人為一組游向救生艇，讓艇上的弟兄有足夠時間拉人上船。令艾迪驚訝的是，艇上的水手長竟然也協助拉人。這是水手長獲救之後第一次行動。

二副拒絕游泳上救生艇。艾迪想最後才帶羅傑一起游過去。見習員羅傑躺在筏子上，閉著眼睛，臉傷淌血。筏上只剩三人時，艾迪說，「好吧，二副，由你墊後好了。」接著，艾迪對羅傑說，「你不必划水，不過，你要協助我游泳，可以嗎？」

見習員點點頭。筏艇之間只有十五公尺，但距離逐秒遽增。雨滴打在海面上，艾迪正想下水，不料肩膀被二副抓住，整個人被扯回筏子中間。二副語無倫次哀求著，神智不清。艾迪用力打他耳光，逼他恢復理智。「你會游泳啊，二副。你搞什麼？」他怒吼。

二副打中艾迪腮幫子，兩人跪地扭打起來，在滂沱大雨中溼滑的筏子上纏鬥。筏子在浪裡搖晃著，宛如兒童划著玩的輕木船。每次有機會一瞥救生艇，距離總是遙遠，艾迪意識到艇上弟兄焦急的目光。救生艇上的火花、威寇夫、水手長和他的連線鮮活無比，彷彿能縮併兩船之間的距離，照亮黑暗。

艾迪勉強掏出口袋裡的鮑伊獵刀，想劃破二副喉嚨。刀子被二副奪走，丟進海裡，他然後以肥胖的身軀壓向艾迪。艾迪動彈不得，眼睛完全看不見，只覺得被渾身惡臭、溼透的胖子壓制。羅傑振作起來，想拉開二副。最後，二副呻吟一聲，從艾迪身上翻滾而下之後，艾迪幾乎已看不見救生艇。艾迪啜泣起來，發洩怒火，也因同胞全離他遠去而氣餒。橫坐板上的刻痕記錄船難日數與大事，也全付諸東流。他仰頭張嘴，讓雨潤澤喉嚨幾分鐘，再朝海面望一眼。他仍看得見救生艇，也依稀見到艇上弟兄注視他的目光。艾迪告訴自己，即使海面紊亂，他可以游到救生艇，也許甚至能帶羅傑一起走。有可能辦得到。但這想法每次一掠過艾迪腦海，二副只是變得更加緊張，深怕被拋棄。艾迪這時明瞭，唯一的存活契機是單獨跳水游走，讓二副追不上。這樣做，不得不丟下見習員羅傑。現在是存亡關鍵，沒有人會質問他的抉擇。但他心意動搖了。他無法留下羅傑面對二副。

艾迪睜大眼睛在黑海裡找救生艇，注意到海面上多了一個身影，看似在游泳。他揉揉眼皮，再看一次。看走眼了。沒看錯。的確有一顆人頭，像軟木塞，在海浪之間起伏不定。是波格斯嗎？除了波格斯，誰還有力氣和膽量做這種事？為什麼？羅傑也注意到了，伸手指著，凝視愈游愈近的人頭。最後，來人終於游到筏邊，艾迪赫然發現他是水手長。他和羅傑合力拉他上筏子。水手長喘息片刻，然後站起來，設法在顛簸的筏上保持重心，取下以吊繩連結在皮帶上的救生艇斧頭，高高舉起來，對準二副的頭頂劈下去，頭顱如落地的餐盤迸裂，腦漿和鮮血啪嚓灑在木筏上。水手長搶走二副皮帶上的折疊刀，推屍體下海，二副就此葬身浪濤間。一陣浪打上來，洗淨模糊的血肉。

全程不過一分鐘光景。艾迪本以為是一場幻覺，但不爭的事實是，二副已經不在筏子上。艾迪的心頭無比輕鬆。一小時之內，雨停了，四下漆黑，夜空無雲也無月。艾迪遠遠見到微光：救生艇上的燈籠。筏上無槳可划，也無法對救生艇打訊號。筏上有價值的物品早已轉移到救生艇：飲食、羅盤、求生用品付之闕如。

剛才雨勢夠強也夠久，衣物的鹽分被沖刷掉大半，被三人脫下來擰水，互相止渴，然後儘量補眠。艾迪時睡時醒，等候天邊透光，讓他有機會找救生艇。天終於亮了，他遍尋不著救生艇。三人凝望空曠的海面。艾迪內心驚恐萬狀，但極力不動聲色，把眼前的緊急狀況當作是一場小挫敗。

水手長摸摸自己的喉嚨，苦悶地搖搖頭。

「我能體會，」艾迪說。「我也懷念你那美妙的言語。」

水手長歪頭表示不敢置信。

「是真心話，」艾迪說。「消失以後，現在我巴不得再聽見。」

水手長指著自己。「路克。」

「不對。對我來說，你永遠是同一位水手長。對不對啊，羅傑？」但羅傑只凝視海面。

水手長打開口糧艙，拉出他們昨天遮陽用的船蓋。他從水裡拉斷裂的艇首纜上筏，開始結合這兩種東西，目的不明。

「他想做海錨，」艾迪解釋給羅傑聽，儘量讓羅傑有事可做。羅傑的臉頰浮腫不堪，右眼無法睜開，傷口深而火紅。「我們最好還是順著海潮漂流，」艾迪繼續說。「等到風開始颳，我們被吹上海邊的機率比較大。點子不錯喔，水手長。」

水手長驟然瞄他一眼，目光犀利而熟悉，激盪艾迪說出一連串猶如馬車隊的文言文：「我明瞭，在下資質駑鈍，竟侈言讚賞智能卓越至極的您，水手長，竟敢稱許您的想法，失敬失敬。然而，如今您言語深奧難解，在下迫不得已，僅能憑低拙至極之才智，試著判讀您的心思。」

水手長瞠目結舌，連羅傑也抬頭看。艾迪一生中從未講過如此有學問的話。如今辭藻能順手拈來，從嘴裡泉湧而出，怡然言語的樂趣深受他喜愛。

獲救至今，水手長首度咧嘴一笑。以前，每次見水手長露笑臉，艾迪總覺得吃痛，無法承認那兩彎整齊皓齒的美。

艾迪以二副的刀，在筏邊另起一份航海日誌，今天算是第一天，因為在救生艇上的日子顯得不盡真實，幽靈幢幢。筏上的新生活風勢強，海水凝重而漆黑。筏上無棲身處，躲不掉強風、烈日、雨水，三人聽天候擺布。星月顯得靠近，顯得不設防，猶如貝殼碎屑或閃亮的石子，艾迪想去就能爬過去。他們看見夜虹奇景。白天，艾迪和水手長掃視海平面，尋找船隻，尋覓失散的救生艇。第二天，兩條飛魚掉在筏上，給三人分食。軟骨上的每一絲魚肉全被他們吸吮下肚，吃完後改啃魚骨。到了第三天，又來一陣風雨，為他們解渴，可惜筏上缺乏儲水器具。

一頭撞上救生艇後，見習員羅傑的神智逐日混淆，受傷的一邊眼睛睜不開，腫脹的範圍也擴張。艾迪從自己上衣撕掉一條布，浸泡海水，敷在傷口上。他想不出別的方法。傷口化膿，紅暈在臉上攻占更多範圍。夜裡，羅傑顫抖得難受，艾迪和水手長從左右夾抱他，為他增溫。每天日出，艾迪在筏邊再刻一痕：四天，五天。大男孩羅傑低聲想念他的威爾斯柯基幼犬，說他送報打工存下十八元，說有個名叫安娜貝兒的女孩穿著復活節毛衣，曾讓他隔著衣服撫摸酥胸。他喊著母親。艾迪以乾皺的嘴唇貼向他的臉，低語：「我們愛你，親愛的，一切都不用操心。」如果能讓這位大男孩平靜，他不惜犧牲一切。艾迪曾目睹某人對兒童如此盡心奉獻，卻想不起地點和時間。

在第六天夜裡，羅傑發高燒躺著，臉色鐵青，呼吸急而淺。艾迪和水手長從兩旁抱住他。最後，大男孩長長驚喘一口氣，隨即全身不再動。他們繼續抱他，直到最後一絲體溫溜逝去。日出後，他們輕輕把屍體推下海，但艾迪拒絕相信他走了，一直伸手想找他。

現在，活潑的見習員飄去和其他幽靈會合，艾迪搆不到，只好再度適應新生活。烈日灼人，夜晚冷如冰，難以征服的飢餓磨損意志力。他和水手長俯伏在筏上，虛弱到無力覓食找船，僅靠偶然幾陣短暫風雨止渴。艾迪瘦成骷髏，體力衰敗，記不起上次排尿是多久前的事。他淪為一息尚存的屍首。儘管肉身頹廢，心思卻脫韁恣意奔放。艾迪曾在上海鴉片館見過病夫：渾身乏力呆滯，但他們的心思一定也像他現在這樣奔騰，在音聲與色彩中馳騁，宛如毫無羈絆的靈魂。

水手長消瘦的身形和艾迪相呼應，亂髮和鬍鬚似乎在嘲弄他們萎縮的肢體。終日曝曬對黑人水手長影響較小，但襤褸的衣物遮不住艷陽，天天鞭笞著艾迪的白皮膚，唯一能舒坦身心的方式是下海漂浮一陣子。每天在日出和日落之間，他甩脫肢體的麻木感，至少下水一次，抓住海錨繩。唯有在這時候，艾迪才得以逃離地心引力的魔掌。在筏面上，重力對他的折磨如同被人以鞋跟踐踏。泡水漂浮的樂趣之大，讓他忘卻事後傷口凝結鹽巴的刺痛。艾迪力氣不夠，水手長拉他上筏。兩人始終無言。他們經常並肩躺著，互看對方的眼睛，半晌無動靜。艾迪後悔來不及問奈及利亞家鄉拉哥斯的事，問他為何出海，信不信天主教，最甜蜜、最傷心的回憶是什麼。現在談往事太遲了。他們已把語言放諸海潮，連源於航海術語的文辭也用不著。

某天日間，兩人躺在筏上，艾迪意識到身旁出現微微的動靜，睜眼一看，發現筏上多了一隻白色信天翁，動作彆扭，大翅膀收攏在身旁，如同畫架。水手長睡著了。艾迪壓榨出體內殘餘的力氣，握刀揮向鳥脖子，想砍掉信天翁的頭。信天翁輕易閃躲開來，騰空大約三十公分，旋即降落回原地，歪著鳥頭，以灼灼的黑眼珠好奇觀望他。

隔天，艷陽高照，艾迪卻躺著發抖。水手長抱他，想暖和他。「好人。」水手長說。好久以前，見習員羅傑垂死時，艾迪也曾說過類似的話。他想反駁，想提出幾件事實來糾正水手長的說法。奈何論點還來不及凝聚成言語，就漸漸化為色彩。艾迪幾乎不動，幾乎不呼吸，保存最後一絲精力，把生理機能減緩到近乎死亡的程度，以便再多活一小時。他願以一死來交換心智活躍，享受思想騰躍到他不曾領會的某種真理。他不再清楚現在是日是夜，不知水手長是否仍在。他想起小女兒——幼小的心靈注定困在僵化肢體內。發現父女有這分雷同之處，艾迪心一酸，痛得哀嚎，只不過他喊不出聲音。癱瘓在筏子上，他渴望下水泡一泡，回憶起莉迪亞泡澡的景象，見她浮在溫水裡舒暢歡笑的快樂模樣。但在當時，艾迪見畸形女兒心生畏懼，看不下去。拋家棄子的歉疚攻心，這是第一次，也是唯一一次，他哭喊著，「莉迪亞！莉！」哽咽悽愴的嗓音嚇到他自己，他摸索著他背棄的小女兒，他背棄的家庭。

深受打擊的艾迪躺著，莉迪亞的名字如同含在嘴裡的硬幣。接著，一陣輕盈的聲響飄進他耳朵，他微微有印象——不是大女兒安娜的嗓音，絕對也不是水手長。這人講話帶有咕吱聲，急促，樂陶陶，喋喋不休，如同鳥鳴般吱喳而歡愉，毫無意義。艾迪掙脫筏上的肉身，跟隨這聲音，飛向源頭，彷彿這聲響是從窗戶飄出的音符。他停下來聆聽，努力辨識嘿嘿笑的牙牙學語裡的含義，宛如伸出雙手想拍打捕捉風中亂顫的鮮豔彩帶。他跟隨著莉迪亞，見女兒上氣不接下氣，歡笑著，言語不成句子，僅止於一波接一波的音節。他以前不接受這種言語方式，如今他總算聽懂了：爸爸安娜跑媽媽看海媽媽拍手安娜看海爸爸親安娜跑去看海看海看海看海海看海海看海海看海海看海海。語調變平直，簡單的反覆語，如琴弦撥動，如心跳：他的心，她的心，一顆心。沉潛在所有真理下的真理就在這裡，如同海床生成的蠢動。直到此時此刻，艾迪才覺得水手長的手臂仍環抱著他。水手長始終都在，不曾離去。「快來臨了，」水手長說。「快來臨了，我的朋友。快結束了。上帝已和你我同在。」

# 第八部

# 霧

# 第二十九章

「討厭啦，事先也不多考慮幾秒嗎？」

這裡離索菲特醫師診所一條街，霓爾在上午的陽光下氣呼呼數落安娜。若非中央公園裡有母子戴著教堂帽散步，霓爾一定會大吼大叫。

「謝謝妳阻止他。」安娜說。

「早知道我隨他去，妳的麻煩就不見了，一了百了。我們甚至還可以——」她瞥向第五大道。「八成還可以回去。」

「別再講了！」

「不要。求求妳。」安娜覺得呼吸乾冷空氣的樂趣差點要不回來了。「求求妳，不要。」

安娜拉著朋友的手臂，對愛漂亮、愛發脾氣、守護她的霓爾有著一分近乎愛的情懷。「謝謝妳，霓爾。」

霓爾先是一怔，隨即鬆懈下來。安娜連聲道謝似乎漸漸平息她的怒火。或者是，霓爾自己也被怒火燒煩了，反而覺得安娜的新麻煩更有意思。「所以嘛，妳想奮戰到最後一刻囉，」她輕聲說。「妳非遠走高飛不可。不過我先警告妳一聲，那種地方如果是高級一點的，會對妳獅子大開口喔。」

「我存了一點錢。」

霓爾大笑。「親愛的，錢讓**男方**出才對。妳去當面告訴他：假如他想繼續過好日子，不想逼得妳去找他老婆攤牌，不想把家庭生活鬧得亂糟糟，那就拿錢出來。就這麼簡單。」

「他走了。」

霓爾偏著頭說，「人死了才算走了。妳把那個壞蛋找出來，逼他出錢，否則妳只好落得進修女院。我建議妳不要，」她說。「修女看不慣我們這種人。我講這話可是有一定說服力的喔。」

「我的意思是，他——走了。」見霓爾不解，安娜只好補上：「在海外。」

「啊，軍人。為什麼不早說呢？」

安娜不知道怎麼回答，但有沒有回答並不重要，霓爾已陷入沉思。「妳和他是**暗通款曲**喔，」霓爾說，以這句成語將安娜的困境併入截然不同的類別。「妳不顧後果，他也是。完全沒考慮到往後的事。」

「……也對。」安娜說。

「話說回來呢，花三十分鐘就能解決的問題，為什麼不做？幹嘛毀掉身材，浪費一整年的青春？除非是……萬一是他回不來了……」

「他不會回來了。我很確定。」

講太多了。話講得太確定，旁人一聽就心覺有異，幸好霓爾沒聽出端倪。「如果是這樣的話，孩子就能延續他的血脈，」霓爾沉思說。「即使沒人知道孩子是他的。從某個角度來說，**他依然活**著——妳懷著他的孩子，讓身為軍人的他活了下來。妳的想法是這樣才對吧！」

安娜的想法其實是，改走浪漫路線的霓爾聽起來太像冒牌貨了。顯然，霓爾聽太多廣播愛情連續劇了。所幸，霓爾以問代答的習慣正合安娜心意。

「就找修女院吧，」她下結論。「妳就強顏歡笑，忍耐一年吧。然後，她們會幫妳兒子找個基督徒好家庭。」

「也可能是女兒。」安娜說。

晚餐後，安娜和蘿絲一家人坐在前廳，欣賞留聲機播放的莫札特。蘿絲的父親沉醉在他的《前進》雜誌，母親正在織桌布的其中一格，用來慶祝兒子安然回家。老么西倫正在做功課。蘿絲的兒子梅爾文在玩輪子馬，讓馬走遍沙發，最後走上安娜大腿，走上手臂，來到肩膀。見安娜阿姨不反對，他把輪子馬開上她頭頂。

「不要煩人，小文。」蘿絲說。

「我喜歡，」安娜說。玩具馬的輪子在她的肌膚和頭皮上按摩，感覺好舒服。在她構築的這片脆弱、寶貴的天地之中，一切都舒適。隨後幾天乃至於幾星期，她的滿足感綻放成狂喜。克林頓街上的路樹一夕之間百花怒放。安娜揮舞著雙手，走過樹下，心想，不久後，我再也看不見這些樹了，也聽不見枝椏的吱嘎聲。她幫蘿絲的母親把織好的方格縫成完整的桌布。「等這張桌布上桌時，安娜，妳也會跟我們一起慶祝的，」蘿絲的母親說。「妳是我們的家人——妳母親也是，就等她把妹妹照顧到康復，她就能回家。」安娜向她道謝，內心充滿一分因迫近災難邊緣而升起的揪心喜悅。假使祕密被蘿絲的母親知道，安娜必定會被她逐出家門。幸好她不知情，完全沒概念！沒人知道！

雖然這段居家生活已走到盡頭，安娜仍盡情欣賞風景，也仍懂得享受。她嗜檸檬水為命。等全家人上床，她偷偷進廚房，在洗濯臺裡擠檸檬汁，用冷水攪拌，然後摻加她個人配糧券換來的砂糖，以免被發現偷吃。酸甜的檸檬水樂得她起雞皮疙瘩。她端進房間慢慢喝，看著窗外的枝葉吐新芽，宛如握著撲克牌的手。耽溺於這種甜蜜生活，安娜抗拒結束。過一天再說吧！接著，再過一天就好！就這樣，日子一天接一天過去，時序轉眼間進入五月，她和三月時同樣一籌莫展，下腹部已有微微隆起。幸好很容易隱藏起來；上班時，她不是穿寬鬆的工作服，就是穿潛水裝，而男同事和她相處習慣了，也不再對她的身體好奇。蘿絲的母親把功勞攬在身上，自誇一流的廚藝是協助安娜「變豐腴」的功臣。她總嫌安娜太瘦。她開始免費為安娜準備午餐。

如今安娜學會焊接和灼燒，潛水工作包括修補船殼和推進器，和潛水同事一起在緊繃的墊子上修理戰艦。經她雙手，龐大的船體發出叮叮嗡嗡聲。無重力的樂趣發揮到極限。她吊在螺旋槳上，任流水沖刷沉重的潛水靴。有時候，她仍懷疑是否能以這種方式自然流產，但她不再懷抱因此獲得特赦的期望。嚴格說來，她也不想流產。巴斯康安排同事一起去紅十字會捐血時，安娜在最後關頭打退堂鼓，推說肚子痛。

在曼哈頓八十八號碼頭負責搶救諾曼第號的潛水員前來參觀造船廠，艾克索上尉挑選安娜陪來賓參觀造船廠的潛水隊，她的相片躍登《布魯克林鷹報》，標題：女潛水員為諾曼第號搶救隊展現布魯克林英姿。相片中的安娜面對微笑，不戴帽，穿著連身工作服，髮夾在風中夾不牢頭髮。見報不到一天，相片變得宛如年代久遠的古物，她收藏在床邊，每晚睡前拿出來看，告訴自己：我一生中最快樂的一天。然而，她卻能繼續享受快樂，如同美夢醒來，餘韻猶存，獲准再短暫享受一陣子。

「少了妳，我該怎麼辦才好，凱利根？」艾克索上尉有天晚上說。安娜正在沖洗潛水裝。

安娜警覺起來。「怎麼說呢，長官？」

「俄軍突破高加索線，過幾天我軍將拿下突尼斯和比塞大。轉眼間，士兵就要回國找工作了。」

「喔，」她說，鬆了一口氣。「是這樣啊。」

「在妳來得及反應之前，我就走了，回我的平底舟，等鯰魚上鉤。」他定睛看安娜。「妳呢，凱利根？很難想像妳穿著有花邊的圍裙。」

「謝謝你，長官。」

他咯咯笑。「又不是稱讚妳，不過我照樣得說，不客氣。」

假如祕密被他發現，安娜必定會被他開除。幸好他不知道。安娜抱著這份岌岌可危的竊喜。

雙面人的日子唯有在寫家書時才令安娜痛心。寫信給母親時，她以報新聞方式敘述造船廠生活點滴，感覺像不在場證明。她考慮對母親吐實——藉由書信比較容易。但母親知道後絕對會難以承受，必定會自責不該扔下安娜不管。母親找不到別人訴苦。假如被安娜的姨媽或外祖父母得知，安娜休想再進他們家門一步。又是一個怪胎。母親已失去太多，安娜不忍心讓她再蒙羞。

六月的第一個週六是安娜的休假日，蘿絲家人去做猶太教的禮拜，安娜一早回母親的公寓收郵件。她靠門廳牆上站著，在尋常的信件和凱旋郵件之間，注意到一封航空信貼著外國郵票，正面以緊湊的斜草字跡寫著她的姓名，筆跡格外眼熟。她敢發誓這是父親的字。

安娜爬六層樓，回到老家。搬去蘿絲家之後，這是她第一次回來。原本健步如蜻蜓的她腳步沉重。老家有舊冰櫥的臭味。她打開一扇窗，帶著神祕信件到消防梯上閱讀。從紐約港海床尋回的懷錶在她皮包裡，是父親作古的鐵證。但她知道，這封信確實來自父親。她知道。

他正在英屬索馬利蘭住院，筆跡淡薄欠穩，信上說，他工作的貨輪遭魚雷擊沉，在海上漂流二十一天獲救。他從一九三七年效勞商船至今。這些內容從安娜左腦進、右腦出，把理智沖刷一空。他健康情況不佳，不確定何時能出院回國。我極想念兩個女兒，渴望再見妳們一面，他寫著。寄件地址是舊金山郵政信箱。

安娜坐著，半晌沒動作，連麻雀都以為她是木頭人，開始在她腳邊的消防梯上抖羽毛、爭吵。父親活著，一直健在。雖然這事實看來難以置信，她卻不覺得訝異，心情反倒像是倒栽蔥墜崖，不清楚會掉到哪裡去。她兩手各抓住消防梯的左右欄杆，感覺整棟公寓正在搖動，謹慎爬回家裡。陽光已縮回窗框，大概接近中午了。她在廚房裡找到母親用繩子拴在牆上的鉛筆。母親常用這筆寫下採買事項。安娜把父親的來信攤平在流理臺上，以鉛筆在上面寫大字莉迪亞死了，筆芯穿透信紙。隨後，她走進自己房間，躺在床上，沉沉睡去。

醒來時，她從天色判斷是下午了。她不可能再回蘿絲家。她必須採取行動。她打開收音機，坐在餐桌前動腦筋。霓爾提到的修女院是什麼樣的地方？該去哪裡找？她們有電話嗎？拖到現在才去找霓爾太遲了。還能向誰求救呢？說也奇怪，查理・沃斯浮現腦海，雖然她搬家之後幾乎沒再見過查理。直覺告訴她，查理可能會同情她的處境，但她無從確定，也擔心風險太大。

電臺播放她以前常和姑姑布麗安收聽的《羅伊・席爾茲秀》。想法一轉到布麗安，她便靈機一動。當然。布麗安和母親明白安娜美德高尚，通情達理，但如果布麗安發現她不是小聖女，也不至於像母親那麼失望。天大的歹事也無法擊垮布麗安姑姑。

如果打電話給姑姑留言，安娜只有等姑姑回電的分，但安娜此刻缺乏等候的耐性。即使沒有地址，她決定立刻動身前往羊頭灣，到了那裡再打電話給姑姑。布麗安居無定所，有時甚至沒地方可住，所以安娜家裡堆著姑姑寄放的皮草和羽飾，偶爾有幾件傢俱，布麗安姑姑也總是以郵政信箱收信。安娜瞥向櫃子上的一堆雜物。有了。莉迪亞喪禮後舉行午餐會，布麗安曾帶雞尾酒紙巾來，安娜保存其中一張，放在櫃子上。

情茫牧人，羊頭灣埃蒙斯街。安娜可以從這地方找起。

廚房碗櫥裡貼有海員銀行贊助的捷運地圖，安娜查看路線，發現搭地鐵能直通羊頭灣。安娜離開公寓，步行到地鐵站。

她曾跟著父親去羊頭灣「辦事」。她記得當地有幾座快爛掉的碼頭，幾艘小漁船。父親曾帶她進一家寒酸的小店，見幾個男人在櫃檯前垂頭吃著碗裡的東西，活像埋首飼料槽的牲口。在父親去辦正事的期間，老闆端一碗濃湯給安娜。她記得濃湯的滋味：乳香撲鼻，牛油濃郁，魚肉很多。想到這裡，安娜的肚子咕嚕叫一聲。

這裡比印象中的埃蒙斯街來得寬，原本的醜八怪小碼頭被幾座氣派的大碼頭取代，每座型式相同，各有一條斜坡伸入水裡。她穿過馬路，來到埃蒙斯街北邊的自助餐廳，對收銀人員出示「情茫牧人」紙巾。這人的頭髮染成黑色，一撇小鬍子像假的。「你知道這個地方在哪裡嗎？」她問。

「當然知道，」他說。「埃蒙斯街一路往東就是了。搭街車可以到，車站離這裡三十公尺。」

安娜搭上街車，望著窗外的海防軍人，在接近黃昏的天色中走動，軍官帽上的鷹徽是金色而非銀色，表示這些人是海岸防衛隊，有別於海軍。在羊頭灣對面，右邊是民房，左邊變成軍方營舍——

這裡一定是布麗安提過的海事訓練中心。安娜下車，簡直像回到桑茲街：酒吧生意興隆，照相館優惠十二個姿勢特價六毛九，販賣紙牌、通靈板、水晶的樂茹絲夫人商店。她在一條街外就見到「情茫牧人」，招牌和紙巾上的圖一模一樣，一雙心形眼的牧羊人握住調酒器。

「情茫牧人」近似橢圓酒吧，啤酒味混合著鋸木屑香，海鮮味濃厚，客人密集，很多是沒穿制服的男人。安娜猜他們是商船水手。布麗安姑姑才不屑光顧這種酒吧。怪事，布麗安就在吧檯那邊！安娜衝過去，卻發現布麗安其實站在吧檯裡面——她竟然是吧檯侍應！安娜腦筋打結，愣在原地不動，心想布麗安大概認不出她是誰，因為這種場面實在太不可思議了。不料，布麗安驚呼一聲。「哇，總算來了！最近是怎樣，假如我想見姪女一面，非得打開《布魯克林鷹報》，不然別想看到她。兩個禮拜了，一通電話也不打，我還在懷特藥局留言三次呢，他們說，最近連妳的鬼影都沒看見。妳餓不餓？艾伯特，給我姪女來一碗濃湯，蛤蜊不准偷工減料噢。」

面對一連串的笑臉指責，想道歉的安娜變得結結巴巴。艾伯特的喉結比鼻子更突出，請她坐吧檯凳，端一碗熱騰騰的濃湯給她。她捏碎幾塊蠔香餅乾，灑在濃湯上，舀一匙吃，閉眼品嚐：魚肉、乳脂、牛油。她印象中的濃湯就是這種，但這一碗更可口。原因是此時濃湯在她嘴裡，暖和腸胃，熱度擴散到手腳。吃濃湯的同時，她產生一股異樣的感受，彷彿濃湯裡的魚復活了，在胃腸裡鑽來鑽去。同樣的感覺再來一次時，她懷疑濃湯是不是害她消化不良。不是。因為有個生物正在她肚子裡面動。

她咽喉緊縮，放下湯匙，恐懼感首度在內心彈跳，提醒著她坐視不管、即將臨頭的巨災。近兩個月以來，她不願正視難題，以為總有一天仍能找到退路。如今赤裸裸的禍害擺在她面前。她這輩子毀了。

布麗安和水手瞎攪和，為他們添酒，活像淫蕩的幼童軍女老師。安娜幾乎聽不見。她的心眼看到前方裂開一道鴻溝，對岸是她深愛的一切：潛水工作、馬爾和巴斯康等等的同事、蘿絲家。《布魯克林鷹報》裡的相片：良家女孩，笑容可掬、天真無邪的女孩。但安娜不是那女孩。安娜是個心術不正的不速之客，從小到大唬弄他人。

濃湯碗見底了，她味覺全失。肚子裡的生物不再蠢動，但她覺得他在體內縮成一團：從小隱藏在心中的一團黑影，如今蛻變為活生生、有血有肉的東西。唯有父親猜透她的劣根性和敗德。只有父親意識到女兒變壞，對她感到失望，不得已才離家出走。她多年來深信如此。

布麗安來到身邊，一手放在她肩膀上。「法蘭辛同意提前輪班，所以我們可以上樓好好聊一聊。」布麗安說。安娜向法蘭辛道謝。法蘭辛的表情全透過雀斑點點的低領衫表露。布麗安帶她離開酒吧，從側門上樓梯，橡木欄杆看起來年代久遠，時運不濟。樓上的走廊以護壁板裝潢，洋蔥味和水煮馬鈴薯味充斥其中。姑姑怎麼會淪落到這種地步？安娜想不通。龍蝦王呢？

再上另一層樓梯之後，布麗安從乳溝掏出鑰匙開門，帶安娜進房間。這間只有一扇窗戶，渙散的光線照進來。安娜的視線固定在童年家中見過的傢俱：紅色布面法式躺椅、中國屏風、看似草寫體的掛衣架。傢俱似乎在牆壁和天花板之間爆滿，令傢俱顯得超大，擺設過於密集。布麗安打開檯燈，照亮一個小洗濯臺、擺著咖啡壺的瓦斯爐、掛著束腹和胸罩的晾衣架。

「龍蝦王……他住附近嗎？」安娜問。

「他早就走了，」布麗安說著，叼起一支切斯特菲爾德香菸，用一個看似阿拉丁神燈的器具點火。「跟其他男人一樣，混帳一個。」

「那……妳沒有其他朋友了？」

布麗安吸一口菸，然後把菸小心放上直立式銀色菸灰缸。「我的朋友很多，不過全是女生，」她邊吐菸邊說。「除了房東例外。他姓李昂塔基斯，是『情茫牧人』老闆。希臘人。」最後這句像在道歉。

布麗安在法式躺椅坐下，拍一拍身旁的空位。安娜坐下時兩腿不穩。布麗安拉起安娜冒冷汗的雙手，握緊。布麗安的手柔軟，手指肥短。她以前常說，這雙手是我外表的一個缺憾。幸好難看的不是臉，感謝上帝。安娜看著姑姑的眼睛，知道祕密被她猜穿了。

「妳的大姨媽多久沒來了？」布麗安問。

「不記得了。」

「約略多久？」

「事情發生在二月九日。」

布麗安吹口哨說，「我就知道該常去看妳。」

布麗安只在這時候露出悔恨的神色。再開口時，她以一連串問題關心安娜，近似醫師問診，態度中立不失溫馨。安娜一律以不帶感情的語調答覆。不對，她沒有嚇一跳，也沒有被占便宜。沒有其他人知道她懷孕。她不想吐露男方身分，以後不會再遇到他。她考慮生下孩子讓人領養，但目前拿不定主意。

「下決定要趁今天。現在就決定，」布麗安說。「這兩條路通往相反的方向。」

如果她決定讓人領養小孩，接下來的問題只有去哪裡待產。布麗安認識幾個地方，全是修女院。

「妳要有心理準備喔，忍辱認錯，」她說，「天天謙恭屈從。認錯，悔過。認錯，悔過。妳會被修女整得七葷八素。」

「妳怎麼知道？」

布麗安怔一怔。「大家都知道啊。」她說。

如果想留下孩子自己養，她應該馬上找人嫁掉。安娜一聽，噗滋笑出來。「姑姑，誰會想娶我？」

「說給妳聽，妳一定不相信，」布麗安說。最普遍的動機是單戀。「要不是妳懷孕、妳才看不上眼的那種男人。他們為了占有妳，說不定甘願接納野男人的骨肉。」

安娜向布麗安保證身邊找不到這種癡情男，布麗安再提一種可能性：「不一樣」的男人。「這種男人有些很合適呢，」她說。「而且，假以時日，夫妻之間還是可以培養出一份愛。」

「不一樣？」

「同性戀。妳曉得吧，就是玻璃圈人士。」

安娜的確知道這方面的事，但她的所知僅止於二手資訊。「我去哪裡找這種男人？」

「比妳想像來得多。」

安娜皺眉搖頭，腦海不經意浮現查理．沃斯的身影。有可能嗎？該不會是走投無路才胡思亂想吧？

「我可能認識一個，」安娜說。「要是我猜錯了，怎麼辦？」

「妳喜歡他嗎？他喜歡妳嗎？」

「非常喜歡。」

「那就對了。如果他有份像樣的工作更理想。」

「可是，這婚怎麼結嘛？」

「該問的是前途。這年代人人都有工作。」

「我總不能劈頭就問男人吧。」

「妳明天一早去找他，態度緊急，提出妳現在的難題，向他請教解決方式，讓他主動提出他的想法，最好他的想法和妳一致。」

「然後呢？」

「跟他閃電結婚，不公開。一般來說，你們可以一起去外地，把時間順序弄混，不過目前正在打這場筆仗，你們只能把結婚日期和小孩的出生年月日弄得模糊一點，以後再解決。這樣一來，妳現在和將來的孩子都有父親。最重要的就是孩子將來有名分。」

「真的有人這樣結婚嗎？」

「我認識幾對夫妻，他們大多住在郊區，例如長島、紐澤西。丈夫通勤到紐約市上班，租一間小公寓，每星期住個兩三晚不回家。在家裡，夫妻分房睡，就好比和姊妹淘住一起，差別在於對方是妳的丈夫。」

「聽起來好悲哀。」安娜說。

「悲哀？那妳現在的情況呢？」

「我倒寧願孤零零一個人住。」

布麗安把香菸放在菸灰缸上，擺出冰霜臉孔，準備說教。「哼，妳將來的確會落得孤零零，沒錯，」她說。「更貼切的形容詞是『被野放邊疆』，而妳的孩子會被貼上『雜種』的標籤。讓我告訴妳一件事，親愛的姪女：在這世界上，未婚媽媽和私生子會四處碰壁。如果妳生下孩子，找不到男人嫁，妳只能過著沒陽光的生活，孩子也是。唉，遇到這種事，妳怎麼不早點來找我解決呢？妳的腦筋很靈光，不至於笨到這種地步吧，安娜。妳考慮看看妳那個同性戀朋友——疑似同性戀的朋友。如果運氣夠好，能釣他向妳求婚，妳才最有幸福的希望。如果妳想留下孩子的話。」

安娜心想，如此一來，非讓人領養孩子不可。她必須躲一陣子，但生產過後能再續現在的生活。她匆匆盤點目前的情況：再租就有的房間、大戰結束後拱手讓人的工作、有可能各分東西的朋友。換言之，她一無所有。她目前的生活是戰時生活，戰爭就是她的生活。在大戰之前，她另有一段日子：有家人，有鄰居，但那段日子的人死的死，搬的搬，不然就是長大成人。最後一點渣滓是亡父的疑雲。

「我想出去走一走，」安娜忽然站起來說。「我想去思考一下。我想單獨出去。」

「不准，」布麗安凶巴巴說，從躺椅站起來。「妳單獨過太多日子，這太明顯了。要走我陪妳走，話可以不講，不過在我們擬定好出路之前，我不准妳離開我身邊。」

姑姪在埃蒙斯街上往東走。夕陽西下了，天空刷起一派粉紅。安娜嗅到海灣的氣息，油污碼頭的臭味。海鷗成群在岸上蹦跳，活像白兔。

「我爸還活著。」安娜說，打破漫長的沉默。

布麗安瞄她一眼。「不然妳以為他死了啊？」

「我接到一封信。他說他一直在跑商船。」照理說，布麗安聽到應該表達訝異之情才對。安娜轉身面對她，問她，「妳早就知道了？」

「我多少猜測過。」接著，她趕在安娜勃然大怒之前先發制人：「不然我哪來的錢接濟妳和妳媽？在那家低級酒吧能賺那麼多嗎？」

「可是……龍蝦王……」

「哪來的龍蝦王？哎唷，少來了，幹嘛目瞪口呆。龍蝦王的幌子跟三元鈔票一樣假。憑我這種殘花敗柳，哪裡攀得上金主？妳信以為真的話，算是誇獎我，那我心領了。」

安娜被怒火衝昏腦袋。她停下腳步，對著姑姑扯嗓大罵，引來路人轉頭側目。「妳從沒跟他提過莉迪亞的事。他以為莉迪亞還活著！」

「他從來沒給我住址，」布麗安語氣溫和說。「我連郵政信箱都不知道。他每年匯兩筆錢給我，叫我自己留一點，其他交給妳媽。」

「但願他死了。我反倒比較好受。」安娜怒斥。

「假如『但願』能咒死男人，全天下男人會死到半個也不剩。」

安娜的怒氣來得急，散得也快，瞬間轉為仇恨。繼續散步後，安娜問，「妳也恨他嗎？」

布麗安歎一口氣。「我只有他這一個弟弟，」她說。「搞不好，這場戰爭能打醒他。戰爭的確有這種效果。」

「妳不是說過，戰爭是笑話，是男孩子拿棍子戳來戳去的遊戲。」

「製造戰爭的男人是傻孩子，沒錯。不過被推上戰場的那些漂亮的孩子……他們是清白無辜的。」

「我爸不是軍人，姑姑——他在商船上班才對！」

「商船水手不算軍人嗎？」布麗安激動反駁。「他們同樣冒風險，卻從來不指望沾光：沒有勳章，沒有五響禮砲。到頭來，他們是區區商船水手，在世人眼裡，他們跟流浪漢半斤八兩。我倒覺得，他們才是真正的英雄。」

從布麗安顫抖的嗓音可見，唯一不被她嫌荒唐的就是英雄壯舉。

「我爸是英雄？妳的意思是這樣嗎？」

布麗安不語。安娜回想父親信上的描述：魚雷、筏子、醫院。改天再告訴布麗安好了。現在，怒火彷彿在大腦燒開一條通道，她總算能動腦了。

來到海邊，路被一道軍事圍牆擋住，她們只好回頭走。回程中，兩人不再講話。她們默默上樓，進布麗安房間，脫下夾克掛上，安娜才問，「我爸寄的錢剩多少？」

「兩百吧，差不多。幹嘛問？」

「我想到一條路。」

布麗安倒一杯四玫波本請安娜喝，被安娜婉拒。即使到現在，安娜仍無法自毀形象在姑姑面前喝酒。兩人躺回法式躺椅，布麗安點菸，拿著酒杯涮著酒。

「我打算搭火車去加州，」安娜說。「中途戴上結婚戒指，換穿喪服，以戰爭寡婦的身分搬去加州，在梅爾島造船廠附近租房子住，找潛水工作。我應該能從布魯克林造船廠請調過去。」

布麗安哼一聲說，「妳知不知道，到加州的普爾曼列車臥鋪要價一百五十。」

「我在銀行存了五百四十二，債券值三百二十八元。我可以坐普通艙。」

「妳這種情況不准坐普通艙！」
「姑姑，我的工作是在水深十公尺的地方焊接啊！」
「到了加州，妳會過窮日子，」布麗安說。「赤貧。」
「我可以賣掉戰爭債券。」
「妳會淪落街頭。」
「別傻了。」
「妳能投靠誰？妳在加州認識誰？」
安娜以挖苦的口氣笑著說，「哼，如果我落得走投無路，總可以寫信跟我爸求救吧，」她說。
「據我瞭解，他現在可是大英雄咧。」

在知名的倫迪餐廳（Lundy's）吃完「海鮮晚餐」，她們各來一塊黑木莓餡餅，飯後安娜換上姑姑的綢緞睡衣，舊衣服的腋下有汗漬。布麗安穿一件慈母晨衣，質料是人造絲，散發金屬光澤，釦子扣到頸部。兩人在四柱床上躺下，週六夜酒吧的笑鬧聲一陣陣飄上來。安娜睡不著，凝視著天花板燈座上雕塑的石膏玫瑰。總算構思出一套計畫了，她心情鬆懈之餘亢奮不已。她以為姑姑已經睡著，所以被黑暗中幽幽傳來的聲音驚嚇到。

「孩子的爸爸……」
「不要問，姑姑。」
「一個問題就好。」
「不要。」

「妳不必回答。我問了就知道。」

「妳不會知道的。」

「他是軍人嗎？」

安娜不語。

「那些制服啊，」布麗安嘿嘿笑說，「誰能抗拒呢？」

# 第三十章

「推薦信有屁用？」艾克索上尉說。「照理說可以，其實沒用。」

「可以當作是調職申請吧，」安娜解釋。「從布魯克林海軍造船廠轉調梅爾島。」

「調職是鬼扯淡，恕我講粗話。申請幾年都不會有結果，就像這鬼地方的大小事情一樣。這樣吧，我——」他從辦公桌抬頭望安娜一眼。「我打長途電話過去，跟那裡的主管商量看看。」

「可以嗎？謝謝你。」

「如果他做過潛水工作，我可能認識他。」他面帶「壞消息」表情，但缺乏平日掛在嘴角的邪笑。「坐下，凱利根。」

安娜坐下，情緒緊張。當前她邁出的每一步，全以保住名譽、轉調加州為目標，心頭縈繞著祕密被發現的恐懼。

「妳在我旗下工作，有我護航，免受一件壞風氣的影響。不過，妳到加州以後，我就護不著妳了。」他長長吸一口氣，傾上身向前，以吐露機密的態度說，「很多老兵啊——他們的思想很落伍。他們一定拒收女生擔任潛水員，可能一聽妳是女孩子就冷笑。」

他以凝重的神態檢視安娜。安娜腦筋轉不過來。上尉是在開玩笑吧？他一反常態，在自我揶揄嗎？或者是，他根本忘了當初惡言排斥女潛水員？

「當然囉，妳不像多數女孩子，」上尉說。「妳我都知道。」

「多數女孩子像什麼，很難知道吧。」安娜喃喃說。

「重點是，我必須一對一勸他們：『聘用這女孩。她一人能抵兩人用。』如果我只託妳帶推薦信過去，對方會以為我寫推薦信的動機齷齪。凱利根，我很遺憾告訴妳這件醜陋的事實，不過，他們確實會想歪。」

安娜聽著，靜靜驚嘆。「瞭解。」

「一對一：『這女孩才不是腦袋空空的金髮女郎，不是喜歡跟哥兒們搞曖昧的那一型。』他們會想歪。我看得出來，妳很震驚，不過這世界有些地方非常醜陋。『她是本單位最優秀的潛水員，你那張老臉上的冷笑還不趕快收起來，啐，還拖什麼拖，趕緊聘用她才是。』」他和假想敵爭論著，駁斥對方不入流的推測，爭得面紅耳赤。「一場戰爭等著我們去大勝啊，可惡！我們需要把最精良的男人送上戰場——呃，不對，男女都是。本單位裡有個黑人，姓馬爾，是我旗下最優秀的焊接工。我介意用黑人嗎？去你的，丟給老子一匹長頸鹿，只要牠會在水裡焊接，老子照收不誤。」

見他如此激辯，安娜不禁懷疑自己的記憶力。上尉當初惡言相向，難道是她看走眼嗎？是她自己過度敏感嗎？她記不清楚了。「你覺得你能說服對方嗎？」她問。

「我熟悉他們的用語，應該摸得清他們的想法。這樣就足夠溝通。」

「謝謝你，長官。」

上尉沉默片刻，看著交握在桌面上的雙手。「講完第一件事了，」他以較平靜的語氣說，「接著提第二件事：太平洋的鯊魚多的很。聽說在三藩市的海灣，人看得到鯊魚咬海豹像啃彩糖似的。妳打算怎麼對付呢？」

不過十二天前，安娜宣布，她必須告辭前往加州和母親團圓。這段期間，趁下班和週休一日的空檔，她通知房東不再續租，打包母親的衣物和寢具寄走，寄放傢俱，結清威廉斯堡儲蓄銀行的帳戶，把存款電匯至加州瓦列霍的美國銀行。她去莉迪亞的墳前掃墓，承諾一切安頓後接她過去。巴斯康、馬爾、茹比和蘿絲（得知安娜即將搬走，蘿絲家的心情像在辦喪事）全對她伸出援手，但接受好意的風險太大，她承擔不起。面對母親和老鄰居，她捏造一套更天馬行空的謊言：密切交往兩星期後，她接受男友求婚，直接進禮堂成親，即將跟隨新婚夫婿前往加州梅爾島海軍造船廠。她去當鋪買結婚戒指，每次回老家前戴上。這套說法必須搭配眉飛色舞、上氣不接下氣的演技，比打包搬運更令安娜心力交瘁。即使是寫信通知史黛拉、莉蓮、母親、從軍的鄰居男孩，安娜也寫得文情並茂。她在信紙上灑玫瑰香味的花露水，句尾猛加驚嘆號。最辛苦的莫過於欺騙母親，但謊言只是一時之計，好讓母親能敷衍明尼蘇達州家人。等母女重逢之日，安娜會對她全盤托出。

她把新婚夫婿命名為查理。查理．史密斯，官拜上尉喔!!!

分兩頭經營兩個騙局，不僅要謹記脫戴戒指的時機，更需致力於隔開新舊人生——一邊是母親和老鄰居，另一邊是造船廠的同事。由於安娜無法當著查理．沃斯的面講瞎話，所以不能向他道別。到了加州再寫信給他吧。

在橢圓酒吧，啤酒喝到最後一輪時，安娜對朋友告知瓦列霍鎮的查爾斯飯店地址。她向巴斯康承諾代他親吻太平洋岸，答應寄一片棕櫚葉給茹比。馬爾的心願是在戰後遷居加州，她承諾代他調查哪些地方對黑人最友善。最後，她擁抱茹比，逐一和十六位潛水員握手，走去法拉盛街搭街車，回蘿絲家吃告別晚餐。

隔天正午，布麗安搭計程車來到蘿絲家。蘿絲和父親去上班，所以只有蘿絲的母親目送。計程車裡堆滿行李，令蘿絲的母親見了驚呼失聲。車上有一個旅行箱、一個過夜行李箱、一個化妝箱、一個大行李箱，全是布麗安的家當。布麗安聽見安娜想搬去加州，原本只承諾去車站送行，接著改口，可以陪她坐火車到芝加哥，然後變成，她也想去加州拜訪好萊塢的友人，接著演變為她想在瓦列霍鎮住一陣子，協助安娜安頓下來再走。緊接著，她改口，怎能丟下孕婦呢？等小孩生完再說吧。後來，有一夜，沉睡中的布麗安領悟一件事（布麗安自己的說法），驚醒後從四柱床上跳下來：她已經厭倦紐約生活，活不下去了，天天夢想加州氣候，早就想搬去長住。她的傢俱和安娜一併寄放倉庫。

蘿絲的母親抱著小外孫，一同對著出發的計程車揮手。安娜看到她在哭。克林頓街上的銀葉樹在煤臭的微風中搖擺，風裡含有巧克力香。祖孫兩人脫離視線後，計程車上的安娜往椅背靠，閉上眼睛。在一股非自然的能量推動下，她一步接一步走完諸多步驟，終於走到出發的階段。如今，告別的階段完結，她的興奮感崩塌為無形。她始終不想走，現在也不想。

布麗安拿著手工繪製的中國扇，搧個不停，一股隔夜脂粉的臭味從衣服裡飄散出來，薰得安娜反胃。她不想走——尤其不願讓這個有霉味的老女人作伴。她搖下車窗，讓微風打臉。司機在法拉盛街左轉，沿著海軍造船廠西行，旁邊是七十七號廠房。從高樓的窗戶，安娜曾俯瞰乾船塢中的軍艦。車子經過康柏倫街側門，經過後院有網球場的軍官公館。從比煙囪更高的小山上，安娜瞥見黃色的三角牆的司令官邸。

司機在海軍街右轉，途經桑茲街側門和霓爾工作過的四號廠房。車子接近造船廠西北隅，安娜的胸口和喉嚨疼痛起來。五六九號廠房就在圍牆的另一邊！今天是平常的上班日，是絕佳的潛水天氣！她覺得自己置身圍牆裡面，忙著和朋友搬器具上平臺船，此景此刻也乘車遠去，永遠不再回來，整個人被粗暴撕扯，剝離此地。安娜的眼神緊抓顯著的建築物，彷彿為了止滑而在山腰上慌張亂抓一通。伍爾沃斯大樓！舊海港碼頭！豎琴狀的布魯克林大橋纜繩！

橫渡東河後，海軍造船廠再度進入視野，密蘇里號的黑色輪廓聳立造船道。密蘇里號的進度超前，目前已經有人為了下水典禮的座位而角力。最熱門的位子在造船道內。查理．沃斯曾承諾為安娜爭取。她懷疑自己能否重回布魯克林參加下水典禮。如果錯過，海軍造船廠等於白待了。

安娜其實用不著大老遠趕回來觀禮——她在加州瓦列霍的女皇戲院看新聞短片就能見到造船道下水典禮。當時是一九四四年四月，比下水典禮遲三個月。安娜一看再看，收票員乾脆不收她的票，讓她免費進場；她看完新聞短片就走，從不留下來看電影。密蘇里號戰艦突出的船尾像巍峨高山，鏡頭把扇形艦尾上揮手的水兵縮小成螞蟻。主持人是瑪格麗特．杜魯門，十九歲，父親是密蘇里州參議員。她拿著一瓶香檳在船殼上敲碎，聲音如槍響，但安娜早已從馬爾的來信得知，杜魯門小姐連試三次才把酒瓶敲碎。馬爾的來信可靠度高，內容詳盡。他寫，我們全都說，「假如交給凱利根，她一敲就碎。」

香檳瓶一碎，工人立刻撤除固定軍艦的木柱。短短幾秒後，「史上最龐大、威力最強的戰艦」順著軌道滑下水，動作絲柔輕鬆，原因是現場尖銳的摩擦聲全被短片上的鼓號樂隊和播報員激動的聲音蓋住：「密蘇里號象徵著美國海軍日漸壯盛的軍力。」男人按著頭上的帽子追過去，但軍艦已衝出他們伸手可及的範圍。船尾仍在軌道上，船頭早已進入東河破水前進，河面優雅如迎接貓腳的軟墊。最後，戰艦漂走，船底只吃水一半，彷彿從來沒在陸地上待過。這好比看著動物出生，長大，一去不回頭，全程在一分鐘之內結束。

計程車在四十二街向西轉，駛向中央車站，車子在捷運第二大道高架線下面行進時，陽光忽隱忽現，然後全被摩天樓遮住。高樓的身影來得出其不意，宛如倏然變臉的天氣。賣報人呼喊著頭條新聞：

「美軍戰機在瓜達康納爾島擊落七十七架日軍戰機！」

「太平洋爆發至今最慘烈空戰！只有六架美國戰機遭擊落！」

「借我看一下妳的戒指。」布麗安說。

為了挑選結婚戒指，安娜去威勒比街法院附近的一家當鋪，打算買最便宜的一枚。然而，在當鋪裡，她試戴幾枚後，舉旗不定。其中一枚鑲著一粒針頭鑽的十四K金戒指，另一枚雕刻葉紋的黃銅戒指，她左看右看，無法驟下決定。再怎麼說，這是戴一輩子的戒指，怎能貪便宜買個凹凸不平的銅戒指，戴久還會把手指染成綠色？面對這兩枚戒指，安娜深思熟慮，戴克斯特・史岱爾斯的容貌忽然清晰映入腦海，一副坐不住的模樣。她想像他排斥針頭鑽戒：鑽石應該大到看得見才好。只要勤擦洗，金或銅看不出差別。她選擇黃銅戒指。

「不賴嘛，」布麗安說，伸出一指撫摸戒指上的葉紋。今天早上，安娜才擦亮過。接著，布麗安眨一眼說，「妳的阿兵哥品味不錯唷。」

接近中央車站時，布麗安對著乳溝灑花露水。不久後，她對年輕的黑人紅帽搬運工搔首弄姿。黑人發現安娜在看，兩人相視暗笑著布麗安。逼近五十歲的她仍散發湖女香水味。

在煙霧瀰漫的大廳中，身穿軍服的人潮擁擠不堪，近乎混亂。火車班班客滿。前幾天，布麗安不得不使出「渾身解數」，換取兩張芝加哥至舊金山的觀光臥鋪車票。安娜懷疑，取得車票的方式是賄賂，而非挑逗。霧濛濛的光線從頭上的半月窗斜射而下，安娜走在一道接一道的光線中，覺得人生敗筆的恥辱逐漸飄散。女孩子到處都是：陸軍女軍團（WAC）、女志工急救隊（WAVE）、拉著小孩手前進的母親。安娜離開紐約毫無奇特之處；她只是流動人口當中的一小分子。

登上前往芝加哥的先導號列車，她們選擇靠窗的位子，面對面坐下。另有六名乘客擠進來。終於不必遮遮掩掩的安娜鬆懈心情，打開毛衣，讓肚子盡情凸出。這舉動顯然能觸發人心，因為她察覺身邊的乘客開始打破砂鍋問到底，見到她的結婚戒指才罷休。滿足了他們的好奇心，感覺像歎一口氣。這枚戒指具有魔力。有人送她扇子、報紙、一杯水。單薄的一枚戒指竟然神力無窮。

對話就比較棘手了。人人都認識某某人在海軍服役，安娜含糊回答查理．史密斯上尉的背景只招來更進一步的疑問。為解決這問題，她開始閱讀：先看《紐約時報》，然後讀《美國人新聞報》，接著是艾勒里．昆恩的《Z的悲劇》。

她輕聲問布麗安，「妳有沒有幫我帶那一套衣服來？」

「豈止一套，」布麗安說。「一套比一套可愛。不過，妳暫時用不著。」她湊近安娜耳邊，悄悄說，「先享受一個禮拜的婚姻生活，然後才開始服喪。」

火車往北急駛之際，哈德遜河上小艦隊被拋出視野。母親帶她和莉迪亞去明尼蘇達州，也走同樣的鐵路，但她不記得當時火車有這麼快。火車奔過平交道，晾在鐵路旁的衣物像受驚的紫翅椋鳥振翅亂飛。軍人在走道上走動，不然就是在打牌，有些對著窗外扔菸蒂。火車的速度激起安娜心中一絲期待。她望著窗外：一個鎮接一個鎮變大，然後縮小成無形。列車交會時發出「砰」的一聲。

午睡醒來，她發現火車已經到了斯克內克塔迪，昏黃的夜色如蜂蜜，塗滿鐵軌沿線的磚廠。如果是在布魯克林，現在的她即將和蘿絲一同下班，也許和潛水同事去橢圓酒吧喝啤酒。被硬扯離開好日子的劇痛已經緩和為惆悵。距離拉長，眷戀縮短。從斯克內克塔迪寄的信，一天後才能寄到紐約，打電話需要投幣多次，接線生也會頻頻插嘴。她已經走遠了。

夕陽西下雪城時，安娜和布麗安去餐車吃炸雞排餐，低聲再次研商未來計畫。艾克索上尉已經為安娜安排好工作，她一到加州，立刻去梅爾島海軍造船廠報到上班，直到潛水時無法隱瞞懷孕事實才請假。生完小孩後，她銷假上班，身分改為寡婦，找人照顧小孩。「我正希望我媽能來帶小孩。」她說。

布麗安露出不高興的神色。「妳眼前的這個人不夠格嗎？」

安娜笑說，「姑姑，妳討厭小孩啊。」

「又不是討厭所有小孩。」

「妳罵小孩是小混球。」

「有些小孩例外。我對他們特別好。」

安娜偏頭說，「妳願意照顧嬰兒嗎？」

不知道為何，這話成了提議。安娜看著姑姑開始考慮，臉上戲劇化的線條轉為罕見的深思表情。

「我這輩子還沒做過的事，可能就只剩下這一樁。」布麗安說。

到了羅徹斯特，除了西方地平線橙光豔麗之外，其餘一片黑。農田的刺鼻味從窗口送進車廂。右邊是紫黑色的安大略湖。安娜想像蘿絲和小寶寶蜷縮在床上，蘿絲邊吃胡桃邊讀傑克．艾敘爾推理小說最後一章。巴斯康應該已把茹比送回家，港口的喧鬧聲充盈夜空，他獨自搭街車回廉價分租屋。安娜莫可奈何遐想著。才過半天，她已將紐約人生掃進往事簍，追憶是奔向象徵希望的豔橙陽光的代價。她渴望前進西方，嚮往著西岸的未來。火車隆隆西行，安娜陡然挺起腰桿坐直。她想過父親。最後，她終於領悟了：難怪他放得下。

# 第三十一章

艾迪來到女皇戲院外，在對面的公園長椅上坐下，凝視戲院門口，鵠候安娜現身。安娜進去觀賞密蘇里號軍艦的新聞短片。密蘇里號出廠於布魯克林海軍造船廠，是她婚前工作將近一年的地方。

他本想跟女兒一起進去，卻被她澆一頭冷水。「你不見人影了，」她說，「軍艦短片對你沒意義。」

「我可以等妳嗎？」

「你想做什麼隨你便。」

艾迪受這話鼓舞。目前為止，這次見面比上次進步。去年十月，他從舊金山搭乘電車前來，循地址摸黑找到一棟陰暗的公寓，按門鈴。他聽見門內有嬰兒哭聲，霎時心一沉。他正想摸摸鼻子轉頭就走，不料門開了，長大成人的安娜從門縫望著他。「爸爸。」她輕聲說。艾迪認為，她臉上帶著疑惑的神情，疑惑夾雜訝異——但可能也只有訝異。他訝異於門口這位皮膚蒼白的黑眼珠少婦。她的長髮散落在晨衣上。

一記耳光甩得他眼冒金星。「永遠別再回來這裡。」她說完輕輕關上門——避免嚇醒嬰兒吧，他事後推斷。

第二次見面是今年一月。那時候，他以二副的身分行船三個月，剛從吉爾伯特群島返國，是胃疾纏身的他自從伊海號沉船後首次出航。那一次，他趁安娜去上班，前來探視姊姊布麗安，和「小紳士」見面認識。「小紳士」是布麗安對寶寶的暱稱。躺在搖籃裡的寶寶胖嘟嘟，目光穎敏，以責備的眼神瞪著他。

「他父親長什麼模樣？」他問，視線不離寶寶。「妳有相片嗎？」

「沒有，」布麗安沉重地說。「旅行箱在火車上搞丟了，相片在裡面。」

艾迪運氣好，照顧小孩的人不是艾格妮絲。根據布麗安，去年六月，艾格妮絲從老家農場不告而別，震驚所有性情抑鬱的親戚，和她十七歲逃家去紐約的舉動一樣。她搭便車進市區，加入紅十字會志工團，現在出國服務，擔任護士助理。礙於戰時書信檢查制，她的來信寫得不明不白，布麗安不知道她在哪一國，但她在信裡提及森林，所以猜是歐洲。

艾迪看寶寶的腿亂踹，活像一頭好動的幼獸。「可憐的小鬼。」他說。

「他一點也不可憐，」布麗安反駁。「天下沒有一個小紳士比他更得寵。」

布麗安的神態異常祥和，把寶寶當成親骨肉哺育，拍拍他打飽嗝，家裡嗅不出一絲酒味。布麗安從騷包搖身一變，瞬間化作無微不至的褓母，變化之神速如同萬花筒轉動。

「妳很有母愛嘛。這些年來，妳把母愛藏到哪裡去了？」他問。

「不是藏，是全白費了，」她說。「浪費在比這小孩更孩子氣的壞男人和負心漢身上！」她把小娃娃抱進懷裡，對著小臉蛋猛親個不停，逗得他呱呱大笑。「來，親愛的老弟，」她說，「抱一抱你孫子。」

艾迪謹慎伸出雙手，擔心弄痛孫子。壯寶寶非但不怕，反而緊抱住他不放，柔中帶剛，令艾迪以為被抱的人是他。

「好了啦，好了啦，」布麗安說。「只有寶寶才准哭。」

告別布麗安和孫子後，艾迪去梅爾島造船廠大門外等安娜下班。先前，艾迪已經做好偵蒐的工作，弄清楚她下班回家必走的路線。這時姑姪三人已搬進獨棟小屋。

他躲在尤加利樹林裡面，遠離路面，刺鼻的樹葉宛如鐮刀，垂掛他身旁。下班出大門的人潮減少後，安娜和一位女孩有說有笑走出來，矯捷的步伐如同艾格妮絲，令他一時迷糊，眼前這人是妻子或女兒？安娜揮別朋友，加快腳步，帽子下的臉頰紅暈。新寡少婦的她未免太快樂了吧？但艾迪猜，她和史密斯上尉交往時日短促，大概不會太懷念亡夫——尤其是她回家有小紳士作伴。艾迪看著女兒步步接近，一陣山崩地裂的空虛感襲上心頭，彷彿自己早已魂斷木筏上，現在化成鬼回來看女兒。他差點走出暗處，看看女兒的表情，以確定自己是人不是鬼。然而，他又怕破壞女兒的好心情。於是他繼續躲著，任她路過。

事後，他安慰自己，知道她快樂就好。知道他們三人和樂融融就好。照理說，這樣應該就夠了，但其實不然。在英格麗的勸說下，今天下午他想再試一次。（英格麗笑稱自己是「情人」，因為她的外形一點也不像守寡的小學老師。）前陣子，他再度出海，目的地是新幾內亞，輔助美軍逼退日軍，以迫使日軍投降。這一趟，他在船上和威寇夫重逢，兩人在星空下，坐在甲板上共飲一瓶葡萄酒。艾迪漸漸懂得品嚐這種酒。太平洋溫煦的和風輕拂兩人的臉，吹散伊海號沉船慘劇的陰霾，整件往事變得不比夢魘真實。

在不屈不撓的老水手皮優指揮之下，救生艇一路航抵英屬索馬利蘭，威寇夫、火花、波格斯等人全數獲救，健康情況尚可。凱志吉船長的救生艇早被救走，所有人安然無恙。換言之，伊海號上商船人員和海軍士官兵約莫半數生還。據謠言指出，戰爭貨運署唯恐浩劫餘生的船員張揚驚魂事跡，規定立即分派任務給生還者。得救的同船人員除了皮優外，已全數重回船上的崗位。皮優退休了，和女兒同住。言語困難的水手長仍無法恢復以前雄辯滔滔的口才。他回老家拉哥斯，艾迪承諾戰後去拜訪他，兩人時常書信往來，相互以「兄弟」稱呼。艾迪發現，和水手長行雲流水的文筆相較之下，自己的筆法像小學生一般不通不順，黯然產生一股病態滿足感。

安娜出戲院不見父親，認定他已經走了，難掩失望之情，沒想到父親從馬路對面的長椅站起來，對她揮手。她也揮手回敬，訝異於內心這股強烈的如釋重負感。但在他過馬路的當下，安娜又生氣了，想趕他走。可是，趕人又有什麼用？他顯然是打定心意了，想一來再來。她總不能每次都賞他耳光吧？

在上坡路上，兩人並肩走向她家。安娜意識到父親的轉變多麼巨大。他老了，皺紋深刻，黑髮變銀髮，但外形並非重點，因為安娜最熟悉的正是父親削瘦俊逸的一面。最主要的轉變在於他少了一分心事重重的模樣。似乎是少了這種神態，這神態才顯得是他從前最鮮明的特徵。另外是少了菸味。他戒菸了，神色鎮定得令人慌張。據布麗安說，他得救時逼近死亡邊緣，醫護人員驗不出他的心跳。

父親變成一個陌生人，成了她初相識的人，令她像剛認識陌生人時上下不停打量。安娜隱約回想起自己曾有過這樣父女重逢的心願，如今心願達成，兩人反而不知從何談起。他對女兒的生活一無所悉，例如，他無法瞭解女兒昨天接獲馬爾來信時的喜悅。

天使終於垂憐我們的好友巴斯康先生：他成功進海軍了。在他搭火車前往伊利諾州大湖鎮的新兵訓練營之前，茹比的母親以晚餐招待他，父親舉杯祝他健康。看樣子，「軍服造就男子漢」的說法果然不假。但願我能更詳細敘述，可惜他如常惜言如金，我連他晚餐吃什麼都問不出來。他走後，五六九廠房變了個景象。

「媽媽的事，你知道吧？」安娜打破沉默。

他點頭。「有她照顧，算那些士兵運氣好。」

安娜很想念母親。安娜搬來加州不久，還來不及告知母親懷孕的消息以前，母親已加入紅十字會。母親至今仍然相信查理·史密斯上尉確有其人。現在安娜懷疑有無向母親吐實的必要——等大戰結束後，大概已經不重要了。能確定的一件事是，蘿絲料錯了。蘿絲曾預言，戰後的世界會變回戰前那麼小。安娜認定，戰後至少不會變回戰前的那種小世界。時代變太多了。在世風輪流轉、人事物異動的情況下，安娜僥倖趁隙逃脫成功。

「她回國以後想當護士。」她告訴父親。

「她已經當護士很多年了。」他說。

來到坡路最上頭，父女歇腳喘息。從這裡，聖帕布羅灣尾的梅爾島海軍造船廠一覽無遺，半島上碼頭密布，軍艦擠滿水道。安娜喜歡在每天上班前眺望風景，看清哪些船昨晚出航，今天有哪些新來的軍艦停泊。有班可上是奇蹟，因為在她和姑姑安頓下來後，她已覺得大腹便便，無法潛水，擔心會傷害到胎兒。她和布麗安去一家快餐店找工作，布麗安端餐盤，安娜坐收銀檯，在狹隘骯髒的公寓裡等嬰兒呱呱墜地，日子難熬。

去年十一月，里昂六週大，安娜終於去梅爾島呈遞調職文件。事情過了這麼久，艾克索上尉的電話早被遺忘，幸好，上尉有沒有打電話已經不重要，因為搶救諾曼第號的潛水員當中有三位轉來梅爾島上班，其中一位是主管，曾在安娜導覽布魯克林海軍造船廠的隊伍中。三人全記得她就是《布魯克林鷹報》相片裡的人。她開始上班，週薪八十美元，現在三天兩頭潛水一次。

「怎麼你們的驅逐艦這麼多艘？」父親瞭望造船廠說。「航出金門大橋的船隊這麼少。」

「只有四艘，」她說。

「六艘。」

安娜仔細算。「是你搞不清楚船艦。」

艾迪指著數著，指到第三艘，被安娜打住。「爸，那一艘是掃雷艦。」

他細看許久，然後轉向女兒，微笑說，「我承認我錯了。」

霧逐步湧進，觸角似的一條白霧從太平洋面飄來。霧笛在遠方低吼，比安娜從小聽慣的霧笛聲來得低沉嘹亮。但話說回來，這陣霧不能同日而語，看似濃到能用手揉捏，能像失憶症在一夕之間淹沒所有市鎮。

啊……喔……

啊……喔……

船彼此呼喚著，避免相撞，但安娜怎麼聽都以為它們迷路了，想在深遠莫測的白霧中找伴依傍。這種聲響在她內心勾起一種她無以言喻的惡兆。夜裡，她被霧笛吵醒，會伸手進兒子睡的搖籃，探尋撲通跳的心臟。

「看，」父親說。「來了。」

見父親觀霧，她覺得意外。霧來得急，是燐燐天空下飄忽不定的剪影，直撲陸地，猶如一陣即將俯衝而下的海嘯，也像遠方一場無聲爆炸後的景象。

她不經思考，握住父親一手。

「來了。」她說。

# 銘謝詞

我在《霧中的曼哈頓灘》上流連多年，知道即使花了這麼多心血研究考證若只換得過程中的快樂，我也會自認運氣好。美好時光從二〇〇四年開始，我當時在紐約市立圖書館的桃樂絲與李維．B．庫曼學者及作家研究中心擔任研究員，主任是Jean Strouse。當時，館員Rob Scott和Maria Liriano協助我熟悉紐約市海濱區的歷史變遷——在紐約定居多年的我一直無緣去探訪的城市景觀。

我在布魯克林歷史學會誤打誤撞讀到一批戰時書信，內容豐富，通信雙方是在布魯克林海軍造船廠邂逅的Alfred Kolkin和Lucille Gewirtz Kolkin夫婦。二〇〇八年，我有幸陪伴高齡九十的Alfred Kolkin重回造船廠，由女兒Judy Kaplan和Marjorie Kolkin隨行。

在布魯克林海軍造船廠，我承蒙Andrew Kimball、Eliot Matz、Aileen Chumard、Daniella Romano的擁抱和鼓勵。後者是這次創作過程中非凡的守護天使。在布魯克林歷史學會，我們合作收集布魯克林海軍造船廠的口述歷史。在口述歷史專家Sady Sullivan諄諄教誨下，我有幸協助訪問到以下幾位：Ellen Bulzone、Don Condrill、Lucille Ford、Mary and Anne Hannigan、Pearl Hill、Sylvia Honigman、Alfred Kolkin、Helen Kuhner、Sidonia Levine、Audrey Lyon、Antoinette Mauro、Giovanna Mercogliano、Robert Morgenthau、Ida Pollack、Charles Rockoff、Rubena Ross。我從中擷取一些細節融入《霧中的曼哈頓灘》故事裡。Andrew Gustafson的海軍造船廠九十二號廠房導覽（以及後續的協助），海軍造船廠展

覽館與遊客服務中心，也讓我獲益良多。能在海軍造船廠諮詢委員會服務是我的榮幸。感謝國家文獻館的Bonnie Sauer准許我親手接觸「紐約海軍造船廠之廠房、設施、船隻的建造與修繕（1903-1945）」相片集。

我對深海潛水修船的認識始於Robert Alan Hay的一篇文章。他曾在二次世界大戰期間，於布魯克林海軍造船廠擔任非軍職潛水員。我的另外兩位守護天使是三等士官長MDV Stephen J. Heimbach和退休特等士官長James P. Leville（綽號法國佬）。二〇〇九年美國陸軍潛水員協會成員團聚時，我有幸受邀參加，這兩位協助我試穿重達九十公斤的Mark V潛水衣。在此也感謝二戰陸軍潛水員James D. Kennedy和Bill Watts分享他們的故事。Kennedy先生的精彩事跡部分細節出現在本書中。美國陸軍首位女性深海潛水員是從陸軍退役的一等士官長Andrea Motley Crabtree，是我明瞭身為女潛水員辛酸的關鍵。舊金山海事歷史國家公園（Maritime National Historical Park）的Gina Bardi、Diane Cooper、Kirsten Kvam讓我參考珍貴且稀有的專業潛水書與多項潛水的歷史文物。史丹頓島潛水員Edward Fanuzzi也分享幾項他知悉的港中祕密。

我對戰時商船海員的經歷所知始於兩份論述：Herman Rosen的《*Gallant Ship, Brave Men*》以及Harold J. McCormick（USNR）的《*Two Years Behind the Mast: An American Landlubber at Sea in World War II*》。兩者都對《霧中的曼哈頓灘》有直接貢獻。我數度參觀舊金山的自由輪兼博物館的「歐布萊恩號」[14]（也乘船短暫出海），讓我有幸結識一群二戰商船老將，他們的回憶和知識令本書獲益匪淺：無線電操作員Angelo Demattei、值班軍官James Rich、輪機長Norm Schoenstein、海軍武裝衛兵三等士官長John Stokes。在紐約，我深深仰賴Joshua Smith之助。他是Kings Point的美國商船博物館的代理館長，開書單供我研究，也協助我考證。

在濱海區的知識方面，我得助於Joseph Meany針對二戰期間紐約港的精彩論文。漢米爾頓堡的港防博物館主任Richard Cox曾帶我參觀。成立於一八六四年的McAllister Towing & Transportation公司的拖船在紐約近海航行至今，McAllister家族對我至為慷慨，Brian McAllister奉獻二戰期間的往事，Buckley McAllister提供新知，帶我遊覽港口。

在小舟船方面的專業知識、考證、研讀資料，John Lipscomb是我的恩師。在海軍方面的考證，我感謝退休海軍中將Dick Gallagher。經濟歷史學者Charles Geisst和Richard Sylla竭盡所能，助我理解戰時紐約銀行業的運作。Tenement Museum的David Favaloro的精彩導覽讓我增長不少知識。Alex Busansky提供法律方面的建議。

我有幸書寫這一段仍有活人記得的歷史，深切感激紐約長青樹分享個人歷史。畫家Alfred Leslie的鮮明記憶，准許我多次訪談。同樣對我啟發良多的人還有Roger Angell、Don and Jane Cecil、Shirley Feuerstein、Joseph Salvatore Perri、Judith Schlosser。康泰納仕出版集團資料庫（Condé Nast Archive）的Marianne Brown也特准我參考大戰期間寶貴的期刊。

細數參考書目恐怕令人昏昏欲睡，但以下兩本的地位至為關鍵。T.J. English的《*Paddy Whacked: The Untold Story of the Irish American Gangster*》以及James T. Fisher的《*On the Irish Waterfront: The Crusader, the Movie, and the Soul of the Port of New York*》，為我刻劃的艾迪．凱利根的海濱生活圈子增色不少。

14 SS Jeremiah O'Brien自由艦，曾參與一九四四年諾曼第登陸。（編按）

John R. Stillgoe的《*Lifeboat*》是小船求生的靜思佳作。The Center for Fiction提供以二十世紀初紐約市為場景的小說書單。

許多聰穎而知識靈活的恩人協助我找資料。Sara Martinovich在迪堡大學就讀時曾和我合作。杭特學院的MFA學程的Peter Carey三度賜予我Hertog研究員的獎助，最早一次是在二〇〇五年。Jeffrey Rotter、Jesse Barron、Sean Hammer是各有長才的小說作者。身為專業研究員的Meredith Wisner工作態度卓絕，不辭辛勞教導我歷史知識。

雅虎企業在最後關頭賜予我駐村獎助的寶貴機會。

沒有試讀員，我不會有今天：Monica Adler、Ruth Danon、Genevieve Field、Lisa Fugard、David Herskovits、Don Lee、Melissa Maxwell、David Rosenstock、Elizabeth Tippens。他們的洞見與疑問大為提高本書的可讀性。

我的經紀人Amanda Urban是不折不扣的同夥人。她和ICM、Curtis Brown公司的團隊是菁英中的菁英：Daisy Meyrick、Amelia Atlas、Ron Berstein、Felicity Blunt，多不勝數。我的編輯Nan Graham為本書的手稿灌注無限熱情與心血。

感謝母親Kay和繼父Sandy Walker給我的愛。

再次永遠感謝夫婿David Herskovits、兒子Manu和Raoul為我的真實生活增添許多樂趣。

最後，在此感謝亡弟Graham Kimpton（1969-2016）教我體認「火藥」在任何文藝作品裡的必要性，他的智慧與愛日日在我心中迴盪。

推薦文

# 暗黑勢力的情愛浮生

蔡素芬（作家）

做為美國經濟重鎮的紐約，一直是各路移民湧進爭取生活空間的城市，在繁複多元的種族文化及經濟發展的龐大機制中，城市既是希望之淵，也是罪惡之藪。以紐約為背景，交織其多元文化與經濟的小說不計其數，做為紐約書寫的其中一員，珍妮佛．伊根取得紐約話語權的企圖透過《霧中的曼哈頓灘》顯露無遺。她追溯歷史，以二戰為背景，回顧美國步向強盛之路前的罪惡經濟體。

小說的時代背景為經濟大蕭條時期到二戰期間，美國因參與二次世界大戰，船艦的製造與修護需要大量工作者，紐約軍港造船廠雇用大量女性勞工。美國女性投入職場也正起源於二次大戰期間，此時年輕男性上戰場，國內部分勞動力由女性取代。小說中的主要靈魂人物安娜，十九歲即在造船廠擔任造船零件測量員，之後積極爭取成為以修護船艦為目的的潛水員。在以男性潛水員為主的軍方系統裡，安娜由被排拒到獲得肯定，充分突顯美國女性爭取自身權益的奮戰自主精神。

然而，小說的目的並不僅限於女性在二次大戰期間投入戰爭鏈環的貢獻精神和社會參與。小說一層層挖掘宛如地獄一般挑戰法律的經濟犯罪結構，在黑暗底層反射一點人性之光，也嘲弄無言的情慾悲劇。

伊根以安娜之父艾迪的「送包人」身分，帶領讀者一步步窺探罪惡牢籠。

「送包人」隱藏身分，以最平凡無奇的裝扮為黑道遞送黑錢，即使知道一點什麼訊息，也要裝得若無其事，不留痕跡的完成使命。艾迪為謀取能餬口的薪資，侷囿在送包人身分裡，最終因高利貸陷阱可能襲身，轉而投向以賣私酒起家、經營多家夜總會及相關事業、遊走於法律邊緣的曼哈頓灘鉅商戴克斯特·史岱爾斯，為他效勞擔任他暗中查訪詐騙賭局的督察。艾迪的愛爾蘭裔身分對上戴克斯特的義大利裔身分，一個安分小心、步步為營，一個精於心計、雄才狡猾，角色身分的設計用以反映二戰期間，紐約多元族群勢力盤據混雜的暗潮。

兩人的雇傭關係，給了安娜接觸戴克斯特的機會，小說的情節發展以豪門傳奇、江湖喋血、奇情遺恨的內容跌宕起伏，宛如搬演一部黑暗權錢王朝風雲影片。

但小說訴諸文字，耐看性往往不在於它呈現了什麼，而是它如何呈現，呈現的過程作者放出了什麼迷魂線索，使讀者愛不釋卷。以伊根而言，她對人物的掌握堪稱一絕，有極仔細的耐心磨出每個人物的細節，這是她實踐身為小說家的特別能力，一旦人物經營成功，還有什麼不能？人物是小說的靈魂，伊根對於人物的掌握使其小說深具魅力，題材固然重要，若沒有令人印象深刻的人物，題材充其量只是一個特殊的舞臺裝飾。她在《時間裡的癡人》尚且以大篇幅駕馭多個角色，使其成為有機的連結，《霧中的曼哈頓灘》則不放過任何小角色的出場，務求每個人物都有戲，小如艾迪後來服務的商船上的工作人員，有限的行船篇幅裡，人物多為襯托性，但仍有其身世背景，以加強人物形象；配角性的人物如留下懷錶遺物的老紳士，雖然只在艾迪少年時短暫出現，卻有象徵友情與人性暖流的作用，他的出現宛如一道人格引光，指向悲憫、同情，讓形同孤兒的艾迪感受人性之光，一生受潤，以致將老紳士的懷錶視為珍貴的人性遺產，貼身取暖；姑姑布麗安處世態度狀似滑溜不羈，卻嫻於世故，扮演了重要的協助者角色。篇中人物，不管分量大小，皆是個性鮮亮，充滿故事，也是這些鮮活的人物各自的人生故事，架構起整部小說的深度。

伊根展現堅實的寫實功力，她對背景資料的研究詳盡刁鑽，透過安娜的潛水熱誠，相關的潛水知識依情節進展一一呈現，除了詳述潛水著裝的沉重配備，連水下的摸索、修船情形也彷如身臨其境；而商船遇魚雷轟炸導致沉沒，船員海上逃生漂流的長篇敘述，也畫面歷歷，氣候、水流、海象、人性求生的私慾與卑微，構成殘暴絕望的漂流記。雖然有些敘述在其他文字與影像畫面並不陌生，但伊根善用資料，將資料與想像力兩相融合，使知識自然融入情節與敘述中，如船履重，水過無痕。

整部小說著墨最深的黑社會暴力，頗有一套江湖規則，黑道幫派的恩義、金錢遊戲的危機、互為箝制的權力結構、幽暗蠢動的殺機、語言威脅的暗潮，都在小說裡處處留痕，繼而凝塑出鮮活的賭場、碼頭、夜總會景象。而象徵著黑暗勢力最高權威，既令人敬畏，又令人痛恨，形成最高箝制力量的Q先生，更是最大的暴力暗潮，彷如一隻無形的眼睛，監控著一切黑幫行為，不允許脫節，正是反抗者不安的來源。即便是一個複製的黑社會形象，伊根也苦心使其如實傳真。

每個時代都有故事，伊根回到四〇年代書寫二戰期間的紐約黑勢力和女潛水員的故事，是在回顧一段歷史，提醒著美國勢力初起時的一段紐約黑暗史，也是在呼應一種歷史感吧？畢竟我們的時代已經走得很遠了，遠到5G的超高速時代已來到，速度縮短距離，資料傳輸都在彈指間，等待會成為最不耐煩的姿態。但越快速的時代，回顧越耐人尋味。回到歷史廢墟緩步而行，既平衡速度帶來的焦躁，亦是一種致意。

安娜尋父過程，自己也陷入情愛迷霧，小說以大時代表現父女親情之愛、家庭維繫之愛，及一種浮於世的偶遇愛情，糾葛於恩怨情仇中，如置身霧陣難以看清彼此關係和自己的方位。小說最後，父女倆觀看海港之霧，那急來的濃霧，不但過去已存在，在未來，也無可避免。浮生此世，如在霧中，這是小說作者隱於文字下的訊息吧！

推薦文

# 熄燈的海岸

張惠菁（作家）

第二次世界大戰，在電影中常被描繪為英美同盟國家，出正義之師，擊潰納粹邪惡帝國的戰爭。在這場正邪之戰中，美國是關鍵的力量。邱吉爾在敦克爾克大撤退後的演說，把希望寄託在美國，「新世界在上帝認為適當的時候，拿出它所有的力量來拯救和解放這個舊世界」。這時的美國就像是人類的希望。珍珠港事變後，美國正式加入戰局，這個歷史事件，影響了戰爭的結果，也決定了世界轉動的方向。

但從歷史上看，二次世界大戰時的美國，並不全然是個正義的救主。在美國國土境內，也有許多不公和恐怖在發生。勞動階級、黑人、女人，活得既不自由，也不平等。財富集中在少數人手中，社會底層的日子艱辛而沒有希望。當戰爭爆發，男人被送往戰場，出現大量的勞動力空缺，這時原有的社會經濟結構似乎有鬆動的可能。女人、黑人，有機會進入屬於白人男性的職業領域。世界在轉動，一個個渺小的個人，雖然看不見大勢的方向，也跟著轉動。

《霧中的曼哈頓灘》是發生在二次世界大戰期間，美國國內的故事。戰爭掀動了社會經濟秩序，召喚出各種「非常」的狀況。本來被壓制在社會底層的平凡百姓，在戰爭節奏中受到震盪、移動位置。這樣的時刻是帶來翻身的機會，還是滅頂之災？《霧中的曼哈頓灘》的故事，就是關於一個平民家庭，在這股巨變的浪潮之中，一面迎向底層人生的種種絕望，一面被浪頭衝激而起。再衝，再衝上一道浪頭看看。

小說中描寫了幾種不同階級、背景的人。黑道和白道的兩大山頭，掌握著地下和地上美國的運轉。

黑道：義大利黑手黨，掌控夜總會生意。首領是Q先生，這個神祕的老人掌握地下的權力網絡，貌似慈祥，好惡莫測，他的夜總會在戰爭期間大發利市。

白道：有軍隊和銀行背景的白人貝林傑家族。大家長是亞瑟．貝林傑。這個家族已經歷多代的洗白，洗去早年手上沾染過的血和土。這個家族的利益與國家一致相通，大家長認為他必須、也能夠，預見戰爭的結果，介入準備。他知道戰後的美國會更強大，這個家族正像衝浪手看著浪般，等待著即將來臨的機會。

Q先生為首的黑道集團，和亞瑟．貝林傑的白人家族，其實有點像。家族和幫派差不多，要求忠誠，交換資訊，互相保護也互相猜忌。這兩大山頭在戰爭之中洞觀四方，毫髮無傷，甚至可能獲益更多。在兩大山頭之間，則是許許多多沒有背景、沒有資產的平民角色：上班族，工廠女工，小軍官，水手，碼頭工人，舞孃，小混混，夜總會老闆。

珍妮佛．伊根就這樣為我們描繪了當今美國的前身，我們在其中會遇見安娜，這個想要掌握自己命運的女性。她在時代有限的人生進路中擇路前行、成為潛水員、尋找父親、在社會對女性的刻板印象中穿梭尋找活路。她一路遇見各種各樣的人物，也是社會上形形色色的生存位置：其中不少人和她心照不宣，也在力爭著一個新的命運。他們會辨認出彼此，作為在同一片大海中浮沉的生命體，彼此間產生了默契。

珍妮佛·伊根寫了這個有些憂傷，又帶著希望的故事。深深潛到水底過，就像曾經看到過大海，那經驗本身會改變一切。世界容或有撼動不了的秩序，有人是永遠的贏家，控制著別人的命運。但也有一些紅海會打開。相信這一點，迎著下一道浪潮去往一個不同的位置，或許就是美國夢的本質。

那是曼哈頓灘有戰時熄燈令的年代。《大亨小傳》裡蓋茲比凝視的那盞碼頭上的燈，或許也會熄滅。但在黑暗的潮水裡，湧動著更多小人物的希望。珍妮佛·伊根寫出了那種希望。

大師名作坊 166

# 霧中的曼哈頓灘

作　者—珍妮佛・伊根
譯　者—宋瑛堂
編　輯—張瑋庭
企劃經理—何靜婷
美術設計—廖韡
封面照片—Heli Hiltunen
扉頁照片—BNYDC Archives
設計協力—徐睿紳
內頁排版—極翔企業有限公司
副總編輯—嘉世強
發 行 人—趙政岷
出 版 者—時報文化出版企業股份有限公司
10803臺北市和平西路三段二四〇號三樓
發行專線—（〇二）二三〇六—六八四二
讀者服務專線—〇八〇〇—二三一—七〇五
（〇二）二三〇四—七一〇三
讀者服務傳真—（〇二）二三〇四—六八五八
郵撥—一九三四四七二四時報文化出版公司
信箱—臺北郵政七九～九九信箱
時報悅讀網—http://www.readingtimes.com.tw
電子郵件信箱—liter@readingtimes.com.tw
法律顧問—理律法律事務所　陳長文律師、李念祖律師
印　刷—勁達印刷有限公司
初版一刷—二〇一九年六月二十八日
定　價—新臺幣四八〇元
（缺頁或破損的書，請寄回更換）

時報文化出版公司成立於一九七五年，
並於一九九九年股票上櫃公開發行，於二〇〇八年脫離中時集團非屬旺中，
以「尊重智慧與創意的文化事業」為信念。

霧中的曼哈頓灘/ 珍妮佛・伊根（Jennifer Egan）著；宋瑛堂譯 . –
初版 . – 臺北市：時報文化, 2019.06
面； 公分 . –（大師名作坊；166）
譯自：Manhattan Beach
ISBN 978-957-13-7851-0

874.57　　108009613



ISBN 978-957-13-7851-0
Printed in Taiwan

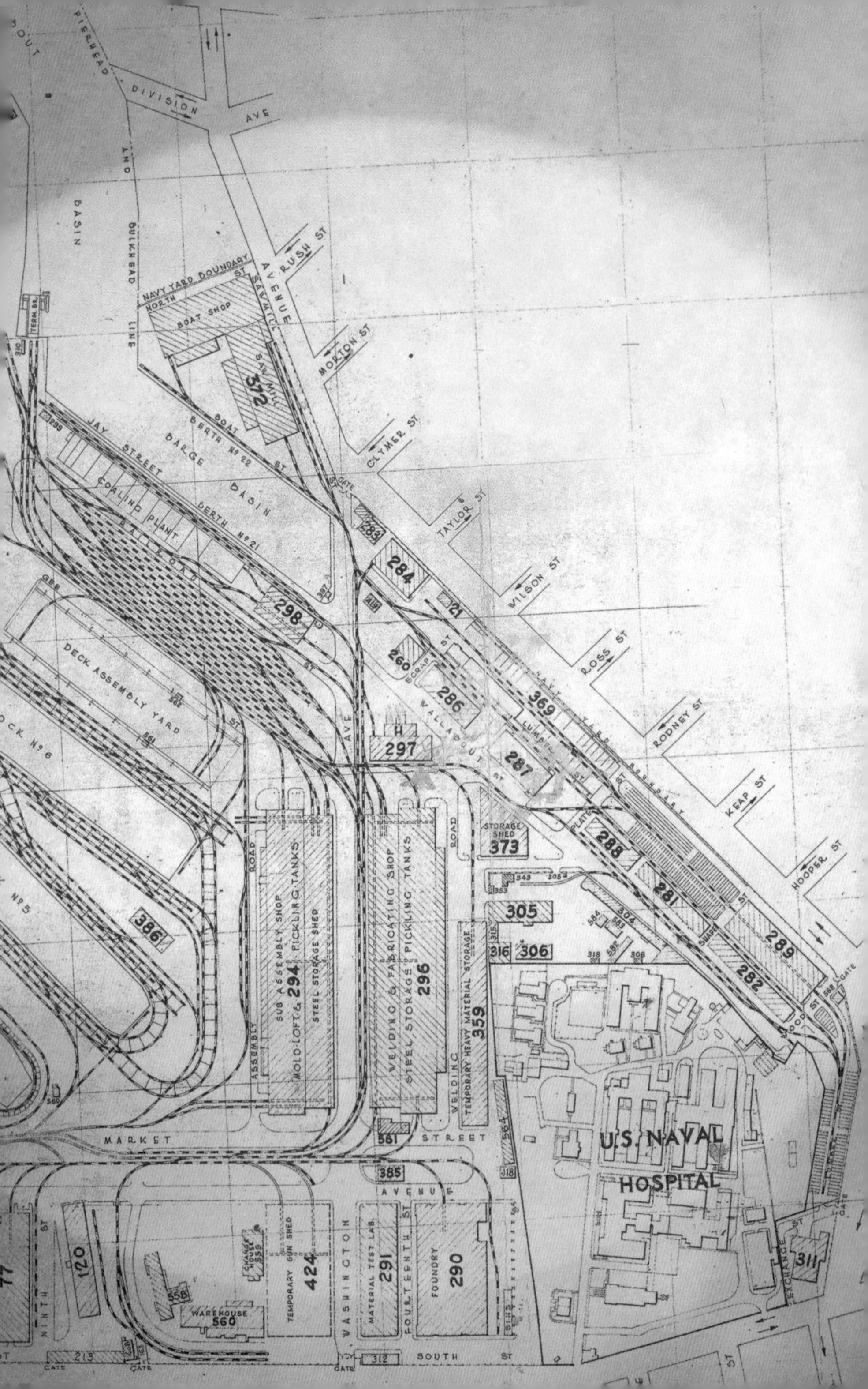

PIERHEAD
DIVISION
AVE
BASIN
BULKHEAD LINE
NAVY YARD BOUNDARY
NORTH ST
BOAT SHOP
SAW MILL
372
AVENUE
RUSH ST
MORTON ST
CLYMER ST
TAYLOR ST
WILSON ST
ROSS ST
RODNEY ST
KEAP ST
HOOPER ST
BOAT BERTH No 22 ST
JAY STREET
BARGE BASIN
COALING PLANT
BERTH No 21
RAILROAD
283
284
298
260
SCRAP ST
286
WALLABOUT
297
287
369
NAVY YARD BOUNDARY
LUMBER ST
PLATE ST
288
281
289
282
SHAPE ST
WOOD ST
GATE
DECK ASSEMBLY YARD
DOCK No 6
No 5
386
ROAD
ASSEMBLY
SUB ASSEMBLY SHOP
MOLD LOFT & 294
PICKLING TANKS
STEEL STORAGE SHED
AVE
WELDING & FABRICATING SHOP
STEEL STORAGE
PICKLING TANKS
296
ROAD
WELDING
TEMPORARY HEAVY MATERIAL STORAGE
359
STORAGE SHED
373
305
306
316
304
U.S. NAVAL
HOSPITAL
MARKET
STREET
561
564
385
AVENUE
77
NINTH ST
120
558
WAREHOUSE
560
TEMPORARY GUN SHED
424
WASHINGTON
MATERIAL TEST LAB.
291
FOURTEENTH ST
FOUNDRY
290
EXCHANGE ST
311
ST
213
GATE
312
SOUTH
ST

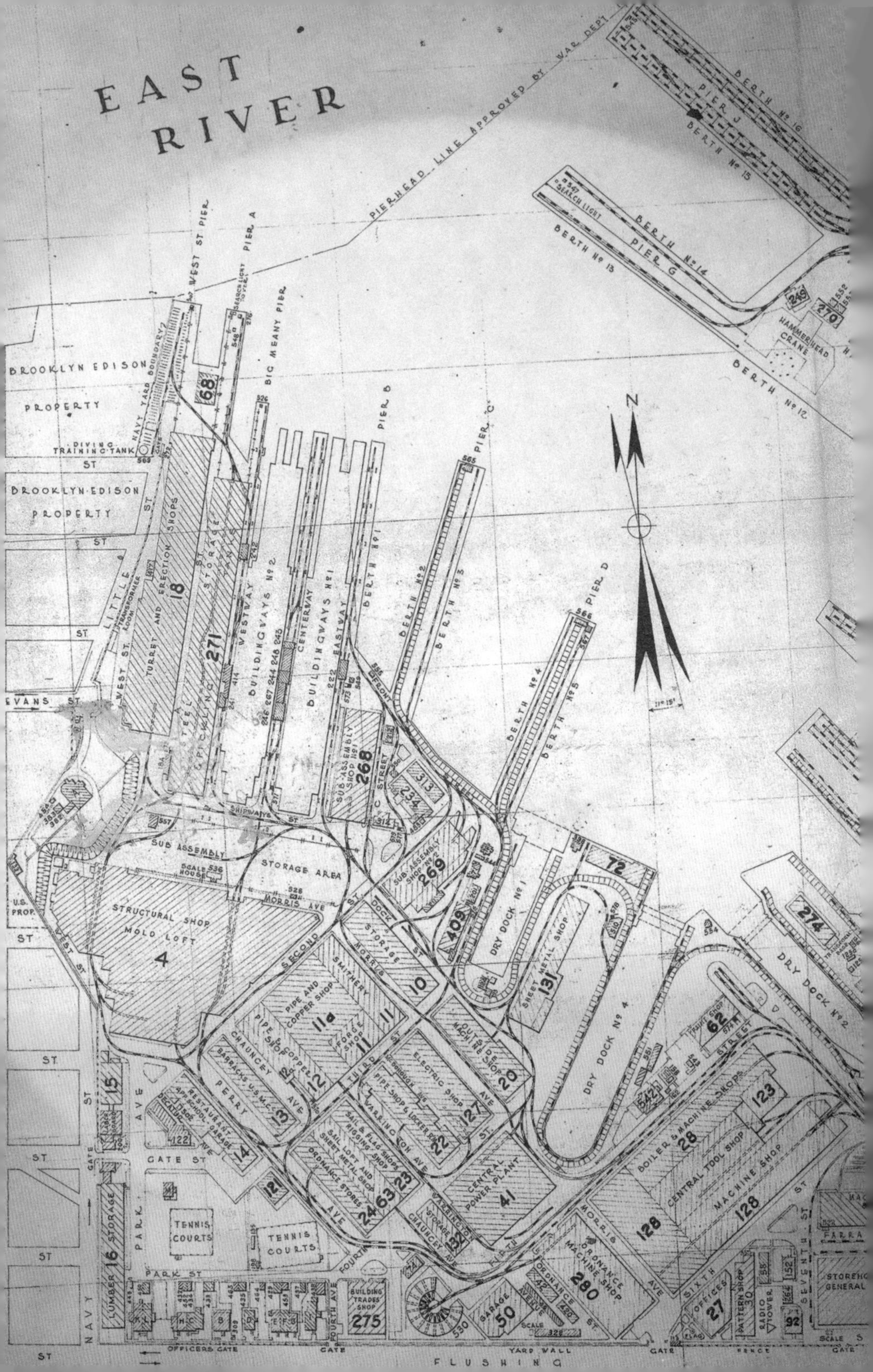
EAST RIVER
PIERHEAD LINE APPROVED BY WAR DEPT
PIER J
BERTH No 16
BERTH No 15
PIER G
BERTH No 14
BERTH No 13
BERTH No 12
HAMMERHEAD CRANE
BROOKLYN EDISON PROPERTY
BROOKLYN EDISON PROPERTY
NAVY YARD BOUNDARY
WEST ST PIER
PIER A
BIG MEANY PIER
PIER B
PIER "C"
PIER D
DIVING TRAINING TANK
TURRET AND ERECTION SHOPS
18
STEEL STORAGE
PICKLING
271
WESTWAY
BUILDINGWAYS No 2
CENTERWAY
BUILDINGWAYS No 1
EASTWAY
BERTH No 1
BERTH No 2
BERTH No 3
BERTH No 4
BERTH No 5
LITTLE ST
WEST ST
EVANS ST
SHIPWAYS ST
SUB ASSEMBLY SHOP No 1
268
C STREET
FRONT
SUB ASSEMBLY STORAGE AREA
SCALE HOUSE 536
MORRIS AVE
STRUCTURAL SHOP MOLD LOFT
4
U.S. PROP.
SUB-ASSEMBLY SHOP No 2
269
409
DRY DOCK No 1
72
SHEET METAL SHOP
131
DRY DOCK No 4
DRY DOCK No 2
274
SECOND ST
DOCK ST
STORAGE
10
SMITHERY
11
PIPE AND COPPER SHOP
11a
FORGE SHOP
PIPE & COPPER SHOP
12
OUTSIDE MACHINE SHOP
20
THIRD ST
ELECTRIC SHOP
127
PIPE SHOP & LOCKER RM
22
WARRINGTON AVE
CHAUNCEY AVE
BARRACKS U.S.M.C.
13
PERRY AVE
RESTAURANT APP SCHOOL GARAGE
14
DECATUR AVE
122
SAIL & FLAG SHOPS RIGGING SHOP
23
SAIL LOFT AND SHEET METAL SHOP
ORDNANCE STORES
24
63
CENTRAL POWER PLANT
41
121
GATE ST
TENNIS COURTS
TENNIS COURTS
PARK AVE
PARK ST
15
16
LUMBER STORAGE
NAVY ST
BUILDING TRADES SHOP
275
FOURTH AVE
STORAGE
132
GARAGE
50
ORDNANCE
42
420
ORDNANCE MACHINE SHOP
280
FIFTH ST
MORRIS AVE
128
BOILER & MACHINE SHOPS
28
CENTRAL TOOL SHOP
123
MACHINE SHOP
128
PAINT SHOP
62
D STREET
542
OFFICES
27
PATTERN SHOP
30
RADIO TOWER
58
152
92
SIXTH ST
SEVENTH ST
FARRAGUT
STOREHOUSE GENERAL
SCALE
OFFICERS GATE
GATE
YARD WALL
GATE
FENCE
GATE
FLUSHING
N